北京外国语大学王佐良外国文学高等研究院出品

中央高校基本科研业务费专项资金资助

U0658355

外国文学通览

2018

金 莉／王丽亚

主编

外语教学与研究出版社

北京

图书在版编目（CIP）数据

外国文学通览. 2018 ／ 金莉，王丽亚主编. —— 北京：外语教学与研究出版社，2019.12

ISBN 978-7-5213-1437-3

Ⅰ. ①外… Ⅱ. ①金… ②王… Ⅲ. ①外国文学 - 文学研究 Ⅳ. ①I106

中国版本图书馆 CIP 数据核字 (2019) 第 286747 号

出 版 人　徐建忠
项目策划　姚　虹
责任编辑　李　鑫
责任校对　李　扬
封面设计　高　蕾
出版发行　外语教学与研究出版社
社　　址　北京市西三环北路 19 号（100089）
网　　址　http://www.fltrp.com
印　　刷　三河市北燕印装有限公司
开　　本　650×980　1/16
印　　张　39.5
版　　次　2019 年 12 月第 1 版　2019 年 12 月第 1 次印刷
书　　号　ISBN 978-7-5213-1437-3
定　　价　85.00 元

购书咨询：(010) 88819926　电子邮箱：club@fltrp.com
外研书店：https://waiyants.tmall.com
凡印刷、装订质量问题，请联系我社印制部
联系电话：(010) 61207896　电子邮箱：zhijian@fltrp.com
凡侵权、盗版书籍线索，请联系我社法律事务部
举报电话：(010) 88817519　电子邮箱：banquan@fltrp.com
物料号：314370001

记载人类文明
沟通世界文化
www.fltrp.com
外研社

| 前 言

由北京外国语大学王佐良外国文学高等研究院策划的《外国文学通览：2018》即将面世。本书以论文集的方式，为读者提供上一年度世界各国文学发展的全景图，见证世界文学的发展进程。

进入新世纪以来，世界格局不断发生变化，作为民族智慧的代表和社会文化重要表现形式的文学，也及时反映了这种变化。

2018年的世界文学向我们展示了当下世界的发展。一方面，各国文学家在继承民族文学传统的同时，呈现了新的特点和倾向，对于文学所表现的人类共性和民族个性在内容和形式上都进行了新的探索，展现了异彩纷呈、特色各异的文学成果，尤其是一些小国的优秀文学作品，更是为世界文坛吹进了一股清凉的新风；另一方面，当今世界的全球化发展态势，也在各国文学中得到了充分的显现，各国文学日益呈现出多元化的倾向，文学的越界现象十分明显。此外，2018年各国文学中对于现实的反映与历史的反思更加显见，充分印证了时代的风云变幻以及文学的神圣使命。

习近平总书记曾深刻地指出："一个时代有一个时代的文艺，一个时代有一个时代的精神。任何一个时代的经典文艺作品，都是那个时代社会生活和精神的写照，都具有那个时代的烙印和特征"。《外国文学通览：2018》的作者们通过盘点和梳理2018年一年中世界各国（区域）的文学成就和不足、意义和经验，及时概括总结了2018年度世界各国的杰出文学作品，阐释了各国文学界在这一年中的重要事件和文学潮流变迁，探讨了各国作家的思想探索和艺术追求，为读者描绘了2018年的世界文学版图，做了一件具有积极现实意义的事情。

《外国文学通览：2018》是我们策划的"外国文学通览"丛书的第三本，全书涵盖了41个国家和地区，较为全面地反映了世界各国文学的面貌。其作者大多数为北京外国语大学的教师。北京外国语大学为我国教授外国语言最多的大学，具有多语种的优势和外国文学研究的优良传统。该书的作者也有不少是其他高校的教师，使得这本通览越来越成为我国外国文学学者研究成果的集成。

由于各国文学发展情况不同，我们这本《通览》在文体风格、内容形式，乃至文章字数方面只能尽量保持一致，因此这本论文集也存在文章之间的长短失衡状况以及内容安排方面的差异，恳请同行和读者谅解，多提宝贵意见。相信我们这一系列作品，会做得越来越好！

金　莉　北京外国语大学教授
王佐良外国文学高等研究院院长
2019年5月25日

| 目 录

| 2018 年阿尔巴尼亚语文学概览

内容提要：2018 年阿尔巴尼亚语文学延续了 2017 年的丰收态势，阿尔巴尼亚作家屡获法国、意大利、巴尔干地区文学奖项，以"小国文学"的独特魅力在世界文坛大放异彩。不仅如此，阿尔巴尼亚文坛整体呈现出老中青三代作家共创作、齐获奖的景象，从 30 年代的代表人物卡达莱到 50 年代的领军人物谢胡、维奇、梅赫梅蒂，再到 70、80 年代的新生代作家，阿尔巴尼亚的文学传统薪火不灭、代代相传。2018 年是阿尔巴尼亚民族英雄斯坎德培逝世 550 周年，因此，阿尔巴尼亚及其他阿族聚居区围绕这一主题举办了诸多学术会议，许多文学翻译、研究类作品应运而生。此外，女性主义成为阿尔巴尼亚文学研究的新方向。

一、文学奖项与获奖作品

（一）国内获奖情况

　　1. 卡达莱奖（Çmimi Kadare）

　　卡达莱奖由马波（MAPO）基金会设立于 2015 年，是阿尔巴尼亚当代文学的重要奖项和挖掘新秀作家的一大平台。2018 年 5 月

25—27 日，地拉那欧洲大学联合马波基金会共同举办以"历史与文学间的乔治·卡斯特里奥蒂 - 斯坎德培"为主题的学术会议，阿尔巴尼亚知名作家、翻译家和批评家齐聚一堂，在阿尔巴尼亚民族英雄斯坎德培（Gjergj Kastrioti-Skënderbej，1405—1468）逝世 550 周年之际，探讨历史和文学中斯坎德培的不同形象与两者间的差异。借此良机，卡达莱奖评委会宣布 2018 年获奖作品为维吉尔·穆奇（Virgjil Muçi，1956—　）的小说《灵魂金字塔》（Piramida e Shpirtrave，2018）。

穆奇是阿尔巴尼亚知名作家、诗人、编剧和文学批评家，他表示："'卡达莱奖'让我相信自己可以继续在这条文学的道路上前进。我想，作家应该因其所写、非因其所言而被评判。"（Palushi，"Çmimi Kadare 2018"）评委会认为，这部小说具有用语言建构生命路径的创作意识。小说的主人公美籍阿尔巴尼亚人马克·马拉于 1996—1997 年间在臭名昭著的金字塔集资案崩溃前夕来到阿尔巴尼亚。彼时，国家正处于转轨初期，社会的混乱与分裂尽显。马拉此行目的明确，他想在父辈的家乡投资。通过与当地人的交谈，马拉决定将目光瞄向灵魂，那些已经死去，却仍在被冒用名字为某个市长、区长投票的人们。于是他宣布成立一个宗教教派，为这些灵魂找到属于他们的居所，借此吸引信众并获利。在阿尔巴尼亚著名文学评论家迪亚娜·楚利（Diana Çuli，1951—　）看来，"穆奇重现了道德缺失、腐败而分裂的阿尔巴尼亚社会。这部小说的主题、形式、写作技巧、人物、思想、语言、词汇具有原创性，无一不展现着作者本人的印记"（"Virgjil Muçi është një thesar gjuhe"）。

入围决赛的另外四部作品均为长篇小说，分别是薇拉·贝克特希（Vera Bekteshi，1946—　）的《没有尽头的长路》（Një rrugë e gjatë pa *krye*，2018）、加兹门德·卡拉斯尼奇（Gazmend Krasniqi，1963—　）的《斯库台三部曲》（*Triologjia e Shkodrës*，2018）、卢迪娜·楚皮（Rudina Çupi，1975—　）的《标点符号》（*Shenjat e pikësimit*，2018）和萨纳斯·迪诺（Thanas Dino，出生年份不详）的《毁灭或改变与停止》（*Prishja ose ndërrimi dhe ndalimi*，2018）。

随着奖项影响力逐年递增，经过四年的时间，已有 104 部文学作品参与角逐卡达莱奖。对于尚且年轻的奖项和一个"小国"而言，这一数字体现了阿尔巴尼亚人对文学的热情和信念。卡达莱奖创立者亨利·奇利（Henri Çili，1975—　）对于奖项即将走入第五个年头极其感慨，他坦言奖项设立的初衷是为阿尔巴尼亚语文学提供一位"梅塞纳斯"（罗马皇帝奥古斯都的谋臣，被视为文学艺术的赞助者与保护者）。（Palushi，"Çmimi Kadare 2018"）

2. 国家文学奖（Çmimi Kombëtar për Letërsi）

2018 年 12 月，阿尔巴尼亚文化部公布 2017 年国家文学奖获奖名单，评选出"年度最佳文学作品"和"年度最佳文学翻译"。参与角逐"年度最佳文学作品"的有阿德里亚蒂凯·拉米（Adriatike Lami，1972—　）的《爱我的男子》（*Burri që më do mua*，2016）、恩泰拉·塔巴库（Entela Tabaku，1971—　）的《外国诗》（*Poemë e huaj*）、亨利克·斯皮罗·乔卡（Henrik Spiro Gjoka，出生年份不详）的《献给别人妻子的奏鸣曲》（*Sonatë për gruan e një tjetri*，2011）、基姆·梅赫梅蒂（Kim Mehmeti，1955—　）的《阿内莫纳》（*Anemona*）和斯特凡·恰帕里库（Stefan Çapaliku，1965—　）的《每个人都以自己的方式发疯》（*Secili çmendet simbas mënyrës së vet*，2016）。

入选"年度最佳文学翻译"短名单的为阿贝丁·普雷扎（Abedin Preza，出生年份不详）翻译的意大利诗人卢多维科·阿里奥斯托

(Ludovico Ariosto，1474—1533）的叙事长诗《疯狂的罗兰》(*Orlandi i çmendur*，2017）、阿尔凯特·查尼（Alket Çani，出生年份不详）翻译的匈牙利作家雅歌塔·克里斯多夫（Agota Kristof，1935—2011）的小说《恶童三部曲》(*Triologjia e binjakëve*，2017）、艾达·巴罗（Aida Baro，出生年份不详）翻译的意大利作家普里莫·莱维（Primo Levi，1919—1987）的《休战》(*Armëpushimi*，2017）、巴什齐姆·谢胡（Bashkim Shehu，1955—　）翻译的智利作家罗贝托·博拉尼奥（Roberto Bolano，1953—2003）的长篇小说《2666》(*2666*，2017）和埃里昂·卡拉波利（Erion Karabolli，出生年份不详）翻译的阿根廷作家萨曼塔·施维伯林（Samanta Schweblin，1975—　）的长篇小说《营救距离》(*Largësi shpëtimi*，2017）。

最终，亨利克·斯皮罗·乔卡的小说《献给别人妻子的奏鸣曲》荣获"年度最佳文学作品"，阿尔巴尼亚文化部部长米蕾拉·库姆巴罗女士（Mirela Kumbaro）在颁奖时称斯皮罗是"现代巴尔扎克"。评委会一致认为这部小说"具有强烈的唤醒记忆的力量，在叙述中展现了（人物心理）的普遍性与特殊性"。("Çmimet kombëtare"）《献给别人妻子的奏鸣曲》的主人公是一位精神病医生，他以为病人的生活制定严格的规定作为治疗手段，在这个过程中发现自己爱上了别人的妻子。借由违背道德的爱情，作者将主人公置于医生与病人的双重身份之中，探讨人性的矛盾。从上世纪 90 年代初起，斯皮罗一直定居法国，他的创作焦点集中在经历二战后并在霍查统治下生活了五十年的一代阿尔巴尼亚人。在此次获奖感言中，他讲道："从事艺术的人肩负着重要的责任，那就是教育人。我们中许多人是在艺术中受教育的，没有真正的艺术，我们只是工作和过往政权的工具。"("Çmimet kombëtare"）

艾达·巴罗翻译的《休战》当选"年度最佳文学翻译"。巴罗上学时主修意大利语言和文化，从事翻译工作至今已有二十余年，其他译作有戈利亚达·萨皮恩扎（Goliarda Sapienza, 1924—1996）的《快乐的艺术》（*Muza e haresë*, 2016）。

3. 地拉那国际书展奖项

2018 年 11 月，地拉那国际书展在阿尔巴尼亚首都地拉那开幕，这是自 1991 年创立以来的第 21 届书展，共有 95 家国内外出版社参展。阿尔巴尼亚出版商协会（Shoqata e Botuesve Shqiptarë）主席佩特里特·于梅里（Petrit Ymeri）宣布本届书展的主题是"阅读"。

经过对 130 余部作品的筛选，基姆·梅赫梅蒂凭借小说《井》（*Pusi*, 2018）获得职业成就奖（Çmimi i karrierës）；最佳创作奖（Çmimi i krijimtarisë më të mirë）归属《独眼巨人》（*Ciklopi*, 2018）的作者布拉扬·苏卡伊（Brajan Sukaj，出生年份不详）；最佳翻译奖则由《来自死去的公主》（*Nga ana e princeshës së vdekur*）的译者多妮卡·奥马里（Donika Omari，出生年份不详）摘得；诗人泽夫·迪·马卓（Zef Di Maxho, 1944— ）依靠《阿尔布莱什诗歌》（*Poema Arbëreshe*）荣获评委会特别奖。

基姆·梅赫梅蒂是生活在北马其顿的阿尔巴尼亚人，是著名小说家、散文家、评论家、编辑和马其顿语 – 阿尔巴尼亚语双语翻译，曾于 2008 年赢得雷扎伊·苏罗伊文学奖（Rexhai Surroi）。《井》被视为一部自传体小说，小说中"井"的原型来源于梅赫梅蒂老家，作者曾说："每当回想起家乡和院子里那口井时，我总能听到母亲的声音。她坐在那里，轻声歌唱，声音轻得像是她就要睡着了。"（"Prezantohet 'Pusi'"）母亲去世后，梅赫梅蒂一家搬到城市生活，父亲曾试图重新修一口井，想重拾消失的平静。作者在小说中记述了这个家庭完整

的历程。阿尔巴尼亚知名出版人阿尔达·巴居利（Alda Bardhyli）表
示："在北马其顿这个地方，以及南斯拉夫解体后形成的其他国家，
重构回忆的进程始终没有结束。这部小说为回忆的重建增添了重要的
一笔，它将作为北马其顿少数族裔的阿尔巴尼亚族家庭的旅程展现
给读者，让属于北马其顿的回忆和认同更加完整。"（"Kim Mehmeti:
Jam nga"）

布拉扬·苏卡伊是阿尔巴尼亚青年作家中的佼佼者。2017 年，
他凭借小说《象年》（*Viti i elefantit*，2017）入围卡达莱奖决赛。苏卡
伊的写作极具个人风格，选词考究，语言简洁。《独眼巨人》中的故
事是从一个样貌奇怪的婴儿的出生开始的，婴儿有 7 个手指，巨大
的下巴和发亮的眼睛。年轻的母亲虽然饱受旁人的恐吓，但出于母
爱，她倾尽所能地满足儿子的需求。故事高潮出现在母亲为了给儿子
买药而行窃被捕，无知又冷漠的众人为惩罚母子二人的判决而欢呼。
（"Njihuni me Brajan Sukaj"）

4. 库尔特奖（Çmimi Kult）

库尔特奖由阿尔巴尼亚库尔特学院（Akademia Kult）设立于
2005 年，评审的范围包括书籍、音乐、视觉艺术、戏剧和电影，旨
在表彰年度文化、艺术类成就。2018 年，阿尔巴尼亚剧作家、小
说家阿尔迪安－克里斯蒂安·库曲库（Ardian-Christian Kyçyku，
1969—　）的小说《父亲》（*Ati*，2017）荣获"最佳艺术类书籍"。
《父亲》一书是库曲库献给父母的作品，歌颂父辈无止境的付出和牺
牲。米莫扎·胡萨（Mimoza Hysa，出生年份不详）翻译的意大利诗
人埃乌杰尼奥·蒙塔莱（Eugenio Montale）的诗集《境遇》（*Rastet*）
获"最佳翻译奖"。

（二）国际获奖情况

1. 巴尔干地区——巴尔干文学奖（Ballkanika）

巴尔干文学奖由巴尔干基金会设立，被称为"巴尔干地区的诺贝尔文学奖"，是地区内最重要的文学奖项。奖项评委会由巴尔干地区知名的出版商、作家、记者、学者等组成，每年从近些年内出版的文学作品中挑选十部佳作，最终选出一部作品，将奖项授予作者。

2018 年，阿尔巴尼亚作家、诗人、文学批评家里德万·迪波拉（Ridvan Dibra，1959—　）凭借小说《孤独的传说》（*Legjenda e vetmisë*，2012）入围巴尔干文学奖。迪波拉是上世纪 90 年代后阿尔巴尼亚语文学界的重要创新力量，曾多次获得国内外奖项。《孤独的传说》曾帮助迪波拉在 2012 年赢得雷扎伊·苏罗伊文学奖，被评为当年的阿尔巴尼亚语最佳小说。小说围绕着孤独的主题展开，主人公巴拉在经历了父亲的离奇遇害后，未能成功报仇，如同现代版的"哈姆雷特"。遗憾的是，最终迪波拉同巴尔干文学奖失之交臂。

2. 科索沃地区——年度文学奖（Çmimi i Vitit për Letërsi）

2018 年 12 月，由国际作家协会（Shoqata Ndërkombëtare e Shkrimtarëve）设立的年度文学奖评选结果揭晓，科索沃地区的记者、作家坦纳尔·古齐鲁图尔克（Taner Guçluturk，1980—　）获此殊荣。年度文学奖旨在表彰当年科索沃地区以及世界范围内，在诗歌、小说、戏剧领域颇有建树的作家。国际作家协会主席耶顿·凯尔门第（Jeton Kelmendi）认为，古齐鲁图尔克的译作为科索沃地区当代文学的传播做出重要贡献，他本人高超的文学水平也在翻译和创作中充分展现。（"Guçluturk është fitues"）古齐鲁图尔克是科索沃地区的土耳其族人，通过阿尔巴尼亚语和土耳其语的双语创作，推动了对科索沃地区土耳其语文学的保护与延续工作。

3. 地中海外国文学奖（Prix Méditerranée Etranger）

地中海外国文学奖由法国地中海文学中心每年颁给作品译为法语的优秀作家，是法国重要的外国文学奖项。2018 年，阿尔巴尼亚社会主义时期领导人穆罕默德·谢胡之子巴什齐姆·谢胡凭借小说《游戏，天空的陷落》（*Loja, shembja e qiellit*，2013）摘得 2018 年地中海外国文学奖的"评委会特别奖"。此前，卡达莱、贝斯尼克·穆斯塔法伊（Besnik Mustafaj，1958— ）曾获该奖。

小说《游戏，天空的陷落》围绕一个年轻人处理父权、政权和神权关系时的精神活动展开，描绘了在政治迫害中戛然而止的青春与残破的理想和爱情。年轻人试图在宗教中寻求出路，却难以找到真正的精神寄托。

4. 意大利——诺尼诺国际文学奖（Premino Nonino）

诺尼诺国际文学奖是意大利影响力最大的国际性文学奖项，1975 年由意大利诺尼诺家族创办，1984 年开始设立国际奖项，面向全球知名作家，评审主要由诺贝尔文学奖获奖作家组成。中国作家阿城、莫言、杨炼曾获该奖。2018 年 1 月，诺尼诺国际文学奖获奖名单揭晓，阿尔巴尼亚作家、诗人卡达莱获此殊荣。

评委会高度评价卡达莱在其作品中所使用的阿尔巴尼亚文化特有的题材，以及他将这些文化符号提升到世界文学高度的能力，称其为"一个深爱自己人民却也同时带着批判眼光的作家"。在卡达莱的众多小说中，评委会特别提到《亡军的将领》（*Gjenerali i ushtrisë së vdekur*，1963）中意大利人到阿尔巴尼亚寻找二战期间意军士兵尸骨的情节，以及《石头城纪事》（*Kronikë në gur*，1971）和《梦幻城堡》（*Pallati i ëndrrave*，1981）中将奥斯曼帝国作为外国统治象征的书写。

二、文学研究

2018 年为"斯坎德培年",以纪念阿尔巴尼亚民族英雄乔治·卡斯特里奥蒂 – 斯坎德培逝世 550 周年。斯坎德培是 15 世纪带领阿尔巴尼亚人民抵挡奥斯曼帝国入侵的伟大将领,帮助巴尔干地区人民共同反抗外敌。此次围绕"斯坎德培年",阿尔巴尼亚国内外学术机构举行了一系列学术研讨会等活动,以研究、纪念斯坎德培在阿尔巴尼亚历史、文化、民族认同中所起到的重要作用。

值得一提的是,阿尔巴尼亚科学院从 2000—2018 年间国内外出版的三十余部斯坎德培专著中选出六部优秀作品。前三名均由阿尔巴尼亚作家所著:奥雷尔·普拉萨里(Aurel Plasari,1956—)的《斯坎德培:一部政治史》(*Skënderbeu-një histori politike*,2010)、卡瑟姆·比乔库(Kasem Biçoku,1953—)的《斯坎德培历史研究中的中世纪地名》(*Toponimet Mesjetare në studimin e historisë së Skënderbeut*,2005)和佩特丽卡·森吉利(Petrika Thëngjilli,出生年份不详)的《斯坎德培:成就、空白与多重观点》(*Skënderbeu-arritje, mangësi e pikëpamje të ndryshme*,2012)。获奖的外国作家及其作品为意大利作家露西娅·纳丁(Lucia Nadin,出生年份不详)的《重新发现的阿尔巴尼亚》(*Shqipëria e rigjetur*,2012)、西班牙马德里大学何塞 – 曼努埃尔·弗洛里斯坦(Jose-Manuel Floristan,1960—)的《那不勒斯王国与阿尔巴尼亚的关系》(*Marrëdhëniet mes Mbretërisë së Napolit me Shqipërinë*,1990—2017 报刊连载)和德国作家奥利弗·杨斯·施密特(Oliver Jens Schmidt,1973—)的《威尼斯共和国下的阿尔巴尼亚》(*Shqipëria venedikase*,2007)。

借助"斯坎德培年"的契机,阿尔巴尼亚方济各会出版社

（Botime Françeskane）出版了两部方济各会修士关于斯坎德培的研究著作。《乔治·卡斯特里奥蒂——基督的卫士》（*Gjergj Kastrioti - Athleta Christi*，2018）一书收录了 12 篇由方济各会和耶稣会修士撰写的文章，其中有三篇首次被译为阿尔巴尼亚语，对于斯坎德培研究具有重要的文献价值。另一本是《在死人王国的论道，阿尔巴尼亚和伊庇鲁斯国王乔治·卡斯特里奥蒂与罗马皇帝查理大帝的对话》（*Kuvendime në Mbretërinë e të vdekurve, bashkëbisedim midis Gjergj Kastriotit mbret i Shqipërisë dhe i Epirit dhe Karlit të madh perandor romak*，2018）。

2018 年，女性主义在阿尔巴尼亚文学研究领域受到关注。伊蕾娜·米泽恰里（Irena Myzeqari，出生年份不详）所著的《卡达莱的女性主义话语》（*Ligjërimi feminist te Kadare*，2018）是近年来阿尔巴尼亚女性主义研究的首部专著。作者从卡达莱作品中的女性角色入手，探讨女性的政治身份与社会形象。如今，卡达莱的文学作品已成为阿尔巴尼亚历史、文化类概念研究的主要文献，因而基于卡达莱创作而展开的研究并不少见，包括对于民族主义、他者、空间、神话和身份认同等概念的探讨。米泽恰里的研究则进一步扩展了卡达莱作品研究的领域，也借大作家之名将女性主义研究带入阿尔巴尼亚学界。

三、巨星的陨落

2018 年，阿尔巴尼亚著名诗人、翻译家、小说家和记者法托斯·阿拉皮（Fatos Arapi，1930.7—2018.11）因病去世，享年 88 岁。他于 2008 年荣获马其顿斯特鲁加国际诗歌节（Struga Poetry Evenings）"金环奖"（Golden Wreath Award），是自 1963 年[1] 该奖项创办以来唯一一位获奖的阿尔巴尼亚诗人。阿拉皮是 20 世纪 60 年代阿

1　该奖于 1963 年开始对北马其顿之外的南斯拉夫解体后形成的国家的作者授奖。

尔巴尼亚自由诗和实验派诗歌潮流中的先锋诗人，其创作与政治环境联系紧密。他著有 6 部诗歌集和其他 19 部小说类作品，如小说《大雁》（*Patat e egra*，1969）、《不安的十二月》（*Dhjetori i shqetësuar*，1970）、《中间的海》（*Deti në mes*，1986），话剧《无名的游击队员》（*Partizani pa emër*，1962），以及诗集《诗歌小路》（*Shtigje poetike*，1962）、《长诗与短诗》（*Poema dhe vjersha*，1966）、《某人向我微笑》（*Dikush më buzëqeshte*，1972）等。他曾将莎孚（古希腊女诗人）、聂鲁达和尼古拉·瓦普察洛夫（Nikola Vaptsarov，1909—1942，保加利亚诗人）等人的诗歌译为阿尔巴尼亚语。

结语

　　2018 年的阿尔巴尼亚语文学延续了上一年度的繁荣景象，尤以长篇小说创作最为出众。每一个时代都有其杰出的代表作家，他们或书写中世纪历史，或回忆社会主义时期生活，又或是描绘转轨后社会经历的种种变迁，共同构成阿尔巴尼亚历史与文化的见证者、传承者和创造者。与文学创作同步发展，文学研究领域欣欣向荣。借"斯坎德培年"的契机，阿尔巴尼亚国内外关于斯坎德培的研究深入进行；同时，女性主义研究开启了研究领域的新篇章。

参考文献：

Baro, Aida. (trans.) *Armëpushimi*. Tirana: Pegi, 2017.

"Bashkim Shehu, djali i Mehmet Shehut, çmim special në Francë si Pamuk e Kadare." 28 Mar. 2018. Web. 5 Jun. 2019.
　　<https://shqiptarja.com/lajm/bashkim-shehu-djali-i-mehmet-shehut-cmim-special-ne-france-si-pamuk-e-kadare>.

"'Ciklopi' libri i veçantë i panairit të 21 të librit." 14 Nov. 2018. Web. 26 May 2019.
　　<https://www.classlifestyle.com/news/32388/39cyclopi39-is-the-special-book-of-

the-21st-book-fair/>.

"Çmimet kombëtare të letërsisë 2017 shpallen dy fituesit." 20 Dec. 2018. Web. 8 Jun. 2019. <https://politiko.al/cmimet-kombetare-te-letersise-2017-shpallen-dy-fituesit/>.

Çuli, Diana. "Virgjil Muçi është një thesar gjuhe." 29 Jul. 2018. Web. 28 May 2019. <https://blog.alpenews.al/diana-culi-virgjil-muci-eshte-nje-thesar-gjuhe/>.

Dibra, Ridvan. *Legjenda e vetmisë.* Tirana: Onufri, 2012.

"Guçluturk është fitues i Çmimit për Letërsi për vitin 2018." 5 Dec. 2018. Web. 14 Jun. 2019. <https://infomagazin.net/2018/12/05/gucluturk-eshte-fitues-i-cmimit-per-letersi-per-vitin-2018/>.

"Henrik S. G - Shkrimtari që (nuk) fshihej pas një pseudonimi." 20 Dec. 2018. Web. 8 Jun. 2019. <https://gazetasi.al/henrik-s-g-shkrimtari-qe-nuk-fshihej-pas-nje-pseudonimi/>.

"Ja kush janë pesë finalistët e çmimit Kadare." 22 May 2018. Web. 29 May 2019. <https://www.gazeta-shqip.com/2018/05/22/ja-kush-jane-5-finalistet-e-cmimit-kadare/>.

"Kadare vlerësohet me çmimin 'Nonino' 2018 në Itali." 10 Jan. 2018. Web. 24 Mar. 2019. <http://www.panorama.com.al/kadare-vleresohet-me-cmimin-nonino-2018-ne-itali/>

"Kandidati shqiptar për Çmimin Letrar 'Balkanika 2017'." 10 Dec. 2018. Web. 5 Jun. 2019. <https://www.gazeta-shqip.com/2018/12/10/kandidati-shqiptar-per-cmimin-letrar-balkanika-2017/>.

"Kim Mehmeti: Jam nga ata shkrimtarë që kam nevojë të matem me peshoren e Tiranës." 10 Mar. 2018. Web. 26 May 2019. <http://madame.gazetamapo.al/kim-mehmeti-jam-nga-ata-shkrimtare-qe-kam-nevoje-te-matem-me-peshoren-e-tiranes/>.

Kyçyku, Ardian-Christian. *Ati.* Tirana: Poeteka, 2017.

"Mbrëmja Gala e Çmimeve Kult 2018●a kush janë fituesit." Web. 3 Jun. 2019. <http://akademiakult.com/cmimet-kult-2018/>.

Mehmeti, Kim. *Pusi.* Tirana: UET Press & MAPO Editions, 2018.

Muçi, Belushi. *Piramida e shpirtave.* Tirana: UET Press & MAPO Editions, 2018.

Myzeqari, Irena. *Ligjërimi feminist te Kadare.* Tirana: UET Press & MAPO Editions, 2018.

"Nominohen autorët për konkursin e veprës më të mirë dedikuar Skënderbeut." 14 Jul.

2018. Web. 10 Jun. 2019.
<http://top-channel.tv/2018/07/10/nominohen-autoret-per-konkursin-e-vepres-me-te-mire-dedikuar-skenderbeut/>.

"Njihuni me Brajan Sukaj autor fitues i çmimit për Librin më të mirë në Panairin e 21 të librit." 26 Nov. 2018. Web. 29 May 2019.
<http://www.gazetatema.net/2018/11/26/njihuni-me-brajan-sukaj-autori-fitues-i-cmimit-per-librin-me-te-mire-ne-panairin-e-21-te-librit/>.

Palushi, Enton. "Çmimi Kadare 2018: në katër vite, posaçërisht për këtë çmim janë shkruar 104 vepra letrare." 9 Jun. 2018. Web. 28 May 2019.
<https://revista.gazetamapo.al/cmimi-kadare-2018-ne-kater-vite-posacerisht-per-kete-cmim-jane-shkruar-104-vepra-letrare/>.

—. "I dorëzohet trofeu 'Kadare 2018', Virgjil Muçi: jemi çmësuar ta shohim realitetin, ndryshe nga drita e të huajve." 9 Jun. 2018. Web. 29 May 2019.
<http://revista.gazetamapo.al/i-dorezohet-trofeu-kadare-2018-virgjil-muci-jemi-cmesuar-ta-shohim-realitetin-ndryshe-nga-drita-e-te-huajve/>.

"Prezantohet 'Pusi' i autorit Kim Mehmeti." 11 Mar. 2018. Web. 26 May 2019.
<http://www.ikub.al/KULTURE/18/03/11/Prezantohet-romani-Pusi-i-autorit-Kim-Mehmeti--0003.aspx>.

Shehu, Bashkim. *Loja, shembja e qiellit.* Tirana: Toena, 2013.

"Shpallen fituesit e Panairit të 21 të Librit 'Tirana 2018'." 17 Nov. 2018. Web. 26 May 2019.
<https://shqiptarja.com/lajm/shpallen-fituesit-e-panairit-tw-21-tw-librit-tirana-2018>.

Shtjefën, Gjeçovi., Margjokaj, Paulin. et. *Gjergj Kastrioti-Athleta Christi.* Shkodër: Botimet Franceskane, 2018.

Spiro, Henrik. *Sonatë për gruan e një tjetri.* Tirana: Dudaj, 2017.

Sukaj, Brajan. *Ciklopi.* Tirana: Ombra GVG, 2018.

作者：马赛，北京外国语大学欧洲语言文化学院

2018 年阿富汗普什图语文学概览

王　静

内容提要：作为阿富汗的官方语言和主体民族的语言，普什图语（پښتو）历史悠久，文学样式丰富，然而，国家长期战乱导致当代普什图语文学没有得到长足发展。近年来随着社会的重建和教育体系的恢复，普什图语文坛也在逐渐复苏。2018 年，普什图语著作频出，题材多样，中青年学者们关注社会和文化发展，在呼吁人们团结起来共建国家的同时，开始把目光聚焦于年轻人和儿童的学习和成长，同政府相关部门一起，通过出书、颁奖、办书展、举行赛诗会等文学和文化活动，来营造一种文化氛围，引导人们特别是青少年们在保持身心健康的同时，多读书、读好书，用知识来重建阿富汗。

一、著作

《努力与成功》（هڅه او بریا）是一部采访纪实类励志文学作品，作者马吉布拉·拉赫曼·穆罕穆迪（مجیدالرحمن محمودي，出生年份不详）采访了阿富汗各地 21 位经过艰难坎坷实现理想的年轻人，通过他们的真实故事来鼓励正在学习和奋斗中的年轻人们。作者说："所有的这些故事、这些成功都不是依靠别的什么，它们都是拜'努力'所

赐。如果我们够努力，我们就能在社会中发现自身的价值，我们就
能更好的为祖国服务，我们就能为日益严重的国家困境找到解决之
法……我们要明白，生活有无尽的广度和深度，黑暗过后一定会出现
光明。"[1]

《改革之轴》（د اصلاحاتو پر محور）是尼姆鲁兹省副省长萨尔达
尔·穆罕默德·哈穆达尔德（سردار محمد همدرد，出生年份不详）在赫
尔曼德履职期间完成的自传。作者在书中从政治、安全、经济、社会
等各个方面对赫尔曼德省过去 15 年间的局势进行了深入的探讨，并
讲述了自己在赫尔曼德省 163 天的履职经历。此外，对阿富汗现政
府，作者从安全、政治和经济等方面提出了很多积极的意见建议。

《小说辩证法》（د داستان ديالكتيك）是阿富汗青年作家哈伦·萨姆恩
（هارون سمون，出生年份不详）的普什图语新作。作者从"辩证法"的
定义入手，探讨如何用辩证的观点去指导文学创作。作者说："这本
书不是在讨论类似'小说从哪里来，如何来'这样的问题，而是在讨
论小说的写作方法和技巧。""我们现在的小说作家很少写那些用以滋
养想象的社会现实故事，因为现实故事没有神奇之处。我们讨论'小
说辩证法'，就是为了解决这一难题。"

《学术文章和写作》（مونوگراف ليكنه او ليكوالي）是作家巴西拉尔·哈
克·阿迪尔（بصيرالحق عادل，出生年份不详）的新专著，作者针对初
涉写作的人群，通过分享自己的写作经验，对专题文章和学术文章的
写作提出了很多有益的指导和建议。

《国家需要革命》（دا خاوره انقلاب غواړي）是作家巴西拉尔·哈
克·阿迪尔的第二本书，书中收录了多篇散文和韵文。全书分为三个

---

1 <http://www.taand.com/archives/117613>.

部分，第一部分以"普什图语文学在民族觉醒中的责任"为标题，其下是作者本人的研究成果；第二部分收录了数篇描写普什图人性格的小散文和短文；第三部分收录了著名普什图语诗人的韵文和诗歌。

《第五季》（پنځم موسم）是诗人沙赫·纳瓦兹·巴奇尔（شاه نواز باقر, 出生年份不详）——当今在阿富汗最受欢迎的普什图语诗人之一——的第二本诗集。诗集出版的消息在脸书（facebook）等社交媒体上引起了喜爱巴奇尔诗歌的粉丝们的热烈讨论，很多人认为巴奇尔是"拥有无法言说的、诗歌般的气质的诗人"。巴基斯坦白沙瓦大学教授、批评家萨米鲁丁·阿尔曼（سميع الدين ارمان）为诗集作序，由楠格哈尔省经典出版社（کلاسیک خبرندویه تولنه）出版发行。

《大帕克提亚科学、文化与艺术人物全书》（د لویی پکتیا د علمي، فرهنگي او هنري خبرو ګډه تذکره）的作者是作家、诗人阿萨杜拉·埃拉特（اسدالله عیرت，出生年份不详），书中介绍了大帕克提亚时期的 99 位科学界、文化界和艺术界的人物。全书分为三章，第一章介绍作家和诗人，第二章介绍科学人物，最后一章介绍艺术人物。阿富汗作家、诗人伊勒姆·古尔·萨合尔（عمل ګل سحر）为此书作序。

《神话传说、逝去的时代和社会无意识》（کیسه، تېر مهال او تولنیز ناخوداګاه）是作家、学者阿克巴尔·卡尔格尔（اکبر کرګر，出生年份不详）的最新作品，也是作者的第二部作品。作者通过对大量普什图语神话传说的研究，探讨了神话与传说在人类文化发展中的作用。作家阿卜杜勒·瓦齐尔·苏拉·马尔（عبدالوکیل سوله مل）在书评中说："这本书不是传统意义上的对小说写作的指导，也不是介绍这样、那样的小说写作'公式'，而是要厘清传统和现代文学中神话传说的地位。""《神话传说、逝去的时代和社会无意识》不仅在普什图语研究中独树一帜，我在阿富汗的达里语作家和研究者中也没有看到过这样的研究。"[2] 阿富汗作家、诗人阿富尔·里瓦尔（غفورليوال）在序言中写道："此书的价值在于，它是在研究神话故事与人类精神世界之间的关系，它告诉我们神话故事是什么，神话和传说在人类无尽的精神世界里处于什么位置，它们如何与人的意识建立联系，如何影响人类的性格、信仰和艺术创作……"[3]

二、译作

2018 年，翻译文学仍然是普什图语文学作品中的重要组成部分。这一年普什图语翻译作品的内容十分丰富，包括经典名著、人物传记、小说、童话等。

印度著名文学家泰戈尔（Rabindranath Tagore，1861—1941）的诗集《吉檀迦利》（Gitanjali）早前就被阿富汗著名文学家阿卜杜鲁夫·贝纳瓦（عبدالروف بينوا）译为普什图语并多次再版，2018 年，作为经典，萨鲁士书局（سروش کتابپلورنخی）将其重新装帧，再版发行。

《白轮船》（سپينه بيری）是吉尔吉斯斯坦著名作家钦吉斯·艾特玛托夫（Чингиз Торекулович Айтматов，1928—2008）1970 年出版的俄语小说，讲述了一个被父母遗弃的吉尔吉斯小男孩的故事。小说 1977 年获俄罗斯国家奖金。著名普什图语作家、翻译家杜克图尔·拉提夫·巴汉德（دوکتور لطیف بهاند）将其译为普什图语，由萨鲁士书局出版发行。

作家贾巴尔·法拉兹（جبار فراز）将美国小说家杰克·伦敦（Jack London，1876—1916）的长篇小说《野性的呼唤》（د وحشت بلنه）译为

2　<http://www.taand.com/archives/105554>.

3　同上。

普什图语，由萨鲁士书局出版发行。法拉兹此前还翻译过伦敦的另一部小说《白牙》（سپين داري）。

《普京：资本与权力的斗争》（پوتين : د پانګۍ او واک کرکیچ）的作者是埃及媒体人萨米·依马拉（سامي عماره，出生年份不详）博士，原文为阿拉伯语，于2014年出版。作者在讲述普京生平的同时，通过对冷战之后俄罗斯的政治事务、媒体、外交关系等进行梳理，评述了普京在俄罗斯复兴中的作用。普什图语作家穆罕默德·沙赫·哈米德（اکسوس پلورنخی）（محمد شاه حمید）将其译为普什图语并由阿克素思书局出版发行。

美国总统特朗普的女儿伊万卡·特朗普（Ivanka Trump）2017年出版的《职业女性》（هغه ښځې چې کار کوي）由阿富汗女诗人、作家莎菲卡·赫帕尔瓦克（شفیقه خیلواک，出生年份不详）译为普什图语，并由喀布尔阿克素思书局出版发行。莎菲卡说，之所以翻译这本书，是因为该书在女性工作、生活以及领导能力方面具有启发意义。

《染血的钻石》（په وینو ککړ الماس）是讲述津巴布韦矿石开采与人民痛苦生活的文学作品，原作者是阿富汗作家阿卜杜拉·贾里尔·宾什（عبدالجلیل بینش，出生年份不详），以达里语写作。作者通过讲述津巴布韦国家采矿业的现实，让读者注意到阿富汗也有同津巴布韦类似的困境。"只有被合理地开采，矿产才能成为一个国家真正的财富。""希望有一天国内所有民族、所有人都团结起来，为建设一个繁荣的阿富汗而保护我们的自然资源，并且把学习放在一切事情的首位。"[4] 2018年，作家哈比布·乌卡尔（خبیب وقار，出生年份不详）将其译为普什图语并自费出版。

4　<http://www.taand.com/archives/117608>.

《肯尼与大怪龙》（کېنی او ښامار）是萨鲁士书局为孩子们翻译出版的一部童话作品，该书主要讲述兔子肯尼与一条跑丢了的龙的故事，作者是美国知名插画家、儿童小说作家托尼·迪特里齐（Tony Dietrich），普什图语版译者是阿富汗作家阿娜希塔·鲁西（اناهيتا روهي，出生年份不详）。出版社在出版说明中说："此类图书的翻译和出版是阿富汗大多数学者的责任，因为儿童是文明社会真正的、根本的支柱。"[5]

《间谍编年史》（د جاسوسی پېښنلر）是一部关于印度和巴基斯坦情报部门相互监视、竞争的重要著作，披露了印度情报调查分析局（RAW）和巴基斯坦三军情报局（ISI）之间不为人知的事件。此书由印度前官员杜拉特（A. S. Dulat）、巴基斯坦前官员阿萨德·杜兰尼（Asad Durrani）及印度记者阿迪提亚·辛哈（Aditiya Sinha）用英语共同写作，阿克索思书局的专职翻译布拉德（بورډ）将其译为普什图语并出版发行。

《爱的五种语言》（د مينې پنځه ژبې）是美国的著名婚姻家庭专家盖瑞·查普曼博士（Dr. Gary Chapman）的经典著作，曾被译成 49 种文字在全球发行。普什图语版译者为作家纳西尔·阿赫马德·纳吉里（نصير احمد نظري，出生年份不详），纳吉里说："作为本书的译者，我相信，当你读完一遍并践行了其中的 50 条忠告，你的生活一定会发生巨大的积极变化。"[6]

三、"智慧之笔"奖

"智慧之笔"奖 (د زري کرکي جايزه) 是智慧之笔学会 (د زري کرکي اکاډمی) 设立的民间文学奖项，每年颁发给上一年的优秀文学作品及其

---

5 <http:// www.taand.com/archives/115517>.

6 <http://www.taand.com/archives/106615>.

作者。2018 年 4 月 23 日，即世界读书日，智慧之笔学会在喀布尔的帕米尔剧院（Pamir Cinema）内的"书籍城市"（کتاب ښار）书店内颁发了该奖。获奖作品有 4 部，分别是马赫塔布·萨合尔（مهتاب ساحل，出生年份不详）的诗集《红色发辫》（سوره ګیسو）、马苏玛·阿拉奈（معصومه غرنی，出生年份不详）的儿童小说《信任》（باور）、纳吉夫·塔其尔（نظیف تکل，出生年份不详）的诗集《滴落的寂静》（راخڅېدلي چوپتیا）和伊斯马图拉·扎希尔（عصمت الله زهیر，出生年份不详）的人物传记《为爱隐居的诗人》（د مینی او حسن معتکف شاعر）。

四、文学活动

1. 传统赛诗会

赛诗会是阿富汗文人和诗歌爱好者们互相交流的传统盛会，通常在每年春天 3 月或 4 月举行。很多省份都会举办类似的活动，来自各地的文人和诗歌爱好者们在此时聚集一堂，赋诗对歌，展现自己的艺术才华。赛诗会在 20 世纪六七十年代时最为繁盛，但是后来受宗教极端主义和战乱的影响，社会风气越来越保守，文化教育一度停滞不前，这一传统文学集会也停办了多年。近年来，随着国家的重建、教育的复苏以及文化部门的重视，传统赛诗会在一些省市又焕发出新的生命力，但是各省赛诗会的规模有所不同，有些省份也不是年年举办。4 月 19 日，白杨树赛诗会（د چنار دودبزه کلنی مشاعره）在霍斯特（خوست）的哈奇姆·塔尼瓦尔公园（حکیم تنیوال پارک）举办，阿富汗信息文化部部长、省政府官员、来自喀布尔的文化人士以及众多文学、诗歌爱好者们参加了赛诗会。会上，诗人们通过自己所做的诗歌表达了对青年人的责任、爱情及现实的关注。

4 月 27 日，由"帕尔蒂斯文化文学协会"（پردبس کلتوري او ادبي تولنه）

发起，在一些文化组织和昆都士文化人士共同合作下，北方传统赛诗会（د شمال دودیزه کلنی مشاعره）在昆都士（کندز）白银俱乐部酒店举办。与会者来自坎大哈、喀布尔、萨曼甘等各省和昆都士各市县，包括昆都士大学校长和老师们、昆都士政府领导、昆都士各个文化协会的代表以及诗人、作家和文学爱好者们。会议期间，正在昆都士进行自己的艺术之旅的阿富汗著名男演员贾韦德·阿巴德（جاوید عابد）为与会者们进行了专场表演。

2. 拉赫曼·巴巴逝世 269 周年纪念会

2018 年 4 月 23 日是阿富汗普什图语文学大师、著名苏菲派诗人阿卜杜勒·拉赫曼·巴巴 [7]（عبدالرحمن بابا，1663—1749 年）逝世 269 周年纪念日，当天昆都士省多家文化协会共同举办了隆重的纪念活动。拉赫曼·巴巴生于白沙瓦地区，其所作诗歌包括爱情、道德、宗教和社会等内容，有时也涉及哲学，有学者评价他的神秘主义触及了普什图文化的本质。拉赫曼·巴巴的全部作品都收录于《诗集》（دیوان），在阿富汗，几乎每个家庭和清真寺都摆放有《诗集》。

3. 新书发布会

阿卜杜勒·瓦齐尔·苏拉·马尔（عبدالوکیل سوله مل）是阿富汗当代优秀的小说作家之一，2018 年 5 月 8 日，在喀布尔信息文化部新闻大厅内举办了阿卜杜勒·瓦齐尔·苏拉·马尔三本新书的读书见面会。三本新书包括两本普什图语短篇小说集《当时代崩坏》（چی زمانه خرابه شي）和《带刺的大床》（اغزن پالنگ），一本达里语短篇小说集《致盲药》（داروی کور کننده）。《当时代崩坏》内含 17 个短篇，内容都与阿富汗和阿富汗人民的真实生活相关；《带刺的大床》内含 13 个短篇，关注阿富汗妇女的困境和愿望。见面会上，著名小说作

---

7 巴巴（بابا）是尊称。

家扎林·安祖尔（زرین انځور），作家、诗人阿卜杜勒·阿富尔·里瓦尔（عبدالغفور لیوال），纳吉布·马那里（نجیب منلی）教授，信息文化部代理部长、学者拉苏尔·巴乌里（رسول باوري）以及一众其他作家都对阿卜杜勒·瓦齐尔·苏拉·马尔的新书和其写作风格进行了点评。安祖尔认为苏拉·马尔"是一个勇敢的作家，他敢于提出很多作家不敢触及的社会问题"[8]。

4. 书展

2018 年 5 月 8—9 日，阿富汗帕克提亚省信息文化局举办了为期两天的图书展。此次图书展共展示了几千本图书，内容包括文化、宗教、社会、文学、政治、历史等，来自全国的约 25 家图书馆和一些科学机构带着自己的藏书参加了展览。信息文化局局长穆罕默德·沙法马什菲克（محمد شفامشفق）在展览开幕式上说："当今，很多年轻人都把注意力放在了外表的美丽上，我们举办这样的书展是为了把年轻人的注意力带回到书籍和阅读上来。"[9]

五、大师陨落

2018 年，普什图语文化界有两位大师与世长辞，一位是俄罗斯东方文化教授、普什图语专家康斯坦丁·亚历山大罗维奇·列别捷夫（Константин Александрович Лебедев，1920—2018），另一位是阿富汗杰出作家、诗人、学者阿卜杜拉·巴赫塔尼（عبدالله بختانی，1925—2018）。

康斯坦丁·亚历山大罗维奇·列别捷夫出生于莫斯科附近的克鲁

---

8 <https://pashtunews.com/%da%86%db%90-%d8%b2%d9%85%d8%a7%d9%86%d9%87-%d8%ae%
d8%b1%d8%a7%d8%a8%d9%87-%d8%b4%db%8c/>.

9 <https://rohi.af/fullstory.php?id=66578>.

曼斯克市，1942 年在莫斯科东方学研究所获得硕士学位，之后入职该研究所科学部，开始学习普什图语。1954 年至 1985 年间，列别捷夫教授翻译了大量与教育、学术、语法、艺术等领域相关的普什图语文献，翻译了包括诗歌和散文在内的大量普什图语口头文学和现当代文学作品。他还编写了数本普什图语教科书和工具书，其中包括普什图语教材、《普什图语语法》、《俄 - 普词典》、《普 - 俄词典》、《俄 - 普 - 达里语词典》等，还撰写了很多关于阿富汗历史和文化研究方面的文章。列别捷夫教授将一生都献给了普什图语研究和阿富汗问题研究，他是俄罗斯几代东方学者、阿富汗学者和普什图语学者们的先驱和领路人。

阿卜杜拉·巴赫塔尼出生于阿富汗楠格哈尔省萨拉路德县（سره رود ولسوالۍ），受父母启蒙，后师从楠格哈尔和喀布尔的教授们，学习了伊斯兰教法学、评注、词法、哲学、逻辑学等宗教、语言和文学方面的知识。巴赫塔尼精通达里语、普什图语、阿拉伯语、英语和俄语，涉猎广泛，对历史、地理、物理、化学等都有研究，一生著述丰厚，已出版的书籍有 78 部，如诗集《心之秘密》（د زړه راز）、诗选《心声》（د زړه آواز）、文学批评《甜辣椒》（خوږي ترخي）、短篇小说集《普什图语短篇小说》（پښتو لنډ）等，还有数十部在出版筹备之中。

结语

2018 年普什图语文坛明显比上一年活跃，除了各种题材、内容的翻译作品外，数本正式出版的普什图语原创新作十分亮眼。很多作家尝试用正确的人生观和世界观来引导年轻人，用先进的方法论启迪青年写作爱好者，开创普什图语文学写作的新风。政府的文化部门、国内各大出版商以及一些社会文化团体都看到了优秀书籍和知识在国

家发展中的重要性，积极努力地举办各类文化活动，为文学的进一步
发展创造了环境。

参考文献：

سرمحقق عبدالله بختانی به جاویدانگی پیوست Logar. 25 Feb. 2018. Web. 15 Mar. 2019.
<http://logar.nu/index.php/8-2017-04-20-08-53-12/617-2018-02-25-19-31-51>.

مونوگراف لیکنه او لیکوالي کتاب چاپ شو l Rohi. 25 Apr. 2018. Web. 15 Mar. 2019.
<https://rohi.af/fullstory.php?id=66077>.

د«پوتین؛ د پانګی او واک کرکیچ» کتاب چاپ شو Rohi. 15. Jan. 2018. Web. 15 Mar. 2019.
<https://rohi.af/fullstory.php?id=62425>.

د (د اصلاحاتو پر محور) کتاب چاپ شو Rohi. 7. Feb. 2018. Web. 8 Apr. 2019.
<https://rohi.af/fullstory.php?id=63225>.

د (ژوند اووه رازونه) کتاب چاپ ته واستول شو Rohi. 4. Aug. 2108. Web. 8 Apr. 2019.
<https://rohi.af/fullstory.php?id=65325>.

پکتیا کې د کتاب ۲ ورځنی نندارتون پرانستل شو Rohi. 8 May 2018. Web. 10 Apr. 2019.
< https://rohi.af/fullstory.php?id=66578>.

د «ژوند اووه رازونه» کتاب چاپ شو Rohi. 13 May 2018. Web. 10 Apr. 2019.
<https://rohi.af/fullstory.php?id=66775>.

ماشوم پالنه کتاب چاپ شو Rohi. 30 May 2018. Web. 16 Apr. 2019.
<https://rohi.af/fullstory.php?id=67408>.

د ډونالډ ترمپ د لور ایوانکا ترمپ کتاب پښتو ته وژبارل شو Rohi. 16 Aug. 2018. Web. 16 Apr. 2019.
<https://rohi.af/fullstory.php?id=70129>.

د (بنه ژوند تګلاری) کتاب چاپ ته واستول شو Rohi. 23 Sep. 2018. Web. 10 May 2019.
<https://rohi.af/fullstory.php?id=71297>.

د بصیرالحق عادل دویم کتاب «دا خاوره انقلاب غواړي» چاپ شو Rohi. 22 Oct. 2018. Web. 10 May
2019.
<https://rohi.af/fullstory.php?id=72095>.

په کندز کې د شمال دودیزه کلنی مشاعره ترسره شوه Rohi. 28 Apr. 2018. Web. 10 May 2019.
<https://rohi.af/fullstory.php?id=66143>.

په کندز کې د رحمان بابا ۹۶۲ تلین ونمانځل شو Rohi. 25 Apr. 2018. Web. 10 May 2019.
<https://rohi.af/fullstory.php?id=66047>.

په خوست کې د چنار دودیزه کلنی مشاعره تر سره شوه Rohi. 20 Apr. 2018. Web. 13 May 2019.
<https://rohi.af/fullstory.php?id=65835>.

 څېړونکی استاد عبدالله بختانی هم ومړ Rohi. 24 Feb. 2018. Web. 13 May 2019.

<https://rohi.af/fullstory.php?id=63946>.

په روسيه کې د پښتو ژبې لوی څېرونکی، ختيځپوه پروفيسور لبېدېف د ۸۹ کالو په عمرله نړی سترګی پټی کړی *Rohi*. 10 Jan. 2018. Web. 18 May 2019.

<https://rohi.af/fullstory.php?id=62276>.

دويار څلي (د لويي پکتيا د علمي، فرهنګي او هنري څېرو ګده تذکره) چاپ شوه. *Benawa*. 20 Feb. 2018. Web. 18 May 2019.

<http://www.benawa.com/details.php?id=68238>.

هڅه او بريا کتاب چاپ شو *Taand*. 24 Dec. 2018. Web. 18 May 2019.

<http://www.taand.com/archives/117613>.

په وينو ککړ الماس کتاب چاپ شو *Taand*. Dec. 2018. Web. 2 Jun. 2019.

<http://www.taand.com/archives/117608>.

سروش کتابپلورنځي تازه چاپ کړي *Taand*. 4 Nov. 2018. Web. 25 May 2019.

<http://www.taand.com/archives/115517>.

د داستان ديالکتيک کتاب چاپ شو *Taand*. 30 Oct. 2018. Web. 25 May 2019.

<http://www.taand.com/archives/115330>.

د بصيرالحق عادل دويم کتاب «دا خاوره انقلاب غواړي» چاپ شو *Taand*. 22 Oct. 2018. Web. 25 May 2019.

<http://www.taand.com/archives/114935>.

د شاه نواز باقر نوی کتاب پنځم موسم چاپ شو *Taand*. 7 Jul. 2018. Web. 25 May 2019.

<http://www.taand.com/archives/110462>.

د جاسوسي پېنلر کتاب پښتو ژباړه چاپ شوه *Taand*. 25 Jun. 2018. Web. 2 Jun. 2019.

<http://www.taand.com/archives/109979>.

د عبدالوکيل سوله مل د دري کتابونو مخکتنه وشوه *Taand*. 10 May 2018. Web. 2 Jun. 2019.

<http://www.taand.com/archives/107644>.

د تلپاتي ميني راز «د ميني پنځه ژبي»؛ کتاب چاپ شو *Taand*. 21 Apr. 2018. Web. 2 Jun. 2019.

<http://www.taand.com/archives/106615>.

کيسه، تيرمهال او تولنيز ناخوداګاه کتاب ته يوه لنډه کتنه *Taand*. 31. Mar. 2018. Web. 3 Jun. 2019.

<http://www.taand.com/archives/105554>.

د کتاب نړيواله ورځ ولمانځل شوه *Taand*. 23. Apr. 2018. Web. 3 Jun. 2019.

<http://www.taand.com/archives/106802>.

چي زمانه خرابه شی *Pashtu News*. 10. Jun. 2018. Web. 25 May 2019. <https://pashtunews.com/%da%86%db%90-%d8%b2%d9%85%d8%a7%d9%86%d9%87-%d8%ae%d8%b1%d8%a7%d8%a8%d9%87-%d8%b4%db%8c/>.

作者：王静，信息工程大学洛阳外国语学院

2018 年阿根廷文学概览

楼　宇

内容提要：2018 年的阿根廷文坛有两大亮点。其一，女性作家备受瞩目。步入暮年的玛丽亚·罗莎·洛霍和莉莉亚娜·赫克尔分获作家协会最高荣誉奖和国家文学奖；新生代作家代表萨曼塔·施维伯林发表新作，其作品被《纽约时报》评选为 2018 年度十大西班牙语好书。其二，"一个都不能少"运动成为社会热点，克劳迪娅·皮涅伊罗、玛丽亚·莫雷诺等作家为女性权益奔走疾呼，留下文学的记录与发声。女性作家逐步从边缘走向中心，成为 2018 年阿根廷文坛的主力军。

2017 年，作为西班牙语国家规模最大的书展，布宜诺斯艾利斯国际书展在开幕时迎来了近年来首位女性致辞嘉宾：路易莎·巴伦苏埃拉（Luisa Valenzuela）。这位一生致力于女性与政治题材创作的作家呼吁："在此，我希望成为阿根廷女性作家的代言人。不论是已故的还是健在的女性作家，她们当中有太多人值得列入经典作家之列，她们当中有太多人时至今日仍被世人忽视。"巴伦苏埃拉的呼吁似乎很快得到了回应。综观 2018 年的阿根廷文学，最醒目的关键词就是

"女性"。一方面，不同时代和年龄段的女作家汇聚年度文坛，引人瞩目；另一方面，对女性权益的关注成为年度文学创作的重要题材。

一、一代都不曾缺席：从边缘到中心的女性作家

被称为阿根廷文学史上首位女性小说家的胡安娜·马努埃拉·戈里蒂（Juana Manuela Gorriti）的出生年份众说纷纭，说法之一是1818年。若真如此，在她诞辰两百周年之际，思考阿根廷女性作家的创作历程及现状，可谓意味深长。戈里蒂著有多部小说，但在彼时的阿根廷，她的存在更像是一种点缀。十九世纪，"在由新生祖国的执舵手驾驶的疯狂船只上，女性文人不过是东躲西藏的逃票者"（Moreno：9）。

到了二十世纪，女作家终于可以大大方方地在文坛占有一席之地了，其中的佼佼者当属维多利亚·奥坎波（Victoria Ocampo，1890—1979）。作为一代文学和文化的标杆，奥坎波是阿根廷文学院首位女院士，但其成就不仅限于文学创作，她创办的杂志《南方》（Sur）在整个拉美地区影响深远。奥坎波一生致力于译介、研究和传播女性主义思想，在她看来，"男性独白既无法减轻我的痛苦，亦无法尽诉我的思想。既然如此，我为何要屈意顺从，去重复男性的独白呢？我另有所思所感需要表达"（Ocampo：14）。奥坎波认为，女性也应该拥有表达的权利，在家庭、社会和文化领域拥有属于自己的声音。但面对占据核心地位的"男性独白"，女性的声音仍十分微弱。博尔赫斯曾写道："在那样一个国家，在那样一个年代，女性被视为平庸之辈。而维多利亚·奥坎波却有勇气成为一个特立独行的人……作为个人，我欠了她很多；作为阿根廷人，我亏欠她的则更多。"（Borges）2018年，维多利亚·奥坎波以一种特殊的形式重回大众视野：G20峰会在

布宜诺斯艾利斯召开期间，参会各国国家领导人的夫人参观了其故居——奥坎波别墅。一时间，纪念奥坎波的文章和探讨其对女性思潮影响的著述纷至沓来，她在阿根廷当代文化和文学史上的地位也得到了重新评估。除了奥坎波，一些"一直在场但却从未被真正看见"的女作家也于 2018 年获得了肯定，如玛丽亚·罗莎·洛霍（María Rosa Lojo，1954—　）和莉莉亚娜·赫克尔（Liliana Heker，1943—　）。

洛霍的创作涵盖小说、诗歌和文学评论，著有短篇小说集《边缘人》（*Marginales*，1986）、诗集《等待绿色的清晨》（*Esperan la mañana verde*，1998）、文学评论《阿根廷叙事文学中的"野蛮"》（*La "barbarie" en la narrativa argentina*，1994）等。2018 年，洛霍获阿根廷作家协会最高荣誉奖，成为该奖项自 1944 年设立以来第九位获此殊荣的女性作家。洛霍坦言："我期待女性作家能得到更多的公平对待与认可，希望获奖女作家所占比例不再是少数，尤其在当下，女性作家的创作已越来越引人瞩目。"

历史、记忆和女性题材是洛霍作品中恒常的主题。如在长篇小说《流浪者的激情》（*La pasión de los nómades*，1994）中，作家通过仙女罗绍拉和 19 世纪阿根廷著名政治家及作家曼西利亚的灵魂的相遇，用奇幻的史诗风格描绘了印第安族群的神秘世界，并探讨了文明与野蛮在阿根廷国家历史上的意义。此外，作为西班牙移民后裔，洛霍的创作还带有浓郁的西班牙色彩。出版于 2018 年的新作《只差一跃》（*Solo queda saltar*）聚焦 20 世纪三四十年代移民到阿根廷的西班牙居民，通过塞西莉亚姐妹的经历，讲述了女性移民抵达阿根廷后感到的迷茫以及遭遇的困境。小说交织着姐妹二人的叙述声音，姐姐讲述了她们初抵南美洲时的新鲜感和面临的挑战，以及午夜梦回的悠悠乡愁；妹妹则是回忆了她们几十年来在阿根廷的生活经历。她们逃离了西班牙内战，却无法逃离贫穷、饥饿、恐惧和暴力。所幸的是，这些痛苦赋予了她们勇气和坚强，一个逃亡故事最终演变成一部女性成长史。

与洛霍一样，赫克尔也于 2018 年收获了"晚至的名声"，她凭借《短篇小说合集》（*Cuentos reunidos*，2016）荣获这一年重启的国家文学奖之最佳短篇小说奖。赫克尔可谓少年成名，年仅十六岁就以出色的才华赢得了著名作家阿维拉多·卡斯蒂略的赏识。赫克尔先是在《纸蟋蟀》（*El grillo de papel*）杂志上发表了短篇小说处女作，此后更是成为卡斯蒂略的得力助手，先后参与《金龟子》（*El escarabajo de oro*）和《鸭嘴兽》（*El ornitorrinco*）等文学杂志的创刊和编辑工作。[1] 身兼编辑和作家双重身份的赫克尔在文学创作领域也是硕果累累。主要作品有短篇小说集《水族馆》（*Acuario*，1972），长篇小说《断裂区》（*Zona de clivaje*，1990）、《故事的结局》（*El fin de la historia*，1996），文学评论《生死对话》（*Diálogos sobre la vida y la muerte*，2003）等。

赫克尔的短篇小说《别人的节日》（"La fiesta ajena"，1982）既是她的代表作之一，从某种意义上也成为她在阿根廷文坛的隐喻。当年的赫克尔，年纪轻轻就已置身文学圈的核心层，她的内心难免惶恐："在那个由实力雄厚的男性作家组成的团体中，作为唯一的女性让我显得有些格格不入，更有甚者，我还是当中年龄最小的。"心怀梦想的赫克尔不愿文学创作成为"别人的节日"，经过数十年的笔耕不辍，年逾七十的她凭借国家文学奖宣告了她在这个节日中的地位。不过，赫克尔十分排斥"女性主义""女权"等标签，她不愿强调这

1　这些杂志聚集了包括科塔萨尔、富恩特斯、萨瓦托在内的多位拉美知名作家，在当时影响巨大。

种性别差异："无论女性元素，还是男性元素，都不应视为文学的属性。作家的性别无疑会像其出生、经历或性格那样影响其作品，但性别永远不是决定其作品风格的唯一元素。"（Heker：13）赫克尔常采用客观冷静的白描手法勾勒女性人物，重于记录，不多加渲染或评述。因而无论那些女性的经历有多沉重，文字背后总凝聚着一种坚毅和理性。

赫克尔的另一职业是培养阿根廷作家。自二十世纪七十年代中期开设写作班以来，赫克尔的许多学生都已成长为阿根廷文学的生力军，如吉列尔莫·马丁内斯（Guillermo Martínez, 1962— ）和萨曼塔·施维伯林（Samanta Schweblin, 1978— ）。施维伯林是当代西班牙语文坛最受关注的青年作家之一，也是阿根廷文学在世界文坛的代言人之一。施维伯林堪称文学的宠儿，每一部作品都让人眼前一亮，且总能获得奖项的垂青：2001年她的首部短篇小说集《骚动的心》（*El núcleo del disturbio*）获得阿根廷国家艺术基金会一等奖；此后，其第二部短篇小说集《吃鸟的女孩》（*Pájaros en la boca*, 2009）获美洲之家奖；2017年，施维伯林的首部长篇小说《营救距离》（*Distancia de rescate*, 2014）的英文版又入围布克奖短名单。在同龄人、西班牙丰泉小说奖获得者安德烈斯·纽曼（Andrés Neuman）看来："我们这代作家中，施维伯林创作的短篇小说是最优秀的。"她的作品颇具科塔萨尔的风格，她擅长挖掘日常生活中的不寻常，将现实与奇幻共置于文本的世界中。她自称是"幻想文学的虔诚信徒"，表示"幻想小说深深扎根于我的内心。诚然，我行走于现实世界，但我浑身上下散发的却是幻想的气息"。

在2018年发表的长篇小说《肯图奇》（*Kentukis*）中，施维伯林的幻想仍在继续，只不过这一次走得更远。小说的主人公"肯图奇"

是一种具有动物外形的宠物娃娃。"肯图奇"或许是你孤独时最好的陪伴，但它的一举一动完全取决于远程操控它的那个人。因此，当你向"肯图奇"袒露心扉，倾听你的其实是身处地球某处的它的神秘主人。《肯图奇》被《纽约时报》评选为 2018 年度十大西班牙语好书。西班牙作家及文学评论家豪尔赫·卡里翁认为，小说秉承了施维伯林一贯的文学特色，即"怪异丑陋之物不在外部，而是蛰居于我们的内心"。高科技产品"肯图奇"连接的是一个个孤独的人，而小说《肯图奇》探究的则是高科技社会里暗不见底的复杂人性。书中描绘的不是一个反乌托邦世界，而是科技高速发展的现代社会的日常生活。在此，施维伯林试图探讨社交网络的阴暗面、现代社会的人际关系、人类的孤独感、科技发展与个人隐私等问题。

20 世纪七八十年代，拉丁美洲文学出现了以智利作家伊莎贝尔·阿连德、墨西哥作家劳拉·埃斯基维尔等为代表的女性作家群，"女性文学作为一支充满活力的文学力量，其作品无论从深度还是影响上堪与男作家的作品媲美"（郑书九：47）。四十多年后，阿根廷文坛终于迎来了打破"男性独白"的女性作家群，且女性之声大有盖过男性作家声音的势头，"总体来看，当今阿根廷最具影响力的文学绝大部分都是由女性作家书写的"。（"Literatura argentina 2018"）施维伯林、玛丽亚娜·恩里克斯（Mariana Enríquez，1973—　）、阿丽亚娜·赫尔威斯（Ariana Harwicz，1977—　）等极具实力和潜力的"七零后"女性作家已经成为阿根廷文坛的中坚力量。

二、"一个都不能少"：文学的记录与发声

2015 年，面对日益严重的针对女性的暴力事件，阿根廷民众发起了"一个都不能少"（Ni Una Menos）运动。数千人走上街头抗议，

要求停止对女性的暴力行为。此后，该运动受到普遍关注，蔓延至拉美多国。2018 年，"一个都不能少"运动的主题为争取堕胎权，无数民众披戴绿色丝巾为女性振臂高呼，希望国会将自愿终止妊娠合法化。虽然最终堕胎合法化的法案未能通过，但这场绿色运动唤起了阿根廷全国乃至拉美多国对堕胎权的广泛讨论，女性权益再次成为社会热点。

在这场运动中，数百位女性作家联名递交公开信，呼吁阿根廷出台相关堕胎政策，保护女性权益。不少具有知识分子良知和社会责任感的作家纷纷发声，其中"最坚定和影响最广泛的声音之一"就是克劳迪娅·皮涅伊罗（Claudia Piñeiro，1960— ）。她多次在公开演讲、电视和社交网络上强调，作家不应对社会问题保持沉默，而是应该利用文学和语言这些作家独有的工具去言说。

皮涅伊罗的作品主要分为小说和戏剧两类，大部分作品聚焦于女性题材，如长篇小说《你的》（*Tuya*，2005）、《星期四的寡妇》（*Las viudas de los jueves*，2005，获号角最佳小说奖[2]）、《埃伦娜知道》（*Elena sabe*，2006）、《哈拉的裂痕》（*Las grietas de Jara*，2009，获索尔·胡安娜·伊内斯·德·拉·克鲁斯奖[3]）、《贝蒂乌》（*Betibú*，2011）等。2018 年，皮涅伊罗发表首部短篇小说集《谁不是呢？》（*Quién no*）。

皮涅伊罗曾说："我的创作始终聚焦此地、此时，关注当下正在发生的事情。"（"El tema…"）收录于《谁不是呢？》的短篇小说《给

2　该奖项于 1998 年设立，是阿根廷最受关注的文学奖项之一，旨在促进阿根廷本土文学创作的繁荣，向读者介绍最新的叙事文学作品。

3　该奖项以墨西哥著名女诗人索尔·胡安娜·伊内斯·德·拉·克鲁斯（1651—1695）的名字命名，于 1993 年设立，每年颁奖，旨在奖励用西班牙语创作的女性作家。截至 2018 年，共有六位阿根廷女作家获奖。

鸡的垃圾》（*Basura para las gallinas*）就以隐晦的方式讲述了一个关于堕胎的惨痛故事。小说大部分篇幅都在冷静地叙述"她"如何扎紧黑色塑料袋、如何去扔垃圾的过程。但就在故事行将结尾时，点破了那神秘的垃圾："她见过外婆如何帮她姐姐处理，所以她知道该怎么做。把毛衣针扎进去，等待，撕心的叫声，腹部剧痛，血流不止，然后把流出来的东西都接到桶里，再丢给鸡群。她是亲眼看见外婆那样做的，她学会了。今天，她就是那样做的。"一个扎紧的黑色塑料袋，隐藏的是两个女人（"她"的姐姐和女儿）的秘密，记录的却是无数女性的悲痛与无奈。在皮涅伊罗的作品中，堕胎题材并不鲜见，如《你的》和《埃伦娜知道》等都探讨了女性在面对堕胎时的恐惧与艰难抉择。

克劳迪娅·皮涅伊罗能置身于 2018 年阿根廷文坛聚光灯下，除了因为她为女性权益奔走疾呼及其女性题材作品外，还有一个重要原因，即其黑色小说的创作。

侦探小说一直是阿根廷文学传统的主线之一，2018 年更是成为西语文学界关注的重点。7 月，自 1988 年开始举办的侦探文学盛会"希洪黑色小说周"专门致敬博尔赫斯与皮格利亚，充分肯定了两位阿根廷作家的侦探小说创作及其对推广该文学体裁所做的贡献，"没有他们的付出，西语国家这些新一代作家的创作就无从谈起"（"Argentinos finalistas"）。皮涅伊罗的创作就深受这两位作家的影响。2018 年 12 月，皮涅伊罗获佩佩·卡瓦略奖（Premio Pepe Carvalho）[4]，成为第一位获得该奖的拉美作家，也是第四位获得该奖的女性作家。

皮涅伊罗的文学创作可以用"红与黑"来概括，"红色"是指其

4　佩佩·卡瓦略奖于 2006 年设立，旨在奖励在侦探小说领域取得突出成就的作家，不限国籍和创作语言。佩佩·卡瓦略是由西班牙作家马努埃尔·巴斯克斯·蒙塔尔万所塑造的私家侦探，是西语文学世界最著名的侦探之一。

作品多以女性为主，而"黑色"则是指其大部分作品都属于黑色小说。她创作的侦探小说，并非严格意义上的侦探小说。她本人也曾表示："我的创作总与死人相关。有人死了，随之而来的就是谜团，就是追寻真相，就是凶手是谁和为什么要杀人。但有时我会刻意让侦探小说元素隐身，将其深藏于结构之中。"（"Claudia Piñeiro recibió"）皮涅伊罗多次提及，其创作受到了皮格利亚提出的"妄想症小说"的影响。在这类小说中，"追踪调查显示的不是真相或意义，而是某个隐藏其后的阴谋，而这个阴谋的制造者往往和国家政治有着错综复杂的关系；此外，占据故事中心的不是凶手或受雇的侦探，而是受害者"（Piglia）。皮涅伊罗非常擅长通过调查罪案来探究社会问题、揭示大大小小的权力滥用以及女性面临的诸多困境。她关注的是以女性为主的人物与社会、家庭和自我的冲突。如《哈拉的裂痕》探讨的是婚姻的裂痕及由此撕开的社会问题；《贝蒂乌》中，女作家和记者承担起了调查凶案和揭露真相的任务，但扑朔迷离的罪案背后隐藏的是对丑陋的社会现象和人性的讽刺。

除了年度作家皮涅伊罗外，多位男性作家同样关注女性权益，声援"一个都不能少"运动，并在作品中表达他们对堕胎话题的立场。阿里埃尔·马格努斯（Ariel Magnus，1975—　）的长篇小说《堕胎》（*El aborto*，2018）讲述的就是一对阿根廷情侣前往乌拉圭进行合法终止妊娠的故事。小说副标题"一部非法小说"尽显对阿根廷社会热点的嘲讽。另一位男性作家卡洛斯·戈多伊（Carlos Godoy，1983—　）深受"一个都不能少"的触动，在采访了大量女性后，模仿一位十九岁女孩的声音写下了《水母：堕胎日记》（*Jellyfish: el diario del aborto*）。戈多伊认为"关于堕胎的争论是文明与野蛮这一历史裂痕的另一种形式"，而这部小说则是另一份来自文学世界的控诉。

2018 年的阿根廷文坛，另外一位引人注目的作家是年仅 26 岁的女作家贝伦·洛佩斯·佩伊罗（Belén López Peiró）。她根据自身经历创作了长篇小说《那些年，为什么你每个夏天都回来》（*Por qué volvías cada verano*）。贝伦小时候每年夏天都喜欢去姨妈家度假。但美好的夏日很快就变成了一场梦魇，从 13 岁到 16 岁，贝伦一直受到姨夫的性侵。痛苦的经历并没有摧毁贝伦，她勇敢地站出来指控供职于警察局的姨夫，但他最后却获释了。于是，贝伦选择提笔记录这段伤痛。贝伦并没有选择第一人称进行创作，小说里充满了各式各样的声音，那些源自受害者、施暴者、受害者家属、心理医生、律师、检察官等人的声音构成了一部让人唏嘘的复调。当受害者终于克服内心恐惧说出真相时，她面临的很可能是一系列的质疑：你当时为什么不说呢？为什么你每年夏天都回来呢？很多时候，来自家庭和社会的声音是冷漠的。正因如此，小说讲述的并不仅仅是贝伦的个人经历，而对女性造成伤害的施暴者也不仅仅只有那一个。

同样有女性题材作品问世的还有文学评论家、作家玛丽亚·莫雷诺（María Moreno, 1947—　）。莫雷诺被认为是"阿根廷有史以来最出色的纪实文学作家，同时也是西班牙语世界最清晰响亮的纪实声音之一"。（Carrión）莫雷诺的创作涵盖文学评论、报告文学和小说等，其思想深刻、文笔犀利，同时又杂糅着多种迥异的风格。2018年，莫雷诺发表新作《祷文：致维琪的信及其他政治挽歌》（*Oración. Carta a Vicki y otras elegías políticas*）。在书中，她打破虚构、文论和传记之间的界限，聚焦阿根廷著名作家鲁道夫·瓦尔希之女维琪之死，用动人的笔触讲述了瓦尔希父女的亲情和他们在军政府独裁时期的英勇抗争。2018 年底，在女权运动的大背景下，莫雷诺又应势出版《小册子：色情和女性主义》（*Panfleto. Erótica y feminismo*）。该书收录了莫雷诺发表在报纸杂志上的五十多篇文章，呈现了四十年来她关于女性地位、女性主义，以及女性的抗争等观点。《小册子》既是属于莫雷诺的女性主义关键词自传，亦是一部阿根廷当代女性主义思潮的变迁史，为读者提供了一份女性主义读本。

结语

阿根廷作家托马斯·埃洛伊·马丁内斯（Tomás Eloy Martínez）曾说道："年复一年，铸就我们阿根廷民族的不是剑，而是书籍。"所幸的是，书写民族之书的不再只有男性作家，女性作家也能积极参与其中。两百年前胡安娜·马努埃拉·戈里蒂等女性作家的微弱之音，历经一代又一代的积累与发展，终于从边缘走向中心，成为 2018 年阿根廷文坛的最强音，声振林木，响遏行云。

参考文献：

"Argentinos finalistas en la semana negra alaban el legado de Borges y Piglia." 11 Jul. 2018. Web. 11 Mar. 2019.
<https://www.efe.com/efe/espana/cultura/argentinos-finalistas-en-la-semana-negra-alaban-el-legado-de-borges-y-piglia/10005-3683049>.

Borges, Jorge Luis. "V. O." *La Nación.* 25 de Feb. 1979.

Carrión, Jorge. "Los diez libros de ficción del año." 16 Dec. 2018. Web. 2 Apr. 2019.
<https://www.nytimes.com/es/2018/12/16/libros-de-ficcion-rosalia/>.

"Claudia Piñeiro recibió el Premio Pepe Carvalho de Novela Negra en Barcelona." Web. 6 May 2019.
<http://www.diariodecultura.com.ar/literatura/claudia-pineiro-recibio-el-premio-pepe-carvalho-de-novela-negra-en-bacelona/>.

Heker, Liliana. *Cuentos reunidos.* Buenos Aires: Alfaguara, 2016.

Larrea, Agustina. "Liliana Heker: 'Si uno no escribe sobre algo conflictivo, no tiene sentido escribir'." 6 Aug. 2018. Web. 17 Apr. 2019.
<https://www.infobae.com/cultura/2018/10/06/liliana-heker-si-uno-no-escribe-sobre-algo-conflictivo-no-tiene-sentido-escribir/>.

"Literatura argentina 2018: la hora de las escritoras." 18 Oct. 2018. Web. 1 Mar. 2019.
<https://www.dw.com/es/literatura-argentina-2018-la-hora-de-las-escritoras/a-45944180>.

Martínez, Tomás Eloy. "El libro y no la espada fue lo que creó el país." 21 Dec. 2006. Web. 29 Mar. 2019.
<https://www.lanacion.com.ar/opinion/el-libro-y-no-la-espada-fue-lo-que-creo-el-pais-nid799206>.

Moreno, María. *Damas de letras: cuentos de escritoras argentinas del siglo XX.* Buenos Aires: Libros Perfil, 1998.

Neuman, Andrés. "Cono sur, mon amor." 5 Sep. 2009. Web. 10 May 2019.
<http://www.andresneuman.com/hemeroteca/elpais_detalle.php?recordID=5>.

Ocampo, Victoria. *La mujer y su expresión.* Buenos Aires: Sur, 1936.

Piglia, Ricardo. "La ficción paranoica." *Cultura y Nación de Clarín.* 10 Oct. 1991.

Piñeiro, Claudia. "Aborto era una palabra prohibida." 14 Oct. 2018. Web. 25 May 2019.
<https://ffyh.unc.edu.ar/alfilo/aborto-era-una-palabra-prohibida/>.

—. "El tema del aborto a mí me atraviesa." 25 Jul. 2018. Web. 25 May 2019.
<https://www.lagacetasalta.com.ar/nota/108831/actualidad/claudia-pineiro-tema-aborto-mi-me-atraviesa.html>.

Sáliche, Luciano. "Carlos Godoy: 'El debate por el aborto es otra forma de la grieta histórica civilización-barbarie'." 14 Apr. 2019. Web. 21 May 2019.
<https://www.infobae.com/cultura/2019/05/16/carlos-godoy-el-debate-por-el-aborto-es-otra-forma-de-la-grieta-historica-civilizacion-barbarie/>.

Schweblin, Samanta. "Soy una devota de la literatura fantástica." 21 Dec. 2018. Web. 19 Apr. 2019.
<http://www.economiaynegocios.cl/noticias/noticias.asp?id=436705>.

Valenzuela, Luisa. "El poder de la palabra." *La Nación.* 27 Apr. 2017.

Zani, Mariel. "María Rosa Lojo: 'Gran Premio de Honor 2018 de la SADE'." 21 Dec. 2018. Web. 26 Mar. 2019.
<https://www.diariovivo.com/maria-rosa-lojo-gran-premio-de-honor-2018-de-la-sade/>.

郑书九:《当代拉丁美洲小说发展趋势与嬗变——从"文学爆炸"到"爆炸后文学"》,载《外国文学》2012 年第 3 期。

作者:楼宇,中国社会科学院拉丁美洲研究所

2018 年阿拉伯文学概览 [1]

尤 梅

内容提要：2018 年的阿拉伯文学保持了一如既往的活跃状态，同时又出现了一些新的趋势和特点。阿拉伯世界所经历的社会动荡给作家们提供了极为广阔的创作空间，反思"革命"在很长一段时间内是阿拉伯文学创作的重要主题，这一特点在 2018 年的文学创作中尤其明显。在频繁的战争中，个体创伤和集体悲剧相互映照，阿拉伯文学关注战争导致的人性危机，探索挖掘人性深处的复杂性与矛盾性，具有极高的人文主义价值。对苏菲神秘主义精神的探索和心灵成长的重视是本年度阿拉伯文学创作的新趋势之一，折射出了作家对当下阿拉伯人精神世界的整体性观照。此外，非虚构作品受到关注，表明作家们打破了传统文学的藩篱，用纪实方式多角度展现阿拉伯社会生活的样态。2018 年的阿拉伯文学，在虚构与真实之间完成了它的使命。

2011 年以来，阿拉伯世界被冠以"革命"之名的一系列社会政治运动曾被寄予追求民族复兴、社会进步的美好希望，然而事与愿违，这些国家在所谓的社会转型过程中进一步深陷动乱与衰败的泥沼。2018 年底，在第一个爆发"革命"的国家突尼斯，一名记者的

---

1 本文为国家社科基金青年项目"'阿拉伯之春'后的埃及小说研究"（17CWW006）的阶段性成果。

自焚引发了一场反对高失业和贫困的全民抗议活动；2019 年 4 月，阿尔及利亚总统布特弗利卡宣布辞职；在持续数月的街头示威活动之后，苏丹总统巴希尔下台。世界的目光再次聚焦中东，担心它是否将迎来第二次"阿拉伯之春"。在这一大背景下，反思"革命"也必将在很长一段时间内成为阿拉伯文学创作的重要主题。

回望"革命"：失望与未知

阿拉伯文学对"革命"的反思在埃及体现得尤为明显，而且呈现出更加深刻沉稳的特点，创作手法也更具艺术性。埃及青年作家穆罕默德·赫尔（محمد خير, 1978—   ）的小说《放开手指》（إفلات الأصابع）正是这样一部杰作，不少作家认为这是他们在 2018 年读到的最好的小说。[2] 赫尔在处理这种话题时十分谨慎，通篇没有一次提到"革命"这个字眼，但是"地震"等隐喻意向让人不难联想到埃及剧变带来的社会动荡。此外，小说还与一些基督教、伊斯兰教的宗教神话故事有很强的互文性，却与其形成反向对比，所有神迹在小说中都被科学和现实揭穿，美好的结局并不存在。作家旨在透过美丽的假象揭露恐怖的真实，抛出关于存在的尖锐问题。小说最后一部分"末日之后"（بعد النهاية）是全书高潮，在较短的篇幅里描述了末日来临时的混乱无序，而末日之后世界将何去何从，是作家留给读者的思考空间。作家在接受采访时常被问到小说是否在反思埃及革命，他通常不置可否，不过偶尔也透露出这一写作意图："我不认为我们——书中或书外的——任何一个人能逃过这场革命，这场震动给灵魂烙下印记，就连最讨厌它的人也难幸免。写作是灵魂的精髓所在，要说它能逃过革

2 <https://arablit.org/2018/12/20/arab-authors-favorites-2018-the-list/>.

命，那通常都是假话。"[3] 作家三年前开始创作，期间几易其稿，一方面是因为他对革命的态度由模糊变得清晰，另一方面是他在构思布局、设计隐喻与写作技巧方面花费了很多精力，也使得小说阅读起来有一定难度。

与赫尔形成鲜明对比的，是一向以胆大犀利著称的埃及著名作家阿拉·阿斯旺尼（علاء الأسواني，1957—　），其最新小说《貌似一个共和国》（جمهورية كأنّ）被除了突尼斯、摩洛哥和黎巴嫩之外的所有阿拉伯国家禁止，原因是作家被指控在作品中侮辱国家元首、煽动反对政权，遂被移交军事法庭审判。作家本人在德国媒体发文，坚定地表示："如果坦诚表达个人想法是我的罪行，那么我认罪并以此为豪。你们所认为的罪行，在我看来是作家的责任和荣誉，我将继续犯这种罪，直至我的生命结束。"[4] 作家在小说中揭露了"埃及当局对革命青年犯下的罪行"，表达了对"革命"和"革命者"的同情，以及对埃及人的失望和悲愤："我们伟大的革命是昙花一现，是泥潭中唯一一朵美丽、奇特的玫瑰。我们的革命是埃及基因的突变，然后一切都恢复正常，我们脱离了现实，被无情抛弃，没人同情我们，所有人都认为是我们造成了一切灾难。恭喜埃及人让革命流产，祝贺他们认定我们是特工和叛徒。他们永远不会知道，革命是他们获得正义和自由的唯一机会。但他们却把它浪费在自己手中，也让我们感到失望。"[5] 文学界和读者群对这本小说的评价褒贬不一。支持者认为它是反映现实的力作，黎巴嫩作家、评论家伊利亚斯·胡里（إلياس خوري,

3　أسامة فاروق، "«إفلات الأصابع» لا تستهدف قارئاً مختلفاً"،
<https://www.almodon.com/culture/2018/4/22>.

4　مصر: علاء الأسواني ملاحق من القضاء العسكري بسبب "جمهورية كأن"،
<https://www.france24.com/ar/20190320>.

5　حسن أوريد، "«جمهورية كأن» لعلاء الأسواني: حكايات من ثورة يناير وحلم الحرية المفقود"،
<https://www.alquds.co.uk>.

1948— ）就公开力挺阿斯旺尼，称赞他是一位勇敢的作家，认为该小说是一本关于埃及"1·25"革命的全面性文学文献，披露军队和穆斯林兄弟会（简称"穆兄会"）形成的"地狱联盟"残暴打击和扼杀了埃及青年的革命热情。[6] 反对者则认为小说歪曲了革命者的形象，故事情节的编排缺乏新意，没有超越作家之前的几部畅销作品，而且过多无益的性描写令人感到不适。[7] 这些正面或负面的评价有很多与政治意识形态相关，因而存在不同意见也属正常现象。

埃及女作家巴斯玛·阿卜杜·阿齐兹（بسمة عبد العزيز，1976— ）的小说《这有一具躯体》（هنا بَدَن）属于典型的反乌托邦文学。阅读这部小说仿佛进入乔治·奥威尔的《1984》、阿道司·赫胥黎的《美丽新世界》和雷·布拉德伯里的《华氏 451 度》中的极权主义世界，无名国度的人民贫困愚昧，统治者为了维护自身利益，肆无忌惮地犯下令人发指的罪行，并利用媒体掩盖真相、粉饰太平。军队、政客、极端组织等不同利益团伙各怀鬼胎，利用人民朴实的宗教情感牟利，达到目的后便立即与之撇清关系。小说影射了 2011 年以来埃及经历剧变的三个主要阶段：前总统穆巴拉克被推翻，穆兄会短暂执政，军队在人民的支持下推翻穆兄会政权。现实中的一些标志性事件被融入到小说情节当中，比如 2013 年在开罗阿达维亚清真寺静坐的穆尔西支持者遭到安全部队暴力清场的惨案。此前，巴斯玛还著有另一部关于埃及革命的小说《队列》（الطابور，2013），讲述民众在关闭的大门前排成长长的队列持续等待，期待得到帮助。小说使用象征手法探索埃及人的心理：是否自己在国家内部创造了权力然后服从于

6 " رواية "جمهورية كأنّ"... توثّق ثورة يناير 2011 المجهضة في مصر"،
<https://ar.qantara.de/content>.

7 أيمن الجندي ، " جمهورية كأنّ"،
<https://www.almasryalyoum.com/news/details/1323255>.

它？等待神的帮助或者远离危险是最容易做的，但真的可以解决问题吗？

战争与人性

近代以来，命运多舛的阿拉伯世界频繁经历内外战争的纷扰，战争主题在当代阿拉伯文学中占有重要位置。阿拉伯作家以及知识分子通过这一主题表达良知和责任，反对战争，倡导和平，探究人性。

旅居法国的黎巴嫩女作家胡黛·巴拉卡特（هدى بركات, 1952—　）凭借小说《死信》（بريد الليل, 2018），从 19 个国家的 135 部小说当中脱颖而出，摘得 2019 年第十二届阿拉伯小说国际奖桂冠[8]。这部仅 126 页的小说共分为三部分，第一部分"在窗后"（خلف النافذة）以五封信件的形式分别讲述了五个寄信人的故事，每个人物都没有明确的国籍和身份，但都背井离乡，诉说着各自经历的与失落、孤独和痛苦相关的故事。同时，五个寄信人因为信件产生交集，人物故事之间存在着"多米诺骨牌效应"似的微妙联系。第二部分"在机场"（في المطار）呈现了尚未收到信件的五位收信人的思绪和心境，对寄信人充满思念，也饱含疑虑，从另一个侧面让五位寄信人的形象更加丰满。第三部分"结语：邮递员之死"（خاتمة: موت البوسطجي）中交代邮递员因种种原因未能将五封信件寄送出去，至此点名小说题目的寓意。这些无法投递的信件就像寄信人一样漂泊不定，失去归属。尽管长年旅居法国，作家在创作中却始终未曾脱离黎巴嫩社会，带有明显的祖国身份印记。作家表示："我不是流亡者，也不是移民，我介于二者之间。所以你看到我对贝鲁特的描写非常严苛，因为我离它很远。在写作上

8　此次阿拉伯小说国际奖评委会首次邀请中国评委，参加评审的是中国阿拉伯文学研究会副会长、阿拉伯文学研究专家、翻译家张洪仪教授。

我投入了一种具有创造性的、积极的仇恨。离开这个国家时，我把这种仇恨锁在内心。我曾确信有人毁了我的生活。而远离贝鲁特则使我能够不受任何干扰，在写作中清空我的苦涩、仇恨与悲伤。"[9] 这部小说透过纯正质朴、精炼厚重的语言，探索、挖掘人性深处的复杂性与矛盾性，表现了战乱和社会治理的混乱无序给人带来的无助、无望和无尽的悲哀，探讨了当今阿拉伯世界的一些重大现实问题：对战争的反思、对专治独裁的揭露、对宗教和宗教人士的批判等。评委会给予这部小说很高的评价，认为这是一部关于人性的小说，语言凝练质朴，构思精巧，手法新颖，笔触隽永，与严肃的主题之间达到一种平衡。[10] 值得注意的是，此次入围短名单的六位作家当中，女性作家达到四位，首次占据多数，这显示出女性作家群体的强大实力。在此之前的 2011 年、2015 年和 2018 年，曾各有两位女性作家入围短名单。

伊拉克作家迪耶·朱拜力（ضياء جبيلي，1977— ）的短篇小说集《巴士拉没有风车》（لا طواحين هواء في البصرة）获得 2018 年第三届"阿拉伯短篇小说奖"（جائزة الملتقى للقصة القصيرة العربية）。小说集共包括 76 个篇幅不等的故事，均以伊拉克古城巴士拉为背景，按照"战争""爱情""女人""母亲""儿童""诗人"等主题分为七章。故事人物大多曾怀有美好憧憬，然而因为战争，梦想终被扼杀。小说集涉及两伊战争、海湾战争和至今依然席卷伊拉克的极端主义浪潮。作家使用魔幻现实主义的手法讨论战争主题，无意过多渲染战争的惨烈场景和人的悲惨境遇，而是在充满讽刺性的叙述中阐发对虚无与荒诞的深刻领悟，表达人在死亡的虚无中对获得救赎的渴望。名城巴士

---

9 " هدى بركات.. و«بريد الليل» الذي يحمل أنين الغرباء المقهورين!"،
<https://www.sasapost.com/hoda-baraka-and-night-mail>.

10 عبده وازن، " هدى بركات تخطف جائزة البوكر العربية بالتصويت... بعدما رشحتها لجنة التحكيم"،
<https://www.independentarabia.com/node/19861>.

拉市内水道和运河纵横交错，曾是伊拉克著名的旅游胜地，被称作"东方的威尼斯"，而如今饱受战火摧残，背负太多伤痛，变得萧索沉闷，今昔对比不禁令人唏嘘。因此，作家在小说集的名字中使用"风车"这一意向，意指需要它打破空气阻滞的疲态，给城市带来活力。值得一提的是，此次入围短名单和长名单的小说集中，有不少涉及战争主题，比如：埃及女作家曼苏拉·伊兹丁（منصورة عز الدين，1976—　）的《避难天堂》（مأوى الغياب）[11]、沙特阿拉伯女作家巴勒吉斯·迈勒哈姆（بلقيس الملحم，1977—　）的《你买我的衣服吗》（هل تشتري ثيابي）和叙利亚女作家茜楠·欧恩（سناء عون，1975—　）的《指南针的指向》。

　　近几年，阿拉伯文坛对短篇小说创作给予越来越多的关注。2016年在科威特设立"阿拉伯短篇小说奖"即是一个显著标志，而在此之前，阿拉伯世界的短篇小说奖一般是一些文学大奖的分支项目，而且多为区域性奖项，并没有面向所有阿拉伯国家单独设立的短篇大奖，该奖的设立无疑对阿拉伯短篇小说创作起到很大的激励作用。另一个明显的趋势是，阿拉伯出版界对短篇小说的出版热情开始逐渐升高，给短篇小说创作者提供更多的出版机会。比如，著名的黎巴嫩赛基出版社（دار الساقي）、埃及和黎巴嫩合资的启智出版社（دار التنوير）、埃及的艾因出版社（دار العين للنشر）等近年来出版的短篇小说集数量都有明显增长。此外，在不同的阿拉伯国家还出现了一些不同规模的短篇小说创作工作坊，为作家们探讨和发展短篇小说创作艺术提供了良好的交流平台。

11　经作家本人建议，将小说集名称稍作改动，按照其英译书名 *The Heaven of Absence* 翻译成《避难天堂》。

精神探索与成长主题

近年来，以苏菲神秘主义为题材的小说作品数量有所增长，并且佳作频出。沙特阿拉伯作家穆罕默德·哈桑·阿勒旺（محمد حسن علوان，1979— ）的长篇小说《小死亡》（موت صغير，2016）以中世纪阿拉伯神秘主义哲学家伊本·阿拉比（محي الدين بن عربي，1165—1240）的生平为蓝本进行创作，展现他探求内心世界、寻求宇宙人生终极答案的精神追求，获得第十届阿拉伯小说国际奖。土耳其女作家艾丽芙·沙法克（Elif Shafak，1971— ）的畅销小说《爱的四十条法则》在阿拉伯世界深受欢迎，讲述了 13 世纪波斯的苏菲神秘主义诗人贾拉鲁丁·鲁米（جلال الدين الرومي，1207—1273）对爱与人生的感悟与忠告。这类题材往往和自我成长主题相关，主人公大都曾内心彷徨迷茫，在追寻自我价值、构建自我身份的过程中经过挣扎与历练，最终完成精神上的成长蜕变。这类小说不仅展现了阿拉伯历史上著名人物的个体生命的精神体验，也承载了对当下阿拉伯人精神世界的整体性观照。

埃及女作家哈黛·阿巴斯（غادة العبسي，1982— ）以 14 世纪波斯著名抒情诗人哈菲兹（حافظ شيرازى，c.1315—c.1390）的诗歌为灵感创作了小说《雅勒达夜[12]》（ليلة يلدا），展现了这位伟大诗人不平凡的一生，以及他对生命、爱、道德和诗歌的深刻思考。哈菲兹在伊朗家喻户晓，伊朗人甚至用他的《诗颂集》进行占卜，比如在纳乌鲁孜节或雅勒达夜会随机打开其中一页诗篇进行诵读，并相信这些诗句会预测出未来的某些事情。作家在小说中还巧妙地让哈菲兹与哈拉智（الحلاج，c.858—922）、阿塔尔（العطار，c.1142—c.1221）、伊本·阿拉比、鲁米等不同历史时期的苏菲神秘主义学者、诗人进行超越时空的

---

12 雅勒达夜（Shab-e Yalda），伊朗节日，也称冬至夜。

思想碰撞与精神交流，向读者呈现了一个内涵丰富的苏菲神秘主义思想体系。

另一部以精神成长为主题的优秀小说是沙特阿拉伯女作家乌迈麦·赫米斯（أميمة الخميس，1966— ）的《白鹭游历玛瑙城》（مسرى الغرانيق في مدن العقيق），该小说获得 2018 年开罗美国大学颁发的第二十三届马哈福兹文学奖，同时入围 2019 年第十二届阿拉伯小说国际奖长名单。小说名字乍看略显奇怪，其实是模仿阿拉伯古代典籍中书名的押韵方式。الغرانيق是复数，指的是一种有金色冠羽和细长双腿的白色水鸟，崇尚理性的穆阿台及勒派以此称呼"公正和信主独一的人"（أهل العدل والتوحيد），他们相约以理性为明灯，传播知识和书籍。[13] 小说有两条主线交叉并行推进，一条主线是主人公马齐德·哈乃斐从阿拉伯半岛出发，途经巴格达、耶路撒冷、开罗、凯鲁万等阿拉伯文化名城，最后到达西班牙安达卢西亚的漫长旅程，描述了沿途各国的文化和政治风貌，涉及不同的社会习俗、政治和宗教团体、理论学说和哲学流派，展现了阿拉伯伊斯兰文明黄金时期的繁盛景象。有评论家认为这是一部优秀的游记文学作品，继承了阿拉伯古代游记文学的传统，并且在语言和风格上有独特创新。[14] 另一条主线则是主人公的思想之旅，他在旅途中历经挫折，受到不同文化和宗教的影响，产生激烈的内心挣扎和自我怀疑，促使他不断进行探索和思考，最终完成心灵的成长和自我身份的构建。小说深入探讨了阿拉伯思想的发展历史，显示出对哲学和理性的推崇，特别是对穆阿台及勒派表示出极大的同情，并对僵化严苛的宗教阐释深恶痛绝。评委会赞赏这部小说

13　شيماء شناوي، " همفري ديفيز عن «مسرى الغرانيق»: رواية جادة تتناول الزمن الحالي من خلال التاريخ"، <https://www.shorouknews.com/news/view>.

14　同上。

"能够抓住伊历 402—405 年（即公元 11 世纪期间）这段历史中阿拉伯世界文化和宗教多样性的本质"，[15] 旨在通过历史观照阿拉伯社会的现实，面对当前宗教极端主义和恐怖主义酿下的种种悲剧，强烈呼吁理性、自由和宽容的回归。

非虚构：打破传统文学藩篱

一些非虚构的文学作品逐渐走进大众视野，其主题呈多元化特点，除了涉及虚构文学的一些常见主题，如战争与社会问题，还扩展至虚构文学较少关注的话题，如饮食习惯、阅读、图书馆学等不同领域。

叙利亚女作家萨马尔·叶兹贝克（سمر يزبك，1970—　）的纪实作品《19 个女人：叙利亚女性如是说》（تسع عشرة امرأة - سوريات يروين）聚焦两个重要话题——祖国叙利亚及其女性同胞。作家开门见山地在前言中表明该书的创作初衷："本书是我进行抵抗的一种方式，我坚信，作为知识分子和作家，应该肩负起道德责任，捍卫正义，公正对待牺牲者，而在这场战斗中最重要的就是抵抗遗忘。"[16] 作家采访了活跃在救援、医疗、传媒、政治、教育发展等各个领域的 19 位叙利亚女性，与她们讨论一些共同关注的问题，如："革命"开始时你在做什么？你为什么参与"革命"？受访者们从抵抗和性别两个角度来审视个人经历。这些女性大都受过高等教育，曾属于社会中产阶层，以不同形式参与革命。她们一心想为国家、家庭以及作为女性个体的自己改变不利处境。作家给这一沉默的群体提供发声的平台，真实还原了她们不为人知的遭遇：她们中有的曾英勇地参与战争，甚至在前

15　مروة حافظ، " تحية عبدالناصر: رواية مسرى الغرانيق تعيد صياغة أدب الرحلة"،
<https://www.albawabhnews.com/3406919>.

16　علاء رشيدي، " هذا ما تقوله النساء عن الحياة والموت في سوريّا"
<https://daraj.com>.

线奋战；有的经历了惨绝人寰的化学屠杀和牢狱之灾，却从未丧失斗志。然而，她们不仅要面对独裁政权、"伊斯兰国"极端组织或其他伊斯兰激进分子，还不得不与整个父权社会作斗争，包括本应并肩作战的男性革命者。作家向我们展示了当前叙利亚的一个真实侧面，呼吁世界不要遗忘仍在纷飞战火和陈旧观念中顽强抵抗的女性同胞们。作家根据受访者的叙述重新书写了她们的经历，但是，她在书中有意弱化自己的角色。除了在前言中用自己的口吻介绍和阐释该书的目的和成书经过，正文中的每一章都以不同受访者为第一人称进行叙述，充分尊重并突出每个叙述者独特的声音。作家此前有关叙利亚战争和"革命"的非虚构代表作还有《交火：叙利亚起义手记》（تقاطع نيران: من يوميات الانتفاضة السورية，2012）和《虚无之地的大门》（بوّابات أرض العدم，2015）分别真实详细地记录了 2011 年叙利亚内战爆发后的情形，批判了秉承萨拉菲思想的组织将"革命"禁锢在狭隘的宗教层面，背叛了"革命"的初衷。

埃及作家穆罕默德·舒伊尔（محمد شعير，1974— ）的回忆录《我们街区的孩子们——禁书传记》（أولاد حارتنا. سيرة الرواية المحرمة）自出版以来大获成功，受到评论界和读者们的一致好评，并入围 2018 年谢赫·扎耶德图书奖（جائزة الشيخ زايد للكتاب）中的"艺术与评论研究奖"长名单。舒伊尔通过搜集整理数百种文献与期刊资料，回顾了阿拉伯世界首位诺贝尔文学奖得主、埃及作家纳吉布·马哈福兹（نجيب محفوظ，1911—2006）备受争议的长篇小说《我们街区的孩子们》的创作背景、经过及其发表后的影响。他在写作中结合了文学批评、小说叙事和文献研究，努力寻找已被遗忘的相关人物和事件的种种细节，为读者描绘了 20 世纪五六十年代埃及整体的文学状况和社会氛围。作家感慨马哈福兹呕心沥血完成的伟大作品，却在半个多世纪以来"沦为所有政治和宗教势力为自身利益服务的一种工具，变成文化、政治和社会斗争的一个符号"[17]，最可悲的事件就是马哈福兹在耄耋之年竟因此遭到伊斯兰激进分子的暗杀而身受重伤。宗教极端思想对文学的冲击危害巨大，严重阻碍了思想发展和社会进步，马哈福兹和这部小说的不幸遭遇对当下阿拉伯社会依然具有警示意义。

埃及作家沙尔勒·艾格勒（شارل عقل, 1983—　　）于 2017 年底出版的作品《科普特人的食物》（غذاء للقبطي）在 2018 年广受关注。作家在书中提供了科普特人的基本食谱，通过详细介绍科普特人的食物、烹饪方式及饮食习惯，展示了为穆斯林占大多数的阿拉伯世界所不熟悉的科普特人的生活面貌，希望减少穆斯林对他们的偏见和误解。作家以调侃的口吻讲述了科普特人的生活习惯，令人联想到他们在埃及社会作为少数族裔的尴尬处境。他偶尔也故意使用挑衅的口吻，比如毫不避讳地讲到"酒"和"猪肉"，丝毫不打算顾及穆斯林的感受，但其轻松幽默的语言仍令人忍俊不禁。这是现当代阿拉伯历史上首次详细介绍科普特饮食文化和历史的综合性畅销书，融合了人类学研究、文学创作和美食鉴赏评论，内容丰富广博，语言生动诙谐，趣味性和可读性很强，为读者深入了解埃及科普特人提供了宝贵的资料。

另外，近年出版了一些与阅读和图书馆有关的书籍并开始赢得读者群体的关注。叙利亚作家哈利勒·苏维莱哈（خليل صويلح, 1959—　　）在《反图书馆》（ضد المكتبة）中表达了对劣质图书的强烈批评。他认为不论是私人书房，还是公共图书馆，都不必关注空间的大小，而应重视图书质量的选择，"劣质图书就是腐臭的语言尸体"，对人的身心毫无裨益。作家还抨击了文化界日益严重的"社交媒体热"对严肃写

---

17 "أولاد حارتنا .. سيرة الرواية المحرمة"،
<http://www.ahram.org.eg/News/202755>.

作产生的不良影响。在他看来，一些追求名利的业余作家在网络上传播内容粗糙的劣质作品，不利于营造文学创作的良好氛围。摩洛哥评论家穆罕默德·艾伊特·哈纳（محمد آيت حنا，1981—　）的《他们的图书馆》（مكتباتهم）则给读者提供了古今中外 31 位有影响力的哲学家、思想家和文学家的图书馆相关信息，如柏拉图、伊本·白图泰、伊本·西拿、博尔赫斯、斯蒂芬·霍金，等等。有趣的是，苏维莱哈和哈纳两位作家都提出了"去图书馆"（اللامكتبة）的想法，认为好作品不需要图书馆来保存，自然会通过口述或文字记录的形式代代相传，"图书馆只是糟糕书籍的避风港，那些书如果没有它就会永远消失"[18]。

结语

总体而言，2018 年的阿拉伯文学保持了一如既往的活跃状态，同时又出现了一些新的趋势和特点。阿拉伯世界所经历的社会动荡给作家们提供了极为广阔的创作空间，反思"革命"在很长一段时间内是阿拉伯文学创作的重要主题，这一特点在 2018 年的文学创作中尤其明显。在频繁的战争中，个体创伤和集体悲剧相互映照，阿拉伯文学关注战争导致的人性危机，探索挖掘人性深处的复杂性与矛盾性，具有极高的人性主义价值。对苏菲神秘主义精神的探索和心灵成长的重视是本年度阿拉伯文学创作的新趋势之一，折射出了作家对当下阿拉伯人精神世界的整体性观照。此外，非虚构作品受到关注，表明作家们打破了传统文学的藩篱，用纪实方式多角度展现阿拉伯社会生活的样态。2018 年的阿拉伯文学，在虚构与真实之间完成了它的使命。

18　"مكتباتهم موت القارئ بوصفه خسارة للكتاب"،
<https://www.albayan.ae/books/from-arab-library/2017-12-12>.

参考文献：

أسامة فاروق، ""إفلات الأصابع» لا تستهدف قارئاً مختلفاً"،
<https://www.almodon.com/culture/2018/4/22>.

"أولاد حارتنا .. سيرة الرواية المحرمة"،
<http://www.ahram.org.eg/News/202755>.

أيمن الجندي ، " جمهورية كأن "،
<https://www.almasryalyoum.com/news/details/1323255>.

حسن أوريد، ""جمهورية كأن» لعلاء الأسواني: حكايات من ثورة يناير وحلم الحرية المفقود"،
<https://www.alquds.co.uk>.

رواية "جمهورية كأنّ"... توثق ثورة يناير 2011 المجهضة في مصر"،
<https://ar.qantara.de/content>.

شيماء شناوي، " همفري ديفيز عن «مسرى الغرانيق»: رواية جادة تتناول الزمن الحالي من خلال التاريخ"،
<https://www.shorouknews.com/news/view>.

عبده وازن، " هدى بركات تخطف جائزة البوكر العربية بالتصويت... بعدما رشحتها لجنة التحكيم"،
<https://www.independentarabia.com/node/19861>.

علاء رشيدي، " هذا ما تقوله النساء عن الحياة والموت في سوريّا"،
<https://daraj.com>.

مروة حافظ، " تحية عبدالناصر: رواية مسرى الغرانيق تعيد صياغة أدب الرحلة"،
<https://www.albawabhnews.com/3406919>.

مصر: علاء الأسواني ملاحق من القضاء العسكري بسبب "جمهورية كأن"،
<https://www.france24.com/ar/20190320>.

"هدى بركات.. و«بريد الليل» الذي يحمل أنين الغرباء المقهورين!"،
<https://www.sasapost.com/hoda-baraka-and-night-mail>.

"Arab Authors' Favorites 2018: The List."
<https://arablit.org/2018/12/20/arab-authors-favorites-2018-the-list>.

"Arabic Literature Is Finding A New Audience Through Prize."
<https://www.thenational.ae/opinion/editorial/arabic-literature-is-finding-a-new-audience-through-prize-1.724826>.

Manshourat al Mutawassit, "19 women: Tales of Resilience From Syria."
<http://www.rayaagency.org/clients/yazbek-samar/19-women-tales-of-resilience-from-syria/>.

作者：尤梅，北京外国语大学阿拉伯学院

2018 年爱尔兰文学概览[1]

陈　丽

内容提要：2018 年的爱尔兰文坛继续了 21 世纪以来的文学繁荣，与此同时，作家们在两个热点问题上表现出颇为耐人寻味的共同兴趣。一是随着英国"脱欧"期限的逐渐临近，对于英国"脱欧"对北爱尔兰局势可能产生负面影响的担忧愈来愈甚，反映在文学作品中表现为反思战争暴力和政治创伤的历史题材的回归。二是女性作家的群体性崛起以及对女性经验的真实描写在 2018 年达到一个新的层面。文学的表达与社会层面关于女性权益立法的斗争形成合流，互为支援，体现了作家对社会文化的关注。

　　2018 年的爱尔兰文坛继续了新世纪以来的文学繁荣，与此同时，作家们在两个热点问题上表现出颇为耐人寻味的共同兴趣和热切关注。一是随着英国"脱欧"（Brexit）期限的临近，对于英国"脱欧"对北爱局势可能产生负面影响的担忧愈来愈甚，反映在文学作品中表现为反思战争暴力和政治创伤的历史题材的回归，以爱尔兰独立战争、内战和 20 世纪 70 年代的北爱尔兰动乱为背景的文学作品成

1　本文为国家社科基金项目"空间视角下的当代爱尔兰小说研究"（16BWW055）的阶段性成果。

为 2018 年引人瞩目的热门现象。二是女性作家的群体性崛起以及对女性经验的真实描写在 2018 年达到了一个新的层面。女性作家获得评论认可，在爱尔兰图书奖（Irish Book Awards）等颁奖礼上大放异彩，以《像我这样的人》（*People Like Me*）和《写给自我：散文集》（*Notes to Self: Essays*）为代表的非虚构作品的畅销体现出整个社会对真实表达的女性经验的关注和欢迎。这一态势与 2018 年爱尔兰国内关于女性权益的立法运动，以及以"#MeToo"为代表的全球女性主义浪潮息息相关，既与之遥相呼应，突出了近年来各国对性别与性问题的共同关注，也极具爱尔兰特色，反映了爱尔兰当代社会在性别和性问题上急剧变化的氛围。

一、"脱欧"形势下历史题材的回归

英国"脱欧"产生了许多未曾预料的后果，但对爱尔兰而言最直接、最沉痛的影响莫过于"脱欧"很可能终结北爱尔兰（以下简称"北爱"）艰难实现的和平局面，导致暴力和动荡再次重回北爱。1998年，在多方斡旋下，英国和爱尔兰政府签订了《贝尔法斯特协议》[2]（以下简称《贝》），使得北爱各派得以暂时搁置近一个世纪来的历史遗留问题，解除准军事组织武装，逐渐结束过去 30 年来的暴力对峙，进入一个相对稳定的重建期。英国"脱欧"白皮书虽然专门重申了英国对《贝》的态度不变，在宣布北爱是英国一部分的同时承认其与爱尔兰共和国的密切联系，但是英国"脱欧"直接威胁了《贝》的存在基础，甚至有可能影响到未来北爱公投的合法人口的计算，进而影响到公投的结果和北爱的去留。（Doyle and Connolly，155—157）此外，

2　《贝尔法斯特协议》（*Belfast Agreement*）又称《耶稣受难日协议》（*Good Friday Agreement*）。

边界问题也成为热门关注：爱尔兰和北爱之间的边界在《贝》实施之后已经基本形同虚设，但英国"脱欧"势必会重新凸显这条边界线，因为这里将是英国与欧盟接触的唯一"硬边界"（hard border）。不少政要，包括爱尔兰前总统玛丽·罗宾逊（Mary Robinson）和前总理、斡旋实现《贝》的功臣伯蒂·埃亨（Bertie Ahern），都在不同场合表达了英国"脱欧"对北爱局势的负面影响的担忧，担心北爱和平进程会因此被阻滞，暴力对峙会重返北爱。（RTÉ；Maguire and Boffey）

在这种形势下，本来已经逐渐淡出爱尔兰文坛的反思战争和暴力的文学主题又重新回归。此类题材曾经一度是爱尔兰文学创作的一个主流题材，尤其是在 20 世纪七八十年代北爱爆发暴力冲突的高峰时期及之后。（Cliff and Walshe）1990 年之后，随着北爱时局的逐渐稳定以及爱尔兰共和国在经济上的大发展，这一题材逐渐淡出爱尔兰文坛，虽有零星作品出现但已不再是主流。然而，随着"脱欧"引起的北爱问题的重新凸显，以爱尔兰独立战争、内战和后来的北爱动乱为背景的文学作品骤然增多，在 2018 年形成一股比较引人瞩目的合流，在小说、诗歌和戏剧等各文类均结出硕果。以下，本文以小说《送奶工》（*Milkman*）、诗歌集《现在我们可以公开谈论男人了》（*Now We Can Talk Openly About Men*）和戏剧《摆渡人》（*The Ferryman*）为例来重点介绍。

《送奶工》是北爱女作家安娜·伯恩斯（Anna Burns）的第三部小说，故事设在北爱动乱时期的某地，讲述了一个化名为"送奶工"的准军事组织成员滥用其权力和资源性骚扰一位 18 岁少女的故事。该书问鼎 2018 年曼布克奖（Man Booker Prize），伯恩斯因此成为首位获得该奖的北爱作家。评委会主席盛赞该书"出色地描绘了一个紧凑小社会里谣言和社会压力的力量，展现了谣言和政治忠诚如何服务于对个体的无情性骚扰"（Appiah）。这个题材使得该书同时涉及了前文谈及的 2018 年度的两大热点题材，既有对北爱政治问题的反思，也有立足于女性角度对政治动乱与女性个体创伤影响的探索，两者的结合从小说的开篇伊始便能清楚感知：

> 那一天，麦克某人用枪抵住我的胸膛并叫我小猫，还威胁要杀了我。就在同一天，送奶工死了，被政府的杀手暗杀的。[3] 我并不在意他被杀，但是其他人却是在意的，其中有些人，借用一个俗语来说，"跟我面熟却从没说过话"，而我成为谈资的原因，是因为他们散布了一个谣言，或者更确切地说，可能是我的大姐夫散布了谣言，说我和这个送奶工在谈情说爱，我 18 岁而他 41 岁。（Burns: 1）

"枪""杀手""暗杀"这些暴力字眼勾勒出一个动荡不安的大环境，而无影无形的谣言却对这个 18 岁的女孩子构成更为直接的个人威胁和压力。小说强调的并不是暴力对峙和政治冲突的宏大场面，而是暴力在日常生活中的渗透性影响。此外，小说中的人物都没有姓名，只有一个描述性的模糊称号（准男友、送奶工、姐夫、麦克、某人等），这一处理有效地起到了去个性化的作用，增强了故事的普适性：类似的故事可以发生在任何人身上。联想到 2018 年席卷全球的"#MeToo"反性骚扰运动，《送奶工》也完全可以放在这一背景下来解读。

无独有偶，诗集《现在我们可以公开谈论男人了》（以下简称《现》）也是从女性的视角来探讨战争创伤的又一佳作。《现》的题目起得十分有趣，彰显了女性的声音与主题，既是从女性的视角来

3　在北爱动乱的高峰期间，反英的共和派分子指责英军幕后实施"射杀计划"（Shoot-to-kill policy），派杀手直接暗杀共和派的关键人物，从而绕过逮捕、审判等官方程序。近年来，随着文件的解禁，已有证据证明导致数百泛军事组织成员死亡的杀手团（hit squads）背后是由撒切尔政府支持的。（Sputnik）

书写男性，又涉及了长期被压制的女性声音终于获得发声自由的主题。诗集的封面大胆采用女性化的肉粉色，强化了题目给人的第一印象。作者马丁娜·埃文斯（Martina Evans）已出版诗歌和小说作品共 11 部。这部最新的散文诗被称为她"迄今为止最具雄心的作品"（O'Donoghue），具有令人"手不释卷"的魅力（Ward）。

《现》分为上下两个部分，分别设定在 1919 年的马洛镇和 1924 年的都柏林。马洛位于爱尔兰南部的科克郡，独立战争期间是科克郡北部民兵的大本营。该镇的英国驻军因为力量不敌，成为整个战争期间全爱尔兰唯一一个被反英武装攻破军营的英军力量。（Borgonovo）军营被攻破之后，英军为了报复，纵火烧毁了该镇的几个主要街区。《现》的第一部分大致以这一段历史为原型，但是并没有试图还原战争的宏大场面，而是从女裁缝姬蒂的视角讲述了小人物在战争暴力威胁下的日常生活。姬蒂的叙事中不仅有对战争的恐怖，也反映出男权和天主教会的压迫，还有对它们的质疑和挑战。姬蒂的酒鬼丈夫因为醉酒掉入河中死亡，然而他"阴魂"不散，仍然时不时地以各种形式令姬蒂联想起他，给她带来痛苦，可见创伤之深。以达利神父为代表的天主教会约束女性行为，在布道时声称"女人们来到世上可不是为了享乐，而是要向善"，还讽刺女性贪图享乐、爱慕虚荣，像童话里的恶王后一样时不时地询问镜子谁最美。（Evans：26）对此，姬蒂默默评论"就好像我们还有闲工夫站在镜子面前问它问题似的"（同上），这句评论插在神父激烈夸张的话语之间，轻描淡写地瓦解了神父的歧视性话语和教会的庄严，令人忍俊不禁。而事后，其他女性也对她表示声援："镜子、镜子，他该照照自己——脑满肠肥的样子！"（Evans：31）女性同盟在看似家长里短的闲话过程中瓦解了教会和男性主导的官方话语权威。

　　诗集下半部分的女叙述者巴贝是在都柏林城堡（Dublin Castle）工作的速记员。都柏林城堡曾是英国总督官邸，一直是英国在爱尔兰殖民权力的物质象征。而在 1924 年，爱尔兰已经独立，该城堡成为爱尔兰当权派的办公机构所在地。下半部聚焦女孩艾琳的命运，她的三个哥哥全是爱尔兰革命者，却在内战时期分属不同的派系而互相斗争，艾琳本人也积极参与革命事业，做过不少危险的工作，后来却被不知哪个派别的蒙面人清洗，在搏斗中被歹徒割裂手掌，差点儿流血至死。男性官方话语关于光荣伟大的民族解放战争的宏大叙事被女性的个体叙事瓦解，充分表达了从女性、从个体的角度重新审视和评价爱尔兰历史的现代呼声。

　　《摆渡人》（The Ferryman）是英国著名剧作家杰斯·巴特沃思（Jez Butterworth）的最新作品，聚焦北爱尔兰问题，反映了英爱双方对这一问题热度上升的共同关注。该剧由萨姆·门德斯（Sam Mendes）执导，最早于 2017 年 4 月在伦敦西区的皇家宫廷剧院（Royal Court Theatre）上演，创下该院票房销售最快的纪录（一天售罄）。2018 年该剧的热度有增无减，转移到了伦敦西区的吉尔古德剧院（Gielgud Theatre），从 1 月演出到 5 月，并于 10 月登陆美国百老汇舞台，将一直演出至 2019 年 7 月。不仅如此，该剧还成为 2018 年英国戏剧最高奖奥利弗奖（Laurence Olivier Awards）的大热门，获得 8 个奖项的提名，并最终斩获 3 项重要大奖：最佳新剧奖（Best New Play）、最佳导演奖（Best Director）和最佳女演员奖（Best Actress）。主流的英爱报纸均给予其五星推荐，《爱尔兰时报》（The Irish Times）声称："尽管巴特沃思是英国人，《摆渡人》却是一部彻头彻尾的爱尔兰剧。"（Staunton）而在实际演出中，所有的角色也都用上爱尔兰口音，增加了该剧的爱尔兰风味。

巴特沃思用高超的艺术技巧将十分复杂的爱尔兰政治问题浓缩在一天之内的情节中，将绝大部分场景设置在北爱尔兰阿马郡一个农场的厨房内。农场的主人奎因·卡尼儿孙满堂，在弟弟失踪之后收留了弟媳和侄子，一大家子正其乐融融地准备庆祝一年一度的丰收日，却变故突起。奎因弟弟的尸体在泥沼地里被找到，原来十年前奎因从爱尔兰共和军里私逃回家后不久，弟弟就被组织怀疑并被清理了。紧接着，一位爱尔兰共和军的现任指挥官上门拜访。1981 年是北爱问题走向暴力化的一个分水岭，被捕的爱尔兰共和派囚犯在狱中再次举行绝食抗议（1981 Irish Hunger Strike），获得大量媒体关注，一位绝食者博比·桑兹（Bobby Sands）甚至因此当选为英国议会议员，最终他和另外 9 位绝食者饿死狱中，葬礼引发大量民众参与，同时引起媒体的关注与同情，导致民众情绪向激进方向发展，激进军事组织爱尔兰共和军借机扩张影响，成为北爱舞台上的一支主导力量。在剧中，这位军官来访之时带来了 10 位绝食者已经死亡的消息，而他来访的目的就是阻止奎因弟弟的死亡真相被公众知晓，以免影响爱尔兰共和军正在上升的公众形象。厚重的历史、复杂的政治斗争与个人的情感纠结交织在一起，在近 3 个小时的演出中将观众引向了一个不可思议的高潮。

《摆渡人》的题目使用了古希腊神话里卡戎（Charon）的典故：卡戎是冥河摆渡人，死者的灵魂需要搭他的船才能进入冥界安息，而付不起船资或者没有得到妥善安葬的灵魂会被拒载，只能在岸边游荡。只有正视历史、妥善处理历史问题，奎因弟弟的亡魂、因爱尔兰暴力冲突而丧生的亡魂才能得以安息，不再"阴魂"不散地影响着一代又一代的后人。2018 年是《贝》签订 20 周年，而英国"脱欧"的拉锯战不仅动摇了《贝》的存在基础，还使得北爱问题的解决前景愈发扑朔迷离。在这种背景下阅读和观看以《送奶工》《现》和《摆渡人》等为代表的、以爱尔兰政治问题为背景的新创历史题材作品便格外具有现实意义。

二、女作家与女性题材大放异彩

2017 年底，美国《时代》杂志将其年度风云人物授予一群"打破沉默者"（The Silence Breakers），表彰其打破沉默，勇敢讲述被性侵的经历，从而鼓励和帮助其他受害者捍卫自身权利的行为。与此同时，"#MeToo"反性骚扰运动也在 2018 年席卷全球，撕开了很多禁忌内幕，至今仍然风暴不息，给许多行业领域带来颇为明显的变化。2018 年的爱尔兰文坛与这一全球女性主义浪潮息息相关，既与之遥相呼应，突出了近年来各国对性别与性问题的共同关注，也极具爱尔兰特色，充分反映了爱尔兰当代社会在性别和性问题上的急剧变化的社会氛围。宪法"第三十六修正案"的通过在法律的层面彰显了爱尔兰近年来女性主义运动的一次重要胜利，与此同时，2018 年女作家群体的光辉成就也从文学的层面表征了女性主义的最新成就和动向。

《爱尔兰宪法》有两条直接涉及女性地位的条款近年来成为女性主义者的矛头所指。一是第四十一条第二款明确提出保护女性在家庭中的地位和权益，从而以法律的形式将女性的社会作用局限于"家中的生活"和"在家庭中的责任"（Department of the Taoiseach：164）。另一条是 1983 年通过的宪法"第八修正案"："在适当尊重母亲的平等生命权的情况下，认可未出生胎儿的权利。"（同上：vi）除非母亲生命受到威胁，否则禁止堕胎。这条法案在实际操作过程中带来了很大的社会矛盾。1992 年一位 14 岁少女因遭强奸怀孕却不得堕胎，最终引发著名的 X 诉司法部长案（Kenny：49—54）；2012 年一位印度裔妇女 17 孕周时出现流产，却因胎儿仍有心跳而被医院拒绝手术中止妊娠，最终含恨离世（O'Carroll）；这些仅是代表性案例，更多类似悲剧不胜枚举。2018 年，女性主义者对上述两条法案的抨击都取得重大进展。5 月，爱尔兰全民公投以 66.4% 的赞成票通过"第三十六修正案"，取消"第八修正案"，为终止妊娠提供相应法律规定，从而将掌控自我身体和生育权的自由还给女性本人。风起云涌的女性权益斗争自然影响到当代文学的创作。事实上，爱尔兰当代文学不仅脱胎于巨变中的社会环境，还通过文学的表征积极参与社会文化论争，引领社会话题，对激变的社会思潮进一步推波助澜。自上世纪 90 年代以来的爱尔兰文学新繁荣，一个突出的特征就是女性作家的群体性崛起。女作家凯特·博福伊（Kate Beaufoy）在其文章《爱尔兰女性作家群何以成功？》中将历史追溯到 1982 年梅芙·宾奇（Maeve Binchy）出版小说《点亮一文钱的蜡烛》（*Light a Penny Candle*），认为这部作品标志着女作家开始出现于人们的视野中，并最终形成如今女性作家引领风骚的局面，"将我们从男性主导的官僚主义和教士驱动的正统观念的镣铐中解放出来"（Beaufoy）。

这一女性作家蜂拥而起的局面在 2018 年的爱尔兰文坛表现得格外明显。上文提过，北爱女作家伯恩斯凭借《送奶工》问鼎曼布克奖。而在爱尔兰国内的文学最高奖项"爱尔兰图书奖"的颁奖典礼上，包括萨莉·鲁尼（Sally Rooney）、埃米莉·派恩（Emilie Pine）、利兹·纽金特（Liz Nugent）、萨拉·韦布（Sarah Webb）、林恩·鲁安（Lynn Ruane）等在内的女作家济济一堂，分享了主要的奖项。有报纸用"主导（dominate）"一词来形容这一盛况："爱尔兰女作家主导了昨晚的爱尔兰图书奖颁奖礼。"（Hot Press）在作品的内容上，有关性别和性问题的女性主义主题也占据了主导地位。鉴于上文已经探讨过女性经验在《送奶工》和《现》等虚构作品中的文学表达，下文将重点放在非虚构类作品中的两个代表性文本上。

派恩是都柏林大学（University College Dublin）的副教授，《写给自我：散文集》是其首部非学术类作品，也是流浪汉出版社（Tramp Press）出版的首部非虚构作品。该书不仅荣获 2018 年爱尔兰图书奖的最佳处女作（Newcomer of the Year），还力压其他类别的获奖图书，成为 2018 年爱尔兰最佳图书（Irish Book of the Year）。全书共收录六篇散文，涉及酗酒成瘾的父亲、困难的父女关系、精神疾病、不育、少年时遭受强奸等话题。这些问题在爱尔兰社会中并不鲜见，大多数人在遭遇类似问题时都会因各种原因三缄其口，但派恩勇敢直面，极其真实地表达了女性、一个个体的真情实感——在面对酒鬼父亲时又爱又恨的感受、在不断尝试治疗不育症的过程中遭受的精神痛苦和孤独感、在被熟人强奸后的不解和痛苦等，从而引起大量读者的共鸣。她在采访中谈到不少读者主动跟她分享自己的经历和感受，虽然她在出版该书时因为袒露内心而忐忑不安，但是希望它"能够鼓励其他人也讲出自己的故事，或者让他们不再感到那么孤独"（Kellaway）。

爱尔兰女性解放运动不仅是全球女性解放运动的一部分，也自有其独特的爱尔兰特色和历史渊源。历史上，罗马天主教对爱尔兰的长期精神控制，以及民族主义革命对暴力和男性气质的格外彰显，使得宗教和国家政权在性别问题上出现合谋趋势。女性对爱尔兰民族革命以及随后的国家建设所做的贡献被轻视，文学和文化作品中的女性被剥除身体和个性，成为抽象的爱国符号。圣母玛丽亚和爱尔兰母亲成为现世女性的行为规范，纯洁、消极、忍耐的母亲形象是男性主导叙事中的经典形象。相对于这样的历史背景，近年来爱尔兰文坛的女性声音才显得那么宝贵和独特。而且派恩的叙事声音平静而真实，超越了早期女性主义者的那种旗帜鲜明的愤怒感——如安妮·恩莱特（Anne Enright）在《聚会》（*The Gathering*，2007）中跃然纸上的愤怒与不甘，以一种真正平等的姿态彰显了女性作为个体的真实感受。

无独有偶，2018 年爱尔兰图书奖的"非虚构类图书奖"（Non-Fiction Book of the Year）得主、鲁安的自传《像我这样的人》，也从另一个侧面印证了当代爱尔兰社会对真实女性声音的欢迎。鲁安现在的身份是爱尔兰最高学府圣三一大学（Trinity College Dublin）的学生、学生会主席和代表圣三一选区的参议员，然而她却有着极其曲折的个人历史：吸毒辍学的问题少女、15 岁产女的未婚妈妈、服务吸毒人员的义工、独自抚养两个孩子的单身母亲、28 岁通过成人教育渠道进入圣三一大学就读的本科生等。所有这些都在她的自传里和盘托出；难能可贵的是她并没有试图将自己刻画成环境或其他因素的受害者，而是以一种实事求是的态度袒露过往，真实无畏地表达了自己的真情实感。鲁安声称，很多人都用"像你这样的人"来轻蔑地指称过她和其他具有工人阶级背景的人，而她取这个题目显然是要发出自己的真实声音，因为在她看来"我们和别人没有什么不同，不同的只是我们生活条件的质量"（Khan）。

历史上，罗马天主教会修建众多的马利亚洗衣馆（Magdalene laundries），强迫妓女、未婚母亲等"堕落"女性在极差的环境中进行廉价劳动，将其变为社会隐形人。这一臭名昭著的机构在爱尔兰一直运行到 20 世纪 90 年代方才引起社会关注，最终退出历史舞台。如今，"像鲁安这样的人"不仅不会再被关入马利亚洗衣馆，还可以进入号称精英壁垒的圣三一大学接受教育，能够坦率地书写自己的过往并得到人们的接受，同时还能以参议员身份直接参与和影响国家政治决策，这不能不说是爱尔兰社会在女性权益和个性自由方面取得极大进步的一个有力例证。

当代爱尔兰女作家的群体性发声是近年来爱尔兰文坛的一个引人瞩目的文学现象，而 2018 年爱尔兰女作家的作品颇具代表性地反映了近年来女性作家群体关注的主题与风格，可以作为一个剖面来深入研究。当然，这并不是说男性作家了无建树，也不是在倡导新型的性别对立。事实上，2019 年 3 月刚刚出台的《关于作家性别差异的埃米莉报告》（*Are You Serious? The Emilia Report into the Gender Gap for Authors*）显示，哪怕在 2017—2018 年，被调查的男性作家仍然比同领域的女性作家受到更多媒体的报道。（Kean：4）不过，女性作家的群体性崛起已经成为爱尔兰文坛的突出现象。从上述分析中可以看出女性叙事的两个代表性倾向：一是去除宏大叙事的影响，更加深入到日常生活的体验中，从而使个体经验更为深刻也更具感染力；二是对女性身体、女性性欲等以往禁忌话题的直言不讳，与爱尔兰社会的女性解放主旋律遥相呼应，互为支援，有力地体现了社会文化的关注热点。

除了上述两个焦点比较集中的方面之外，2018 年爱尔兰文坛还有许多其他值得关注的新人新作。需要重点一提的是鲁尼的小说《普通人》（*Normal People*），它讲述了后凯尔特虎时期两个年轻大学生的爱情故事。鲁尼 2017 年出版的处女作《与朋友的对话》（*Conversations with Friends*）就颇得评论美誉，《普通人》更上一层楼，使 27 岁的鲁尼成为新一代作家里耀眼的明星。英国《卫报》（*The Guardian*）甚至盛赞该书是"十年来的文学奇观"（the literary phenomenon of the decade）（Cain），最终该书不负众望，先后夺得颇有声望的爱尔兰图书奖和英国科斯塔文学奖（Costa Books Award）的"最佳小说奖"（Best Novel），鲁尼也因此成为史上最年轻的科斯塔小说奖得主。

　　除了新秀作家星光璀璨，一批成名作家的新出版物也颇吸引眼球。北爱著名诗人德瑞克・马宏（Derek Mahon）自 2011 年来首次出版新诗集《争分夺秒》（*Against the Clock*），延续了诗人宽广的关注视角和独特的语言风格。已故诺贝尔奖得主谢默斯・希尼（Seamus Heaney）也有新的选集《希尼诗选 100 首》（*Seamus Heaney: 100 Poems*）出版。这本选集是希尼家人为了完成诗人出版单本精选集的生前遗愿而做，整个选集纵贯诗人创作的全部阶段，从 1965 年的成名诗《挖掘》（"Digging"）开始，一直收录到诗人逝世前十天为孙女所做的诗。此外，《玛丽亚・埃奇沃思的爱尔兰来信》（*Maria Edgeworth's Letters from Ireland*）和《弗朗・奥布赖恩书信全集》（*The Collected Letters of Flann O'Brien*）的出版也给这两位重要作家的读者和研究者提供了难得的史料。

　　简言之，2018 年的爱尔兰文坛又是一个硕果累累的丰收年。作家们通过文学创作积极参与到政治纷争、历史遗产、女性权益、创伤疗救等热点社会问题的讨论中来，既突出了爱尔兰特色，有效表征了变化中的当代爱尔兰社会，又"应用当地的经验来探索危机社会里的普遍经验"（Appiah），具有超越地域的普适性和吸引力。

参考文献：

Appiah, Kwame Anthony. "The 2018 Winner." The Man Booker Prize.
　　<http://www.themanbookerprize.com/fiction>.

Beaufoy, Kate. "Irish Women Writers: Why are They so Successful?" Writing. ie, 27 Feb. 2017.
　　<http://www.writing.ie/interviews/irish-women-writers-why-are-they-so-successful-by-kate-beaufoy/>.

Borgonovo, John. "Atlas of the Irish Revolution: The War in Cork and Kerry." *Irish*

Examiner, 18 Sep. 2017.
<http://www.irishexaminer.com/viewpoints/analysis/atlas-of-the-irish-revolution-the-war-in-cork-and-kerry-459137.html>.

Cain, Sian. "Normal People: how Sally Rooney's novel became the literary phenomenon of the decade." *The Guardian*, 8 Jan. 2019.
<http://www.theguardian.com/books/2019/jan/08/normal-people-sally-rooney-novel-literary-phenomenon-of-decade>.

Cliff, Brian, and Eibhear Walshe, eds. *Representing the Troubles: Text and Images, 1970-2000*. Dublin: Four Courts, 2004.

Department of the Taoiseach. *Constitution of Ireland*. 1 Nov. 2018, Updated 26 Feb. 2019.
<http://www.gov.ie/en/publication/d5bd8c-constitution-of-ireland/>.

Doyal, John, and Eileen Connolly. "Brexit and the Northern Ireland Question." *The Law & Politics of Brexit*, edited by Federico Fabbrini. Oxford: Oxford UP, 2017, pp. 139—159.

Evan, Martina. *Now We Can Talk Openly About Men.* Manchester: Carcanet Press Limited, 2018.

Hot Press. "Full List of Irish Book Awards 2018 Winners... ." The Hot Press Newsdesk, 28 Nov. 2018.
<http://www.hotpress.com/culture/full-list-irish-book-awards-winners-22762953>.

Kean, Danuta. Are you Serious? *The Emilia Report into the Gender Gap for Authors.* Mar. 2019.
<http://www.eilenedavidson.com/wp-content/uploads/2019/03/The-Emilia-Report.pdf>.

Kellaway, Kate. "Emilie Pine: 'I wrote the essay I needed to read'." *The Guardian*, 26 Jan. 2019.
<http://www.theguardian.com/books/2019/jan/26/books-interview-notes-to-self-emilie-pine>.

Kenny, Colum. *Moments that Changed Us*. Dublin: Gill & Macmillan, 2005.

Khan, Ciannait. "People Like Lynn Ruane." *The University Times*, 19 Sep. 2018.
<http://www.universitytimes.ie/2018/09/people-like-lynn-ruane/>.

Maguire, Patrick, and Daniel Boffey. "Northern Ireland at Risk Because of Brexit, Says Bertie Ahern." *The Guardian*, 11 Feb. 2017,
<http://www.theguardian.com/world/2017/feb/11/irelnd-peace-risk-brexit-bertie-ahern>.

O'Carroll, Sineal. "Savita Halappanavar: Her tragic death and how she became part of Ireland's abortion debate." *The Journal. ie*, 29 Apr. 2018.
<http://www.thejournal.ie/eighth-amendment-4-3977441-Apr2018/>.

O'Donoghue, Bernard.

<http://www.martinaevans.com/>.

RTÉ. "Hard Border a 'visible opportunity' to disrupt peace process—Robinson." RTÉ news, 20 Oct. 2018.
<http://www.rte.ie/news/2018/1020/1005510-mary-robinson-brexit/>.

Sputnik. "Secret Death Squads Backed by Thatcher Gov't Killed Hundreds in N. Ireland." Sputnik news, 17 Jun. 2015.
<http://www.sputniknews.com/europe/201506171023454191/>.

Staunton, Denis. "North dominating more than political stage in London." *The Irish Times*, 7 Jul. 2017.
<http://www.irishtimes.com/news/world/uk/north-dominating-more-than-political-stage-in-london-1.3145942>.

Ward, Adele. "Adele Ward Reviews 'Now We Can Talk Openly About Men' by Martina Evans (Carcanet, 2018)." Magma Poetry.
<http://www.magmapoetry.com/adele-ward-reviews-now-we-can-talk-openly-about-men-by-martina-evans-carcanet-2018/>.

作者：陈丽，北京外国语大学英语学院

2018 年澳大利亚文学概览

乌云高娃

内容提要：2018 年，澳大利亚文学呈现多元和多样的特点，作品体裁多样，主题广泛，意义深刻，影响深远。除了久负盛名的一批作家在不断更新读者视野外，还有一批女性作家、青年作家和原住民作家以其独特的身份和视角书写对社会、文化、历史、政治、法律、道德、人性等的思考。本文通过梳理 2018 年度澳大利亚重要文学奖项的获奖作品，分析文学新作的艺术特色、写作背景和时代意义，总结获奖作品和年度新作体现出的特点，概述澳大利亚文学年度总体态势。

一、综述

2018 年，澳大利亚文学的多样性和多元化一如既往，作品关注了女性群体与原住民身份、部落与族群关系、家庭关系、青少年成长等主题；各类体裁的作品同步发展，且内容丰富；从作家主体看，久负盛名的作家笔耕不辍，新一代作家快速成长，还有一批女性作家和原住民作家对社会、文化、历史、政治、法律、道德、人性等进行了深入思考。本文将重点评述澳大利亚几个重要的文学奖项——迈尔斯·富兰克林文学奖 (Miles Franklin Literary Award)、总理文学奖 (Prime Minister's Literary Award)、州长文学奖等获奖或提名的作品,概述 2018 年文学新作的艺术特色,展现澳大利亚文学似万花筒般的面貌。

二、重要文学奖项

1. 迈尔斯·富兰克林文学奖

迈尔斯·富兰克林文学奖设立于 1957 年,是澳大利亚最重要的文学奖项之一。按照迈尔斯·富兰克林 (1879—1954) 本人的遗愿,这一奖项"将颁发给年度最具文学价值的小说,小说必须展现澳大利亚某一方面的生活"。

2018 年度该奖项获得者是斯里兰卡裔澳大利亚作家米歇尔·德·克雷瑟 (Michelle de Kretser, 1957—),获奖作品是小说《未来的生活》(*The Life to Come*, 2018)。她之前的作品《玫瑰的种植者》(*The Rose Grower*, 2001) 和《汉密尔顿案件》(*The Hamilton Case*, 2005) 曾分获英联邦奖(东南亚和太平洋地区)(The Commonwealth Prize, SE Asia and Pacific region) 和英国安可奖(UK Encore Prize)。另一部小说《迷失的狗》(*The Lost Dog*, 2009) 也赢得了大量的赞誉,获得了 2008 年度新南威尔士州州长文学奖(New South Wales Premier's Literary Awards) 和澳大利亚文学协会金奖 (The ALS Gold Medal) 等,还入围了曼布克奖(Man Booker Prize) 的角逐名单,深受一些知名作家的力荐。她的小说《旅行问题》(*Questions of Travel*, 2014) 获得了十四项殊荣,包括 2013 年的迈尔斯·富兰克林文学奖。

《未来的生活》以悉尼、巴黎和斯里兰卡为背景,刻画了六位主人公的自我感知,揭示了自身和他人眼中的自己之间无法逾越的差距。有的故事仿佛发生在我们身边，有的闻所未闻。迈尔斯·富兰克林文学奖的参评专家如是评价《未来的生活》：这是一部极具张力的小说，刻画了孤独的人群及其生存状况，嘲讽了某些当代的生活方式，比如对食物的痴迷、对社交媒体的过分依赖等。但从本质上讲，这是一部关于人性的小说，探索并揭露了人性的缺点，但同时在理解的基础上同情他人。（"Miles Frankin Literary Award"）詹姆士·雷（James Ley，1971——）在《悉尼书评》中高度评价了克雷瑟充满讽刺和黑色幽默的写作手法，并强调作品批判了人的狭隘、自以为是、金钱至上、道德空虚、文化乏味、对知识的淡漠和对历史的无知等。

入围本年度迈尔斯·富兰克林文学奖最终名单的作品还包括费利西蒂·卡斯塔纳（Felicity Castagna，1982——）的《再见渡船》（*No More Boats*，2017）、伊娃·霍恩（Eva Hornung，1964——）的《最后的花园》（*The Last Garden*，2017）、凯瑟琳·麦金农（Catherine McKinnon，1958——）的《童话世界》（*Storyland*，2017）、杰拉尔德·穆南（Gerald Murnane，1939——）的《边界》（*Border Districts*，2017）、金·斯科特（Kim Scott，1957——）的《禁忌》（*Taboo*，2017）。《再见渡船》的故事起源与作家自身的经历十分相似，讲述了移民家庭中几代人在澳大利亚多元文化的大熔炉里对身份的追寻和思索，刻画了由于生活时代和文化经历的不同而导致的人与人之间的问题与冲突。安妮·詹密森（Anne Jamison）在《悉尼书评》发表文章称："小说主人公的家庭和种族背景，还有移民经历中的创伤，都对他产生了负面的影响，而作家敏锐地捕捉到了这一点，并进行了再现。"小说还获得了 2018 年澳大利亚沃斯文学奖（Voss Literary Prize）和新南威尔士州州长文学多元文化奖（NSW Premier's Literary Multicultural Award）。《最后的花园》叙述了一个男孩从寄宿学校回家的当天，父母双双离世，家庭的惨变给男孩带来了巨大的创伤。小说聚焦了男孩艰难的成长经历，既有对信仰、道德、动物等主题的探索，也有对暴力、死亡等方面的探究。斯特拉·查尔斯（Stella Charls）评论说："霍恩通过犀利的笔触描写了人类对暴力的一系列反应和动物的非凡力量，作品十分动人，同时引发读者在哲学层次的思考。"后文将对《边界》和《禁忌》做更佳详细的介绍。

2. 总理文学奖

澳大利亚总理文学奖是澳大利亚文学界最重要的奖项之一，2018年是该奖的第十一个年头。评审委员会从五百部参选作品中评选出了六个类别的三十部入围作品。获得虚构类奖的获奖作品是穆南的《边界》。穆南出生于墨尔本，已出版十一部小说和数部作品集，获得过帕特里克·怀特文学奖（Patrick White Literary Award）、墨尔本文学奖（Melbourne Prize for Literature）、阿德莱德文学节创新奖（Adelaide Festival Literature Award for Innovation）和维多利亚州总理文学奖（Victorian Premier's Literary Award）。

总理文学奖小说和诗歌类评委会主席布朗温·李（Bronwyn Lea，1969—　）在澳大利亚政府通讯和艺术部网站公布颁奖消息时评价说："有些小说真的能给读者带来身临其境的体验，让你沉浸其中——但同时也具有变革性，让我们因为读了它们而产生改变。"（"Border Districts"）根据该网站的猜测，《边界》可能是穆南的最后一部小说，是作家从墨尔本搬到南澳大利亚边境的一个小镇后写成的。小说中的叙事者也有类似的经历，从一个首都城市搬到了国家边境的一个偏远小镇，打算在那里度过余生。叙事者像解释图片一样对自己的经历进行了解读，这些图像包括他的童年和青春期的场景、读过的书、相识的人、居住的边界小镇等。海伦·艾略特（Helen

Elliott）在《月报》（*The Monthly*）上发表的评论认为，《边界》以简洁轻盈的散文形式呈现了叙事者的经历，读者可以通过作家涓涓细流般的描述，探索人生的每个阶段。

摘得诗歌类奖的是布莱恩·卡斯特罗（Brian Castro，1950— ）的《盲目与愤怒》（*Blindness and Rage: A Phantasmagoria*）。布朗温·李评价说："今年的诗歌类别以作品的广度而闻名，这非常令人惊喜，这说明诗歌在澳大利亚是充满活力的艺术形式。"（"Prime Minister's Literary Awards winners"）。卡斯特罗是《上海舞》（*Shanghai Dancing*，2003）的作者，2014 年帕特里克·怀特文学奖得主。他出版的小说《花园书》（*Garden Book*，2005）入围了迈尔斯·富兰克林文学奖的候选名单。《盲目与愤怒》是一部叙事诗，由三十四首诗组成，以其辛辣的机智和丰富的引喻闻名。诗歌描述了身患绝症的诗人吕西安·格拉克的冒险经历，希望能实现自己完成史诗的愿望。詹姆士·江（James Jiang）评论说："《盲目与愤怒》展现了卡斯特罗作品中一贯的创造性，充满了幽默和文字游戏。"约瑟夫·卡明斯（Joseph Cummins）认为，《盲目与愤怒》是对矫饰与徒劳的极度讽刺，是一首关于抱负与文学奋勉的诗；同时，从主人公的视角中，读者可以感受到无尽的欢乐。

其他获奖类别的作品还包括约翰·爱德华兹（John Edwards，1965— ）的历史类作品《约翰·科廷的战争：太平洋战争的来临和澳大利亚的重塑 第一卷》（*John Curtin's War: The Coming of War in the Pacific, and, Reinventing Australia, Volume 1*，2017），里查德·亚克斯利（Richard Yaxley，1962— ）的青春期文学作品《我的歌》（*This is My Song*，2017），葛兰达·密拉德（Glenda Millard）和插画师史蒂芬·迈克尔·金（Stephen Michael King）的儿童文学作品《豆

荚摇篮曲》（*Pea Pod Lullaby*，2017），里查德·麦克格雷格（Richard McGregor，1965—　）的非虚构类作品《亚洲崛起：全球主导地位的斗争》（*Asia's Reckoning: The Struggle for Global Dominance*，2017）。

3. 新南威尔士州州长文学奖

新南威尔士州州长文学奖于1979年由新南威尔士州州长纳威·兰恩（Neville Wran，1926—2014）设立。该奖项强调文学的重要性，并鼓励民众享受和学习获奖作家的作品。在评论此奖项的目的时，兰恩说："我们希望艺术在社会中占据适当的位置，并被人珍视。如果政府以尊重和理解的态度对待作家和艺术家，民众也更有可能这样做。"（"Winners Announced for 2018 WSW Premier's Literary Awards"）新南威尔士州州长文学奖包括虚构类、新作、非虚构类、诗歌、儿童文学、青年文学、剧作、编剧、多元文化奖、土著作家奖等主要奖项，还包括特别奖、年度图书、最受欢迎图书等奖项。往年的获奖者包括彼得·凯里（Peter Carey，1943—　）、大卫·马卢夫（David Malouf，1934—　）、伊丽莎白·乔利（Elizabeth Jolley，1923—2007）、托马斯·肯尼利（Thomas Keneally，1935—　）、海伦·加纳（Helen Garner，1942—　）等知名作家。

本年度虚构类小说的获奖作品是布劳姆·普里瑟尔（Bram Presser，1976—　）的《尘埃之书》（*The Book of Dirt*，2017）。《尘埃之书》部分是虚构的，部分是家族史，讲述了普里瑟尔的外祖父母杰库布·兰德和达萨·鲁比科娃在纳粹占领布拉格期间的故事。尽管普里瑟尔的家人相信杰库布曾在贫民区教过孩子们，但这位老人死后的一份资料里显示，他曾被迫在布拉格臭名昭著的"种族灭绝博物馆"为希特勒整理犹太资料。普里瑟尔将档案研究和虚构文学相结合，突破了纯历史研究和小说的局限。作品喜获诸多奖项，包括

2018 年澳大利亚文学概览 | 73

克里斯蒂娜·斯特德小说奖（Christina Stead Prize for Fiction）、格伦达·亚当斯新人奖（Glenda Adams Award for New Writing）和人民选择奖（People's Choice Award）。评选专家们如是评价作品："当大屠杀的最后目击者离开时，大屠杀的恐怖将如何被铭记？"普里瑟尔是大屠杀幸存者杰库布和达萨的孙子，他在《尘埃之书》中苦苦思索着这个问题，以一种将小说推向极限的方式编织个人历史和创作文学故事，同时又从未忘记自己亟需表达的人文反思。《尘埃之书》是一部感人至深、情节复杂、主角众多的作品，是一部灵魂的召唤之作。普里瑟尔怀着一颗伟大的心和勇气，用小说的形式突破了书中的"大屠杀的巨大壁垒，这是每一个第二代和第三代人试图理解他们家庭遭遇的障碍"（同上）。

本年度新南威尔士州州长文学奖另外几部入围作品风格迥异，但是都对澳大利亚生活的方方面面进行了深层的剖析与思考。评委苏珊娜·利尔（Suzanne Leal，1967—　）评论说："获奖作品主题明确、行文紧凑，而且常常充满幽默感，对澳大利亚历史的理解和社会的发展提出挑战和质疑。"（同上）托尼·伯奇（Tony Birch，1957—　）的短篇小说集《普通人》（*Common People*，2017）中的"普通人"是社会中不为人知的一部分人——穷人、被遗弃的人、病人、与世隔绝的人、难民——这些普通人都有珍贵的故事与经历，展示了澳大利亚多元文化背景下普通人的日常生活。伯奇运用幽默的手法和故事情节的描述对"澳大利亚梦"的欺骗性进行了批判和沉思。在凯瑟琳·科尔（Catherine Cole，1950—　）的短篇小说集《哭泣的海鸟》（*Seabirds Crying in the Harbour Dark*，2017）中，作家用富有诗意的笔触审视了生活中看似平凡却不平凡的时刻。几个故事中的人物反复出现，生活和主题有时以意想不到的方式相互交织。卡洛琳·范·德·普（Caroline Van de Pol）认为科尔的写作富有诗意，目的明确，鼓励读者更仔细地审视"他人"的细节和日常生活。作品通过大海影射作品人物生命的历程，充满智慧，平实低调，有力地反映了生命的短暂和家庭的脆弱。

4. 昆士兰文学奖（Queensland Literary Awards）

昆士兰文学奖和昆士兰作家奖金由昆士兰州立图书馆管理，获奖者从 9 月份公布的入围名单中选出，以表彰澳大利亚作家的杰出作品，以及昆士兰州年轻和新兴作家的新著。奖项共十四个类别，参评的作品包括虚构类、非虚构类、诗歌以及已出版和未出版的作品。昆士兰文学奖旨在表彰和推广杰出的澳大利亚书籍和作家；提高昆士兰作家和澳大利亚作家优秀作品的知名度；与读者、文学界和支持者建立联系；通过现金奖励、奖学金和有偿的职业发展项目吸引对作家的投资。

本年度昆士兰文学奖虚构类小说奖获奖者是金·斯科特的《禁忌》。斯科特是西澳大利亚南海岸最早的原住民奴嘎人（Noongar），也是第一位获得迈尔斯·富兰克林奖的土著作家。他的第二部小说《心中的明天》（*Benang: From the Heart*，1999）曾获得 1999 年西澳大利亚州长图书奖（Western Australian Premier's Book Award）、2000年迈尔斯·富兰克林文学奖和 2001 年凯特·查利斯·拉卡奖（Kate Challis RAKA Award）。他的第三部小说《死者之舞》（*That Deadman Dance*，2010）获得了 2011 年迈尔斯·富兰克林文学奖、英联邦作家奖（Commonwealth Writers' Prize）和西澳大利亚州长图书奖。

除了以土著和澳大利亚白人与这片土地的复杂关系以及复杂的和解进程为背景外，小说《禁忌》还以斯科特的家乡、西澳大利亚西南部的奴嘎人居住地为背景，讲述了当地人几十年第一次探访禁忌之地——当年发生屠杀的地点——的故事，对大屠杀的记忆仍然在黑人和白人中间萦绕。虽然作品充满了各种各样的暴力，但这部高度原创的小说也颂扬了勇气、韧性和语言的治愈能力，尤其是奴嘎原住民的语言。斯科特在风格和体裁上的转换让人眼花缭乱。亦如该书后记中所描述的，作家把自己的写作风格称为"一种迷幻的跳跃风格"，"有童话的痕迹，也有哥特式的感觉，充分体现了无处不在的社会现实主义"（Scott）。通过巧妙地运用这些不同的形式，作品重现了在讲述澳大利亚历史真相过程中的禁忌。英国作家罗伯特·麦克法兰（Robert Macfarlane，1976— ）认为："这部小说不同凡响，它让读者感到震惊和困惑，并进行深刻的思索。但它也同样展示了希望和复兴的可能性。"（同上）

5. 斯特拉奖（Stella Prize）

斯特拉奖是为澳大利亚女性所设立的一项重要文学奖项，以澳大利亚著名女作家斯特拉·玛利亚·萨拉·迈尔斯·富兰克林（Stella Maria Sarah Miles Franklin，1879—1954）的名字命名，于 2013 年首次颁发，旨在认可并庆祝澳大利亚女性作家对文学的贡献。

本年度获奖的作品是亚历克西斯·赖特（Alexis Wright，1950— ）的传记《特拉克》（*Tracker*，2017），该作品也同时获得昆士兰文学奖非虚构类奖。赖特是澳大利亚卡奔塔利亚湾南部高地瓦伊族人。她的许多反映原住民生活的作品被译为多种文字，2006 年的小说《卡奔塔利亚湾》（*Carpentaria*）获得了迈尔斯·富兰克林文学奖。

《特拉克》是根据澳大利亚著名的北领地原住民社会活动家、政治先驱特拉克·蒂尔莫斯（Tracker Tilmouth，1954—2015）的生平撰写的，展现了特拉克极具魅力的领导才能及其传奇般的经历。亚历克斯·格兰斯（Alex Gerrans）在《澳大利亚卫报》（*The Guardian Australia*）上称该部作品证明了"集体叙事的力量"。特拉克是一位极具魅力的社会活动家、原住民领袖、政治家、企业家、思想家和梦想家，也是一个具有独特动力和人格魅力的人，始终为原住民的民族自决和法规的推进积极奔走，为原住民土地的使用权和保留地的经济发展争取机会。

6. 维多利亚州州长文学奖

澳大利亚华裔作家郑素莲（Melanie Cheng）2018 年度获得维多利亚州州长文学奖，获奖作品是她的第一部小说集《澳大利亚日》（*Australia Day*，2017），她自称这是一部关于"机遇、家庭、多元文化主义、身份"的短篇小说集。作品以澳大利亚日为背景，讲述了来自澳大利亚社会各个阶层普通人的经历，以及让他们感到窘困、迟钝或孤独的环境，这些人中有老人、同性恋者、多种族的后裔、不会说英语的移民等。希腊裔澳大利亚作家克里斯托斯·齐奥尔卡斯（Christos Tsiolkas，1965—　）称郑素莲的故事是澳大利亚文学中引人注目的新声音。郑素莲认为自己的小说代表了目前澳大利亚文化融合和多样化的社会结构，同时作品挑战了大家传统概念中对"澳大利亚人"的叙事，并对失去与联系、关系与归属、漂泊与家园进行了深刻而非矫揉造作的思考。

7. 澳大利亚沃格尔文学奖（The Australian/Vogel Literary Award）

澳大利亚沃格尔文学奖设立于 1980 年，是澳大利亚奖金和声誉较高的奖项之一。获奖作品为 35 岁以下的作家未发表的手稿，艾伦 – 昂温出版公司（Allen & Unwin）负责出版。该奖为澳大利亚的新生作家开启了职业生涯，像蒂姆·温顿（Tim Winton，1960—　）、卡斯特罗等这样的知名作家就受益于此，他们继而获得或入围了其他重要的文学奖项，如迈尔斯·富兰克林文学奖、英联邦作家奖和曼布克奖等。

2018 年度澳大利亚沃格尔文学奖获奖作品是艾米丽·欧格莱迪（Emily O'Grady，1991—　）的《黄房子》（*The Yellow House*，2018）。故事发生在昆士兰近郊，十岁女孩卡布的家的旁边是祖父的黄房子，祖父生前臭名昭著的行为给家庭蒙上了阴影，当地社区因此排斥了他的整个家族，对女孩造成了越来越负面的影响。当女孩的远房姑妈搬到黄房子时，这家人想要隐藏的秘密开始浮出水面。由于对祖父的罪行一无所知，卡布现在不得不接受她家族的暗黑史。作者在谈到作品和主题时说："卡布经历了一系列困境，不断与超越其他人想象的恐惧做着斗争。"澳大利亚沃格尔文学奖的评委们如是评价《黄房子》："写作精确有力，富于创新性，叙事赏心悦目，引人入胜，既紧张、恐怖，又不失美感，处理得恰到好处，典型的澳大利亚风格。"（"Emily O'Grady's *The Yellow House*"）

三、文学新作

1.《克莱的土桥》（*Bridge of Clay*，2018）

2018 年，澳大利亚一如既往地涌现出一批新作，题材多样，从历史题材、虚构小说到诗歌戏剧等，主题广泛而深刻。作品中既有一些作家的处女作，也不乏获奖作家的新作。马科斯·苏萨克（Markus Zusak，1975—　）的《克莱的土桥》是其中之一。

苏萨克出生于澳大利亚悉尼，母亲是德国人，父亲是奥地利人。他的小说《信使》（*The Messenger*，2002）和《偷书贼》（*The Book Thief*，2006）在国际上广受好评，赢得多个奖项。他的第六部小说《克莱的土桥》原计划于 2009 年 11 月出版，结果用了十年时间完成了写作，最终于 2018 年付梓出版。

《克莱的土桥》的叙事集中在桥和家庭这两方面的实际意义和情感意义上。作品采用倒叙的手法，以五兄弟中的老大为第一人称，讲述了五兄弟和父亲的故事。兄弟们在父亲缺失的环境中互相扶持、帮助，直到他们眼中的"杀人犯"父亲回到他们中间，寻求兄弟们的帮助，希望在河上建一座土桥。克莱准备帮助父亲建桥，但这个决定造成了兄弟关系的背叛。苏萨克提及这部小说的创作时说："克莱（Clay，英语中含义为'黏土'）既是一个名字，又是建桥的材料，想要将它塑造成各种形状，就需要经过火的考验……而这火焰，不断体现在书中男孩克莱的成长、斗争、胜利与失败中。"（Woronzoff）十年后，小说姗姗来迟，却依旧引起了巨大反响，《纽约时报》表示"等待终于结束了"；《华盛顿时报》称该作品有着"无法抗拒的魅力"。（*"Bridge of Clay"*）

2.《牧羊人的小屋》（*The Shepherd's Hut*，2018）

《牧羊人的小屋》以温顿独有的写作风格，用第一人称的口吻讲述了主人公杰克斯·克拉克顿（Jaxie Clackton）的故事。杰克斯年少丧母，又经常遭受酗酒父亲的家庭暴力，他总幻想能结束父亲可悲的生命，直到有一天，他发现父亲死在车库，他惊慌失措，认为所有杀人证据都指向自己。于是，杰克斯向着西澳大利亚的茫茫沙漠和盐碱地逃去，在荒芜和干枯中生存下来，成就了一段"哈克贝利·费恩"似的历险经历。小说家瑞秋·塞弗特（Rachel Seiffert，1971— ）认为作品的故事情节"扣人心弦、引人注目：我们身处温顿的国度，而且随他驾车驰骋"。

温顿是澳大利亚影响力较大的作家之一，曾有两部作品入围曼布克奖最终名单：《骑手们》（*The Riders*，1994）、《土乐》（*Dirt Music*，

2001）；四部小说获得迈尔斯·富兰克林文学奖：《浅滩》（*Shallows*，1984）、《烟云缭绕的街道》（*Cloudstreet*，1991）、《土乐》、《呼吸》（*Breath*，2008）。《牧羊人的小屋》又将是一部力作。书评家罗恩·查尔斯（Ron Charles，1962—　）这样评价《牧羊人的小屋》："小说描述了一片空旷的空间，温顿还在这片土地上点缀了瓶子树、袋鼠和废弃的矿井，使读者身临其境地体验西澳大利亚的地貌景观；一个年轻人的思绪在这片空间回响，让我们深刻了解了青春期男生的好强和矛盾心理——他们不再是孩子，但也不完全是成人，也向读者展示了在干枯和残酷的世界里，怎样才能保持爱和希望的活力。"

3.《奥斯维辛的纹身人》（*The Tattooist of Auschwitz*，2018）

这部畅销处女作根据真实故事改编，以甜蜜的浪漫故事反衬和弱化了集中营的恐怖。1942 年，斯洛伐克的犹太老人拉勒·索科洛夫（Lale Sokolov）被监禁，他的任务是在新来的人身上刺上身份号码。他用自己的智慧帮助了狱友，与吉塔相爱并成婚。妻子去世后他才讲述了自己的故事。

作者希瑟·莫里斯（Heather Morris）是澳大利亚作家。在墨尔本一家大型公立医院工作的几年里，她学习并撰写剧本。2003 年，莫里斯与小说中的主人公拉勒相识。随着友谊的加深，拉勒开始了一段自我审视的旅程，把自己在大屠杀期间的生活中最隐秘的细节托付给了作家。莫里斯根据和拉勒三年的谈话创作了剧本，在国际上引起轰动，继而出版了小说《奥斯维辛的纹身人》。

4. 非虚构类新作

2018 年的非虚构类新作中不乏大家之作，如安妮塔·海斯（Anita Heiss，1968—　）编著的《我是澳大利亚原住民》（*Growing Up Aboriginal in Australia*，2018）。

《我是澳大利亚原住民》这本选集由新南威尔士中部原住民获奖作家海斯编撰，讲述家庭、国家和归属感的童年故事，展示原住民生活在澳大利亚的感觉。所有编者的讲述都是肺腑之言——有时能产生共情，但更多的是挑战已有的成见、寻求尊重。作者海斯博士是土著文化基金会的终身大使，也是新南威尔士州中部威拉德朱里（Wiradjuri）部族的成员。他曾是 2012 年人权奖（Human Rights Awards）和 2013 年澳大利亚年度人物奖（Australian of the Year Awards）的最终入围人选。

四、文学特色

1. 多元文化

从 2018 各类文学奖项和新作的出版能够看出，不论是何体裁、主题、背景、内容，无一不将澳大利亚文学的"多元文化特色"充分发挥出来。两届曼布克奖获奖作家彼得·凯里的新作《漫漫离乡路》（*A Long Way From Home*，2018）揭露了澳大利亚历史上的种族歧视；华裔诗人李贝拉（Bella Li，1983— ）的《阿尔戈西》（*Argosy*）则通过一系列诗歌对环境、身份、语言、殖民主义等议题进行了反思；卡斯塔纳的《再见渡船》描绘了一幅难民、移民、公民身份与归属感交错的画面；塞利德温·达维（Ceridwen Dovey，1980— ）的《逃命花园》（*In the Garden of the Fugitives*，2018）借助对庞贝古城的描述，对人的身份、人与人的关系以及历史与现实进行了探讨。

2. 女性视角

作家们通过女性视角审视了人在历史与社会发展过程中的经历及其作用。埃莉诺·利姆布莱奇（Eleanor Limprecht，1977— ）的《旅人》（*The Passengers*，2018）通过对两个女人、两代人、两个国家、两段旅程的描述，对希望、欲望、恐惧等主题进行了探索；畅销书作家凯特·莫顿（Kate Morton，1976— ）的《造钟人的女儿》（*The Clockmaker's Daughter*，2018）通过造钟人女儿的声音，讲述了有关谋杀、艺术、神秘、偷盗的错综曲折的故事；希瑟·莫里斯的《奥斯维辛的纹身人》描写了在硝烟笼罩下的集中营里萌发的情感，真实地讲述了大屠杀幸存者的爱情故事；埃利斯·瓦尔莫比达（Elise Valmorbida，1961— ）的《山中的圣母》（*The Madonna of the Mountains*，2018）则通过一个女人风云变幻的一生反映了忠诚、战争、宗教、家庭、母性和婚姻等主题；布里·李（Bri Lee，1991— ）的《蛋壳》（*Eggshell Skull*，2018）刻画了一个女孩从警察的女儿、法律系学生，到法官助理的经历，见证并揭发了法律体系对女性的不公。

3. 青少年声音

除了上文提到的《黄房子》《克莱的土桥》《牧羊人的小屋》等作品，本年度也有相当一部分的获奖作品和新作比较注重表达青少年的心声。特伦特·道尔顿（Trent Dalton）的《吞掉宇宙的男孩》（*Boy Swallows Universe*，2018）通过光天化日下的毒品交易、吸毒和暴力场面披露了澳大利亚郊区的丑陋与肮脏，但是同时展现了少年成长的过程，聚焦了家庭和爱的力量；格里高利·代恩（Gregory Day）的《大洋忆事》（*A Sand Archive*，2018）通过一个年轻人对大洋路建造故事的热爱，用他的声音讲述了大洋路建筑师的求学和建造经历，同时反映了澳大利亚地方作家对家乡和景观的钟爱；詹妮弗·米尔斯（Jennifer Mills，1977— ）的《癣》（*Dyschronia*，2018）通过一个能预见未来的女孩子的视角，探讨了环境这一主题。

4. 原住民作家

除了上文中提及的几位原住民作家外，还有几位原住民作家值得一提。原住民作家安贝林·夸伊穆利纳（Ambelin Kwaymullina，1975— ）和依齐基勒·夸伊穆利纳（Ezekiel Kwaymullina，1983— ）的小说《目击·灵魂·乌鸦》（*Catching Teller Crow*，2018）通过"半散文半诗歌"的鬼故事讲述了关于殖民史、犯罪、暴力、家庭与爱的故事，使用心理悬疑的手法触碰了很多人不敢触碰的历史与话题，从一个女孩、一个不知所终的鬼魂的视角直视澳大利亚最黑暗的历史，情节和风格与艾丽斯·希伯德（Alice Sebold，1963— ）的《可爱的骨头》（*The Lovely Bones*，2002）有异曲同工之妙。

另外，有两位贡献突出的原住民作家值得一提：布鲁斯·帕斯科（Bruce Pascoe，1947— ）和塞缪尔·瓦甘·华生（Samuel Wagan Watson，1972— ）。来自澳大利亚邦隆部族（Bunurong）的帕斯科因其在文学方面的成就获得了澳大利亚艺术协会颁发的终身成就奖。他在接受澳大利亚土著电视台采访时说，他从阅读澳大利亚文学作品起，就一直思考为什么没有人讲述澳大利亚原住民的故事。（Smith）后来，他的三十三部作品将土著知识和多元文化精妙地结合在叙事中，展现了作家眼中的澳大利亚殖民史。另外一位原住民作家塞缪尔·瓦甘·华生获得了2018年帕特里克·怀特文学奖，该奖是帕特里克·怀特用1973年诺贝尔文学奖的奖金设立的，通常授予"对澳大利亚文学做出了重大但未得到充分认可的贡献"的作家。华生是该奖45年历史上第二位获奖的原住民作家，此前托尼·伯奇曾于2017年获得该奖。

结语

2018年的澳大利亚文学继续发扬多元化、多样性的特点，且硕果累累。作家们一如以往，创作出了脍炙人口抑或发人深省的各种体裁的作品以飨读者，不论是讲述家庭、部族、历史、社会的故事，还是披露政治、法律、道德等的问题，不论是初露才华的新人，还是在文学界久享盛名的作家，都在不断书写澳大利亚这片土地上的点滴故事，为世界了解澳大利亚的人民和土地贡献着自己的力量，读者们也将期待下一年度澳大利亚文学界新作品、新视角、新作家的诞生。

参考文献：

"The Australian/Vogel's Literary Award." Allen &Unwin. Web. 30 May 2019. <https://www.allenandunwin.com/being-a-writer/the-australian-vogel-s-literary-award>.

"*Border Districts.*" Australia Government Department of Communication and the Arts. Web. 5 May 2019. <https://www.arts.gov.au/pm-literary-awards/current-awards/border-districts>.

"*Bridge of Clay.*" Bridge of Clay Book. Web. 11 May 2019. <https://bridgeofclaybook.com>.

Charles, Ron. "Books Review: The tale of a disaffected teen on the run from a crime he didn't commit." *Washington Post.* 27 Feb. 2018. Web. 30 May 2019. <https://www.washingtonpost.com/entertainment/books/the-tale-of-a-disaffected-teen-on-the-run-from-a-crime-he-didnt-commit/2018/06/18/9be293ec-6fe8-11e8-bd50-b80389a4e569_story.html?utm_term=.023e3bdab9b6>.

Charls, Stella. "The Last Garden by Eva Hornung." *Readings.* 27 Apr. 2017. Web. 10 May 2018. <https://www.readings.com.au/review/the-last-garden-by-eva-hornung>.

"Childhood stories of family, country and belonging." Imprint: Black Inc. Web. 30 May 2019. <https://www.blackincbooks.com.au/books/growing-aboriginal-australia>.

Cummins, Joseph. "Joseph Cummins Reviews *Blindness and Rage: A Phantasmagoria* by Brian Castro." *Mascara Literary Review.* 16 Dec. 2017. Web. 16 Apr. 2018. <http://mascarareview.com/joseph-cummins-reviews-blindness-and-rage-a-phantasmagoria-by-brian-castro/>.

"Emily O'Grady's *The Yellow House* Wins the 2018 Australian/Vogel's Literary Award." Allen & Unwin. Web. 30 May 2019.

<https://www.allenandunwin.com/browse/news/1432-emily-ogrady-the-yellow-house-2018-vogels-award>.

Gerrans, Alex. "*Tracker* by Alexis Wright review—a weighty portrait of a complex man." *The Guardian*. 28 Nov. 2017. Web. 10 May 2019.
<https://www.theguardian.com/books/2017/nov/29/tracker-by-alexis-wright-review-a-weighty-portrait-of-a-complex-man>.

"*Growing up Aboriginal in Australia*: Childhood Stories of Family, Country and Belonging." Web. 30 May 2019.
<https://www.anitaheiss.com/shop/growing-up-aboriginal-in-australia/Ot01>.

Gleeson-White, Jane. "Properly Alive: *Taboo* by Kim Scott." Sydney Review of Books. 22 Aug. 2017. Web. 10 May 2019.
<https://sydneyreviewofbooks.com/taboo-kim-scott-review/>.

Housham, Jane. "*The Tattooist of Auschwitz* by Heather Morris review – love and survival." 22 Nov. 2018. *The Guardian*. Web. 10 May 2019.
<https://www.theguardian.com/books/2018/nov/22/tattooist-auschwitz-heather-morris-review-lale-sokolov>.

Jamison, Anne. "In The Estuary: Felicity Castagna's *No More Boats*." Sydney Review of Books. 28 Nov. 2017. Web. 20 Dec. 2018.
<https://sydneyreviewofbooks.com/felicity-castagna-no-more-boats/>.

Jiang, James. "Review Short: Brian Castro's *Blindness and Rage*." Cordite Poetry Review. 10 Aug. 2017. Web. 10 May 2019.
<http://cordite.org.au/reviews/jiang-castro/>.

Karen, Hind. "Queensland Literary Awards 2018 Winners Announced." State Library of Queensland. 1 Nov. 2018. Web. 10 Dec. 2018.
<http://blogs.slq.qld.gov.au/plconnect/2018/11/01/queensland-literary-awards-2018-winners-announced/>.

Ley, James. "Fictive Selves: *The Life to Come*." Sydney Review of Books. 5 Dec. 2017. Web. 10 May 2018.
<https://sydneyreviewofbooks.com/life-to-come-michelle-de-kretser/>.

Limprecht, Eleanor. "*The Passengers*." Web. 10 May 2019.
<http://www.eleanorlimprecht.com/thepassengers/>.

"Miles Franklin Literary Award." Perpetual. Web. 10 Dec. 2018.
<https://www.perpetual.com.au/milesfranklin>.

"Prime Minister's Literary Awards winners: Six diverse titles have been recognised at the 2018 Prime Minister's Literary Awards ceremony." Australia Government Department of Communication and the Arts. 4 Dec. 2018. Web. 10 May 2019.
<https://www.arts.gov.au/departmental-news/prime-ministers-literary-awards-winners>.

Scott, Kim. *Taboo*. Sydney: Pan Macmillan Australia, 2017.

Seiffert, Rachel. "*The Shepherd's Hut by* Tim Winton review – an Australian odyssey." *The Guardian.* 27 Jun. 2018. Web. 10 May 2019.
<https://www.theguardian.com/books/2018/jun/27/the-shepherds-hut-tim-winton-review>.

"*The Shepherd's Hut.*" Penguin. Web. 10 May 2019.
<https://www.penguin.com.au/books/the-shepherds-hut-9780143795490>.

Smith, Douglas. "Bruce Pascoe celebrated with Australia Council's Lifetime Achievement Award in Literature." NITV NEWS. Web. 10 Dec. 2018.
<https://www.sbs.com.au/nitv/nitv-news/article/2018/03/07/bruce-pascoe-celebrated-australia-councils-lifetime-achievement-award-literature>.

Smyrk, Katherine. "Building Bridges." The Bigissue. 19 Oct.-1 Nov. 2018. Web. 16 Dec. 2019.
<https://www.thebigissue.org.au>.

"The Stella Interview: Alexis Wright on *Tracker.*" The Stella Interviews Melbourne: Studio Sometimes. 3 Apr. 2018. Web. 10 May 2019.
<https://thestellaprize.com.au/2018/04/tracker/>.

"The 2018 Stella Prize." The Stella Prize. Web. 30 May 2019.
<https://thestellaprize.com.au/prize/2018-prize/>.

"*Tracker.*" Web. 10 May 2019.
<https://thestellaprize.com.au/prize/2018-prize/tracker-alexis-wright/>.

Tsiolkas, Christos. "*Australia Day.*" Text Publishing. Web. 30 May 2019.
<http://www.textpublishing.com.au/books/australia-day>.

Van de Pol, Caroline. "Caroline van de Pol reviews *Seabirds Crying in the Harbour Dark* by Catherine Cole Caroline." Mascara Literary Review. 12 Dec. 2017. Web. 10 May 2018.
<http://mascarareview.com/caroline-van-de-pol-reviews-seabirds-crying-in-the-harbour-dark-by-catherine-cole/>.

"Winners announced for 2018 NSW Premier's Literary Awards." State Library New South Wales. 30 Apr. 2018. Web. 10 May 2019.
<https://www.sl.nsw.gov.au/winners-announced-2018-nsw-premiers-literary-awards>.

Woronzoff, Elisabeth. "Markus Zusak's '*Bridge of Clay*' Respects a Young Person's Desire for Agency." PopMatters. Evanston, USA. 13 Dec. 2018. Web. 10 May 2019.
<https://search-proquest-com.ezproxy.uws.edu.au/docview/2155511897?accountid=36155>.

Wright, Alexis. *Tracker.* Sydney: Giramondo Publishing, 2017.

—. "Alexis Wright's 2018 Stella Prize acceptance speech." The Stella Prize. 12 Apr.

2018. Web. 10 May 2019.
<https://thestellaprize.com.au/2018/04/alexis-wright-acceptance-speech/>.

Victoria, Writers, and Melanie Cheng. "Melanie Cheng on writing '*Australia Day*'."
Writers Victoria. 1 Oct. 2017. Web. 10 Dec. 2018.
<https://www.writersvictoria.org.au/writing-life/on-writing/melanie-cheng-on-
writing-australia-day>.

作者：乌云高娃，内蒙古师范大学外国语学院

2018 年巴基斯坦文学概览

李俊璇

内容提要：相比起 2017 年"巴基斯坦国家文学创作年"，2018 年的巴基斯坦文坛活跃度相对降低，但是步伐更扎实稳健——国家文学院推出的"巴基斯坦文学巨匠"系列丛书 2018 年出版了 7 册，数量仅次于 2017 年；国家文学院网站升级改版，内容更加丰富充实；文学研讨会上反思大于称赞，议题更加关注现实。同时，获奖作品中非小说作品的比例增加，政治局势和国家命运得到更多关注。

2018 年的巴基斯坦文坛相较于 2017 年稍显沉寂。2012 年至 2017 年，巴基斯坦文学院每年都按时发布每一年每个季度的文学通讯，然而，2018 年的文学通讯却没有如期发布。不过，仔细观察 2018 年巴基斯坦文学界，我们依然可以看到诸多重要事件，从中发现蓄势以待的活力。

2017 年巴基斯坦文学界提出了几点较为明确的新观点，包括要注重文学的社会功能，要重视母语，要重视国内民族语言文学及其翻译，以及要关注弱势群体文学等。在此基础上，2018 年巴基斯坦国家文学院对其网站进行了全新升级改版，其网站内容更加丰富，导向性更加鲜明，对国内各民族语言的文学都给予了充分重视，并隆重推介了"巴基斯坦文学巨匠"系列丛书（以下简称文学巨匠系列丛书）。该丛书于 2018 年出版了 7 册，着重介绍了 7 位巴基斯坦文学大家。该丛书虽然自 2018 年开始由国家文学院官方推介，但出版跨度非常大，前后跨越了 20 年左右。因此，这一套丛书在巴基斯坦文学史上地位卓著，相当于文学界的国家级工程。

一、有影响力的出版物

（一）2018 年出版的文学巨匠系列丛书

2018 年最有影响力的出版物当属文学巨匠系列丛书。2018 年一共出版了 7 册，数量仅次于 2017 年（9 册）。分别介绍了 7 位在巴基斯坦文学史上具有卓越影响的文学大家。这一系列丛书结构总体相似，前面均有简介和前言，最后两个部分均为参考书目和文学巨匠系列丛书目录。以下介绍就不再赘述这四个部分的内容了。

1.《大学者伊克巴尔：品格与艺术》(علامہ اقبال: شخصیت اور فن)

穆罕默德·伊克巴尔 (محمد اقبال，1877—1938) 是巴基斯坦最伟大的诗人及文学家之一，也是卓越的思想家、哲学家和政治家。巴基斯坦的建国理论就是伊克巴尔正式提出并阐述的，为巴基斯坦的最终建立打下了理论基础。他曾担任"全印穆斯林联盟"主席，以及旁遮普省的省议会议员，一生出版了 11 部诗集，在巴基斯坦的诗歌、文学、哲学和政治领域都有着不可磨灭的伟大影响力。

该书共分为 22 个部分，除了系列丛书都有的简介、前言、参考书目和丛书目录之外，主要部分有 18 章，讲述了伊克巴尔的生平，他的理想、行动和对国家民族的忧思，在巴基斯坦建国时遇到的重重困难与不懈努力，以及后来对于新的国家宪法指导思想的考虑等。

由于伊克巴尔是一位卓越的诗人，该书的章节名也极富诗意，像"未得幸福"一章讲述了伊克巴尔在游历过程中的所闻所思和对国家和人民忧虑；"醉心知识"一章讲述了他为了追求学术和真理而毅然出国求学；"予穆以穆"一章讲述了巴基斯坦建国思想——"两个民族"思想的产生和发展，而一直激励人们为之努力的动因正是"让穆斯林以穆斯林的方式生活"这一诉求；"无海之地，另有自由"以及"引来瀑布"讲述了巴基斯坦建国面临的种种困难以及穆斯林的决心与抗争；"独创之地"及"叠字为名"讲述了巴基斯坦的独特性以及名字由来；"享受古兰"则讲述了巴基斯坦法律制定的根本依据等。

2. 《艾哈迈德·纳迪姆·卡斯米：品格与艺术》(احمد نديم قاسی: شخصیت اور فن)

艾哈迈德·纳迪姆·卡斯米（احمد نديم قاسی，1916—2006）是巴基斯坦著名的诗人、记者、文学评论家、剧作家和短篇小说家。他一生出版了50本书，包括诗歌、小说、评论、新闻和艺术评论等，是当代乌尔都语文坛当之无愧的文学巨匠。

全书主体部分分为4章，分别是"纳迪姆的生命之旅""纳迪姆之镜""纳迪姆的思想""卡斯米作品选"。其中第二章"纳迪姆之镜"内容丰富，着重介绍了纳迪姆的生平、奋斗和成就，以及对于未来的展望与期待。第三章"纳迪姆的思想"则介绍了他在文学艺术中力求唤起大众爱国主义情感及坚持伊斯兰信仰的艺术观念及卓越贡献。

3. 《穆罕默德·阿里·西迪基博士：品格与艺术》(ڈاکٹر محمد علی صدیقی: شخصیت اور فن)

穆罕默德·阿里·西迪基博士（ڈاکٹر محمد علی صدیقی，1938—2013）是巴基斯坦著名的乌尔都语文学家、教育家、文学评论家和报纸专栏作家。在巴基斯坦，他以其笔名"阿里"而广为人知。他曾担任奎德·埃·阿扎德学院院长以及进步作家协会主席。

全书主体部分包括6章，即"品格之镜"（介绍西迪基的生平、文学贡献及荣誉、出版作品）、"对出版书籍的评论"、"对个人及艺术的批评性评论"、"精选作品"、"访谈：友人的谈话"、"批评家的对话"。

4.《穆斯登瑟尔·侯赛因·塔尔勒：品格与艺术》（ مستنصر حسین تارڑ: شخصیت اور فن）

穆斯登瑟尔·侯赛因·塔尔勒（ مستنصر حسین تارڑ，1939—　）是巴基斯坦著名作家、小说家、专栏作家、电视主持人及演员。他共出版了50多部作品，包括小说和短篇小说集。他于1971年出版的游记一度引领了乌尔都语文学新趋势。作为主持人和电视演员，他曾长期担任巴基斯坦电视公司（PTV）《早安》节目的主持人，他还以巴基斯坦儿童的"嘉嘉吉"（叔叔）而为人们所熟知。塔尔勒是巴基斯坦电视公司多部著名电视剧的编剧。2017年他获得巴基斯坦总统颁发的"希达尔·埃·伊姆迪亚兹奖"（ ستار امتیاز），1992年获得"终身成就奖"（Pride of Performance）。

该书主体部分包括5章，其中第二章"游记作家"介绍了作家最为著名的23篇游记；第三章"长篇小说家"介绍了他的11部著名小说；第四章"短篇小说家"从整体上对其作品进行了评介；第五章"散文家及杂文家"则评介了其作为专栏作家、写实作家及剧作家的著名作品；第六章"作家与作品的对话"对其总体文学及艺术思想进行了评论。

5.《瑟利姆·高瑟尔：品格与艺术》（ سلیم کوثر: شخصیت اور فن）

瑟利姆·高瑟尔（ سلیم کوثر，1947—　）是巴基斯坦著名诗人。他创作了很多乌尔都语诗歌和加扎尔（一种用于吟唱的诗歌体裁），并出版了多部诗集。他曾在多家报社工作，1972 年进入巴基斯坦电视公司。1980 年他写的加扎尔《我是别人的思想》("میں خیال ہوں کسی اور کا") 被多位歌手传唱，他因此闻名遐迩。

全书主要包括 18 章，包括瑟利姆的生平、其诗歌（加扎尔）的审美角度与艺术思想、其诗歌的社会地位、他对人类生存环境的关怀精神与对当代精神的反思等。

6.《萨利姆·拉兹：品格与艺术》(سلیم راز: شخصیت اور فن)

萨利姆·拉兹 (سلیم راز，1939—) 是著名作家、诗人、记者以及乌尔都语 / 普什图语专栏作家、政治家，伊斯兰堡巴基斯坦文学院董事会成员、研究员，世界普什图语大会终身主席。

他于 1956 年开始其文学生涯，出版了多部作品。1987 年，他组织了世界普什图语大会，这是普什图语文学史、文化史上的第一次，他也因此而成为世界普什图语大会的终身主席。1999 年，他的作品《批评线》(*Tanqeedee His Karkhe*) 获得年度最佳图书，并荣获国家文学奖。他曾多次代表巴基斯坦参加国际文学论坛，为推广普什图语做了大量工作，并获得巴基斯坦总统颁发的"终身成就奖"。

全书主要包括 17 章，分别介绍了萨利姆·拉兹的生平、政治斗争经历、他与新闻记者的不解之缘、对其诗歌的总体评论与他的卓绝贡献、他的文艺理论与思想观点等。

7.《萨弗尔·伊克巴尔：品格与艺术》(ظفر اقبال: شخصیت اور فن)

萨弗尔·伊克巴尔 (ظفر اقبال，1952—) 是孟加拉国著名的科幻小说家、物理学家、专栏作家。萨弗尔·伊克巴尔也是一名著名的社会活动家，他因反对孟加拉国伊斯兰祈祷会的立场而闻名，并带头批评其领导人。2013 年他还坚决抵制孟加拉国的第十届议会选举。

萨弗尔·伊克巴尔的文学生涯开始得很早，他七岁就创作了第一篇短篇小说。同时他也是孟加拉语科幻小说的先驱之一，他写年轻人喜爱的科幻小说，还定期在主流报纸上写专栏。他也写作了很多关于物理和数学的非小说类书籍。

该书主体部分为 10 章，包括了其生平、其诗歌对社会思潮的反映、其诗歌在语言传承与创新上的贡献、其诗歌批评观等。

（二）畅销书

1. 畅销小说《天堂之叶》（جنت کے پتے，2017）

《天堂之叶》的作者是内姆拉·艾哈迈德（نمرہ احمد，出生年份不详）的成名之作，该书曾一度位列巴基斯坦畅销小说榜首。

这是一本讲述社会问题的乌尔都语浪漫主义小说。小说的主角哈雅·瑟尔曼是一名法律专业的学生，她给人的最初印象是一个非常现代的女孩——学习成绩出众，行事落落大方，还因优异的成绩获得了土耳其大学的奖学金，但此时，她在家中拍摄的一些私人视频被上传到网络上，她的人生随之改变。由于不希望私人视频在网络上流传，她因此联系了网络犯罪部门的官员艾哈迈德。但是她惊讶地发现，这个素未谋面的警官竟然知道关于她非常多的事情，此后的一系列情节都在悬疑中展开。

该小说情节引人入胜，题材新颖而又与大众生活息息相关，读者会情不自禁地着迷和激动，有如坐过山车般的体验，悬念环环相扣，最终会发现很多猜测被证明是错误的。作者完美地将浪漫主义与悬疑惊悚、忠诚牺牲与敌意背叛、体贴友好与怀疑猜测、爱情与寻宝糅合在一起，最终给读者留下一种美好而鲜明的印象。

2. 畅销书《被围困的巴基斯坦——极端主义、社会与邦》（*Pakistan Under Siege—Extremism, Society, and the State*，2018）

该书作者玛蒂哈·阿芙扎尔（Madiha Afzal，出生年份不详）是美国布鲁金斯学会（Brookings Institution）全球经济发展项目的访问学者，其研究重点是巴基斯坦的安全与发展。阿芙扎尔 2008 年攻读耶鲁大学经济学博士，并被提名为"2013 年全球 100 名顶级思想家"。

该书主要分为 6 章，分别为"巴基斯坦是一个激进的国家吗？她并未安宁""绑定叙事：巴基斯坦的邦及其恐怖主义团体""巴基斯坦的法律伊斯兰化""一种意识形态教育""伊斯兰教徒和宗教学校""一种评价的途径"。阿芙扎尔一改政治研究类书籍的手法，采用小说式的叙事，通过大量调查和采访，描述了国内民众对于恐怖组织、目前进行的反恐战争、宗教少数派以及非穆斯林的看法，并研究国民的这些态度是如何被塑造的，着重分析了近十年来伊斯兰教如何影响巴基斯坦，对此哪些机构应该负责，并追溯了巴基斯坦极端主义的根源，描述其影响及流布，并对如何构建一个更加宽容的未来提出建议。

该书得到来自巴基斯坦国内外的高度评价，美国前驻巴基斯坦大使评价该书道："这是一本让外国读者深入细致了解巴基斯坦的重要书籍。"[1]《圣战的联邦：美国本土恐怖主义调查》（*United States of Jihad: Investigating America's Homegrown Terrorists*，2016）的作者皮特·伯根（Peter Bergen）评价该书时说："玛蒂哈·阿芙扎尔从事了一项罕见的壮举，对巴基斯坦恐怖主义进行了巧妙平衡、思虑周到的书写。"[2]

1　Afzal, Madiha. *Pakistan Under Siege—Extremism, Society, and the State*. India: Penguin Random House, 2018, p1.

2　同上。

二、获奖作品

1. 卡拉奇文学节最佳非小说奖（Karachi Literature Festival Pepsi Best Non-Fiction Book Prize）

该奖项旨在奖励巴基斯坦国民或巴基斯坦裔外国国民以英语撰写的非小说类优秀图书。入围2018年最佳非小说奖的有三部作品，分别是伊恩·塔尔博特（Ian Talbot，1977— ）和塔希尔·卡姆兰（Tahir Kamran，出生年份不详）的《土邦时代的拉合尔》（*Lahore in the Time of the Raj*）、阿尼拉·纳埃姆（Anila Naeem，出生年份不详）的《信德的城市传统和历史环境》（*Urban Traditions and Historic Environments in Sindh*），以及拉苏尔·巴赫什·莱斯（Rasul Bakhsh Rais，1967— ）的《想象中的巴基斯坦》（*Imagining Pakistan*）。

最终获奖的作品是莱斯的《想象中的巴基斯坦》。莱斯是拉合尔管理大学的政治学教授。他在书中指出，巴基斯坦的建立是次大陆穆斯林现代主义运动发展的结果，因为它使得穆斯林的群体认同、民族主义和天赋人权的意识得以加强，并为之斗争。次大陆穆斯林的现代主义运动追求包容、平等、自由宪法以及不同族裔和区域群体之间的共同政治理念，然而这一运动遭到了迷恋辉煌历史的伊斯兰主义者的抵制，同时也受到希望限制民主的军队势力的威胁。军队的初衷是通过限制民主政体建立强大安全的巴基斯坦，然而军方的多次干政和对共和思想的背离使得巴基斯坦陷于权力斗争的内耗，造成体制衰败，从而为激进的伊斯兰势力创造了空间。《想象中的巴基斯坦》分析了巴基斯坦国内军队和政府之间的诸多分歧，诸如体制不平衡、国家安全观迥异等，并分析了伊斯兰复兴的社会力量和运动。该书最后提出，巴基斯坦的稳定和进步，取决于是否坚持政治现代化道路。解决巴基斯坦面临问题的关键在于巩固民主、选拔睿智而强有力的领导人以及走温和道路发展现代化国家的集体意志。

2. 卡拉奇文学节最佳小说奖（Karachi Literature Festival Getz Pharma Best Fiction Book Prize）

该奖项颁发给以英语撰写的优秀小说或短篇小说集。参赛人可以是巴基斯坦人或外国国民。2018 年，奥马尔·沙希德·哈米德（Omar Shahid Hamid，1977— ）的《政党工作者》（*The Party Worker*）获此殊荣。

《政党工作者》主要描绘了虚构的政党——联合阵线党（UFP）中的众生相，小说围绕着四个核心人物——杀手、警察、记者和一位老人展开，从一起未遂谋杀案开始，读者的视线逐渐从市井生活转移到政治领域，其中的贪腐、谋杀、涉黑等行径织成一张黑色的大网。小说没有过多的情节讲述，而是由一幅幅勾勒人物的蒙太奇画面组成，通过对各色人物生存状态、经历事件的描绘，展示出政治阶层的权力斗争波及社会底层后产生的连锁反应。政党据点、令人敬畏的黑帮和野心勃勃的无耻恶棍构成了这本书的情节要素和冲突各方，通过精彩的描绘和刻画揭露出生活在卡拉奇政治和社会生活中的利益相关者和腐败群落。作品构思巧妙，语言幽默，人物性格富有张力。值得一提的是，该小说虽然是一本英语小说，但是从头至尾出现了大量乌尔都语词汇，无解释、无说明，从文字上投射出浓厚的现实感和本土特色。

3. 卡拉奇文学节德国和平奖（Karachi Literature Festival German Peace Prize）

该奖项由德国驻卡拉奇总领事馆和卡拉奇文学节联合颁发，旨在奖励促进和平、宽容和国际理解的以英语撰写的小说或非小说类书籍，该奖项颁发给巴基斯坦人、巴基斯坦裔的外国公民。

2018 年，获得该奖项的有阿赫塔尔·俾路支（Akhtar Baloch，1952—　）的《监狱叙述》（*Prison Narratives*）、伊贾兹·侯赛因（Ijaz Hussain，1942—　）的《印度河河水条约：政治和法律层面》（*Indus Waters Treaty: Political and Legal Dimensions*）、拉苏尔·巴赫什·莱斯的《想象中的巴基斯坦》三本书。

《监狱叙述》描绘了阿赫塔尔在狱中的生活，尤其是女性犯人所遇到的艰难和不公，用作者自己的话说："一个女性的地位就是抗争。"她讲述的故事铿锵有力、鼓舞人心，令人们从中洞察、体验到那个年代巴基斯坦的社会结构。

《印度河河水条约：政治和法律层面》的作者伊贾兹·侯赛因是伊斯兰堡奎德·伊·阿扎姆大学（Quaid-i-Azam University）社会科学系前主任及国际关系系主任。他在法国尼斯大学获得法学博士学位，专攻国际法。他曾在美国国会议员办公室工作过，也担任过巴基斯坦常驻联合国教科文组织（巴黎）的副代表，还是日本、德国、美国多所大学的客座研究员，在国内外均发表、出版了多篇文章及多部图书。

《印度河河水条约》在世界银行的主持下签署于 1960 年，印度河流域东部的三条支流归印度使用，而西部的三条支流归巴基斯坦使用。在条约签署的初期，双方相安无事，但近年来又出现纠纷和矛盾。《印度河河水条约：政治和法律层面》针对这一问题，分析了河水争端的起源、世界银行在解决问题中所起到的作用，围绕乌拉尔拦河坝（Wullar Barrage）、萨拉尔坝（Salal Dam）、巴格里哈尔坝（Baglihar Dam）和基申甘加水电工程（Kishenganga Hydro-Electric Project）等存在的争议，以及气候变化对条约执行的影响，印度目前对条约的不满，尼泊尔、孟加拉国在河水问题上的纠纷等展开讨论。

该书是有史以来第一次从政治和法律的角度探讨这一问题的研究著作。其研究基于世界银行的解密文件，资料翔实，分析独到，得到研究界的广泛赞誉。

4. 卡拉奇文学节基金会乌尔都语文学奖（Karachi Literature Festival Infaq Foundation Urdu Prize）

基金会乌尔都语文学奖旨在奖励最优秀的乌尔都语散文、诗歌或小说。2018 年，获得该奖项的作品是阿尔塔芙・法蒂玛（الطاف فاطمہ, 1927—2018）的《眼与眼》（دید ودید）。

阿尔塔芙・法蒂玛出生于勒克瑙，在印巴分治期间举家移居拉合尔，在旁遮普大学获得硕士和博士学位。她的职业是教师，同时也是专门研究伊克巴尔的学者、著名的乌尔都语小说家。

阿尔塔芙从幼年时就开始写作，第一部作品《聚会的印记》（نشان محفل）用浪漫的笔触构建了一个庞大的社会空间，讲述了爱在其中的重要性，传达出作家对爱的理解。她的第二部作品《不要敲门》（دستک نہ دو，首次出版年份不详）讲述了一个甜蜜而凄美的家庭故事。故事发生在印巴分治前后，时间跨度在 10 年左右，主人公是问题家庭的主人贾汗吉尔・米尔扎和他的五个孩子。该小说被评价为乌尔都语小说中最优秀的作品之一，被翻译成英语及多种语言。此次获奖的《眼与眼》是阿尔塔芙的最后一部短篇小说集。

阿尔塔芙是一位高产作家，也是一位精通英语、波斯语的翻译大家。她的作品很美，文字中会透露出挥之不去的孤独感。巴基斯坦文学界评论她"是一位风格独特而孤傲的作家"[3]。阿尔塔芙于 2018 年

---

3 <https://www.dawn.com/news/1448945>.

11 月 29 日辞世，12 月 2 日巴基斯坦发行量最大的英文报纸《黎明报》上刊登了悼念她的文章。

三、重要文学活动

2018 年 2 月 9 日至 11 日，一年一度的卡拉奇文学节举行，包括了讲座、分组讨论、新书推介、英语诗歌赏析、乌尔都语诗歌赏析、信德语诗歌赏析、戏剧表演、电影放映、书展、作者签售、公开演讲以及文学奖颁奖典礼等多个环节。2018 年的卡拉奇文学节增加了丰富的舞台表演，参与者有 235 名演讲者和表演艺术家。与往年的文学节相比，2018 年表演环节的参与人数是历届之最，因此 2018 年卡拉奇文学节被认为是迄今为止最具艺术活力的一届文学节。

在本届卡拉奇文学节开幕式上，卡拉奇文学节创始人之一、作家阿西夫·法鲁基（Asif Farrukhi, 1959—　）向所有与会者提出了一个严峻的问题，即巴基斯坦的知识分子们是否已经沉溺于诗歌、书籍及艺术音乐的享受中而怠于反思巴基斯坦的国家问题。在这一导向下，文学会议分组讨论中"恐怖主义的温床"以及"艺术和文化能否拯救城市"成为贯穿始终的议题，新书《步履蹒跚的国家：巴基斯坦国内安全形势》（*The Faltering State: Pakistan's Internal Security Landscape*，2018）也在这一导向下适时地推出并得到广泛肯定和好评。

文学节的第二天，哈比卜大学学生的作品集《理想文集：冲破重重阻力的学生的声音》（*Arzu Anthology: Student Voices Against the Odds*，2018）正式发行。该文集包括诗歌、小说、散文等，体现了学生们丰富的内心世界和对国家以及当地各种问题的关注。

会上，巴基斯坦著名记者、导演及社会活动家夏尔敏·阿柏德·沁娜艾（Sharmeen Obaid Chinoy，1978— ）探讨了女性的生存状态及社会关注对女性觉醒的意义。尤斯拉·哈比卜（Yusra Habib，出生年份不详）交流了其作品《我那个城市的爱情故事》(*The Love Story in My City*，出版年份不详)，该书讲述了卡拉奇一个普通城市居民潜藏在琐碎生活中的复杂情感；交流作品还有哈比卜大学大四学生佐哈·贾巴尔（Zoha Jabbar，出生年份不详）的诗歌《费劲》(تکلف)，该诗感人至深，讲述了学生们如何在流利使用英语的同时逐渐疏远了与母语的联系，以至于最终切断了文化传承的纽带。

在以"艺术和文化能否拯救城市"为议题的讨论中，与会者重点讨论了艺术和文化在增进城市包容性方面的意义。主题发言人之一、著名的资深戏剧演员萨尼雅·赛义德（Sania Saeed，1965— ）陈述了戏剧作为有影响力的媒介所具有的隐蔽控制功能、戏剧在社会生活中的边缘化以及对青年们在文化素养方面缺失的担忧；卡拉奇知名雕塑艺术家杜丽雅·卡齐（Durriya Kazi，1955— ）表达了对未来艺术发展的乐观态度，她从艺术的本质谈到艺术的感染力是如何潜移默化地影响个人、家庭乃至整个社会的；而平面艺术家法拉兹·哈米德（Faraz Hamidi，出生年份不详）则从广告和海报如何影响人们的生活和社会的角度，倡导艺术家以自己的方式来影响、改变世界。

一共有 200 名巴基斯坦作家和来自 10 个国家的 30 名国际作家参加了 2018 年卡拉奇文学节。卡拉奇文学节已经不仅仅是一个国内文学盛会，更是一个知名的国际文化活动。从卡拉奇文学节历年来的发展变化来看，其内涵渐趋丰富，外延也日益开阔，卡拉奇文学节已成为一个具有国际影响力的文化品牌，日渐成为巴基斯坦进行文化艺术国际交流的盛会。

结语

从 2018 年的重要出版物、获奖作品及文学活动，可以看出这一年巴基斯坦文学的发展态势。在政府大力推动、各界积极参与响应的背景下，这一年巴基斯坦文学活跃度虽稍有降低，但并不沉寂，而是以更加稳健的姿态夯实基础、埋头深耕。最明显的表现是，巴基斯坦国家文学院推出的文学巨匠系列丛书在 2018 年出版了 7 册，数量仅次于 2017 年。这表明文学界希望通过此举树立典范，培养更加积极的文学风潮及读者态度。民族语言文学得到前所未有的重视。在全新改版的国家文学院网站上，以往的英乌双语版面下线，取而代之的是全乌尔都语版面；普什图语作家萨利姆·拉兹成为巴基斯坦文学巨匠之一。国家给予作家的保障和激励机制更加有力。文学节上的发言与讨论无不昭示着文学界对单纯的文学审美与享受进行的反思和批评，讨论的议题更加关注现实、关注政治局势和国家命运，希望文学和作家能够在国家进步中发挥更大作用。在 2018 年巴基斯坦获奖作品及有影响力的文学作品中，非小说类作品比例明显增加，而非小说类作品，尤其是国际政治研究类作品，被划入文学奖项的类别成为巴基斯坦一个特有的现象。此外，随着文学日益受到政府和国家的重视，文学的范畴也有着被泛化的趋势。在卡拉奇文学节上，很多表演艺术家、脱口秀表演者、演讲者等都积极参与文学节，文学的范畴被泛化到"艺术"范畴。这既是巴基斯坦文学迅猛发展的表现，又是各类文化艺术在迅速发展的过程中向各个层面延伸、寻求自我表达的需要。

参考文献：

ڈاکٹر رفیع الدین ہاشمی، پاکستانی ادب کے معمار علامہ اقبال : شخصیت اور فن، اکادمی ادبیات پاکستان، ۲۰۱۸

ڈاکٹر ناہید قاسمی، پاکستانی ادب کے معمار احمد ندیم قاسمی : شخصیت اور فن، اکادمی ادبیات پاکستان، ۲۰۱۸

ڈاکٹر جمال نقوی، پاکستانی ادب کے معمار ڈاکٹر محمد علی صدیقی: شخصیت اور فن، اکادمی ادبیات پاکستان، ۲۰۱۸

ڈاکٹر غفور شاہ قاسم، پاکستانی ادب کے معمار منتصر حسین تارڑ: شخصیت اور فن، اکادمی ادبیات پاکستان، ۲۰۱۸

ارشد نعیم، پاکستانی ادب کے معمار سلیم کوثر: شخصیت اور فن، اکادمی ادبیات پاکستان، ۲۰۱۸

روخان یوسفزئی، پاکستانی ادب کے معمار سلیم راز: شخصیت اور فن، اکادمی ادبیات پاکستان، ۲۰۱۸

ڈاکٹر سعادت سعید، پاکستانی ادب کے معمار ظفر اقبال: شخصیت اور فن، اکادمی ادبیات پاکستان، ۲۰۱۸

نمرہ احمد، بنت کے پتے، علم و عرفان، ۲۰۱۷

ناظر محمود، آ ٹاف فاطمہ کا فکشن، سنڈے میگزین، فروری ۲۰۱۹ء
<https://jang.com.pk/news/603326-fiction-of-altaf-fatima>.

Aamir, Aqil. "Altaf Fatima." Dawn. 2 Dec. 2018.
<https://www.dawn.com/news/1448945>.

Afzal, Madiha. *Pakistan Under Siege: Extremism, Society, and the State.* Penguin Random House-Viking, 2018.

"Book Review: *Prison Narratives* by Akhtar Baloch". 28 July. 2017.
<https://blogs.lse.ac.uk/southasia/2017/07/28/book-review-prison-narratives-by-akhtar-baloch/>.

Frankopan, Peter. *The New Silk Roads:The Present and Future of the World.* Lahore: Bloomsbury Publishing, 2018.

Haider, Shazaf Fatima. "'The Party Worker': A Dark Book That Doesn't Cross into Cynicism." 30 Apr. 2017.
<https://herald.dawn.com/news/1153735>.

Hashim, Kamran. "09th Karanchi Literature Festival 2018 Announced." 3 Feb. 2018.
<https://kamranhashimblog.wordpress.com/2018/02/03/09th-karachi-literature-festival-2018-announced/>.

Hassan, Aitzaz. "The Best of Karachi Literature Festival 2018." 12 Feb. 2018.
<https://propakistani.pk/2018/02/12/best-karachi-literat>.

Hussain, Ijaz. *Indus Waters Treaty: Political and Legal Dimensions.* India: Oxford University Press, 2018.
<https://global.oup.com/academic/product/indus-waters-treaty-9780199403547?cc=cn&lang=en&#>.

Iqbal, Ali Raza. "Nishan e Mehfil Novel By Altaf Fatima." 10 Oct. 2017.
<https://www.librarypk.com/nishan-e-mehfil/>.

"Karachi Literature Festival Programme and Book Prizes Shortlists Announced." 2 Feb. 2018.
<https://www.biztoday.news/2018/02/02/karachi-literature-festival-programme-book-prizes-shortlists-announced/>.

"Karachi Literature Festival to be held on February 9, 10 and 11." 1 Feb. 2018.
    <https://www.pakistantoday.com.pk/2018/02/01/karachi-literature-festival-to-be-
    held-on-february-910-and-11/>.

Khan, Sania Ahmed. "The 9th Karachi Literature Festival." 15 Feb. 2018.
    <https://www.youlinmagazine.com/story/karachi-literature-festival-2018/
    MTA0OA==>.

Shuoor, Anwar. "Profile & Biography | Rekhta."
    <https://rekhta.org/poets/anwar-shuoor/profile>.

Zia, Samar F. "Book Review: 'The Party Worker' by Omar Shahid Hamid." 20 Mar.
    2017.
    <https://www.youlinmagazine.com/story/the-party-worker-by-omar-shahid-hamid/
    Nzk4>.

作者：李俊璇，信息工程大学洛阳外国语学院

2018 年巴西文学概览

张剑波

内容提要：2018 年，巴西的文学创作活动依旧活跃。各大文学奖项和文学活动蓬勃展开，内容丰富多彩。与上一年一样，社会问题和现实问题依然是本年度文学界关注的焦点。值得关注的是，文学新生力量迅速成长，佳作频现。此外，2018 年也是女性作家发力、发声的一年，她们观察敏锐、文笔细腻，在各个文学奖项均收获颇丰。本文将对 2018 年重要文学奖项的获奖作家及作品进行介绍，总结 2018 年度巴西图书出版情况，回顾年度重要文学事件。

一、重要文学奖项

（一）雅布提奖〔Prêmio Jabuti〕

有文学界"奥斯卡奖"之称的雅布提奖是巴西最重要的文学奖项，由巴西图书协会（Câmara Brasileira do Livro）主办。自 1959 年设立以来，奖项不断丰富，2017 年共有 29 个类别。在 2018 年，雅布提奖做出了较大变革：将所有奖项划入四大"枢轴"，奖项也减为 18 个，还单独为独立作者参赛设立了报名通道。改革是为了让雅布提奖真正面向读者，使之更加开放和民主。（Facchini，2018）改革之后，各个类别的角逐更加激烈，有助于使读者持续关注获奖作家及作品。另外，2018 年的雅布提奖只评选出一部"年度作品"（体裁不限），同时各个类别仅有一部作品胜出。"文学枢轴"中比较重要的有长篇小说、短篇小说、诗歌、杂文、青少年文学等类别。

被文学杂志《格兰塔》（2012）视为"最优秀的巴西青年作家"之一的卡罗尔·本西蒙（Carol Bensimon，1982—　）凭借《烟农俱乐部》（*O Clube dos Jardineiros de Fumaça*，2017）在长篇小说类中胜出。加利福尼亚北部的门多西诺县远离繁华都市、人烟稀少，是全美最大的大麻产地。作者以此作为故事地点，讲述了一个名叫阿尔图尔·洛佩斯的历史老师的遭遇。为了减轻母亲在治疗癌症过程中的病痛，洛佩斯种植大麻。母亲故去后，他由于继续种植、吸食大麻而遭到举报，因此失去了在私立学校的教职。他最终选择离开家乡，来到加州的门多西诺重新开始自己的人生。为了完成创作，作家花三年时间进行调研，并前往门多西诺采风，所以小说有对当地风土人情、政治、文化的细致观察，有对大麻合法化的过程谨慎的、尊重史实的描述，同时又有充满戏剧张力的演绎。小说还探讨了不同代际之间的文化冲突，特别是对"嬉皮士"时代反主流文化的思维、生活方式进行了再现与思考。本西蒙的创作特点之一就是敢于创新，这一特点体现在她对新作品结构的处理上。简短的篇章加上流畅的行文极好地控制了叙事节奏。小说围绕主人公在门多西诺试图开始新生活展开叙事，剖析了巴西和美国对待大麻的差异化主张，所以，这也是一部关于"抉择"的作品，对于暴力与罪恶的选择，作家进行了鲜明、辛辣的批判。这是一部紧扣当代热点的作品，引人深思。

短篇小说类的获奖者是玛利亚·费尔南达·伊利亚斯·马格里奥

（Maria Fernanda Elias Maglio，1980—　），获奖作品是由 14 个短篇构成的故事集《结束了，王后》（*Enfim, Imperatriz*，2017）。收录其中的同名故事《结束了，王后》讲述的是伊朗国王穆罕默德·礼萨·巴列维的第二任王后索拉雅·巴列维的故事，传达的是对女性命运的控诉，因为王后之尊是与女性的子宫紧密相连的。由于不能生育，无法留下王位继承人，索拉雅被迫将王后位置让与他人，即国王的第三任王后法拉赫·巴列维。故事结尾，她在国王身故后来到法拉赫·巴列维身旁，以一种残忍到近乎癫狂的方式实施了报复。最后，索拉雅发出了对自己命运的哀鸣："结束了，王后！"

作者马格里奥曾在 2016 年及 2017 年作为新锐作家入围商业社会机构文学奖（Prêmio Sesc de Literatura）最终名单，这次得到雅布提奖的肯定更是其实力的证明。获奖作品从女性视角审视人性，对性别歧视的刻画更是入木三分。作者表示："也许是我的职业使然，我向那些正在服刑的穷人提供援助，需要站在'他者'的立场观察和思考问题。"（Nunes，2018）作者笔下的人物鲜活、立体，这也来源于她的生活经历，以及对人性的深刻洞察。作者的写作风格也在这部作品中得到淋漓展现，她极擅于利用明快、至简的文学结构与语言，讲述充满真实感的厚重故事。在看似并不繁杂的叙事中，简练的文学语言展现的恰是现实的沉重与残酷。这一特点提升了故事本身的戏剧张力以及对读者的感官刺激，使之可以与作品中的人物共同品味隐藏在人世间的残酷，以及比比皆是的苦楚与磨难。由于作品追求写实的风格，对女性命运的描写甚至会让读者有不适感，但小说集的魅力就在于随着阅读的深入，越来越能抓住读者的内心，让人不忍释卷。获奖作品的另一个关键词就是"放逐"，几乎所有的故事里，人物都离开家园和故土，远遁他乡。这一主题再次与其"他者"的创作立场契合，因为在作者看来："大多数人内心并没有一个明确的归属地，至少在生命中的某个时刻会有这样的感受。我享受这种感受。"（Nunes，2018）

诗歌类中诞生了 2018 年的雅布提"年度作品"，获奖者是迈尔松·福尔塔多·维亚纳（Mailson Furtado Viana, 1991—　）独立出版的《致城市》（*À Cidade*，2017）。在新作之前，他同样以独立作者的身份出版了三部作品：《诗选》（*Sortimento*，2012）、《听我讲故事》（*Conto a Conto*，2013）、《滴落的诗句》（*Versos Pingados*，2014）。

在新作里，维亚纳以现代视角向读者展示了他所生活的城市——瓦尔卓达，这是一座受东北部阿卡拉乌河深深影响的东北小城。作者用 60 页的诗篇，从地理、历史、政治、民俗、人文谱系等多个维度向读者描绘了这座位于巴西腹地的城市的发展史。这部作品是作者写给自己城市的"情书"，诗中的一切都紧密围绕这座城市展开，向其吐露自己的绵绵爱意。诗中描述的都是我们熟知的寻常景象：有早晨挣扎着爬起来去上学的孩童，有在广场上悠闲漫步的小城居民，总有那么一两条熙攘的街道，当然还有静谧的夜晚。可一切又是那么不同，因为作者呈现的画卷是动态的，伴随画轴打开的，是当地人的过往、当今和将来。饱含着对这座城市的深情，作者创作了一部充满诗意的地方志和文化史。维亚纳的这部作品受 20 世纪现代主义、后现代主义风格的影响，带有明显的新具体主义[1]印记，多采用松散韵律，甚至特意隐去标点，带有明显的东北腹地农民、渔夫的日常口语特点。该作品受到同样擅长创作巴西腹地乡土题材的巴西诗人若昂·卡布拉尔·德·梅洛·内托（João Cabral de Melo Neto, 1920—1999）

---

[1] 受法国现象学哲学家莫里斯·梅洛－庞蒂的思想的影响，新具体主义是上世纪 50 年代末兴起于巴西里约热内卢的艺术风格，被认为是巴西视觉艺术的分水岭。新具体主义的艺术主张与当时盛行于圣保罗的具体主义相左，后者认为形式是艺术最重要的元素，而新具体主义认为不能为了追求形式而损害内容，因为艺术超越了单纯的几何学束缚，具有自己的感受力、表现力和主观性。

的影响，而在创作形式上，则可以清晰感受到新具体主义的代表人物费雷拉·古拉尔（Ferreira Gullar，1930—2016）的风格。

杂文类的获奖作品是《诗人、诗文与生活》（*O Poeta e Outras-Crônicas de Literatura e Vida*，2017），由古斯塔夫·恩里克·图拿（Gustavo Henrique Tuna，1976—　）将巴西著名新闻记者、作家鲁本·布拉加（Rubem Braga，1913—1990）一生中从未结集出版过的25 篇杂文整理出版。布拉加生前与巴西文坛众多大家保持着深厚的友谊，这部杂文集是巴西文坛大家的交往回忆录。除了记录作家日常生活与文学创作中的趣事，作品还包括了布拉加对文坛友人的中肯评价。这些作家有：蒙泰罗·洛巴托（Monteiro Lobato，1882—1948）、卡洛斯·德鲁蒙德·德·安德拉德（Carlos Drummond de Andrade，1902—1987）、曼努埃尔·班德拉（Manuel Bandeira，1886—1968）和克拉丽丝·李斯佩克朵（Clarice Lispector，1920—1977）等。

青少年文学类的获奖作品是《恐龙的巴西》（*O Brasil dos Dinossauros*，2017），由古生物学家、作家路易斯·爱德华多·阿内里（Luiz Eduardo Anelli，1964—　）和史前生活原创艺术家罗多尔夫·诺盖拉（Rodolfo Nogueira，1973—　）耗时五年完成。作品对曾经统领巴西这片土地的史前动物进行了谱系梳理，展现了它们在660 万年的时间跨度里的样貌。严谨、浅显的语言，配以丰富、翔实的图片，将恐龙及其生存环境的演进清晰地展现给青少年读者，是一部集文学性、科学性于一身的佳作。

〔二〕海洋葡语文学奖（Oceanos-Prêmio de Literaturaem Língua Portuguesa）

海洋葡语文学奖设立于 2003 年，于 2015 年更名为"海洋葡语文学奖"。2017 年开始，评选范围扩展到所有葡语国家的文学作品，对葡语国家之间的文学交流与作品出版有重大意义。它与雅布提奖、卡蒙斯奖（Prêmio Camões de Literatura）一起，被认为是葡语国家最重要的文学奖项。"海洋葡语文学奖"不单设奖项，而是统一评审诗歌、长篇小说、短篇/杂文和戏剧作品，评出前四名获奖者。

诗歌类作品在2018今年获得了丰收，包揽了三块奖牌。巴西女诗人玛丽利亚·加西亚（Marília Garcia，1979— ）凭借《慢镜头》（Câmara Lenta，2017）摘得桂冠。获得第二名的是葡萄牙作家布鲁诺·维埃拉·阿马拉尔（Bruno Vieira Amaral，1978— ），其获奖作品是长篇小说《今天你和我在天堂》（Hoje Estarás Comigo no Paraíso，2017）。葡萄牙诗人路易斯·金泰斯（Luís Quintais，1968— ）的《静止的夜晚》（A Noite Imóvel，2017）获得第三名。第四名的获得者是莫桑比克诗人路易斯·卡洛斯·帕特拉金（Luís Carlos Patraquim，1953— ），其作品是《剩下的上帝》（O Deus Restante，2017）。

加西亚在此之前已发表五部作品，其中《一次电阻测试》（Um Teste de Resistores，2015）以及编辑的诗集《诗歌在行走：十三位在巴西的诗人》（A Poesia Andando: Treze Poetas no Brasil，2007）在葡萄牙出版。在获奖作品《慢镜头》里，诗人思考了诗歌创作的过程，将诗歌当成创作过程中即时思想的试验场。恰如作品名称所说，她用"慢镜头"进行试验，开放地展现了诗歌的创作步骤。同时在"慢镜头"里呈现的还有诗人对生活的观察和感悟。巴西诗人、评论家伊塔洛·莫里科尼（Italo Moriconi，1953— ）为作品撰写序言，并给予高度评价："（她的诗歌）总是处于运动状态，螺旋式的语言和碎片化的叙事交织在一起，呈现的始终是一种在路上的状态。"（"PERFIL"）莫里科尼认为加西亚的诗歌具有开拓性，诗风沉稳，却又触角众多，可以感受生活中的众多细微之处。翻开《慢镜头》，最初的印象就是很多词汇、诗句的重复，人物与场景也不例外，宛如绵绵不绝的回响飘荡在山谷中。然而，所有这些重复都不如"螺旋"出现得频繁，它构成了诗人创作的思考模式。"螺旋"的叶片试图脱离轴心，无数次尝试挣脱，却只能"回到"轴心，并围绕其旋转。诗人由此联想到事物运动和语言里的悖论：有可能做到重复，却同时带来不同的事物吗？在《慢镜头》里，诗人时刻处于前进与停滞之间，一如螺旋的叶片想要挣脱轴心，却不能如愿；就像某些旅程总是被打断，无法成行；就像不断重复同一个动作，却始终在原点；又像重复使用同一个词汇，却每次试图赋予它新的含义。通过"慢镜头"，诗人审视周围的一切，尝试挣脱原点，或者在原点上找寻此前未曾发现的新事物。

（三）国家图书馆文学奖（Prêmio Literário Biblioteca Nacional）

国家图书馆文学奖共分 9 个类别，均有独立的名称，其中比较重要的有短篇小说类的克拉丽丝·李斯佩克朵奖（Prêmio Clarice Lispector）、诗歌类的阿尔丰苏斯·德·吉马良斯奖（Prêmio Alphonsus de Guimaraens）和长篇小说类的马查多·德·阿西斯奖（Prêmio Machado de Assis）。

获得 2018 年克拉丽丝·李斯佩克朵奖的是古斯塔夫·帕切科（Gustavo Pacheco，1972—　　），其获奖作品是故事集《某些人类》（*Alguns Humanos*，2017）。11 篇短篇小说均选择灵长类动物作为故事的主人公，情节怪诞。作者凭借对生活的细致观察，时刻发掘人性与动物性的边界，进而探索人类与动物的关系，这是所有故事共同探讨的核心问题。在作者看来，仅需环顾四周，就会发现我们的生活里充满了荒诞和讽刺。这部充满后设小说与讽刺小说特点的故事集，是一部思考人性、反映人类焦虑的作品，能够迅速抓住读者的眼球，同时发人深省，能够让我们在面对真实和足以乱真的虚构假象时保持警醒。

获得阿尔丰苏斯·德·吉马良斯奖的是弗朗塞斯卡·安吉欧力罗（Francesca Angiolillo，1972—　），获奖作品是《埃塞俄比亚》（Etiópia，2017）。作者在收拾父亲的遗物时发现了一张他在埃塞俄比亚与当地人的合影，联想到父亲在世时经常和他讲起的在非洲的生活经历。于是，作者写下了这部追忆父亲的处女作。从父亲那里听到的那个国家与自己从别处了解到的有很大不同，于是她亲自前往埃塞俄比亚，沿着父亲的足迹，去感受父亲当年的感受。在完成了这部作品之后，作者惊奇地发现，诗歌是她将真实的回忆和虚构的想象糅合在一起的最佳方式。

伊万德罗·阿丰索·费雷拉（Evandro Affonso Ferreira，1945—　）凭借《从未像现在这样绝望》（Nunca Houve Tanto Fim Como Agora，2017）获得马查多·德·阿西斯奖。费雷拉是巴西文坛的常青树，著述颇丰，迄今已出版 9 部长篇小说，其中《会背诵鹿特丹的伊拉斯谟名言的乞丐》（O Mendigo Que Sabia de Cor os Adágios de Erasmo de Rotterdam，2012）斩获 2013 年雅布提奖的"最佳长篇小说"奖。在新作中，费雷拉用一贯冷峻的笔锋讲述了一群流浪街头的孩子的故事。为了在漂泊不定、充斥着暴力的都市生活中存活下来，他们唯有相互依靠，但最终只有主人公塞雷诺像《白鲸记》中的以实玛利一样，在这个残酷社会的汪洋中存活下来。这是一部冷酷的、专挑社会伤疤的作品，引发读者对社会不公的反思。作家在这部作品中，实现了语言创新、文学价值、哲学反思与社会批判的平衡，他始终拒绝千篇一律的、空洞的文学书写，逐渐形成了自己的创作风格：作品铿锵有声、直白坦荡，却又富含文思哲理。作家称自己是个"善于抒情的虚无主义者"，但他的最近几部作品都色调灰暗，比如《我生命中的每一天都糟糕透顶》(*Os Piores Dias da Minha Vida Foram Todos*，2014)。他像卡夫卡那样认为自己只关注纯文学，"世界就在那里，只不过恰好和我的故事呼应罢了"(Nelson，2018)。但浓烈的现实主义风格让他的作品富于批判性。

二、新锐作家和作品

圣保罗文学奖(Prêmio de São Paulo de Literatura)和商业社会机构文学奖(Prêmio Sesc de Literatura，一般简称 Sesc 文学奖)专为新锐作家设立 [2]。

圣保罗文学奖共分三个类别："最佳作品"和以 40 岁为分界线的两个"新人新作"奖。2018 年的"最佳作品"奖由安娜·保拉·马亚(Ana Paula Maia，1977—　)的长篇小说《这样的人间如地狱》(*Assim na Terra Como Embaixo da Terra*，2017)斩获。40 岁以上"新人新作"奖颁给了克里斯蒂娜·朱达尔(Cristina Judar，1971—　)，其作品是《七月八日》(*Oito do Sete*，2017)；阿里尼·贝(Aline Bei，1987—　)凭借《逝去的鸟儿的体重》(*O Peso do Pássaro Morto*，2017)获得 40 岁以下"新人新作"奖。

安娜·保拉·马亚是一位多产作家，迄今已发表 7 部长篇小说，著名的作品为"恶俗三部曲"：《斗狗场与宰猪场之间》(*Entre Rinhas de Cachorros e Porcos Abatidos*，2009)、《动物煤炭》(*Carvão Animal*，2011)和《牲口与人》(*De Gados e Homens*，2013)。在这些作品里，作家将远离都市寻常生活的景象——呈现给读者，如屠宰场、火葬场、填埋场等，加上直白、强势、冷酷的语言风格，给人强烈的视觉冲击和心灵震撼。在新作《这样的人间如地狱》中，作家保持了一贯

2　奖项介绍详见《外国文学通览：2017》中的《2017 年巴西文学概览》(张剑波，2017：116)

的文学视角和创作风格，讲述了一个与世隔绝的重犯流放地最终沦为一个灭绝营的故事。在这个人间地狱里，代表着正义的看守与罪恶累累的囚犯之间，似乎并没有明显的分界线。极端环境下，人性中最原始可怕的一面会被释放出来，他们都成了名副其实的"困兽"。作者的创作初衷也由此清晰可见：在残酷的社会现实里窥探人性的粗恶，她强势地将读者拉入到精心打造的小说世界，这里具备人世间一切罪恶发生的必要条件。作家渴望接近所有的异域，渴望了解所有陌生的他者，而文学给她提供了最好的方式，让她乐此不疲。马亚的另一个创作特点就是善于探讨人类与动物的对立或共生关系，她的作品观照了特定的社会现实下人类的动物性。

作为新锐作家，克里斯蒂娜·朱达尔的创作视角独特，她的长篇处女作《七月八日》首先吸引读者的就是主题及其叙事方式。小说讲述了一对女同性恋人决定与一对男同性恋人发生一段双性恋的故事。小说的叙事则通过四个声音完成，除了那对女同性恋人之外，作家巧妙地加入了一个天使（撒拉弗）和一座城市（罗马），所以作品不单探讨了情感关系，人与环境的相处也在作品中有所体现。这部作品的结构跳出了传统叙事小说的框架，不再追求顺序和流畅，而是通过人物的对话带动叙事。这也许和作家的漫画创作经历有关，《七月八日》的结构和语言表现出短促、迅速和碎片化的特点。在作者看来，人们应该以更加开放、包容的心态面对差异，这部作品在弘扬多元文化与增进社会包容方面有不可忽视的作用。

阿里尼·贝是文化网站的专栏作者，其处女作《逝去的鸟儿的体重》就像一个动态观察室，让读者可以近距离了解主人公从8岁到52岁的成长历程。在这个过程中，我们读到了她几乎所有的人生关键词：失去、过错、苦恼、母性、亲情，以及对死亡的禁忌等。小说的创作缘起是：在童年时期，一只金丝雀在作者的手上死去，她第一次感受到了"失去"的痛苦，始终无法释怀。小说情感充沛，浅显易读，同时涵盖了众多主题，诸如：亲代抚育、情感健康、亲情、性爱等，特别是对母性、亲子关系的探讨更为深入。这是一部关于成长的著作，女性视角让作品关于伦理、人性的刻画更加细腻与全面。

商业社会机构文学奖共分长篇小说、短篇小说两个类别，奖励此前从没发表过作品的作者。2018 年在长篇小说类中胜出的是朱丽安娜·莱特（Juliana Leite，1983——　）的《玛格达莱娜使用双手》[3]（*Magdalena Usa as Mãos*，2017）；短篇小说类的奖项则颁给了托比亚斯·卡瓦略（Tobias Carvalho，1995——　），其获奖作品是《那些东西》（*As Coisas*，2017）。

朱丽安娜·莱特的作品的故事主线明朗清晰。主人公玛格达莱娜遭遇车祸，苏醒时需要面对已经彻底改变的人生：面目全非，生活无法自理，爱人离她而去。幸运的是，三个长辈不离不弃，教会她如何使用自己的双手重新拉开生活的序幕。作者的女性视角温柔而坚韧，对人性的洞察细致入微。作者表示自己的创作不掺有为女权主义斗争的动机，但我们不难发现，她的作品传递了一种力量，这种力量看似柔弱，却坚忍不拔，为女性在人生各阶段的挑战提供顽强的支撑。这部贴近生活、书写生活的作品，很容易在读者，特别是女性读者中间引起共鸣。

年轻作者托比亚斯·卡瓦略在处女作《那些东西》里，选择了在巴西文坛依然比较少被触及的同性恋题材，讲述他们之间如何相互理解，并保持稳定长久的相处，探讨同性恋人之间的情感关系，以及面对相对保守的世俗社会不够宽容的态度，他们如何带着偏见成长，如

3　在出版时更名为《双手之间》（*Entre as Mãos*）。

何在这个社会中自处。这是一个敏感的话题，但在巴西这样一个多民族杂处、多元文化共生的国家，文学奖对卡瓦略作品的肯定也说明了文学的包容，这与当今巴西增进社会包容的主流话语相契合。

此外，来自里约热内卢的青年作家吉欧瓦尼·马尔廷斯（Geovani Martins，1991—　）凭借其首部短篇小说集《烈日当头》（*O Sol na Cabeça*，2017）成为巴西文坛的黑马，甚至被贴上了"巴西文学现象"的标签。作者来自里约热内卢的贫民窟，其所有故事均围绕贫民窟展开。一如所有人对巴西贫民窟的印象，作品再现了贫民窟的日日夜夜，此间平和与暴力并存、和谐与冲突交错。作为贫民窟的一员，作者的洞察力细微独到、敏锐深邃，借助鲜活、流畅的生活语言，让贫民窟里的生活闪耀着"一丝光芒"，让人知晓贫民窟的上方同样艳阳高照。鳞次栉比的棚户区，在作者的笔下成为了多元文化共存的大熔炉，而写实风格充满了视觉冲击力，让读者在震撼于贫民窟阴暗面的同时，仍然可以看到生活的希望。

三、文学出版市场的表现

2018 年的巴西文学出版市场在危机中砥砺前行，在这一年里仍然呈现出多彩的文学图景。2015 年以来的经济、政治危机直接对巴西的出版市场造成了冲击：出版市场出现了 20% 左右的萎缩。图书价格的持续走低，加上通货膨胀的影响，巴西图书市场遭遇寒冬，而图书网购的兴起也在抢夺传统书店的市场。

在巴西拥有超过 100 家分店、占据全国图书销售市场份额 40% 的连锁书店萨莱瓦（Saraiva）和文化书店（Livraria Cultura）均在今年申请重组，关闭了大量门店，并大规模裁员，以规避破产。景气不佳的图书市场也迅速波及位于行业上游的出版机构，出版机构对出版物的选择更加谨慎，这一趋势也对作家产生了影响，例如作品出版延迟，甚至搁置。

英国出版商企鹅兰登书屋在 2018 年完成了对巴西最大的图书出版机构之一文学出版公司（Companhia das Letras）的控股。为应对危机，文学出版公司在年底发起了购买书籍作为圣诞礼物的号召，而国家书店协会更是联合各大书店发出了"来书店吧"的活动倡议，试图将更多读者带入传统书店，在巴西社会，特别是在社交媒体上反响良好。

尽管出版市场尽显颓势，仍有新鲜血液注入，例如成立于 2017 年、核心成员多来自文学出版公司的多达维亚（Todavia）出版社，该出版社仅在一年时间内就凭借不俗的作品和精良的制作吸引了出版界和读者的注意。这一现象并非孤例，反映了巴西出版市场的一个趋势：图书市场被若干出版巨头垄断的同时，却也给一些擅长精耕细作的小型出版机构提供了机会，这一年崭露头角的出版机构还有卡兰拜亚（Carambaia）出版社和伦敦电台（Rádio Londres）出版社等。

2018 年的出版市场也出现了独立作者的身影，独立出版正在成为很多巴西写作者的选择，雅布提奖为此前更多在虚拟平台传播的独立文学走上实体书架发挥了推动作用，让优秀的独立作者拥有更多成功的机会。

2018 年的巴西文学出版市场继续成为边缘声音的发声场域。对于 73 岁的非裔女性作家孔塞桑·伊瓦利斯托（Conceição Evaristo，1946— ）而言，文学书写与出版从来都是政治行为。而巴西社会的种族主义色彩在文学领域同样浓重，作为非裔女性作家，文学创作及出版境遇尴尬。作家曾经凭借短篇小说集《泪眼》（Olhos d'água，2014）获得雅布提奖短篇小说类第三名，作品的主题是现代都市中的暴力对非裔女性的戕害，15 篇短篇小说共同描绘了生活在社会边缘的非裔妇女的凄惨生活。2018 年伊瓦利斯托的声音再次吸引了公众的注意，她认为笔耕不辍是应对种族、性别歧视的最有力的武器。2018 年，网络上发起了"孔塞桑·伊瓦利斯托入选巴西文学院"的请愿活动，希望巴西文学院能够拥有首位非裔女性作家。此后作家本人也递交申请，希望进入这座巴西文学的圣殿。最终，伊瓦利斯托落选，且只获得一票，令其非裔女性作家的身份更显尴尬。

2018 年是巴西的大选年，浓郁的政治氛围也蔓延到出版市场。很多政治上相对保守的政客，更多的将关注点聚焦于儿童文学，这一板块面临的审查格外引人注目。因此出现了某些经典作品从学校图书馆，甚至教材中移除的情况。比如，由阿提卡（Ática）出版社推出的"萤火虫系列丛书"在巴西已有 35 年历史，拥有庞大的青少年读者群体。作家路易斯·彭特尔（Luiz Puntel，1949—　）的名作《没有祖国的孩子》（*Meninos Sem Pátria*，1996）讲述了一名儿童与家人在军事独裁时期流亡海外的经历。这篇作品已被收录进"萤火虫系列丛书"（第 23 期）多年，在巴西已有累计超过一百万册的销量，并被当作教科书使用。然而，里约热内卢的一所中学最终决定将该作品从校园读物里移除，以免被说成是"宣扬共产主义"。

四、帕拉蒂国际文学节（Festa Literária Internacional de Paraty）

创办于 2003 年的帕拉蒂国际文学节被认为是巴西，乃至整个南美洲最重要的文学节，每年都在巴西里约州的帕拉蒂市举行。与加拿大"多伦多国际作家节"、意大利"曼托瓦文学节"一样，它以突出文学的跨文化属性而备受关注。每届文学节都会选择一名巴西作家作为致敬对象，围绕该作家开展系列活动，并会出版与其相关的作品。

本届文学节于 2018 年 7 月 25 至 29 日举行。和上一届相比，最大特点是淡化政治氛围，将触角转向文学自身，审视人物内心，强调作品的文学性和艺术性。此外，文学节的多样性也得以延续，虽然出席文学节的作家人数与上届相比略有下降，但依然有欧美及非洲作家出席，非裔作家与女性作家的比例与上一届相比，未降反升。

本届文学节继续为弱势作家群体发声。非裔作家与女性作家长期以来都是巴西文坛的弱势群体，而他们在当今巴西文坛的"缺席"无疑也对巴西文学本身造成了某种伤害。与近 20 年来女性作家的地位有所提升形成鲜明对比的是，非裔作家群体在巴西文学场域依然没有代表性。至于非裔女性作家，更是被严重低估和边缘化。

"女权主义"也是本届文学节的关键词，受邀女性作家的文学立场即是证明。阿根廷女作家塞尔瓦·艾尔玛达（Selva Almada，1973—   ）携其在巴西出版的作品《死亡的女孩》（*Garotas Mortas*，2017）参加文学节，就堕胎、对女性戕害等主题表达了捍卫女性权利的立场。葡萄牙女诗人玛利亚·特蕾莎·奥尔塔（Maria Teresa Horta，1937—   ）也谈到了自己在文学阵地为争取女性权利进行的抗争。

自上届文学节以来，中小出版机构在巴西出版市场获得关注，与更多作者、读者之间建立了联系。本届文学节依然可以看到它们的身影，这对它们在景象萧条的出版市场进一步发力并找寻更好的出路大有帮助。文学节为中小出版机构提供了一个难得的平台，为它们和很多新锐写作者、非主流作家的交流提供了方便，也让更多的作品得以面世。本届文学节的纪念作家是希尔达·希尔斯特（Hilda Hilst，1930—2004），其作品彰显了本届文学节的特点，也为之提供了审视内心世界的主题：女性自由、爱恋、死亡和上帝等。

希尔斯特在 20 岁时凭借第一部诗歌作品《预兆》（*Presságio*，

1950）步入文坛。此后近50里从未停止过写作，她主要的文学成就来自小说与戏剧，但诗歌是其最早涉猎的文学体裁。她比较著名的作品有：诗歌《关于遗失与钟爱的歌谣》（*Cantares de Perda e Predileção*，1980）、小说《黯淡无光》（*Rútilo Nada*，1993，该作品获得了1994年的雅布提奖）和小说《荒淫的D女士》（*A Obscena Senhora D*，1982）等。希尔斯特是20世纪巴西文坛最不守成规的写作者之一，其作品探讨"死亡""孤独""爱欲""疯狂"和"神秘主义"，宗教与俗世在其中相互观照。（张剑波，2018）

与上届文学节纪念作家利马·巴雷托（Lima Barreto，1881—1922）前现代主义风格不同的是，希尔斯特似乎不属于任何文学流派，她文学兴趣广泛，涉猎极多，作品跨越多种体裁，涵盖众多题材，"没有边界"成了她的特点之一。上世纪，巴西学界普遍认为其作品过于边缘，或内容晦涩，所以受众有限。比如其颇具争议的作品《萝莉·蓝比的粉色本子》（*Caderno Rosa de Lori Lamby*，1990），以日记的形式讲述了一名年仅8岁的小女孩在父母的诱逼下去卖淫求生的故事。即便在今天，某些章节仍会因尺度过大而令人错愕。该作品在90年代初期引起了巨大争议，曾连续被数家出版社退稿。也许很多人知道希尔斯特是因为她作品中"淫秽"的一面，却不知道她试图通过作品探究上帝与人类的关系、灵魂的超然性、死亡的本质、事物局限和女性自由等厚重主题。巴雷托与希尔斯特生前均处于巴西文坛边缘，作品并不被主流文学界完全接纳，作品的出版也并非始终顺遂。命运如此相似，原因不难理解：巴雷托是非裔作家，希尔斯特则是女性作家。

2018年，希尔斯特有多部作品被重新整理出版，如诗集《狂喜、记忆与激情的见习》（*Júbilo, Memória, Noviciado da Paixão*），在这部作品里，作家对爱情、孤独和事物局限进行了思考；诗集《我一直拥有爱情》（*De Amor Tenho Vivido*）里面收集了 50 首以爱情为主题的诗歌；分别初版于 1968 年和 1969 年的戏剧《夜晚的鸟与访客》（*As Aves da Noite e os Visitantes*）和《刽子手与族长之死》（*O Verdugo e A Morte do Patriarca*）被重新出版。劳拉·佛尔盖拉（Laura Folgueira）与路易莎·德斯特里（Luisa Destri）合著了《我，不是别人：希尔达·希尔斯特充沛的一生》（*Eu e Não Outra, a Vida Intensa de Hilda Hilst*），正如书名所说的，作品介绍了作家的生平，展示了作家很多"迷人的瞬间"。

五、作家卡洛斯·艾托尔·科尼逝世

巴西著名作家、记者卡洛斯·艾托尔·科尼（Carlos Heitor Cony，1926—2018）在里约热内卢辞世，享年 91 岁。1952 年科尼步入新闻界，供职于《巴西报》（*Jornal do Brasil*）。1958 年至 1960 年期间，负责给报社的《周日增刊》撰写短篇小说与杂文，由此开始了自己的创作生涯。自 1958 年发表首部长篇小说《子宫》（*O Ventre*）以来，科尼共发表 17 部长篇小说、4 部短篇小说集、7 部杂文集、8 部青少年文学读物等，著作等身，得到了巴西各大重要文学奖项的肯定，并于 2000 年加入巴西文学院。

在所有作品中，最具代表性、也最受作家本人推崇的是成书于 1973 年的《彼拉多》（*Pilatos*）。小说取名于巴西音乐家保罗·万佐里尼（Paulo Vanzolini，1924—2013）创作的歌曲《博大精深的桑巴》（*Samba Erudito*）。歌词取意于《马太福音》，彼拉多通过洗手表示不愿意为处死耶稣负责，且不情愿地把他送上刑架。小说杜撰了一个名为阿尔瓦罗·皮卡杜拉（Álvaro Picadura）的小人物，因为车祸失去了自己的生殖器。此后皮卡杜拉就随身带着装有自己生殖器的玻璃瓶在里约热内卢街头流浪。这是一部富含政治隐喻的作品，是对70年代初巴西军事独裁政府和社会现状的辛辣讽刺。作家通过这部作品，对政治、社会，甚至文学本身都进行了嘲讽。作家像彼拉多一样"洗手"，这是对自己所处时代的抗拒。沉寂22年后，他在1995年出版的《几乎全是回忆》（*Quase Memórias*）获得国家图书馆文学奖的马查多·德·阿西斯奖和雅布提奖。在这部作品里，作家回顾了父亲的过往，以及与父亲的相处，生动刻画了父子间的亲情与对抗。1997年和2000年，作家先后凭借长篇小说《悲惨诗人的家》（*A Casa do Poeta Trágico*，1996）和《无言的小说》（*Romance Sem Palavras*，1999）斩获雅布提奖。1998年，因其在文学领域取得的突出成就，获得法国政府颁发的"艺术与文学勋章"。

对于他的辞世，巴西文学院主席、作家马尔科·卢切西（Marco Lucchesi，1963—　）表示："我们失去了一位可以登上诺贝尔领奖台的人物。卡洛斯·艾托尔·科尼是20世纪伟大的作家。他创造了迷人、睿智，总能出人意表的文学世界。作为文化巨擘，他始终放眼世界，着眼巴西，并从未与任何时代脱节。"（"Carlos Heitor Cony morre aos 91 anos"）

结语

回顾2018年的巴西文坛，可以发现这是文学之花怒放的一年。活跃在巴西文坛的作家趋于年轻化，这也是新一代作家成长、成熟的一年，他们对文学、国家和社会充满深情，有澎湃的创作激情。女性作家在这一年的表现异常瞩目，在各大文学奖项和文学活动上都可以看到她们的身影，代表了巴西文学的新气象。文学出版市场与作家出版方式的变化说明文学的传播方式与大众接触、接受文学的方式正在发生改变，这是新的政治、经济与文化语境下的必然结果。社会问题和现实问题依然是巴西文坛关注的焦点，这与恰逢总统选举、政府换届、国内政治博弈升温，同时经济开始弱势复苏密切相关。2018 年的文学书写更多地将焦点投放在推动性别和种族平等、增进社会包容、消除社会隔阂等现实主题上。同时，将视角转向人类自身，审视人性、关注生死也是这一年文学动态的显著特点。这一年，积极的文学创作与批判态度得以延续。

参考文献：

"A intimidade exposta de Hilda Hilst." *El País.* 27 Feb. 2015. Web. 22 Mar. 2019.
  <https://brasil.elpais.com/brasil/2015/02/26/cultura/1424980327_241755.html>.

Andesen, Ney. "'Enfim, imperatriz', de Maria Fernanda Elias, apresenta olhares femininos para as dores do gênero." Angústia Criadora. 23 Feb. 2019. Web. 01 Apr. 2019.
  <https://www.angustiacriadora.com/2019/02/enfim-imperatriz-de-maria-fernanda-elias-apresenta-olhares-femininos-para-as-dores-do-genero/>.

Azevedo, Karina. "Assim na Terra Como Embaixo da Terra: Homens, violência e poder." *Valkirias.* 10 Oct. 2018. Web. 01 Apr. 2019.
  <http://valkirias.com.br/assim-na-terra-como-embaixo-da-terra-homens-violencia-e-poder/>.

"Carlos Heitor Cony morre aos 91 anos." *O Globo.* 06 Jan. 2018. Web. 12 Apr. 2019.
  <https://g1.globo.com/pop-arte/noticia/carlos-heitor-cony-morre-aos-91-anos.ghtml>.

Cazes, Leonardo. "As crônicas de Rubem Braga sobre escritores, como Graciliano Ramos e Clarice Lispector." *O Globo.* 08 Jul. 2017. Web. 15 May 2019.
  <https://oglobo.globo.com/cultura/livros/as-cronicas-de-rubem-braga-sobre-escritores-como-graciliano-ramos-clarice-lispector-21566925>.

Colombo, Sylvia. "Cony volta a se render a 'Pilatos'." *Folha de São Paulo.* 10 Mar. 2001. Web. 04 Apr. 2019.
  <https://biblioteca.folha.com.br/1/30/2001031001.html>.

"Escritor de 22 anos, Tobias Carvalho vence prêmio nacional com contos que buscam aprofundar temas LGBTI." *Gauchazh Livros.* 02 Jul. 2018. Web. 10 May 2019.
  <https://gauchazh.clicrbs.com.br/cultura-e-lazer/livros/noticia/2018/07/escritor-de-22-anos-tobias-carvalho-vence-premio-nacional-com-contos-que-buscam-

aprofundar-temas-lgbti-cjj4nyg4k0iar01pae974ugs0.html>.

"Escritora Marília Garcia é 'uma das vozes mais originais da poesia contemporânea'." *Lusa*. 07 Dec. 2018. Web. 19 Jun. 2019. <https://www.ojogo.pt/extra/lusa/interior/perfil-escritora-marilia-garcia-e-uma-das-vozes-mais-originais-da-poesia-contemporanea-10293288.html>.

Facchini, Talita. "Jabuti diminui categorias e aumenta valor dos prêmios." *Publish News*. 15 May. 2018. Web. 08 Jul. 2019. <https://www.publishnews.com.br/materias/2018/05/15/premio-jabuti-diminui-categorias-e-aumenta-valor-dos-premios>.

Garcia, Cecília. "Ganhador do Jabuti, Mailson Furtado Viana transformou sua cidade sertaneja em literatura." *Educação Integral*. Web. 05 Apr. 2019. <https://educacaointegral.org.br/reportagens/ganhador-do-jabuti-mailson-furtado-viana-transformou-sua-cidade-sertaneja-em-literatura/>.

"Global publica livro que reúne crônicas de Rubem Braga." *Publishnews*. 26 Jun. 2017. Web. 05 Apr. 2019. <https://www.publishnews.com.br/materias/2017/06/26/global-publica-livro-que-reune-cronicas-de-rubem-braga>.

Gompertz, Rebecca. "Brasil está presente no início e no fim da existência dos dinossauros." *Jornal da USP*. 15 Feb. 2019. Web. 05 Apr. 2019. <https://jornal.usp.br/atualidades/brasil-esta-presente-no-inicio-e-no-fim-da-existencia-dos-dinossauros/>.

Krapp, Juliana. "'Entre as mãos', de Juliana Leite." *Blog da Editora Record*. 24 Oct. 2018. Web. 10 Jan. 2019. <http://www.blogdaeditorarecord.com.br/2018/10/24/entre-as-maos-de-juliana-leite/>.

Lopes, Janaína. "Vencedora do Jabuti de melhor romance, Carol Bensimon fala sobre 'O Clube dos Jardineiros da Fumaça'." *O Globo*. 15 Nov. 2018. Web. 05 Apr. 2019. <https://g1.globo.com/rs/rio-grande-do-sul/noticia/2018/11/15/vencedora-do-jabuti-de-melhor-romance-carol-bensimon-fala-sobre-o-clube-dos-jardineiros-da-fumaca.ghtml>.

Meireles, Maurício. "Em 'Etiópia', jornalista da Folha relê memórias do pai no país africano." *Folha de São Paulo*. Web. 10 Feb. 2019. <https://www1.folha.uol.com.br/paywall/signup.shtml?https://www1.folha.uol.com.br/ilustrada/2017/10/1927952-em-etiopia-jornalista-da-folha-rele-memorias-do-pai-no-pais. shtml>.

Moreira, Carlos André. "Crise, censura, política e uma chance aos independentes: o ano da Literatura em 2018." *Gauchazh Livros*. Web. 10 May 2019. <https://gauchazh.clicrbs.com.br/cultura-e-lazer/livros/noticia/2018/12/crise-censura-politica-e-uma-chance-aos-independentes-o-ano-da-literatura-em-2018.html>.

Nelson, Vasconcelos. " 'Nunca houve tanto fim como agora', de Evandro Affonso Ferreira." *Blog da Editora Record*. 26 Jun. 2017. Web. 10 Jan. 2019.

<http://www.blogdaeditorarecord.com.br/2017/06/26/nunca-houve-tanto-fim-como-agora-de-evandro-affonso-ferreira/>.

Niklas, Jan. "Em livro de estreia, Gustavo Pacheco conta histórias 'absurdamente reais'." *O Globo.* 25 Jul. 2018. Web. 12 Feb. 2019.
<https://oglobo.globo.com/cultura/livros/em-livro-de-estreia-gustavo-pacheco-conta-historias-absurdamente-reais-22919339>.

—. "Petropolitana e gaúcho vencem o Prêmio Sesc de Literatura 2018." *O Globo.* 14 Jun. 2018. Web. Feb. 12, 2019.
<https://oglobo.globo.com/cultura/livros/petropolitana-gaucho-vencem-premio-sesc-de-literatura-2018-22776041>.

Nunes, José. "Como escreve Maria Fernanda Elias Maglio." *Como Eu Escrevo.* 28 Aug. 2018. Web. 10 Jul. 2019.
<https://comoeuescrevo.com/maria-fernanda-elias-maglio/>.

Oliveira, André. "Os negros como protagonistas na literatura num país de maioria negra." *El País.* Web. 01 Jun. 2018.
<https://brasil.elpais.com/brasil/2018/05/21/cultura/1526921273_678732.html>.

—. "Joselia Aguiar: 'Esta será uma Flip voltada para o mundo de dentro: amor, morte, Deus'." *El País.* Web. 05 Jun. 2019.
<https://brasil.elpais.com/brasil/2018/07/17/cultura/1531862387_209307.html>.

"PERFIL: Escritora Marília Garcia é 'uma das vozes mais originais da poesia contemporânea'." *Lusa.* 07 Dez. 2018. Web. 10 Jun. 2019.
<https://www.ojogo.pt/extra/lusa/perfil-escritora-marilia-garcia-e-uma-das-vozes-mais-originais-da-poesia-contemporanea-10293288.html>.

"Retrospectiva 2018: Bienal, crise do mercado editorial e fechamento de livrarias." *Amor por Livros.* May 2019. Web. Jun. 14, 2019.
<https://www.amorporlivros.com.br/retrospectiva-literatura-2018/>.

Ribeiro, Luís Antônio. "Nunca Houve Tanto Fim Como Agora, a vida ao relento de Evandro Affonso Ferreira." *Notaterapia.* 27 Jul. 2017. Web. 02 Apr. 2019.
<http://notaterapia.com.br/2017/07/27/nunca-houve-tanto-fim-como-agora-vida-ao-relento-de-evandro-affonso-ferreira/>.

Torres, Bolívar. "Em 'Câmera lenta', Marília Garcia repensa o mundo veloz em que vivemos." *O Globo.* 14 Oct. 2017. Web. 02 Apr. 2019.
<https://oglobo.globo.com/cultura/livros/em-camera-lenta-marilia-garcia-repensa-mundo-veloz-em-que-vivemos-21945835>.

张剑波：《2017 年巴西文学概览》，载《外国文学通览：2017》第 109—128 页。北京：外语教学与研究出版社，2018。

作者：张剑波，澳门大学人文学院葡文系

2018 年保加利亚文学概览

王诗盈

内容提要：2018 年上半年，保加利亚第一次担任欧盟理事会轮值主席国，其国内社会的各领域都在继续进行着积极的革新；不过，人口危机、移民、贫困、犯罪、腐败等备受关注的社会问题仍然存在，牵动着国人的神经。保加利亚作家作为一个敏感的群体，对于所处的现实状况做出了自己的体认和观照。他们有的沿袭并深耕传统文学研究，有的通过审视历史对国家、民族命运进行反思，有的则聚焦某种群体或个体，表现出对现实的关怀。本文将对2018 年保加利亚文学界的部分代表性获奖作品和年度重要作品进行介绍。

2018 年，保加利亚的文学创作被称作"平稳的一年"（Инна Пелева）。从产量上看，这一年所出版的文学类书籍总量相比上一年有所减少，在所有门类的出版图书总量中所占比例为近五年来最低。[1]但从内容上看，2018 年涌现出的保加利亚文学作品依然可圈可点，精彩纷呈。作家群体在社会话语中积极发声，为所当为。

---

1 详见保加利亚国家统计局数据。<http://www.nsi.bg/bg/content/3574/издадени-книги-и-брошури-по-десетична-класификация>.

这一年里，保加利亚第一次担任欧盟理事会轮值主席国，国内各领域都在进行着积极的革新；然而，要解决人口危机、移民、贫困、犯罪、腐败等存在已久的社会问题，仍任重而道远。本国文学领域作为上层建筑的重要组成部分，必然对当下现实有所反映。其中，既有对传统主题的深入探讨，也有对热点问题的观察思考；既有冷峻的剖析与讽刺，也有温情的抚慰与关怀。老一代作家笔耕不辍，业已成熟者不断孕育新作，青年一代则崭露头角，表现不俗。

本文将对 2018 年保加利亚文学的部分代表性获奖作品和年度重要作品进行介绍。

一、重要文学奖项

衡量文学作品的尺度之一是是否获得重要的文学奖项，保加利亚国内的文学奖项较多，以下仅选取三个具有权威性和代表性的全国性奖项进行概述。

（一）保加利亚全国年度文学小说奖（Националната литературна награда за български роман）

保加利亚全国年度文学小说奖创立于 2011 年，由国家文化部"13 世纪保加利亚"基金会组织颁发，在其国内是影响力最大的国家级文学奖之一。该奖项每年从上一年度本国作家出版的小说中评选出最佳作品，评奖风格一贯严肃。2018 年 5 月，扎哈里·卡拉巴什利埃夫（Захари Карабашлиев）凭借小说《荒地》（Хавра，2017）成为年度获奖者。

卡拉巴什利埃夫生于 1968 年，毕业于保加利亚文学专业，早年开始撰写评论和创作短篇小说，担任过广播电台主持人。1997 年他举家迁往美国，在俄亥俄州立大学学习艺术摄影，从事摄影和电影摄制工作，并使用保加利亚语和英语进行戏剧创作，此后于 2014 年回归保加利亚，担任西埃拉出版社（Сиела）主编。《18% 灰色》（*18% Сиво*，2011）是卡拉巴什利埃夫的第一部长篇小说，曾在国家电视台组织的"大阅读"全国投票活动中被列为"保加利亚读者最喜欢的一百本书"之一，并被再版了 25 次，其译本在美国、法国、波兰、斯洛伐克、克罗地亚和塞尔维亚等国均有出版。此外，该作者刊登于各报刊的作品众多，大部分被收录在《飞机简史》（*Кратка история на самолета*，2009）、《后坐力》（*Откат*，2010）和《对称》（*Симетрия*，2011）等个人短篇小说集和剧作集当中。

小说《荒地》包含了两个故事。第一个故事的主人公尼古拉在美国漂泊多年，追寻美国梦却一无所获，生活潦倒。因父亲突然去世，他回到保加利亚处理后事。其间发现父亲遗留下来的一片荒地莫名地受到外国资本的关注。为揭开真相，尼古拉独自对一系列蹊跷之事展开了调查，不料却因此被卷入外资和犯罪团伙等势力之间的纷争，让自己的心灵蒙受了更大的痛苦。此时，他读到了一封信——信中讲述的是 19 世纪末一位渴望挣脱俄国上流社会束缚的贵族女子维拉与美国战地记者麦克乔恩的情感故事，即本书的第二个故事：女主人公离开原来的生活，跟随麦克乔恩跋涉到当时处于奥斯曼统治下的保加利亚，记录下发生在那里的大规模杀戮事件，并将收集的资料传往各大报社刊登发布，以使真相大白于天下。由此，当二人发现自己的命运与这个民族的解放维系在一起时，他们同样感受到了真正的"自我解放"。然而，当尼古拉读完信后反观自己的境遇时，他不仅没有豁然开朗，反而陷入了更深的疑惑和矛盾："真相到底通向自由还是死亡？"

　　第二个故事脱胎于真实的历史，人物皆有真实原型 [2]。作者通过一封信将两个故事联结到一起，并在最后借第一个故事的主人公尼古拉之口提出拷问，引发读者深思：被奴役的历史是否仍在上演？被强加的轭束真的被冲破了吗？保加利亚国内有评论认为，《荒地》混合了过去与当下、事实与想象、悬念与抒情的特点，融合了个人与整个民族对于自由的追求。小说笔触温柔、热忱且富有美感，同时不乏许多有力的语句，比如书中人物在面对真相时发出的内心声音"我谴责，我控诉，我要报应"和"无正义之地必有恶魔与灾火"等，令许多读者印象深刻。同年，《荒地》还获得了保加利亚重要人文期刊《文化》（Култура）颁发的奖项，评委会认为："作者很好地将小说的叙述变为对当下的探寻，事实与幻想达成了一种离奇的统一。"[3] 另一方面，也有一部分读者认为："该书冗长且毫无吸引力，两个故事之间没有必然联系。"[4]

（二）保加利亚作家协会年度奖（Годишните литературни награди на Съюз на българските писатели）

　　2018 年 5 月，保加利亚作家协会年度奖获奖名单揭晓。保加利亚作家协会（以下简称保作协）作为全国性的文学艺术组织，成立于 1913 年，在其国内文化界具有很大影响力。协会下设奖项的颁发在每一年都备受关注，其中单部作品奖项包括散文小说奖，儿童文学

2　1876 年保加利亚爆发"四月起义"。奥斯曼土耳其军队对起义者进行了残酷镇压和大肆杀戮。世界上近 200 种报刊对该起义进行了广泛报道，揭露了奥斯曼土耳其的暴行和事件的真相，呼吁支持保加利亚人民的解放运动。这些报道震惊了世界，使世界舆论站在了保加利亚人民的一边，让保加利亚问题上升为了欧洲问题。1877 年俄土战争爆发，1878 年俄国取得胜利，在其中参与了战斗的保加利亚民族获得了解放。

3　<http://kultura.bg/web/>. 访问时间 2019 年 6 月 28 日。

4　<https://www.goodreads.com/book/show/35503533>. 访问时间 2019 年 6 月 28 日。

奖，时评、回忆录及文献奖，幽默讽刺作品奖，诗歌奖和批评文学奖。

本届散文小说奖颁发给了维塞拉·柳茨卡诺娃（Весела Люцка нова，1935—　）的长篇小说《生活在别处》（*Животът е другаде*，2017）。该小说主要关注的是两个群体的命运——被抛弃的孤儿和落入黑手党之手沦为玩乐和交易工具的年轻女孩。作者在该书发布会上表示：自己没有理由不写下这样一部小说，它要映射的是保加利亚当前面临异化的社会中存在的问题——贫穷、犯罪、冷漠、伤害……各种基金组织打着为孤儿寻找收养人的旗号，却干着敛财的勾当，将成千上万的孩子当作金钱交易的工具；人们对身边的人越来越淡漠，对残障人士、孩子、孤儿等弱者的同情越来越少；最优秀的孩子则想着离开自己的祖国，寻找更为优越的"别处的生活"。这些都成为了保加利亚当前社会最大的痛点，创作该书的初衷是呼吁修补断裂的家庭纽带；道理很简单：没有爱便没有了一切。保作协委员会有评论认为："小说中犯罪情节诸多，却仍然让我们看到了一丝的曙光，让我们相信有的东西总有一天会改变。"[5]

获得儿童文学奖的是《故事的森林》（*Гора от приказки*，2017）。作者托多尔·卡拉卡舍夫（Тодор Каракашев）生于1955年，多年从事儿童文学创作与研究，著有《练习纸页上》（*На лист от тетрадка*，1996）、《寡言者的故事》（*Приказки за мушмороци*，1998）、《知者沉默》（*Който знае，да мълчи*，2009）、《旋转木马的爷爷》（*Дядо на въртележката*，2014）等。作为全国儿童文学与书籍发展协会主席，卡拉卡舍夫致力于恢复与创办儿童文学期刊和提高当代儿童书籍品质等社会文化倡议活动，曾获得国家文化部授予的"西美昂沙皇黄金世纪"银章与民族文化与认同贡献奖。儿童诗人托

5　<https://trud.bg/>. 访问时间 2019 年 5 月 9 日。

多尔·扬切夫（Тодор Янчев，1933—　）认为，卡拉卡舍夫"是儿童心理的行家，深谙在儿童的世界里充满了意想不到与令人难以置信的东西，他擅于用美学意象再现这个世界，并将其变成艺术品"。[6]《故事的森林》是一部富有艺术性的儿童读物，讲述的是一个 11 岁的小女孩与小蚂蚁、小狐狸、小野猪、大青蛙、雕鸮和鹳等动物朋友的故事，情节引人入胜，饱含教育意义，字里行间常透露出作者微妙的幽默感和对细节的感触。

在时评、回忆录及文献领域获得作协年度奖的是布拉戈维斯塔·卡萨博娃（Благовеста Касабова，1934—　）的《通卡奶奶》（Баба Тонка，2017）。作者布拉戈维斯塔为保加利亚艺术科学院院士、保加利亚当代重要文学评论家、文学史专家和传记文献专家。该书主角通卡是保加利亚历史上的一位英雄妇女，她毫不犹豫地将儿子们送上了战场，勇敢地为其他革命者提供藏身避难之处，并为了保护星星之火与当权者巧妙周旋。最后，通卡在民族解放革命运动中牺牲，她的儿子们则在战斗中死去或者被判处流放。书中艺术性地描写了通卡一生中的勇敢壮举和爱国事迹，歌颂了她代表的英雄母亲——"她们不仅仅是自己儿女的母亲，还是所有为自由而战的保加利亚儿女的母亲"。

2018 年保作协幽默讽刺作品奖被授予了阿尼巴尔·拉迪切夫（Анибал Радичев，1944—　）的诗歌与小品合集《让我们清醒一点吧！》（Да сме наясно!，2017）。作者拉迪切夫多年来从事文化活动的组织管理及出版社编辑工作，曾于 90 年代初与他人共同创立了保加利亚第一家出版幻想作品的私营出版社。该出版社在国内出版的第一部幻想诗歌集便是他的《平行世界》（Паралелен свят，1992）。拉迪切夫不属于高产作家，但风格独特，出版的作品集有《跃入空

6　<https://literaturensviat.com/?p=100420>. 访问时间 2019 年 5 月 11 日。

间》（*Скок в пространството*，2001）、《如果你可以》（*Ако можеш*，2001）、《海市蜃楼之滨》（*Бреговете на миража*，2004）、《中间站》（*Междинна гара*，2008）等。《话语》（*Дума*）报曾评论他的诗集《跃入空间》道："以瓦普察洛夫 [7] 式的浪漫，为人性主题注入了对太空科技时代的思考。"[8] 该书幻想人类为了给生命和未来寻找出路而飞入未知的宇宙中心进行探险，最终发现人心本就是一个宇宙，人的精神世界同样神秘深邃，而人性之光才是揭开最终谜底的钥匙。在他2018 年的获奖作品《让我们清醒一点吧！》中，较能够代表该书风格特点的是这首《还是说》：

> 如以老旧的幻想之翼飞翔，
>
> 我们将找到公正世界的彼岸乌托邦。
>
> 或许在那里，上帝保佑啊，疯子和缪斯会爱上我们
>
> 狭隘空虚的生活将变得美好！……
>
> 然而或许，会是这样的吗？
>
> 还是说——
>
> 不一定……（笔者译）

本届保作协诗歌奖的获得者博扬·安格洛夫（Боян Ангелов，1955— ）为保作协主席，出版过 21 本诗集、多部历史哲学著作和文学批评，历任保加利亚文化部、广播电视总委员会和科学院的出版物编辑。获奖作品为他的两本诗集《河已黯淡》（*Помръкнала е реката*，2017）和《神幡影下》（*В сянката на хоругвите*，2017）。前者展现了作者故乡帕纳久里什泰过往的许多苦难和辉煌，基调灰暗

---

7 尼古拉·瓦普察洛夫（Николай Вапцаров，1909—1942），共产主义战士，保加利亚著名诗人，作品具有浪漫主义色彩。

8 <http://old.duma.bg/2005/0505/180505/kultura/cul-4.html>. 访问时间 2019 年 6 月 29 日。

忧郁，却不乏对未来的希望；后者集合众多普世的象征和隐喻，体现了作者"物质世界短暂，精神世界永恒"的思想与对自由、意志、不屈、信念、尊严、卑鄙、勇气、责任、荣誉等概念的思索、探寻。文学评论家布拉戈维斯塔（Благовеста Касабова）认为："博扬·安格洛夫的诗和谐地融合了丰富复杂的内在世界与外在的其他世界。"[9] 作协理事之一伊万·格拉尼特斯基（Иван Гранитски，1953— ）认为博扬的作品："捕捉到了人不可思议的残忍、崇高与善良。"[10]

本届批评文学奖由恰夫达尔·多布雷夫（Чавдар Добрев）获得。恰夫达尔生于 1933 年，毕业于罗兰大学，为保加利亚科学院教授，已出版超过 30 部著作，学术作品剖析深刻，风格睿智、谦逊、正派、踏实且富有能量。他本次获奖的文学评论集为《保加利亚的十字架》（Български разпятия）。抽象化的书名指代民族命运背景下的保加利亚文学。书中所收录的 6 篇文章，分别分析了保加利亚历史上 6 位著名作家的作品，将其置于整个世界文学进程背景下进行了讨论，在致敬前辈的同时保持着理性的精神，在批判中包含了对民族心理、观念、精神与身份认同的诸多思考。

（三）"南春"奖（Южна пролет）

"南春"奖设立于 1973 年，专门为鼓励和挖掘新晋年轻作家而设，由保加利亚作协和哈斯科沃市联合组织，每年在国内的优秀处女作中进行评选。作为最具有影响力的全国性奖项之一，"南春"奖是众多文学青年梦想的舞台，许多著名作家早年都曾通过

9　<https://trud.bg/>. 访问时间 2019 年 6 月 20 日。

10　<http://epicenter.bg/article/Ivan-Granitski-za-Boyan-Angelov-i-poetichnite-horugvi-na-chest-ta/159186/6/0>. 访问时间 2019 年 6 月 2 日。

该奖项在文坛崭露头角，包括格奥尔吉·戈斯波迪诺夫（Георги Господинов，1968— ）和伊奥尔丹·埃夫蒂莫夫（Йордан Ефтимов，1971— ）等。

2018 年"南春"长篇小说奖的获奖作品是尼古拉·特尔济伊斯基（Николай Терзийски，1983— ）的《分群》（*Излъчване*，2017），作品同时也获得了保加利亚人民文化宫"鹅毛笔"文学奖处女作组的提名。小说其实更像是一部故事的集合，每个故事的主人公和情节都很相似，却分落在不同时代，其中有渴望了解自己父亲的十九岁少女，有在而立之年准备给女儿写信的父亲，还有想努力跨越代沟把自己的人生故事分享给孙子的爷爷。叙事口吻和风格随每个故事的情境和讲述的变化，将分散的人、记忆和生活连缀了起来。

儿童文学奖的获奖作品为左耳妮察·伊万诺娃（Зорница Иванова）的《玛雅与才艺表演会》（*Мая и концертът на талантите*，2017）。该作品为"仙女罗济奇卡与世上的保加利亚孩子们"系列丛书里的第一册，主人公是随家人生活在芝加哥的保加利亚小女孩玛雅，她最大的愿望是能参加学校里的才艺表演会，却不幸在第一次彩排中被淘汰了。沮丧之际，罗济奇卡翩翩降临，与一位女教师一起帮助玛雅和伙伴们学习跳绍普斯卡舞（一种保加利亚民族舞蹈）。在经历了服装神秘失踪、秘密差点泄露等事件后，玛雅成功地入选才艺表演会，给观众带来了意外惊喜。小主人公则从中意识到自己可以成为一个很出色的小小"领导者"，找到了自信。整个故事清新自然，从侧面展示了保加利亚民族舞蹈的魅力，同时潜移默化地引导小读者珍视民族传统。

本届获得"南春"奖的剧本为《极好的伪装》（*Да се преструваш е прекрасно*）。作者彼得·弗拉伊科夫（Петър Влайков，1983— ）

表示，自己的创作初衷是反映生活中无处不在的伪装——"并非所有的谎言都是坏的，因为有的时候它是一种安慰剂。这部剧主要描写的就是这种自救式的自我暗示。"[11] 剧本以平静而日常的节奏与情节开始，将真相一步步呈现到观众面前：主人公彼得因被诊断出身患重病而辞掉了高薪的工作，选择专注于做自己喜欢的木匠活。为了不让自己在生命最后的日子里感到孤单，彼得还做了另外一个决定——雇用应召女郎安娜在每个晚上来扮演他的妻子。两人假装处于一桩多年的婚姻里，使彼得逐渐产生自己还是一个健康人的错觉。在故事的最后，彼得才发现安娜的真实身份是一名普通的护士，而她的扮演和伪装只是为了逃避无趣生活。讽刺的是，两人在相互陪伴的时间里爱上了对方，并陷入两难抉择——"是应该断绝这份感情，还是应该留在幻觉里继续演戏？"剧本后来改名为《幸福的妻子》（*Честита съпруга*），被著名剧作家、导演埃林·拉赫内夫（Елин Рахнев，1968— ）搬上了舞台，于多家剧院成功上演。拉赫内夫认为，该剧本悲喜交加，值得演绎，是"现代保加利亚戏剧中最真正、纯粹的荒诞剧本之一"。[12]

同年，伊万·沃列夫（Иван С. Вълев，1984— ）凭借诗集《转角》（*Завой*，2017）摘得"南春"诗歌奖。有评论认为，不同于其他许多诗歌过分的修辞，伊万的诗显得直接、精悍、真诚，是一股清新的风。我们可以从这首《外语》（*Чужди езици*）中一窥其作品特点："每一场恋爱 / 都从说外语开始。/ 起初为"我是"，"你来"，/ 随后是"我们"，/ 紧接的是动词，/ 形容词，/ 直到最丰富的修辞。/ 最

11 <https://www.marica.bg/petyr-vlajkov-za-chestita-sypruga-napisah-cqlata-piesa-Article-154806.html>. 访问时间 2019 年 6 月 29 日。

12 <https://www.marica.bg/petyr-vlajkov-za-chestita-sypruga-napisah-cqlata-piesa-Article-154806.html>. 访问时间 2019 年 6 月 29 日。

后是时间—— / 未来，/ 现在，/ 过去。"（笔者译）

二、其他重要作品

除了上述获奖作品外，2018 年的保加利亚文坛还涌现了较多其他优秀作品。本文仅基于《保加利亚文学报》（*Литературен Вестник*）2018 年的"保加利亚文学大事记"采访的问卷结果进行介绍。

《保加利亚文学报》自 1991 年创立以来，为保加利亚文学和艺术评论的重要阵地。其每年都会举行年度"保加利亚文学大事记"采访，邀请本国的作家、诗人、记者、学者、评论家等文学界名人列出在该年度最令自己印象深刻的文学事件或书籍，并发表点评或总结性的观点看法。2018 年的"保加利亚文学大事记"刊载于同年第 42 期，汇集了来自 29 位受访者的回答。在这些回答中，有的事件和书籍重复出现，在一定程度上反映了其在业界获得的反响。

（一）小说类

《我们所有的身体》（Всичките наши тела，2018）是保加利亚著名作家、诗人、剧作家格奥尔吉·戈斯波迪诺夫于 2018 年新出版的短篇小说集。格奥尔吉自 1993 年凭借第一本诗集获得全国"南春"文学奖后，逐渐为读者所熟知，现为 1989 年以后作品被翻译出版得最多的保加利亚当代作家。其被形容为既幽默又忧郁（*The Times*）、既朴实又理智（*The Guardian*）的行文风格在《自然的小说》（*Естествен роман*，1999）、《悲伤的物理学》（*Физика на тъгата*，2011）和《其他故事》（*И други истории*，2001）等代表作中都有充分展现。该作者所获奖项众多，其中包括国家文化部颁发的 2013 保加利亚年度小说奖、保作协颁发的年度最佳书籍奖、伊卡洛斯最佳剧本奖、米哈尔斯基文学奖（瑞士）和巴尔干文学发展贡献奖等。《我们所有的身体》收录了《被选择的自传》《夜警清查》《恐惧的收集者》《未读完之书的天使》等 103 篇极短小说，故事情节独特，坚持了"格奥尔吉式"的荒谬、可笑、忧郁和讽刺风格。记者、诗人马林·博达科夫（Марин Бодаков，1971— ）评价该书道："（让人体会到）宽广、好奇心和慰藉，没有半点虚伪的腔调。"[13] 至于为什么选择了极短小说这种体裁，作者本人在后记中解释道："今天，我们在酒馆里滔滔不绝、信口雌黄。直到听到了一个短小精悍的故事，我们才明白真正的好故事在每一个词和每一分钟上都需要节制。而这便是我希望能够做到的。"

《河往何处流》（*Накъде тече реката*，2018）是恰夫达尔·采诺夫（Чавдар Ценов，1956— ）的长篇小说，讲述了人到中年的十字路口再也不愿在任何一个方向上有所继续的困惑与失望，具有一定的探寻和反思意义。书中的主人公曾经是一位地理教师，尽管毕生的梦想是旅行，但他却从未跨出过保加利亚的边境；他有一位朋友总向往着能得到一套住宅，却只能留宿马路；而一位拥有着成千上万本藏书的教授，却从未写过属于自己的一本书……这三个人相似的人生缺憾让主人公萌生了一个愿望——假如有一天能再度回到讲台上，自己一定会告诉学生："要有自己的梦想，而不要觊觎或想着侵占别人的梦想！有自己的梦想不意味着它一定能实现，但起码你为它迈出的第一步是正确的。正因为梦想有时候比欲望更具有奴役性，所以你需要确定你所梦想的真的是你所想要的……"保加利亚作家、译者克里斯廷·迪米特洛娃（Кристин Димитрова，1963— ）在评价这本书时

13　<http://pronewsdobrich.bg/>. 访问时间 2019 年 4 月 9 日。

写道："那些梦想之所以没有被实现，起初是因为外在的问题，而到后来则是因为自己的骄傲。我们还不知道河往何处流，它却早已将我们裹挟。"[14]

此外，广受好评的小说作品还包括埃米莉亚·德沃里亚诺娃（Емилия Дворянова，1958—　）的长篇小说《愿上帝保佑你》（*Мир вам*，2018）、兹德拉夫卡·埃弗蒂莫娃（Здравка Евтимова，1959—　）的长篇小说《风之绿眼》（*Зелените очи на вятъра*，2018）和帕尔米·兰切夫（Палми Ранчев，1950—　）的短篇小说集《今晚没有意外》（*Тази вечер нищо не е случайно*，2018）等。

（二）诗歌类

在作品众多的诗歌领域，反响较好的诗歌作品有卡特里娜·斯托伊科娃（Катерина Стойкова，1971—　）的《第二层皮肤》（*Втора кожа*，2018）、比斯特拉·维莉奇科娃（Бистра Величкова，1986—　）的《等待经纪人的上帝》（*Бог в очакване на дилъра*，2018）、伊万·兰杰夫（Иван Ланджев，1986—　）的《你，不间断的新闻》（*Ти, непрестанна новина*，2018）、阿尔贝娜·托多罗娃（Албена Тодорова，1966—　）的《你所赖以生存的诗歌》（*Стихотворения, от които ти се живее*，2018）、克里斯廷·迪米特洛娃的《尊敬的旅客》（*Уважаеми пътници*，2018）和米蕾拉·伊万诺娃（Мирела Иванова，1977—　）的《七首传记诗》（*Седем стихотворения с биографии*，2018）等。

其中，诗人卡特里娜的《第二层皮肤》是一部以家暴为主题的诗

14　<https://litvestnik.wordpress.com/2018/12/25/>. 访问时间 2019 年 4 月 9 日。

集。该诗集意在表达"曾经所受过的创伤会一直延续并时刻影响着现在，从未停止"，精心地将撕心裂肺的叫喊融入诗行，看似平静，实则强烈地撞击人心。比如："你好吗，孩子？ / 对自己的恨已将我烧透。// 你好吗，孩子？ / 我仿佛被鲜血喂养长大。// 你好吗，孩子？ / 我从一个悬崖跌入了另一个悬崖。/ 我不愿从阳台跳下，/ 却等待着死亡。"（笔者译）

正如诗集简介中所写，家庭是如同皮肤般保护我们的归所，而家暴家庭则仿佛是存在着的第二层带刺的皮肤，在第一层皮肤之下折磨着躯体与心灵。该作品具有一定社会意义，在读者当中引起了很大的共鸣，许多人将这本书视为唤醒集体沉默的良药，呼吁"面对家暴不能再沉默和无视，它有可能就发生在隔壁，很可能就在我们身边"。[15] 许多圈内人士对该书给予较高的评价，比如诗人贝迪亚·哈因里赫（Петя Хайнрих，1973— ）便在做好书推荐时说道："对于今年的图书，我只推荐《第二层皮肤》。"[16] 该书作者卡特里娜出生于上世纪 70 年代初，于 90 年代移居美国，从事电子科技行业，使用保英双语进行诗歌和散文的创作与互译，获得过美国小推车奖（Pushcart Prize）等奖项提名。

（三）文学研究类

在文学研究类书籍当中，米列娜·基罗娃（Милена Кирова，1958— ）的《从解放到一战时期的保加利亚文学·第二卷》（Българска литература от Освобождението до Първата световна война. Част 2，2018）（以下简称《第二卷》）在业界获得了广泛的认

---

15 <https://www.goodreads.com/book/show/37939276>. 访问时间 2019 年 6 月 28 日。
16 <https://litvestnik.wordpress.com/2018/12/25/>. 访问时间 2019 年 4 月 9 日。

可。《从解放到一战时期的保加利亚文学》分两卷，大致按照时间顺序对保加利亚文学历史上的作品和作家进行了介绍，不仅包括经典之作，还包含了名气稍逊甚至已被当今读者遗忘的作家。所有的观察与分析均基于具体的历史事实和同时期的相关评论，内容结构清晰、充实，具有较高的参考价值。2018 年出版的《第二卷》主要介绍属于保加利亚现代主义前两个阶段的 9 位作家（主要为"思想"派和象征主义诗人），包括了彭乔·斯拉维伊科夫（Пенчо Славейков，1866—1912）、佩伊奥·雅沃罗夫（Пейо Яворов，1878—1914）和特拉亚诺夫（Траянов，1882—1945）等。该书作者米列娜·基罗娃为保加利亚索非亚大学保加利亚文学教授，《从解放到一战时期的保加利亚文学》为索非亚大学该专业学生的重要参考书籍。

除此之外，值得推荐的文学研究著述还有：由米哈伊尔·内德尔切夫和普拉门·多伊诺夫（Пламен Дойнов，1969）主编的《宽宏的意志：伊万·布克达诺夫》（*Воля за всеобхватност: Иван Богданов*，2018）、米拉·杜什科娃（Мира Душкова，1974）的《纪念康士坦丁·康士坦丁诺夫与他的同代人》（*Memento vivere: Константин Константинов и неговите съвременници*，2018）等。已故学者西美昂·拉德夫（Симеон Радев，1879—1967）众多未发表的手稿得以结集出版，合集名为《文学与艺术中的剪影与肖像》（*Силуети и портрети из литературата и изкуството*，2018）。

结语

2018 年的保加利亚文学作品虽然在产量上有所下降，但不论是在体裁还是在题材上都较为丰富。从中，我们不难发现该国作家对传统的重视。民族解放时期的历史、文学、人物等，作为保加利亚民族觉醒、文化启蒙及自我认同的重要源泉，历来为许多写作者所钟情，将个体与民族命运联系起来进行反思的作品不在少数。同时，有的作家对当下社会群体和个体的生存状况给予关注，体察敏锐入微；有的书写对人生、情感、自然、信念、品质等概念的哲学性思考，启迪人心；有的则通过单纯的文学视界给读者带来了艺术性的审美愉悦。除此之外，业界文字工作者、批评家、学者等在各类报刊媒介上发表的对已出版作品的推介与评论，客观上推动了公众对某些作品、话题和社会现象进行关注和讨论，具有一定的积极意义。

参考文献：

„Издадени книги и брошури по десетична класификация през 2018 година", 20 Jun. 2019. Web. 30 Jun. 2019.
<http://www.nsi.bg/bg/content/3574/издадени-книги-и-брошури-по-десетична-класификация>.

„„„Хавра "на Захари Карабашлиев е носител на Националната литературна награда за български роман на годината „13 века България"", НДФ „13 века България", 09 May 2018. Web. 05 Jun. 2019.
<http://fond13veka.org/?p=8&l=1&id=756>.

„Годишни награди на портал култура 2018", *Култура*, 01 Nov. 2018. Web. 01 Jun. 2019.
<http://kultura.bg/web/>.

„Годишните литературни награди на СБП", *Съюз на българските писатели*, 18 May 2018. Web. 03 Jun. 2019.
<http://sbp.bg/>.

„„Животът е другаде" – докато не го проверим", *Труд*, 01 Dec. 2017. Web. 01 Jun. 2019.
<https://trud.bg/>.

„Тодор Каракашев: „Държавата я няма никаквав литературната политика... ""
Литературен свят, Web. 09 May 2019.
<https://literatursviat.com/?p=100420>.

Каролев, Свилен. „„„Бреговете на миража" – талантлива, ярко открояваща се стихосбирка на Анибал Радичев", 18 May 2005. Web. 29 Jun. 2019.
<http://old.duma.bg/2005/0505/180505/kultura/cul-4.html>.

„„„Помръкнала е реката“ – От Юда до Фауст“, *Труд*, 27 Nov. 2017. Web. 22 Jun. 2019 <https://trud.bg/>.

Коруев, Тодор. „Лъжите на либерали и безродници за „Време разделно“ рухнаха.“, 14 Aug. 2018. Web. 01 Jun. 2019. <https://duma.bg/?go=news&p=detail&nodeId=173061 >.

Гранитски, Иван. „Иван Гранитски за Боян Ангелов: В книгите му намират израз поетичните хоругви на честта“, 13 Jul. 2018. Web. 02 Jun. 2019. <http://epicenter.bg/article/Ivan-Granitski-za-Boyan-Angelov-i-poetichnite-horugvi-na-chestta/159186/6/0>.

„Петър Влайков за „Честита съпруга“: Написах цялата пиеса на ръка в тефтера си“, *Марица*, 14 Sep. 2018. Web. 01 Jun. 2019. <https://www.marica.bg/petyr-vlajkov-za-chestita-sypruga-napisah-cqlata-piesa-Article-154806.html>.

„Литературно събитие на годината“, *Литературен вестник*, 25 Dec. 2018. Web. 02 Jun. 2019. <https://litvestnik.wordpress.com/2018/12/25/>.

„Литература, превод, библиотечно дело 2018“. Web. 01 Jun. 2019. <http://mc.government.bg/images/Literatura_2018.pdf>.

Игов, Светлозар. *История на българската литература*. София: Ciela, 2009.

Crampton, R. J. *A Concise History of Bulgaria*. Cambridge: Cambridge UP, 2005.

马细谱：《保加利亚史》。北京：中国社会科学出版社，2011。

作者：王诗盈，天津外国语大学欧洲语言文化学院

2018 年波兰文学概览

李怡楠

内容提要：2018 年，因奥尔加·托卡尔丘克荣获国际布克奖，波兰文坛引发了国际关注。与此同时，"赫贝特年"举行的相关文学、文化活动激发了读者对这位伟大诗人的重新解读。这一年波兰文学创作持续繁荣，诗歌、小说、传记、报告文学等领域均有建树。其中关于犹太主题的书写更加冷静客观、发人深省。值得一提的是，翻译文学热度不减，文学翻译研究愈加深入。波兰文学界同国际文学界不断交流融合，呈现出互学互鉴的良好态势。

波兰文坛在 2018 年有两件盛事最受瞩目。一是奥尔加·托卡尔丘克（Olga Tokarczuk，1962—　）获得国际布克奖（Booker Prize）。二是 2018 年恰逢兹比格涅夫·赫贝特（Zbigniew Herbert，1924—1998）逝世 20 周年，波兰议会通过决议，将 2018 年定为"赫贝特年"，并开展了一系列纪念和推广活动。在文学创作方面，文学家们在诗歌、散文、小说、传记和报告文学等领域多有建树。特别是对犹太人问题的书写在文学作品中愈加凸显。与此同时，文学界开始关注翻译文学，为波兰文学与域外文学交流新开了一扇窗。

一、奥尔加·托卡尔丘克

2018 年 5 月，奥尔加·托卡尔丘克的小说《云游派》（*Bieguni*，英译名为 *Flights*）荣膺国际布克奖，在国际文学界引起强烈反响。作品迅速重返畅销书榜单，并在几个月内创下 10 万册销量。此外，《云游派》也获得了美国国家图书奖（National Book Award）。这是一部包含各种思想碎片、哲学反思、内心独白的文学作品。书名所指的"云游派"是东正教旧礼仪派的分支，倡导不断迁徙与奔走，以防止灵魂受到邪恶侵蚀。作品描述了不同人物怀着不同目的，奔走在各自不同的人生旅途中。主人公同这些云游者一样，开启了一段任意时空之旅。他们有的抛弃了患病的孩子，住进莫斯科的地铁，有的为收集人类虐待动物的证据而环游世界。通过不断的运动，他们缓解了自己内心的紧张情绪，探索着一条全新道路，以通向内心的"自我"。

托卡尔丘克饮誉波兰文坛多年，曾两度荣获波兰最高文学奖项——尼刻文学奖（Nagroda Literacka Nike），四次获得尼刻文学奖最受读者欢迎奖。近年来亦成为诺贝尔文学奖热门候选人之一，在波兰文学界的地位举足轻重。她的创作风格多变，体裁多样，题材广泛，作品被译为英语、法语、德语、汉语、西班牙语、捷克语、克罗地亚语、丹麦语等多种语言，受到全世界读者喜爱。国际布克奖评奖委员会主席丽萨·阿璧娜妮西（Lisa Appignanesi）评价称，托卡尔丘克是一位充满了创作光辉、拥有丰富想象力的作家。《云游派》有着一种远离传统的叙述方式，我们十分喜欢这种叙述——它从狡黠愉悦的恶作剧过渡到真正的情感肌理。（Natalia Szostak）文学评论家耶日·雅占普斯基（Jerzy Jarzębski）在此书问世之初即撰文称："这本书中没有任何一个难题易于回答。读者被一些无法解答的谜团羁绊，但得以观察各种现象之间的映照和关联。作家用一种既缺乏逻辑，又没有统一情节的方式，向我们呈现出这个世界的理智和秩序。"

2018 年，托卡尔丘克的另一部作品《雅各布之书》(*Księgi Jakubowe*) 的法译本获得了杨·米哈尔斯基奖 (Nagroda im. Jana Michalskiego)。该奖面向全球卓有成就的作家，尤其关注获奖作品的文化多样性和语种丰富性。《雅各布之书》讲述 18 世纪中叶，犹太青年才俊雅各布·弗朗克在波尔多传播犹太教的故事。他的出现对当地社会产生极大影响，原本信仰完整统一的社会分化成不同派别。一些人自愿成为雅各布的门徒，将他奉为神明；另一些人将犹太教视为异端，极力抵制。小说详细介绍了当时的社会、建筑、服饰、环境，绘制了一幅天主教、犹太教、伊斯兰教并存的生活图景。出版该书的文学出版社介绍称："这本带有神秘色彩的作品以史为鉴，重现历史又以反思目光审视现实，解读和思考那些决定民族命运走向的历史进程及其中细节。作家试图通过此书探讨当今波兰在整个欧洲的处境。"[1] 虽然一些文学评论家认为《雅各布之书》内容缺乏新意，风格手法因循守旧，但评论界普遍认为，该书语言朴素平实、鲜少使用华丽辞藻的特点，反倒是凸显了作者不注重文字形式却能够完整呈现故事的极高语言功力。普通读者习惯于仰视高雅艺术，托卡尔丘克却以此种巧妙方式玩起文字游戏，这更令读者为之惊叹。

2018 年，托卡尔丘克发表了新作《怪诞小说集》(*Opowiadania bizarne*)，并凭借该书获得 2019 年度尼刻文学奖提名。书名中 "bizarne" 一词来源于法语 "bizarre"，意为 "奇怪的、多变的、可笑的、超乎寻常的"。作者通过情节出乎意料、结局令人咂舌的 10 部短

---

1 <http://lubimyczytac.pl/ksiazka/163634/ksiegi-jakubowe>.

篇小说，从不同角度审视现实生活，为读者打开了一扇通往奇妙世界的大门。小说集前几篇故事更注重文章形式和结构，多叙述虚构琐事，后半部分更加富有内涵和哲理，引人深思。评论家雅努什·科瓦尔赤克（Janusz R. Kowalczyk）评价称："越接近结尾部分，这些故事的文学意趣就越浓。"（„Olga Tokarczuk, 'Opowiadania bizarne'"）书中的不同小说的故事背景设定在不同时空，有瑞典大洪水时代的沃伦、现代社会的瑞士、遥远的亚洲大陆，以及存在于人类幻想之中的虚构世界。小说节奏跳跃、情节多变，读者难以通过阅读某一部分推断出后续情节。全书内容紧紧围绕"怪诞"这一主题，例如题为《心脏》的小说，包含了存在主义和神秘主义两个层面的内容。曾在中国接受过器官移植的主人公一直难以克服有关身份认同的心理障碍，术后，他看待现实社会的眼光发生了变化，思考方式相比从前有了很大的差别。他常常注意到身边事物鲜活的生命力与强烈的色彩，使他开始怀疑自己在以器官原主人的视角观察周边事物。为寻找这个令他困扰已久的问题的答案，他和妻子一道踏上了前往中国的旅程。书中最后一部小说则引发了人们对于大众传媒影响力的思考。代表着权力拥有者的莫诺蒂科斯经常光顾一个售卖 T 恤衫的摊位，凡得他眷顾的 T 恤立马身价大涨，一跃成为当年的时尚风向标。莫诺蒂科斯透过 T 恤衫上的字符来了解现实社会，暗讽权力机关对这个世界拥有强烈的操纵欲，权力持有者通过欺诈的方式使大众屈服和顺从。小说展现出文明社会普遍存在的问题与弊病，现实借鉴意义很强。

二、兹比格涅夫·赫贝特

兹比格涅夫·赫贝特是 20 世纪波兰最重要的作家之一，他不仅进行诗歌创作，还是一位杰出的散文家、戏剧作家。赫贝特一生屡获殊荣，包括波兰白鹰勋章（Order Orła Białego）、科希切尔斯基文学奖（Nagroda Fundacji im. Kościelskich）、帕兰朵夫斯基钢笔俱乐部奖（Nagroda Polskiego PEN Clubu im. Jana Parandowskiego）和金话筒奖（Nagroda Złotego Mikrofonu）。从上世纪 60 年代起，他多次被视为诺贝尔文学奖热门候选人。

　　赫贝特 1924 年出生于当时由波兰管辖、现为乌克兰西部城市的利沃夫（Lwów）。二战期间，他参加了波兰流亡政府领导的地下抵抗组织——国家军，战后开始文学创作，1956 年发表处女作诗集《光弦》（*Struna światła*）后立刻声名鹊起，跻身由维·希姆博尔斯卡（Wisława Szymborska，1923—2012）、塔·鲁热维奇（Tadeusz Różewicz，1921—2014）、塔·诺瓦克（Tadeusz Nowak，1930—1991）等诗坛才俊构成的"56 代诗人"之列。他们都是波兰政治生活解冻后形成的"当代派"，对 20 世纪后半叶的波兰文学产生过重要影响。赫贝特 1986 年移居法国，1991 年回到波兰后参加社会活动，对许多政治事件发表评论。晚年他一直致力于诗集《风暴尾声》（*Epilog Burzy*，1998）的创作，最终这本诗集在他逝世前几个月出版。赫贝特的主要作品有诗集《客体研究》（*Studium przedmiotów*，1961）、《科吉托先生》（*Pan Cogito*，1974）以及散文集《花园里的野蛮人》（*Barbarzyńca w ogrodzie*，1962）和《带马嚼子的静物画》（*Martwa natura z wędzidłem*，1993）等。2018 年 7 月 28 日是赫贝特逝世 20 周年。有鉴于他在文学领域的卓越成就，为纪念这位被誉为"二十世纪波兰和欧洲最杰出的诗人之一"的文学家，波兰议会于 2017 年 10 月通过决议，将 2018 年定为"赫贝特年"。决议中写道："在人类价值遭遇危机、信任极度缺乏的时代，赫贝特总是站在准则的一边。对于艺术，他坚持美、等级和艺术手法的形象化；对于生活，他严守善恶分明的道德戒律。他是信仰本身和语言力量的化身。他在诗中表达对自由的热爱，对个体尊严及其道德力量的笃信。他将爱国主义理解为一种对祖国的冷峻的爱、对被损害的人群的团结和对回归事物本真含义的辛苦努力。"（"Sejm ustanowił rok 2018 Rokiem Zbigniewa Herberta"）决议强调，赫贝特创作了许多"唤起意识和想象"的词句，其中最重要的一句就是"你要忠诚，去吧！"。（"Sejm ustanowił rok 2018 Rokiem Zbigniewa Herberta"）

2018 年，文学批评家安杰伊·弗拉纳舍克（Andrzej Franaszek，1971— ）的传记文学《赫贝特传——逆流而上的诗人》（*Biografia Zbigniewa Herberta. Poeta płynący pod prąd*）在波兰出版，一举获得了 2019 年尼刻文学奖提名。弗拉纳舍克之前因撰写切斯瓦夫·米沃什（Czesław Miłosz，1911—2004）的传记而享誉波兰乃至全世界，先后获得科希切尔斯基文学奖、文化与民族遗产部长奖（Nagroda Ministra Kultury i Dziedzictwa Narodowego）和尼刻文学奖"选举报"读者奖（Nagrodę Nike Czytelników "Gazety Wyborczej"）。弗拉纳舍克还著有《黑暗的源头：兹比格涅夫·赫贝特创作中的苦难》（*Ciemne źródło. Esej o cierpieniu w twórczości Zbigniewa Herberta*）和《地狱通行证：关于文学和灵魂经历的 44 幅简笔画》（*Przepustka piekła. 44 szkice o literaturze i przygodach duszy*）。在《赫贝特传——逆流而上的诗人》中，他以细致入微的笔触描写了赫贝特作为一个天才诗人、一个善讲故事的散文家和一个永不停歇的旅者的生命历程。作者在档案馆和图书馆中查阅了大量赫贝特的日记、书信，全书资料翔实，插图、注释完整，具有学术型著作的鲜明特点。同时，作者不吝笔墨，讲述了很多赫贝特的生活轶事，文字平实流畅，可读性强。特别是作者通过与赫贝特的多年好友、儿时玩伴兹吉斯瓦夫·奈德尔

（Zdzisław Najder）的对话录，介绍了赫贝特青年时期参加华沙起义的经历，赞扬了他不屈不挠、积极进取的爱国热忱。作者毫不回避争议话题，描述了诗人在二战后的生活，包括在美国大学任教的经历，以及一度依靠酒精对抗抑郁状态的往事。弗拉纳舍克将赫贝特的生平放在波兰历史发展的全景中去描写，在记述诗人精彩一生的同时描绘、塑造了诗人，以及给诗人带来创作灵感的时代。波兰媒体称这本书是"纪念碑式"的传记作品。评论家科瓦尔赤克评价称："此书令读者用一种全新的视角审视赫贝特的诗歌成就。他的个人经历在其诗行中得到了艺术再现。"（„Andrzej Franaszek, 'Herbert. Biografia'")

2018 年，波兰 A5 出版社（Wydawnictwo A5）出版了《赫贝特与希姆博尔斯卡通信集 1955—1996》（*Jacyś złośliwi bogowie zakpili z nas okrutnie. Korespondencja 1955—1996*）。赫贝特和波兰著名女诗人、诺贝尔文学奖得主希姆博尔斯卡（W. Szymborska）都是长于简洁幽默的写信高手，却鲜有人知他们还是一对亲密真诚的笔友。这本书首次公开了两人多年的往来书信，充分展示了两位诗人充满勇气的幽默感和自带光芒的文字魅力，读来令人捧腹又不失感动。书信集收录的既有希姆博尔斯卡担任《文学生活》编辑时写给赫贝特的约稿函，也有 1996 年希姆博尔斯卡获得诺贝尔文学奖之后对赫贝特贺词的回复。可以说，这本书是对两位诗人友谊的一种独特见证。

2018 年，波兰文化界举办了多种纪念赫贝特的文学推广活动。波兰电台启动了"赫贝特诗歌朗诵"系列节目，于 2018 年 3—12 月连续播放朗诵赫贝特诗歌作品的广播节目。既有赫贝特在世时电台录制的诗人自己朗读作品的原声，也有为"赫贝特年"特别邀请的当红演员全新录制的节目，共计 400 多首诗作。此外，2018 年 6 月 4 日，波兰著名作曲家普舍梅斯瓦夫·金特罗夫斯基（Przemysław

Gintrowski）在波兰古城克拉科夫专门举办了纪念赫贝特的诗歌音乐会。金特罗夫斯基一生都在为赫贝特的诗歌谱曲，2000 年发布的专辑《答案》就收录了 16 首赫贝特的诗歌，包括名作《品位的力量》。

三、文坛创作一览

2019 年 5 月 23 日，波兰最重要的文学奖项——尼刻文学奖入围名单在华沙国际书展上公布。小说、诗歌、纪实文学等门类的 20 部新作获提名，一定程度上集中体现了 2018 年波兰文坛创作的基本样貌。

1. 诗歌：玛尔塔·波德戈尔尼克（Marta Podgórnik，1979— ）的《杀戮的民谣》（*Mordercze ballady*）

女诗人波德戈尔尼克是一位年轻的 70 后作家，出版有《漫长的五月》（*Długi maj*，2004）、《鸦片和哀叹》（*Opium i Lament*，2005）等数部诗集。其作品被翻译成多种语言，在英国、美国、德国、俄罗斯、瑞典、斯洛伐克、捷克、意大利等国出版。2001 年获政治护照文学奖（Paszport Polityki）提名，2012 年获格丁尼亚文学奖（Nagroda Literacka Gdynia）。

2019 年，波德戈尔尼克凭借诗集《杀戮的民谣》获得了希姆博尔斯卡文学奖（Nagroda im. Wisławy Szymborskiej），同时获得尼刻文学奖诗歌类作品提名。希姆博尔斯卡文学奖评委会主席、布鲁塞尔自由大学教授朵罗塔·瓦尔恰克－德拉诺伊斯（Dorota Walczak-Delanois）在授奖词中称波德戈尔尼克的作品"诗句格律严谨，……抒情意蕴独特"（Michał Nogaś）。

《杀戮的民谣》是波德戈尔尼克的第八部诗集，秉持其作品的一贯风格：讽刺、幽默、独具个性的歌谣式的韵律。诗人自陈，她生命中的每一个重要时刻都不乏音乐的陪伴。她用富有乐感的诗行将读者带入一场有趣的文学游戏之中。评论家玛格达莱娜·皮奥特罗夫斯卡－格罗特（Magdalena Piotrowska-Grot）在书评中写道："我们可以将这部诗集当作音乐谜语一样去阅读，因为波德戈尔尼克搜罗各种歌曲，用滑稽、戏谑的方式将其置于诗行之中。"值得一提的是诗人在作品中运用的黑色幽默。波德戈尔尼克在对复杂、黑暗、好坏难辨的冲突和人生角色进行选择、分解的时候，就像解剖一个硬核的文化产品，这种滑稽恐怖剧式的创作效果暗合了诗集的题目，独具一种在轻盈的艺术风格和血腥的舞台场景之间徘徊的矛盾张力。

在这本诗集中，波德戈尔尼克还试图抨击语言的功能——因为有时候是无声胜有声的，并且文化中还有那些既定模式、社会舆论强加的形式和永远活在别人眼中的无奈。书中的一首诗《阿丽茨亚和她的兔子》最能反映作者的这一思想。作者在诗中深入分析了写作，特别是写信的过程。作者认为，写信是最为隐秘、最痛苦的写作方式，信件中其实包含有很多日常的文字形式，比如总结、谈话记录、回忆等。写作成为了作者打开自己的身体、从被逼迫到被解放的过程。诗人写爱情与死亡、写庸常的生活和不期而遇的意外。她的创作灵感来自于摇滚歌谣，同时又不乏浪漫主义歌谣要打破文字藩篱、情感高于理智的主张。

2. 小说：什切潘·特瓦尔多赫（Szczepan Twardoch，1979—　）的《王国》（Królestwo）

特瓦尔多赫可谓近年来波兰炙手可热的当代作家之一，他的小说一直稳居畅销书榜单之上。他擅长写作政论文章，创作了一系列短篇小说集和多部长篇小说，多次获得各类文学奖项，包括政治护照文学奖（2012）、尼刻文学奖最受读者欢迎奖（Nike Czytelników，2013）、格丁尼亚文学奖提名（2013）、科希切尔斯基文学奖（2015）、欧洲图书奖提名（Le Prix du Livre Européen，2015）、柏林桥文学与翻译奖（Brücke Berlin Literatur und Übersetzerpreis，2016）等。

特瓦尔多赫的作品逻辑清晰，结构却常常复杂且出人意料。他不断地在真实与幻想、心理与现实、真实历史与艺术创作之间寻找平衡，创造出一个具有暗示性的、连贯的、启发读者思考的世界。2017年，波兰文学出版社出版了特瓦尔多赫的小说《国王》（*Król*）。该书描写了二战爆发前一个波兰拳击手和一个犹太拳击手之间的故事。有人认为这是一部犹太主题小说，作者则更为强调作品是对暴力话题的书写。2018年，《国王》的姊妹篇、小说《王国》问世。该书的历史背景是前作的延续，即华沙起义失败、犹太人隔离区被夷为平地的二战后期。通过前作《国王》的主角——犹太人雅各布的儿子大卫和他的情妇蕾芙卡的讲述，展现了他们如何为了自己和身边人的生存而奋争。《王国》所虚构的世界充满了在现实中能引发读者情绪震颤的政治、宗教、文化和风俗元素。作者集笔墨于种族问题，刻画了二战背景下的波兰人、犹太人、德国人之间的冲突，表达了对战争的不满、对加害者的谴责和对受害者的同情。科瓦尔赤克在该书获尼刻文学奖提名时评价说："《王国》的力量在于它勇于揭露残酷真相——面对历史，人的自然本性是很难改变的。"（Szczepan Twardoch, "Królestwo"）

3. 散文：马莱克·比恩赤克（Marek Bieńczyk，1956— ）的《货箱》（*Kontener*）

比恩赤克是一位著名的散文家，曾凭借散文集《脸书》（*Książka Twarzy*）摘得2012年尼刻文学奖的桂冠。他还是一位翻译家，翻译过米兰·昆德拉（Milan Kundera，1929— ）、罗兰·巴特（Roland Barthes，1915—1980）和埃米尔·米歇尔·齐奥朗（Emile Michel Cioran，1911—1995）等人的著作。

《货箱》是比恩赤克个人化风格最为突出的一部作品。虽然尼刻文学奖评奖委员会将其归于散文类提名作品，但作者在书中收录了诗歌、散文等多种文学形式的作品。全书没有确切的开篇，也没有清晰的结尾，作者分享了他关于阅读、梦境、旅行的记忆，观看展览、电影和连续剧的感想。通过阅读此书，读者得以一窥作者的日常生活。书中延续了作者一贯的"用文学讲述现实，用现实讲述文学"(Kamila Czaja) 的写作特色，语言精准，充满幽默，饱含热情。

呼吸、母亲和死亡是书中反复出现的几个主题。从童年起就有呼吸困难病症的比恩赤克在死亡语境下讨论呼吸的意义，观察他人如何呼吸，阅读他们写作的有关呼吸的文字，并思考呼吸与文学以及不同文学形式之间的关系。在写到母亲的离开时，比恩赤克试图探究失去的意义。在探讨死亡问题时，比恩赤克从法国作家马塞尔·普鲁斯特 (Marcel Proust, 1871—1922) 和罗兰·巴特那里寻找灵感。他研究这两位大作家在母亲去世后的生活，试图探寻失去母亲对他们生活、情感和创作的影响。透过对死亡经历的理解，比恩赤克试图构建一个处于矛盾中的厚重、连贯的故事。他认为语言、风格、句法在死亡面前不会失去重要性，恰恰相反，描述死亡问题时我们需要格外谨慎小心，给予比描述日常生活更多的思考。可以说，每一个经历了亲人离去的人，抑或是正在面临亲人离去的人，以及那些尚未遭逢此种不幸的人，都能从此书中找到某种共鸣。

4. 报告文学：马留什·施赤基耶乌 (Mariusz Szczygieł, 1966—) 的《一无所有》(Nie ma)

施赤基耶乌是波兰著名记者和报告文学作家。他先后在《选举报》(Gazeta Wyborcza) 等平面媒体担任记者，1995 年至 2001 年在波兰卫星电视台 (Polsat) 主持《每一话题》(Na każdy temat) 脱口秀节目。早在 1993 年，施赤基耶乌就获得了波兰记者协会奖，后来凭借《哥特兰》（*Gottland*，2006）获 2007 年尼刻文学奖提名，并最终获得最受读者欢迎奖。2009 年，《哥特兰》获欧洲年度图书奖（European Book Prize）。此外，施赤基耶乌还创作了《发生在周三的周日》（*Niedziela, która zdarzyła się w środę*，1996）、《新波兰的 20 年》（*20 lat nowej Polski w reportażach według Mariusza Szczygła*，2009）、《惊变：女人的故事》（*Kaprysik. Damskiehistorie*，2010）等十数部作品。

2018 年，施赤基耶乌创作的报告文学《一无所有》在华沙出版，再次引发关注，并获得了 2019 年尼刻文学奖提名。书中收录了不少被撕裂开来、鲜血淋漓的真实故事，但同时也有些作品难以被定义为报告文学。作者追溯捷克斯洛伐克共和国的历史，描写了一个由著名的现代主义建筑先驱、出生在捷克的奥地利建筑师阿道夫·路斯（Adolf Loos）设计的现代别墅。书中也塑造了鲜为人知的诗人薇奥拉·费希罗娃（Violia Fischerova）的生动形象，介绍了波兰雕塑家托马施·顾尔尼茨基（Tomasz Górnicki）和他引发公众不安的雕塑作品。我们在书中还能够读到那个著名的耸人听闻的故事——一个可爱听话的男孩被继母杀害，也能了解到作者父亲的一些滑稽但温暖的轶事。施赤基耶乌是探秘和保密的高手，在窥视和揭示之间寻找一种微妙的平衡，从平常人的经历中探寻他们的独特命运。

四、犹太主题书写

犹太人在波兰居住、生产、生活的历史很长。数百年来，波兰犹太人和波兰人之间的关系错综复杂，莫衷一是。特别是近年来，二战期间发生在波兰的纳粹德国对犹太人的种族灭绝暴行，将波兰在大屠杀中的角色纷争推至舆论的风口浪尖。在波兰长期以来塑造的集体记忆中，波兰人倾向于接受自身是受难者、抵抗者和救助者的角色和身份，然而在战后的纳粹大屠杀历史叙事中，"波兰责任论"一直是不断发酵的话题。波兰文坛对犹太问题的书写从未停止，近年更是呈现愈加繁盛的趋势。米科瓦伊·格伦贝格（Mikołaj Grynberg，1966—　）的《出路》（*Księga Wyjścia*，2018）、汉娜·科拉尔（Hanna Krall，1935—　）的《赶在上帝之前》（*Zdążyć przed Panem Bogiem*，2018）、斯沃瓦米尔·布雷瓦（Sławomir Buryła，1969—　）的《十九和二十世纪对波兰犹太人的迫害：文学艺术卷》（*Pogromy Żydów na ziemiach polskich w XIX i XX wieku. Tom 1 Literaturai Sztuka*，2018）等著作均是 2018 年犹太主题文学的代表。而其中最突出的是获得 2019 年尼刻文学奖提名的两部作品：约安娜·托卡尔斯卡 - 巴基尔（Joanna Tokarska-Bakir，1958—　）的《诅咒之下：凯尔采犹太人迫害事件中的社会群像》（*Pod klątwą. Społeczny portret pogromu kieleckiego*，2018）和亚切克·莱奥恰克（Jacek Leociak，1957—　）的《上帝的磨坊——关于教会和犹太大屠杀的记录》（*Młyny Boże. Zapiski o Kościele i Zagładzie*，2018）。

托卡尔斯卡 - 巴基尔供职于波兰国家科学院斯拉夫问题研究所，专事反犹问题和犹太人大屠杀研究。《诅咒之下：凯尔采犹太人迫害事件中的社会群像》是一部关于 1946 年发生在波兰凯尔采的迫害犹太人事件的学术专著。二战结束后，一些在大屠杀中幸存下来的犹太人来到了波兰东南部的小城凯尔采，并在这里定居下来。然而城里开始流传一种谣言，称犹太人抓了波兰儿童用于血祭仪式。被激怒的民众和当时的军队汇集成了一股反犹力量，对犹太人社区的暴力行动由此展开，骚乱共造成 37 名犹太人遇难。这场发生在二战和犹太人大屠杀结束仅一年之后的骚乱震惊了国际社会。本书通过研究 2013—

2017 年波兰国家纪念委员会和其他档案馆的史料，全面分析了二战后波兰社会对待犹太人的态度。全书就像一幅微观历史壁画，描写了被迫害的波兰犹太人、当时的权力机关、普通波兰民众等群体在特殊历史背景下的情绪，以及因信仰、世界观不同而不断生发的冲突。

亚切克·莱奥恰克的《上帝的磨坊——关于教会和犹太大屠杀的记录》则将视线转向教会对犹太人的态度问题。莱奥恰克长于研究文学史和人文科学，供职于波兰国家科学院犹太人大屠杀研究中心。他探究各种形式的边界体验（特别是大屠杀）表达，研究受害者、肇事者和证人的口述史以及华沙犹太区的历史，2008 年获波兰复兴骑士勋章（Krzyż Kawalerski Orderu Odrodzenia Polski）。在莱奥恰克看来，真实的欧洲社会文化与其所宣扬的价值观背道而驰，人道主义、行动主义、公平公正以及十诫所规定的道德准则为冷漠、沉默所替代。通过阅读大量回忆录和史料，他发现波兰教会组织及其神职人员在二战期间对犹太人的帮助非常有限。作者对教会和整个基督教世界感到愤怒，认为他们并未践行基督教所宣扬的博爱、仁义、慈悲的理想。

波兰历史学家亚切克·博尔科维奇（Jacek Borkowicz, 1957— ）认为莱奥恰克的这本书可以说是作者与教会之间的激烈战斗。在作者的眼里，教会就是一个虚伪的机构，历届教皇试图进行自上而下的改变但都毫无效果。为了证明这一论点，作者汇集了各种形式的文学片段，包括对人类道德的思考，以及个人敏感情绪的宣泄。

五、翻译文学

近年来，外国文学译作逐渐成为波兰图书市场的重要组成部分。这其中主要为重要文学名著，也不乏一些侦探小说和人物传记。波兰图书协会专设"跨大西洋文学翻译奖"（Nagroda Transatlantyk）以鼓励波兰文学外译。波兰最重要的文学奖项之一——格丁尼亚文学奖单设外国文学译著单元，以此推动外国文学市场发展。波兰文坛也愈加关注文学翻译研究，由耶日·雅尔涅维奇（Jerzy Jarniewicz，1958—　）创作的文集《译者——翻译、语言和文学之间的桥梁》（*Tłumacz między innymi*）获得尼刻文学奖提名就是力证。

雅尔涅维奇是波兰著名诗人、文学评论家和翻译家，波兰作家协会成员。其著述颇丰，曾于 2008 年凭借文学批评《商标：美国、加拿大当代小说大纲》（*Znaki firmowe. Szkice o współczesnej prozie amerykańskiej i kanadyjskiej*，2007）获得尼刻文学奖提名。在《译者——翻译、语言和文学之间的桥梁》这部作品中，雅尔涅维奇探讨了文学的不可译性，但这种不可译性又解释了翻译存在的合理性。雅尔涅维奇提出了一些重要观点，包括：兴趣、自我创作和翻译活动之间是相互交融的，创作和翻译同时存在于一个创造性活动之中，并且二者之间存在着多层次互动；翻译具有创造性，好的文学译者首先是一个好的创作者，是在用另一种语言来重现原作者意图。作者分析具体实例和个人翻译经历，语言通俗易懂，是一本面向所有对文学、语言翻译感兴趣的读者的书籍。

结语

托卡尔丘克和赫贝特在波兰乃至国际上都享有极高声誉，被看作波兰当代文学的杰出代表。这两个名字同时闪耀在 2018 年的波兰文坛既是巧合，又或许是必然。托卡尔丘克的新作再获尼刻文学奖提名，证明了她旺盛的文学生命力。而波兰议会将 2018 年定为"赫贝特年"，波兰各界举办纪念赫贝特的各种活动，更加注重对其作品进行翻译和推广，继续深入解读其生平、创作，都进一步印证了赫贝特作品伟大的艺术魅力。

从尼刻文学奖、格丁尼亚文学奖等波兰重要文学奖项的提名情况来看，2018 年波兰作家在小说、诗歌、散文、报告文学创作等领域均有不俗表现，他们更加深刻地反思了历史，深入探讨了生命的话题，以大胆、开放的姿态审视波兰人和波兰社会在犹太人问题上的功过是非。此外，波兰文学界愈发关注翻译文学和翻译在文学推广与再创作中的作用，有关翻译研究的作品获得评论界肯定。综观 2018 年的波兰文学，可圈可点之处颇多，值得热爱她的人去进一步一探究竟。

参考文献：

Czaja, Kamila. „Dobre uciekanie (Marek Bieńczyk: 'Kontener')." 15 Nov. 2018. Web. 20 Jun. 2019.
 <http://artpapier.com/index.php?page=artykul&wydanie=359&artykul=7071>.

Kowalczyk, Janusz R. „Andrzej Franaszek, 'Herbert. Biografia'." May 2018. Web. 20 Jun. 2019.
 <https://culture.pl/pl/dzielo/andrzej-franaszek-herbert-biografia>.

—. „Olga Tokarczuk, 'Opowiadania bizarne'. " May 2018. Web. 20 Jun. 2019.
 <https://culture.pl/pl/dzielo/olga-tokarczuk-opowiadania-bizarne>.

—. „Szczepan Twardoch, 'Królestwo'. " Oct. 2018. Web. 20 Jun. 2019.
 <https://culture.pl/pl/dzielo/szczepan-twardoch-krolestwo>.

Literackie, Wydawnictwo. „Olga Tokarczuk 'Opowiadanie Bizarne'." 2018. Web. 20 Jun. 2019.
 <http://www.oczytanyfacet.pl/opowiadania-bizarne-olga-tokarczuk-recenzja/>.

Piotrowska-Grot, Magdalena. „'Bang Bang, my baby shot me down' (Marta Podgórnik 'Mordercze Ballady')." 1 Mar. 2019. Web. 20 Jun. 2019.
 <http://artpapier.com/index.php?page=artykul&wydanie=366&artykul=7218&kat=17>.

Nogaś, Michał. „Nagroda im. Szymborskiej za 'Mordercze ballady'. Laureatka: 'Jestem uzależniona od literatury, z nią wzięłam jedyny ślub'." 09 Jun. 2019. Web. 20 Jun. 2019.
 <http://wyborcza.pl/7,75517,24879496,nagroda-im-szymborskiej-za-mordercze-ballady-laureatka.html>.

„Sejm ustanowił rok 2018 Rokiem Zbigniewa Herberta." 27 Oct. 2017. Web. 20 Jun.

2019.
<https://www.pap.pl/aktualnosci/news%2C1143027%2Csejm-ustanowil-rok-2018-
rokiem-zbigniewa-herberta.html>.

Szostak, Natalia. „Olga Tokarczuk laureatką Międzynarodowej Nagrody Bookera!
Prestiżowa brytyjska nagroda za książkę 'Bieguni'." 22 May 2018. Web. 20 June.
2019.
<http://wyborcza.pl/7,75517,23437938,olga-tokarczuk-laureatka-miedzynarodowe
go-bookera-prestizowa.html>.

www.culture.pl 波兰文化官方网站，刊发关于波兰文学的学术性文章。

www.instytutksiazki.pl 波兰图书协会官方网站，刊发关于波兰作家作品的专业性
介绍书评。

www.lubimyczytac.pl 波兰主流图书阅读网站，刊发专业书评。

作者：李怡楠，北京外国语大学欧洲语言文化学院

2018 年德国文学概览

邱袁炜

内容提要： 2018 年的德国文坛出现了一个转向，2016、2017 年持续成为关注热点的难民题材和欧洲问题题材已经不再是作家和读者关注的焦点，而惊悚小说占据了畅销书排行榜首位，重要的文学奖项也更倾向于历史类的作品。用德语写作的非德国籍作家正在逐渐成为德国文学界的一支重要力量。中国文学作品在德国图书市场的接受度在稳步提升，中国传统经典和当代作品的德译本持续保持着出版热度，其中科幻类作品尤其受到欢迎。

一、图书排行榜：后来者居上

畅销书排行榜是反映一个国家文学创作现状和读者阅读口味的直观指标。德国《明镜周刊》(*Der Spiegel*) 每周都会出一份《书情报告》(*Buchreport*)，列出各类图书销售量的排名情况。2018 年度，根据《明镜周刊》的统计结果，德国文学类畅销书排行榜头名是塞巴斯蒂安·菲采克 (Sebastian Fitzek，1971—) 的罪案推理小说《乘客》(*Der Insasse*，2018)，而该书是 2018 年 10 月才正式上市销售的，仅两个月时间便一举摘下年度头名。

菲采克被誉为德国当代"惊悚小说之王"（Thriller-König）。2006年，他的第一本小说《治疗》（*Die Therapie*，2006）便一鸣惊人，获得德国亚马逊畅销排行榜冠军，并获得德语区最具权威性的惊悚小说奖项格劳泽奖（Friedrich Glauser Preis）提名。2009年，他的小说《记忆碎片》（*Splitter*，2009）曾被《星期天泰晤士报》票选为"过去五年最佳犯罪小说"。菲采克的作品全球销售总数逾千万册，被翻译成24种语言，成为少数能打进英美等惊悚小说发源地的德国当代作家。菲采克的小说《梦游者》（*Der Nachtwandler*，2013）、《解剖》（*Abgeschnitten*，2012）、《记忆碎片》均已被译成中文，在国内出版。

在非虚构类畅销书排行榜上，占据头名的是米歇尔·奥巴马的自传《成为：我的故事》（*Becoming: Meine Geschichte*，2018），作品原版上市首日销售即突破725 000册，并被陆续翻译成33种语言。

二、文学奖："过去并未死去，它甚至未曾过去"

（一）毕希纳文学奖

德国文坛最重要的奖项毕希纳文学奖（Georg-Büchner-Preis）由德语语言文学院设立，以作家格奥尔格·毕希纳（Georg Büchner，1813—1837）的名字命名，用以表彰"用德语写作，创作了卓越的作品并真正参与了当代德国文化生活构建的作家"。这一奖项考察的并非作家的某一部作品，而是对作家整体创作的评价。可以说，能获得毕希纳文学奖，即意味着步入了殿堂级作家的行列。

2018年的毕希纳文学奖授予了匈牙利德语作家、剧作家和翻译家特蕾西亚·莫拉（Terézia Mora，1971—　）。评委会在授奖词中写道："莫拉对当下世界有着卓越的洞见，她的语言艺术灵动而富有生机，将日常俚语和诗意、爆裂和温柔集于一体。在小说作品中，她毫不留情地将视角投向大城市中的'游牧民族'——局外人和失去故乡的人，描述他们的绝望和困苦的生存境况，探求内在与外在陌异感的深度。她在创作中运用了反讽式的语调、多样化的影射和思辨性的尖锐，使作品具有浓烈的图像性和张力，极富力量和启发性。"（"Die Deutsche Akademie für Sprache und Dichtung verleiht den Georg-Büchner-Preis 2018"）

莫拉出生于匈牙利西部城市肖普朗一个德裔少数民族（Ungarndeutsche）家庭，因此能同时使用匈牙利语和德语。1990 年，莫拉就读于德国柏林洪堡大学，研习匈牙利语言文学和戏剧学，此后便定居于柏林。从 1998 年开始，莫拉成为自由作家，用德语写作。得益于她的双语成长环境，莫拉还是一位出色的匈德文学翻译，将诸如彼得·艾斯特哈兹（Péter Esterházy，1950—2016）等一批匈牙利作家的作品译成了德语。

莫拉的文学之路非常顺利，并且成果斐然。在二十年的文学创作生涯里，她已经相继收获了德语文学领域最重要的几个奖项。

1999 年，莫拉凭借短篇小说《奥菲利娅事件》（"Der Fall Ophelia"）获得了当年的英格博格·巴赫曼文学奖（Ingeborg-Bachmann-Preis），评委会认为"小说以简短而又富有诗意的语言讲述了一段在游泳池里度过的童年，是一部对异者存在进行绝好研究的作品"（"Terezia Mora ist die Bachmann-Preisträgerin 1999"）。该获奖短篇收录于莫拉的首部短篇小说集《稀有物质》（Seltsame Materie，1999），该小说集共收录了 11 篇短篇小说，除《奥菲利娅事件》外，其中的《渴》（"Durst"）获得了柏林开放麦克文学奖（Open Mike Prize for Literature）。

2005 年，莫拉的长篇小说《每一天》（Alle Tage，2004）荣获该年度莱比锡书展文学奖（Preis der Leipziger Buchmesse/Belletristik），评委会认为"《每一天》是意蕴丰富的散文体史诗，是一部南斯拉夫内战背景下的神圣传奇"（"Nominierungen und Preisträger 2005"）。

2010 年，莫拉凭借长篇小说《大陆上唯一的男人》（*Der einzige Mann auf dem Kontinent*，2009）获得沙米索文学奖（Adelbert-von-Chamisso-Preis），此前她曾于 2000 年获得沙米索文学促进奖（Adelbert-von-Chamisso-Förderpreis）。沙米索文学奖创办于 1985 年，由博世基金会资助设立，用于表彰非母语作家用德语创作并出版的优秀文学作品。阿德尔贝特·冯·沙米索（Adelbert von Chamisso，1781—1838）出生于法国，用德语写作，是德国浪漫派文学的重要代表作家之一。评委会认为"《大陆上唯一的男人》的语言和形式出色，以巧妙的手法展现了现今大城市人群的工作状态和相互之间的关系"（"Adelbert-Von-Chamisso-Preis 2010: Viele Kulturen, eine Sprache."）。

2013 年，莫拉出版了长达近 700 页的长篇小说《巨兽》（*Das Ungeheuer*，2013），作品获得当年的法兰克福书展大奖——德国图书奖（Deutscher Buchpreis）。评委会认为"莫拉用两种文体形式（男主人公的游记和女主人公的日记）将生活中互相错过的两个人重新联结在一起，同时把高度的文学创作形式意识和移情能力相结合，创作出了一部感人的小说，对时代的病症做出了诊断"（"Preisträger 2013"）。

从这些得奖情况来看，莫拉的"文学履历"可谓完整，获得毕希纳文学奖可谓水到渠成。

莫拉非常注重作品的形式。在她看来，"找到作品的形式并不是要让写作变得简单，而是要让写作变成可能"。（Mora：2018）奥地利文学研究者达尼埃拉·斯特里格（Daniela Strigl，1964— ）对莫拉作品的形式特点有过精彩的点评："莫拉作品描述的对象通常是无序的，但作者本人却是一个对特定秩序有特殊爱好的人，她喜欢那些具有魔力的数字（偶数）。她将自己束于形式的紧身衣中，为的是要挣脱它。在《大陆上唯一的男人》中，莫拉将故事时间限定在一个星期里，主人公每天都有所行动，一个星期是七天，莫拉却写了八天。她的长篇小说处女作《每一天》有七个章节，但这仅仅是数字编号上的七，实际上她写了十个章节。《稀有物质》收录了十一个故事，莫拉放弃了用数字来编号，而是以字母表的顺序来排序。"（Daniela Strigl：2018）

"界线（Grenze）"以及"越界尝试"是莫拉作品中的重要主题，莫拉曾经在一次访谈中提到："七八十年代，我生活在诺伊齐德勒湖靠近匈牙利一侧的小村子里，那里也笼罩着'铁幕'。当时有三个噩梦困扰着我。前两个噩梦同核战争以及集中营有关；第三个噩梦里，我爱的人或我不认识的人受到穿制服者的刁难，特别是当他们穿越边境的时候。"（René Kegelmann：2009）从地理的角度看，莫拉生活在匈、奥的边境地带，这些地处两国边境界线的地区经常成为她作品的叙事空间；从历史的角度看，莫拉成长的环境长期处于意识形态交锋地带，成年后又定居于柏林。因此，界线和越界成为她思考和写作的切入点便不足为奇了。

（二）德国图书奖

凭借长篇小说《群岛》（*Archipel*，2017），德国作家英格－玛利亚·马尔克（Inger-Maria Mahlke，1977—　）获得了2018年法兰克福书展大奖——德国图书奖。这也是继莫拉之后，五年来第二次由女作家获得该奖项。

德国图书奖评委会认为："群岛位于欧洲的外缘，位列其中的特内里费岛是故事的发生地。20 世纪欧洲的独裁历史和殖民历史在书中浓缩交汇。马尔克用精准与谐和的笔触讲述了一段从当代一直追溯至 1919 年的故事。故事的中心是三个来自不同社会阶层的家庭，它们的背后是西班牙分裂和创伤的历史。小说最出色的地方在于丰富的历史细节，透过语言，这段时光中的日常生活、被毁坏的风景、光明都能让读者历历在目，如在当下。作家对于相互交织的家庭和社会关系的细致处理尤其让人印象深刻。"（"Preisträger 2018"）

马尔克出生于德国汉堡，生长在吕贝克，童年有一部分时间在加纳利群岛（《群岛》发生地特内里费岛即在此）度过。2010 年，她出版了第一部长篇小说《蠹鱼》（*Silberfischchen*）。2015 年，马尔克凭借她关于 16 世纪英国社会的历史小说《如你们所愿》（*Wielhrwollt*）入选了当年的德国图书奖短名单。

德国图书奖从前一年 10 月到本年度 9 月出版的德语书籍中遴选，2018 年共有约 200 部作品入围。评委会初选出含 20 部作品的长名单，再从中挑选出 6 部作品进入最后评选的短名单，最终从中选出最佳作品。

2018 年入选短名单的 6 部作品为：玛丽亚·塞西莉亚·巴贝塔（María Cecilia Barbetta，1972—　）的《照亮这暗夜》（*Nachtleuchten*）、马克西姆·比勒（Maxim Biller，1960—　）的《六只箱子》（*Sechs Koffer*）、妮诺·哈拉季什维利（Nino Haratischwili，1983—　）的《猫与将军》（*Die Katze und der General*）、马尔克的《群岛》、苏珊娜·霍克尔（Susanne Röckel，1953—　）的《鸟神》（*Der Vogelgott*）、施特凡·托莫（Stephan Thome，1972—　）的《蛮夷的上帝》（*Gott der Barbaren*）。最终，《群岛》脱颖而出，摘得年度最佳

长篇小说奖。

本次德国图书奖最后入围短名单的 6 部作品都以历史为主题。尤其值得一提的是，6 部作品讲述的都是非德国本国的历史。《照亮这暗夜》描述的是阿根廷军事专政的前夜，《六只箱子》以俄罗斯犹太家庭为主题，《猫与将军》描写的对象是车臣战争，《鸟神》采用的是架空的历史题材，《蛮夷的上帝》则是以太平天国为叙述对象。对此，评委之一克里斯蒂娜·罗彻（Christine Lötscher）特地引用了美国作家威廉·福克纳的一句话来评价："过去并未死去，它甚至未曾过去。"（"Für einen dieser sechs Romane gibt's den Deutschen Buchpreis"）

2018 年，德国图书奖将重心转向历史题材的小说；同时，入围短名单的 6 位作家也仅有一位是德国作家。一方面，历史题材是德国文学的传统母题之一；另一方面，这也反映出德国文学界，包括作家、读者和评论家，对于当下欧洲以及德国社会热门问题的争论已感到厌倦。

三、中国文学德译：经典与当代并行

继 2017 年出版《西游记》德文全译本之后，瑞士汉学家林小发（Eva Lüdi Kong，1968—　）仍然继续从事中国经典的德译工作。2018 年 10 月，林小发翻译出版了中国经典著作《千字文》（*Der 1000 Zeichen Klassiker*，2018），受到德国读者的好评，还被德国媒体列入"适合圣诞节阅读"的推荐书目中。截至 2018 年年底，《千字文》德文版已售出 3500 余册。这对于中国经典德译来说，销量是十分可观的。

《千字文》是与《百家姓》《三字经》并列的"中国传统蒙学三大读物"之一，由一千个不重复的汉字编纂而成，条理清晰，对仗工整，内容涉及天文、社会、历史、伦理等方面。这种编纂方法给翻译带来了很大的困难，如林小发自己所言："最大的挑战是，如何将充满画面感而又搭配紧凑的文言文翻译成逻辑严密、精确详尽的现代德语。"（余靖静：2019）林小发采取了巧妙的翻译策略：她把每个汉字都译成一行德文，四字汉语就处理成一首简短工整的德文四行诗，使得内容与形式都能更好地忠实于原文。

在中国现当代文学方面，德国读者的认可度主要来自科幻类小说。这其中，刘慈欣功不可没。2018 年，刘慈欣的科幻小说《三体 II·黑暗森林》（*Der Dunkelwald*）、《吞食者》（*Weltenzerstörer*）的德语版相继在德国出版。算上 2016 年出版的《三体》（*Die drei Sonnen*）和 2017 年的《镜子》（*Spiegel*），刘慈欣的作品连续三年都在德国上市。他的《流浪地球》和《三体 III》的德语版也已经定于 2019 年出版。2018 年 10 月，刘慈欣受邀参加了法兰克福书展，举办了朗读会，并接受了德国主流媒体的采访。他已成为诺贝尔文学奖得主莫言之后最受德国读者瞩目的中国作家。

此外，在当代纯文学作品中，余华的《在细雨中呼喊》（*Schreieim Regen*）也于 2018 年出版了德语版。至此，余华的 5 部长篇小说都已经出版了德文版，翻译工作全部由德国汉学家、翻译家高立希（Ulrich Kautz）完成。

四、逝者：埃德加·希尔森拉特

2018 年 12 月 30 日，德国作家埃德加·希尔森拉特（Edgar Hilsenrath，1926—2018）因肺炎辞世。希尔森拉特 1926 年出生于莱比锡的一个犹太商人家庭，1938 年随家人一同逃亡罗马尼亚，1941 年被驱逐至现位于乌克兰境内的一个犹太人隔离区（Ghetto）。1944 年 3 月该隔离区被苏联红军解放，希尔森拉特同其他犹太幸存者一起前往巴勒斯坦，并在 1951 年移民美国。

希尔森拉特 14 岁开始写作，始终坚持用母语德语创作。1964 年，希尔森拉特完成了他的第一部小说《夜》（*Nacht*，1964），并首先在德国出版。《夜》的出版过程曲折，由于出版社内部的不同意见，小说在出版之后又被收回。1966 年，《夜》的英文版在美国出版，希尔森拉特的创作才华开始受到关注。

1971 年，希尔森拉特在美国出版了《纳粹与理发师》（*The Nazi and the Barber, a Tale of Vengeance*，1971），一炮而红，总销量超过两百万册，并迅速被翻译成法语、意大利语。这部小说讲述了一个关于身份转换的故事。雅利安人马克斯·舒尔茨尽管血统纯正，却从来不知生父是谁，自幼生活跌宕，饱受身心凌辱。他与同一天出生的犹太理发师之子伊茨希·芬克尔施坦从小形影不离，互相关照。希特勒上台后，两个人的命运开始改变。舒尔茨加入党卫军，杀害了无数犹太人，包括芬克尔施坦一家。战后，舒尔茨顶替了芬克尔施坦的身份，化身为集中营幸存者，凭借酷似犹太人的面孔和从小受到的犹太文化熏陶，成功游荡到以色列，成为犹太人的建国英雄。

对于当时的德国读者来说，这部作品的内容有些"惊世骇俗"，与当时社会主流的"亲犹"观念格格不入。包括费舍尔出版社（Fischer Verlag）、罗沃尔特出版社（Rowohlt Verlag）在内的六十多家德国出版社都拒绝出版这部"怪诞、古怪、残忍、用黑色幽默描写黑色年代的流浪汉小说"（Schelmenroman）。

1975 年，希尔森拉特回到德国，并在柏林定居。1977 年，科隆一家小出版社赫尔穆特·布劳恩文学出版社（Literarischer Verlag Helmut Braun）终于出版了这部小说。作品在德国引起了巨大的反响，诺贝尔文学奖得主海因里希·伯尔（Heinrich Böll）如此评论希尔森拉特的语言:"恣意蔓延又极其准确,绽开一种黑色而寂静的诗意。"(Böll:1977)迄今为止,该书已经被翻译成 16 种语言,在 22 个国家出版,中文版于 2011 年面世。

1989 年,希尔森拉特凭借以土耳其人对亚美尼亚人种族屠杀为背景创作的《余念生出的童话》(*Das Märchenvomletzten Gedanken*,1989)获得阿尔弗雷德·德布林文学奖(Alfred-Döblin-Preis)。2006 年,该书还获得了亚美尼亚国家文学奖。此外,希尔森拉特还曾经获得过 1992 年的海因茨 – 加林斯基奖(Heinz-Galinski-Preis)、1994 年的汉斯 – 埃里希 – 诺萨克奖(Hans-Erich-Nossack-Preis)、1996 年的雅可布 – 瓦瑟尔曼文学奖(Jakob-Wassermann-Literaturpreis)、1999 年的汉斯·萨尔奖(Hans-Sahl-Preis)、2004 年的里昂 – 弗希特万格奖(Lion-Feuchtwanger-Preis)、2016 年的希尔德 – 多敏流亡文学奖(Hilde-Domin-Preis für Literaturim Exil)。

结语

综上所述,2018 年德国文学界出现了一些重要的变化。其一,前两年热门的难民题材和欧洲问题题材开始冷却,无论是销售排行榜还是文学奖,前述两种题材都未得到肯定。其二,用德语写作的非德国籍作家正在逐渐成为德国文学界的中坚力量,其中,匈牙利籍的莫拉获得了德国文学最高奖——毕希纳奖,德国图书奖入围短名单的 6 位作家中也只有一位是德国籍作家。另外,中国文学作品在德国图书市场的接受度在稳健提升,中国传统经典和当代作品的德译本都持续保持着出版热度,其中科幻类作品尤其受到欢迎,成为一个新的文学输出热点。

参考文献：

"Adelbert-Von-Chamisso-Preis 2010: Viele Kulturen, eine Sprache." *Münchner Literaturhaus Online*, 5 Mar. 2010. Web. 28 Jun. 2019.
<https://www.literaturhaus-muenchen.de/veranstaltung/adelbert-von-chamisso-preis-2010-viele-kulturen-eine-sprache/>.

Böll, Heinrich. *Hans im Glück im Blut*. In: Zeit, 09. Dec. 1977.

"Die Deutsche Akademie für Sprache und Dichtung verleiht den Georg-Büchner-Preis 2018." Deutsche Akademie für Sprache und Dichtung Online, 27 Oct. 2018. Web. 23 Jun. 2019.
<https://www.deutscheakademie.de/de/auszeichnungen/georg-buechner-preis/terezia-mora/urkundentext>.

"Die Shortlist steht: Das sind die sechs Finalisten." Buchmarkt Online, 11 Sep. 2018. Web. 02 Sep. 2019.
<https://www.buchmarkt.de/buecher/die-shortlist-steht-das-sind-die-sechs-finalisten/>.

Kegelmann, René. "Alles ist hier Grenze. Anmerkungen zu einem Themenkomplex im Erzählband 'Seltsame Materie' von Terézia Mora." In: *Germanistische Studien* VII (2019), S. 99-105.

Mora, Terézia. "Dankrede von Terézia Mora." *Deutsche Akademie für Sprache und Dichtung Online*, 3 Jul. 2018. Web. 01 Jul. 2019.
<https://www.deutscheakademie.de/de/auszeichnungen/georg-buechner-preis/terezia-mora/dankrede>.

"Nominierungen und Preisträger 2005." *Preis der Leipziger Buchmesse Online*, 15 Mar. 2015. Web. 28 Jun. 2019.
<http://www.preis-der-leipziger-buchmesse.de/de/Archiv/2005/#preitraeger_2005>.

"Preisträger 2013." *Deutscher Buchpreis Online*, 7 Oct. 2013. Web. 23 Jun. 2019.
<https://www.deutscher-buchpreis.de/archiv/jahr/2013/>.

"Preisträger 2018." *Deutscher Buchpreis Online*, 8 Oct. 2018. Web. 28 Jun. 2019.
<https://www.deutscher-buchpreis.de/archiv/jahr/2018/>.

Strigl, Daniela. "Von der Unendlichkeit des Satzes. Ein Alphabet des Lobes für Terézia Mora." *Deutsche Akademie für Sprache und Dichtung Online*, 3 Jul. 2018. Web. 23 Jun. 2019.
<https://www.deutscheakademie.de/de/auszeichnungen/georg-buechner-preis/terezia-mora/laudatio>.

"Terezia Mora ist die Bachmann-Preisträgerin 1999." *Bachmann-Preis Online*, 27 Jun. 1999. Web. 27 Jun. 2019.

<http://archiv.bachmannpreis.orf.at/bp99/startpage.htm#Die%20Preistr%C3%A4ger>.

余靖静:《瑞士女汉学家历时 17 年翻译〈西游记〉，再译〈千字文〉》，载：新华每日电讯，2019 年 2 月 25 日。

作者：邱袁炜，北京外国语大学德语学院

2018 年俄罗斯文学概览

孔霞蔚

内容提要：2018 年，俄罗斯文学延续了它在上一年度所呈现的趋势，作家们纷纷从非虚构创作的窠臼中跳脱出来，继续在作品主题和写作手法上求新求变。在这一年中，俄罗斯文坛的创作相对活跃。不少名家有新作问世，名不见经传的作家也纷纷携作品亮相。这些作品中可圈可点者不在少数，其中长篇小说《跳远》《记忆中的记忆》及《患流感并围绕在其周围的彼得罗夫一家》最受关注。在文学创作的外部环境上，2018 年出现了某些令人担忧的状况，其中最严重的，是对于当代俄罗斯文学来说意义重大的文学平台——"期刊阅览厅"网站的停止运营。

一、文学创作的繁荣景观

在 2018 年度当代俄罗斯重要作家的创作中，奥尔加·斯拉夫尼科娃（Ольга Славникова，1957—　）的《跳远》（*Прыжка в длину*，2017）最受瞩目。此外，其他受到评论界和读者关注的主要作家、作品有：弗拉基米尔·索罗金（Владимир Сорокин，1955—　）的小说《马纳拉加》（*Манарага*，2017）延续了其在 2014 年获得大书奖的小说《碲锭国》（*Теллурия*）的风格，在这部新作中继续充当"未来世纪的预言家"，对 21 世纪末所谓的"新的中世纪"展开幻想，并对不同时代及诸多事物进行了辛辣的讽刺；德米特里·贝科夫（Дмитрий Быков, 1967— ）的长篇小说《六月》（*Июнь*, 2017）是贝科夫所写的"一部最完美的艺术作品——深思熟虑、构思精湛、集故事性和诗意于一体，同时又格外轻松，富有戏剧性和惊人的深度"[1]；古泽里·雅希娜（Гузель Яхина, 1977— ）在新作长篇小说《我的孩子们》（*Дети мои*, 2018）中，采用魔幻现实主义手法，以一名德裔男子对 20 世纪初俄罗斯历史事件的旁观展开叙述；亚历山德拉·尼古拉延科（Александра Николаенко, 1986— ）的长篇小说《天堂邮递员费佳·布尔津》（*Небесный почтальон Федя Булкин*, 2018）以对话和辩论为主要方式，在多声部叙述中揭示现实生活的真谛。

除上述知名作家外，一些名气稍逊甚至初出茅庐的中青年作家在 2018 年也有佳作推出，玛利亚·斯捷潘诺娃（Мария Степанова, 1972— ）的小说《记忆中的记忆》（*Память памяти*, 2017）、奥列格·萨利尼科夫（Олег Сальников, 1978— ）的《患流感并围绕在其周围的彼得罗夫一家》（*Петровы в гриппе и вокруг него*, 2016）尤其值得关注（关于这两部作品，下文将有详细论述）。此外广受好评的作品还有：奥列格·叶尔马科夫（Олег Ермаков, 1961— ）的长篇新作《彩虹与帚石楠》（*Радуга и Вереск*, 2018），小说讲述了发生在 17 世纪和 21 世纪的两段爱情故事，富有传奇色彩的俄罗斯北部城市斯摩棱斯克，成为连接这两段爱情、俄罗斯与西方、过去与当

---

1 <http://nbmariel.ru/content/pochitaem-itogi-literaturnogo-premialnogo-sezona-2018-goda>.

下的关键结点，两段相互绞缠的爱情故事，不仅照亮了俄罗斯的整个大历史，也使当代俄罗斯的若干焦点问题得以清晰呈现；亚历山大·阿尔汉格尔斯基（Александр Архангельский，1962—　）的长篇小说《监察处》（Бюро проверки，2018），这部作品既有侦探小说般的情节，又有 20 世纪 80 年代俄罗斯青年的成长故事，还描绘了苏联历史上特殊的"停滞时期"的画像，而书中所涉及的事件和现象，正是造成当今俄罗斯社会种种矛盾、冲突的最初诱因；身为记者兼作家的安娜·斯塔罗比涅茨（Анна Старобинец，1978—　）创作的第一部自传体纪实长篇小说《看看他》（Посмотри на него，2017），作品反映的是长久以来存在于俄罗斯的一个普遍而不堪的社会问题——堕胎问题；女作家马利亚·拉贝奇（Мария Лабыч，1976—　）的中篇《狗东西》（Сука，2018），小说触及了当下最敏感的政治话题之一——俄乌武装冲突，作品摒弃了民族和地域仇恨，维护了人类及人性的尊严；来自德国的俄语作家德米特里·彼得罗夫斯基（Дмитрий Петровский，1983—　）的长篇小说《亲爱的，我在家》（Дорогой, я дома，2018），讲述了一位明显与时代脱节的德国优雅男士对一名俄罗斯妓女病态般的占有，表达了作家对欧洲文明之过去、现在的思考和对未来的瞻望；伊利亚·柯切尔金（Илья Кочергин，1970—　）的小说《装配点》（Точка сборки，2017），讲述的是 1991年苏联"八一九事件"前后，几个意志消沉的年轻人进入西伯利亚原始森林躲避政治乱局的故事，这是一部探讨当代背景下人与自然关系的作品，同时也是一部描述当代外省青少年成长仪式的小说。

以上列举的 2018 年度优秀俄语作品，相对于之前几年俄语小说在体裁上偏重于非虚构类的创作来说，纯粹的非虚构作品几乎不见了踪迹，非虚构成分在一部小说中所占的比重也明显缩小。上述状况在

2017 年便已初现端倪，而当年的另一个文学倾向——作家们尝试在作品主题和创作方法上有所突破——在 2018 年亦变得更为显著：严峻的社会问题，当前政治热点问题，人与自然的关系问题，生与死、善与恶等人类普适性问题，都进入了作家们的创作视野，多种文学体裁相结合、多视角、多重声音展开叙述，成为作家们青睐的创作方式。

二、令人忧心的文学创作外部环境

与 2018 年度精彩纷呈的文学创作状况形成鲜明对比的是，文学创作外部环境在这一年中进一步恶化，以至于给俄罗斯文学乃至整个文化蒙上了一层阴影。俄罗斯文学曾经的辉煌、体面从 20 世纪 90 年代之后便每况愈下，文学期刊订阅量锐减，大批文学奖项的建立与取消完全由资本说了算。进入 21 世纪之后，这种状况并未得到遏制，反而愈演愈烈。在 2018 年，俄罗斯著名的大型文学杂志《十月》（月刊）在推出当年第八期后，便悄无声息地停止继续出刊；俄罗斯最具声望的文学奖项——俄语布克奖，在原资助者撤资后连续两年未找到新出资者，导致该奖项暂停或永久取消。而 2018 年 10 月底"期刊阅览厅"（Журнальный Зал）网站停止更新，更成为震惊俄罗斯文坛的年度事件之一。

"期刊阅览厅"是借助于俄罗斯最早的网络出版物《俄罗斯杂志》所提供的网络平台运营的文化网站。该网站于 1996 年上线，其资源包括约 40 种、共 3822 期的文学－政论类刊物，其中既有纸质刊物的电子版，也有纯电子杂志，既有首都期刊，也有外省杂志，甚至还有俄罗斯境外，如纽约、哥本哈根等地的俄语杂志。这些刊物以大型文学杂志为主，多为负有盛名的期刊，如《旗》《星》《十月》《新世界》

《各民族友谊》《外国文学》《阿里翁》《伏尔加》《乌拉尔》《涅瓦》《新文学评论》，近二十年的过刊及最新出版的新刊均在该网站上全文呈现，供读者免费阅读、下载。此外，网站上还收集有若干文学奖项及海量俄语作家的详细资料与作品。充足的资料与便利的索取、阅读方式，使得"期刊阅览厅"成为当代俄语文学最大的档案库、网络图书馆。2018 年，这家拥有 22 年历史、在俄罗斯社会文化及文学生活中具有重要意义的网站宣布关停，其原因在于《俄罗斯杂志》因股东调整而不再继续提供网络平台。对于"期刊阅览厅"的停更，俄罗斯文学界哀鸿一片。评论家纳塔利娅·伊万诺娃（Наталия Иванова，1945—   ）指出，由各家期刊构成的"团体"失去了这项资源，团体本身也就"走到了末路"。[2] 这一看法并不夸张。自 19 世纪中叶俄罗斯文学的黄金时代起，从普希金创办《现代人》杂志开始，大型文学杂志一直发挥着任何出版部门和单位都无法取代的作用，是俄罗斯最前沿的文学批评及最优秀作者发表作品的首选之地。即便在今天，诸多俄罗斯作家的作品也仍然首先在杂志上发表，之后才经由出版社成书出品。以 2018 年最受瞩目的两部作品《跳远》和《患流感并围绕在其周围的彼得罗夫一家》为例，前者最早发表于 2017 年的《旗》杂志，后者最早发表于 2016 年的《乌拉尔》杂志。进入 2000 年后，由于种种原因，大型杂志发行量的大幅萎缩成为不争的事实，各种刊物的正常运转依赖于政府和社会上各种基金会的资金投入。2010 年之后，受制于萎靡不振的社会经济状况，政府和社会基金对文学刊物的扶持力度明显减小，这给多数本来就难以为继的杂志造成了近乎致命的打击。以最著名的杂志之一《星》为例，1994 年的发行量为

2　<http://textura.club/literaturnye-itogi-2018-goda-chast-ii/>.

5 万册，2006 年跌到了 4600 册，而到了 2018 年，只剩下不到 1000 册[3]。再如我们前面提到的《伏尔加》杂志，2016 年的发行量竟然只有令人咋舌的 100 余册！尽管如此艰难，大部分杂志仍然坚持出版，这方面"期刊阅览厅"功不可没。据统计，"期刊阅览厅"的月平均访问量为 11.5 万至 12 万人次，年访问量将近 150 万。访问者包括不同地域、不同国家的俄语阅读者、写作者、研究者。"期刊阅览厅"的存在极大缓解了纸质期刊的出版和发行在资金、时间、空间上所受的诸多限制，为期刊持续保有大量读者创造了条件，而这一点恰恰是期刊本身得以维持其存在的必须的现实和精神力量。此外，"期刊阅览厅"的意义还在于，它在二十余年间以实现大型文学杂志上的作品电子化的方式，成为当代俄语文学进程的记录者、见证者——从这个意义上看，它确实是当代俄罗斯唯一具有这一功能的网络平台。失去"期刊阅览厅"，无疑是对当代俄罗斯文学的一种伤害。

三、年度重要作品

2018 年 9 月、10 月，奥尔加·斯拉夫尼科娃的长篇小说《跳远》先后获评由俄联邦新闻与大众传媒署主导的 2018 年图书评选之年度小说和重要文学奖项——亚斯纳亚·波良纳奖（Премия Ясная Поляна）之当代俄罗斯小说奖。

一直以来，斯拉夫尼科娃偏爱书写具有神秘色彩的人或事，并借此来体现自己对世界、生活、生命及人性的具有哲学色彩的思考。在新作《跳远》中，主人公依旧被塑造为一位原本具有神奇禀赋的天才运动员。斯拉夫尼科娃从不讳言自己的写作偏好。早在 1999 年写作

---

3 <https://www.svoboda.org/a/29519090.html>.

小说《镜中人》时，她就发现，"有才能的人总是将普通人看得格外神秘，就像人们通常会那样看待他们一样"。而在创作《跳远》的过程中，女作家的思考进一步深化，认为对于有才能却遭遇厄运的人来说，"才能导致其载体成为厄运袭击的靶标。命运发起攻击的时刻，正是才能彻底展露其独特力量之时"。[4]

《跳远》的主人公维杰尔尼科夫是一位潜力无限的青少年运动员，他的非凡天赋——短时间空中飘移——使他具有成为未来跳远冠军的实力。就在他备战国际大赛之际，悲剧发生了：一天，六岁的邻家小男孩热涅奇卡在玩耍时险些丧命汽车车轮下，是维杰尔尼科夫凭借惊世一跃救出了小男孩，而他自己却因此失去双腿，命运被彻底改变。在此后十五年间，被救者热涅奇卡逐渐长大，成了恶贯满盈的"小混蛋"，也成为维杰尔尼科夫挥之不去的噩梦……

善与恶的界限和区分在这部小说中看似明显，实则模糊。作家塑造的全部人物中没有一个是完美的：维杰尔尼科夫虽然以截肢为代价救下了热涅奇卡，但他当时发动那一跳的初衷并非救人，而是地面标志线在他内心所引发的实现破纪录一跳的冲动；他与女仆兼法律意义上的妻子之所以成为热涅奇卡的监护人，也实非出于他的意愿，而是迫于形势的无奈之举；维杰尔尼科夫的母亲在儿子致残后为他提供充足的物质生活保障，却无法克服内心对其沦为平凡人、残疾人的抗拒，在亲情上极力疏远儿子；将维杰尔尼科夫拉出精神泥淖的网络红人、电视主持人基拉虽然乐观向上、对生活充满热情，却为人粗俗、头脑简单。

作为小说中恶的代表，热涅奇卡是个复杂的形象。他出生于一个

---

4 <https://rg.ru/2017/08/21/olga-slavnikova-premij-dlia-molodyh-avtor>.

不幸的家庭，这导致了他内心的胆怯和孤独，不过同时也造就了他对周围环境极强的适应能力、异乎寻常的主动性和坚韧的生命力。他不断陷入危险境地——遭遇车祸、得传染病、溺水、滑雪时险些受伤……却总能化险为夷，然而他的看似幸运总是以身边人为救他而付出巨大牺牲为代价。热涅奇卡的心安理得源自他的处世哲学，即他认为自己的存在具有独特价值，而他人则不然。缺乏同情心、责任感是他作恶的心理根源。在小说中，热涅奇卡被刻画为出生于 20 世纪 90 年代、在 21 世纪成长起来的当代新人的形象。他的实用主义和成长经历所隐喻的是俄罗斯"多灾多难的九十年代人"[5]，他所代表的是"消费时代、后文明时代和骗子大行其道时代的新人"[6]。

在斯拉夫尼科娃笔下，"命运"是隐形的主人公，它屡次将冷箭射向心地善良的利他主义者，而那些急功近利、不择手段者却每每受到它的垂青。作恶者未必受到惩罚，而施善者所行的善事也未必不会转化为恶或成为恶的推手。善与恶的界限究竟在哪里？又该如何把控命运？斯拉夫尼科娃对这些问题进行了探讨，却没有给出明确答案。

奥列格·萨利尼科夫的长篇小说《患流感并围绕在其周围的彼得罗夫一家》（以下简称《彼得罗夫一家》）被评论界视为 2018 年度最出乎意料的作品。在推出这部小说之前，萨利尼科夫仅作为诗人在俄罗斯文坛小有名气。小说的杂志版、网络版于 2016 年发表后，在读者和评论家中反响强烈，甚至进入了 2017 年俄罗斯文学重要奖项——大书奖评选短名单，作家也因此名声大噪。随后小说的图书版问世，获得 2018 年度俄罗斯民族畅销书奖。

小说讲的是圣诞节前夕，男主人公大彼得罗夫发现自己得了流

5　<https://knigaza.com/catalog/194016/review>.

6　<http://literratura.org/criticism/2609-olga-bugoslavskaya-bibliya-pro-et-contra.html>.

感。下班路上，他遇到了一系列怪人、怪事。之后他回到家中，发现前妻彼得罗娃和儿子小彼得罗夫也都得了流感，于是三人在家中一起对抗流感，并准备参加即将举行的圣诞晚会……

小说由不同人物以第三人称的方式展开叙述。关于大彼得罗夫和彼得罗娃的章节交替出现，其间夹杂各式各样的插叙。这样的结构，使得小说难以形成完整的叙事线索，但其叙事空间却变得格外广阔。小说中人物繁多，他们全都普普通通，但都有故事、有秘密、性格中有着疯狂的一面。大彼得罗夫的朋友谢尔盖是一位毫无名气的作家，他的"神逻辑"是：自己这样的小作家只有在死后才能成名成家。他于是决定自杀，并请大彼得罗夫帮忙。后者答应他的请求，扣动了谢尔盖手中指向其太阳穴的手枪扳机……大彼得罗夫就此背上了"命案"。他的前妻彼得罗娃也"不甘落后"。彼得罗娃患有狂躁症，每每见到鲜血便血脉偾张，迸发杀人碎尸的冲动……除了几个怀揣秘密的人物，小说还描写了一些怪异离奇之事，比如开篇部分灵车的突然出现、大彼得罗夫莫名其妙地从喝酒聚会地点突然位移到灵车前座，对于这些情况，作家直到小说最后两章才给出了三种大相径庭的说法。另外，大彼得罗夫、他的朋友伊戈尔、来自魔法世界的雪姑娘，这三人的几次偶遇和他们之间的相互瓜葛，也充满了神秘色彩。

如果说《彼得罗夫一家》是一本神奇的魔法书，那么作者萨利尼科夫就是一位高明的魔法师，他不停地从自己的魔法口袋中变出令人眼花缭乱的魔幻故事，令观者欲罢不能。然而，现实生活中并不存在真正的魔法。小说中所有的玄幻，似乎不过是得流感的大彼得罗夫发高烧时的谵妄。朋友谢尔盖并不真实存在，他是大彼得罗夫本人内心深处的一个自我。他在幻觉中配合谢尔盖完成的自杀行为，其实是他扼杀了自己心中那个成为大作家的美丽梦想之隐喻。彼得罗娃也只是存在于大彼得罗夫漫画中的人物。她的鞑靼族身份、她的内向性格、她对阅读的热爱、她对平静安宁和离群索居的渴求，无一不是大彼得罗夫所具有的特点。她在大彼得罗夫幻象中所呈现的狂躁症患者、渴望杀人碎尸者的形象，是大彼得罗夫借以发泄对平凡、压抑生活之不满的重要出口。

《彼得罗夫一家》塑造了一个真实的世界，在这个世界上，毫无特点的芸芸众生并不存在，每个人都是难以捉摸的、独一无二的个体，每个人的生命和日常生活都充满了各种各样的奇迹。正如评论家弗拉基斯拉夫·托尔斯托夫（Владислав Толстов）对这部小说的评论：这是"平凡的日常生活中疯狂的故事。……所有这些患流感期间的奇特经历、幻象、假想、疯狂行为，仿佛都发生在小说中，但我们明白，所有这些写的都是我们自己，是我们的生活"。[7]

《记忆中的记忆》是 2018 年度俄罗斯文学评奖季的压轴奖项——大书奖的获奖作品。作者玛利亚·斯捷潘诺娃是一位出色的诗人和随笔作家。她将这部小说定义为"浪漫曲"（романс），用抒情的叙事笔调尝试讲述自己家族的历史并表达对记忆之功用的怀疑。从 2017 年底问世至今，小说已被翻译成 15 种文字出版。

小说一开始，主人公（即作家本人）整理一位已故亲人的旧物，这成为她探寻自己家族历史的起点。主人公搜集和整理长辈们遗留下来的那些带有明显时代痕迹的老物件，走访他们在欧亚大陆上生活过的不同地域，试图以此拼凑出过去将近 150 年间家族中人的生活经历并获得他们的心理画像。但在经过不懈努力之后，她不得不承认，自己的这一想法完全无法实现，因为记忆未必靠谱，凭借记忆拼凑出的

7　<http://baikalinform.ru/chitatelb-tolstov/chitatelb-tolstov-chto-chitatb-u-nashih-novinki-rossiyskoy-prozy>.

未必就是真相……

小说中作者的先辈全部都是普通人。他们在 20 世纪的洪流中默默无闻，被历史和生活的浪潮席卷甚至吞噬。作家想要了解他们，因为了解他们，就等于了解自己、了解"我们"。但问题是，作为保留记忆的手段，遗存的各种古旧之物所能呈现的只是人物或事件的某个或某些方面。而记忆永远无法为全面复现历史和人物原貌提供充分条件。况且，记忆的未来出路只有两条：或被遗忘，或被加以利用。对于讲究实用的人类来说，派不上用场的记忆自然应当被抛弃、抹去，而需要保留下来的记忆，必定只是那些可以用作"呈堂证物"、用来维护自身利益的部分。于是，在斯捷潘诺娃笔下，对家族历史的追踪自然而然地演变为对记忆问题的思索。

小说中穿插有几篇精彩的随笔（写作随笔是斯捷潘诺娃的强项，她被某些评论家视为当代最优秀的俄语随笔作家之一）。这些随笔的主人公都是 20 世纪世界文化史上大名鼎鼎的人物，如俄罗斯诗人曼德尔施塔姆、美国摄影大师弗兰瑟斯卡·伍德曼、德裔犹太艺术家夏洛特·萨洛蒙。透过对这些文化名人之相似经历的描述，女作家提出自己对死亡与记忆的看法，即在记忆面前，死亡完全失去了作为恐怖者的权势，变成了弱者、败将，任由记忆摆布。

叙述者、她的亲眷以及伟大的艺术家们，三者共同构成了小说的主人公群像。他们与作者一起探讨和回答了"记忆究竟是怎样的？"这样一个严肃而深刻的问题。在小说末尾，女作家做出了决断：停止挖掘家族历史，不再折磨自己、折磨读者。或许，这正是对历史、对逝者最大的尊重。与近些年来盛行的"留住记忆"写作相对应，斯捷潘诺娃在这部《记忆中的记忆》中发出了"饶过记忆"的呼声。对历史、对过去的过度挖掘，或许会伤害到未来——斯捷潘诺娃的立场值得深思。

上述三部 2018 年度影响力最大的作品，《跳远》富有深度的哲学思考，《彼得罗夫一家》创作手法复杂多变，《记忆中的记忆》主题新颖。这三部作品堪称 2018 年俄罗斯文坛的力作。

结语

综上所述，我们可以得出结论：一方面，俄罗斯文学在 2018 年度取得了不俗成果，新老作家皆在体裁、题材或艺术手法上有令人耳目一新的作品问世，《跳远》《彼得罗夫一家》《记忆中的记忆》尤其成为这些作品中的翘楚；另一方面，俄罗斯文学创作的外部环境在 2018 年有所恶化，特别是"期刊阅览厅"网站的关停，对俄罗斯大型文学期刊的生存和发展造成了沉重打击。

参考文献：

Анастасия Скорондаева. "Ольга Славникова:'Интернет не делает имен в литературе'." 21 Aug. 2017. Web. 18 Sep. 2018.
<https://rg.ru/2017/08/21/olga-slavnikova-premij-dlia-molodyh-avtor>.

Владислав Толстов. "Что читать у наших: новинки российской прозы." 19 Oct. 2017. Web. 21 Mar. 2019.
<http://baikalinform.ru/chitatelb-tolstov/chitatelb-tolstov-chto-chitatb-u-nashih-novinki-rossiyskoy-prozy>.

Сергей Сиротин. "«Прыжок в длину»: своеобразная книга о людях с ограниченными возможностями." 20 Aug. 2017. Web. 05 Dec. 2018.
<https://knigaza.com/catalog/194016/review>.

Светлана Павлова. "'Культурная катастрофа'. Судьба литературного проекта 'Журнальный зал'." 02 Oct. 2018. Web. 21 Mar. 2019.
<https://www.svoboda.org/a/29519090.html>.

Н. В. Осокина. "Почитаем!? Итоги литературного премиального сезона 2018 года." 07 Dec. 2018. Web. 03. Feb. 2019.
<http://nbmariel.ru/content/pochitaem-itogi-literaturnogo-premialnogo-sezona-2018-goda>.

Игорь Вирабов. "Зачем платить добром за зло?" 24 Dec. 2018. Web. 09 Jan. 2019. <https://rg.ru/2018/12/24/obozrevatel-rg-podvel-literaturnye-itogi-goda.html>.

Ольга Бугославска. "Библия: Pro et Contra." 23 Jan. 2018. Web. 03 Feb. 2019. <http://literratura.org/criticism/2609-olga-bugoslavskaya-bibliya-pro-et-contra.html>.

"Обошлось без харассмента." 27 Dec. 2018. Web. 08 Mar. 2019. <http://www.ng.ru/subject/2018-12-27/9_1005_glavnaya.html>.

Textura. "Литературные итоги 2018 года. Часть II." 29 Dec. 2018. Web. 09 Mar. 2019. <http://textura.club/literaturnye-itogi-2018-goda-chast-ii/>.

作者：孔霞蔚，中国社会科学院外国文学研究所

2018 年法国文学概览

苑 宁

内容提要：由于多种现代娱乐方式的冲击，2018 年的法国图书市场整体相对于 2017 年略显颓势，销售额微有下降，但连环画、青少年读物等品类的图书逆势而上。2018 年法国文学界新书频出，小说仍是出版的主力，诗歌、剧本等类别亦有令人耳目一新的产出。图书季期间公布的文学奖项，褒奖了多部当年或前一年出版的作品。这些作品的共同点是，都有关"记忆"这一主题：一些作品从个人角度着眼，回忆生命旅途、收藏青春碎片；一些作品则关注他人，撰述以追思逝者、回溯他者生命；还有些作品，致力于探索群体记忆，通过梳理历史事件脉络以古鉴今。

法国人生长在一个具有深厚文化传统的国度，他们从童年时代起就被书籍包围，全家人围炉夜读是记忆中最美好的部分之一，因而成年后的他们自然而然地保有读书习惯。法国市场调研机构 Ipsos 显示，2018 年法国人人均年读书量为 17 本。(Gérard & Poncet, «Les Français et la lecture – 2019»)。调查报告还显示，相对于 2017 年，法国图书销售额在 2018 年度下滑了 1.7%。法国国家图书中心负责人文森特·莫纳德（Vincent Monadé）在接受法国新闻社（Agence France-

Presse）采访时解释，2018 年图书产业下滑有多种原因，有现代人"读书时间的减少"，还有"其他娱乐方式的竞争"，例如"社交媒体、电脑游戏、电视剧的发展"（Aurore Garot, «En 2018, le marché du livre s'effondre en France»）。但他同时指出，"电子屏幕没有打垮图书"，法兰西仍是个嗜书如命的民族，图书业人士仍保持乐观，因为调查表明，"大部分法国人仍保持读书习惯，过去一年中读书人数甚至有所上涨"（Laurence Houot, «Les Français et la lecture en 2019: cinq choses à retenir»）。

如果说法国人的读书热情从未消退，还有一个客观因素，就是一年一度的图书季（rentrée littéraire）。在此期间，各大文学奖项集中公布候选人，甄选年度好书，为法国读者购书提供重要参考。2018 年的主要获奖作品题材多样，有的作品关注个人记忆，比如回忆刺痛青春的诗集《荆棘》（Les ronces，2018）获得阿波利奈尔诗歌奖（Prix Guillaume-Apollinaire），而再现《查理周刊》（Charlie Hebdo）遇袭事件及其余波的小说《碎片》（Le lambeau，2018）则获得费米娜文学奖（Prix Femina）；有的作品则追忆他人，比如以回想旧友为题的《富朗索瓦——故人肖像》（François, portrait d'un absent，2018）获得十二月文学奖（Prix Décembre），而小说《像她一样》（À son image，2018）重现了科西嘉女记者用镜头追逐真相的一生，摘得《世界报》文学奖（Prix littéraire du Monde）；有的作品则以描摹群体记忆为己任，获得法兰西学院小说奖（Grand prix du roman de l'Académie française）的小说《四王之夏》（L'été des quatre rois，2018）复原了从"光荣三日"到七月王朝之间的法国历史画卷，而获得联盟文学奖（Prix Interallié）的作品《不满的冬天》（L'hiver du mécontentement，2018），则借主人公邮差女孩的眼睛，审视了 1978 至 1979 年间一个不同寻常的冬天，描述了英国如何从经济濒临崩溃的当口抽身，转变成一个彻底融入经济全球化的国家。可以看出，2018 年获奖作品的共同点在于，都围绕"记忆"这一主题展开：从单独个体的生命史诗，到一代人的历史记忆，每位作者在厘清过去的同时，以古鉴今，为人类社会的未来之路提供更清晰的思路。

一、以个人记忆为主题的作品

获得 2018 年度阿波利奈尔诗歌奖的《荆棘》，是诗人精心雕琢的一个时光宝盒，盛满过往岁月的吉光片羽。作者塞西尔·顾隆（Cécile Coulon，1990— ）是位年少成名的作家，17 岁发表第一部小说《偷生活的人》（Le voleur de vie，2007），而 2018 年写就的《荆棘》是顾隆第一次尝试诗歌写作，由天上的海狸出版社（Le Castor astral）出版。以"荆棘"为题目，诗人描述了"遍布芒刺"的青春时光：被刺伤的小腿、被划开的衣服，以及日近黄昏时同爸妈采摘桑葚的瞬间——虽温馨却带着不安和刺痒（只因新学期即将开始）……顾隆带着读者走在她熟悉的小路上，讲述她脑海中母亲的家、故乡奥维涅地区（Auvergne）以及自己的青春岁月。阿波利奈尔奖的评委之一塔哈尔·本·杰伦（Tahar Ben Jelloun，1947— ）对顾隆这部作品爱不释手，将其比作"投向现实的温柔又苛责的一瞥"，"书中充溢着浓厚的情感和大胆的想象，始料不及的意象随处可见，它们美而强烈，富于日常气息，而这'日常'是一种'内心的日常'，是一个对生命怀有无限柔情的年轻女子通过思考和想象织就的。整部诗集就是在以音乐与真相致敬生活"[1]。

---

1 详见阿波利奈尔诗歌奖 2018 年 11 月 12 日于官网发布的新闻通稿：
   «Communiqué de presse». publié le 12/11/2018, consulté le 20/05/2019.
   <http://www.prix-apollinaire.fr/actualite.html>.

获得 2018 年马拉美诗歌奖（Prix Mallarmé）的诗集《如果有人在听》（*Si quelqu'un écoute*，2017）也是一部记录个体生命中闪光时刻的作品，作者是诗人贝阿特丽丝·德·茹荷盖（Béatrice de Jurquet，1940— ）。杰拉尔·夏里昂（Gérard Chaliand）在序言中已点明"记忆"这一主题在诗集中的核心地位："在德·茹荷盖的诗中，总有一些注定消逝的东西。诗人想用语言将其重现，而这些东西只在文字中流连片刻，便转眼踪迹不见。这里有无法抵达的故乡，有难以留住的当下，还有时刻在消逝的世界。"（Antoine Oury，«Béatrice de Jurquet reçoit le Prix Mallarmé 2018»）《如果有人在听》这部诗集所表达的要义在于，即使时间流逝之势不可回转，诗歌仍是万物驻足片刻的驿站。另外，皮艾尔特·爱普斯坦（Pierrette Epsztein）在评论中指出，这是一部极富音乐性的作品。读者只有屏蔽俗世喧嚣，置身于诗歌筑造的静谧空间里，以眼、耳、心共同倾听，才能听到诗歌的"节奏、格律、间隔、颤音"，感受到"文字的呼吸、空气的穿流"，还有从"字母原始的排序"中汩汩流出的"内在的音乐"（«Si quelqu'un écoute, Béatrice de Jurquet»）。

如果说前面这两部诗集《荆棘》和《如果有人在听》流露出女性独有的复杂细腻的情感，那么描摹过往岁月的纪传体小说《碎片》，基调则浓烈得多，记录了曾供职《查理周刊》的专栏记者菲利普·朗松（Philippe Lançon，1963— ）亲历恐怖袭击的过程。作者描绘了自己死里逃生的经历，并且追忆了漫长的自我疗愈过程，可以说，《碎片》是一部变形记，记录着他由"普通人"到"幸存者"的身份转变过程。身体残缺，却给灵魂提供了臻于至善的机会。作品获得了2018 年的费米娜文学奖，由伽利玛（Gallimard）出版社出版。2015 年 1 月 7 日恐袭当天，朗松正在《查理周刊》编辑部参加每周例行会议，突然有两个蒙面人闯入，以步枪扫射现场，造成 12 死 11 伤。重伤苏醒后的朗松，第一眼看到的是横尸在侧的同事，作者描述当时的感受："时间由寂静而生。在死亡与伤痕之间，我辨认出余生的最初样貌。"（Christian Desmeules, «Le lambeau: l'homme qui a vu l'ours»）朗松将屠杀现场的细节一一呈现，他不怕过于真实的描述会引起读者不适，他要让世人明白，无论纸上还是生活中，生命都真切地暴露在子弹之下。在恐袭中朗松的下半张脸被子弹撕裂，于是先后经历了 17 场手术以及连续 7 个月的肢体康复训练。在此期间，一直陪伴他的精神伴侣，有巴赫的音乐，有卡夫卡给米莱娜的信，有托马斯·曼的小说《魔山》，还有普鲁斯特的《追忆似水年华》。评论家克里斯蒂安·得墨勒（Christian Desmeules）认为，文学和艺术对朗松来说就是"救生圈、降落伞、挡箭牌"（ibid.）。作者自己承认："巴赫的音乐，同吗啡一样，使我放松"，"它的功效甚至不止于放松，它还能清空心中所有怨气和委屈，消除我对身体产生的陌生感"（ibid.）。历经大难的作者，更懂得美在恶面前的力量，更深切地体会到艺术作为生命之根的强大治愈力。如果没有音乐、戏剧和文学，没有一个丰富、颤动、流光溢彩的内心世界，朗松永远不可能走出阴影。看似百无一用的艺术，却是抵制绝望的最后一道屏障。得墨勒在评价《碎片》这部作品时说："只有文学——至坚至柔的文学，才能完成这项任务。"（ibid.）

二、以追忆他人为主题的作品

获得 2018 年戏剧文学大奖（Grand prix littérature dramatique）的是让·卡涅阿尔（Jean Cagnard，1955—　）的《当整个城的人都站在街对面时》（Quand toute la ville est sur le trottoir d'en face，2017）。

这是一部记录他人生命的作品，描述了吸毒者的真实经历，探讨其选择吸毒的深层心理原因。作者卡涅阿尔持续数月走访戒毒所，采访吸毒人员，倾听其独白及其同戒毒所教官的对话。两者的关系点明了作品题目——"当整个城的人都站在街对面时"，因为戒毒所教官代表了健康干净的"正常人"、毒瘾者唯一接触到的"街对面"的人。关于这个题目，卡涅阿尔这样解释道："当你独自站在街边时，全城的人都站在街对面——因为你成了毒瘾者。"（Frédéric Dieu, «*Quand toute la ville est sur le trottoir d'en face* de Jean Cagnard: un voyage en toxicomanie, au pays du manque»）

作者对于吸毒者的深刻描写，一定程度上扭转了社会对于吸毒者的偏见，帮助人们理解造成吸毒者个人悲剧的深层原因。首先是家庭背景，童年记忆里父亲对于其他家庭成员犯下的暴力，是导致受伤儿童长大后走向毒品的根源。主人公坦言到，他给自己注射毒品，是为了让这种轻松的感受传递到母亲的灵魂中，以安抚她的痛苦。其次是社会原因，弗里德里克·蒂欧（Frédéric Dieu）在评论这部作品时，引用了人类学家、心理分析师帕特里克·德克莱尔克（Patrick Declerck，1953— ）在《海难者》（*Les naufragés*，2001）中对于巴黎流浪汉的描述："他们是虚空中的行者，远离沉重的现实，他们是令人唏嘘又耀人眼目的走钢丝者，因为走上的是一条不归路。"（ibid.）如果说毒瘾者是"虚空中的行者"，是因为他们在以生命诠释出一种彻底的、绝对的"空"的状态，世上已无一物可供其停靠歇息或求取慰藉。作者以毒瘾者的"空"，映射了整个社会的空洞和冷漠。

如果说卡涅阿尔关心的是堕落者，那么获得勒诺多小说奖（Prix Renaudot）的作品《沟壑》（*Le sillon*，2018）则围绕土耳其和平卫士赫兰特·丁克（Hrant Dink，1954—2007）展开。虽然两部作品的主人公看似分属两个不同世界，但其实都处于社会边缘：吸毒者被社会排斥，赫兰特·丁克也被他生前所热爱的人民误解和疏远。因此青年女作家瓦莱莉·芒多（Valérie Manteau，1985—　）决定为其著书，让英雄重回人们视野。《沟壑》的情节随着一位年轻女子的旅程展开。主人公离开法国，前往伊斯坦布尔，与其土耳其情人相聚。在到达伊斯坦布尔的最初时日，法国女子时常在博斯普鲁斯海峡的亚洲区岸边散步，偶然一天得知赫兰特·丁克的故事：这位亚美尼亚籍记者、作家、哲人，因其在自由和人权的捍卫上毫不退让的态度而树敌，在2007 年被激进的民族主义者射杀，倒在自办的报社门前。女主人公在调查赫兰特·丁克事件过程中感受到，民族主义是如此狭隘，它建立在对社会多样性的否定之上。

芒多曾于2008 至2013 年间任《查理周刊》记者，与同为报刊记者的赫兰特·丁克一样，都是为言论自由而战的斗士。获奖小说的名字，就取自赫兰特·丁克创办的双语刊物 Agos（即"沟壑"之意）。这一词汇中，隐藏着深刻的矛盾性："Agos"原是土耳其语和亚美尼亚语共有的词汇，体现了两个文化在根源上的不可分割性，然而这一词语本身却意味隔膜、分裂、对峙，甚至残杀，暗示两个民族相处的现状。作者选取"沟壑"一词为作品命名，不仅致敬英雄，更有在文字世界中越过沟壑、拥抱面目全非的亲人之拳拳深意。

作者以严谨而富有创造力的笔法，游走于法国女子的心语、城市世俗生活的画卷、遇刺记者的生前故事之间，将各种不同的文体——自传、虚构、报道、调查，甚至辩词无缝融合。作者把自己对于人类社会的思考，不着痕迹地穿插在情节推进过程中。整个故事由平凡的爱情故事而起，随着女主人公的政治觉醒，个人感情的描述逐渐减少，写作空间让位于一个更广阔、深邃的世界，从而演变成一个国家的衰落史。

三、以群体记忆为主题的作品

获得 2018 年美第奇文学奖（Prix Médicis）的小说《蠢事》（*Idiotie*，2018）是一部通过书写群体记忆来记录历史的作品。作者皮埃尔·纪由塔（Pierre Guyotat，1940—　）以其富有力量的语言和自由不羁的写作风格享誉法国及世界文坛。《蠢事》虽然于 2018 年出版，但这部作品酝酿已久，纪由塔于上世纪六十年代末就已起笔。当时法国文坛几位赫赫有名的人物，如诗人勒内·夏尔（René Char，1907—1988）以及社会学家米歇尔·福柯（Michel Foucault，1926—1984）都见证了《蠢事》的诞生。福柯在给作者的信中说道，"静如止雨般的历史"穿透了纪由塔小说中最黑暗的部分，成为此间"不变的原点"（Johan Faerber, «Pierre Guyotat: une idiotie de bruit et de fureur»）。一句话点出了纪由塔作品的厚度。

历史的画卷从 1958 年秋天的一刻展开，18 岁的主人公离开家乡里昂闯荡巴黎，想要在首都实现诗人梦，却第一次见识了现实的粗粝。打零工、露宿街头、第一份写作，作者借由流浪少年的眼睛，还原了上世纪五十年代末巴黎的世俗生活。在那个风雨飘摇的时代，对法国社会撼动最大的事件莫过于阿尔及利亚战争，作者记述了自己入伍后的经历，站在战争第一线描述历史。由此，作品背景从巴黎转至战火中的阿尔及利亚，主人公因其叛逆的性格反抗军队的严格管理，激怒上级军官而被打入狱，其秘密写就的笔记被收缴，并以叛国罪和危害军队思想罪的名义被审讯，经历了三个月的秘密监禁和劳动改造。作者自己说，这是一部有关叛逆的笑忘录，书中记录了"一切的叛逆行为及其结果"(封底)。

作品的叛逆性还体现在语言方面，作者在扭曲语法规则、打破语言习惯的过程中，赋予文字以深意，比如，大量的分号将语言切割得支离破碎，层层叠加的动词造成令人不适的冲击力，这些都是对现实生活中暴力的镜像呈现："我在理智边缘、在理智即将爆炸的刹那经历着这一切。"(Pierre Guyotat, *Idiotie*) 另外，作者反常态地使用直陈式现在时描述过去的事件，起到了融合写作空间和阅读空间的作用，让读者切身体验到主人公所经历的强烈的生命瞬间。

在历史长河中，大人物掀起的惊涛骇浪转瞬即逝，构成历史主体的其实是小人物的生命，后者平凡甚至庸碌，但同样值得书写。尼古拉·马修（Nicolas Mathieu, 1978—   ）在小说《他们的后人》(*Leurs enfants après eux*，2018) 中关注的就是普通人的生命经历，由此获得龚古尔奖。龚古尔奖是法国最古老、最负盛名的文学奖项，于 1892 依照法国作家埃德蒙·德·龚古尔（Edmond de Goncourt, 1822—1896）的遗嘱创立。每年 9 月到 11 月，经过持续两个月的三轮角逐，由龚古尔学院评选出最受青睐的本年度出版的法语作品，予以奖励。

《他们的后人》以深陷在工业危机中的外省地区为背景，描绘了在危机中勉强度日的一代人。法国是一个地区发展极为不平衡的国家，位于大东部（le Grand Est）地区的众多小城置身巴黎的光环之外，而且曾经兴盛一时的工业如今已荒废。作品中虚构的小城艾杨日（Heillange）以作者的故乡埃比纳尔（Épinal）为原型，代表所有历经兴衰的后工业时代的法国城市。伊利诺尔·苏勒瑟（Eléonore Sulser）在点评这部作品时说到，艾杨日的"名字中徒有'天使'（«ange»）二字"，在这里生命早已放下尊严，人们靠着距富裕的邻国卢森堡几步之遥的优势，倚仗"静脉渗透般"的跨国界往来，勉强维持生计

（«Le Goncourt revient à Nicolas Mathieu pour *Leurs enfants après eux*»）。

对于三个生活在小城中的少年主人公——安东尼、思黛芙、阿西尼，以及身处于九十年代的同龄人来说，家乡已经失去生命力，唯一的出路是逃离家乡，走向巴黎。然而最终的结果却是，只有富裕家庭的孩子以及少数学业成就出众的孩子能够从平庸的生活中脱身，而外来工人或失业者的后代只有向命运低头，或贩卖毒品，或走私枪支，在黑色交易中获得成就感。作者在接受法新社记者采访时说："这部小说，记载成长，也记载幻灭。"（«Nicolas Mathieu remporte le Goncourt avec *Leurs enfants après eux*»）与少年人的"幻灭青春"平行的，还有上一代人的"幻灭中年"，安东尼的爸爸就属于这一代人，曾经的冶金工人如今在酒精和哀怨中埋没残生。工人的堕落、厂区的拆除，都是给这个城市"放血"，都是对记忆的删除。作品的题目《他们的后人》，乍看平凡，却饱含深意，源自《圣经》："另有一些人，有关他们的记忆已完全消失；他们已死，就好像从未存在过，从未生出过。他们的后人亦是如此。"[2]（*ibid.*）

整部作品，是一部因平凡而伟大的生命史诗，它以最简单、最粗糙的生命力量直击人心，有一种令人着迷又伤感的光彩。

结语

虽然法国新书全年皆有产出，但是其发布时间越来越呈现出季节规律，一年间会经历两次销售热潮。上文提到的图书季是书籍出版的第一个高峰，由八月中旬持续至十一月初，第二次热潮则是冬季，在

2　译文来自本文作者。法语原文是："Il y en a d'autres dont le souvenir s'est perdu; ils sont morts, et c'est comme s'ils n'avaient jamais existé, c'est comme s'ils n'étaient jamais nés, et de même leurs enfants après eux." 引自《旧约圣经》次经中的一卷《便西拉智训》（*Livre de Ben Sira le Sage*）的第44章。<https://www.aelf.org/bible/Si/44>.

一月初到三月中旬之间，恰值巴黎图书沙龙，被认为是新作家登场的最佳时机，亦有一些不参与奖项逐鹿的作家选择此时机出版。但是，面对看似兴旺的图书行业，一些冷静的头脑洞察到热闹背后的危机。作家兼编辑理查德·米耶（Richard Millet，1953—　）在与同行让-马克·罗伯茨（Jean-Marc Roberts，1954—2013）的一次对谈中，批评图书季出版过剩而精品稀少，指出这种现象的形成有多种原因。很多作家只求自己肖像印上书籍封面，曝光于大众视野中，作品在很大程度被其视为"社会升迁的工具"（«Les vrais écrivains d'aujourd'hui se comptent sur les doigts d'une main»）。另外，同前文提到的莫纳德相似，米耶也看到信息时代多种娱乐方式对于文学的影响。这些娱乐方式对于时间的挤压，导致"无聊感的消失"，而这份无聊感对于伟大的作家何其珍贵："在某种程度上，寂寞是艺术家诞生过程中的不变量。在作家对于写作的坚持中，总有一种英雄的意味。"（*ibid.*）

参考文献：

«À l'occasion du Centenaire de la mort de Guillaume Apollinaire», publié le 12/11/2018, consulté le 20/05/2019.
<http://www.prix-apollinaire.fr/actualite.html>.

Cagnard, Jean. *Quand toute la ville est sur le trottoir d'en face.* Les Matelles: Editions Espaces 34, 2017.

Coulon, Cécile. *Les ronces*. Bègles: Le Castor astral, 2018.

Declerck, Patrick. *Les naufragés.* Paris: Plon, 2001.

Desmeules, Christian. «*Le lambeau*: l'homme qui a vu l'ours», publié le 05/05/2018, consulté le 20/05/2019.
<https://www.ledevoir.com/lire/526902/le-lambeau-l-homme-qui-a-vu-l-ours>.

Dieu, Frédéric. «*Quand toute la ville est sur le trottoir d'en face* de Jean Cagnard: un voyage en toxicomanie, au pays du manque», publié le 07/11/2017, consulté le 20/05/2019.
<https://www.profession-spectacle.com/quand-toute-la-ville-est-sur-le-trottoir-den-face-de-jean-cagnard/?doing_wp_cron=1558333471.5010280609130859375000>.

Epsztein, Pierrette. «*Si quelqu'un écoute*, Béatrice de Jurquet», publié le 27/09/18, consulté le 20/05/2019.
<http://www.lacauselitteraire.fr/si-quelqu-un-ecoute-beatrice-de-jurquet-par-pierrette-epsztein>.

Faerber, Johan. «Pierre Guyotat: une idiotie de bruit et de fureur», publié le 02/10/2018, consulté le 20/05/2019.
<https://diacritik.com/2018/10/02/pierre-guyotat-une-idiotie-de-bruit-et-de-fureur>.

Ferrari, Jérôme. *À son image*. Arles: Actes Sud, 2018.

Ferrier, Michaël. *François, portrait d'un absent*. Paris: Gallimard, 2018.

Garot, Aurore. «En 2018, le marché du livre s'effondre en France», *Le Figaro*, publié le 01/02/2019, consulté le 20/05/2019.
<http://www.lefigaro.fr/livres/2019/02/01/03005-20190201ARTFIG00256-en-2018-le-marche-du-livre-s-effondre-en-france.php>.

Geille, Annick. «Pierre Guyotat. Extrait de: *Idiotie* – Prix Médicis 2018», publié le 07/11/2018, consulté le 20/05/2019.
<http://salon-litteraire.linternaute.com/fr/la-selection/content/1948109-pierre-guyotat-extrait-de-idiotie-prix-medicis-2018>.

Gérard, Armelle Vincent. Poncet, Julie. «Les Français et la lecture-2019», publié le 13/03/2019, consulté le 20/05/2019.
<https://www.centrenationaldulivre.fr/fichier/p_ressource/17648/ressource_fichier_fr_les.frana.ais.et.la.lecture.2019.03.11.ok.pdf>.

Guyotat, Pierre. *Idiotie*. Paris: Grasset, 2018.

Houot, Laurence. «Les Français et la lecture en 2019: cinq choses à retenir», publié le 13/03/2019, consulté le 20/05/2019.
<https://www.francetvinfo.fr/culture/livres/roman/les-francais-et-la-lecture-en-2019-cinq-choses-a-retenir_3293391.html>.

«Je ne veux pas faire une poésie qui va bien sonner, je veux faire une poésie qui va bien te sonner», *Le Nouveau magazine littéraire*, publié le 14/11/2018, consulté le 20/05/2019.
<https://www.nouveau-magazine-litteraire.com/grand-entretien-poésie/cécile-coulon-«-je-veux-faire-une-poésie-qui-va-bien-te-sonner-»>.

Jurquet, Béatrice de. *Si quelqu'un écoute*. Sainte-Colombe-sur-Gand: La rumeur libre, 2017.

Lançon, Philippe. *Le lambeau*. Paris: Gallimard, 2018.

«Le prix Médicis décerné à Pierre Guyotat pour *Idiotie*», *Le Monde*, publié le 06/11/2018, mis à jour le 07/11/2018, consulté le 20/05/2019.
<https://www.lemonde.fr/livres/article/2018/11/06/le-prix-medicis-decerne-a-

pierre-guyotat-pour-idiotie_5379585_3260.html>.

Manteau, Valérie. *Le sillon.* Paris: Le Tripode, 2018.

Mathieu, Nicolas. *Leurs enfants après eux.* Arles: Actes Sud, 2018.

Meunier, Marianne. «Valérie Manteau reçoit le prix Renaudot 2018 pour *Le Sillon*», *La Croix*, publié le 07/11/2018, consulté le 20/05/2019.
<https://www.la-croix.com/Culture/Livres-et-idees/Valerie-Manteau-recoit-prix-Renaudot-2018-Le-Sillon-2018-11-07-1200981439>.

Millet, Richard Millet. Roberts, Jean-Marc. «Les vrais écrivains d'aujourd'hui se comptent sur les doigts d'une main», Le Figaro, publié le 08/02/2007, consulté le 20/07/2019.
<http://www.lefigaro.fr/livres/2007/02/08/03005-20070208ARTWWW90445-_les_vrais_ecrivains_d_aujourd_hui_se_comptent_sur_les_doigts_d_une_main_.php>.

«Nicolas Mathieu remporte le Goncourt avec *Leurs enfants après eux*», Agence France-Presse, publié le 07/11/2018, consulté le 20/05/2019.
<https://www.journaldemontreal.com/2018/11/07/nicolas-mathieu-remporte-le-goncourt-avec-leurs-enfants-apres-eux>.

Oury, Antoine. «Béatrice de Jurquet reçoit le Prix Mallarmé 2018», *ActuaLitté*, publié le 08/10/2018, consulté le 20/05/2019.
<https://www.actualitte.com/article/culture-arts-lettres/beatrice-de-jurquet-recoit-le-prix-mallarme-2018/91283>.

Pascal, Camille. *L'Eté des quatre rois.* Paris: Plon, 2018.

«Pierre Guyotat reçoit le prix Médicis pour *Idiotie*», publié le 06/11/2018, consulté le 20/05/2019.
<https://www.letemps.ch/culture/pierre-guyotat-recoit-prix-medicis-idiotie>.

Reverdy, Thomas B. *L'hiver du mécontentement.* Paris: Flammarion, 2018.

Sulser, Eléonore. «Le Goncourt revient à Nicolas Mathieu pour Leurs enfants après eux», publié le 07/11/2018, consulté le 20/05/2019.
<https://www.letemps.ch/culture/goncourt-revient-nicolas-mathieu-leurs-enfants-apres-eux-critique>.

Sulser, Eléonore. «Nicolas Mathieu, un lauréat surprise au Goncourt», publié le 07/11/2018, consulté le 20/05/2019.
<https://www.letemps.ch/culture/nicolas-mathieu-un-laureat-surprise-goncourt>.

作者：苑宁，北京外国语大学法语学院

2018 年非洲文学概览

俞盅然　胡　燕

内容提要：2018 年非洲文学以其绚丽的创作和丰饶的成就进一步提升了非洲之声的世界影响力。本年度非洲文学新作与获奖作品从多维度反映了非洲文化、殖民、宗教、跨种族、同性恋以及女性地位等问题，作品往往不拘一格，以多主题呈现。这些主题不仅具有普遍意义与现实意义，创作风格也极具本土色彩。总的来说，情感细腻、思维开阔的非洲作家对外部生存世界与内心精神世界进行了多层次探索，且往往视角独特，情节精妙。

一、年度重要文学奖项

2018 年 5 月，年仅 28 岁的塞内加尔作家穆罕默德·姆布加尔·萨尔（Mohamed Mbougar Sarr, 1990—　）凭借第二部小说《沉默的合唱》（*Silence du Chœur/Silence of Heart*，2017），成为法国世界文学奖（Prix Littérature-Monde）最年轻的获奖者。此外，该作品于同年 4 月荣获第 9 届法国金门文学奖（Prix Littéraire de la Porte Dorée）、6 月荣获法国团结奖（Prix Solidarité）。小说以欧洲移民危机为背景，讲述了 72 名由非洲乘船逃往欧洲的外来者，移居西西里岛上一个叫作阿尔蒂诺（Altino）的小镇的故事，反映了一些欧洲人对移民现象的不理解，甚至蔑视的态度，探讨了欧洲是否有责任接纳这些"外来者"这一热点议题。小说长达 400 多页，除了讲述故事的来龙去脉，还将移民的旅行日志与报纸文章用于叙述中，增强了故事的真实性。值得一提的是，萨尔的第一部小说《围困之壤》（*Terre Ceinte*，2015）就获得了阿玛杜·库鲁马文学奖（Prix Ahmadou Kourouma）和麦蒂小说大奖（Grand Prix du Roman Métis），因此被授予塞内加尔共和国骑士荣誉勋章（Chevalier de l'Ordre National du Mérite）。

科特迪瓦作家阿尔芒·高兹（Armand Gauz，1971— ）和喀麦隆作家迪姆巴·贝马（Timba Bema）同获由法国法语作家协会（Association des Ecrivains de Langue Française）颁发的 2018 年度黑非洲文学大奖（Grand Prix Littéraire d'Afrique Noire）。获奖作品分别为高兹的《爸爸同志》（*Camarade Papa*）和贝马的首部诗集《情人的酥胸》（*Les Seins de L'Amante*）。两部法语作品均关涉非洲殖民与解放的主题。

《爸爸同志》讲述一名在阿姆斯特丹长大的非裔男孩回非洲看望祖母时，对非洲后殖民世界的观察与思考。男孩受父母影响，一直坚守共产主义信条。他被父母送往非洲后，受到祖母的鼓励，查阅大量书籍，追溯历史以寻其根，终于寻得先人的足迹：一个世纪前，一名叫作达比利（Dabilly）的 17 岁年轻人从法国某工厂逃出后，来到非洲进行殖民探险。他到达当时被法军遗弃的科特迪瓦，发现一些反英商人正与当地部落谈判，以求建立新的贸易据点。跟随达比利的脚步，我们会发现一个未知世界，那里充满神秘的传说和陌生的文化。该作品中的视角基于高兹对科特迪瓦国内一座叫作大巴萨姆（Grand-

Bassam）的殖民城市的观察，并向读者展示了两个不同群体，即生活在欧洲的黑人和生活在非洲的白人，从而为研究未知历史提供了新视角。同年，该作品还获得由法国和科特迪瓦两国文化部共同组织的象牙文学奖（Prix Ivoire）。该奖项设立于 2008 年，每年颁发给在非洲大陆或散居海外的非洲法语优秀作家或翻译家。

另一部获奖作品《情人的酥胸》并非一部幽怨的忏悔诗集，而更像是一种内省，诗中提及的"你"不仅是读者，也是镜中另一个"我"，让每个读者都置身其中。虽然诗集中并未提及"非洲"二字，但是极具非洲特色的风物描绘了诗人心中的故土——非洲大陆。同样，诗中虽未直接出现"殖民者"的字样，但诗句"那些从海上来的人"无疑是这一形象的映射。诗歌兼顾全景与焦点，诗词精准优美，透过诗中之境传达了诗人对于感性与理性的思考。(Menoud, "Les Seins de L'Amante de Timba Bema")

2018 年年底，首届龚古尔文学奖"中国评选"在武汉知音号邮轮上揭幕，获奖作品为大卫·迪欧（David Diop, 1966— ）的《灵魂兄弟》（Frère d'âme）。《灵魂兄弟》是迪欧的首部小说，于 2018 年 8 月获法国中学生龚古尔文学奖（Prix Goncourt des Lycéens）、9 月获第三届法国遗产奖（Prix Patrimoines）、11 月被黎巴嫩贝鲁特法语国家图书展评为"东方之选"龚古尔奖（Prix Liste Goncourt-Le Choix de l'Orient）获奖小说、12 月获得第二届"西班牙之选"龚古尔奖（Premio Goncourt España）。故事以第一次世界大战为背景，围绕主人公阿尔法·恩迪亚耶（Alfa Ndiaye）与儿时玩伴玛丹巴·迪欧（Mademba Diop）之间的友谊展开。他们一同加入法国军队作战，后来玛丹巴在恶战中被敌人用刺刀刺穿身体，在痛苦的惨叫声中死去，阿尔法也因此变成一部杀人机器。夜晚降临时，他便潜入敌方军营虐杀敌人。此后，阿尔法被调离前线接受治疗，其间，他回想起在非洲生活的点滴。迪欧曾表示，这部小说是向一战期间为法国军队服役的20 万非洲人民的真诚致敬。[1]

2018 年度非洲英语文学作品方面，尼日利亚女作家莱斯利·内卡·雅丽玛（Lesley Nneka Arimah，1983—　）凭借首部故事集《当人从天而降时意味着什么》（*What It Means When a Man Falls from the Sky*，2017）荣获美国纽约公共图书馆幼狮小说奖（Young Lions Fiction Award）。雅丽玛曾两次获得凯恩奖提名。《当人从天而降时意味着什么》共有 12 篇故事，均以尼日利亚或美国为背景。作品主要聚焦于女性的生存状态，并探索了母女间和年轻女性之间的复杂关系，见解深刻。其中一篇《光》（"Light"）曾获英联邦非洲短篇小说奖（Commonwealth Short Story Prize for Africa）。小说《光》讲述了由于妻子留美求学，恩贝利·奥科瓦拉（Enebeli Okwar）陪伴女儿成长的故事。青春期的女儿在生理与心理上均开始发生变化，但由于母亲这个角色的长期缺席，母女之间缺乏沟通，对女儿的教育也因此变得困难重重。玛丽娜·华纳（Marina Warner）在《纽约时报书评》（*New York Times Book Review*）上对该作品给予了高度评价："此书新奇且精彩……雅丽玛是一位睿智、婉约又俏皮的故事讲述者，能将整个家族的历史浓缩成几页纸，能在喜剧和富有洞见的心理现实主义之间娴熟地切换，此时，乌托邦式的寓言、魔幻的故事，还有梦魇秘境都跃然纸上。"书评同时指出雅丽玛文学创作的独创性尤其不容忽视。此外，《华盛顿邮报》（*The Washington Post*）也对该作品作出评述："雅丽玛的文字充满活力和新鲜感，她的话题既关乎时下，也指向永

1　<http://www.seuil.com>.

恒……"（Burney, "Lesley Nneka Arimah's debut story"）

2018 年英国凯恩非洲文学奖（Caine Prize for African Writing）由肯尼亚女作家梅克纳·翁杰里卡（Makena Onjerika，出生年份不详）折桂，获奖作品为短篇小说《芬达黑加仑》（*Fanta Blackcurrant*，2017），该小说描写了内罗毕街头流浪者的真实生活。小说由一群无名者共同讲述一位名为梅丽（Meri）的女子的故事。叙述者们和梅丽一样过着贫困潦倒的生活：乞求施舍、抢劫行人、被迫卖身、躲避警察。故事结尾，她们不幸的生活仍无起色，反映了城市居民对流浪家庭的漠视。作品中出现许多带有肯尼亚本土特色的词汇（如"matatu"、"mjengo"和"mabati"等），使故事更加"肯尼亚化"，读者也能根据上下文轻易地推断出这些词汇的意义。（Ochieng, "Caine Prize 2018 Shortlist"）

值得一提的是，本年度非洲葡萄牙语文学方面，来自非洲西岸大西洋岛国佛得角的著名作家杰尔马诺·阿尔梅达（Germano Almeida，1945— ）荣获葡萄牙卡蒙斯文学奖（Camões Prize）。卡蒙斯文学奖设立于 1989 年，旨在褒奖世界各国用葡萄牙语写作的作家，鼓励他们发展、丰富葡萄牙语文学与文化遗产。卡蒙斯文学奖在葡萄牙语文坛享有盛名，每年由巴西国家图书馆基金会（National Library Foundation）和葡萄牙国家图书部（National Book Department）颁发，奖金高达 10 万欧元，为奖金数额最高的文学奖项之一。阿尔梅达曾著有小说《达·席尔瓦·阿劳霍的最后遗嘱》（*The Last Will and Testament of Senhor da Silva Araújo*，1997），由该小说改编而成的电影在巴西获奖。阿尔梅达的多部作品均以佛得角为背景，他也一直自称是佛得角"讲故事的人"。

二、年度重要文学作品

尼日利亚作家阿克瓦厄科·厄莫奇（Akwaeke Emezi，1987—　）的处女作《淡水》（*Freshwater*）是一本引人入胜且极富诗意的小说。故事的主人公是一位名叫艾达（Ada）的尼日利亚女孩，她的体内生长着奥格班吉（Ogbanje）。在非洲民间故事中，奥格班吉被认为是一种对受诅咒家庭进行报复的邪恶幽灵，体内带有该幽灵的孩子常常忍受疾病的折磨，或夭折转世再次回到原生家庭，给其带来不幸。幸运的是，艾达并未因此早夭，她长大成人并在美国的一所大学学习。故事借奥格班吉之口，从艾达多个不同的人格视角进行叙述，并以作者所处的现实为基础，探索了关于身份的哲学思辨和心理健康主题。读者在阅读中被掷入存在与自我思辨的玄妙之中。该小说因其震撼人心的文字力量以及另类惊悚的魅力脱颖而出，预示着一股势不可挡的文学新生力量的到来。（Mzezewa, "In This Debut Novel"）

加纳作家阿伊莎·哈鲁娜·阿塔（Ayesha Harruna Attah，1983—　）推出了新作《萨拉加的一百口井》（*The Hundred Wells of Salaga*）。主人公是两位来自不同社会阶层的年轻女性：阿米娜（Aminah）是生活在萨拉加镇底层的奴隶，那里曾是臭名昭著的奴隶交易中心，而那里的 100 口井就是用于清洗奴隶以便出售的；而伍尔切（Wurche）是一位有权势的酋长的千金，其家族是奴隶贸易的受益者。英德军队的到来致使当地奴隶贸易受到威胁，两位主人公的命运也因此发生了翻天覆地的变化。小说人物塑造精良，情节扣人心弦，更重要的是，作者借由两位不同社会地位的年轻女性的视角，探索了 19 世纪前殖民时期加纳复杂的历史，审视了奴隶制对非洲人民的影响。[2]

2　<https://www.theguardian.com/books/2018/may/10/hundred-wells-salaga-ayesha-harruna-attah-review>.Web. 18 May 2019.

尼日利亚律师及作家丘马·恩沃科洛（Chuma Nwokolo, 1963— ）的新作《梅奈伊部落的消失》（*The Extinction of MENAI*）被美国《出版商周刊》（*Publishers Weekly*）列入 2018 年最佳小说榜单。20 世纪 90 年代初，一个叫作梅奈伊的尼日利亚部落被一家制药公司用作药物试验，致使成千上万的族人死亡，部落语言和文化也随即消亡。年迈的玛塔·尼米托（Mata Nimito）是一名寻根的梅奈伊部落萨满，他试图通过追溯部落祖先的迁徙足迹来保护梅奈伊人的灵魂。小说还穿插了有关双重身份的情节。一对双胞胎出生时就被迫分离，随着情节推进，他们接连产生幻觉，其真实身份也因此变得扑朔迷离。小说穿越时空，情节迂回曲折，同时也反映了当代人对行将灭绝的种族的急切关怀。恩沃科洛以一种竞争性的叙述模式（competing narratives）记录了一个部落文明的生存与灭亡。《出版商周刊》评价道："……在这部辛酸、扣人心弦的小说中，自出生就经历分离的双生子找到了自己的真正身份，一名部落精神领袖追寻着自己'垂死民族'的祖先家园。丘马·恩沃科洛成功地将故事的每个情节凝练成一个受胁文化的独特写照。"[3]

南非创新型作家伊姆拉恩·库瓦迪亚（Imraan Coovadia, 1970— ）于 2018 年出版了穿越小说《时间间谍》（*A Spy in Time*）。小说讲述了一名叫作恩韦尔·十一（Enver Eleven）的菜鸟特工保护和拯救人类遗产的故事。库瓦迪亚还将间谍情节融入到科幻小说之中，使之成为一部精彩离奇的时空小说，改变了人们对非洲未来空间的想象。《萨拉加的一百口井》的作者阿伊莎·哈鲁娜·阿塔介绍本书时说道："《时间间谍》把我们同时抛入时间与空间之中，叙述了恩韦尔·十一

---

3 <https://www.publishersweekly.com/978-0-8214-2298-4>.Web. 29 Jun. 2019.

的时空之旅以及对他的审判，他是一个有着特工身份的哲人，身负拯救人类之责。该作品实为一部扣人心弦、别出心裁的小说。"[4]

苏丹文学传奇人物莉拉·阿鲍蕾拉（Leila Aboulela，1964—　）是首位获得凯恩非洲文学奖的作家。2018 年，她再创佳作《别处为家》（*Elsewhere Home*）。这是一部精选故事集，共有 13 篇短篇故事。延续前期作品中涉及的家园、归属感等主题，作者深入探究这些主题在移民群体中的表现样式。书中部分故事，如《纪念品》（"Souvenirs"）、《借来之物，创新之物》（"Something Borrowed, Something New"），以英国白人对苏丹同伴所表现出的种族歧视和刻板印象为切入点，讨论了有关跨种族关系的现实问题。另有一篇名为《博物馆》（"The Museum"）的故事尤为突出，关注的是目前一些非洲国家要求归还殖民主义时期被盗文物的热门话题。（Sawlani, "Africa's must-read books of 2018"）

继两部力作——《围困之壤》和《沉默的合唱》之后，被称为非洲文学神童的塞内加尔新锐作家穆罕默德·姆布加尔·萨尔于 2018 年出版新作《纯粹的男人》（*De purs hommes*）。《纯粹的男人》的主人公是名叫恩德内·盖耶（Ndéné Gueye）的年轻教授，其父被人尊为最虔诚的穆斯林。故事始于一段在塞内加尔社交网络上流传出的病毒视频。一群人把一个男人的尸体从坟墓里挖出来，进行殴打和辱骂，原因是死者是一名同性恋。盖耶的父亲呼吁信徒们为死者的灵魂祷告，而其他穆斯林却拒绝怜悯同性恋者。为了解此人的过往，盖耶拜访了他的母亲，盖耶一直在寻找一个问题的答案：我们怎样才能鼓起勇气，不惜一切代价去做真实的自己？

4　<https://www.amazon.com/Spy-Time-Imraan-Coovadia/dp/1947856561>.Web. 04 Sep. 2019.

莫海拉·马希戈（Mohale Mashigo，1983—　）是南非著名音乐家，两年前以作家身份首次亮相，出版小说《向往》（*The Yearning*，2017），并入围 2018 年国际都柏林文学奖长名单。新作《入侵者》（*Intruders*）是她的第一部短篇小说集，表现平凡人因不可控因素而陷入不寻常的境地，如《怪兽在布隆》（"BnB in Bloem"）中一对追逐布隆方丹都市传说怪物的双胞胎孤儿，又或《高跟鞋杀手》（"The High Heel Killer"）中一个在出租车站台用鞋子杀人的女人等。作者借由这些人物传达并剖析有关归属感的话题。故事怪诞奇异，挑战了读者的想象力，引发深思。在本书封面的背页，列出了"入侵者"（intruder）的同义词：非法闯入者（trespassers）、干涉者（interlopers）、侵略者（invaders）、行窃者（prowlers）、渗入者（infiltrators）、侵蚀者（encroachers）、违规者（violators）。这些也正是马希戈故事中大部分角色的形象，他们可能是狼人、人鱼或者吸血鬼，也可能是末日的幸存者。但这些角色又给人似曾相识之感，因为他们与我们多数人一样，有着相似的情感经验。

努鲁丁·法拉（Nuruddin Farah，1945—　）是非洲最受欢迎的索马里小说家之一。他的第 13 部小说《北部的黎明》（*North of Dawn*）讲述了一段关于爱与忠诚以及民族认同的故事，内容极具感染力，令人印象深刻。来自索马里的加萨洛（Gacalo）和穆格迪（Mugdi）夫妇带着两个儿子在挪威奥斯陆生活了数十年，已完全融入了当地的生活。随后，他们的儿子达卡尼（Dhaqaneh）受"圣战主义"异化情感驱使，在索马里的一次自杀式袭击中身亡。加萨洛和穆格迪夫妇很不情愿地收留了儿子的家人。在抵达奥斯陆后，达卡尼的妻子对宗教的狂热程度与日俱增，而她的孩子们却更加渴望精神自由，这一分歧最终改变了整个家庭的生活。小说探讨的是一个发人深省的问题，即伊斯兰世界的人民有无可能摆脱暴力，如有可能，又将付出何种代价。[5]

尼日利亚作家奥因坎·布莱斯韦特（Oyinkan Braithwaite，1988— ）的处女作《我妹妹，连环杀手》（*My Sister, The Serial Killer*）是一部广受好评的犯罪小说。故事主人公是一对姐妹，姐姐科瑞德（Korede）相貌平平，妹妹阿约拉（Ayoola）年轻漂亮，但屡屡对男人痛下杀手。故事伊始，阿约拉再次杀害自己的男友后，便立即打电话给科瑞德，望姐姐帮助收拾残局。姐姐利用自己的护理知识处理尸体，再行装运。即使科瑞德发现自己深爱的医生与妹妹暗通款曲、互生情愫，但她仍旧扮演着好姐姐的角色。故事的暗黑主题"真正的姐妹会永远站在你这边"被推向了极端。读者在故事中体味到混杂的快感，既有令人毛骨悚然的罪恶黑暗，又使人觉得趣味盎然。《纽约时报书评》文学批评家帕鲁尔·赛佳尔（Parul Sehgal）对该作品作出评述："它像一团烂糊，辛辣又险恶，呈现在一张滑稽又无表情的脸上……这部短小的惊悚腹黑小说给读者留下一种回应和刺激，令人久不能忘。"

厄立特里亚作家苏莱曼·阿多尼亚（Sulaiman Addonia，1974— ）的处女作《爱的结果》（*The Consequences of Love*，2008）曾入围英联邦作家奖候选名单，并被译成 20 多种语言。《沉默是我的母语》（*Silence is My Mother Tongue*）是阿多尼亚的第二部小说，主人公是一个叫作萨巴（Saba）的女孩。她被迫生活在东非的一个难民营里，在这个陌生、拥挤、处处充满敌意的地方长大。多年来，除了努力争取自由，萨巴一直勇敢地守护着聋哑哥哥哈格斯（Hagos）。难民营

5　<https://www.penguinrandomhouse.com/books/549842/north-of-dawn-by-nuruddin-farah/9780735 214231/>. Web. 27 Jun. 2019.

于他们而言既是临时的家园，又是永恒的寓所。兄妹的真挚感情是他们生命中唯一真实且永恒的精神港湾。透过小说，读者可以深入了解难民营中充满暴力与绝望的生活，但萨巴对自由和教育的向往以及兄妹之情也给予读者十足的慰藉。该小说反映了女权主义命题，但其意义显然远不止于此。（Sawlani，"Africa's must-read books of 2018"）

三、非洲文学 2018 年译介

　　根据美国学者徐穆实（Bruce Humes）推出的"非洲书写之中文译本"（"African Writing in Chinese Translation"）双语数据库的记录，2018 年非洲作品的中文译作共 13 本。

　　这 13 本中译新作分别为：埃及作家巴哈·塔希尔（Bahaa Taher，1935—　）创作的《爱在流放地》（*Love in Exile*，2004），埃及作家优素福·伊德里斯（Yūsuf Idrīs，1927—1991）的《罪孽》（*The Sinners*，1995），安哥拉作家雅辛多·德·莱莫斯（Jacinto de Lemos，1961—　）的《童年》（*Undengue*，1989）和《玛本达老太太的魔毯》（*Opano Preto da Velha Mabunda*，1997），安哥拉作家奥斯卡·里巴斯（Oscar Ribas，1909—2004）的小说《一封家书》（又名《巫术》）（*Uanga*，1950），尼日利亚著名作家奇玛曼达·恩戈齐·阿迪奇埃（Chimamanda Ngozi Adichie，1977—　）的代表作之一《美国佬》（*Americanah*，2013），莫桑比克作家米亚·科托（Mia Couto，1955—　）的三部作品《母狮的忏悔》（*Confession of the Lioness*，2012）、《耶路撒冷》（*Jerusalem*，2009）和《梦游之地》（*Sleepwalking Land*，1992），法国作家勒·克雷齐奥（Le Clézio，1940—　）创作的《变革》（*Révolutions*，2004）、《暴雨》（*Tempête*，2014）；突尼斯作家马哈茂德·马斯阿迪（Mahmoud Messadi，1911—2004）的《艾布·胡

莱赖如是说》（*Abu Hurairah Said*，1939），肯尼亚著名作家恩古吉·瓦·提安哥（Ngũgĩ wa Thiong'o，1938— ）的《隐居》（*Secret Lives, and Other Stories*，2011）。

此外，2018 年还出版了一本非洲经典短篇小说集《大地的葬礼》（译自 *Come Back, Africa! Fourteen Short Stories from South Africa*，1968），其中收录了 14 位南非作家的短篇小说，故事融入了南非英语独有的口语化特色，并展现了南非当时种种尖锐的社会问题。[6]

徐穆实总结到，非洲作品的中译作品选择不再局限于诺贝尔奖和英国曼布克奖（Man Booker Prize）获奖作品，也不再仅仅聚焦于少数非洲第一代经典作家，如尼日利亚的钦努阿·阿契贝（Chinua Achebe，1930—2013）或者沃莱·索因卡（Wole Soyinka，1934— ）等人的作品。

四、2018 年非洲文坛快讯

3 月，刚果年轻诗人费斯顿·穆吉拉（Fiston Mwanza Mujila，1981— ）以法文写成的第一部长篇小说《83 号有轨电车》（*Tram 83*，2014），获三年一届的奥地利施蒂利亚州彼得·罗斯格文学奖（Peter-Rosegger-Literaturpreis），该小说在 2015 年就已获得喀麦隆文学协会大奖赛纯文学作品冠军。

2018 年第六届布鲁内尔国际非洲诗歌奖（Brunel International African Poetry Prize）由三位年轻的女性诗人共同斩获，她们分别是埃塞俄比亚裔美国诗人希沃特·阿迪洛（Hiwot Adilow，1995— ）、尼日利亚裔英国诗人特里萨·罗拉（Teresa Lola，1994— ）以及索

---

6 <http://book.douban.com/subject/30137433/>.Web. 04 Jun. 2019.

马里裔美国诗人蒙塔扎·迈赫里（Momtaza Mehri，1994—　）。

10 月，享有世界声誉的尼日利亚女作家奇玛曼达·恩戈齐·阿迪奇埃获得反饥饿行动人道主义奖（The Action Against Hunger Humanitarian Award）。同月，南非著名作家约翰·马克斯韦尔·库切（John Maxwell Coetzee，1940—　）获得首届美国马欣德拉全球杰出人文学科奖（Mahindra Award for Global Distinction in the Humanities），该奖项每两年颁发一次，旨在表彰为艺术和人文学科蓬勃发展做出重大贡献的重要人物。

继 2009 年法国橙子电信（Fondation Orange）法国图书奖（Prix Orange du Livre）设立之后，2018 年 10 月底，法国橙子电信公司宣布创办"法国橙子非洲图书奖"（Prix Orange du Livre en Afrique），以奖励非洲优秀的文学创作者。

2018 年 12 月 24 日，塞内加尔女作家玛姆·塞克·姆巴克（Mame Seck Mbacké，1947—2018）去世。1999 年，玛姆·塞克·姆巴克曾获得由塞内加尔文化部举办的第一诗歌奖（Premier Prix de Poésie）。她曾出版小说《劳动者：移民的辛酸》（*Le Froid et le Piment. Nous, TravailleursImmigrés*，1983），诗集《雨赋：海浪中的脚印》（*Pluie-Poésie: Les Pieds sur la Mer*，2000）、《苦难的信风》（*Les Alizés de la Souffrance*，2001）以及戏剧《谁是我的妻子？》（*Qui Est Ma Femme*？，2000）等优秀作品。

结语

2018 年非洲文学作品在风格上更具浓烈的本土色彩，以新视野看旧主题更显不凡。作品内容基于非洲现实经验，关涉女性生存状况、非裔族群寻根、非洲部落文明的消失、种族歧视、奴隶贸易、宗教自由与冲突、难民危机等主题。这些话题着眼于历史与当下，也指向未来。同时还应指出，小说作为一种"舶来"体裁，在 2018 年获得长足发展，既有犯罪小说，又有穿越小说。更为突出的是，非洲作家通过多样的艺术表现手法，融非洲传统与现代元素于一体，虽多用西方语言进行书写，却仍一以贯之地掺杂非洲本土语汇，也不乏非洲文学传统的参照。叙述视角则偏重弱势群体，如女性、儿童、街头流浪者以及难民。另外，2018 年非洲文学的中译作品选择也不再局限于诺贝尔奖和英国曼布克奖获奖作品。总之，2018 年非洲文学以其绚丽的创作和丰饶的成就进一步提升了非洲之声的世界影响力。

参考文献：

Burney, Tayla. "Lesley Nneka Arimah's debut story collection is vibrant and fresh." *The Washington Post*, 13 Apr. 2017. Web. 29 Jun. 2019.
<https://www.washingtonpost.com/entertainment/books/lesley-nneka-arimahs-debut-story-collection-is-vibrant-and-fresh/2017/04/12/8d11fba4-1bd0-11e7-9887-1a5314b56a08_story.html?noredirect=on&utm_term=.6d2e3ede44b7>.

Humes, Bruce. "African Writing in Chinese Translation." 25 Jan. 2019. Web. 29 Jun. 2019.
<http://bruce-humes.com/archives/12939>.

Menoud, Sonia. "Les Seins de L'Amante de Timba Bema." 30 Nov. 2018. Web. 29 Jun. 2019.
<https://www.afrolivresque.com/les-seins-de-lamante-de-timba-bema/>.

Mzezewa, Tariro. "In This Debut Novel, a College Student Hears Voices." *The New York Time,* 26 Feb. 2018. Web. 29 Jun. 2019.
<https://www.nytimes.com/2018/02/26/books/review/freshwater-akwaeke-emezi.html>.

Ochieng, Beverly Akoyo. "Caine Prize 2018 Shortlist: A Review of Makena Onjerika's 'Fanta Blackcurrant'." 9 Jun. 2018. Web. 30 Jun. 2019.
<https://africainwords.com/2018/06/29/caine-prize-2018-shortlist-a-review-of-makena-onjerikas-fanta-blackcurrant/>.

Sehgal, Parul. "Helping Out Family Is Taken to Extremes in 'My Sister, the Serial Killer'." *The New York Time*, 14 Nov. 2018. Web. 29 Jun. 2019.
<https://www.nytimes.com/2018/11/14/books/review-my-sister-serial-killer-

oyinkan-braithwaite.html>.

Sawlani, Samira. "Africa's must-read books of 2018." 13 Dec. 2018. Web. 30 Jun. 2019. <https://africanarguments.org/2018/12/13/africa-books-2018-must-read/>.

Warner, Marina. "August's Book Club Pick: 'What It Means When a Man Falls From the Sky' by Lesley Nneka Arimah." *The New York Time*, 05 May 2018. Web. 29 Jun. 2019. <https://www.nytimes.com/2017/05/05/books/review/what-it-means-when-a-man-falls-from-the-sky-lesley-nneka-arimah-.html>.

"Review: *Intruders* by Mohale Mashigo." 21 Jan. 2019. Web. 29 Jun. 2019. <https://karinamagdalena.com/2019/01/21/review-intruders-by-mohale-mashigo/>.

"The Extinction of Menai." *Publishers Weekly.* 12 Mar. 2018. Web. 29 Jun. 2019. <https://www.publishersweekly.com/978-0-8214-2298-4>.

"*The Hundred Wells of Salaga* by Ayesha Harruna Attah–review." *The Guardian*, 10 May 2018. Web. 18 May 2019. <https://www.theguardian.com/books/2018/may/10/hundred-wells-salaga-ayesha-harruna-attah-review>.

<http://adelf.info/les-prix-litteraires/grand-prix-litteraire-d-afrique-noire/>. Web. 20 May 2019. 黑非洲文学大奖网站

<https://younglionsfictionaward2018.splashthat.com/>. Web. 20 May 2019. 美国纽约公共图书馆幼狮小说奖网站

<http://caineprize.com/>. Web. 21 May 2019. 英国凯恩非洲文学奖网站

<http://www.seuil.com/>. Web. 23 May 2019. 法国塞伊出版社网站

<https://www.publishersweekly.com/>. Web. 25 May 2019. 美国《出版商周刊》网站

<http://www.philippe-rey.fr/>. Web. 27 May 2019. 法国菲利普出版社网站

<https://www.penguinrandomhouse.co.za/>. Web. 27 Jun 2019. 南非企鹅兰登书屋出版社网站

<https://www.theindigopress.com/>. Web. 28 May 2019. 英国出版社网站

<http://bruce-humes.com/>. Web. 4 Jun. 2019. 非漂网站

<https://www.amazon.com>. Web. 4 Jun. 2019. 亚马逊网站

<https://book.douban.com/>. Web. 30 Jun. 2019. 豆瓣读书网站

<http://www.africanpoetryprize.org/>. Web. 4 Jun. 2019. 布鲁内尔国际非洲诗歌奖网站

作者：俞盎然，上海师范大学外国语学院；
胡燕，北京外国语大学亚非学院

2018 年非洲葡语文学概览

内容提要：2018 年非洲葡语文坛展示出强大的活力，老中青作家纷纷推出新作品。总的来说，小说和戏剧作品基本延续了非洲葡语文学关注历史和社会问题的传统，以严肃深沉或戏谑讥诮的手笔针砭时弊，引发社会讨论，促进对公民尤其是青少年的教育；诗歌和散文作品则显示出对世界和存在本质问题的关注和探讨，以及对精神的深层挖掘和体验。另外，以文学文化交流为渠道，非洲各葡语国家和其他葡语国家之间的对话、合作也在不断扩大和加深。

纵观 2018 年非洲葡语文坛，足以令人真切地感受到非洲热土的蓬勃生机和无限潜力，也令人欣慰地见证了文学创作在推动社会发展和促进国际交流方面起到的积极作用。非洲葡语文学的独特活力近年来不断得到学界的广泛关注，2018 年更是为世界带来了种种惊喜：广受好评的重要作家如安哥拉的佩佩特拉（Pepetela，1941—　）、莫桑比克的米亚·科托（Mia Couto，1955—　）、佛得角的热尔曼诺·阿尔梅达（Germano Almeida，1945—　）、几内亚比绍的阿卜杜莱·西拉（Abdulai Sila，1958— ）和圣多美和普林西比的欧琳达·贝雅（Olinda Beja，1946— ）都有新作问世；阔别多年的佛得角著名女作家迪娜·萨卢斯蒂奥（Dina Salústio，1941— ）一年内贡献了两本著作；青壮年作家斩获葡语和世界文学界重要奖项；非洲各葡语国家与葡萄牙、巴西和中国澳门地区在文学领域的对话逐步加深，共同开展的文化活动也越来越丰富多彩。

按照非洲各葡语国家葡语国名的首字母排序，我们将依次关注安哥拉（Angola）、佛得角（Cabo Verde）、几内亚比绍（Guiné-Bissau）、莫桑比克（Moçambique）和圣多美和普林西比（São Tomé e Príncipe）。

一、安哥拉的葡语文学

非洲大国安哥拉2017到2018年的政局发生了巨大的震荡：自2017年步下总统席位之后，2018年9月8日，若泽·爱德华多·多斯桑托斯（José Eduardo dos Santos，1942— ）不再担任安哥拉人民解放运动党（Movimento Popular para a Libertação de Angola，MPLA，简称安人运）首领，宣告了一个时代的终结。从1979年到2017年，多斯桑托斯担任安哥拉总统近40年；继任者若昂·洛伦索（João Lourenço，1954— ）上台之后，对前总统长期执政时期滋生的腐败问题进行了严厉的打击，引起了葡语世界作家的关注。著名作家佩佩特拉在一年的沉寂之后，推出新小说《成为遗体的总统阁下》（*Sua excelência, de corpo presente*，2018），其新作发布会选择在9月18日，即安哥拉民族英雄纪念日——也是安人运领袖阿戈什蒂纽·内图（Agostinho Neto，1922—1979）诞辰纪念日——的次日进行。作家毫不讳言其新作旨在批判历史和现实，针砭非洲政坛强人顽固霸占国家领导地位的独裁倾向，但并不特指安哥拉的某位领袖。小说的情节意味深长：某非洲国家的领导人在执政数十年之后突然死亡，其跌宕起伏的政治生涯戛然而止，让周遭所有人都措手不及；该总统的遗体停放于一个巨大的殡仪馆，接受众人的凭吊。他虽然死去了，但却可以看到、听到和思考。各种社会丑相在总统非生非死的荒诞状态中得到考量，比如重婚、贪污腐败、政坛裙带关系等。佩佩特拉在多种场合公开坚持反对独裁，支持多党制，并表示安哥拉需要解放思想和尊重言论自由。他曾在 1997 年获得葡语文坛的最高荣誉——卡蒙斯奖（Prémio Camões）。在新作发布会上，他明确表示希望通过自己的这部新小说为非洲大陆的民主进程和和平发展贡献一份力量，并表示对非洲的未来充满希望。

安哥拉作家翁加奇（Ondjaki，1977— ）在 2018 年发表了一本小小的诗集：薄薄 72 页的《有人在家》（*Há gente em casa*，2018）。这位旅居巴西里约的安哥拉青年散文家和诗人以其清新而细腻的笔触见长，其作品被翻译为多国文字，尤受青少年读者喜爱。他在新作中延续了与葡语现代经典诗人的对话，其拉丁铭文般的简约感显示出巴西诗人曼努埃尔·德·巴罗斯（Manoel de Barros，1916—2014）和葡萄牙诗人索菲娅·德·梅洛·布莱内尔·安德森（Sophia de Mello Breyner Andresen，1919—2004）对他的深刻影响，其诗歌主题则更多展现出诗人对安哥拉和非洲大陆历史、现状与未来的洞察和审视。该诗集分为四个部分："飞鸟"（pássaros），"人们"（pessoas），"在南方"（no sul），"在初岸"（na primeira margem）。每个部分并没有明确的内容上的衔接，主题和结构也比较多样化，其看似随意的挥洒突出了强烈的个人风格。其中有一些诗歌，比如《不要等到狼群》（"Antes que os lobos"）不乏对政治问题的关注和反思。

安哥拉作家若泽·埃杜阿多·阿瓜鲁萨（José Eduardo Agualusa，

1960—　）推出了一本深受欢迎的杂文集《天堂和其他地狱》（*O paraíso e outros infernos*，2018）。他在 2017 年以小说《遗忘的总体原理》（*Teoria geral do esquecimento*，2012）荣获国际都柏林文学奖（International Dublin Literary Award）。杂文集《天堂和其他地狱》延续了使作家享誉国际文坛的行云流水般的文字风格。作为一名游历世界的记者、编辑和作家，他在这部文集中展示出独特的国际视角，关注的主题涉及近年来的文坛动向、安哥拉政治风云和世界政治动态，尤其是特朗普上台之后引发的种种争议以及知识分子对民主制度的反思。文集仿佛信手拈来，又往往从作家的灵感瞬间和个人生活体验出发，以小见大，创造出一个神奇的新天地，让人不得不感叹文学创作的强大力量。

　　安哥拉女作家翟米丽娅·佩雷拉·德·阿尔梅达（Djaimilia Pereira de Almeida，1982—　）荣获 2018 年度伊内斯·德·卡斯特罗基金会文学奖（Prémio Literário Fundação Inês de Castro），跻身该文学奖星光璀璨的名单，和当代葡语文坛颇有影响力的小说家，如 2010 年该奖获得者埃丽娅·科雷亚（Hélia Correia，1949—　）、2011 年获奖者贡萨罗·塔瓦雷斯（Gonçalo M. Tavares，1970—　）和 2013 年获奖者马里奥·德·卡瓦略（Mário de Carvalho，1944—　）等交相辉映。阿尔梅达的获奖作品是她的第二本小说《罗安达，里斯本，天堂》（*Luanda, Lisboa, Paraíso*，2018），其精细而极具感染力的叙事笔触、独特的视角和入微的观察力获得了评委团的一致认可。小说讲述了一个发生在上世纪八十年代的故事。安哥拉首都罗安达一个医院的助产士卡多拉·德·索萨把瘫痪在家的妻子格洛丽娅托付给女儿茱斯汀娜照顾，自己带着脚部残疾的儿子阿喀琉斯（Aquiles）背井离乡去里斯本寻医问药。小说的书名和人物的名字颇有宿命意味，反射出现实和想象的巨大反差："天堂"其实是里斯本以南一个贫民区的名字；而与古希腊神话英雄阿喀琉斯同名的安哥拉少年也和大英雄一样，有着脆弱的脚跟。父子二人满怀希望地前往大都市里斯本寻找新的生活，起初一切看上去都非常美好而梦幻，然而现实是残酷的，经历过种种遭遇之后，父子二人只得流落到特茹河以南的一个贫民区，拿着救济金艰难求生。这部感人的小说再度促使读者关切非洲葡语国家移民在葡萄牙的生存状况，使人不得不对人性以及现代社会的公平性进行反思。

二、佛得角的葡语文学

精巧的非洲岛国佛得角近年来逐渐展现出其在旅游和文化方面的独特魅力，在葡语世界乃至全球都引起了关注。2018 年也是佛得角文学的丰收之年。

继 2009 年诗人阿尔梅纽·维埃拉（Arménio Vieira，1941—　）荣获葡语文坛最高荣誉卡蒙斯奖之后，作家热尔曼诺·阿尔梅达 2018 年又将该奖带回佛得角。这位拥有众多读者、作品被译介到欧洲各国的律师作家对能够获得第三十届卡蒙斯奖表示非常惊喜，而由葡萄牙、巴西、安哥拉和佛得角重要学者组成的评委团则一致赞同以该奖表彰作家对葡萄牙语这门全球性的语言所做出的杰出贡献。热尔曼诺·阿尔梅达丰富多彩的文学创作将记忆、见证和想象均衡地结合起来，以其独特的幽默风格直通人心，完美地体现出葡萄牙语的可塑性和感染力。继其经典的《纳布姆森诺·达·席尔瓦·阿劳约先生的遗嘱》（*O testamento do Sr. Napumoceno da Silva Araújo*，1996）之后，2018 年，阿尔梅达延续他擅长的叙事方式，以一位传奇人物之死作为切入点，讲述了一个充满玄机的故事。新小说《忠诚的死者》（*O*

fiel defunto，2018）情节紧凑而扣人心弦，故事以一场谋杀案开始：
在佛得角的文化中心明德卢市（Mindelo），该国最著名也最受欢迎的
小说家、狡黠顽皮的米盖尔·洛佩斯·马西埃拉在其新书发布会之前
突然死了，本来要发布的新书成了他的绝唱。发布会上，各地涌来索
取签名的众多读者难以接受这个突如其来的消息，现场躁动，而作家
生前的朋友和熟人——其中有作为新书介绍人的佛得角大学教授、作
家的一生挚爱，还有多年的好兄弟等，对作家的突然死亡表现出令人
难以琢磨的态度。阿尔梅达在该小说中再展他的幽默才华，对佛得角
社会、文化和政治界的种种现象以及岛国传统小资产阶级的生活趣味
进行了入木三分的讽刺，令人读之捧腹，读后又掩卷深思。

佛得角著名女作家迪娜·萨卢斯蒂奥在 2018 年重返文坛，令人
瞩目。她于 1941 年出生于佛得角，曾是记者、社工和教师，长期关
注教育事业、呼吁保护非洲妇女儿童的权利。萨卢斯蒂奥的新作品
《天主的孩子们》（*Filhos de Deus*，2018）辑录了 35 个短篇小说，其
中包括大量独白体小说，以佛得角的大海和港湾为背景，延续了佛得
角海岛文学传统中对聚散离愁的细腻体验，也对岛国人民二三十年来
的现实忧虑和社会问题展开思辨和分析。作家表示，她的这部作品主
要奉献给青少年读者，希望激发青少年对现代社会的思考和对自由独
立的追求。这位擅长以女性视角分析和批判非洲男权社会的作家，在
这部新作品中所展示出的视角更为宽阔而内省。她放眼整个佛得角社
会，有意对公民意识和责任感进行培养和引导。萨卢斯蒂奥在非洲
葡语文坛有着不凡的影响力。1994 年，她以《温柔的夜色》（*Mornas
eram as noites*，1994）成为佛得角第一位出版作品的女作家，并获得
了佛得角儿童文学奖（Prémio de Literatura Infantil de Cabo Verde）。其
后，她出版了小说《色拉诺的疯女人》（*A louca de Serrano*，1998），

这部作品被公认为佛得角文学史上的重要里程碑，致力于反对种族歧视、性别歧视的公益组织吉雷德斯学院（Instituto Geledés）把这部作品列为非洲葡语文学十大重要作品之一，将萨卢斯蒂奥与米亚·科托、卢安迪诺·维埃拉（Luandino Vieira，1935— ）、佩佩特拉、若泽·埃杜阿多·阿瓜鲁萨和保丽娜·西齐安内（Paulina Chiziane，1955— ）等作家齐名。值得一提的是，萨卢斯蒂奥也是第一位作品被翻译为英文的佛得角女作家，她的小说《色拉诺的疯女人》英文版（*The Madwoman of Serrano*，2018， 由 Jethro Soutar 翻译） 也在 2018 年入选了笔会翻译奖（PEN Translation Award）的决赛名单。同样在 2018 年，她受邀参加了在中国澳门举行的"文学之路"活动（Festival Literário Rota das Letras），相信不久之后她的作品也会被翻译为中文，赢得更多读者的关注。

佛得角另一位著名女作家、佛得角科学院前任主席、葡萄牙科学院院士薇拉·杜阿尔特（Vera Duarte，1952— ）在 2018 年发表了新诗集《欢笑与泪水》（*Risos e lágrimas*，2018）。这位致力于维护人权和女性解放的作家将这部新作品特别献给佛得角人民以及巴西的学者和文化人士，以感谢巴西学界对她的作品的关注和研究，鼓励葡语界的作者加强合作和交流。在这部抒情诗集中，作者与读者分享了她生活中的欢笑以及她为非洲的贫困和战争等苦难所流下的泪水，将个人的欢喜、悲愁与世界的战争、和平联系起来，展开对人类共同命运的思考。

除了这些令人关注的新作品之外，2018 年佛得角也在文化部的推动下重新出版了两部该国文学史上的经典小说：巴尔塔萨尔·洛佩斯（Baltasar Lopes，1907—1989）的《小西科》（*Chiquinho*，1947）和曼努埃尔·洛佩斯（Manuel Lopes，1907—2005）的《暴雨》（*Chuva*

Braba，1956），这也充分展现了文学教育在佛得角社会所受到的重视。《小西科》真实地反映了上世纪三十年代佛得角人民的生活景象，在当时引发了佛得角和葡萄牙有识之士的深思：受自然条件的限制，在海岛上开展农业非常艰难，但是岛民们仍然顽强地与自然抗争，以主角小西科为代表的有文化的人们向往去异国寻求更好的生活，但又不得不面对海岛闭塞而困窘的现实。《暴雨》平实的叙述手法和表现的主题和《小西科》相似，描述了佛得角青年去留两难的困境。《暴雨》的主角曼内金与他的家人忍受着海岛恶劣的天气，艰难维生；曼内金渴望跟着教父移民，去巴西生活，但坚守传统的长辈们却批评他不应该抛弃家人和神圣的故乡，迫使曼内金在梦想与现实之间作出抉择。

三、几内亚比绍的葡语文学

拥有较长历史的佛得角文学越来越繁荣，起步相对较晚的几内亚比绍文学也在慢慢地发展着。2018 年，几内亚比绍的著名作家阿卜杜莱·西拉出版了剧作《困境》（*Kangalutas*，2018）。在这部喜剧作品中，作家使用生活化的语言，打破记忆与现实的分界，讲述了几内亚比绍人和葡萄牙人共同的生活经历。作家以幽默的口吻描述生活中的种种困境、爱情的变化多端以及历史遗留的伤痕，引发读者思考人性的共通之处，从而追求社会的宽容性，促进不同民族间的和睦相处。

几内亚比绍的一些深重的社会问题也牵动着国际社会的关注，比如童婚现象以及摧残女性身心健康的割阴现象等。2018 年，在葡萄牙政府的资助下，几内亚比绍在保护女性权利方面进行了广泛的教育普及工作，各公益机构也利用文学形势促进几内亚比绍的青少年教育。2018 年，友好帮助公益会（Ajuda Amiga）主席若泽·卡洛斯·福图纳多（José Carlos M. Fortunato）向几内亚比绍图书馆赠送了 2017 年在葡萄牙出版的《几内亚比绍传说故事》（*Lendas e contos da Guiné-Bissau*，2017）。该书收集了几内亚比绍的多个民间故事和动物寓言，配有葡萄牙和几内亚比绍艺术家所作的插图，选材积极向上，鼓励青少年团结一致、共同努力。如几内亚比绍勇气的象征——《姜奇·瓦利的故事》（"A lenda de Djanqui Uali"），它讲述了卡布国（Cabú）的末代皇帝不畏强敌，以 600 勇士血战 40 000 大军，最终获得胜利的故事。

四、莫桑比克的葡语文学

作为非洲文学大国，莫桑比克 2018 年的文学作品也比较丰富，有诗歌、小说和寓言等。

阿尔曼多·阿图尔（Armando Artur，1962— ）出版了诗集《存在的再造和石头的疼痛》（*A reinvenção do ser e a dor da pedra*，2018）。这部散文诗集围绕着存在这个重大命题，以 20 世纪哲学对于存在和虚无与人类语言之关系的探讨为启发，探讨国家与民众生活，并在哲学层面进行思考。

青年诗人和教师桑加雷·欧加皮（Sangare Okapi，1977— ）出版了一本小小的诗集《贝壳上的小孔》（*Os poros da concha*，2018），再度展示了他缠绵悱恻的诗歌风格。欧加皮的诗歌颇受传统印度情诗和擅长表现细腻情感的莫桑比克重要诗人克拉维利尼亚（José Craveirinha，1922—2003）、佩特拉金（Luís Carlos Patraquim，1953— ）的影响，想象奇崛大胆，意象异常丰富，充满感官冲击力，却又浑然天成、不失典雅。这位正值创作旺盛期的作家曾经获得 2002 年度鲁伊·德·诺荣尼亚基金会新人奖（Prémio Relevação

Fundação Rui de Noronha）、2008 年度若泽·克拉维利尼亚文学奖荣誉奖（Menção Honrosa no Prémio José Craveirinha de Literatura）等重要奖项。他在这部新作中撷取碎片感的画面，如身体的局部、声音、皮肤等，将欲望和想象与大自然巧妙结合，创造性地将封闭和亲密性的情色描绘与大海、烈日、灵动的植物和动物等开阔的景象交织在一起，令人耳目一新。

青年作家卢西里奥·曼加特（Lucílio Manjate，1981— ）推出了新小说《巴克利诺的悲惨故事》（A triste história de Barcolino，2018）。小说讲述了一个渔夫在印度洋失踪又归来的神秘故事，探讨了存在的多种可能。渔夫回到莫桑比克他所居住的村庄，发现所有人都大惊失色，大家不知道他到底是假装成活人的僵尸，还是冒充"死者"的活人。而在渔夫村中，也充满了各种复杂的人物，有的活在生与死之间，有的活在假象与现实之间。这个看上去有些荒唐可笑的故事揭示了一个沉重的主题：穷人往往在世人的冷漠中挣扎求生。小说中，渔夫为了生计不得不出海捕鱼，他的生活异常艰辛，却又常常被人轻视。危险的工作将他逼迫到非生非死的境地，他费尽周折却无法获得亲情和乡情的安慰。这个残酷的故事或能引发读者对弱势群体的同情和关注，呼唤人间真情。

米亚·科托则出版了一个短小精悍的儿童文学故事《影子的庭院》（O pátio das sombras，2018），它是卡普拉那出版社"莫桑比克故事"系列的又一作品。该系列旨在向巴西读者介绍莫桑比克的传统口头文学。和曼加特的小说一样，故事与生死这个重大命题有关。故事中的小男孩和家人一起住在村子里。有一天，奶奶说觉得累了，不去种植园劳动了。种植园里大家一起做着农活的时候，家人听到村子里传来很热闹的声响，以为是奶奶在家招待她的朋友们。小男孩跑回去看个究竟的时候，却发现奶奶独自一人在家。百思不得其解的小男孩最终在奶奶的指点下明白了生与死的道理。米亚·科托希望通过这个具有巫术般神秘感的故事让我们重新审视生与死的边界，明白那些被铭记的死者其实都没有真正死去，而是在某种意义上还活着。作品的插图是莫桑比克著名艺术家马兰加塔纳（Malangatana，1936—2011）绘制的，色彩斑斓、震撼人心。

马塞洛·潘瓜那（Marcelo Panguana，1951—　）也在卡普拉那出版社的"莫桑比克故事"系列推出了一个小故事《莱奥娜，沉默的女儿》（*Leona, a filha do silêncio*，2018）。莱奥娜是狮王和王后的女儿，她非常美丽，但是一直很悲伤，又默默无言。狮王和王后为了爱女远走他乡，最后带回来一件嫁衣，宣布将女儿嫁给能使她开口说话的人。然而没有人知道，其实莱奥娜早就心有所属，她急切地盼望着爱人归来。莫桑比克画家路易斯·卡多佐（Luís Cardoso，1962—　）为该故事作了具有沙画效果、充满感染力的插图。

作家阿德里诺·蒂莫提奥（Adelino Timóteo, 1970—　）也在同一系列讲述了一个小故事《在鳄鱼村里》（*Na aldeia dos crocodilos*，2018），配有莫桑比克画家席尔瓦·顿杜罗（Silva Dunduro，1964—　）线条粗粝、有着巨幅壁画感的插图。故事发生在河边的一个鳄鱼村，那里土地肥沃，种什么都能生长得很快。爷爷告诉小男孩，河里的"鳄鱼"其实不是爬行动物，而是人。小男孩觉得爷爷一定是糊涂了，直到有一天，爷爷失踪了，为了寻找爷爷，小男孩逐渐发掘出了鳄鱼的秘密。这个故事取材于莫桑比克赞贝泽河谷（Vale do Zambeze）地区的民间传说，当地传统认为，在河的下面另有一个世界，里面住着被鳄鱼劫走的人。故事虽然看似古朴粗犷，但包含着部落文化对生死、自由与奴役的深刻体验。

卡普拉那出版社对于非洲文化的关注和支持也显示出巴西和莫桑比克之间频繁的文化往来，以及两国对反殖民历史的共同思考。2018 年 11 月 10 日，巴西巴拉那州庆祝"黑人意识日"，巴拉那州立大学（Universidade Federal do Paraná）组织了多个研讨会，其中包括第四届拉美黑人文学研讨会（IV Simpósio de Literatura Negra Ibero-Americana），会上特别讨论了非洲和巴西的儿童文学作品。受邀参加该纪念日的是莫桑比克女作家保丽娜·西齐安内（Paulina Chiziane，1955—　）。她于 1955 年出生于莫桑比克，曾参加莫桑比克解放战斗，也是该国第一位发表小说作品的女性。她的代表作《尼克西：一夫多妻的历史》（Nikeche: uma História de poligamia，2002）严肃批判了莫桑比克一夫多妻的陋习。作家以此作品获得了 2003 年度的若泽·克拉维利尼亚文学奖。保丽娜·西齐安内在她的作品中深切关注非洲女性的生活状况和莫桑比克社会问题，诸如种族歧视、战争遗留的创伤、传统男权社会的陋习、新老几代人之间的冲突等。作家经常拒绝被称为小说家，她明确表示自己只是一个讲故事的人，不愿意被任何标签框定。她所讲述的故事常常是她的所闻所见所感，希望多以其作品为弱势群体发声。此外，她喜爱民间传说特有的表现力、活力、灵性以及与大地紧密相连的特性，不赞成过度的渲染和矫饰，始终保持质朴无华的创作风格。

五、圣多美和普林西比的葡语文学

圣多美和普林西比女作家欧琳达·贝雅是民间文学传统的忠实守护者和继承人，也是儿童文学作家。她在葡语都会联合体（União das Cidades Capitais de Língua Portuguesa）发布了新书《西芒·巴拉朗》（Simão Balalão，2018）。故事讲述了顽童西芒想方设法逃离他所居住的小岛去探索大千世界的故事。情节生动，引人遐想。

结语

2018 年非洲葡语文学百花齐放，在传统的基础上有所创新，非洲各葡语国家与其他葡语国家和地区之间的文化往来也越来越频繁，鼓舞人心。非洲葡语文学迸发出强大的创造力，展现出多姿多彩、受到当地传统启发的想象力，同时也显示出越来越宏大的视角。在小说创作上，作家们针砭时弊，特别关注弱势群体的生活状况和对青少年的教育引导，以文字的力量推动着不同社会群体之间的沟通以及非洲民主化的进程。而在诗歌和散文创作上，作者们将对生活与现实的思考提升到哲学层面，对存在问题进行探究。随着大量青年作家的成长，充满活力的非洲葡语文学在未来将会展现出怎样的光彩，和葡语世界及其他区域的交流又将迸发出怎样的火花，这些都令广大读者拭目以待。

参考文献：

Brincher, Sandro. "10 obras fundamentais da literatura africana de língua portuguesa." 12 Fev. 2010. Web. 28 Jun. 2019.
<https://www.geledes.org.br/10-obras-fundamentais-da-literatura-africana-de-lingua-portuguesa/>.

Brito-Semedo, Manuel. "'O Fiel Defunto', de Germano Almeida." *Esquina do Tempo.* 30 Jun. 2018. Web. 29 Jun. 2019.
<https://brito-semedo.blogs.sapo.cv/o-fiel-defunto-de-germano-almeida-595524>.

—. "Reedição d'Os Clássicos pela Biblioteca Nacional." *Esquina do Tempo.* 14 Fev. 2019. Web. 28 Jun. 2019.
<https://brito-semedo.blogs.sapo.cv/reedicao-d-os-classicos-pela-biblioteca-601195>.

Carvalho, Carina. "Paulina Chiziane: uma voz feminina em África." 20 Set. 2018. Web. 28 Jun. 2019.
<https://homoliteratus.com/paulina-chiziane-uma-voz-feminina-em-africa/>.

Castiano, José. "Uma carta ao Armando Artur da *Reinvenção do Ser.*" 9 Dez. 2018. Web. 29 Jun. 2019. <http://opais.sapo.mz/uma-carta-ao-armando-artur-da-reinvencao-do-ser1>.

Cipriano, Rita. "Cabo-verdiano Germano Almeida vence Prémio Camões 2018." 21 Mai. 2018. Web. 28 Jun. 2019. <https://observador.pt/2018/05/21/cabo-verdiano-germano-almeida-vence-premio-camoes-2018/>.

"Dia 24 de Março Lançamento do Livro." Mar. 2018. Web. 29 Jun. 2019. <http://conosaba.blogspot.com/2018/03/dia-24-de-marco-lancamento-do-livro.html>.

"Dina Salústio apresenta o seu mais novo romance, Veromar, o 40º livro das edições Rosa Porcelana." *Sapo Muzika.* 11 Mai. 2019. Web. 28 Jun. 2019. <https://muzika.sapo.cv/eventos/novidades-eventos/artigos/dina-salustio-apresenta-o-seu-mais-novo-romance-veromar-o-40o-livro-das-edicoes-roa-porcelana/>.

"Djaimilia Pereira de Almeida vence Prémio Literário Fundação Inês de Castro 2018." 19 Mar. 2019. Web. 28 Jun. 2019. <https://observador.pt/2019/03/19/djaimilia-pereira-de-almeida-vence-premio-literario-fundacao-ines-de-castro-2018/>.

"Editora lança *O Pátio das Sombras,* escrito por Mia Couto." 11 Out. 2018. Web. 28 Jun. 2019. <http://www.prodentrodaafrica.com/cultura/editora-lanca-o-patio-das-sombras-escrito-por-mia-couto>.

"Escritor Germano Almeida vence Prémio Camões 2018." DW. 21 Mai. 2018. Web. 28 Jun. 2019. <https://www.dw.com/pt-002/escritor-germano-almeida-vence-prémio-camões-2018/a-43871415>.

"Escritora Vera Duarte dedica novo livro de poesia a cabo-verdianos e brasileiros." Mai. 2018. Web. 28 Jun. 2019. <https://muzika.sapo.cv/eventos/novidades-eventos/artigos/escritora-vera-duarte-dedica-novo-livro-de-poesia-a-cabo-verdianos-e-brasileiros>.

"Há gente em casa." 2019. Web. 28 Jun. 2019. <https//www.leyaonline.com/pt/livros/poesia/ha-gente-em-casa/>.

"Kapulana lança Na Aldeia dos Crocodilos e O Caçador de Ossos, na Mostra de Literatura Negra, na Galeria Olido, em São Paulo." Mai. 2018. Web. 2 Jul. 2019. <http://www.kapulana.com.br/16-03-a-18-03-2018-lancamento-de-contos-de-mocambique-na-mostra-de-literatura-negra-ciclo-continuo/>.

"Lançamento do Livro Infantil Simão Balalão de Olinda Beja." 26 Jan. 2018. Web. 30 Jun. 2019. <http://www.uccla.pt/eventos/lancamento-do-livro-infantil-simao-balalao-de-olinda-beja/>.

"Leona, a Filha do Silêncio." 2019. Web. 30 Jun. 2019.
<http://www.kapulana.com.br/produto/leona-a-filha-do-silencio-9-contos-de-mocambique>.

"Livro: *Kangalutas*, de Abdulai Sila." 22 Out. 2018. Web. 29 Jun. 2019.
<http://ditaduraeconsenso.blogspot.com/2018/10/livro-kangalutas-de-abdulai-sila.html>.

Magalhães, Chissana. "Novos contos de Dina Salústio são sobre a modernidade e a liberdade." Expresso das Ilhas. 19 Mai. 2018. Web. 28 Jun. 2019.
<https://expressodasilhas.cv/cultura/2018/05/19/novos-contos-de-dina-salustio-sao-sobre-a-modernidade-e-a-liberdade/58122>.

Matusse, Gilberto, et. al., org. "Bibliografia sobre Literatura Moçambicana em Português." 2018. Web. 28 Jun. 2019.
<https://catedraportugues.uem.mz/?_target_=bibliografia-literatura-moc>.

"Novo livro de Pepetela critica a política em África." DW. 19 Set. 2018. Web. 28 Jun. 2019.
<https://www.dw.com/pt-002/novo-livro-de-pepetela-critica-a-política-em-áfrica/a-45551466>.

"O Paraíso e Outros Infernos." 2018. Web. 28 Jun. 2019.
<https://www.quetzaleditores.pt/produtos/ficha/o-paraiso-e-outros-infernos/21342390>.

"Obra de Dina Salústio entre os finalistas ao Prémio PEN de tradução." *Expresso das Ilhas*. 6 Jul. 2018. Web. 28 Jun. 2019.
<https://expressodasilhas.cv/cultura/2018/07/06/obra-de-dina-salustio-entre-os-finalistas-ao-premio-pen-de-traducao/58934>.

"Paulina Chiziane celebra Consciência Negra no Brasil." *O País*. 11 Nov. 2018. Web. 28 Jun. 2019.
<http://opais.sapo.mz/paulina-chiziane-celebra-consciencia-negra-no-brasil>.

"Pepetela acredita num novo ciclo e demite deixar de escrever sobre a história de Angola." *Rádio* Observador. 30 Set. 2018. Web. 28 Jun. 2019.
<https://observador.pt/2018/09/30/pepetela-acredita-num-novo-ciclo-e-admite-deixar-de-escrever-sobre-a-historia-de-angola/>.

"Pepetela fecha ciclo dedicado a Angola com novo livro que leva à Escritaria de Penafiel." *Diário de Notícias*. 1 Out. 2018. Web. 28 Jun. 2019.
<https://www.dn.pt/lusa/interior/pepetela-fecha-ciclio-dedicado-a-angola-com-novo-livro-que-leva-a-escritaria-de-penafiel-9934395.html>.

Remédios, José dos. "O leitmotiv em *Os Poros da Concha*." O País. 21 Mar. 2019. Web. 29 Jun. 2019.
<http://opais.sapo.mz/o-leimotiv-em-os-poros-da-concha>.

Rocha, Ana T. "*Há gente em casa*, de Ondjaki" Web. 29 Jun. 2019.
<http://www.agostinhoneto.org/index.php?option=com_docman&task=doc_

view&gid=76&tmpl=c>.

"Semana dedicada a Pepetela teve início esta segunda-feira na Escritaria de Penafiel."
Jornal Público. 1 Out. 2018. Web. 28 Jun. 2019.
<https://www.publico.pt/2018/10/01/culturaipsilon/noticia/semana-dedicada-a-
pepetela-teve-inicio-esta-segundafeira-na-escritaria-de-penafiel>.

"A Triste História de Barcolino, o homem que não sabia morrer." 2019. Web. 30 Jun. 2019.
<http://www.kapulana.com.br/produto/a-triste-historia-de-barcolino-o-homem-
que-nao-sabia-morrer>.

"Veja 8 autores africanos que escrevem em português e suas obras." *NET Educação*. 10
Jun. 2016. Web. 28 Jun. 2019.
<https://www.institutonetclaroembratel.org.br/educacao/nossas-novidades/noticias/
veja-8-autores-africanos-que-escrevem-em-portugues-e-suas-ibras/>.

作者：周淼，葡萄牙科英布拉大学人文学院；
　　　季朝阳，北京外国语大学西班牙语葡萄牙语学院

2018 年哈萨克斯坦文学概览 [1]

张　辉　高　鑫

内容提要：2018 年，哈萨克斯坦文学领域生机盎然，"金笔"文学奖、金合叶子文学奖和文学与艺术领域国家奖等是哈萨克斯坦的主流文学奖项。这一年，哈萨克斯坦文学领域还出现了新特点，即经典文学"走出去"和"引进来"。以《现代哈萨克语文学选集》为代表的众多哈萨克斯坦文学作品被翻译成多种文字走向世界的同时，还有一批优秀的当代经典海外文学作品走进哈萨克斯坦。

2018 年对哈萨克斯坦文学领域而言是十分重要的一年，文学界通过"金笔"文学奖、金合叶子文学奖以及文学与艺术领域国家奖等评选出多部优秀作品。这些作品不仅提高了哈萨克斯坦文学在国际社会的影响力，也为哈萨克斯坦提升国家形象发挥了重要作用。

一、"金笔"（Алтын қалам）文学奖

"金笔"文学奖是哈萨克斯坦优秀文学作品的诞生地和高水平文

1　本文为国家社科基金重大项目"新世纪东方区域文学年谱整理与研究 2000—2020"（17ZDA280）的阶段性成果。

学家的黄金储备库。2018 年，哈萨克斯坦"金笔"文学奖评选进入第九个年头，呈现出一些新特点。第一，新的评选形式。评选首次以网络投票的形式进行初选，得票前五名的作品进入复选，最后由评审专家和著名作家联合组成的评审委员会评选出最终获奖作品。第二，新的作品来源。自 2009 年首次开赛以来，参赛作品数量逐年递增，2018 年的参赛作品数量已接近 900 部，并有多个国家的作品参选，为评选注入了新的活力。第三，新的分奖项设置。与 2017 年不同，2018 年"金笔"文学奖设 13 个分奖项，其中，哈萨克斯坦语奖项取消"阿拉什奥尔达 100 周年"奖，增设两项新奖，而俄语奖项则减少两项，因此，评选的难度也随之增加。

（一）哈萨克斯坦语奖项

在修改部分历届奖项的基础上，2018 年的"金笔"文学奖哈萨克斯坦语部分共设置 7 个分奖项，包括年度最佳散文奖、年度最佳"达拉博兹"（ДАРАБОЗ）少年儿童文学奖、年度最佳讽刺作品奖、年度最佳幻想与侦探小说奖、年度最佳小说奖、年度最佳电影剧本与戏剧奖和哈萨克语文学重大贡献奖。

1. 年度最佳散文奖

2018 年，最佳散文奖的获得者是出生于阿拉木图州江布尔县、毕业于哈萨克斯坦国立师范大学的著名作家耶斯波拉特·阿依达博森（Есболат Айдабосын，1981—   ）。他曾入选哈萨克斯坦记者联盟，其作品常见诸各大知名出版物和文学网站。此次评选中，他凭借散文《艰苦的岁月》（Ит тірлік）赢得了广大读者和评委的喜爱。散文通过对一条命运曲折的猎狗进行细致的描写，映衬出作者对往事的回忆、沉思与感慨。散文以对狗窝中微观场景的描写作为开篇：狗窝里，小狗们为了一块骨头争得面红耳赤，闯过天涯、见过世面的主人公厄兹赫特是这个猎狗家庭中的长者，它从喉咙中挤出低沉而带有威严的呜呜声后，小狗们跑到厄兹赫特的身边，仿佛每条狗都得到了厄兹赫特的垂青。然而，厄兹赫特不愿与小狗们争抢食物，尽管已经饥饿难耐，但它依然表现得像刚饱餐了一顿。这是厄兹赫特的现状，也是其命运的缩影。

随后，作者描写了一只来到厄兹赫特主人家的猎狗，它的名字叫金热。刚来时，它就得到了厄兹赫特的主人的溺爱，这对厄兹赫特的生活产生了重要影响，厄兹赫特的生活因失去主人的宠爱陷入了混乱。主人的偏心表现得相当明显，当两只猎狗发生争吵时，厄兹赫特总被主人无情地责骂，它能做的只有独自默默地伤心眺望。金热的食物中常常出现几块带着肉的羊骨，而厄兹赫特已经好久没有吃到肉了。

该散文通过对厄兹赫特命运的描写，折射出作者草原生活中历经的曲折命运，也映衬出作者的不屈斗志和对美好生活的无限向往，为读者营造了一个无尽的想象空间。

2. 年度最佳"达拉博兹"少年儿童文学奖

2018 年最佳"达拉博兹"少年儿童文学奖的获得者是贝肯·伊布拉依姆（Бекен Ыбырайым，1950—　）。作者出生于阿拉木图州，毕业于哈萨克斯坦埃尔法拉比国立大学，曾先后就职于《七河》（Жетісу）报社、国家图书局、《哈萨克文学》（Қазақ әдебиеті）报社、哈萨克斯坦科学院、哈萨克斯坦人文法律大学和《天鸽》（Көгершін）杂志社等。他的作品曾先后斩获多个奖项，代表作包括诗歌《晨曦》（Таң шапағы）、文学批评《艺术视野》（Көркемдік көкжиегі）、中篇小说《夏日》（Жаз күндері）和文学批评《思想与言语》（Ой мен сөз）等。此次，他凭借《旅行之友》（Саяхатшы достар）获得该奖项。该作品以一只名为泰玛斯（Таймас）的小狗为线索，通过 21 个小故事讲述了泰玛斯在不同境遇中的奇幻之旅。书中包括农村场景中的《空无一人》（Ешкім жоқта）、《第一问》（Алғашқы сұрақ）等 10 个小故事，以及天空场景中的《空中旅行，星星》（Аспанға саяхат. Жұлдыздар）、《天空中有几颗星？》（Аспанда қанша жұлдыз бар？）等 11 个小故事。

在 21 个小故事中，作者以科幻手法设定了具有想象力的情节，这对少年儿童有着强烈的吸引力。如在《空无一人》这个故事中，胆小的泰玛斯希望寻找一些有趣的事情，壮胆走出了自己的"保护伞"。它来到乡村的小路，这里没有一个人，但胆小的泰玛斯总觉得似乎有"人"在跟着它。它试图摆脱这个可怕的"人"，但无论它走到哪里，这个无声无息的"人"都会跟着它。它终于鼓足勇气回头看时，却发现这讨厌的"人"竟然是自己的影子，泰玛斯这才放下心来。后来，它又发现尾巴不断向自己招手，便开始追逐自己的尾巴，任凭它怎么用力，尾巴的速度总是超乎它的想象，它怎么也够不着，结果便不断地转起圈来，甚至因为用力过猛，差点跌倒。突然，它想到："如果有人看到我，那该多丢人啊。"它露出了久违的笑容，偷偷向四周看了看，幸好，空无一人。

作者运用细腻的写作技法，通过一个有趣的小狗世界，为少年读者描绘了一个缤纷的童话天堂，独特韵律令人回味无穷。

3. 年度最佳讽刺作品奖

2018 年最佳讽刺作品奖的获得者是卡纳哈提·阿布海尔（Қанағат Әбілқайыр，1981—　）。他出生于阿拉木图州，毕业于哈萨克斯坦埃尔法拉比国立大学，在哈萨克斯坦文学界享有极高的声誉，也是哈萨克斯坦作家联盟成员，曾获得"谢博尔"（Серпер）青年奖和布·贸莫什乌勒"英雄庇护"(Батыр шапағаты)奖。他的代表作包括《纸城》(Қағаз қала)、《勿忘我》(Ұмыт мені)和《引号中的故事》(Тырнақшаның ішіндегі әңгіме)等讽刺作品。此次评选中，他的获奖作品是短篇讽刺小说《县长与情妇》(Әкім мен қатын)。故事发生在一个寒冷的冬季。当人们忍受着严寒，为生活奔波于街头巷尾时，县长和情妇却以"出差"为由，用搜刮百姓和偷税漏税得来的不义之财去海滨度假。二人乘坐小船来到一处小岛，但小岛突然遭到暴风袭击，二人钻进树洞，艰难求生。就在死神来临之际，县长与情妇怀疑这或许是上天对他们的惩罚。在县长看来，这是失职、渎职带来的报应，而情妇更是将这突如其来的灾难视为欺骗百姓得到的恶果。不知过了多久，海水慢慢退去，太阳再次升起，海鸥再次歌唱，一切就像没发生一样。然而，对县长与情妇来说，挥之不去的是心中的负罪感。

作品以历险记的方式，通过对话的形式刻画了人物的内心变化，向读者生动地展现了二人的忏悔过程，使读者能够身临其境地感受到讽刺的意味。

4. 年度最佳幻想与侦探小说奖

2018 年最佳幻想与侦探小说奖的获得者是朱斯普·努尔托列·拜特列斯乌勒(Жүсіп Нұртөре Байтілесұлы, 1961—　)。他出生于克孜勒奥尔达州，毕业于哈萨克基洛夫国立大学，曾任职于《红旗》(Қызыл ту)报社、《独立哈萨克斯坦》(Егемен Қазақстан)报社、《青年阿拉什》(Жас Алаш)报社、《一路平安，哈萨克斯坦》(Ақ жол, Қазақстан)报社、《阿斯塔纳消息》(Астана хабары)报社和《公开》(Айқын)报社。此前，他曾获得哈萨克斯坦记者联盟"拜·布克舍夫"奖和大众媒体"总统"奖等，并被授予"哈萨克斯坦宪法颁布十周年"和"哈萨克斯坦独立十周年"奖章。其代表作是：《我们比谁少？》（Біз кімнен кембіз?）、《哈萨克姑娘》（Қазақтың қызы）和《阴影与山冈》（Елес пен белес）。此次获奖作品是幻想侦探小说《龙》（Аждаһа）。作品共分 30 章，以人口危机为背景，以"黄金十亿"（Алтын миллиард）理论为线索，串联起整个故事。[2] 作品开篇时，地球上的资源面临枯竭，人口问题已经无法控制，人们相信"世界末日"即将到来。发达国家开始发展太空计划，通过拜科努尔等航天发射场，将"优等民族"转移到其他星球继续生存，而剩下的绝大部分穷人只能承受资源枯竭、自生自灭的命运。

主人公哈萨克族人阿塔想方设法将自己的孙子送上了飞船。离别之际，阿塔说出了自己的心愿。他劝孙子要不畏艰险、勇往直前，还要努力延续哈萨克民族的星火。作品中哈萨克族人阿塔送走了孙子，自己却留在了地球，最终将希望留给了后人。这突显了作者作为哈萨克族人的荣耀感和对本民族的热爱。

通过描写科幻背景下的爱情、友情和亲情，作者诠释了在生死关头哈萨克族的人间大爱，让读者深切感受到人间的美好。

5. 年度最佳小说奖

2018 年最佳小说奖的获得者是阿依登·卡勒姆汗（Айдын Кәлімхан，1969— ）。他出生于中国新疆，毕业于新疆广播电视大学，曾任职于《塔尔巴哈台》报社、《阿拉套》报社和《塔尔迪库尔干》报社，获得过阿拉木图市长荣誉奖、塔尔迪库尔干市长荣誉奖和哈萨克斯坦记者联盟特别荣誉奖。他的 30 多部作品获州、国家和国际等级别奖项。此次获奖作品是小说《逃亡者》（Қашқын）。小说的

---

2 作品中"黄金十亿"理论的实质就是"优等民族"概念和欧洲中心论。根据这一理论，地球上只有发达国家的十亿人口才配拥有使用资源和财富的权利，而剩下的数十亿人口只配当廉价劳动力，保障上述十亿"优等民族"的生活。

主人公是无端含冤入狱的萨西多拉·多斯江乌勒，他被发配至塔克拉玛干沙漠中的塔勒姆监狱。白天，塔克拉玛干沙漠的地面温度可高达七八十度，自然条件十分恶劣。在哈萨克语中塔克拉玛干意为"进得去出不来"，这里通常被人们称为"死亡之海"。在这种恶劣情形下，为了重返故乡，萨西多拉想尽一切办法逃出监狱。起先他只能暂时投奔朋友，但由于遭到周围人的怀疑，不得不连夜逃窜。最终，他克服了众多艰难险阻，成功穿越了塔克拉玛干沙漠，回到了故乡。尽管命运坎坷，但萨西多拉始终对生活充满希望，他坚信有希望就会成功。

作者通过细致的描写为读者呈现了一个不屈不挠的灵魂。萨西多拉的故事告诉我们，人的命运往往只掌握在自己的手中，只要心中树立了坚定的信念，并勇于吃苦、敢于挑战，则一切皆有可能。

（二）俄语奖项

2018 年，因哈萨克斯坦持续推行哈萨克精神文明复兴和"去俄罗斯化"政策，虽然参加"金笔"文学奖评选的俄语作品也较为丰富，但从奖项设置和宣传程度看，俄语奖项明显逊于哈萨克斯坦语奖项。2018 年的俄语奖项共分为 6 项，分别为年度最佳诗歌奖、年度最佳散文奖、年度最佳"达拉博兹"少年儿童文学奖、"叶森卓拉·多姆拜"年度最佳讽刺作品奖、年度最佳幻想与侦探小说奖、年度最佳电影剧本与戏剧奖。

其中，年度最佳诗歌奖授予了阿拉木图市的拉里撒·卡勒马哈姆别多娃（Лариса Калмагамбетова），年度最佳散文奖授予了卡拉干达州的迪娜·瓦路易斯基（Дина Валуйских），年度最佳"达拉博兹"少年儿童文学奖授予了阿拉木图市的加娜尔古丽·阿依扎科

娃（Жанаргуль Айзакова），"叶森卓拉·多姆拜"年度最佳讽刺作品
奖授予了阿拉木图市的阿尔卡迪·帖普鲁欣（Аркадий Теплухин），
年度最佳幻想与侦探小说奖授予了厄斯克门市的尼古拉·贝奇科夫
（Никоолай Бычков），年度最佳电影剧本与戏剧奖授予了彼得罗巴甫
洛夫斯克市的拉里萨·克里琴科（Лариса Кольченко）。

二、金合叶子（Алтын тобылғы）文学奖

2018 年 12 月 5 日，由总统基金会、作家联盟和国家语言发展中
心共同举办的第四届金合叶子文学奖颁奖暨总结仪式在纳扎尔巴耶夫
中心举行。通过初选的 108 部作品角逐 4 项大奖，每项大奖的奖金是
100 万坚戈。值得一提的是，此次评选正值阿斯塔纳市[3]建市 20 周年，
因此评审委员会特别增设了"阿斯塔纳 20 周年"最佳文学作品专题
奖，奖励基金共计 150 万坚戈。

其中，最佳散文奖颁发给了阿依扎提·拉克舍娃（Айзат
Рақышева，1983—　　），其获奖作品是《迷途的人们》（Адасқандар）；
最佳诗歌奖分别颁发给了卡伊萨尔·卡乌姆别克（Қайсар Қауымбек，
1987—　　）和阿依波勒·依斯拉姆哈里耶夫（Айбол Исламғалиев，
1993—　　），其获奖作品分别是《坟墓，不要悲伤》（Күніренбе,
молалар）和《孤单图画》（Жалғыздық картинасы）；最佳儿童作品
奖颁发给了阿里纳·卡吉纳（Алина Гатина，1995—　　），其获奖作
品是《第二次呼吸》（Екінші тыныс）；"阿斯塔纳 20 周年"最佳文学
作品专题奖颁发给了谢尔汗·塔拉普（Шерхан Талап，1993—　　），
其获奖作品是《阿斯塔纳风采》（Астана бояулары）。由于没有作品

3　为表彰首任总统纳扎尔巴耶夫的贡献，2019 年 3 月，该市更名为努尔苏丹。

符合年度最佳戏剧作品奖的标准，因此无人获得该奖项。

此外，吐尔逊别克·巴沙尔哈（Тұрсынбек Башарға，1988—　）凭借散文《绮丽梅》（Чириме）、阿坎·马尔乎兰（Ақан Марғұлан，1993—　）凭借儿童作品《大熊星座》（Жетіқарақшы）获得了本届新增设的特别奖金。

三、文学与艺术领域国家奖

2018 年，共有 3 名阿肯 [4] 和 2 个创作团队获得文学与艺术领域国家奖。该奖项是为表彰在国家文化发展中做出突出贡献的作家与艺术家设立的。评奖结果需经总统签署法令授权后方可颁布，该奖项在哈萨克斯坦文学与艺术领域有较高的影响力。

其中，3 名阿肯和获奖作品分别是：特内什·阿布德凯科莫夫（Тыныштықбек Әбдікәкімов，1953—　），获奖作品是诗歌与叙事诗集《浅褐色的世界》（Алқоңыр дүние）；阿库什塔普·巴赫特盖列依克孜·巴赫特盖列耶娃（Ақұштап Бақтыгерейқызы Бақтыгереева，1944—　），获奖作品是诗歌与叙事诗集《母亲的秘密》（Анасыры）；奥帖艮·奥拉尔拜乌勒·奥拉尔巴耶夫（Өтеген Оралбайұлы Оралбаев，1952—　），获奖作品是诗歌集《光明时刻》（Шуақты шақ）。两个创作团队以歌剧《阿拜》（Абай）和电影《通往母亲的路》（Анаға апарар жол）获奖。

四、新动向

2018 年是哈萨克斯坦文学领域落实"精神文明复兴"规划的第

4　诗人。

一年，也是哈萨克斯坦政府推动经典文学"走出去"和"引进来"的成功之年，其中一项重要举措就是"面向全世界的现代哈萨克斯坦文化"项目的顺利实施。该项目是纳扎尔巴耶夫总统"精神文明复兴"规划中的一个重要部分，由哈萨克斯坦"精神文明复兴"规划落实工作国家委员会负责具体实施，主要目标是将哈萨克斯坦独立至今在文学、音乐、美术、舞蹈、电影以及歌剧等领域所获得的成就展现给世界。

2018 年，"精神文明复兴"规划落实工作国家委员会的主要任务是将《现代哈萨克语文学选集》（Қазіргі қазақ әдебиетінің антологиясы）中的《哈萨克斯坦现代诗歌选集》（Қазіргі қазақ поэзиясының антологиясы）和《哈萨克斯坦现代散文选集》（Қазіргі қазақ прозасының антологиясы）翻译成 6 种语言，并实施"走出去"战略。两本选集分别包含 30 位哈萨克斯坦作家的作品，其内容获得了哈萨克斯坦作家协会大会的特别批准。国家委员会与西班牙文化部、塞万提斯研究所以及西班牙维索尔利布斯出版社（西班牙语）、英国剑桥大学出版社（英语）、法国国家图书馆和法国 Michel de Maule 出版社（法语）、俄罗斯莫斯科国立大学（俄语）、中国民族出版社（中文）、埃及文化和教育中心（阿拉伯语）等 6 个国家的出版机构共同签署协议，分别负责《现代哈萨克语文学选集》的翻译、出版以及发行等工作。

哈萨克斯坦首任总统纳扎尔巴耶夫的相关著作也被翻译成多种语言出版。其中最有代表性的是《独立时代》（Тәуелсіздік дәуірі），该书包括独立初期哈萨克斯坦走过的艰苦历程、一些重要的历史事件和国家面临的重要任务等内容，其英文版首发仪式于 2018 年 10 月在英国伦敦"亚洲之家"文化中心举行，其阿拉伯文版介绍会于 2018 年

12 月在埃及首都开罗举行。此外，2018 年 4 月，哈萨克斯坦著名小说家伊利亚斯·叶森贝尔林（Ілияс Есенберлин，1915—1983）的长篇历史小说《游牧人》（Көшпенділер）三部曲（阿拉伯文版）介绍会在埃及亚历山大图书馆举行。《游牧人》三部曲描述了从 1456 年创立的哈萨克汗国时代到 1916 年民族解放运动时期的哈萨克民族史，展现了哈萨克汗国时期哈萨克人民的无所畏惧和智慧才能，是世界古典文学和哈萨克斯坦史书的杰出代表。

在经典文学"走出去"的同时，一大批海外文学也被哈萨克斯坦政府"引进来"。其中，具有代表性的是：2018 年 3 月，土耳其著名诗人尤努斯·埃姆雷的《诗歌集》（Жырлар）（哈萨克文版）介绍会在阿拉木图举行；2018 年 4 月，收录了阿塞拜疆 40 多名诗人作品的《现代阿塞拜疆诗歌选集》（Жаңа заман әзербайжан поэзиясының антологиясы）（哈萨克文版）在阿斯塔纳（现为努尔苏丹）市举行首发仪式；2018 年 10 月，由著名学者拉施德丁编写，介绍世界各民族史、蒙古帝国和突厥各民族历史的《史集》（Жамиғ ат-тауарих）（哈萨克文版）正式出版；2018 年 10 月，法国历史学家约瑟夫·卡斯塔尼奥介绍哈萨克草原的相关作品也在哈萨克斯坦出版。

结语

纵观 2018 年的哈萨克斯坦文坛，多项重要奖项的评选意义重大、影响深远，为哈萨克斯坦文学的发展注入了新的活力。2018 年也是哈萨克斯坦文学"走出去"和"引进来"的成功之年，一批有代表性的哈萨克斯坦文学作品被翻译成多种文字，进入世界各国文学爱好者的视野。通过出版以及各种活动培养国外读者对哈萨克斯坦文学的阅读兴趣，带动国外出版业和媒体对哈萨克斯坦文学的关注。与此同时，一批国外经典名著走进哈萨克斯坦，开拓了哈萨克斯坦读者了解世界文学的途径。哈萨克斯坦文学领域的两个新动向互相补充，共同促进了哈萨克斯坦文学的发展。

参考文献：

Балбал. «АЛТЫН ҚАЛАМ 2018» жүлдесінің жеңімпаздары анықталды. 08 Nov. 2018. Web. 04 Jun. 2019. <http://balbal.kz/tanyim/altyin-alam-2018-zh-ldesini-zhe-impazdaryi-anyi-taldyi/>.

Бұлхаиров Серік Мамырұлы. Жыл сайынғы «Алтын тобылғы» әдебиет жүлдесіне конкурс өткізу. 22 Jun. 2018. Web. 19 Jun. 2019. <http://presidentfoundation.kz/competitions/конкурс-алтын-тобылғы/?lang=kz>.

Досжан Балабекұлы, Азамат Құсайынов. «АЛТЫН ҚАЛАМ 2018» жүлдегерлері анықталды. 30 Oct. 2018. Web. 06 Jun. 2019. <http://kazgazeta.kz/?p=75334>.

ЕГЕНМЕН ҚАЗАҚСТАН. Әдебиет пен өнер саласындағы мемлекеттік сыйлық иегерлері белгілі болды. 07 Dec. 2018. Web. 11 Jun. 2019. <https://egemen.kz/article/178926 >.

TENGRI NEWS. "Алтын тобылғы" әдеби байқауының жеңімпаздары анықталды. 05 Dec. 2018. Web. 11 Jun. 2019. <https://kaz.tengrinews.kz/books/ 294050/>.

TENGRI NEWS. 2018 жылғы әдебиет пен өнер саласындағы мемлекеттік сыйлық иегерлері анықталды. 10 Nov. 2018. Web. 03 Jun. 2019. <https://kaz.tengrinews.kz/oner/2018-294074/>.

作者：张辉，信息工程大学洛阳外国语学院；
高鑫，信息工程大学洛阳外国语学院

2018 年韩国文学概览

金京善　郑丹丹

内容提要：2018 年的韩国文坛有喜悦、有忧伤。韩国政府为促进全民读书坚持不懈地做出种种努力，而长期的坚持也收到了良好成效，国立韩国文学馆的建设事宜终于稳定迈向了前进的台阶。女性作家延续了 2017 年的活跃，依旧是文坛上一道亮丽的风景线，敢于发声揭露不公平的待遇和受压抑的生活现状，她们得到了越来越多人的支持。文坛老一代文学巨匠的别离令人扼腕痛惜，在韩国文学史上占据重要地位的批评家、作家、诗人一生孜孜不倦，创造了丰富的文学财富。2018 年的韩国文坛并不平静，但韩国文学依旧朝着更好的方向大步向前。

一、发扬文学之光

1. 国立韩国文学馆（국립한국문학관）确定选址

韩国文学界 2018 年度最令人振奋的消息莫过于国立韩国文学馆馆址得以最终确定。自从 2015 年 12 月末"文学振兴法"（문학진흥법）经韩国国会通过，建设国立韩国文学馆的议题被正式提上日程。2016 年开始以地方政府为对象进行有关馆址招标，但随后由于地方

之间的种种问题，馆址的选择被搁置了下来。直到 2018 年 5 月，韩国文化体育观光部将文学、城市规划、建设、市民团体等领域的专家召集在一起组成"国立韩国文学馆建设促进委员会"（국립한국문학관설립추진위원회），有关馆址的选定问题才开始步入正轨。国立韩国文学馆建设促进委员会实地考察了文化站首尔 284（문화역서울 284）、坡州市出版园区（파주시 출판 단지）、恩平区记者村近邻公园（은평구 기지촌 근린 공원）、坡州市海伊里（파주시 헤이리）等四处备选场地，经过综合性考量以及共同审议，最终确定将馆址定在恩平区记者村近邻公园。文化体育观光部目前确定的各阶段规划大致为：2020 年 9 月以前基本完成包括国立韩国文学馆规划图在内的建设基本计划以及设计，2020 年至 2022 年进行建设施工，2022 年末正式开馆。整个场馆项目计划投资 608 亿韩元（约合 3.55 亿人民币）[1]，场馆建成后将系统性地针对韩国文学遗产及原始资料进行收集、保存、管理，以韩国文学、文学人士为研究对象，打造一个集展示、教育、体验为一体的空间。

2."2018 图书之年"（2018 책의 해）

在电子信息日益占领人类生活大部分时间的现实状况下，人们花在读书上的时间越来越少，书籍销量在全世界呈现普遍下降的态势。在读书人口一次次刷新最低值的现实状况下，应该采取什么样的方式恢复读书文化？应该如何使包括图书出版市场在内的图书生态链条恢复勃勃生机？为了解决这些问题，韩国政府将 2018 年设定为"图书之年"。图书之年的标语是："读什么书呢？"（무슨 책 읽어?）围绕这一主题，全国各地掀起了举办各种读书活动的浪潮。"图书生态体

1　김현이, "국립 한국문학관 부지 서울 은평구 기자촌으로 낙점." <http://www.news1.kr/articles/?2136464>.

系展望论坛"（책 생태계 비전 포럼）主要针对图书生态体系中所包含的书籍、作者、出版机构、书店、图书馆、读者等种种元素展开探讨，细致入微地对各元素进行观察与分析。"读者开发研究"（독자개발연구）为了战略性地开发更多数量的读者，专门针对读者类型、阅读态度与认知进行细致调查。在诸多活动中，"深夜书房"（심야 책방）持续时间最久，而且广受欢迎，热度不断攀升。"深夜书房"活动的开展时间为 2018 年 6 月 29 日至 12 月，具体规则是：每个月最后一个星期五，全国各地申请参加该活动的书店均将营业时间延长至 24 点（一般书店营业时间至晚间 21 点），书店也可以根据自身情况，选择 24 小时营业。仅仅 6 月份韩国全国申请参加该活动的书店就已经达到 77 家，7 月到 12 月增加至 120 家，甚至有的书店连续五个月参加了该活动，组委会每个月都会收到来自更多书店的申请，在 2018 年活动结束时全国参与"深夜书房"活动的书店高达 200 余家。[2] 为了使人们摆脱地点与时间的限制，组委会还大力开展了"移动书房"（이동 책방）等灵活多样的活动。

3. 新兴文艺期刊

无数对文学充满热情的人希望通过不懈的尝试创造全新的文学形式，并以此被大众认可与接受，不断出现的新兴文艺期刊是这群怀揣文学之梦的人们梦想实现的结晶。回想 2017 年，《文学 3》（「문학 3」）、《枕头》（「베개」）、《软糖和钢笔》（「젤리와 만년필」）、《比喻》（「비유」）等多姿多彩的文艺杂志纷纷登台亮相，2018 年也丝毫不逊色。*Motif*（「모티프」）、*Toy box*（「토이 박스」）、《镜子》（「거울」）等全新创办的杂志出现在人们的视线之内。这些自媒体杂志都具有强

2　고경희，"'심야 책방의 날' 책의 해 맞아 매 달 마지막 금요일，서점 책 축제 열린다."
　　<http://newsone.co.kr/?p=12322>.

烈的个性，都拥有属于自己特色的领域，包括所关注的问题、设计理念、视觉效果等。然而另一方面，自媒体在运营方面往往不可避免地会遇到运营资金短缺等难题，因此，很多文艺期刊也难以逃脱昙花一现的命运。比如在 2018 年，《软糖和钢笔》在经营了一年之后选择了停刊，《少女文学》（「소녀문학」）亦是如此。尽管在经营的道路上困难重重，但是这些对文学满怀热情的媒体人依旧在不余遗力地做出努力，为人们带来具有全新体验的文艺期刊。

4. SF 体裁的强势回归

2018 年对于喜爱科幻文学的读者来说是意义尤深的一年。2008 年在出版了《影子痕迹》（「그림자 자국」）之后，十年未曾露面的科幻作家李英道（이영도，1972—　）携自己的新作《超越选择》（*Over the Choice*，「오버 더 초이스」）华丽亮相。该作品最初从 2018 年 3 月 19 日开始在网络小说平台 britG（브릿 G）进行连载，2018 年 6 月 25 日纸质书籍正式出版。这本全新出炉的新作亮相于首尔国际图书展（서울국제도서전）的活动现场。与此同时，作为活动的一个环节，李英道亲临现场，进行了图书签售活动。科幻爱好者将现场围挤得水泄不通，活动热火朝天。李英道毕业于庆南大学国语国文系。1998 年在当时韩国 PC 通信 HiTE 小说连载论坛连载了首部长篇小说《龙族》（*DRAGON RAJA*，「드래곤라자」），并引起轰动，随后出版的纸质书籍突破了百万销量。这部小说可以说开创了韩国科幻小说的时代，成为科幻小说史上的代表性作品，2006 年先后在日本、中国台湾、中国香港出版发行，创下了 40 万册、30 万册和 10 万册的销量。此次出版的《超越选择》不同于以往的作品风格，大胆采用第一人称展开叙述：一个具有多样化特性的种族和谐地生活在一个小城市，在此背景下，一个孩子的悲剧性死亡引发了关于死亡、复活、灭绝的故

事。在作品当中李英道保持了一贯敢于作出全新尝试的故事组织与叙述能力，故事中不断出现各类反转式情节，环环相扣，引人入胜。

对于韩国科幻小说来说，2018 年是重要的一年，5 月份韩国 SF 协会（한국 SF 협회）正式创立，SF 爱好者相聚于创立大会现场，为了进一步推广和促进韩国 SF 文化的大力发展，同年 11 月 4 日，SF 协会召集韩国 SF 作家与读者汇聚一堂，举办了盛大的"相聚 SF 韩国 SF 大会"（다 함께 SF 한국 SF 컨벤션），韩国国内著名的 SF 作家张江明（장강명，1975—　），李书英（이서영，1987—　），孙志尚（손지상，1986—　）等人与 SF 文学爱好者出席了此次大会，大会最终取得了圆满成功。韩国 SF 协会计划每年召开一次韩国 SF 大会。

二、重要文学奖项

2018 年伴随韩国文学各大奖项的纷纷出炉，无数优秀的作家及作品被人们所认识与关注。获奖作家中既包含中坚作家，也出现了很多新生代作家。不过较为引人注目的，也是与 2017 年极为相似的一点是，2018 年韩国国内各大文学奖项中，大部分的文学奖项都被女性作家摘得。我们依照惯例梳理一下 2018 年韩国国内重要文学奖项的获奖作家与作品。

1. 李箱文学奖[3]（이상문학상）

2018 年第 42 届李箱文学奖的大奖获得者是孙洪奎（손홍규，1975—　），此次的获奖作品是中篇小说《我说过我做了梦》（「꿈을 꾸었다고 말했다」）。孙洪奎出生于全罗北道井邑市，毕业于东国大学国语国文系，2001 年凭借短片小说《躺在风中》（「바람 속에 눕다」）

3　对于在以往文学概览中详细介绍过的文学奖项将不再赘述。

获得《作家世界》（「작가세계」）新人奖，而后正式步入文坛。先后获得过老斤里和平文学奖（노근리평화문학상）、吴永寿文学奖（오영수문학상）、白信爱文学奖（백신애문학상）、蔡万植文学奖（채만식문학상）等多个奖项。评审委员会对这部中篇小说进行评价时提到："这部中篇是难得的佳作。"无论是主题，还是其深度，包括字里行间透露出的真挚的探寻态度都深深打动了读者。小说兼备了长篇小说的历史叙事性与短篇小说所强调的对情节的巧妙设计性，使这部中篇小说具有质感与分量。且孙洪奎将一贯的写实风格进行了全新的改造，穿梭于现在与过去的叙事空间之中，对于过去的叙事看似是回忆，其实近乎是一种幻想。通过委婉的叙事手法阐释暴力问题，并最终与人类的价值有机衔接，治愈受伤的灵魂。[4]《我说过我做了梦》是作家孙洪奎的第一部中篇小说，最初刊登在月刊《文学思想》（「문학사상」）10月号上。通过描写一对对人生不抱希望、同为临时工的中年夫妇，探究韩国社会的结构矛盾、人际关系的破裂、希望的幻灭。小说的叙事方法非常独特，文中中年男性在审视出现在眼前的青年男性时恍惚觉得自己回到了年轻时期，这种穿梭的时空叙事充满了飘忽梦幻之感。小说从第一章到第三章采取倒叙的方式，逐步回到中年夫妇相爱的初始阶段。事业失败后在工地打杂的男人和在饭堂当临时工的女人之间纯真的爱情破灭，这破灭的过程不禁使人们对于人的真实价值进行反省。

2. 今日作家奖（오늘의작가상）

今日作家奖是伴随着《世界的文学》（「세계의 문학」）的创刊一同设立的奖项，由民音社（민음사）主管。从1977年第一届获

4　이경은，"제 42 회 이상문학상 손홍규 소설 '꿈을 꾸었다고 말했다'."
　　<http://news.mt.co.kr/mtview.php?no=2018010811234074099>.

奖者韩水山（한수산，1946—   ）、第二届获奖者朴荣汉（박영한，
1947—2006）、第三界获奖者李文烈（이문열，1948—   ）至今，该
奖项陆续培养了诸多优秀的作家。该奖项旨在凝聚时代精神，发展社
会审美价值观。该奖项每年接收参选作品的日期截至 3 月 10 日，在
同年 5 月公布获奖作品。

　　2018 年今日作家奖的桂冠授予了裴琇亚（배수아，1965—   ），
她借助小说集《蛇与水》（「뱀과 물」）获得殊荣。裴琇亚出生于首
尔，毕业于梨花女子大学化学系。1993 年的作品《1988 年的昏暗房间》
（「천구백팔십팔년의 어두운 방」）发表于《小说与思想》（「소설과
사상」），而后开始正式从事写作活动。裴琇亚的文学作品与正统的严
肃文学相去甚远，她小说里的出场人物往往具有反叛且不安分的性
格。早期的诸多作品中主人公无一例外都是被社会所抛弃的叛逆青
年。此次获奖小说集《蛇与水》收录了 2017 年 11 月发表的 7 个短篇
故事。小说中既有对孩童世界的描述，也有对成人世界的写实。而幼
年与成人之间似乎并不存在时间的延续性，他们出现了隔绝与断层，
人生的每个阶段似乎是互相剥离、各自独立的。[5] 这种独特的写作方
式以及对于时间的把控，充分体现出裴琇亚超现实的、别具一格的写
作风格。评审委员在评价作品时谈到："作品中除了体现原始的、正
在进行时的有关女性的书写，还与 2018 年的时代状况紧密契合，相
信这部作品能够促进我们这个时代的女性书写获得更为广博的想象
力，并不断向前发展。"[6] 裴琇亚坚持做自己，走自己的创作路线，这
才促成了她源源不断的创作灵感与写作热情。

5　<https://www.aladin.co.kr/shop/wproduct.aspx?ItemId=122999934>.
6　황수정，"2018 오늘의 작가상，배수아 '뱀과 물' 선정."
　<http://www.newspim.com/news/view/20180905000329>.

3. 年轻作家奖（젊은작가상）

由文学村（문학동네）出版社于 2010 年创立的年轻作家奖旨在使更多的年轻作家被广泛认识和得以宣传。进入文坛不满十年的作家均可以参加奖项的评选，参选范围定于每年 1 月到 12 月在文艺期刊上发表的作品，对象集中于新创作的中短篇小说。与其他文学奖项有所区别之处在于，已经获得过此奖项的作家仍然能够参与评奖并获得奖项。

2018 年第九届年轻作家奖的获奖者是朴敏静（박민정，1985—　），她的获奖作品是《世实，珠熙》（「세실，주희」）。出生于首尔的朴敏静本科和硕士均毕业于中央大学文艺创作系。2009 年凭借作品《圣西门伯爵的私生活》（「생시몽백작의 사생활」）获得作家世界新人奖，步入文坛。《世实，珠熙》是关于两个女孩子的故事，一个是珠熙，她意外地在黄色网站上发现了自己的形象；另一个是世实，与珠熙在明洞的同一间化妆品卖场打工，并跟珠熙努力学习韩语。两个主人公来自两个不同的国家，代表了不同文化背景与家庭背景。文中涉及诸多现实问题，比如慰安妇、文化差异与冲突等。朴敏静的作品中持续隐含着作家的问题意识，而作品的主题包含的历史问题增加了作品的现实分量，读者会在字里行间获取发自心灵的共鸣。清晰的思路、严谨的情节设定，充分印证了作家的文字创作实力。虽然获得了年轻作家奖，但其实朴敏静步入文坛的时间并不短暂。从初入文坛算起，在近十年的时间内朴敏静并非一路轻轻松松、无忧无虑，而是在竭尽所能、周折辗转，用双手创造和把握自己的人生。进入研究生阶段的同时，朴敏静开始了文学创作活动，一边在补习班打工，一边保持一年至少两篇作品的发表量。那个时候她完全不觉得自己是一个作

家，而仅仅是"稿件劳动者"。[7] 甚至研究生毕业之后朴敏静仍在补习班担任论述写作老师，周末要辗转八个地方，从早到晚都在讲课，过着非常不稳定的生活。直到后来出版了自己的小说集并收获了文学奖项之后，才逐步开始了较为稳定的创作生活，目前对自己的职业感到很满足。在忙忙碌碌的岁月里朴敏静曾怀疑："我写的小说哪会有人愿意读？""我也能拥有自己的读者吗？""这些书会不会只对我自己来说才是有意义的？"[8] 这种自我怀疑渐渐转换为坚定的信念与信心，一路走来，朴敏静没有放弃，历经风雨，终于守得云开见月明。作品被越来越多的读者认可，也为她带来了金俊成文学奖（김준성문학상）、现代文学奖（현대문학상）、文知文学奖（문지문학상）等诸多奖项。

三、文学界的伤怀与争议

1. 文学巨匠的离世

金允植（김윤식，1936—2018）是韩国文坛第一代文学评论家、韩国国文学研究巨匠、首尔大学国语国文学名誉教授，于 2018 年 10 月 25 日与世长辞，享年 82 岁。金允植一生都在致力于韩国文学史的研究，深入文学最前线，获取最真实、鲜活的文学资料，孜孜不倦地阅读文学作品并进行评论，在韩国文学史上留下了深深的足印，是韩国文学一路发展的历史见证人。金允植出生在庆尚南道金海郡进永邑，毕业于首尔大学师范学院国语专业，随后留母校任教，直至 2001 年退休，在三十余载的教育生涯中，不遗余力地培养后人，小

---

7 <https://m.post.naver.com/viewer/postView.nhn?volumeNo=15713679&memberNo=38400997&vType=VERTICAL>.

8 同上。

说家权汝善（권여선，1965— ）、金琸桓（김탁환，1968— ），文学评论家徐英采（서영채，1961— ）、郑洪秀（정홍수，1963— ）、权晟右（권성우，1963— ）、柳宝善（류보선，1962— ）等都是金允植的学生。金允植在文学评论的道路上始终笔耕不辍，1962年他凭借在《现代文学》（「현대문학」）上发表的《文学方法论导论》（「문학방법론서설」）及《历史与批评》（「역사와 비평」）而正式步入文坛，他始终致力于采用实践研究的方式，探寻作家及作品在文学史当中所占有的地位和意义，细致整理了开化期以后的韩国文学批评史。他早期的代表作《韩国近代文艺批评史研究》（「한국근대문예비평사연구」，1973）是有关无产阶级文学之后到光复之前的韩国近代文艺批评史的最早、最全面的分类史。金允植曾经强调过，所谓文学批评并不是信手拈来的，他是在"用脚写作"（발로 쓰는 것），而他也的确在通过自己的批评方法印证着这一理念。他所指的"用脚写作"充分说明了相对于理论性形式，他更注重实证性内容；相对于抽象化的概念，他更倾向于具体的事实，他强调的正是实践性批评，而他也竭尽自己的一生去遵守着自己的信仰。他从未停止过阅读韩国小说，也从未放下过评论的笔端，截至2000年，他结集出版的作品数量达到了100卷，而在退休之后，他仍然怀抱对文学的一腔热情，始终埋头于对文学作品的钻研，直至去世前，他共完成独著159卷、译著7卷、编著28卷、合著15卷，共出版图书209卷。金允植一生获得过无数奖项，诸如韩国文学作家奖（한국문학작가상）、大韩民国文学奖（대한민국문학상）、金焕泰评论文学奖（김태환평론문학상）、八峰批评文学奖（팔봉비평문학상）、乐山文学奖（요산문학상）、大山文学奖（대산문학상）、万海大奖（만해대상）、青马文学奖（청마문학상），等等。金允植于2001年成为大韩民国艺术院会

员，并担任了艺术院文学分院会长，随后在 2001 年被授予大韩民国
黄条勤政勋章（대한민국황조근정훈장），在 2016 年被授予银冠文化
勋章（은관문화훈장）。金允植曾经在 2001 年题为《能走下去、要走
下去、坚持走下去的路——一个无能之人的内心告白》[9]（「갈 수 있고，
가야 할 길，가버린 길-어느 저능아의 심경 고백」）的退休演讲中说
道："有关文学的阅读并非仅仅是一种业余项目（进行学问研究的辅
助手段），为了'寻求道路'，这是万万不可缺少的。"[10] 金允植在韩国
文学界是一个前所未有的里程碑式的人物，文学批评已经深深融入了
他的血脉，他也将一生彻彻底底地献给了文学批评事业。

　　拥有诸多代表作的小说大师的崔仁勋（최인훈，1936—2018）于
2018 年 7 月 23 日离别了人世。崔仁勋出生于咸镜北道会宁，朝鲜战
争期间同家人搭乘海军军舰来到韩国，后进入首尔大学法学系（1957
年退学），1958 年参军，开启了长达 6 年的军旅生活。1959 年在文
学杂志上发表了《GREY 俱乐部始末记》（「GREY 구락부전말기」）、
《拉乌尔战》（「라울전」），并开始了文学活动。而使他真正在文坛确
立地位的是著名小说《广场》（「광장」，1960）。小说讲述了这样一个
故事：身为哲学系学生的李明俊寄居在父亲的朋友家中，由于父亲生
活在朝鲜并进行着对南广播（대남방송），致使李明俊被捕并遭受拷
问，他因此决定前往朝鲜。但是当他以批判的眼光审视朝鲜之时，却
发现无论是去往何处都难以寻觅到自己所追求的充满生机与正义的生
活。最终在前往中立国的船只上选择了投海自杀。从这部发表于崔仁

9　김기철，"'문학평론계 거목' 김윤식 서울대 명예교수 별세，쉼표 없는 '월평' 왜 썼냐고
　　묻거든 ."
　　<https://m.post.naver.com/viewer/postView.nhn?volumeNo=16963817&memberNo=3676518O&vType=V
　　ERTICAL>.

10　这句话的原文是：문학 읽기는 한갓 여기 (학문연구를위한보조수단) 가 아니라 '길 찾기'
　　였던만큼 필사적일 수 밖에 없었다 .

勋担任陆军军官期间的作品中可以看出书中结合了时代背景以及个人的生活经历，他以自己独到的视角解读了南北分裂的局势，在韩国现代文学史上具有划时代的意义。崔仁勋也曾提到，正是时代造就了小说创作的基调，自己其实只是时代的记录员。但如果没有崔仁勋本人的曲折经历，恐怕也无法造就出《广场》。[11] 随后他又接连发表了《灰色人》（「회색인」，1963—1964 年）、《西游记》（「서유기」，1966）、《小说家丘甫氏的一天》（「소설가 구보 씨의 일일」，1969—1972）、《台风》（태풍，1973），这五部作品被称为崔仁勋"五大长篇"。截至 70 年代，崔仁勋发表了大量高质量的长篇、中短篇小说，金炫（김현，1942—1990）和金允植在《韩国文学史》（「한국문학사」，1973）中称其为"战后最伟大的作家"（전후 최대의 작가）[12]。1970 年之后崔仁勋转为投入戏剧创作，并于 1979 年将之前创作的小说、戏剧、散文、文学评论等各种体裁的著作汇集在一起，出版了 12 卷的《崔仁勋全集》（「최인훈전집」）。1977 年至 2001 年崔仁勋担任了首尔艺术大学文艺创作系名誉教授，70 年代后的十余年是他的休整期，1994 年以自传式长篇小说《话头》（「화두」）重返文坛。不少评论家认为，崔仁勋的作品中透露出很强的观念意识，称他为"观念作家"（관념작가），也有评论家认为正是他个人的观念风格与现实产生了碰撞，擦出了火花，才能够使他创作出无数鲜活且发人深省的作品。崔仁勋在提到文学时，曾将它称为"迷幻药"或"鸦片"，"明明知道对身体不利，却仍忍不住吞食"[13]。崔仁勋不仅为韩国文学奉献了诸多优秀作品，而且在任教期间培养了大量人才，1999 年他曾被授予宝冠文化

---

11 박상현，"최인훈 생전 인터뷰서 정신적 해방감으로 '광장' 완성."
<https://www.yna.co.kr/view/AKR20190307095700005?input=1195m>.

12 <https://terms.naver.com/entry.nhn?docId=333983&cid=41708&categoryId=41737>.

13 同上。

勋章（보관문화훈장），在崔仁勋离世的第二天，文化体育观光部向崔仁勋追授了金冠文化勋章（금관문화훈장），并由都钟焕长官亲自送至崔仁勋的殡所，传达给遗属。一生获得了两枚分量极重的勋章，足以印证崔仁勋在韩国文学史上的伟大地位。

临终前仍在从事创作活动的著名文学评论家黄铉产（황현산，1945—2018）于 2018 年 8 月 8 日离世，10 月 3 日以无数扣人心弦的诗句撼动人们灵魂的诗人许秀卿（허수경，1964—2018）也驾鹤西去。在文学评论之外，黄铉产还是一位敏锐的鉴赏家、出色的散文家、缜密的法国文学翻译家。2010 年从高丽大学法语系讲坛退休的黄铉产拥有诸多忠实的读者粉丝。他是在不惑之年跨入文坛的，而从年轻时接触文学开始，就对韵律极为着迷，于是在他日后翻译文学作品和独立创作之时，都非常注重字里行间的韵律感，这也使得他的文字越来越被普通大众所熟悉和喜爱，拥有丰富的读者层。诗人许秀卿在 2017 年刚刚举办过进入文坛 30 周年纪念活动，年仅 54 岁的她过早离开了人世。她在 1992 年前往德国攻读博士学位，随后结婚并定居在德国。她的诗句中常常缠绵着对故乡的思念，特别是在 2001 年出版的诗集《我的灵魂虽已久远》（「내 영혼은 오래되었으나」）中用渗透着考古学（许秀卿的专业是考古学）的思维去描绘着自身的异国生活以及对母语的怀念，诗集深受好评。三十年间创作了丰富的散文与诗歌的许秀卿曾先后获得过东西文学奖（동서문학상）、田淑禧文学奖（전숙희문학상）、李陆史诗歌文学奖（이육사시문학상）。

2. "#MeToo" 运动与文坛

2018 年的世界文坛其实并不平静。2018 年 10 月的诺贝尔颁奖周，当诸多奖项纷纷花落名家之时，文学奖却出现了 1943 年以来的首次缺席。2017 年 11 月以来负责颁发该奖项的瑞典学院（Swedish

Academy）深陷种种丑闻之中。起因是针对法裔瑞典摄影师让·克劳德·阿尔诺的性侵指控。随着事件的不断升级，一层又一层丑闻被揭穿，最终导致诺贝尔文学奖无法正常评出，只能定于2019年另行补发。"#MeToo"运动最初起因于女星艾丽莎·米兰诺（Alyssa Milano）等人于2017年10月揭发美国金牌制作人哈维·韦恩斯坦（Harvey Weinstein）性侵多名女星的丑闻，这一运动一经发起，迅速蔓延至全世界，越来越多的女性参与到这项运动当中，打破了长久的沉默，她们勇于发声，说出自己的悲惨经历。这项运动在韩国也呈现出传播速度快、影响范围广的态势。韩国"#MeToo"运动的多米诺骨牌是由一位检察官最先推倒的。一位名叫徐智贤（서지현）的检察官首先在韩国检察厅内部通讯网络实名举报了上司的性骚扰，随后现身电视台新闻直播间讲述了自己的经历。

"#MeToo"的"地震波"触及韩国的政界、娱乐界、大学，当然也包括文坛。不少曾经德高望重、备受尊敬的人士卷入其中。就在这样的风暴之下，一本书也迅速被推上了风口浪尖。这便是作家赵南柱（조남주，1978— ）的《82年生的金智英》（「82년생 김지영」）。其实这本书早在2016年10月便出版发行了，然而它却在2017年被更多的人所熟知，直到2018年攀登至顶峰，创造了韩国出版史上的辉煌。之所以这样说是因为：2017年5月19日韩国前国会议员鲁会灿（노회찬，1956—2018）将此书作为礼物送给了文在寅（문재인，1953— ）总统，并称"请拥抱一下82年生的金智英吧"（82년생 김지영을 안아주십시오）。据出版社统计，就在礼物送出之后，此书迅速售出19万册。而2018年2月徐智贤检察官在讲述自己受到性骚扰经历的时候也提到了这本书，再次掀起了此书的销售热潮。从2016年10月到2018年11月，《82年生的金智英》累计销量

突破 100 万册，这是继 2009 年申京淑（신경숙，1963—　）的《妈妈，你在哪里？》[14]（엄마를 부탁해）之后，时隔 9 年，又一次出现的韩国出版史上突破百万销量的书籍。不仅如此，2018 年在全国公共图书馆借出书籍中排在第一位的也是《82 年生的金智英》。[15] 这本书于 2018 年 5 月在中国台湾地区出版，并创下了电子书销售第一位的成绩，同年 12 月在日本出版，除此之外全世界已有 16 个国家购买了此书的版权。无数的偶像明星一次次地提及这本书，使得此书成为了跨越三年的畅销书籍，同时此书也被改编为电影，在 2019 年上映。因此，在提及 2018 年度韩国文学界的时候，这本书是亮点也是重点。

创造了如此轰动效应的小说《82 年生的金智英》究竟是有关什么内容的呢？小说主人公金智英 1982 年出生在首尔，大学毕业后进入一家宣传企划公司工作，31 岁结婚生女，在抚养女儿的过程中结合各种统计资料和自己的经历，描绘出一幅韩国社会女性的生存实景图。在现实社会中一些被认为习以为常或刻意忽略、逃避的场景被赤裸裸地摆在眼前，展现出来。比如，学校中排学号时总是先排男生，男生永远从 1 号开始；相对于男生而言，老师对女性的服装管制更为严厉；大学时期被男性学长性骚扰，女孩子在大学里与男朋友分手后被侮辱成"嚼剩下吐掉的口香糖"；求职时因为公司更倾向于男性职员，受到了不公平的待遇；公司聚餐时遭到上司性骚扰；在厕所遭遇非法偷拍，等等。无论是在家庭生活中还是在社会生活中，女性的种种遭遇一次次给人带来错愕、愤懑、无奈、伤感。小说中的情节唤起了诸多女性读者的同感，这也是在各种场合，此书被反复提及的

14　该作品的中文版由人民文学出版社出版，2010 年出版时，译名为《寻找母亲》，2013 年再版时改为《妈妈，你在哪里？》。

15　<https://terms.naver.com/entry.nhn?docId=5704838&cid=43667&categoryId=43667>.

原因。这本书被推上风口浪尖的另一个原因在于，虽然书籍的销量在节节攀升，然而评论界对于此书的评价却褒贬不一。对此书持肯定意见的人士认为书中的情景充分唤起了读者的共鸣，使韩国社会中受压迫群体产生勇于反抗、突破压制的觉醒意识；也有一些人认为这部作品是女性主义代表之作，充分代言了女性的声音和诉求。而持反对意见的人士认为这本书不具备文学价值，书中将个别男性的行为夸大成为普遍行为，而且对于统计数据的引用存在偏差性和任意性，对于女性受压制的原因的分析与叙述显得过于单一化；为了凸显女性主义观点，情节设定和结构叙述显得较为淡薄。

对于一本书的评价，出现众口一致的肯定是可遇而不可求的，无论怎样，赵南柱针对女性所遇见的问题敢于大胆发声这一点还是应该给予肯定的。只不过将筹码都压在一个重心之时，难免会造成其他方面出现失衡的现象。书中呈现出的较强烈的女性主义意识形态，与作家本人的经历似乎也有着千丝万缕的关联。赵南柱毕业于梨花女子大学社会学系，随后进入电视台从事了近十年的节目编剧工作，制作过著名的《PD手册》(「PD 수첩」)、《不满 ZERO》(「불만 제로」)等具有社会告发性质的系列节目。因此其创作的文学作品中也自然而然地代入了社会性色彩。谈到创作小说的动机，她提到，一次推着婴儿车在公园散步时，听到旁边公司职员嘲讽自己是"妈虫"[16]（맘충），面对社会对女性的流言蜚语，再结合自己的遭遇，赵南柱认为女性应该更具有问题意识，去发现并试图改变不公正、受压迫的命运和现象，而不是一味地逆来顺受、忍气吞声。作家应该起到一种窗口作用，通过这个窗口向社会传递信息，帮助个人与社会进行沟通。赵

---

16 将英文单词"mom"和"虫"合并在一起，是一种嘲弄女性的称呼。

南柱自身的命运同小说中金智英的命运有惊人的重叠之处，她曾在回答记者采访中提到："金智英的人生和我一路走来的人生没有太大的不同，所以我没有额外做什么准备便迅速投入到了写作当中。女性朋友们估计大部分都会有相似的经历吧。"[17] 有人说，《82 年生的金智英》仿佛是一部纪录片，里面充满了脚注式的数据统计、材料注释，起初赵南柱也曾犹豫过，觉得这样的写作方式可能会令大众感到生疏或不伦不类，但转念一想，如果通过这样最为平实的方法能够让大家更切实地了解韩国女性的真实生活状态，又有什么可畏惧的呢？截至目前，赵南柱作家的三篇长篇小说均获得了不同的文学奖项：2011 年踏入文坛之作《侧耳倾听》（「귀를 기울이면」）获得了文学村小说奖（문학동네소설상），2015 年的《为了科马内奇》（「고마네치를 위하여」）获得了黄山伐青年文学奖（황산벌청년문학상），2017 年的《82 年生的金智英》获得了今日作家奖（오늘의작가상）。三连冠的成绩从一定程度上让她增强了写作的信心与信念，鼓励她不断发现社会问题，并透过笔端抒发出来。

结语

　　2018 年韩国的文学界受到 "#MeToo" 运动的影响，越来越多的作家，特别是女性作家勇敢地站出来发声，控诉在当下的社会环境中女性所遭遇到的各种不公平和压制，她们通过文字搭建窗口，希望能够为女性读者或者说更广泛的女性同胞创造一个喘息与释放压力的途径。女性作家用独特的细腻笔触以及源自于生活的最真实的体验揭露出女性从心灵到身体所面临的各种复杂问题。从人性的角度出发，给

17　신준봉, " '맘충' 이란 비아냥 듣고 쓰기 시작한 소설."
　　<https://news.joins.com/article/21873566>.

予女性最为真诚的关怀、最为温暖的呵护与保障，是作家们渴望引领人们共同思索与追求的目标。女作家群体在各个文学大奖中发出熠熠光芒，而大部分获奖作品的主题是有关当今社会正在发生的、就在我们身边的女性问题。相信这些勇于发声的作家的共同期待是：在文字力量的鼓舞之下，那些被视作"弱势群体""少数人群""边缘人士"的人们能够正视自己的内心，坦诚面对自己真正的情感与情绪。

2018年老一代文学巨匠们的离世令无数热爱文学之士倍感伤怀。这些文坛老将们一生孜孜不倦，创作了丰富的文学作品。由于他们还兼具大学教授的身份，因此在日常教学中也是严格律己、严于治学，在学术上一贯秉承亲赴现场的实证精神，在治学上培养出数不胜数的优秀弟子。他们的精神永远是海中的灯塔，指引文学海洋中徜徉的年青一代，朝着正确的方向前进。

如何在信息涌动的时代，将人们的视线重新汇聚在书本之上，将文学之光发扬光大、普照大众，相信在未来这也是一个亟需探索与努力的方向。韩国政府不懈的坚持初见成效，2018年读书活动的开展、文学场馆的确定都取得了质的发展，并且得到了广大群众的积极响应与支持。无论是当下还是将来，在文学及文化上的投入都无疑是造福人类社会的明智之举。从政府到民间、从集体到个人的共同携手，才能够使知识的传播呈现出欣欣向荣的景象。

参考文献：

고경희，"'심야책방의날' 책의 해 맞아 매 달 마지막 금요일，서점 책 축제 열린다 ." 26 Jun. 2018. Web. 5 Jun. 2019. <http://newsone.co.kr/?p=12322>.

김기철，"'문학평론계거목' 김윤식 서울대 명예교수 별세，쉼표없는 '월평' 왜 썼냐고 묻거든 ." 26 Oct. 2018. Web. 5 Jun. 2019. <https://m.post.naver.com/viewer/postView.nhn?volumeNo=16963817&memberN

o=36765180&vType=VERTICAL>.

김현이 , "국립 한국문학관 부지 서울은평구 기자촌으로 낙점 ." 13 Mar. 2015.
　　Web. 5 Jun. 2019.
　　<http://www.news1.kr/articles/?2136464>.

김형욱 , "출판사 편집자가 돌아본 2018 년 문학계 ." 12 Dec. 2018. Web. 20 Jun.
　　2019.
　　<http://www.ohmynews.com/NWS_Web/View/at_pg.aspx?CNTN_CD=A000249
　　4797>.

권영민 , "어느 누구도 김윤식처럼 삶과 아이러니를 집요하게 물을 수 없다 ." 5
　　Nov. 2018. Web. 20 Jun. 2019.
　　<http://www.kyosu.net/news/articleView.html?idxno=43080>.

박상현 , "최인훈 생전 인터뷰서 '정신적 해방감으로 '광장' 완성 ." 7 Mar. 2019.
　　Web. 5 Jun. 2019.
　　<https://www.yna.co.kr/view/AKR20190307095700005?input=1195m>.

신준봉 , "'맘충' 이란 비아냥 듣고 쓰기 시작한 소설 ." 25 Aug. 2017. Web. 10
　　Jun. 2019.
　　<https://news.joins.com/article/21873566>.

육준수 , "문학주간 , 문예지의 미래를 알아 보다 ! '모티프' 와 '거울' , '문화 다'
　　참여한 "문예지 오픈 마켓" 성황리에 끝나 ." 4 Sep. 2018. Web. 30 Jun. 2019.
　　<https://blog.naver.com/newspaper3859/221351941201>.

이경은 , "제 42 회 이상문학상 손홍규 소설 '꿈을 꾸었다고 말했다' ." 8 Jan.
　　2018. Web. 10 Jun. 2019.
　　<http://news.mt.co.kr/mtview.php?no=2018010811234074099>.

조수정 , "조남주 '소수라고 말하는 사람들 이야기 쓰고 싶었다' ." 28 May
　　2019. Web. 30 Jun. 2019.
　　<http://www.newsis.com/view/?id=NISX20190528_0000663939&cID=10701&p
　　ID=10700>.

황수정 , "2018 오늘의작가상 , 배수아 '뱀과물' 선정 ." 5 Sep. 2018. Web. 20 Jun.
　　2019.
　　<http://www.newspim.com/news/view/20180905000329>.

황수정 , "정부 , 고 최인훈 작가에 금관문화훈장 추서 ." 24 Jul. 2018. Web. 20
　　Jun. 2019.
　　<http://www.newspim.com/news/view/20180724000361>.

<https://terms.naver.com/entry.nhn?docId=5704838&cid=43667&categoryId=43667>.
　　Web. 5 Jul. 2019.

<https://m.post.naver.com/viewer/postView.nhn?volumeNo=15713679&member
　　No=384009>.Web. 5 Jul. 2019.

<https://terms.naver.com/entry.nhn?docId=5704838&cid=43667&categoryId=43667>.

Web. 5 Jul. 2019.

<https://namu.wiki/w/82%EB%85%84%EC%83%9D%20%EA%B9%80%EC%
A7%80%EC%98%81>.Web. 5 Jul. 2019.

<https://blog.naver.com/newspaper3859/221431309524>.Web. 5 Jul. 2019.

<https://m.post.naver.com/viewer/postView.nhn?volumeNo=15191836&memberNo=12
091100&vType=VERTICAL>. Web. 5 Jul. 2019.

<https://terms.naver.com/entry.nhn?docId=333312&cid=41708&categoryId=41737>.
Web. 5 Jul. 2019.

<https://terms.naver.com/entry.nhn?docId=4295821&cid=59013&categoryId=59013>.
Web. 5 Jul. 2019.

<https://terms.naver.com/entry.nhn?docId=3574050&cid=58819&categoryId=58835>.
Web. 10 Jul. 2019.

<http://minumsa.minumsa.com/award/%EC%98%A4%EB%8A%98%EC%9D%98-
%EC%9E%91%EA%B0%80%EC%83%81/>. Web. 10 Jul. 2019.

<https://m.post.naver.com/viewer/postView.nhn?volumeNo=13563540&memberNo=64
95282&vType=VERTICAL>. Web. 10 Jul. 2019.

<https://www.aladin.co.kr/shop/wproduct.aspx?ItemId=122999934>.Web. 10 Jul. 2019.

作者：金京善，北京外国语大学亚非学院；
郑丹丹，北京外国语大学亚非学院

2018 年荷兰语文学概览

林霄霄

内容提要：荷兰语属于印欧语系日耳曼语族西日耳曼语支，是荷兰、比利时和南美苏里南的官方语言。在欧洲，约有 2500 万人以荷兰语为母语，使用人群达到 4500 万。本文从荷兰语区主流媒体年度新书榜单和重要文学奖项评审结果这两个方面，全面梳理 2018 年荷兰语文学的发展概况。在本年度的荷兰语文坛，移民问题和外来世界对本土的冲击成为文学作品关注的热点，多部获奖作品或年度新作均与此有关。

一、2018 年度新书

每年的岁末年初，荷兰和比利时荷兰语区的主流媒体、各大书店都会对本年度出版的文学作品进行点评和总结，并列出年度新书推荐书单。这类书单从一个侧面反映出本年度的文学发展情况。综合 2018 年度的各大书单可以发现，以下五部作品获得了不错的业内评价，在畅销榜上位置也颇领先，体现了专业人士与普通读者对这些作品的共同认可。这五部作品包括一本荷兰语诗集、两部荷兰语原创小说、一部英语小说的译作和一部西班牙语小说的译作。

1. 诗集：拉德纳·法比亚斯（Radna Fabias，1983—　）的《惯习》（*Habitus*）

2018 年度最受主流媒体推崇的新作是诗集《惯习》，它在五大主流媒体的十个榜单（专业推举和读者选择各一）中上榜九次，遥遥领先其他作品。作者拉德纳·法比亚斯出生于荷兰在加勒比海地区的海外领土库拉索。法比亚斯虽然已写诗多年，但这是她出版的第一本诗集。收录于该诗集的作品创作于不同年份，主题与风格也不尽相同。有关于加科比地区海岛风光的，有关于初到荷兰迷茫的，有身为有色人种或女性的思考的……却又围绕着一条主线彼此相连，即诗人在不同人生阶段的感悟。诗人结合自己出生在荷兰海外领土、后赴荷兰本土求学的背景，以及非白人的身份，挑战了女权、移民、有色人种等一系列较为敏感的社会问题。这本诗集赢得了 2018 年度的 C. 布丁诗歌新秀奖（C. Buddingh'-prijs），评委会认为："诗人用观察式的，同时颠覆性的方式，勇敢地、批判性地探索了诸如起源、身份和肉体等主题。"（Streekstra，2019）

2. 小说：罗勃·范·艾森（Rob van Essen，1963—　）的《好儿子》（*De goede zon*）和彼得·米登多普（Peter Middendorp，1971—　）的《你属于我》（*Jij bent van mij*）

罗勃·范·艾森从 1996 年起开始创作小说，2009 年的小说《渔夫》（*Visser*）曾获利布里斯文学奖（Libris Literatuur Prijs）[1] 提名，2015 年，他的短篇小说集《这里也住人》（*Hier wonen ook mensen*）赢得了荷兰的 J. M. A. 比斯霍弗短篇小说奖（J. M. A. Biesheuvelprijs），《好儿子》是他发表的第八部长篇小说。范·艾森擅长科幻小说，天

---

[1]　关于此奖项，见第 266 页

马行空的科幻元素中不乏动人的情节与优美的语句，作品兼具娱乐性与文学性。《好儿子》也是一部科幻小说，故事发生在不远的未来。小说以第一人称的方式，讲述了一位年届六旬、事业不太成功的恐怖小说作家的一场意外之旅。主人公刚刚埋葬了身患阿尔茨海默症的母亲，一位前同事突然出现，邀请他一同前往南方旅游。于是，在这个充斥机器人，机器人甚至会对人类大肆嘲讽的世界里，主人公一边审视着世界的变化，一边回顾自己的一生，同时试图平复失去亲人的伤痛。在《好儿子》中，世界已经变成了一个无忧社会，人人领着同样的最低工资，汽车是自动驾驶的，病人是由机器人照顾的，连性爱都是由机器人来提供服务。在这样的世界里，原本的"自我"究竟还剩下多少呢？荷兰《真理报》（*Trouw*）认为："罗勃·范·艾森涉及的是荷兰文学中不常见的领域，即幻想和科幻……信息和想象力这两种元素，让这部小说走向不可思议和不可预测的方向。"（Schouten，2018）

彼得·米登多普在创作文学之余是在荷兰颇为有名的记者，他的政论专栏广受好评，他曾以荷兰前首相巴尔克嫩德为对象发表过一本散文集。《你属于我》是他出版的第一本小说，虽然是虚构作品，但与现实事件有关。故事发生在荷兰北部弗里斯兰省的农村。一名 16 岁的少女在回家途中被强奸和杀害，但凶手 13 年后才被抓住。在这 13 年间，真凶蒂勒·斯多克马——一名生活在案发地附近的丑陋而平庸的本地农民——一直照常过着普通的生活：经营农场，有妻有子。与此同时，当地经历了大规模的搜查，警方一度把附近的难民营列为重点怀疑对象，并对那里的难民反复进行 DNA 比对。最终，在蒂勒心爱的小女儿年满 16 岁之时，他被列入了警方的 DNA 比对名单……米登多普在这部小说中，试图挖掘罪犯的复杂人性，在对陌生少女犯下残忍罪行的同时，蒂勒也是他人眼中的好丈夫、好父亲，真心疼爱着自己的小女儿。《你属于我》是基于真实案件创作的：1999年，16岁少女玛莉安娜在荷兰北部农村被强奸和杀害，警方在调查中进行了前所未有的大规模 DNA 调查，加之警方在开始阶段将附近难民营里的难民视为重点怀疑对象，媒体对此案件的跟踪报道引发全国关注，甚至连议会都对此案进行了辩论，并介入调查，直到 2012年，居住在案发地附近的本地凶手才被逮捕归案。《新鹿特丹商报》（*NRC Handelsblad*）评价此书是一本"强有力的书，描绘了一个被困于贫乏生活的男孩，以及中产阶级在小团体中对合规的坚持"。（De Veen，2018）

3. 译作：丽莎·哈立戴（Lisa Halliday，1977—　）的《不对称性》（*Asymmetry*）和费尔南多·阿兰布鲁（Fernando Aramburu，1959—　）的《祖国》（*Patria*）

《不对称性》是美国女作家丽莎·哈立戴的处女作，出版于 2018年 2 月，因在英语世界广受好评，同年 9 月被翻译为荷兰语，并迅速登上荷兰语区的畅销书排行榜。这本书开篇时似乎有两条彼此不相关的主线：年轻女编辑与年长男子的恋情，以及伊拉克裔美国商人在英国希思罗机场被移民局盘查的经历，但两条线索在之后汇合为一体。这部小说探讨了男性与女性、年轻人与老年人、美国与中东间的不平等性，哈立戴对剧情的掌控力，以及其文字的精炼度广受读者好评。本书的译者丽赛特·格拉斯温科（Lisette Graswinckel）是一位富有经验的英语－荷兰语译者，曾将利奥诺拉·卡林顿（Leonora Carrington，1917—2011）、内勒·拉森（Nella Larsen，1891—1964）等人的作品译为荷兰语。

费尔南多·阿兰布鲁是一位常年旅居德国的西班牙作家。《祖国》原作出版于 2016 年，是一部关于家族、忠诚和冲突的小说，以两对夫妇为切入点，反映了西班牙巴斯克地区四十年的历史，为空泛的"血腥冲突"赋予了更多人性。该书的荷兰语译本出版后，各大主流媒体对其不吝溢美之词，纷纷称赞其为触及灵魂的优秀小说。荷兰《意义》（*Zin*）杂志评价此书"缓慢、优美、代入感极强，同时解剖了你的灵魂"。本书的译者亨德里克·胡特（Hendrik Hutter）主要从事西班牙语 – 荷兰语翻译，曾翻译过马丁·卡帕罗斯（Martín Caparrós，1957—　）和费尔南多·萨瓦特尔（Fernando Savater，1947—　）等人的作品。

二、2018 年荷兰语文学界主要文学奖项得奖情况

荷兰语文学界奖项众多，荷兰与比利时荷兰语区的各种文学奖项加起来超过 200 种，组织者既有各级政府，也有各种基金会。比利时荷兰语区的奖项一般侧重于本国法兰德斯区（即荷兰语区）的文学作品和作家，荷兰的文学奖项则面向所有荷兰语作品，获奖者不乏比利时人。下面将从影响力较大的奖项入手，梳理 2018 年荷兰语文学界的动态。

1. 荷兰语文学奖（Prijs der Nederlandse Letteren）

荷兰语文学奖设立于 1956 年，表彰用荷兰语进行创作的作家，奖项组织者是荷兰语言联盟（de Taalunie），该联盟是专门负责有关荷兰语事务的跨政府组织，荷兰、比利时法兰德斯区与苏里南皆是其成员，所以由该组织所颁发的文学奖也成了荷兰语文学界最有影响力的奖项。荷兰语文学奖每三年颁发一次，获奖者均为在荷兰语文学界极具影响力且著作颇丰的作家，所以该文学奖类似于一种终身成就奖，而颁奖者则由荷兰和比利时两国的国王（或女王）轮流担任。

2018 年 11 月 29 日，荷兰国王威廉 – 亚历山大向尤蒂斯·赫茨贝格（Judith Herzberg，1934—　）颁发了第 22 届荷兰语文学奖。出生于上世纪三十年代的赫茨贝格是一位多产的女诗人，她在 1963 年以诗集《海外邮件》（Zeepost）出道，此后创作领域遍及诗歌、话剧、歌剧、音乐剧、电视电影剧本和翻译，几乎荣获过荷兰语文学界的各大奖项。作为犹太人，她在二战时期曾被迫逃亡，所以早年的大量作品都与这段经历有关，比如她最著名的戏剧《幸灾乐祸》（Leedvermaak）。1994 年，她的诗选《举动》（Doen en laten）被荷兰民众评为百大好书。

赫茨贝格擅长以平实的语言描绘日常生活中的细节。在她笔下，貌似平淡的生活往往散发出不一样的光彩。本届文学奖评委会称其拥有"音乐般的语言"，"初看时，她似乎以一种相当简单的方式谈论着我们周围的日常现实；但仔细观察后，这种表面上带有误导性的简单变成了一种深刻的、诗意的复杂，而她的语言结构则转变为图像，反映了生活本身的许多方面和经验"。（"Een taal die muziek nadert"）

从下一届（即 2021 年度）起，荷兰语文学奖将由荷兰文学基金会（het Nederlands Letterenfonds）和比利时法兰德斯文学基金会（het Vlaams Fonds voor de Letteren）共同组织。

2. P. C. 霍夫特奖（P. C. Hooft-prijs）

P. C. 霍夫特奖是为纪念荷兰 17 世纪著名的诗人、剧作家和历史学家 P. C. 霍夫特（Pieter Corneliszoon Hooft，1581—1647）于 1947 年设立的文学奖项，每年 5 月 21 日（即霍夫特忌日）前后颁发一次，轮流奖励散文、随笔或诗歌类作品。该奖项的组织者是 P. C. 霍夫特文学奖基金会（de Stichting P. C. Hooft-prijs voor Letterkunde），从 1988 年起，该基金会增设了面向青少年文学的提奥·泰森奖（Theo

Thijssen-prijs），每三年颁发一次；从 2007 年起，又增设了三年一度的马克斯·菲尔忒斯奖（Max Velthuijs-prijs），用于鼓励图书插画家。

P. C. 霍夫特奖一般在每一年年末宣布下一年度该奖项的得主，基金会在 2017 年 12 月将 2018 年 P. C. 霍夫特奖授予了荷兰诗人纳荷穆·维恩博格（Nachoem Wijnberg，1961—　）。2018 年 12 月 10 日，基金会宣布将 2019 年 P. C. 霍夫特奖授予荷兰女作家马尔加·明科（Marga Minco，1920—　）。马尔加·明科笔名萨拉·明科（Sara Minco），是荷兰当代著名女作家。1957 年的出道作品《苦难的生活》（*Het bittere kruid*，或译为《苦草药》）被视为欧洲最好的二战小说之一，已被译为多种语言，并被翻拍成电影。她的作品根植于其个人经历，多与 1940—1945 年间的荷兰社会现实有关。评委会认为她的小说"充分表现了存在主义的各种体验，如恐惧、内疚、孤独，还有深刻却难以言表的对安全的渴望。无需心理学技巧或夸张的词语，她用简单的方式让一个难以理解的现实变得可以感知和想象"。（"P. C. Hooft-prijs"）

在这一年中，该基金会还把 2018 年度的提奥·泰森奖授予了女作家彼彼·迪蒙·达克（Bibi Dumon Tak，1964—　），评委会认为她具有"不羁、原始和真诚"的写作姿态，作品"特立独行、唯美和具有个性化"（ibid.）。在马克斯·菲尔忒斯奖方面，基金会则成立了 2019 年度的该奖项评委会。

3. BookSpot 文学奖

BookSpot 文学奖的前身是 ECI 文学奖和 AKO 文学奖。该奖项设立于 1987 年，因为赞助商的改变，从 2018 年开始使用这个新名称。奖项的组织者是独立的年度虚构和非虚构文学奖基金会（Stichting Jaarlijkse Literatuurprijs voor fictie en non-fictie），每年颁发一次，评奖对象为前一年 7 月 1 日至当年 7 月 1 日间出版的图书。从 2016 年起，该基金会与荷兰的《新鹿特丹商报》和比利时的《标准报》（De Standaard）合作——两者皆为本国最具影响力的报纸之一，设立了读者奖。BookSpot 奖在荷兰语文学界以其奖金额较高（50 000 欧元，被提名者可获得 5000 欧元）而闻名。

本年度 BookSpot 文学奖的得主是荷兰作家汤米·威灵伽（Tommy Wieringa，1967— ），获奖作品为出版于 2017 年 10 月的小说《守护圣人丽塔》（De Heilige Rita）。小说同时也赢得了本年度的读者奖。威灵伽是一位多产的作家，自 1995 年出道以来笔耕不辍，并有多部作品获奖，2005 年的成长小说《乔快艇》（Joe Speedboot）广受好评。《守护圣人丽塔》在 2017 年时曾被多家媒体评为年度好书。这部小说以荷兰东部边境村庄为舞台，描述了 40 多年间荷兰乡村的变迁对外来移民的冲击，以生动、细致而富有同情心的方式表现了荷兰当代"六零后"对外界变化的感受。

4. 利布里斯文学奖

利布里斯文学奖是仿英国布克奖（Booker Prize）模式设立于 1994 年的虚构文学奖项，取名自赞助商利布里斯书店（Boekhandel Libris），该奖项的组织者是文学奖基金会（Stichting Literatuur Prijs）。和上面的 BookSpot 文学奖一样，它也由于奖金额较高（50 000 欧元，被提名者可获得 2500 欧元）而在文学界颇有影响力。

2018 年，荷兰籍土耳其裔作家穆拉特·伊斯科（Murat Isik，1977— ）凭借其出版于 2017 年的小说《保持隐身》（Wees Onzichtbaar）赢得了 2018 年度的利布里斯文学奖。这部小说讲述了土耳其裔主人公梅丁的成长史。上世纪八十年代初，五岁的梅丁随父母从土耳其移民到荷兰，居住在阿姆斯特丹市东南的贝尔莫梅尔区。父亲专制而暴力，他不得不时时像个隐身人般躲避父亲的拳头，随着母亲和家中子女思想的解放，这个家庭也发生着变化。在此期间，贝尔莫梅尔区也从一个小城镇成长为阿姆斯特丹市的一部分，移民的涌入、新事物的出现，同样冲击着这个土耳其家庭。评委会认为该作品"尽管主题沉重，但作者用优雅而诙谐的方式讲述着这个重要而严肃的故事，讲述了一个家族如何在当今荷兰社会中安家"。("Juryrapport Libris Literatuur Prijs 2018")

在 2018 年，利布里斯文学奖为庆祝其成立 25 周年，特邀 28 位荷兰语文学界的著名作家和专业人士，共同撰写了一本关于荷兰语小说未来的文集《没有欲望是没有缺陷的》(Geen verlangen zonder tekort)。各位作者在这本文集中，或通过对历史的梳理，或通过对现实的幽默分析，或通过对未来的大胆畅想，进行了一场全方位的论战。大家普遍认为，故事将长存，但以何种形式被记载、流传仍有待观察，同时不同文学体裁的界限将愈发模糊。

5. 比利时法兰德斯区 Ultimas 奖（de Ultimas van de Vlaamse cultuur）

从 2017 年起，比利时法兰德斯区将名下的各类文化奖项整合为 Ultimas 奖，下分多个类别，包括电影、绘画、建筑、音乐、文学等，并在同一场仪式中颁发全部奖项。2018 年 2 月 27 日，2017 年度的 Ultimas 奖颁奖典礼在比利时安特卫普举行。该年度的文学奖获奖作品是出版于 2017 年的诗集《仿佛我们被召唤》(als werden wij ergens ontboden)，作者是出生于比利时根特的女诗人和斯拉夫研究学者米利安·范·黑（Miriam Van hee, 1952—　 ）。评委会认为这本诗集用内敛而冷静的方式，体现了外界对个体的冲击，并表达了对难民问题的关怀。是"范·黑作品中的高峰"("Motivatieverslag")。

6. 欧洲文学奖（Europese Literatuurprijs）

欧洲文学奖设立于 2011 年，每年颁发一次，表彰对象是前一年翻译为荷兰语的欧洲小说。该奖项由荷兰文学基金会、SPUI25 学术文化中心（Academisch-cultureel Centrum SPUI25）、《绿色阿姆斯特丹人》（De Groene Amsterdammer）周报和雅典娜神庙书店（Athenaeum Boekhandel）共同组织，评委会成员来自荷兰与比利时法兰德斯区的知名书店的经营者。

2018 年度该奖项的获奖作品是《马克斯、米莎 & 新春攻势》，原作者是挪威作家约翰·哈什达（Johan Harstad，1979—   ），译者为伊迪斯·昆德尔斯（Edith Koenders）和保拉·史蒂芬斯（Paula Stevens）。这部小说的主人公是出生于上世纪七十年代、迷恋越南战争的挪威男孩马克斯，他在十几岁时被迫与父母搬去美国纽约，并在那里结识了好朋友莫迪凯、爱人米莎和越战老兵欧文，同为移民的一群人一起努力为新生活赋予意义。评委会认为这部小说以独特的视角展现了这段近现代历史，原著中大量与历史和艺术有关的内容对翻译者而言是特殊的挑战，而评委会成员也对那些"触及生活本质的精炼而幽默的句子印象深刻"（"Europese Literatuurprijs"）。

结语

总结 2018 年的荷兰语文学发展，可以看出有别于此前十年的新特点。因为近十年来，在荷兰语文学界的获奖作品，特别是小说类作品中，虽然传统的流行主题依然存在，例如战争和宗教信仰，但更多的作品是关于疾病、死亡和失去的。媒体关注的焦点也集中于一些自传体小说，特别是涉及性侵经历的小说。虽然也有一些关于移民的小说获奖，但在荷兰语文学界，关于荷兰和比利时海外侨民的小说，比

写境内移民或移民二代的小说更受欢迎。整体而言，过度关注自我和
个人经历，缺乏对现实和外部世界的关怀，让这些文学作品多半难
以成为经典，也让专业人士对荷兰语文学的未来忧心忡忡。最近两
年，越来越多的文学奖在评审时，将作品的现实意义列为考察的重
点。2018 年《保持隐身》、《守护圣人丽塔》等一系列现实意味较浓
且受到大众欢迎的作品获奖，被视为是荷兰语文学发展的一种积极的
信号，移民问题和外部世界对本土的冲击，也成为新的热点。

参考文献：

De Veen, Thomas. "Op dat ene moment was hij een beest." *NRC Handelsblad.* 3 May 2018. Web. 14 May 2019.
<https://www.nrc.nl/nieuws/2018/05/03/op-dat-ene-moment-was-hij-een-beest-a1601770>.

"Een hartverscheurende biografie en meer boeken waarvan wij onder de indruk waren." ZIN. 12 Mar. 2018. Web. 17 May 2019.
<https://www.zin.nl/2018/03/12/127949/>.

"Een taal die de muziek nadert, of hoe gewone dingen bijzonder worden." *Taalunieberciht,* 19 Apr. 2018. Web. 7 May 2019.
<https://taaluniebericht.org/artikel/een-taal-die-de-muziek-nadert-hoe-gewone-dingen-bijzonder-worden>.

"Europese Literatuurprijs naar *Max, Mischa & het Tet-offensief.*" *Nederlands letterenfonds.* 13 Sep. 2018. Web. 9 May 2019.
<http://www.letterenfonds.nl/nl/entry/2094/europese-literatuurprijs-naar-max-mischa-het-tet-offensief>.

"Juryrapport Libris Literatuur Prijs 2018." *Libris Literatuur Prijs.* 5 Mar. 2018. Web. 9 May 2019.
<https://www.librisprijs.nl/2018-juryrapport-nominaties>.

"P. C. Hooft-prijs." *P. C. Hooft-prijs.* 10 Dec. 2018. Web. 7 May 2019.
<https://www.pchooftprijs.nl/category/p-c-hooft-prijs/>.

"Motivatieverslag". *Motivatieverslag, Ultima 2017 – Letteren.* 27 Feb. 2018. Web. 9 May 2019.
<https://www.ultimas.be/laureaat/miriam-van-hee>.

"Nieuws." P. C. *Hooft-prijs.* 14 May 2018. Web. 7 May 2019.
<https://www.pchooftprijs.nl/>.

Schouten, Rob. "Wat blijft er later over van ons ik?" *Trouw.* 13 Oct. 2018. Web. 14 May 2019.
<https://www.trouw.nl/cultuur/wat-blijft-er-later-over-van-ons-ik-~aded091b/>.

Streekstra, Feline. "Radna Fabias." *Poetry International.* 13 Feb. 2019. Web. 15 May 2019.
<https://www.poetryinternational.org/pi/poet/29583/Radna-Fabias/nl/tile>.

作者：林霄霄，北京外国语大学欧洲语言文化学院教师，北京外国语大学国际中国文化研究院在读博士。

2018 年吉尔吉斯斯坦文学概览

云建飞

内容提要： 2018 年对于吉尔吉斯斯坦文学界而言是意义重大的一年，全国的文学活动主要围绕纪念吉尔吉斯斯坦伟大作家钦吉斯·艾特玛托夫诞辰 90 周年展开。本年度，吉尔吉斯斯坦文学发展总体平稳。全国主要文学奖项获得者均为资深作家。这一代作家大部分出生于上世纪 60 年代，作品主要以诗歌和小说为主。值得一提的是本年度共出版新书 1500 本，新时期的作家正在蓬勃发展，吉尔吉斯斯坦文学界也正在注入新鲜的血液。

一、吉尔吉斯斯坦文学发展简介

吉尔吉斯民族拥有丰富的文学样式，诗歌、俗语、谚语、史诗，应有尽有。其中，口头诗歌在民间诗歌及史诗历史上占据重要地位。民族史诗《玛纳斯》（Манас）规模宏大、主题明确，其深度和广度都具有超强的艺术性与文学性，在吉尔吉斯文学史乃至世界文学史上都占有重要地位。

1924 年 11 月 7 日被认为是现代吉尔吉斯文学的诞生和开始，当时第一版吉尔吉斯人民的吉尔吉斯语报纸《自由之山》（Эркин тоо）正式发行。不久之后，上述报纸刊登了穆凯·埃列巴耶夫（Мукай Элебаев，1905—1943）、卡瑟穆·滕厄斯塔诺夫（Касым Тыныстанов，1901—1938）、卡瑟马雷·巴亚林诺夫（Касымалы Баялинов，1902—1979）等吉尔吉斯斯坦著名作家的诗歌、小说和散文。

在20世纪30年代初，文学领域中涌现出越来越多的新作家。其中著名的作家有阿依特库鲁·乌布科耶夫（Айткулу Убукеев，1905—1973）、帖木儿库勒·乌米达利耶夫（Темиркул Уметалиев，1908—1991）、图古巴依·瑟德克别科夫（Түгөлбай Сыдыкбеков，1912—1997）、阿勒库尔·奥斯莫诺夫（Алыкул Осмонов，1915—1950）、米丁·阿勒巴耶夫（Мидин Алыбаев，1917—1959）、亚瑟尔·希瓦扎（Ясыр Шиваза，1906—1988）、拉依康·舒库尔别科夫（Райкан Шукурбеков，1913—1964）、乌扎巴依·阿布杜卡依莫夫（Узакбай Абдукаимов，1909—1983）、阿布德拉苏尔·托科姆舍夫（Абдрасул Токтомушев，1912—1995）、萨特肯·萨瑟克巴耶夫（Саткын Сасыкбаев，1907—1997）。

俄罗斯古典文学和苏联文学的经验在吉尔吉斯族作家的创作中得到了越来越大的发展，特别是翻译方面。对吉尔吉斯作家而言，文学翻译发挥了巨大作用，为吉尔吉斯新民族文学的创建与发展提供了力量。吉尔吉斯苏维埃时期的文学有一个重要的影响因素——俄罗斯文学。钦吉斯·艾特玛托夫（Чынгыз Айтматов，1928—2008）曾在他的一篇文章中充分表达了他对吉尔吉斯文学发展的思考，他表示：如果没有俄罗斯文学，就不会有现代哈萨克、吉尔吉斯、土库曼、卡拉卡尔帕克和许多的其他文学。他表示，许多民族文学都源于俄罗斯文学，俄罗斯文学对现代吉尔吉斯民族文学的形成和发展产生了巨大的影响。[1]

事实上，对吉尔吉斯作家和读者来说，熟悉莎士比亚、普希金、莱蒙托夫、屠格涅夫、托尔斯泰、舍甫琴科、契诃夫、高尔基、海涅、肖塔·鲁斯塔维利（Шота Руставели，1172—1216）、亨利·巴比塞（Анри Барбюс，фр. Henri Barbusse，1873—1935）、杰克·伦敦（Джека Лондон，англ. Jack London，1876—1916）等作家的经典作品并不奇怪。因此，文学翻译将一个完全陌生的精神和感情世界引入了纯粹的吉尔吉斯人的精神世界。正是这些文学翻译和对经典的不断研究，为吉尔吉斯作家开辟了新的领域，为创造性的大胆尝试和寻找创造了新的空间。

1934 年是非常重要的一年，这一年举办了第一届全苏联和第一届共和国作家代表大会。那一年，共和国作家联盟成立，第一本文艺杂志《追逐》（Чабуул）诞生。所有这些都对吉尔吉斯斯坦作家的专业成长和自我提升起到了积极的作用。这个时期一本又一本的新书开始出现，如：阿勒·托科姆巴耶夫（А. Токомбаев，1904—1956）的《攻击》（Атака，1932），若马尔特·博孔巴耶夫（Ж. Боконбаев，1910—1944）的《劳动成果》（Плоды труда，1933），穆凯·埃列巴耶夫的第一部长篇小说《漫长的道路》（Долгий путь，1935），图古巴依·瑟德克别科夫的小说《大河》（Кен суу，1938）和《铁木尔》（Темир，1940）等。

与此同时，吉尔吉斯诗人、作家几乎每天都在通过广播展示他们的诗歌，或者在拥挤的地方，如工厂、集体农场、农田、建筑工地上演出他们的诗歌。在战争年代，吉尔吉斯文学在动员和组织人民精神

1 Книгоиздательская деятельность Кыргызстана вчера и сегодня. 2010.02.09. Web. 2019.05.06. <https://www.bestreferat.ru/referat-166540.html>.

方面发挥了重要作用。

　　吉尔吉斯文学的创新之路始于 20 世纪 50 年代后半期和 60 年代初期，当时一大批年轻的天才作家出现，其中许多人在战前和战争年代就开始写作，进入文学领域。他们与其他年轻力量一起彻底改变了整个文学圈的创作氛围，为一切事物定下了基调。由于他们的热情与勇于创新，以及不懈的追求和探索，使新风格的文学作品广受读者欢迎，民族文学本身获得了复苏，各种风格、各种色彩的文学作品在这一时期得到了广泛发展。这一点很容易在钦吉斯·艾特玛托夫的小说《查密莉雅》（Жамийла，1958）、《面对面》（Бетме-Бет，1957）、《我的包着红头巾的小白杨》（Кызыл жоолук жалжалым，1961）以及苏因巴依·埃拉利耶夫（Сүйүнбай Эралиев，1921—2016）的长诗《白色印章》（Ак Мөөр，1959）、《星际探索》（Жылдыздарга саякат，1966），索隆拜·居苏耶夫（Сооронбай. Жусуев，1925—2016）的诗歌《希望》（Үмүт）、《活着》（Тирүүлөргө）等作品中得到证实。文学的开放性直接推动了这一时期抒情长诗的蓬勃发展，著名的诗歌有拉依康·舒库尔别科夫（Райкан Шукурбеков，1913—1964）的《新娘和新郎》（Джапалак Джатпасов，1959）、《阿拉套山的回音》（Ала-Тоо жаңырыгы，1958），米丁·阿勒巴耶夫（Мидин Алыбаев，1917—1959）的《娇生惯养的人》（Белоручка）、《报告马雅可夫斯基》（Маяковскийге поэзиялык отчет）。

　　这一时期钦吉斯·艾特玛托夫因小说《查密莉雅》跻身苏联文学界，成为吉尔吉斯文学界的新秀，钦吉斯·艾特玛托夫对吉尔吉斯文学和艺术的发展都产生了重大的影响，为吉尔吉斯文学的发展做出了重大的贡献。

　　20 世纪 60 年代到 20 世纪末是吉尔吉斯文学发展的黄金时期，

这些年间无数的书籍相继出版，此间，文学批评也得到了发展。

诗歌领域中，如阿勒·托科姆巴耶夫的《我的明星》（Жылдызым，1976）、帖木儿库勒·乌米达利耶夫（Темиркул Уметалиев，1908—1991）的《山花》（Тоо гүлдөрү，1982）、米丁·阿勒巴耶夫（Мидин Алыбаев，1917—1959）的《收藏》（Тандалган ырлар，1967）、阿布德拉苏尔·托科姆舍夫（Абдрасул Токтомушев，1912—1995）的《金山》（Алтын Тоо，1968）等著名的诗集都在莫斯科出版社多次出版发行。

小说与散文领域中，著名的作品有图古巴依·瑟德克别科夫的《我们这个时代的人》（Биздин замандын кишилери，1987）、《群山之间》（Тоолор арасында，1962）、《妇女》（Зайыптар，1966），卡瑟马雷·巴亚林诺夫（Касымалы Баялинов，1902—1979）的《伊塞克湖湖畔》（Ысык көл боюнда，1961）、《手足情》（Боордоштор，1967），卡瑟马雷·姜托瑟夫（К. Жантошев，1904—1968）的《卡尼别克》（Каныбек，1960,1980）、《热火青春》（Жалындуу жаштар，1983）等，这些作品都被翻译成世界各国语言。

戏剧领域中，这一时期的著名作家、作品有阿布杜莫蒙诺夫·托克托鲍洛特（Абдумомунов Токтоболот，1922— ）的《爱情与希望》（Сүйүү жана үмүт，1966）、《不可上诉》（Обжалованию не подлежит，1971）等，马尔·巴依季耶夫（Мар Байджиев，1935— ）的《决斗》（Дуэль，1971）等。

20 世纪 70 年代，文学领域中最著名的事件就是苏因巴依·埃拉利耶夫（Сүйүнбай Эралиев，1921—2016）的诗作《白色的气味》（Ак жыттар，1970）以及钦吉斯·艾特玛托夫的小说《白轮船》（Ак кеме，1970）、《花狗崖》（Деңиз бойлой жорткон ала дөбө，1977）

的问世。在 80 年代初，钦吉斯·艾特玛托夫的第一部长篇小说《一日长于百年》（Кылым карытар бир күн，1980）问世，第二部长篇小说《断头台》（Кыямат，1986）和第三部长篇小说《卡桑德拉印记》（Кассандра тамгасы，1995）分别在 80 年代中期与 90 年代问世，同时 90 年代还发表了寓言故事《悬崖猎人的哀歌》（Жар боюнда боздоп калган аңчынын ыйы，1996）。索隆拜·居苏耶夫 90 年代中期出版了诗体小说《库尔曼姜·达特卡》（Курманжан Датка，1994），也因此获得了吉尔吉斯共和国托克托古尔·萨特甘诺夫国家奖。

二、文学纪念活动

（一）钦吉斯·艾特玛托夫纪念活动

2018 年是吉尔吉斯斯坦伟大作家钦吉斯·艾特玛托夫诞辰 90 周年。为纪念艾特玛托夫诞辰 90 周年，从 2018 年年初吉尔吉斯斯坦全国就开始举办文学之夜晚会、艾特玛托夫图书展以及戏剧表演等活动。此外，乌兹别克斯坦、乌克兰、白俄罗斯、俄罗斯、美国、德国、中国等国家的多个城市也举办了文学研讨会与图书展等纪念活动。吉尔吉斯斯坦于 12 月 12 日举办了庆祝艾特玛托夫诞辰 90 周年纪念大会，吉尔吉斯共和国总统索隆拜·热恩别科夫（Сооронбай Жээнбеков）出席并发表重要讲话。为了纪念这位伟大的作家，最高议会议长、最高法院院长、吉尔吉斯共和国总理以及艾特玛托夫亲友共同出席了活动。

艾特玛托夫全名钦吉斯·托瑞库洛维奇·艾特玛托夫（Чынгыз Төрөкулович Айтматов），是吉尔吉斯斯坦伟大的作家、思想家。1928 年 12 月 12 日出生于现吉尔吉斯斯坦塔拉斯州卡拉布拉区舍科尔村。1958 年毕业于莫斯科的高级文学班。之后从事记者工作，担任《吉尔吉斯文学》《文学报》以及《新世界》杂志的编委成员。1952 年开始发表文章，初期作品有《浩罕军人》（Сыпайчы，1953）、《毛毛雨》（Ак жаан，1954）、《吊桥》（Асма көпүрө，1955）等。被译成多种语言的中篇小说《查密莉雅》为其带来了荣誉，并让他一举成名，1963 年因小说集《草原和群山的故事》（Повести гор и степей，1963）（收录《查密莉雅》《我的包着红头巾的小白杨》《骆驼眼》《第一位老师》4 部中篇小说，都是关于爱情主题的唯美小说）而获列宁奖。他的作品主要集中在 60—80 年代，主要作品有中篇小说《面对面》、《我的包着红头巾的小白杨》、《骆驼眼》（Бото көз булак，1961）、《第一位老师》（Биринчи мугалим，1962）、《稻草人之路》（Саманчынын жолу，1963）、《永别了，古利萨雷》（Жаныбарым，Гүлсарым，1966）、《白轮船》、《早来的鹤》（Эрте жаздагы турналар，1973）、《花狗崖》，长篇小说《一日长于百年》、《断头台》、《卡桑德拉印记》、《崩塌的山岳——永远的新娘》[Тоолор кулаганда (Түбөлүк колукту)，2006] 等。2008 年 6 月 10 日，钦吉斯·艾特玛托夫在德国纽伦堡病逝，享年 79 岁。艾特马托夫的作品跨越了世界精神文明发展史的诸多时空，古代神话、荷马史诗、基督诞生、文艺复兴、浪漫主义、现实主义、现代主义，以及科学幻想等在他的作品中都有表现。他是苏联多民族文学的骄傲，是 20 世纪经典文学作家。他的作品被介绍到中国后，受到许多中国读者的喜爱。

艾特玛托夫的作品洋溢着浓郁的生活气息和浪漫主义激情，具有鲜明的民族特色和强烈的抒情色彩，其中饱含了对社会问题的批判与强烈的道义感。其众多作品也反映了不同时期的创作风格，从刻画和塑造善良、正义的积极形象到直面现实、提出尖锐的道德和社会问题，再到后期注重人物心理活动的描写，他的作品反映出世间的善恶、美丑，表现出强烈的社会责任感、道义感和人道主义精神。早期作品主要以小说集《草原和群山的故事》为代表，以传统现实主义手法，将苏联社会普通民众的善良，对美好爱情、亲情的追求以及正义感刻画得深入人心，行文充满积极向上的精神。进入20世纪70年代，受当时社会环境以及俄罗斯文学的影响，艾特玛托夫的小说风格发生了变化。从《白轮船》、《早来的鹤》以及《花狗崖》等这一时期的作品中我们可以看出，作品更加以现实主义为主，已经从纯美的情感转化为直击社会现实，用浪漫主义手法，以神话寓言故事形式对尖锐的社会及道德问题进行揭示，作品充满忧伤的基调。进入80年代，其长篇小说《一日长于百年》与《断头台》相继问世，这一时期的作品已经从以往的对于现实的悲观意识转向了对人生的思考，对全世界、全人类未来的思考。在《一日长于百年》中，他将现实和历史、神话以及科学幻想自然地融合在一起，体现出对人生的思考，呼吁人们弘扬真善美，同时通过对神话幻想的描写，体现出其反对人类社会强权对峙、希冀世界和平的思想。《断头台》中又通过一对草原狼的逃亡故事引出人与自然应和谐相处的主题，呼吁人与动物和平共存。

（二）《玛纳斯》史诗1025周年纪念日

《玛纳斯》史诗是吉尔吉斯族（柯尔克孜族）的英雄史诗，堪称史诗的典范，以第一代英雄的名字命名。史诗以英雄玛纳斯以及其子孙的英雄事迹为主线，反映了吉尔吉斯族抵御外部侵略，为实现民族自由、人民幸福而不懈斗争的英勇事迹。史诗的每一部都是独立的，叙述了一代英雄的故事，各部之间又相互衔接，使故事组成了一个有机的整体。《玛纳斯》史诗是一部吉尔吉斯人的百科全书，史诗中包括所有吉尔吉斯的神话、传说、故事、生活习俗、地理、宗教、经济、医疗、历史以及军事，是吉尔吉斯族人的精神宝库。《玛纳斯》史诗依靠玛纳斯奇（Манасчы，《玛纳斯》史诗的传承者和创作者）进行演唱，是吉尔吉斯人民的口头民间文学创作，不同的玛纳斯奇有着不同的说唱版本，中国著名的玛纳斯奇居素普·玛玛依的唱本被国内外学术界公认为内容最全面、结构最完整的唱本，由《玛纳斯》（Манас）、《赛麦台》（Семетей）、《赛依铁克》（Сейтек）、《凯耐尼木》（Кененим）、《赛依特》（Сейит）、《阿斯勒巴恰与别克巴恰》（Асылбача жана Бекбача）、《索木碧莱克》（Сомбилек）、《奇格台》（Чагатай）等八部构成。吉尔吉斯斯坦最著名的两个版本是玛纳斯奇萨恩拜·奥罗孜巴科夫（Сагымбай Орозбаков，1897—1930）和萨雅克拜·卡拉拉耶夫（Саякбай Каралаев，1894—1971）演唱的版本。一般的玛纳斯奇只能演唱史诗某一部分中的几个片段或者一部，而奥罗孜巴科夫和卡拉拉耶夫虽然在篇幅上均超越了居素普·玛玛依，但是他们的版本均未超过前三部。奥罗孜巴科夫的版本以规模庞大、情节丰满和具有高雅的艺术性而闻名，他的版本由许多独立的情节线组成，这些情节线将事件完整地衔接起来，形成了一个有机的整体，2014 年 8 月根据他口述所记录的 9 卷《玛纳斯》史诗在比什凯克出版。

史诗规模宏大，仅居素普·玛玛依的版本内容就达 23.2 万余行，而据《吉尔吉斯大百科全书》记载萨雅克拜·卡拉拉耶夫的版本文本长达 500 553 行，2009 年，《玛纳斯》史诗入选世界非物质文化遗产名录。

为纪念《玛纳斯》史诗 1025 周年，吉尔吉斯斯坦文化部副部长召开会议，与国家语言委员会、国家科学院以及教育部相关代表共同讨论 2018—2023 年《玛纳斯》史诗研究规划，就保存、研究和推广进行研讨。会议中提议成立《玛纳斯》研究中心，向世界传播《玛纳斯》。

除以上两项大型活动外，2018 年度吉尔吉斯斯坦国家图书馆还举办了一系列图书展览，有巴依扎科夫·图门巴依（Байзаков Түмөнбай，1923—1992）、钦吉斯·艾特玛托夫、尼古拉·切尔尼舍夫斯基（Никалой Чернышевский，1828—1889）、江季·奥洛克奇耶夫（Тенти Орокчиев，1938—　）、列夫·托尔斯泰（Лев Толстой，1828—1910）、拉依康·舒库尔别科夫（Райкан Шукурбеков，1913—1964）等纪念活动图书展。同时，2018 年度比什凯克市举办了 5 场文学之夜晚会，其中有 3 场以纪念活动为主题，分别是纪念玛丽娜·伊万诺夫娜（Марина Ивановна，1892—1941）、艾格姆别尔地·艾尔马托夫（Эгемберди Эрматов，1951—　）以及导演、作家德·萨德尔巴耶夫（Д. Садырбаев，1939—　）的主题文学晚会。此外吉尔吉斯斯坦国家作家委员会分别于 1 月 30 日与 7 月 11 日在比什凯克市举办了"流动的云"新作家诗歌作品之夜以及"十九世纪世界诗歌"主题晚会，为新作家、诗人提供了交流创作的平台，为文学的发展起到了积极的推动作用。

三、获奖作家及作品

（一）吉尔吉斯共和国托克托古尔国家奖

吉尔吉斯共和国托克托古尔国家奖（Кыргыз Республикасынын Токтогул атындагы мамлекеттик сыйлыгы）全称为吉尔吉斯共和国文学、艺术与建筑领域托克托古尔国家奖（Кыргыз Республикасынын

адабият, искусство жана архитектура тармагындагы Токтогул
атындагы мамлекеттик сыйлыктары）。该奖主要授予在吉尔吉斯斯坦
诗歌、小说、音乐、电影、建筑、美术等领域中对丰富和融合吉尔吉
斯斯坦多民族的文化有重要意义的相关作品，该奖具有很强的纪念与
教育意义，影响很大。只有意义非凡并具有很高美学价值的作品的
作者才可以被提名文学奖。该奖每三年评选一次。1964 年是吉尔吉
斯人民伟大的诗人托克托古尔·萨特甘诺夫（Токтогул Сатылганов,
1864—1933）诞辰 100 周年，为支持文艺事业发展以及为感谢其对吉
尔吉斯文学所做的贡献，时任政府和党中央通过了托克托古尔国家奖
的提案，在两年多后，吉尔吉斯斯坦共产党中央委员会以及吉尔吉
斯苏维埃社会主义共和国部长会议于 1966 年 11 月 20 日通过了关于
《吉尔吉斯苏维埃社会主义共和国托克托古尔国家奖》的决议，之后
吉尔吉斯共和国政府 2000 年 1 月 23 日将其更名为"吉尔吉斯共和国
托克托古尔国家奖"。这个奖颁发给具有深远教育意义、艺术价值高
的作品的作者。这个奖可以授予单个人也可以授予作家团队。参评的
作品必须在三年间（两次奖之间），且必须至少在颁奖前一年内进行
公示，宣布参评奖项。提交评奖的作品要通过吉尔吉斯共和国文学、
艺术和建筑领域托克托古尔国家奖委员会审核，决议通过后由吉尔吉
斯共和国政府提交给总统。获得国家奖的人同时也会获得"吉尔吉斯
共和国托克托古尔国家奖获得者"荣誉称号。

2018 年，年度吉尔吉斯共和国托克托古尔国家奖的获得者是诗
人居努舍夫·卡讷别克（Жунушев Каныбек, 1941—　），该作者于
1941 年 11 月 11 日出生于纳伦州科奇科尔地区艾列克特尔村，是吉
尔吉斯斯坦著名的儿童诗人。他的诗歌创作始于 1960 年，1964 年
出版第一部诗集《粉刷匠》（Боёкчу, 1964），1974 年俄语诗集《单

人飞机》（Одноместный самолет，1974）发表，他的一些诗集也被翻译成其他语言，在国外出版。主要作品有《绿色的桥》（Жашыл көпүрө，1972）、《星空》（Жылдыздуу асман，1975）、《小花》（Байчечекей，1979）、《甜菜小孩》（Кызылчанын баласы，1967）等。此次评选，卡讷别克凭借2012年出版的诗集《阳光》（Күн чубак，2012）获得吉尔吉斯共和国托克托古尔国家奖。该诗集以世界和人类为主题，主要以诗歌的形式向儿童展示出自然界中人类和植物的生活状态，充满正能量，以"阳光"为诗集的名字更显积极向上。

（二）钦吉斯·艾特玛托夫奖

　　钦吉斯·艾特马托夫奖（Чыңгыз Айтматов атындагы сыйлык）是在吉尔吉斯共和国议会的建议下于2012年11月在独联体国家议会大会决议的基础上诞生的。该奖将获奖者范围拓宽到全体独联体国家，更加体现了钦吉斯·艾特玛托夫不仅仅是吉尔吉斯斯坦的伟大作家、苏联时期的伟大作家，更是全世界的伟大作家。2013年该奖颁发给了俄罗斯《文学报》的主编尤里·波利亚科夫（Юрий Поляков，1954—　　）、2014年颁发给了阿塞拜疆作家协会主席阿纳尔·尔扎耶夫（Анар Рзаев，1938—　　）、2015年颁给了亚美尼亚的马捷纳达兰（古亚美尼亚手稿）研究所所长格拉奇·塔姆拉济亚（Грачь Тамразян，1953—2016）。该奖每年评选一次，每次只颁发给一个人，主要授予在文化教育领域中为发展人文科学、文学与艺术做出重大贡献的个人，或者在文化遗产研究保护中，对增进与促进民族间文化融合以及巩固民族团结具有重大意义的作品的作者。

　　2018年钦吉斯·艾特玛托夫奖颁给了哈萨克人民诗人奥尔然斯·苏列依门诺夫（Олжас Сулейменов，1936—　　）。苏列依门诺夫出生于哈萨克斯坦阿拉木图，是诗人、作家、文学评论家以及语言学研究学者，特别以研究《伊戈尔王远征记》中的古突厥民族著称。同时，对古代突厥文学以及古希腊语与斯拉夫语的联系具有深入的研究。1961 年 4 月他发表了第一首诗《地球，向人类致敬》，从此开启了他的诗歌创作生涯。1962 年加入苏联作家联盟，陆续出版了诗集《宝马》（Аргамаки，1962）、《阳光的夜里》（Нұрлы түндер，1963）、《猴年》（Мешін жылы，1967）、《美好的日出时间》（Доброе время восхода，1964）、《越过高山》（Асқардан асу，1987）等。之后他致力于语言学、古突厥语与斯拉夫语等领域的研究，主要作品有《信件语言》（Язык письма，1998）、《古代突厥人》（Тюрки в доистории，2002）、《斯拉夫代码》（Код слова，2013）、《亚洲营火》（Азиатские костры: избранные стихотворения，2018）。苏列依门诺夫的创作主要以诗歌为主，他的第一首诗《地球，向人类致敬》写在加加林飞入太空之后，写出了苏联人民内心的激动与喜悦，也开启了他的写作生涯。由于其个人经历，他的诗歌作品往往直击民众心灵，他的诗歌融合了文化与传统，将青春的冒险性与文学教育结合起来。他的作品《我与我》（А зи я，1975）在当时引起了热烈的讨论。他认为《伊戈尔王远征记》是用俄语和突厥语写的，并在书中对此进行了阐释、论证，认为伊戈尔王是一个邪恶的人。这本书也引起了当时官方的关注，认为这是民族主义和泛突厥主义的现象，出版一年后，这本书退出了市场。他的作品充满了冒险性与创造性，寓意深远，让人有无限的思考。

（三）荣誉称号

根据总统索隆拜·热恩别科夫 2018 年 8 月 30 日签署的总统令，

授予捷提米舍夫·赛依台（Жетимишев Сейит，1936— ）吉尔吉斯共和国人民作家荣誉称号。赛依台的写作之路始于50年代，第一部小说集《我的父亲》（Менин атам）于1962年出版，一些作品被翻译成俄语等其他语言。主要作品有《我的父亲》、《内心的呼喊》（Ички кайрыктар，1964）、《年轻作家的作品》（Жаш жазуучулардын аңгемелери，1975）、《山泉》（Тоо булагы，1987）、《人民之间》（Эл арасында，1989，2006）等。他1994年被授予共和国文化工作荣誉称号、2007年被授予"光荣"荣誉奖章（Даңк медалы）、2008年在吉尔吉斯共和国文化事业大会上获阿勒·托孔巴耶夫奖（Аалы Токомбаев атындагы сыйлык）。

诗人嘉尔肯巴依·努尔巴依斯（Жаркынбай Нурпаис，1939— ）被授予吉尔吉斯共和国人民诗人荣誉称号。努尔巴依斯1966年加入苏联作家联盟，多年担任吉尔吉斯作家协会会长。他的诗歌被翻译成哈萨克语、摩尔多瓦语、乌兹别克语、维吾尔语等语言。1994年被授予共和国文化工作荣誉称号。主要作品有《青春之春》（Жаштык жазы，1966）、《生命始于山》（Өмүрлөр тоодон башталат，1970）、《燕子》（Чабалекей，1972）、《心动》（Жүрөк тартуулары，1975）、《夜里谁未眠》（Түндө кимдер уктабайт，1984）、《吉尔吉斯族的迁徙》（Кыргыз көчү，1986）等。

《文学杂志》副主编苏斯洛娃·斯维特拉娜·戈阿尔耶夫娜（Суслова светлана Георгивена，1949— ）被授予吉尔吉斯共和国人民诗人荣誉称号。她的主要作品有诗集《我的亚洲》（Менин Азиям，1978）、《第五季》（Пятое время года，1980）、《我的童年花园》（Сад моего детства:，1983）、《固执的夜莺》（Несговорчивый соловей，1987）等。

结语

　　纵观 2018 年的吉尔吉斯斯坦文坛，多项文学活动意义重大，国家图书馆的众多纪念活动、比什凯克市的文学之夜晚会以及钦吉斯·艾特玛托夫诞辰 90 周年纪念大会都为吉尔吉斯斯坦文学的发展注入新的血液。据吉尔吉斯斯坦国家统计局消息显示，2018 年全国共出版近 1500 本书，其中大部分是吉尔吉斯语书籍。图书年发行量共 180 万册，每千人图书占有量有 288 册。国家级文学奖的评选更加客观公正，吉尔吉斯斯坦文坛依然处于上升趋势，不论是传统的《玛纳斯》研究还是现代的诗歌、小说等文学体裁，都是未来一段时间吉尔吉斯斯坦文学领域的发展方向。

参考文献：

Айзада Тураркулова. Маданияттын бир нече кызматкерлери Токтогул Сатылганов атындагы мамлекеттик сыйлыкка ээ болушту. 27 Feb. 2018. Web. 03 May 2019. <https://www.super.kg/kabar/news/221943/>.

ЖАШТАР БОРБОРУ. Ч. Т. Айтматов атындагы Кыргыз Республикасынын мамлекеттик жаштар сыйлыгына сынак жарыяланат. 26 Feb. 2018. Web. 02 Apr. 2019.
<http://jashtar.gov.kg/ky/news/view/id/118/>.

Жетикашкаева Нуркамал. Жетимишев Сейит. 04 Mar. 2018. Web. 21 Apr. 2019.
<https://tyup.net/page/zhetimishev-sejit>.

Калыс Медиа. Ч.Айтматов атындагы сыйлык казак акынына ыйгарылды. 30 Nov. 2018. Web. 05 Apr. 2019.
<http://kalys.media/2018/11/30/ch-ajtmatov-atyndagy-syjlyk-kazak-akynyna-yjgaryldy/>.

Кыргыз Республикасынын Улуттук статистика комитети. Цифралар жана фактылар: Кыргызстанда китеп күнү. 22 Apr. 2019. Web. 06 May 2019.
<http://www.stat.kg/en/news/cifry-i-fakty-den-knigi-v-kyrgyzstane>.

кыргыз туусу. Жээнбеков «КРнын мамлекеттик сыйлыктары мнеен сыйлоо жөнүндө» жарлыкка кол койду. Ікюкүюэк»үю. 30 Aug. 2018. Web. 03 Jun.

2019.
<http://kyrgyztuusu.kg/?p=14272>.

Марал. МАДАНИЯТ КЫЗМАТКЕРЛЕРИНЕ ТОКТОГУЛ АТЫНДАГЫ
МАМЛЕКЕТТИК СЫЙЛЫК ТАПШЫРЫЛДЫ. 27 Feb. 2018. Web. 06 Apr.
2019.
<http://dem.kg/index.php/kg/article/28242/madaniyat-kyzmatkerlerine-toktogul-
atyndagy-mamlekettik-syylyk-tapshyryldy?>.

作者：云建飞，信息工程大学洛阳校区

2018 年柬埔寨文学概览

卢 军

内容提要：2018 年柬埔寨文学领域平稳发展，收获颇丰。由柬埔寨政府部门主导的第三届国家读书日和第七届柬埔寨图书展获得了文学爱好者和广大民众的广泛欢迎与积极支持。第二届高棉文学节以"高棉文学的过去、现在与未来"为主题，开展了丰富多彩的文学活动。作为柬埔寨文学界的领导与旗帜，柬埔寨作家协会积极开展了国内外文学评奖、送文化下乡，开办各类文学创作培训班，遴选优秀作品协调出版，与国外文学界进行交流等一系列活动，有力促进了柬埔寨文学事业的进步与发展。本文将从 2018 年文学奖及文学比赛、文学界重要事件、柬埔寨作家协会的主要活动三个方面介绍 2018 年柬埔寨文学领域的发展概况。

2018 年柬埔寨国内政局稳定，经济稳步增长，文学领域也获得了可喜发展。柬埔寨政府相关部门与柬埔寨作家协会在国内举办了重要的文学奖——李添丁奖的颁奖活动，作协还选拔出优秀作品参加了湄公河流域六国组织的湄公河文学奖的评选。第三届国家读书日、第二届高棉文学节，以及第七届柬埔寨图书展的陆续举办，使阅读的理念逐步深入人心，尤其对促进学生及青少年培养阅读习惯产生了积极的作用，同时提升了广大民众对柬埔寨传统文学的重视度和认同感。柬埔寨作协尽其所能地做好本职工作，推动了柬埔寨文学事业的进一步发展。

一、2018 年文学奖及文学比赛

（一）李添丁奖（ពានរង្វាន់លោកលី ចាមតេង）

由柬埔寨文化与艺术部（ក្រសួងវប្បធម៌និងវិចិត្រសិល្បៈ）组织的李添丁奖暨 2018 年小说与叙事诗创作大赛从 2018 年 1 月 25 日开始征集作品，截至 2018 年 5 月 4 日。李添丁奖是为了纪念柬埔寨 20 世纪著名的作家、学者、历史学家李添丁先生（លី ចាមតេង，1930—1978）设立的文学奖项。

李添丁出生于磅湛省磅湛市的一个华人家庭，他是柬埔寨作协的创始人之一，曾担任第 15 届柬埔寨作协的理事会成员、作协秘书、宗教部佛学研究所研究处处长，及柬埔寨传统理事会成员。他还于 1958 年赴苏联参加了在塔什干举行的非洲–亚洲作者大会。李添丁先生一生著作颇丰，主要文学作品包括：小说《心的光芒》（រស្មីចិត្ត，1954）、《吉祥白伞》（សិរីស្វេតឆ្ត្រ，1954）、《荔枝山上的隆都花》（រំដួលភ្នំគូលេន，1954）、《夜之梦》（សុបិន្តពេលយប់，1955）、《巴隆拉嘉国王》（ព្រះបរមរាជា，1955）、《穿越云层》（ឆ្លងពពកស្ដាប់，1966）、《女人与花》（នារី និងបុប្ផា，1967）等。他还专注于柬埔寨文学史和历史的研究，发表过多篇研究著作，包括：《高棉简史》（ពង្សាវតារខ្មែរសង្ខេប，1959）、《高棉文学》（អក្សរសាស្ត្រខ្មែរ，1960）、《柬埔寨编年史》（ពង្សាវតារប្រទេសកម្ពុជា，1964）、《柬埔寨文学的发展》（វិត្តន៍នៃអក្សរសាស្ត្រខ្មែរ，1972）、《柬埔寨著名作家》（អ្នកនិពន្ធល្បីឈ្មោះរបស់ខ្មែរ, 1972）。1971 年，李 添 丁 将中国元代地理学家周达观的著作《真腊风土记》翻译成柬埔寨语《កំណត់ហេតុរបស់ជីវតាក្វាន់អំពីប្រពៃណីនៃអ្នកស្រុកចេនឡា》，并出版发行。译作受到了柬埔寨社会各界的广泛关注，成为研究柬埔寨历史的宝贵资料。1978 年李添丁先生在柬埔寨国内的动荡中不幸遇害，这是柬埔寨文学界的巨大损失。

此次李添丁奖的作品主题不限，评委会主要从作品意义、创作形式及内容价值等三个方面来对作品进行评判。第一条标准即意义：指作品应宣扬传统道德（品行）、真理（真谛）和美德（善行）；第二条标准是形式：包括创作方式、修饰风格及创作艺术手法；第三条标准是内容：指作品应具有教育意义，并且注重发展、保持民族身份与价值。经过评选，李添丁奖颁奖典礼于 2018 年 12 月 7 日在第 7 届柬埔寨图书展上举行，共有 5 部小说和 5 首诗歌获奖。

小说一等奖作品《爱女》（កូនស្រីផ្កាមាស）由来自磅同省的乌恩·希罗（អ៊ុនស៊ីឡុត，出生年份不详）创作，作者是一所高中的老师，曾于 2017 年获得班·登奖（ពានរង្វាន់លោកបានតេង）小说类三等奖。小说叙述了一个关于子女教育方式的故事。主人公遭妻子背弃，收养了两个被人遗弃的小女孩，并以柬埔寨传统方式来教育她们。但是女孩们认为自己有权做自己喜欢的事、有权决定做什么，她们去应聘做宣传啤酒的广告女郎，而且穿上了违背柬埔寨传统的性感服装。但是养父并没有责备她们，而是找了实例来教育劝导她们，最后她们幡然醒悟，努力学习获得了文凭，并找到了好的工作。作者在解释故事中的教育思想时称：这个故事蕴含了在培养孩子时要采取"冷处理"的方式的道理。

小说类二等奖获奖者是李·菩提（លី ពុទ្ធា，1940— ），来自金边，获奖作品是《牧牛童》(ក្មេងឃ្វាលក្របី)。三等奖获奖者是孙·索宁(ស៊ុន សុខនាង，出生年份不详)，来自干丹省，获奖作品为《生命支柱》(បង្គោលជីវិត)。获得四等奖的作品是《心的使命》(បេសកកម្មបេះដូង)，由来自金边的盖福·升罗塔(កែវ សេងវង្សា，1991—)创作。五等奖的获奖作品是《轮椅的爱情魔力》(មន្តស្នេហ៍រទេះរុញ)，由来自金边的真·根恒(ជៀន គឹមហេង，1990—)创作。

叙事诗类一等奖获奖作品《一束凤眼蓝》(ត្រកៀតកម្មយទង)由来自波罗勉省的宋·玛加拉(សំ មករា，1996—)创作。宋·玛加拉是波罗勉省边良县一所高中的老师，这是他的处女诗作。《一束凤眼蓝》全诗共 242 句，诗歌的艺术特点是将七音节诗与八音节诗相融合，形象地表达了主人公坚毅的性格，生动地反映了柬埔寨的现实生活。诗歌描述了在一个贫苦的家庭里，母亲与女儿索卡相依为命，她们以卖粽子、卖酸角嫩芽和植物叶子为生，而这仅仅够维持生活。索卡高中毕业后，母亲坚持让她继续到金边学习。大学第二年，母亲在摘叶子时从树上摔落，留下了重病，姑娘的信念有所动摇，但母亲叮嘱她无论发生任何事都不能停止学习。为了继续学习和赚钱给母亲看病，索卡不得不在晚上前往娱乐场所工作。在那里她遇到一个男子，承诺将照顾她一生，索卡便与他同居了。然而这段尚未成熟的感情最终破裂了。母亲的伤病、男友的背弃，使索卡遭受了双重打击，在母亲的鼓励下，索卡没有停止学习，反而加倍努力，最终成为一名作家。作者称这首诗的创作主旨是：告诉母亲应当如何教育子女；表明人一定要学会自己坚强，无论遇到什么样的困难，都要努力斗争，争取胜利；同时也是教育世人不要轻信别人的承诺。诗篇通过叙述一个姑娘的人生轨迹，颂扬了柬埔寨传统女性——母亲的勤劳、善良与坚忍，及新时代女性——女儿的坚毅、勇敢与独立这一主题。作品内容反映了柬埔寨现实社会的一角，与柬埔寨传统的信仰、宗教和风俗紧密联系。除了蕴含良好的教育意义之外，作者还在作品中融入了新时期社会的现实性，尤其是颂扬了女性自强自立的高贵品质，及女性在现代柬埔寨社会的重要价值。

叙事诗二等奖获奖作品是《生命的依托》（ម្លប់ជីវិត），作者是棱姆·潘娜（លឹម ជាន់ណា，1990—   ），来自金边。三等奖获奖作品《不朽的遗产》（មរតកអមត:）的作者为占·玛妮（ចាន់ មណី，出生年份不详），来自金边。四等奖获奖作品《生命的戏剧》（ល្ខោនជីវិត）的作者为棱姆·琼兰（លឹម ចំរើន，出生年份不详），来自上丁省。五等奖获奖作品《天空变了颜色》（ផ្ទៃមេឃប្រែពណ៌）的作者为利·拉翁（លី ឡាវុន，出生年份不详），来自暹粒省。

（二）湄公河文学奖（ពានរង្វាន់អក្សរសិល្ប៍ទន្លេមេគង្គ）

湄公河文学奖最初由柬埔寨、老挝与越南三国在 2007 年共同创立，旨在搭建湄公河流域国家之间的文学艺术的交流平台，促进国家之间的文学艺术交流，进而实现共同繁荣与世界和平。自 2014 年第 5 届文学奖起，泰国、缅甸及中国相继成为湄公河文学奖会员，中国由云南省作家协会代表参加该奖项。湄公河文学奖的获奖作品以描述湄公河地区人民的生活以及国家建设为主要内容，现已成为流域六国（地区）之间文化交流的一个窗口。该奖项起初每一至两年评选一次，2014 年后每年举办，历届承办国与参赛国名单如下表所示：

届次	1	2	3	4	5	6	7	8	9
年份	2007	2009	2010	2012	2014	2015	2016	2017	2018
举办国	越南	柬埔寨	老挝	越南	柬埔寨	老挝	中国	泰国	越南
参与国	越南、老挝、柬埔寨	越南、老挝、柬埔寨	越南、老挝、柬埔寨	越南、老挝、柬埔寨	湄公河流域六国(地区)	湄公河流域六国(地区)	湄公河流域六国(地区)	湄公河流域六国(地区)	湄公河流域六国(地区)

柬埔寨作协于 2018 年 4 月 5 日下发通知，在柬埔寨国内征集评奖作品，截止日期为 2018 年 5 月 15 日。作协评奖委员会共收到参赛作品 29 篇，经过遴选，作协于 6 月 11 日发布通知：由来自柴桢省的拉纳·瑟纳（វ៉ាត្ន័ សេនា, 1972— ）和娥姆·拉佳娜（អ៊ុម រចនា, 1992— ）代表柬埔寨参加第九届湄公河文学奖。本届湄公河文学奖颁奖典礼于 6 月 13 至 18 日在越南首都河内举行。柬埔寨的参赛作品分别是拉纳·瑟纳的诗歌《大河——血脉》（ខ្សែទឹកខ្សែលោហិត），以及娥姆·拉佳娜的短篇故事《塔拉的爱情魔力》（មន្តស្នេហ៍ថាឡា）。

诗歌《大河——血脉》的主题是歌咏湄公河流域的自然与人民，赞美大河像母亲一样哺育着沿岸六国的儿女。作者瑟纳称诗歌是为了颂扬湄公河的恩惠，同时说明湄公河对六国人民，以及周边环境及动植物的重要性。拉纳称：诗歌取名《大河——血脉》是为了表明湄公河是流淌在六国境内的共同血管，具有无可比拟的重要性，因此针对湄公河沿岸的开发，六国应当共同商讨、互利互惠。

短篇故事《塔拉的爱情魔力》聚焦湄公河沿岸的发展，作者拉佳娜在故事中提出了一系列关于可持续发展的问题，如：湄公河流域的开发能持久吗？为什么要破坏自然来换取发展？开发获得的利益会超过不开发吗？究竟开发湄公河流域对世代生活在这片土地上的人民造成了什么样的影响？拉佳娜通过作品想要表明的重要思想是：并非所有的发展都是正确的，应当考虑发展的可持续性。遭受人类破坏的自然必须经过很长的时间才能够恢复，因此如果我们无法保护自然，也别去破坏自然。

近年来，湄公河文学奖在流域六国（地区）的文学界都广受重视，影响力也逐渐增强。正如云南省作协原主席黄尧所言："湄公河文学奖"的影响远远超出区域本身，因为它象征着作家间的团结和友谊，可以跨越国家的疆界以及语言、民族、文化、意识的某些差异，在追求人类共同价值的层面上达成一致，促进了国际合作形式的交流、对话，开辟了更加广阔的文学艺术空间。[1]

二、文学界重要事件

（一）2018 年国家读书日（ទិវាជាតិអំណានឆ្នាំ២០១៨）

为降低国内的文盲率，培养学生和民众的阅读习惯，推动阅读文化，提高阅读能力和写作水平，保护和振兴高棉文化和文明，同时为了纪念柬埔寨伟大的文学家、教育家、思想家、语言学家、著名高僧尊那僧王（សម្តេចព្រះសង្ឃរាជ ជួន ណាត，1883—1969）的诞辰，柬埔寨政府于 2015 年 9 月 14 日发布政府令，规定每年 3 月 11 日为国家读书日。2018 年 3 月 11 日，由柬埔寨教育、青年与体育部组织的第三个国家读书日活动在金边柬埔寨科技学院如期举行，主题为"阅

---

1 <http://www.km.gov.cn/c/2016-07-14/1353187.shtml>.

读是巨大的知识宝藏"（អំណានជាកំណប់វិជ្ជាមហាសាល），读书日活动共有 4000 多人参加。教育部大臣洪·尊纳伦（ហង់ ជូនណារ៉ុន）出席活动并指出：阅读是开发人力资源的知识、技能和品格的一项重要因素。参与读书日活动的青年学生也普遍认为：读书日对青少年培养爱好阅读的思想大有裨益。教育部还举行了首次读书日比赛，包括针对小学生的文章阅读、针对初中生的诗歌朗诵，以及针对高中生的文学创作等三个项目，共有 73 名从全国各地挑选的学生参加这三项比赛。经过选拔，9 位获奖学生当天向民众们展示了他们的获奖作品。

（二）第二届高棉文学节（មហោស្រពអក្សរសិល្ប៍ខ្មែរ，Khmer Literature Festival）

2018 年 9 月 21 日至 23 日，第二届高棉文学节在柬埔寨历史文化名城马德望省马德望市举行。此次高棉文学节的主题是"高棉文学的过去、现在与未来"（អតីតកាល បច្ចុប្បន្នកាលនិងអនាគតកាលនៃអក្សរសិល្ប៍ខ្មែរ），文学节设立了三大目标：1. 培养柬埔寨人民热爱民族文学的精神；2. 提高柬埔寨作家在社会中的声誉和价值；3. 为作家创造联系交流与扩大市场的机会。

高棉文学节创始人邵·丕娜（ស៊ូ ពីណា，出生年份不详）称："我们相信，当所有诗人、作家、学生、出版社、文学机构、艺术家，以及协会可以齐聚一堂，就文学问题相互讨论时，新的思想就会从笔尖中迸发而出。新的合作将组织很多各种各样的文学活动，这些活动将促使我们不断进步，我们坚信民族文学将获得发展。"[2] 青年作家孙·马克（ស៊ុងម៉ាក់，1986—　）也持相同观点，他称："我们要团

2　<http://freshnewsasia.com/>.

结一心，依靠我们作者自己的力量来提高作者的价值。我们坚信，只要我们能够提升自身的价值，别人一定会重视我们。因此，我们团结起来举办文学节，来展现作家们的团结，从而来提高柬埔寨作家的价值，以及促进人们养成阅读的习惯。"[3]

此次文学节有很多特别的节目，包括：文学讨论会、创新写作研讨班、特别阅读活动、图书展销会、短篇故事与诗歌比赛、由纽·泰姆（ញ៉ុក ថែម，1903—1974）的小说《拜林玫瑰》（រឿងកុលាបប៉ៃលិន）改编的话剧表演，及其他艺术表演等。

（三）2018 年柬埔寨图书展（ពិព័រណ៍សៀវភៅកម្ពុជានៅឆ្នាំ២០១៨，Cambodia Book Fair 2018）

柬埔寨图书展自 2011 年起开始举办，由柬埔寨文化与艺术部及其合作机构共同组织，旨在促进民众对柬埔寨语书籍及其他外语书籍的了解，尤其是对有关柬埔寨的书籍及儿童书籍的关注，支持柬埔寨作家与插画家的创作事业，推动柬埔寨出版业的发展，激发年轻一代的创作热情，培养不同年龄段读者养成热爱阅读的习惯。

第七届柬埔寨图书展由柬埔寨文化与艺术部，教育、青年与体育部及信息部联合组织，于 2018 年 12 月 7 日至 9 日在首都金边国家图书馆举行。本届图书展的主题是"生动的书籍，增长的知识"（សៀវភៅរស់ ចំណេះរីក，Living Books, Growing Knowledge）。书展的主要活动包括：图书展销，签名售书，针对儿童和青少年的各种故事会和教育活动，音乐会等。为了使民众阅读到更多的书籍，柬埔寨首相洪森特意向图书展提供了 10 万册赠书，供参展的民众免费领取。

3 <http://freshnewsasia.com/>.

柬埔寨文化与艺术部大臣彭·绍高娜（រៀង សកុណា）夫人在展会上称：该部门与诸多合作机构精心筹备组织了这一次展会，目的是培养下一代养成阅读的习惯，以及扩展他们自身的知识。阅读书籍使我们和下一代在生命的道路上向前走得更远。她还称：父母应当开展阅读，从而为自己的子女做好榜样，开辟阅读之路，培养他们养成阅读的习惯。

书籍与阅读司副司长兼国家图书馆馆长克鲁·韦波拉（ខ្លុតវិបុលឡា）女士表示：随着柬埔寨民众对阅读的逐渐重视，以及组织者的广泛宣传，越来越多的学生群体、国内及国外的阅读爱好者前来参加图书展。在本届图书展上还举行了文学奖李添丁奖创作比赛颁奖典礼。

（四）文坛巨星陨落

2018 年 6 月 2 日，柬埔寨杰出女作家、柬埔寨作协成员欧姆·索帕妮（អុំ សុជានី，1946—2018）因病逝世，享年 72 岁。欧姆女士的小说作品与真实生活紧密相连，并且蕴含着深厚的情感和高尚的理想，其作品曾获得国内多个文学奖项，如《雨滴下》（ក្រោម តំណក់ទឹកភ្លៀង，1989）获 1989 年文学奖（វង្គន់អក្សរសិល្ប៍ឆ្នាំ，1989）三等奖，《同一片天空》（ផ្ទៃមេឃតែមួយ，1990）获 1990 年文学奖二等奖，《同一血脉》（លោហិតតែមួយ，1997）获由驻法海外柬埔寨作家协会（សមាគមអ្នកនិពន្ធខ្មែរនៅបរទេសប្រចាំបារាំង）颁发的 1997 年和平文学奖四等奖，《谁是我的母亲》（អ្នកណាជាម្ដាយខ្ញុំ，2000）获 2000 年和平文学奖一等奖，《生命之网》（សំណាញ់ជីវិត，2000）获苏拉玛里特国王奖（ពានរង្វាន់ព្រះបាទ សុរម្រិត）三等奖，《何时我们再团圆》（កាលណាយើងជួបគ្នា，2004）获 2004 年

和平文学奖三等奖。此外，她还于 2007 年获得了东盟作家委员会
（The S. E. A. Write Committee）颁发的东盟文学奖（The S. E. A.Write
Awards）。其代表作中篇小说《雨滴下》以自身经历为蓝本，是柬埔
寨情感小说的代表作之一。小说采用倒叙的写作手法，叙述了一位知
识女性在动荡岁月中的曲折感情经历。小说对女主角的心理活动刻画
得细致入微，对社会环境的描写朴实无华，突出了复杂环境对人物性
格和心理产生的巨大影响，以及对人生价值观的形成所产生的重要作
用，展现了柬埔寨女性在战火纷飞的动荡年代中的隐忍、自立、乐观
和坚强的一面。欧姆女士不仅文采出众，而且多才多艺，她在诗歌、
作词、音乐及绘画方面都有所成就，其画作《生命与和平——反对大
规模杀伤性武器》（ជីវិតនិងសន្តិភាពប្រឆាំងនឹងអាវុធប្រល័យលោក）
曾获得 1999 年在朝鲜平壤举行的国际绘画比赛一等奖。

　　2018 年 8 月 8 日，柬埔寨著名作家、剧作家，柬埔寨作协前主
席于波先生（ឃួ ប៊ូ，1942—2018）病逝，享年 76 岁。1962 年，他
出版了诗集《平安之路》（មាគ៌ាសុខ），从而获得了申请加入柬埔寨
作协的资格，并于 1963 年 6 月 13 日正式加入柬埔寨作协。1964—
1975 年间，他陆续担任过《祖国报》、《幸福与朋友报》、《民主主义
报》、《独立高棉报》、《高棉民主报》及《文明报》的撰稿人。1984
年起，他在文化部文化出版社从事小说编辑工作。1990 年起，他
前往向日葵电影制片厂担任厂长，并拍摄了 3 部短片，分别是《忠
诚的爱情之火》（ភ្លើងស្នេហ៍ភក្តី）、《疑心》（រកាំដួងចិត្ត）及《欲
神爱人》（ដួងស្នេហ៍កាមទេព）。1993 年，他向柬埔寨国王西哈努
克及王国政府申请，重新组建了柬埔寨作家协会，并请国王担任
该协会的荣誉主席。西哈努克国王为此还设立了西哈努克文学奖
（ពានរង្វាន់អក្សរសិល្ប៍«ព្រះសីហនុរាជ»）。1994—1996 年，于波出

任宗教部苏拉玛里特国王佛教研究所（ពុទ្ធិកវិទ្យាល័យព្រះសុរាម្រិត）的柬埔寨文学教授。1994—1996 年，于波出任柬埔寨作协主席，1997—1998 年担任作协副主席，1999—2005 年担任主席，并在皇家艺术大学担任教授。2006 年起，他继续担任作协副主席。于波先生的主要作品包括：诗集《平安之路》（មាគ៌ាសុខ，1962），小说《195 岁的医生》（គ្រូពេទ្យអាយុ១៩៥ឆ្នាំ，1964）、《两位明星的失踪》（ការបាត់ខ្លួននៃតារាពីររូប，1967）、《失踪的女人》（នារីបាត់ខ្លួន，1971）、《用牙签的男子》（បុរសឈើចាក់ធ្មេញ，1972）、《五步驱魂法》（ប្រាំជំហានដេញព្រលឹង，1972）、《真腊岛仙女》（ទេពធីតាកោះចេនឡ្ហា，1972）、《解救姑娘的宝剑》（ដាវដោះក្រមុំ，1972）、《忠诚的爱情》（ស្នេហាភក្ដី，1973）、《禁毒女先锋》（នារីវង្គកម្ចាត់គ្រឿងញៀន，2007），以及民间故事集《葫芦仙娃》（ក្រមកុមារឃ្លោកទិព្យ，1985）、短片《忠诚的爱情之火》（ភ្លើងស្នេហ៍ភក្ដី，1990）等。

两位文学大师与世长辞，给柬埔寨文坛带来了巨大的损失，柬埔寨文化部门的官员、柬埔寨作家协会、记者协会、相关民间社团，以及广大文学爱好者纷纷前往吊唁，表示哀悼。两位大师虽已离世，但他们优秀的作品、深邃的思想将继续流传于世，供后人品读与缅怀。

三、柬埔寨作家协会的主要活动

在 2017 年 12 月 24 日召开的柬埔寨作协第十届大会上，作协代表们选出了新一任主席布棱·布劳内（ច្រៀង ប្រណីត，1979—   ）及理事长杰佳（ជីយចាប，1948—   ）。在作协两位领导的带领和组织下，2018 年柬埔寨作协的工作重点主要围绕三个确定的目标展开：一是通过召开会议，汇集作家们的思想理念；二是开展作家培训工作，并增加创作比赛，提高创作水平；三是增强和文化与艺术部的合作，保护作家权利，促进文学创作。为此，柬埔寨作协在 2018 年组织筹办了两项重大的文学奖项，包括国内的李添丁奖及赴国外参评的湄公河文学奖，不仅扩大了柬埔寨文学在国内的影响力，也提升了柬埔寨文学在湄公河流域的知名度。为配合国家读书日比赛，作协成员们常常送文化下乡，到各省市县向中小学生介绍文学创作知识，分享创作经验，辅导学生们进行传统文学创作，并挑选优秀作品到首都参赛。此外还举办了纪念教师节的征文活动。同时邀请著名的作家举办了多次诗歌、文章、剧本及歌词创作讲习班。如 2018 年 3 月 5 日举行了第 32 期作家培训班。2018 年 3 月 18 日作协在佛学院召开了以"柬埔寨诗人的现状"为主题的研讨会。10 月底，作协精心遴选了 20 篇优秀作品，准备出版名为《笔墨之魔力》（មន្តទឹកខ្មៅ）的作品集。作协还为两位因病辞世的文学大师欧姆·索帕妮女士和于波先生依照柬埔寨传统举行了葬礼，高度评价了他们为柬埔寨文学界做出的不可磨灭的功绩，组织成员和全国的文学爱好者沉痛吊唁和深切缅怀他们。与此同时，柬埔寨作协还十分注重与国外文学界的交流与合作。如 5 月 8 日布棱·布劳内主席赴老挝参加了东盟图书展。9 月 15 日，作协接待了由中国作家协会秘书长吴义勤率领的代表团，两国作协商讨了共同出版文学作品的合作事宜。11 月 12 日至 15 日，布棱·布劳内还赴中国广州出席了"21 世纪海上丝绸之路"文学发展论坛。布劳内称：柬埔寨一直把中国文化和文学视为最古老的文化和文学，直至今日中国的文化、电影等对柬埔寨人民的生活仍有很大的影响。[4]他还希望今后海上丝绸之路各国和地区继续合作交流，共同促进文学发展。论坛交流活动不仅增进了柬埔寨文学界对外国文学的认识，同

4　<http://www.gd.gov.cn/gdywdt/xwdt/content/post_161462.html>.

时也让其他国家对柬埔寨文学有了进一步的了解。

结语

2018 年柬埔寨文学获得了可喜的进步与发展。李添丁奖与湄公河文学奖的获奖作品均以柬埔寨人民的真实生活以及湄公河流域中存在的现实问题为主题，展现了民生与现实，受到了广大读者的欢迎，以及专家学者的好评。柬埔寨政府、作协、民间团体高度重视全民阅读，支持文学创作，促进柬埔寨文学在复兴的道路上迈出更加坚实的步伐。两位文学大师不幸离世，为柬埔寨文学界带来了不可弥补的损失，然而，他们为柬埔寨文学做出的卓越贡献将镌刻在柬埔寨人民心中，并激励柬埔寨的文学工作者和爱好者心怀感恩，砥砺前行，为复兴和发展柬埔寨文学事业继续努力奋斗。

参考文献：

គន់វិបុល.លោកស្រីអ៊ុំសុជានីជានរណា?លោកស្រីមានស្នាដៃសំខាន់ៗអ្វីខ្លះ?. 25 Apr. 2019. Web. 26 Jun. 2019.
<https://www.interconrooster.com/archives/2018/06/07/20147>.

នី.មិនសសើរមិនបាន! កំណាព្យជំយលាភីលេខ១«ត្រកៀតមួយទង»ប្រើពេលនិពន្ធតែ៧យប់ប៉ុណ្ណោះ. 18 Dec. 2018. Web. 24 Jun. 2019.
<https://www.poraman.com/content/social/870>.

ប៉ូសាគុន.ប្រលោមលោក«កូនស្រីផ្កាមាស»និងកំណាព្យ«ត្រកៀតមួយទង»ជាប់លេខ១ពានរង្វាន់លោកលីធាមតេង.13 Dec. 2018. Web. 24 Jun. 2019.
<https://thmeythmey.com/?page=detail&id=72249>.

ពៅរក្សា.កៀតថ្ងៃពិព័រណ៍សៀវភៅមកដឹងរឿងរ៉ាវគំនិតបាននេះឲ្យហើយមុនដឹកដៃគ្នាទៅ ចូលរួម. 29 Nov. 2018. Web. 24 Jun. 2019.
<http://news.sabay.com.kh/article/1106796>.

មេគង្គប៉ុស្ត៍.ការចាប់អារម្មណ៍អានសៀវភៅរបស់យុវជនកម្ពុជាមានសន្ទុះកើនឡើង. 9 Mar. 2018. Web. 26 Jun. 2019.
<http://mekong-post.com/50571>.

សនចាន់រ៉ា.ពិព័រណ៍សៀវភៅកម្ពុជានៅឆ្នាំ២០១៨នេះមានប្រធានបទ "សៀវភៅរស់ចំណេះវិក". 7 Dec. 2018. Web. 24 Jun. 2019.

<https://www.rfa.org/khmer/news/social-economy/book-fair-2018-1207201817
0623.html>.

អេងគីមហុង.ទិវអំណានឆ្នាំនេះ ក្រសួងអប់រំបង្កើតឲ្យមានការប្រកួតប្រជែងអានសួត
កំណាព្យនិងតែងនិពន្ធ. 9 Mar. 2018. Web. 26 Jun. 2019.
<http://km.rfi.fr/cambodia-Reading-Day-09-03-2018>.

អេង គីមហុង.ទិវអំណានៈរដ្ឋមន្ត្រីអប់រំបន្តជំរុញការអានឲ្យកាន់តែផុសផុលនៅ
ទូទាំងប្រទេស. 11 Mar. 2018. Web. 30 Jun. 2019.
<http://km.rfi.fr/cambodia-Reading-11-03-2018>.

មហាស្រពអក្សរសិល្ប៍ខ្មែរនឹងប្រារព្ធធ្វើជាថ្មីលើទឹកដីខេត្តបាត់ដំបងនាពាក់កណ្តាល
ខែក្រោយ!. 29 Aug. 2018. Web. 13 Jul. 2019.
<http://freshnewsasia.com/index.php/en/localnews/97158-2018-08-29-10-37-28.
html >.

南方日报:《"21 世纪海上丝绸之路"文学发展论坛代表共同发布倡议书》, 2018
年 11 月 13 日, 访问时间 2019 年 7 月 14 日。
<http://www.gd.gov.cn/gdywdt/xwdt/content/post_161462.html>.

王雪玲:《从"湄公河文学奖"开始, 昆明文学打开国际窗口》, 2016 年 7 月 4 日,
访问时间 2019 年 7 月 14 日。
< http://www.km.gov.cn/c/2016-07-14/1353187.shtml>.

作者：卢军，信息工程大学洛阳外国语学院

| 2018 年捷克文学概览

覃方杏

内容提要：作为地理概念上的"小国"，捷克因其产出了众多世界级文学巨匠，成为享誉全球的"文学大国"，为人类文明贡献着动人的文字和深邃的哲思。作为中东欧文学重要的一部分，捷克文坛近年来保持着蓬勃的创作活力。2018 年恰逢捷克斯洛伐克共和国成立 100 周年 [1]，捷克各界举行了形式多样的纪念活动，其中不乏大量相关主题的文学作品。本文将选取几个具有影响力的、最为重要的捷克文学奖项，以其获奖者及获奖作品作为切入点，展现 2018 年捷克文学创作的主题及其发展现状。

　　捷克地处中欧，虽然国土面积仅 78 866 平方公里，居民人口仅 1060 多万，却是名副其实的"文学大国"。在群星璀璨的捷克文学星河中，有诸如弗兰兹·卡夫卡（Franz Kafka，1883—1924）、雅洛斯拉夫·哈谢克（Jaroslav Hašek，1883—1923）、米兰·昆德拉（Milan Kundera，1929—　　）、诺贝尔奖得主雅罗斯拉夫·赛弗尔特（Jaroslav

---

1　捷克与斯洛伐克于 1918 年 10 月 28 日联合成立捷克斯洛伐克共和国，捷克地区结束了自 1620 年白山战役失败后沦为奥地利哈布斯堡王朝统治的命运。捷克斯洛伐克共和国的成立，是捷克取得民族独立的重要标志，因此，在 1993 年 1 月 1 日捷克斯洛伐克共和国和平分离为两个独立的主权国家后，捷克共和国沿用 10 月 28 日为国庆日。

Seifert，1901—1986）等为中国读者所熟知的文学巨匠，以及深受捷克读者推崇的博胡米尔·赫拉巴尔（Bohumil Hrabal，1914—1997）、伊万·克里玛（Ivan Klíma，1931—　）、兹旦内克·斯维拉克（Zdeněk Svěrák，1936—　）等重要作家。

捷克人热爱阅读，捷克拥有欧洲最密集的图书馆网络，是欧洲人均拥有图书馆最多的国家之一，年人均出版物数量亦名列前茅。根据捷克国家图书馆统计数据，2018 年捷克出版新书 16 676 本，其中文学类作品达 5706 本。捷克共有各类较重要的文学奖项 35 个。本文将选取其中最为重要、影响力最大的几个常设奖项，简述 2018 年获奖者及获奖作品，展示本年度捷克文学发展状况。

一、玛格尼西娅文学奖（Magnesia Litera）

一年一度的玛格尼西娅文学奖从 2002 年开始颁发。该奖项宗旨在于鼓励高质量的文学作品及优秀出版物。奖项共设有年度书籍奖，小说、诗歌、青少年儿童文学、纪实文学、出版成就奖，译本、年度新人及读者奖等十个奖项，最大程度地涵盖了捷克国内所有出版书籍。为了防止奖项评选过于专业化及受众狭窄化，新人奖和年度书籍奖的优胜者由出版业著名专家、大学研究员、出版和分销业专家等300 人评选出来。

2018 年，埃里克·达宝利（Erik Tabery，1977—　）的《被抛弃的社会》（*Opuštěná společnost: Česká cesta od Masaryka po Babiše*，2017）一书摘得年度书籍的桂冠，该书还获得了同年玛格尼西娅纪实文学奖项提名。埃里克·达宝利自 2009 年起开始担任《尊重》（*Respekt*）周刊主编，他于 1997 年开始编辑生涯，主要撰写政治评论文章，曾三次获得新闻类奖项。在 2006 年，达宝利凭借《我们治下，别打扰》（*Vládneme, nerušit*，2006）一书获得玛格尼西娅纪实文学奖提名。三年后，他的《寻找总统》（*Hledá se prezident*，2008）一书又获得了玛格尼西娅纪实文学奖提名。达宝利还是两部获奖纪录片的导演。

《被抛弃的社会》的副标题清晰地宣告了这本书的主旨内容：从马萨里克到巴比什的捷克之路。达宝利描述了捷克从捷克斯洛伐克共和国时期到巴比什政府时期的不同历史进程，并将今天的政治和社会事件置于过去的历史记忆和整个欧洲大背景之下，以此检视捷克社会。该书共分为十四个章节，主要讨论了捷克人和捷克的国家概念、全球民粹主义的兴起及捷克的民粹主义、事实与阴谋论、社交网络的影响等多个议题，几乎涵盖了捷克在探索建立国家和进行社会变革的道路上所经历的所有重要历史时刻，并在其中寻求对当今社会和政坛的反思。达宝利穿插叙述了捷克的社会现状和历史记忆，犹如在与过去探讨这个民族的现在及未来。作者介绍了托马斯·加里格·马萨里克（T. G. Masaryk，1850—1937）、卡雷尔·波洛夫斯基（K. H. Borovský，1821—1856）和扬·巴托奇卡（Jan Patočka，1907—1977）等捷克先贤们的思想和告诫。作者认为现今的捷克同很多欧洲国家一样，面临着民粹主义对民主的侵蚀。更严重的是，作者认为在网络时代，人们的言论自由权裹挟着大量不负责任的虚假信息和歪曲事实的报道，新闻报道的价值在下降，人们意见的表达充斥着非理性和盲目性，这些导致整个社会不能健康发展。

玛格尼西娅文学奖评委对该书的评价是："这本书会激励那些为民主的未来感到担忧的人们。""达宝利是一位优秀的作者，如他一样能够大量引用国内外历史及政治背景的捷克记者凤毛麟角。如果我们不想在不安全的技术力量所带来的重压中被抛弃，那么我们就需要阅读这本书。"[2]

二、弗兰兹·卡夫卡奖（Cena Franze Kafky）

弗兰兹·卡夫卡奖是捷克共和国唯一的一个国际文学奖。该奖由位于布拉格的弗兰兹·卡夫卡协会创立于 2001 年，并由弗兰兹·卡夫卡协会与布拉格市政府合办。弗兰兹·卡夫卡奖设立的目的是为了评选出造诣非凡的文学家；获奖作品要像卡夫卡的作品一样，能够被任何出身、国籍和文化背景的读者所欣赏。颁奖仪式通常在捷克国庆日后，在极具代表性的布拉格老城市政厅举行。

弗兰兹·卡夫卡奖的获奖者可以是任何国籍、任何年龄的作者，每年仅有一位候选人。候选人的作品可以是小说、诗歌或戏剧（不包括报刊、电影或电视作品等）。除了作品本身应当足够优秀外，候选人的作品中必须至少有一本被翻译成捷克语出版。弗兰兹·卡夫卡奖历年的获奖者均来自各个国家，其中日本作家村上春树和中国作家阎连科分别在 2006 和 2014 年夺得该奖。著名的获奖者还有美国作家菲利普·罗斯（Philip Roth, 1933—2018）和奥地利作家艾尔菲尔德·耶利内克（Elfriede Jelinek, 1946—　）等。

2018 年，捷克诗人伊万·维尼斯赫（Ivan Wenisch, 1942—　）荣获该奖。他成为第五位获此殊荣的捷克作家。此前，伊万·克里玛、阿尔诺什特·卢斯蒂格（Arnošt Lustig, 1926—2011）、瓦茨拉夫·哈维尔（Václav Havel, 1936—2011）和丹尼尔拉·霍德罗娃（Daniela Hodrová, 1946—　）四位捷克作家获此殊荣。出生于布拉格的维尼斯赫不仅是诗人，还是散文家、记者和译者。他在大学期

2　<https://www.magnesia-litera.cz/rocnik/2018/>.

间就开始在《客人到家》（*Host do domu*）和《面孔》（*Tvář*）杂志上发表自己的诗作。1992 年，维尼斯赫凭借诗集《当铺》（*Frc*，1991）获得雅罗斯拉夫·赛弗尔特奖[3]。2012 年维尼斯赫获得国家文学奖[4]。2013 年，维尼斯赫的作品选集《我曾活着！》（*Živ jsem byl!*，2000）获得玛格尼西娅文学奖出版成就奖。

从维尼斯赫 1961 年首次发表诗集《天空飞向何方》（*Kam letí nebe*，1961），到 2010 年发表三卷本《雨滴的故事》（*Příběh dešťové kapky*，2010），其间虽曾被禁止发表作品，但一直笔耕不辍。作为 20 世纪 60 年代捷克代表诗人之一，维尼斯赫的诗歌带着诗人本人独特的梦幻特色，他将现实投射到诗句中，模糊了现实与幻想之间的界限。他喜欢用新词语，并逐渐向存在主义靠近。维尼斯赫是运用多种诗体风格的大师，他最常使用的是表现主义及达达主义创作手法，但其诗歌的特点也被评价为"最易于形容的是它（诗歌）的不可靠性，诗人戴上俏皮、渴望、神秘、耻辱、尊重、嘲弄等各种面具"[5]。对维尼斯赫来说，写一首富有丰富想象力的诗非常重要，在他的诗歌世界里，一切皆有可能。维尼斯赫表示："诗歌不是仅仅靠理性就能理解的东西，仅靠理性也不足以创造诗歌。"[6] 在他最新的诗集《佩尔纳布措》（*Pernambuco*，2014）中，多样的诗体风格被体现得淋漓尽致：从表

---

3 雅罗斯拉夫·赛弗尔特奖（Cena Josefa Škvoreckého）以诺贝尔文学奖得主雅罗斯拉夫·赛弗尔特的名字命名，1986 年创办于斯德哥尔摩，代表了对近三年中在捷克出版及公开发表的优秀文学作品的敬意。该奖旨在支持国内及海外的捷克及斯洛伐克文学，为捷克最重要的文学奖项之一，最近一次评选发生在 2015 年。

4 国家文学和译著奖（Státní cena za literaturu a překladatelské dílo）自 1995 年开始创办，自 2003 年起，由捷克文化部颁发。文化部会评选出具有极高艺术价值的用捷克语写作的文学作品及译著作品，或是在戏剧、音乐、美术和建筑等领域具有长期突出贡献的艺术家。该奖为捷克最重要的文学奖项之一，最近一次评选发生在 2017 年。

5 Kittlová, Markéta. „Recenze autora." Web. 14 Jul. 2019.
  <https://www.czechlit.cz/cz/autor/ivan-wernisch-cz/>.

6 同上。

现主义到童谣、童话叙事，从荒诞的达达主义到民间诗歌；有时用重复单词和双关语描写磨坊与风，有时用荒谬作面纱隐喻一战的残酷。维尼斯赫这一独特的风格也被认为带有魔幻现实主义之风。他的作品被译为德语、意大利语、法语、波兰语、塞尔维亚语、俄语及英语，并在多个国家发行。

三、乔治·奥尔丹奖（Cena Jiřího Ortena）

乔治·奥尔丹奖设立于 1987 年，授予用捷克语写作小说或诗歌作品的作家，但要求参选作家最后一部作品的完成时间距今不得超过三十年。该奖很长一段时间都由青年阵线出版社运作，现在该奖由捷克书商及出版商联盟同布拉格市政府共同运作。

2018 年，翁德烈·马措（Ondřej Macl, 1989—　）凭借诗集《我爱我的祖母胜过爱年轻的姑娘们》（*Miluji svou babičku víc než mladé divky*，2017）获得该奖。马措毕业于查理大学比较文学系，曾在布尔诺马萨里克大学新闻学院进修，目前正在布拉格表演艺术学院学习戏剧创作。该诗集为他的处女作。

在《我爱我的祖母胜过爱年轻的姑娘们》中，叙事诗篇在捷克和斯洛伐克边境上演。93 页的篇幅已经足以展现一个生动的形象：祖母玛丽是个单纯的女人，她在生活中、在工作中、在自我阅读中所受到的教育远胜于在当地学堂里学到的东西；她是一位虔诚的天主教徒，她的信仰成为了孙子对她深厚的爱意中的一座温柔的纪念碑。祖母玛丽终其一生都没有放弃自己的母语斯洛伐克语，于是在人物自我叙述时，斯洛伐克语便自然地融入诗行之中。马措通过对这样一个祖母形象的塑造，将看似不同的文本串联起来，他不仅仅描写祖母，还讲述他自己、他这一代人以及青年人与老年人的相处，就像一幅色彩斑斓又联系紧凑的马赛克。评审委员会认为，诗人"在极富创造性的拼贴画中，以智力游戏般的方式强化了一个典型的祖母形象"[7]。马措表示，他的学位论文以"爱"为主题，这本小诗集是学位论文的一个延续，他希望以诗歌的方式，让自己关于"爱"的感悟和阐释变得更易于理解。这本书的获奖恰逢捷克斯洛伐克共和国成立100周年，而诗篇恰好结合了捷克语和斯洛伐克语，可谓冥冥中注定的献礼。

四、捷克书籍奖（Cena Česká kniha）

捷克书籍奖由捷克文化部于2012年资助设立，每年评选出一本近一年在捷克出版的以捷克语进行写作的小说类作品。该奖设立的目的是促进捷克文学在海外的译介与传播。奖项的评审委员会由学者、文学译者、图书销售商以及上一年度获奖者组成。该奖项还设有一个读者奖，由读者票选出年度最受欢迎小说。

2018年，阿莱娜·摩恩什达伊诺娃（Alena Mornštajnová，1963— ）凭借自己的第三本小说《哈娜》（*Hana*, 2017）获得该奖，并同时获选年度最受欢迎小说奖，成为第一个双料赢家。

《哈娜》一书由双故事线组成。第一条故事线的主人公是九岁的小女孩米拉，她于1954年出生在捷克的一个小乡村，由于违反父母的嘱咐，偷跑到冬天的河边玩耍，米拉不小心掉进了结冰的河里，作为惩罚，在家庭聚会上她的甜点被取消了。这个看似简单的童年小事却成了米拉人生的转折点：伤寒在家庭聚会后爆发，米拉的家庭瞬间支离破碎。年幼的米拉和姑姑哈娜奇迹般地在疫情中存活下来。米拉

---

7 SČKN. „Svaz českých knihkupců a nakladatelů oznamuje: Vítězem 31. ročníku Ceny Jiřího Ortena je Ondřej Macl." May 2018. Web. 14 Jul. 2019.
   <https://www.cenajirihoortena.cz/file/wisiwig/files/vitez-31-rocniku.pdf10>.

在姑姑哈娜的陪伴下度过了整个童年和青春期。姑姑哈娜是一个总穿着黑色衣服，不管走到哪里口袋里都装着面包的怪人，她话不多、年纪不大，却让人感觉十分苍老，整个人也显得十分抑郁。最终，米拉发现了姑姑哈娜的过去，那也是米拉自己的家庭曾经受的悲剧。第二条故事线讲述了哈娜的故事，时间回到了二战前夕。哈娜和家人生活在摩拉维亚的小镇，他们本该过着平凡的生活，然而，战争以及他们的犹太身份，让他们亲历了大屠杀时期的种种不幸。二战、犹太屠杀的历史背景，让这本小说看似十分悲情，却通过细腻的笔触，将一个关于爱和谅解的故事娓娓道来。

摩恩什达伊诺娃擅长把故事情节放置在真实的历史事件中，她的第一本小说《盲地图》（*Slepá mapa*，2013）和第二本小说《小旅馆》（*Hotýlek*，2015）均把故事背景设置在了从一战到社会主义时期的几十年中。普通人在特定的时代、战争、政权中的命运成为作家的视角。虽然选择以两次世界大战、对犹太人的大屠杀作为背景的小说并不新奇，但摩恩什达伊诺娃的《哈娜》在同类现代小说中脱颖而出，名声大噪。原因不仅在于她选择的历史背景、对爱的探索引起了捷克读者的共鸣，还有赖于她深厚的文字功底、修辞造诣以及高超的情节铺陈手法，让读者体验到一种极富韵律、逐字逐句打磨而成的舒适的阅读感受，而充满张力的戏剧情节，更是如看电影一般引人入胜，让读者翻开文本便无法释手。《权利报》评价《哈娜》一书的文字"非常细腻而敏感，但却不是多愁善感，你看不到角色对于自身的自怜自艾，相反，（她的）文字给人以力量"[8]。

8　Zelinková, Lucie. „Mornštajnová zpracovává českou minulost. " 18 May 2017. Web. 14 Jul. 2019. <https://www.novinky.cz/kultura/438021-mornstajnova-zpracovava-ceskou-minulost.html18>.

结语

2018 年恰逢捷克斯洛伐克共和国成立 100 周年，从上述重要的捷克文学奖获奖作品来看，无论是纪实文学、诗歌，还是虚构类小说，大多契合了这一重要象征意义。对于战争和人性的反思、捷克和斯洛伐克民族对国家命运及社会体制变革的探索、一百年中国家与社会变迁给普通人带来的深刻影响，构成了 2018 年捷克文学的核心主题。在百年社会变革历程中，捷克、德语和犹太文化交织的独特现象仍然清晰地体现在 2018 年的捷克文学作品中。

参考文献：

ČTK. „Cena Franze Kafky letos zůstane v Česku, dostane ji básník Wernisch." 21 May 2018. Web. 14 Jul. 2019.
  <https://art.ihned.cz/knihy/c1-66144540-cena-franze-kafky-letos-zustane-v-cesku-dostane-ji-basnik-wernisch>.

Houfková, Kateřina. „České literární ceny. I malá země umí ocenit knižní velikány. " 19 Sep. 2013. Web. 14 Jul. 2019.
  <https://www.topzine.cz/ceske-literarni-ceny-i-mala-zeme-umi-ocenit-knizni-velikany>.

Maňáková, Irena. *Výroční zpráva: Národní knihovna České republiky 2018.* Praha: Národní knihovna České republiky, 2019.

Mukner, Daniel. „Od babičky k sobě." 16 May 2018. Web. 14 Jul. 2019.
  <http://www.iliteratura.cz/Clanek/39915/macl-ondrej-miluji-svou-babicku-vic-nez-mlade-divky>.

SČKN. „Svaz českých knihkupců a nakladatelů oznamuje: Vítězem 31. ročníku Ceny Jiřího Ortena je Ondřej Macl." 10 May 2018. Web. 14 Jul. 2019.
  <https://www.cenajirihoortena.cz/file/wisiwig/files/vitez-31-rocniku.pdf>.

Zelinková, Lucie. „Mornštajnová zpracovává českou minulost." 18 May 2017. Web. 14 Jul. 2019.
  <https://www.novinky.cz/kultura/438021-mornstajnova-zpracovava-ceskou-minulost.html>.

<https://www.magnesia-litera.cz>. 玛格尼西娅文学奖官网

<https://www.respekt.cz>.《尊重》周刊官网

<https://www.sckn.cz>. 捷克书商及出版商联盟官网

<http://www.franzkafka-soc.cz>. 弗兰兹·卡夫卡协会官网

<https://www.czechlit.cz>. 捷克文学网站

<http://www.ceskakniha.com>. 捷克书籍奖官网

<https://www.cenajirihoortena.cz>. 乔治·奥尔丹奖官网

<https://www.czso.cz>. 捷克国家统计局官网

作者：覃方杏，北京外国语大学欧洲语言文化学院

2018 年拉脱维亚文学概览

吕　妍

内容提要：2018 年，拉脱维亚庆祝独立一百周年，文学出版界对这一纪念活动做出了积极回应：历史系列小说"我们，拉脱维亚，二十世纪"全部问世；多部具有影响力的自传体小说出版或再版；为配合英国伦敦书展，国际文学出版交流活动更加频繁，广受媒体关注。此外，外译文学作品和版权输出数量达到历史新高，文学作品外译语种数量持续增加，为今后文学发展和推广奠定了坚实的基础。

2018 年正值拉脱维亚独立一百周年，文学出版界为庆祝这一独特的历史时刻做出了巨大贡献：文学作品数量及发行量稳定，对百年历史回顾的系列小说"我们，拉脱维亚，二十世纪"（Mēs. Latvija, XX gadsimts）的最后一册《教师》（*Skolotāji*）出版，多部立足展现历史时代背景的自传体小说出版或再版，国际文学出版交流活动频繁，以伦敦书展为中心展开的作品外译工作取得了丰硕的成果。

本文主要从拉脱维亚重要文学奖项、主要文学作品和重要文学活动等方面梳理和介绍 2018 年度拉脱维亚的文学情况。

一、重要文学奖项及主要作品

（一）拉脱维亚文学年度奖（Latvijas Literatūras gada balva）

拉脱维亚文学年度奖是拉脱维亚文学界最具影响力的奖项。针对 2018 年出版的文学作品，拉脱维亚文学年度奖颁出了所有七个子奖项，其中多名获奖者此前已获得过文学年度奖或其提名。此次获奖情况如下：最佳诗集奖获奖作品为乌尔迪斯·贝尔津什（Uldis Bērziņš，1944— ）的《田园牧歌》（*Idilles*），最佳散文奖获奖作品为玛拉·扎丽苔（Māra Zālīte，1952— ）的自传体小说《天堂之鸟》（*Paradīzes putni*），最佳原创儿童文学奖获奖作品为莉莉娅·贝尔津斯卡（Lilija Berzinska，1978— ）的《橱柜里的骷髅》（*Skelets skapī*），最佳新作奖为哈拉尔兹·马图利斯（Haralds Matulis，1979— ）的《中产阶级的难题》（*Vidusšķiras problēmas*），最佳外国文学翻译奖为贡达尔斯·果京什（Guntars Godiņš，1958— ）翻译的爱沙尼亚史诗《卡列维之子》（*Kalevdēls/Kalevipoeg*），特别贡献奖授予利沃尼亚语 – 英语双语诗集《延龄草》（*Trilium/Trillium*），旅居英国的诗人、诗歌翻译家维尔塔·斯尼切莱（Velta Sniķere，1920— ）获得终身成就奖。

贝尔津什是拉脱维亚著名的诗人、翻译家，被誉为拉脱维亚诗歌的革新者、语言运用的大师，自上世纪七十年代起就被人们熟识。此次是贝尔津什第四次获得文学年度奖，获奖诗集《田园牧歌》是其第九本诗作，融合了前八本的写作风格，被评奖委员会评价为"又一部当代诗歌的经典之作"。诗集中的作品长短、形式不一，韵律看似混乱又自成节奏，多为生活的随笔和阅读中的批注。作品中"田园牧歌"一词不断复现，作者带领读者在古代神话世界和现实政治世界间不断游走，将情感与理性融合在一起，展现出智慧以及男性之美，将现实中的辛酸化为简单而友善的语言，运用形式与韵律、语音修辞、纯熟而多层次的意境以及巧妙的想象，透视人的内心世界，使人产生情感共鸣以及在文化时空中翱翔的自由感。

扎丽苔是拉脱维亚知名诗人、剧作家及散文家，在上世纪七十到九十年代出版了多部诗歌集，在拉脱维亚民族意识觉醒和独立时期扮演了重要角色，也是国家三星勋章的获得者。2013 年，扎丽苔出版了自传体小说《五指小屋》(*Pieci pirksti*)，为其赢得了广泛的读者群及高度的知名度，并获得了当年拉脱维亚文学年度奖的最佳散文奖。此次的获奖作品《天堂之鸟》是读者期盼已久的续作。作品通过一个十岁女孩劳拉的双眼来展现苏联时期儿童的日常，讲述身边发生的故事，寻求生活中种种问题的答案，从而探讨个人、民族、国家在历史发展中的真理。小说的名字具有双重象征意义，既指公社饲养的鸡，它们作为肉、蛋的来源，是苏联公民的"天堂之鸟"，又指艺术创作中的"五彩鸟"，其表达出的批判精神和理想更是精神世界中的"天堂之鸟"。

最佳原创儿童文学奖获奖作品《橱柜里的骷髅》是贝尔津斯卡文学年度奖提名作品《拉姆扎克斯寻找拉姆扎克斯》(*Lamzaks meklē Lamzaku*，2016) 的续作。故事发生在拉脱维亚北部的海角，这里住着一群性格迥异的小动物，有极力隐藏自己秘密的蛞蝓，有渴望陪伴的兔子，有想留住时间的蟋蟀，有为自己的不完美而哀伤的黑尾塍鹬，有怀疑自己人生价值的小豚鼠，有喜欢独处的刺猬，有期望变成海盗的北极海鹦……每一个形象都有自己的性格，有自己的心事，有自己的小秘密，在生活中都有悲伤和低落。但它们总能得到来自朋友，甚至是陌生动物的开导和帮助，"悲伤一旦被分享，就会变成一半的悲伤"，互相帮助和依靠成为它们在路上前进的动力和支持。书中的九个小故事洋溢着真诚与友爱，告诉孩子们朋友的价值和沟通交流的力量。

《中产阶级的难题》是 2018 年度最闪耀的新作，主要体现在作品新颖的表现形式上。作品分为五个部分，由 71 个打乱编号、长短不一的片段组成，每个片段都反映出当前中产阶级面临的难题，条理中又显现出零乱。该作品不以人物、地点、时代为主线，而是关注社会现象，用故事、对话、随想、说明、奇闻逸事等一切可以利用的形式来讲述现象，表现出当今信息化时代中各行各业中产阶级典型的行为举止、思维方式以及遇到的各种难题。作品也同时宣告了后现代短文依然活跃在文学界并且在持续发展。作者马图利斯早期活跃在文学翻译领域，《中产阶级的难题》是其第一部文学作品。

特别贡献奖作品《延龄草》为利沃尼亚语－英语双语诗集，汇编了当代使用利沃尼亚语进行诗歌创作的三位诗人的作品，然后翻译成英语。这三位诗人分别是柏芭·达姆柏尔卡（Baiba Damberga，1957— ）、钱姆皮地区的卡尔利斯（Ķempju Kārlis，1963— ）和瓦尔茨·埃尔恩施特雷茨（Valts Ernštreits，1974— ）。诗歌的英语翻译由出生在美国的语言学家乌尔迪斯·巴洛迪斯（Uldis Balodis，1978— ）以及美国诗人赖恩·凡·文克（Ryan Van Winkle，1977— ）完成。此诗集是为纪念利沃尼亚语书籍出版业 155 周年而策划的。1863 年，世界上第一本利沃尼亚语书籍在英国伦敦出版。利沃尼亚语是拉脱维亚境内较古老的语言，是乌拉尔语系芬兰－乌戈尔语族中的一种濒危语言，目前能够流利使用的人数不到二十人。2018 年，拉脱维亚大学教授埃尔恩施特雷茨组织成立了拉脱维亚大学利沃尼亚研究中心，致力于研究、保护利沃尼亚语言、文化、民俗等非物质文化遗产，而使用利沃尼亚语进行诗歌创作也是保护、复兴该语言的一个有效途径。

（二）雅尼斯·巴尔特威勒克斯文学奖（Jāņa Baltvilka balva）

雅尼斯·巴尔特威勒克斯文学奖是以拉脱维亚诗人雅尼斯·巴尔特威勒克斯（Jānis Baltvilks，1944—2003）的名字命名的儿童文学奖项，每年针对上年度及本年度已出版的儿童书籍进行评选，并在巴尔特威勒克斯诞辰之日公布奖项结果。该奖项始立于 2004 年，其主要目标是促进拉脱维亚语儿童文学的发展，吸引更多优秀作家进行儿童文学创作，为孩子及家长选择高水平文学作品提供参照。

2018 年 7 月 24 日，雅尼斯·巴尔特威勒克斯文学奖颁出，获得该奖项的作品是家庭诗集《布鲁威利斯一家在酿酒》（*Brūveri brūvē*，2018）。《布鲁威利斯一家在酿酒》是已故拉脱维亚诗人、诗歌翻译家彼得尔斯·布鲁威利斯（Pēters Brūveris，1957—2011）的双胞胎女儿扎奈·布鲁威莱－科维帕（Zane Brūvere-Kvēpa，1983—　）和英德拉·布鲁威莱－达鲁列奈（Indra Brūvere-Daruliene，1983—　）为纪念父亲诞辰 60 周年而出版的。诗集收录了布鲁威利斯生前未发表的诗歌及其两个女儿的作品。书名采用了谐意，"brūveris"既是诗人家庭的姓氏，又有"酿酒之人"的意思。诗集营造出了父女三人围坐在桌子旁，互相讲述儿童故事以及各种小秘密的温馨场面。

（三）"银色墨盒"文学奖（Sudraba tintnīcas）

"银色墨盒"文学奖是由拉脱维亚文茨皮尔斯市政府（Ventspils pilsētas Dome）和拉脱维亚国际作家翻译家协会于 2008 年共同设立的文学奖，每两年颁发一次，奖项分诗歌、散文和文学翻译三类。

2018 年"银色墨盒"文学奖获奖者及作品分别为拉脱维亚诗人贡塔·施尼普克（Gunta Šnipke，1955— ）的诗集《路》（*Ceļi*）、中国女作家孙未（1973— ）的散文作品《时间地图》以及意大利文学翻译玛格丽塔·卡尔博纳罗（Margherita Carbonaro，1964— ）的两部翻译作品。其中，施尼普克的诗集《路》还获得了拉脱维亚文学年度奖最佳诗集奖的提名。施尼普克是一个跨界诗人，她本身也是一名建筑师。诗集《路》记录了诗人于旅途中在不同城市的所见、对不同地标建筑的所想所思，是一个个人经历的合集。

意大利文学翻译卡尔博纳罗将两位拉脱维亚作家作品——兹戈姆恩茨·斯库因什（Zigmunds Skujiņš，1926— ）的小说《肉色多米诺》（*Miesas krāsas domino*，1999）和诺拉·伊克斯特娜（Nora Ikstena，1969— ）的小说《母乳》（*Mātes piens*，2015）翻译成意大利语。这也是"银色墨盒"文学奖自颁奖以来第一次将文学翻译奖项颁给拉脱维亚语作品外译译者。

（四）其他重要作品

1.《比莱》（*Bille*）

2018 年，拉脱维亚阁楼出版社（Mansards）再版了拉脱维亚诺贝尔文学奖提名作家薇兹玛·贝尔赛维卡（Vizma Belševica，1931—2005）的自传体小说《比莱》。该小说 1992 年在美国问世，1995 年在拉脱维亚出版，此次的版本是在拉脱维亚发行的第三版。《比莱》是贝尔赛维卡自传三部曲中的第一部。作品以 20 世纪 30 年代为时代背景，讲述了小女孩比莱的生活故事和她眼中的世界。比莱的家庭生活拮据，母亲没有工作，父亲常常酗酒，父母关系紧张；对幼小的她来说，最期待的是一家快乐和谐地生活；而现实中却总有母亲的不耐烦、祖母的训斥、阿姨的责罚，总看见大人们一张张凶恶的脸……对于早慧的比莱来说，她已经习惯了，在她的眼中，这就是成人的世界。而这些并不妨碍她沉浸在自己的世界中想象、期待，用她一双天真好奇的眼睛去探索这个世界。小说描绘了战前儿童的生活，展现了拉脱维亚的城市乡村图景，反映了寻常家庭的日常与冲突，展现了孩子与父母、与世界的关系。该作品于 2018 年改编成电影，作为"拉脱维亚独立百年电影系列"之一被搬上荧幕，成为 2018 年上半年大众最受欢迎的电影之一，还获得了拉脱维亚电视广播年度奖 (Latvijas Televīzijas un Latvijas Radio gada balva „Kilograms kultūras") 的最佳影片奖。

以孩童视角来进行创作、对历史事件和时代进行反思的自传体小说，是拉脱维亚近代文学发展中常见的体裁，深受读者喜爱。在独立的一百年中，每个时期都有此类优秀的作品诞生。而近二十年，拉脱维亚作家创作的一个新基调是将"童年"从天真烂漫中剥离出来，赋予现实中的苦难与辛酸，用孩子的嘴来道出真相，以此反差带给读者震撼与反思，从孩子这个"小"个体的成长历程观"大"国家和民族的发展，从源头寻找民族身份的认同感。此类创作最主要的代表作就是上世纪九十年代贝尔赛维卡的"比莱"三部曲，以及近几年扎丽苔的《五指小屋》和《天堂之鸟》。

2. 文学专著《解码戴纳》（*Dainu kodekss*）

三十多万首口口相传的传统民歌——戴纳（Daina）是拉脱维亚重要的传统文化遗产，其表现形式为四行或六行（少量）的诗歌，一般前两句描述现实，后两句阐发哲理。戴纳在拉脱维亚各历史地区存在着一定差异，但在拉脱维亚民族觉醒时期扮演着重要的构建民族身份认同的角色，也奠定了拉脱维亚文学中的诗歌传统。戴纳中存在着大量的文化符号和意象，随着历史的发展、语言的演变，给当代人阅读和理解带来了很大的困难。文学研究家、语言学家、拉脱维亚大学教授雅尼娜·库尔斯苔－帕库莱（Janīna Kursīte-Pakule，1952—　）在四十多年的研究基础上，出版了研究专著《解码戴纳》。书中包含了 300 多个文化符号和意象的词条，提供了传统民歌中隐含的丰富信息。

二、重要文学活动

（一）2018 年英国伦敦书展

　　2018 年英国伦敦书展期间，拉脱维亚与爱沙尼亚、立陶宛一道作为主宾国亮相。拉脱维亚文学界将此次活动作为独立一百周年庆祝的重要部分以及文学走出去的有利契机。这项活动从 2016 年开始筹备，并配合一系列拉脱维亚－英国互访项目，如诗人工作坊、文学翻译者研讨会、出版物设计研讨会、出版社互访等活动，以此扩大文学作品版权在英语国家的输出规模、推广拉脱维亚文学；同时，以英语译本为基础，打开包括亚洲多国在内的非英语国家文学市场。

　　以伦敦书展为中心的一系列活动取得了良好的成果：拉脱维亚文学作品外译和境外出版数量创历史新高，2018 年书展开始前已向英国出版社输出 40 部文学作品版权，向其他国家输出 35 部；仅 2018 年一年就在英国出版了 28 部作品。

　　为提高文学作品宣传效果，拉脱维亚文学界还专门为伦敦书展策划了主题为"我很内向"的宣传，将拉脱维亚国民性格中的弱点"内向"转化为优势，使用自嘲的方式来展现内心丰富的情感。宣传的主题向人们表达了：拉脱维亚人内向而不善交际，这种内向的性格造就了内省，造就了作家丰富的内心世界和创造力，而这些都表现在了文学作品中。拉脱维亚国际作家翻译家协会及"拉脱维亚文学"平台（platforma „Latvian Literature"）团队深挖了内向性格的表征，将其汇聚起来形成了一个完整的图景，并策划了一系列活动，包括出版漫画书籍《我的生活》（*The Life of I*），展现拉脱维亚作家在日常生活中种种内向的表现。此次宣传收到了良好的效果，受到了英国众多媒体包括英国广播公司（BBC）的关注。据宣传方统计，英国媒体对此次文学宣传报道次数达 145 次之多。此次宣传也成功地成为拉脱维亚文学界及出版业的品牌，获得了拉脱维亚 2018 年卓越创新奖，并持续在美国、德国、爱沙尼亚等国家进行主题展览。

出席 2018 年伦敦书展的拉脱维亚作家代表为诺拉·伊克斯特娜、卡尔利斯·维尔京什（Kārlis Vērdiņš，1979— ）、露伊泽·帕斯多莱（Luīze Pastore，1986— ）和英卡·阿柏莱（Inga Ābele，1972— ）。其中，伊克斯特娜还被选定为"当日作家"（Author of the Day）。

（二）首届拉脱维亚公共媒体网诗歌节"拉脱维亚的诗"

为配合英国伦敦书展和拉脱维亚文学推介，2018 年 1 月 29 日至 2 月 2 日拉脱维亚公共媒体网（Latvijas Sabiedriskie Mediji）举办首届诗歌节"拉脱维亚的诗"，连续五天用英语介绍了五名拉脱维亚新锐诗人及其诗作，包括使用拉脱维亚语创作的莱蒙茨·奇尔奇斯（Raimonds Ķirķis，1997— ）和玛丽亚·露伊泽·麦莉切（Marija Luīze Meļķe，1997— ），使用俄语创作的瓦斯利伊斯·卡拉斯约夫斯（Vasilijs Karasjovs，2001— ）和叶莲娜·戈拉佐娃（Jeļena Glazova，1979— ），以及使用拉特加莱语创作的莱比斯（Raibīs，1983— ）。

拉特加莱语是拉脱维亚东部拉特加莱地区的方言，目前约有 40

余人坚持使用该方言写作、出版文学作品，其中莱比斯的作品最为出名，其主要作品有《黄金时代》（*Zalta tesmini*，2016）和《嗑开心果的人》（*Pistacejis*，2017）。

（三）拉脱维亚文学外译出版项目

2018 年，拉脱维亚国家文化基金会（Valsts kultūrkapitāla fonds）和文化部继续支持拉脱维亚文学外译出版项目，共组织了三次申报与评审，最终共有 6 个英语外译项目和 36 个其他语种外译项目通过评审，包括汉语、俄语、阿拉伯语、西班牙语、法语、德语等 17 个语种。其中汉语外译项目由上海译文出版社获得，出版项目为"拉脱维亚故事集"。

（四）拉脱维亚文学月

2018 年 12 月 3 日至 2019 年 1 月 3 日，由拉脱维亚投资发展署（Latvijas Investīciju un attīstības aģentūra）与"拉脱维亚文学"平台共同举办的"拉脱维亚文学月"活动在里加国际机场举办。在机场停留的旅客可以在"魅力拉脱维亚"商务信息中心阅读已译为 25 个国家语言的拉脱维亚文学作品，聆听多位拉脱维亚作家作品的片段，试穿带有活动宣传口号"我很内向"的外衣拍照留念。此活动的主要目的是庆祝拉脱维亚文学界在 2018 年英国伦敦书展上取得的成绩，为来往的国际旅客展现拉脱维亚多元、现代和创新的国家形象。

结语

2018 年对拉脱维亚文学界而言是特殊而硕果累累的一年，多部具有标志性的文学作品出版或再版；文坛中优秀作家的领军地位进一

步加强；以英国伦敦书展为契机，国际文学互访活动频繁，文学作品
外译数量创历史新高，为日后拉脱维亚文学在世界范围内的宣传与推
广，打开国外文学市场奠定了基础。

参考文献：

Belševica, Vizma. *Bille.* Rīga: Mansards, 2018.

Berzinska, Lilija. *Skelets skapī.* Rīga: Dienas grāmata, 2018.

Bērziņš, Uldis. *Idllles.* Rīga: Neputns, 2018.

Grudule, Zane. "Ar bērna muti runā patiesība." *Latvijas Universitāte UBI SUNT*, 12 Mar. 2018. Web. 30 Jun. 2019. <https://www.ubisunt.lu.lv/zinas/t/26195/>.

"Izcilības balvu kultūrā saņēmuši LNMM, Rolands Kalniņš un Nora Ikstena." *Delfi*, 28 Nov. 2018. Web. 30 Jun. 2019. <https://www.delfi.lv/kultura/news/culturenvironment/izcilibas-balvu-kultura-sanemusi-lnmm-rolands-kalnins-un-nora-ikstena.d?id=50621403&fbclid=IwAR0 ARITgdgCQ1sr9XMxac5HZvs8KEkQQSyBtOcyFZ54RUMu8dVVc_KCabE4>.

"Izdota Pētera Brūvera un viņa meitu dzejoļu grāmata bērniem." *Delfi*, 13 Apr. 2018. Web. 30 Jun. 2019. <https://www.delfi.lv/kultura/news/books/izdota-petera-bruvera-un-vina-meitu-dzejolu-gramata-berniem.d?id=49935395>.

"Latvijas literatūras tulkošana un izdošana ārvalstīs sasniedz rekordlielu apjomu." *Satori*, 21 Feb. 2018. Web. 30 Jun. 2019. <https://www.satori.lv/article/latvijas-literaturas-tulkosana-un-izdosana-arvalstis-sasniedz-rekordlielu-apjomu?fbclid=IwAR2uZcWItMahYLSJ-2c69FaN61CugTz U3krRwxHWN9h7jZlzSfBiDEv3pVU>.

"Latviju Londonas grāmatu tirgū pārstāvēs Ikstena, Vērdiņš, Pastore un Ābele." *Satori*, 18 Jan. 2018. Web. 30 Jun. 2019. <https://www.satori.lv/article/latviju-londonas-gramatu-tirgu-parstaves-ikstena-verdins-pastore-un-abele?fbclid=IwAR1YUrr6XnuTXIgcLZaTtLJ4K0W_tg9HZP v14n1dgzr7QEfQ3sZ7qX1qnJc>.

"Laureāti 2019. *Idilles.*" LALIGABA mājaslapa, Web. 30 Jun. 2019. <http://www.laligaba.lv/index.php/lv/dzeja-2019/idilles>.

"Laureāti 2019. *Paradīzes putni.*" LALIGABA mājaslapa, Web. 30 Jun, 2019. <http://www.laligaba.lv/index.php/lv/paradizes-putni>.

"Laureāti 2019. *Skelets skapī.*" LALIGABA mājaslapa, Web. 30 Jun. 2019.

<http://www.laligaba.lv/index.php/lv/skelets-skapi>.

"Laureāti 2019. *Vidusšķiras problēmas.*" LALIGABA mājaslapa, Web. 30 Jun. 2019.
<http://www.laligaba.lv/index.php/lv/vidusskiras-problemas>.

"Lidostā *Rīga* notiek Latvijas literatūras mēnesis." *Diena*, 3 Dec. 2018. Web. 30 Jun. 2019.
<https://www.diena.lv/raksts/kd/literatura/lidosta-_riga_-notiek-latvijas-literaturas-menesis-14210076?fbclid=IwAR1B9oulP6OYXQ0l062NW9BAUC628yfZiMp_QKX0fnmDd2mnz2cT8dOW8Xg>.

Matulis, Haralds. *Vidusšķiras problēmas*. Rīga: Mansards, 2018.

"Notika LALIGABA pasniegšanas ceremonija." *LALIGABA mājaslapa*, Web. 30 Jun. 2019.
<http://www.laligaba.lv/index.php/lv/visi-jaunumi-ii/867-notika-laligaba-pasniegsanas-ceremonija>.

"Sadalītas 'Sudraba tintnīcas'. Pirmo reizi arī balva par tulkojumu no latviešu valodas." *LA*, Web. 30 Jun. 2019.
<http://www.la.lv/sadalitas-sudraba-tintnicas>.

Simsone, Bārbala. "Grāmatas *Paradīzes putni* recenzija. Iesākumā bija vista." *Diena*, 29 Jan. 2018. Web. 30 Jun. 2019.
<https://www.diena.lv/raksts/kd/recenzijas/gramatas-_paradizes-putni_-recenzija.-iesakuma-bija-vista-14189880>.

Simsone, Bārbala. "Grāmatas *Vidusšķiras problēmas* recenzija. Tev, #vidusšķira." *Diena*, 17 Jun. 2018. Web. 30 Jun. 2019.
<https://www.diena.lv/raksts/kd/recenzijas/gramatas-_vidusskiras-problemas_-recenzija.-tev-vidusskira-14199510>.

"Sudraba tintnīca un stipendijas." *Ventspils Bibliotēkas mājaslapa*, Web. 30 Jun, 2019.
<http://biblioteka.ventspils.lv/sudraba-tintnica-un-stipendijas/>.

"Supported Projects 2016—2018." *Latvian Literature*, Web. 30 Jun. 2019.
<http://latvianliterature.lv/en/grants>.

Uldis. "Grāmata-*Bille.*" *Baltais Tuncis*, 28 Oct. 2016. Web. 30 Jun. 2019.
<http://www.baltaisruncis.lv/blogs/gramata-bille/>.

"Uldis Bērziņš. *Idilles.*" *Diena*, 30 Aug. 2018. Web. 30 Jun. 2019.
<https://www.diena.lv/raksts/kd/gramatas/uldis-berzins.-_idilles_-14204043>.

Zālīte, Māra. *Paradīzes putni*. Rīga: Dienas grāmata, 2018.

"Zināmi Baltvilka balvas laureāti." *LA*, 24 Apr. 2018. Web. 30 Jun. 2019.
<http://www.la.lv/zinami-baltvilka-balvas-laureati>.

作者：吕妍，北京外国语大学欧洲语言文化学院

2018 年老挝文学概览

陆蕴联　陆慧玲

内容提要: 对于老挝文坛而言, 2018 年仍是活跃的一年。短篇小说《金戒指》和长篇小说《表白》获东盟文学奖; 诗歌《行舟于宾汉河上》与回忆录《雨后天晴——奋斗者的故事》获湄公河文学奖; 诗歌《母亲织的筒裙布》和短篇小说《死亡按钮》获信赛文学奖。此外, 一批新作出版面世, 如《文学人——国家级和优秀文学艺术家之生平及作品》《艺园一隅——2004—2016年信赛文学奖短篇小说和诗歌集》《历史与文学——老挝古代故事与外国故事》, 短篇小说集《娜迦印记》, 长篇小说《誓愿》等。老挝政府重视文学的发展, 举办了一些重要活动, 如东盟作家交流会暨东盟文学作品展、"精神食粮"节、诗歌朗诵晚会等。

一、重要文学奖项与获奖作品

（一）东盟文学奖

2018 年 8 月 3 日东盟文学奖评审委员会对入围的 8 篇短篇小说和 6 篇长篇小说进行评分, 据评分结果, 松翟·詹塔翁 (ສົມໃຈ ຈັນທະວົງ, 1969—　) 的短篇小说《金戒指》(ແຫວນຄຳ, 2017) 获 2017 年东盟文学奖；朴拉婉·鸾婉娜（ຜືວລາວັນ ຫຼວງວັນນາ，1954— ）的长篇小说《表白》（ແຖບຄຳສາລະພາບ，2018）获 2018 年东盟文学奖。2018 年 8 月 24 日，老挝作家协会举行了东盟文学奖获奖结果新闻发布会。

1. 松翟·詹塔翁与《金戒指》

松翟·詹塔翁，笔名索·璞昂铎颂（ສ. ພວງດອກຂ້ອນ）。自 1990 年起开始撰写短篇小说、诗歌和回忆录等，至今共撰写了 69 篇短篇小说、158 首诗歌和 1 部长篇小说，其中《人如火筒树》（ຄົນຄືເຂືອງ）获 2005 年信赛文学奖诗歌类三等奖，《金戒指》获 2013 年信赛文学奖短篇小说类一等奖，《还埋藏于心中》（ຍັງຝັງໃນດວງໃຈ）获 2014 年湄公河文学奖。此外，还曾 5 次荣获国内短篇小说与纪实类作品评比的一等奖等奖项。

《金戒指》讲述了一个离奇而感人的故事。1983 年的某一天，在老挝北部华潘省桑怒县，一对穷苦的农民夫妇在清理散落在自己旱地上的树枝时，男主人公皮姆帕捡到重约 15 克并且上面刻有"Mr. Winson 1937"字样的金戒指。这笔意外之财对于这对穷苦的农民夫妇来说，简直是雪中送炭。如果皮姆帕拿去卖，就可以解决家里拮据的局面：可以还清妻子看病欠下的钱，可以满足大女儿一直想要一辆自行车骑着去上学的要求，可以给最小的孩子买新衣服穿，而且现在窘迫得没米下锅了。最重要的是，作为一家之主的皮姆帕因战争失去左臂，是战争受害者，现在又因为战争拾得这枚戒指。要是将戒指拿去卖掉，别人也不会说什么。然而，经过一番思想斗争，皮姆帕还是决定把这枚戒指寄到万象市政府，希望能找到这枚戒指的主人。三年后的某个星期天，省政府有关部门的工作人员领着三位外国人来到皮姆帕家门前，在确认是皮姆帕夫妇捡到这枚戒指后，他们向皮姆帕表示感激，感谢皮姆帕帮助他们找到了失散二十多年的儿子。作品抨击了美国侵略者，揭示了战争给老挝人民带来的危害。故事还赞扬了老挝人民军英勇抗战、不屈不挠的精神，同时彰显了老挝人民善良、朴实与豁达的品质。

2. 朴拉婉·鸢婉娜与《表白》

朴拉婉·鸢婉娜是老挝著名的女作家，笔名缇姐詹（ທິດາຈັນ）、朴（ຜົວ）、娜昂珞（ນາງ ໂລ，"娜昂"即姑娘、女士的意思）、岛蒲安（ດາວພວນ）。曾获政府颁发的"优秀文学艺术家"称号。1954 年出生于川圹省勐昆县。1990 年成为老挝作家协会会员，现担任老挝作家协会副主席。鸢婉娜的作品涵盖回忆录、诗歌、故事、短篇小说、长篇小说等体裁。她的处女作——回忆录《苏帕宁妹妹》（ນ້ອງສຸພານິນ）于 1978 年刊登在《新万象》报上。至今她已出版了很多作品，例如童话《小鸽子学飞》（ກາງແກນ້ອຍຮງບິນ，2004），诗集《儿童节诗歌》（ກາບກອມສຳລັບອັນເດັກ，2004）、《走向梦想》（ມຸ່ງສູ່ຝັນ，2014），短篇小说集《胜利的号角声》（ສງງສັນຍານໄຊ，2015），长篇小说与短篇小说合集《甚于爱》（ຍ່ງກວ່າຮັກ，2017）。2007 年凭借短篇小说《我们的孩子叫麦蒂[1]》（ລູກຂອງພວກເຮົາຊື່ໄມຕີ）获湄公河文学奖。

《表白》收录于《甚于爱》这本书，讲述的是一位名叫戴维的美国退役军人到老挝川圹寻找故人的故事。戴维年轻时参加过美国侵略老挝的战争，在一次战斗中被俘。老挝爱国阵线战士詹塔姑娘负责押解俘房到阵营。在押解过程中，戴维爱上了詹塔。然而直到战争结束被遣送回国，戴维也没能向詹塔表明自己的爱意。戴维在过去战争的主战场川圹寻找了几天也没能找到昔日的倾心之人，于是把

---

1 作者注："麦蒂"是音译，ໄມຕີ 本义指"友好、友谊"。

埋藏于心底三十多年的感情记录于笔记本上。《表白》不仅仅是一个爱情故事，它还描写了战争的残酷、战争带来的恶果以及老挝爱国阵线战士善待俘虏的行为。同时，还赞扬了老挝爱国阵线军人坚毅的精神品质。小说人物形象鲜明，人物、场景描写细腻，故事情节引人入胜。

（二）湄公河文学奖

老挝有两部作品获得 2018 年度即第九届湄公河文学奖，它们是鸿恒·坤皮塔（ຫງເຫນ ຂນພທກ, 1957— ）的诗歌《行舟于宾汉河上》（ລ່ອງນໍ້າເຊບັ້ງຫຽງ）与嘎乔·坦玛冯（ກາບແກ້ວ ທໍາມະວົງ, 1978— ）的回忆录《雨后天晴——奋斗者的故事》（ຟ້າຫຼັງຝົນ ຄົນສູ້ຊີວິດ）。

1. 鸿恒·坤皮塔与《行舟于宾汉河上》

鸿恒·坤皮塔出生于沙湾拿吉省。笔名尼佤·冯欣（ນີວດ ວົງສິນ）、麦詹（ໄມ້ຈັນ，本意为"紫檀"），是一名文学研究家、编辑和诗人。鸿恒·坤皮塔自 1980 年开始创作杂文、诗歌，作品大多发表在他曾任职的报纸及杂志上。2012 年出版了《咔曲喃调的来源》（ຂັບ-ລໍາ ເພງລາວມາແຕ່ໃສ?）一书，2017 年出版诗歌集《沙漏》（ຂີ້ແມງຍອດ ຂີ້ແມງໄຍ）。

《行舟于宾汉河上》被收录于《沙漏》诗歌集。这是一首长诗，分为 25 段，诗歌聚焦鸿恒家乡的一条河流——宾汉河。宾汉河是老挝南部地区的重要河流，长三百多公里，流域面积将近两万平方公里。河段上遍布浅滩、急流与瀑布，最后汇入湄公河。作者在诗歌里描绘了沿河两岸的美丽景色，并介绍了当地人民的生活方式以及精神信仰。此外，诗歌还呼吁人们要爱护家园、保护自然环境以及自己的民族文化传统。这首诗多处使用比拟手法，寓意深远。老挝作家协会主席、老挝新闻文化旅游部世界遗产管理司司长桐柏·珀缇善（ທອງໃບ ໂພທິສານ，1960—　）评价道："《行舟于宾汉河上》传达了老挝语言之美，具有很高的文学欣赏性。"[2]

2. 嘎乔·坦玛冯与《雨后天晴——奋斗者的故事》

嘎乔·坦玛冯 1978 年出生于老挝南部的沙湾拿吉省凯山丰威汉市。2012 年，35 岁的他凭借《成功的秘诀》（ເຄັດລັບສູ່ຄວາມສຳເລັດ）获 2011—2012 年度金娜迦娱乐奖，2018 年凭借《雨后天晴——奋斗者的故事》一书获湄公河文学奖。截至目前，嘎乔已出版了多部著作，如《市场营销秘诀》（ລວມຍອດເຄັດລັບການຕະຫຼາດ，2012）、《成功秘诀》（ເຄັດລັບສູ່ຄວາມສຳເລັດ，2012）、《赢得人心并绑住爱人之心的秘诀》（ເຄັດລັບຂະບະໃຈຄົນແລະມັດໃຈຄູ່ຮັກ，2013）、《东盟突破及新时代管理者的成功之道》（ສູດສຳເລັດຜູ້ບໍລິຫານຍຸກໃໝ່ແລະບຸກທະລຸອາຊຽນ，2014）、《走向幸福生活》（ການໃຊ້ຊີວິດສູ່ຄວາມສຸກ，2015）、《雨后天晴——奋斗者的故事》（2017）、《爱情与生活之战争》（ສົງຄາມຊີວິດແລະຄວາມຮັກ，2019）等。

《雨后天晴——奋斗者的故事》讲述的是嘎乔本人的真实经历。他出生在偏远村庄的一个穷苦家庭：父亲酗酒，母亲不识字，家里孩子多。家里以务农为生，但总是食不果腹。然而，凭借自己的毅力和勤奋，他克服了百般挫折，最终收获了成功，成为了一名畅销书作家和演说家，这段经历就像那雨后的天空一般美丽。嘎乔介绍道，撰写这本书的目的是希望能够激励老挝年轻人，尤其是家庭条件较差的年轻人，不要放弃希望，努力奋斗，愿他们都能像自己一样见到雨后的晴空。

2　<http://asianews.eu/content/senior-writer-proud-winning-mekong-literature-award-76299>.

（三）信赛文学奖

2018 年 12 月 28 日，在老挝国家社会科学研究院举行了 2018 年度信赛文学奖颁奖仪式。2018 年度的投稿作品共有 158 篇。其中，短篇小说类投稿作品 47 篇，入围作品 31 篇；诗歌类投稿作品 102 篇，入围作品 49 篇；长篇小说类投稿作品 9 篇，入围作品 5 篇。最终，僧侣奔塔维·龚帕潘（ພະອາຈານ ບຸນທະວີ ກິມພະພັນ，1990—　）的《母亲织的筒裙布》（ແພພັນລາຍຈາກປາຍມືແມ່）获诗歌类一等奖；阿诺腊·平沃翰（ອະໂນລາດ ພິມໂອທານ，1967—　）的《死亡按钮》（ປຸ່ມມໍລະນະ）获短篇小说类一等奖。至于长篇小说类，评审委员会认为所有参评作品均未达到获奖要求，故 2018 年未有长篇小说类参赛作品获此殊荣。

1. 奔塔维·龚帕潘与《母亲织的筒裙布》

奔塔维·龚帕潘，笔名铜潘乔·璞昂潘（ທອງພັນແກ້ວ ພວງພັນ）、松讷·杜昂乔（ສົມນຶກ ດວງແກ້ວ），出生于沙耶武里省皮昂县。他从 2004 年开始进行诗歌和短篇小说创作，于 2014 年开始转为撰写散文随笔。2016 年 2 月，加入老挝作家协会。从 2011 年开始在老挝《新万象报》《老挝工会报》《社会经济报》《文艺》等报刊上发表诗歌、短篇小说、散文、童话以及幽默故事等。部分作品被收录于已经出版发行的"第一届年轻作家营"短篇小说与诗歌合集中。他曾与其他诗人合出诗集并于 2018 年出版个人诗歌集《母亲织的筒裙布》。发表的作品还包括韵文诗《坤鲁与乌娥》（ຂຸນລູນາງອົ້ວ）、童话《死里逃生》（ເກີບຕາຍ）等。在获信赛文学奖一等奖之前，他的多部作品分别获得 2015、2016 和 2017 年信赛文学奖鼓励奖，如诗歌《占芭花与祖国如同星辰与月亮》（ຈຳປາຄູ່ລາວເໝືອນດາວຄູ່ເດືອນ，2015）、短篇小说

《泛黄的书信》(ຈົດໝາຍເກົ່າໆ, 2015)、短篇小说《花开时节阿巧归来》
(ອີແກ້ວຈະກັບເມື່ອດອກຄູນບານ, 2016)、诗歌《她的双手》(ສອງມືໆ,
2017)。

《母亲织的筒裙布》共有 35 段，诗歌内容丰富，描绘了以诗人母亲为代表的老挝传统农村妇女以纺织为生的生活状况，介绍了老挝自古流传至今的纺织手艺，展现了老挝的民俗风情和社会风貌。此外，诗歌还赞扬了老挝妇女的勤奋以及创造力。她们灵巧的双手，在织布机上编织出一幅幅美丽的图案。诗人以母亲未织完的筒裙脚为主题撰写诗歌，原因在于他的母亲是一位非常喜欢纺织这门手艺的人，然而母亲却早早故去。母亲去世的时候，母亲未织完的筒裙脚还躺在家里的织机上。诗歌饱含了诗人对母亲的思念之情。诗歌通俗易懂，韵律和谐悦耳，立意深远。

2. 阿诺腊·平沃翰与《死亡按钮》

阿诺腊·平沃翰，笔名维拉·阿伦冯 (ວິລະ ອະລຸນວົງ)，出生于万象市。1985 年创作了第一篇短篇小说，当时的他还是一名学生。在万象师范学院就读期间，他一直担任学校的新闻撰稿人和念稿人，并经常在学校的宣传栏发表自己创作的短篇小说和诗歌，一直持续到毕业。他多次投稿参加文学奖评比，2015 年凭借短篇小说《第一层地狱》(ນະຮົກຂຸມທາງິດ) 首次获信赛文学奖一等奖。2018 年，凭借《死亡按钮》再度获该奖项一等奖。

《死亡按钮》的故事情节围绕修建连通东巴莱村到市区的一条道路展开。小说旨在反映和抨击社会问题，如国家公务员以权谋私，这些人嗜酒成瘾、道德堕落、丧失自己的权威，甚至给自己的妻子、儿女带来伤害。这个故事从侧面印证了老挝的一句谚语："样样都要，全数失掉。"

二、文坛新作

2017 年和 2018 年间，老挝出版了一些新书，例如《文艺》杂志出版社自己编辑出版的《文学人——国家级和优秀文学艺术家之生平及作品》(ถิมอับมะกำ-ปะหวัดขยั้ และบาๆผິนๆาน ຂອງສິລະປິນແຫ່ງຊາດ และสิละปิນดิเด่น, 2017)、《艺园一隅——2004—2016 年信赛文学奖短篇小说和诗歌集》(บาๆส่อมใบสอบสิบ-โธมเลื่อๆสั้นและบົดกະວິ ลาๆอับสิมใฆ 2004–2016, 2018)、《历史与文学——老挝古代故事与外国故事》(ปะหวัดสาด-อับมะຕะดิ ธูมธู้จากนิทานลาอบูธาน-นิทานสาກົน, 2017)、《娜迦印记》(ธอยพะยาบาก, 2017)、《誓愿》³ (ปะมິທาบ, 2018) 等。

（一）《文学人——国家级和优秀文学艺术家之生平及作品》和《艺园一隅——2004—2016 年信赛文学奖短篇小说和诗歌集》

1.《文学人——国家级和优秀文学艺术家之生平及作品》

本书介绍了老挝国家级和优秀文学艺术家、表演艺术家的生平及其主要作品。2011 年，老挝政府对在文学、表演领域做出突出贡献的作家和文艺工作者进行表彰并颁发"国家文学艺术家""国家表演艺术家"和"优秀文学艺术家""优秀表演艺术家"荣誉称号。获"国家文学艺术家"称号的有十人，获"优秀文学艺术家"称号的有二十人。这是老挝人民民主共和国成立以来首次颁发文学和表演艺术领域的最高荣誉称号，获此殊荣的都是该领域中赫赫有名的人物，例如获国家文学艺术家称号中排在第一位的是曾任国家代理主席，老

---

3 作者注：有的译为《意图》。

拉人民革命党中央委员会顾问，著名的政治家、诗人、语言学家富米·冯维希（ຟຸມີ ວົງວິຈິດ，1909—1994）。因此，要想比较全面地了解和研究老挝文学领域的杰出作家，此书值得参考。此外，本书介绍的部分文学家的作品，由于信息不通、出版、销售或者其他原因而未被大多数读者所熟悉，但这些大师的作品值得细细品读和研究。

2.《艺园一隅——2004—2016 年信赛文学奖短篇小说和诗歌集》

老挝信赛文学奖是老挝国内最重要的文学奖，设立于 2004 年。本书出版于 2017 年，收录了自奖项创立以来除了长篇小说之外的所有获奖作品。诗歌是老挝最早发展起来的文学形式，而小说起步较晚。在每年的征文比赛中，诗歌的投稿最多，而长篇小说最少，有的年份甚至没有长篇小说的投稿，或达不到获奖标准，导致该奖项出现空缺。尽管该书收录了 13 年间共 15 部获奖作品，但由于短篇小说和诗歌篇幅不长，主体内容加上目录、前言和插图也不到 200 页。该书的优点在于对所有获奖作家都有介绍，鉴于老挝语资料搜集较难，这对研究老挝文学的学者来说，着实是宝贵的资料。

该出版社是老挝新闻文化与旅游部下属的一个出版机构，在老挝具有很高的知名度，所以这两本书提供的资料不仅宝贵，且具有一定的权威性。

（二）《历史与文学——老挝古代故事与外国故事》

此书出版于 2017 年，收录了老挝古代以及国外的 108 则民间和神话故事。作者在该书的第一章明确阐述了"历史""文学""故事"的概念以及它们之间的关系。作者认为历史与文学有着深刻的关系。历史是对已经发生的人或事物的记录，而文学是现实生活的反映与再创造，因此文学，尤其是纪实文学在一定程度上带有时代的印记。

　　本书把收集到的故事分为两大类：老挝古代故事和外国故事。老挝古代故事细分为与历史有关的故事和老挝民间及神话故事。作者把与历史有关的老挝古代故事编在一个章节里，并分析故事中与老挝族源、老挝始建国等有关的一些传说和神话，这反映了作者尝试从文学作品角度去探寻史料的意图。

　　本书的作者玛哈本弥·铁希孟昂（ມະຫາບຸນມີ ເທບສີເມືອງ, 1939— ）曾荣获"优秀文学艺术家"称号。他对老挝的民族来源颇有研究，2011年出版了一套专著《老挝民族起源》（ຄວາມເປັນມາຂອງຊິນຊາດລາວ）（共三册）。如今，他把老挝从古代流传下来的不朽故事编辑于《历史与文学》一书，从民间和神话故事所描写的老挝人的信仰中探寻老挝民族的起源和文化，可谓是立意新颖。老挝作家协会主席桐柏·珀提善在序中写道：《历史与文学》是一部具有很高价值的文学新作，不但编辑了 108 则老挝古代的故事和外国故事，还配上了精美的插图。书中编辑的老挝古代故事，例如《天神故事》《葫芦造人》《蛤蟆大王》，对于研究老挝习俗等都有裨益。老挝信奉天神、祭拜鬼神、过高升节等习俗都与《天神故事》中的信仰有关。此外，书中的其他故事也具有一定的文学价值，可以增长读者知识，给人启迪，为比较文学研究提供有用的参考资料。

（三）《娜迦印记》

　　《娜迦印记》的作者盛发·霍拉努帕[4]出生于 1958 年，本科毕业于老挝万象师范学院语言文学专业，硕士毕业于泰国清迈西北大学语言学专业。除了《娜迦印记》这本短篇小说集外，他还著有另外一部

4　关于盛发·霍拉努帕的详细介绍见《外国文学通览：2016》中的《2016 年老挝文学概览》（陆蕴联，2017：233）。

短篇小说集《倾心之爱》(ຮັກນີ້ສຸດທິ່ວໃຈ，2016)。

《娜迦印记》是一部短篇小说集，共收录了五篇作品。作者在序言中写道："小时候听大人讲故事，不是故事中的主角有腾云驾雾之本领，就是故事情节离奇古怪、惊人无比。待自己长大能握笔写作时，便想把小时候听到的关于娜迦、紧那梨等故事写下来，创作成文学作品，与读者分享。"

这部短篇小说集主要描写作者小时候听到的一些令人毛骨悚然的传说和亲眼见到的事情，借此抨击愚昧思想和社会不良现象，呼吁人们崇尚科学。例如，第一篇是创作于 2010 年的《娜迦印记》，讲述的是小孩子在过泼水节时，到湄公河河畔堆沙塔，但难耐酷暑，不听大人警告，下河游泳，结果溺水身亡的故事。大人警告小孩不能到河中游泳时，常常说道"娜迦会把女孩拽去当老婆，把男孩拖去当女婿"。那时候的作者真以为有在水中作怪的娜迦，长大了才知道人被水淹死是自然事故，是由当事人不谙水性或河中地形复杂等原因造成的。又例如第二篇创作于 2011 年的短篇小说《不守戒律的人》，故事里两位已有妻室的男人上山采笋，因为迷路，又饿又累，昏了过去。朦胧中，这两位大男人被两位漂亮的姑娘救起，随着姑娘来到一座到处是金子的名为勐邦博的城市。这里树木郁郁葱葱，百花争艳，呈现出一片祥和的景象。这两位男人隐瞒已经娶妻生子的事实，与这两位仙女一般的姑娘结婚了，享受着衣食无忧的生活。但是，他们贪得无厌、不守戒律，其中一个趁着妻子回娘家之时出去沾花惹草，另一位对儿子说谎，谎称牛奶是母乳并喂儿子喝下。结果这两个男人皆受到了惩罚。

这本短篇小说集语言轻快，平铺直叙，浅显易懂，也是老挝语学习者较好的阅读材料。

（四）《誓愿》

长篇小说《誓愿》的作者本檀·澎皮吉[5]是自由撰稿人。他在接受《经济商报》的采访时说道，他之前创作发表的长篇小说《呼吸》，收到良好的社会反响，并获得 2016 年度湄公河文学奖。许多读者欣赏了《呼吸》后，希望他写续集，于是他花了整整一年的时间创作了这部小说。[6] 书评人认为："这是一本内容非常有趣的书，鼓励年轻的一代关注可持续发展，被列在必买书籍清单里。"[7]

这篇小说讲述的是新一代充满朝气、积极向上、有理想、有追求的年轻人，他们有坚韧不拔的意志，有战胜一切困难的信心。他们出国留学，为的是获取更多的知识和技能，为国家的繁荣昌盛奉献自己的力量，以使老挝尽快走出世界欠发达国家行列。小说的男主角坎迪在日本北海道大学读书，而女主角薇玛拉获政府奖学金在中国云南某大学学习国际贸易。两人相隔甚远，但先进发达的通讯方式使他们能够不断交流自己的思想情感。薇玛拉坚信两人的爱情必能开花结果，因为他们有共同的追求，两人都把自己的梦想、理想与国家的发展紧紧联系在一起。这是一部充满正能量的小说，除了描写男女主人公为了国家的兴旺刻苦求学之外，还讲述了许许多多的年轻人留学归来后扎根于广阔的农村，为农村教育事业的发展添砖加瓦的故事，有的甚至献出了自己的生命。

5　关于本檀·澎皮吉的详细介绍见《外国文学通览：2016》中的《2016 年老挝文学概览》（陆蕴联，2017：234）。

6　ເພັດລິສອນ. "ນະວະນິຍາຍ ປະນິທານ ເປັນຜົນງານໃໝ່ຂອງອາຈານ ບຸນທັນ ອອກສູ່ສາຍຕາລັງຄົມແລ້ວ." *Laoedaily.* 27 Aug. 2018. Web. 11 Jul. 2019.
<https://laoedaily.com.la/34158/>.

7　陈昭霖：《〈意图〉促使新生代关注可持续发展》，访问时间 2019 年 7 月 9 日。
<http://dy.163.com/v2/article/detail/DTUBD0V20534067W.html>.

三、重要活动

（一）第 15 届图书展览会

2018 年 3 月 23—24 日，第 15 届图书展览会在老挝国家图书馆举行。此次图书展览会的主题是"打开世界，打开心灵，打开书本，打开思维"。在开幕式上，老挝新闻文化与旅游部副部长博银·沙普翁（ບົວເຖີນ ຂາພູອົງ）说道："图书展览会是一项具有重要意义的活动。在图书展上，我们能够接触到更多的图书，能够阅读书籍、聆听故事，并参与和图书相关的一些活动。图书是我们的精神食粮。读的书越多，收获的知识越多，能力也将得到提升，然后能够成为对社会有用的人、好人。在提升了自己的知识和能力后，每个人将运用学到的知识发展自己、建设国家，让国家更加繁荣。"[8] 老挝国家图书馆馆长刊塔丽·雅努冯（ຂັນທະລີ ຍັງນຸອົງ）女士指出："本图书展览会是一项国家级活动，旨在推动全社会读书风气的形成。"[9] 图书展览会上还设有图书推介、诗朗诵比赛、讲故事比赛、戏剧表演、图书知识和常识问答等活动环节，提供图书阅读、图书修复等服务。此外，还设置了与优秀作家、画家、演说家进行交流的互动环节。

（二）"精神美食"节

2018 年 5 月 9—11 日，在老挝国立大学举行了第三届"精神美食"节活动。活动主题是"阅读与使用老挝语"，目的是促进老挝青

---

8 "ບຸນງານມີທັດສະການປຶ້ມຄັ້ງທີ 15 ຊ່ວຍເສີມສ້າງການອ່ານແກ່ຄົນລຸ້ນໃໝ." *Laoedaily*. 25 Mar. 2018. Web. 25 Jun. 2019.
   <https://laoedaily.com.la/25747/>.
9 同上。

少年、学生更加热爱阅读，推动建设终身学习型社会。"精神美食"节从 2016 年开始举办。与往年不同的是，2018 年的"精神美食"节还展出了东盟作家的作品。

（三）东盟作家交流会暨东盟文学作品展

2018 年 5 月 10 日，老挝东盟文化委员会和老挝国立大学文学院共同举办首届东盟作家交流会暨东盟文学作品展，活动为期 3 天。东盟各国驻老挝大使馆代表和来自越南、老挝、泰国、柬埔寨、新加坡、文莱、印度尼西亚和缅甸等国家的 20 名作家以及数百名老挝和其他国家的青年、大学生参加了上述活动。活动的主题是"全球化时代下关于创意生活与文化的东盟文学"（ASEAN Literature on Creative Life and Culture in Globalization Era）。本次交流会议题包括如何吸引更多的读者、在本地区广泛推广东盟文学作品以推动提升东盟共同体意识等。此外，与会人员还对如何进行文学作品创作、文学作品的出版及印刷等方面进行经验交流。

本次书展展出了老挝与东盟国家数百部文学作品。

（四）第一届诗歌晚会

2018 年 11 月 16—21 日的晚上，老挝作家协会在老挝万象市塔銮广场主办了第一届主题为"诗歌晚会祭拜塔銮"的诗歌朗诵会。老挝国家主席、国会主席、总理、万象市市长、教育部部长、新闻文化与旅游部副部长以及其他政府要员亲临现场，与民众一起分享诗歌带来的美妙感受。此外，老挝作家、资深诗人、国家级文学艺术家、优秀文学艺术家、东盟文学奖得主、湄公河文学奖得主、信赛文学奖得主受邀参加了此次活动。

结语

　　2018 年老挝文坛仍保持着欣欣向荣的态势，除评选出东盟文学奖、湄公河文学奖、信赛文学奖外，还举行了其他各种征文比赛活动。此外，"精神美食"节、诗朗诵活动，尤其是东盟作家交流会暨东盟文学作品展的首次举办，体现出老挝政府对阅读和文学的重视。这些活动还开阔了读者的视野，更为老挝本国作家分享东盟国家作家创作经验提供了很好的平台。

参考文献：

ຄິມອັນມະກ຺ຳ-ປະຫວັດຫຍ້ ແລະບາງໆຜົນງານ ຂອງສິລະປິນແຫ່ງຊາດ ແລະສິລະປິນດິເດັ່ນ. ວຽງຈັນ: ອາລະສາມອັນມະສືນ, 2017.

ທິດາຈັນ. ໂຮມເລື່ອງສັ້ນ "ຍິ່ງກວ່າຮັກ". ວຽງຈັນ: ສຳນັກພິມນັກປະພັນລາວ, 2017.

"ເຫດສະການອາຫານສະໜອງ ໃນຮອບ 3 ປີ ມີຈຸດບ່ງນທີ່ຕ້ອງຕິດຕາມ." *Laoedaily*. 21 May. 2018. Web. 25 Jun. 2019.
<https://laoedaily.com.la/36270/>.

ນ້ອຍ ວິດຊຸລະດາ. ຮອຍພະຍາບາກ. ວຽງຈັນ: ສຳນັກພິມນັກປະພັນລາວ, 2017.

ບາງໆສ່ວນໃນສອນສືນ. ວຽງຈັນ: ອາລະສາມອັນມະສືນ, 2018.

"ບຸນງານນິທັດສະການປຶ້ມຄັ້ງທີ 15 ຊ່ວຍເສີມສ້າງການອ່ານແກ່ຄົນລຸ່ມໃໝ່." *Laoedaily*. 25 Mar. 2018. Web. 25 Jun. 2019.
<https://laoedaily.com.la/25747/>.

ບຸນທັນ ພິງພິຈິດ. ປະນິທານ. ວຽງຈັນ: ສຳນັກພິມນັກປະພັນລອ, 2018.

"ເບື້ອງຫຼັງຂອງ ສ. ດວງແກ້ວ ຜູ້ຊະນະເລີດລາງວັນສິນໄຊ ປີ 2018 ປະເພດຄຳກອນ." Web. 25 Jun. 2019.
<https://www.sokhaviek.com/archives/6091>.

ພະໄພອັນ ມາລາວົງໆ. "ຂີ້ແມງຍອດ ຂີ້ແມງໄຍ" ກະວິສະເພທາກຳມະຊາດແລະບ້ານເກີດ. ອັນມະສືນ, ສະບັບທີ 5 ປີ 2018.

"ແພຜັນລາຍຈາກປາຍມີແມ່ ແລະ ປຸ່ມມ່ລະນະ ໄດ້ຮັບລາງວັນສິນໄຊ." *Vientianemai*. 3 Jan. 2019. Web. 25 Jun. 2019.
<https://www.vientianemai.net/khao/19601.html>.

ເພັດລິສອນ. "ສອງນັກຂຽນຜູ້ຄວ້າລາງວັນຊະນະເລີດວັນນະກຳແມ່ນ້ຳຂອງປະຈຳປີ 2018."

ຫັງສືພິມເສດຖະກິດການຄ້າ 6 ພະຈິກ ປີ 2018.

ເພັດລິສອນ. "ຍ້ອນຫຍັງເລື່ອງສັ້ນ 'ບຸ່ມມໍລະບະ' ຈຶ່ງໄດ້ຮັບລາງວັນສືບໄຊ?" *Laoedaily*. 1 Jan. 2019. Web. 25 Jun. 2019. <https://laoedaily.com.la/42735/>.

ເພັດລິສອນ. "ນະວະນິຍາຍປະວັດການເປັນຕົ້ນງາມໃໝ່ຂອງອາຈານບຸນທັນ ອອກສູ່ສາຍຕາສັງຄົມ ແລວ." *Laoedaily*. 27 Aug. 2018. Web. 11 Jul. 2019. <https://laoedaily.com.la/34158/>.

ເພັດລິສອນ. "ມອບ – ຮັບ ລາງວັນສືບໄຊ ປະຈຳປີ 2018." *Laoedaily*. 1 Jan. 2019. Web. 25 Jun. 2019. <https://laoedaily.com.la/42057/>.

ເພັດລິສອນ. "ເລື່ອງສັ້ນ 'ແຫວນຄຳ' ຄວາມຂຶ້ໄຮ ໃຜປະພັນ ແລະ ສະທ້ອນເຖິງຫຍັງແດ່?" *Laoedaily*. 1 Jan. 2019. Web. 25 Jun. 2019. <https://laoedaily.com.la/36270/>.

ໄຟຫ້າຄຳມະນີສອນ. ຮ່ວມສາຍສຳພັນວັນນະກຳແມ່ນ້ຳຂອງ. ວັນນະສິນ, ສະບັບທີ 4 ປີ 2018.

ໄຟຫ້າຄຳມະນີສອນ. "ແຫວນຄຳ" ເຮັຍການໄຮ່ສິນໃຈໄດ້ລາງວັນຂຶໄຮ. ວັນນະສິນ, ສະບັບທີ 6 ປີ 2018.

ມະນີທອນ. "ປະເທດສະມາຊິກອາຊຽນ ແລກປ່ຽນຄວາມຮູ້ດ້ານການຂຽນປຶ້ມວັນນະຄະດີ." ຂ່າວສານ ປະເທດລາວ. 10 May. 2018. Web. 25 Jun. 2019. <http://kpl.gov.la/En/Detail.aspx?id=33610>.

ມະນີທອນ. "ແຫວນຄຳ ແລະ ແຫວນຄຳສາລະພາບ ໄດ້ຮັບລາງວັນ ວັນນະກຳຂຶໄຮ ປະຈຳປີ 2017 ແລະ 2018." ຂ່າວສານປະເທດລາວ. 8 Aug. 2018. Web. 25 Jun. 2019. <http://kpl.gov.la/detail.aspx?id=38361>.

ມະຫາບຸນມີເຫບສິເມືອງ.ປະຫວັດສາດ-ວັນນະຄະດີຮຽນຮູ້ຈາກນິທານລາວບູຮານ-ນິທານສາກົນ. ວຽງຈັນ: ໂຮງພິມສີສະຫວາດ, 2017

"39-year-old Lao youngest winner of Mekong River Literature Awards." *Vientianemai*. 3 Jul. 2018. Web. 25 Jun. 2019. <http://www.vientianetimes.org.la/sub-new/Profile/Profile_39.php>.

陈昭霖:《〈意图〉促使新生代关注可持续发展》, 访问时间 2019 年 7 月 9 日。 <http://dy.163.com/v2/article/detail/DTUBD0V20534067W.html>.

作者: 陆蕴联, 北京外国语大学亚非学院;
     陆慧玲, 北京外国语大学亚非学院

2018 年马来西亚文学概览 [1]

沈子楷　傅聪聪

内容提要：2018 年马来西亚文学依旧呈现平稳发展态势。文学奖项方面，以《使者报》集团文学奖等为核心的多个奖项从多方面反映了文坛新风向；文学活动方面包括国家语文局的重组与改革、各类文学活动的举办，在推广国家语言使用的同时也关注新兴创作群体的出现，更加重视作家之间、作家与出版社之间的交流活动，推动马来西亚文学的转型。值得注意的是，2018 年马来西亚国内政治发生重大变革，政权更迭对文学也带来一定影响。对当下社会现实热点问题的文学性思考和解读成为本年度马来西亚文学作品的主要创作主题。

　　2018 年适逢马来西亚五年一次的全国大选，5 月 9 日见证了马来西亚历史上首次执政党政权更迭。大马政坛常青树——自马来西亚独立以来长期作为执政党、执政联盟领袖的"马来民族统一机构"（简称"巫统"）惨遭滑铁卢，败给了由第四任总理马哈蒂尔·穆罕默德领导的反对党联盟"希望联盟"。这一执政党轮替对大马人民而言，

1　本文为国家社科基金重大项目"新世纪东方区域文学年谱整理与研究 2000—2020"（17ZDA280）的阶段性成果。

象征着国家的变革与全新的开始。它不仅在政治上成为大马国内外关注的焦点，也给该国文坛带来了一股新风——政治故事或现实社会问题等题材成为 2018 年作家们的重点创作领域，对政治的批判与反思时隔多年再次走进读者的视野。

本文以 2018 年马来西亚的主要文学作品、文学奖项为切入点，通过对获奖作品及其作者的介绍和评析，突出本年度文坛风向。同时，通过对马来西亚国家语文局出版的主流文学杂志《文学月刊》（*Dewan Sastera*）中所介绍的文学作品和活动的评述，展现马来西亚文学创作的新风潮及特点。

一、主要文学作品：现实之镜与创新之窗

随着 2018 年全国大选的落幕与希望联盟执政的开始，马来西亚文坛亦呈现出新的气象。首先，对政治的空前关注给文学界带来巨大影响，激发了众多文学家对于政治与文学之间关系的思考。与历年大选不同，2018 年大马社会各界对"变天"、执政党更换之呼声异常强烈。随着大选最终结果的公布，自独立开始领导马来西亚超过一个甲子的执政党"巫统"与联邦政权失之交臂，这从侧面反映了大马社会各界对积重难返的政治痼疾之深恶痛绝，以及对新执政的希望联盟革新腐朽政治、重振大马经济、改变国家形象的希冀。"变天"热潮并未随着大选的落幕而远去，文坛对之回顾与展望的热情不断延续，许多作家尝试在新作中针砭时弊，借助小说、诗歌，表达对近年来马来西亚现实政治与社会问题的反思，对当前国家政治、经济、社会等现状的担忧，以及对国家未来发展的企盼。如查吉尔（SM Zakir，本名 Syed Mohd. Zakir Syed Othman，1969— ）的小说《伊卡洛斯》（*Ikarus*，2018）就是对 2018 年大选的大胆预测及对当今大马政坛乱

象的反思；卢海妮·马特达林（Ruhaini Matdarin，1981—　）的短篇小说集《港城故事》（*Cerita yang Merayap-rayap di Dermaga*，2018）则运用讽刺手法，通过描述港城（Dermaga）居民的日常生活，表达对港城政治、经济、社会等层面的不满和批评，另一方面也是对马来西亚当下现实问题的影射。此外，还有如《一个梦想》（*Mimpi Sebuah Impian*，2018）这样反思社会现状、表达未来展望的作品出现。

　　查吉尔创作的《伊卡洛斯》在马来西亚大选前后一度引起讨论热潮，很大一部分原因在于其"精妙的预言"。全国大选后发生的"大变天"，是从基层民众到高层官员，乃至政治家们都难以预料的结果，查吉尔却在书中对这一结果进行了大胆预测。作者表示，小说在2018年3月份完成并随即发行，而5月进行的大选恰恰证实了其预测。

　　小说的题目《伊卡洛斯》来自古希腊神话人物伊卡洛斯（Icarus），他在与父亲代达罗斯使用蜡造之翼逃离克里特岛时，因飞得太高，双翼被太阳晒化而跌落水中丧生。这一题目也暗示作者对马来西亚第一大政党"巫统"及其领导的国民阵线在长达约60年的统治后终将败退的预测。小说对马来西亚当下政治局势的影射也是作者长期观察的结果，在大选结果出炉之时他即表示，书中讲述了自2010年起执政党联盟内贪腐横行、权力滥用等现象，社会问题积重难返，人民怨声载道，不过是在强大的政党统治下"隐而不发"，实则为找准时机"一触即发"。有趣的是，小说的内容并未在大选尘埃落定之时完结，而是对大选后国家的下一步发展和人民的希冀等问题进行了展望，隐含了作者自己对于马来西亚未来政治局势的看法与期盼。整部小说创作题材新颖，跳脱出传统主题框架，是近几年马来西亚文学界较少出现的与政治变动联系密切的作品，其对现实生活的真实反映也表现了作家对于政治与文学关系的思考和尝试，通过文学将政治局势以更生动、直白的形式呈现，在虚幻与现实交合之间，激发人们对于现实问题的反思。

作者查吉尔在青年时期便表现出对文学的热爱，在诗歌、小说和散文等领域都颇有建树。至今已创作 3 部小说、8 部短篇小说集、8 部诗歌集及 7 部散文集等，对传统和未来题材都有所涉及，表现手法多有创新。其短篇小说集《鹦鹉》（*Bird Nymph*，2015）已被译为英语，走向国际文坛。2011 年，查吉尔曾荣获东南亚文学奖（S. E. A Write Award）。2018 年，他携新作《伊卡洛斯》参加了 5 月份在马来西亚吉隆坡举行的国际书展，广受好评，成为大马当月热门畅销书。他的另一部作品短篇小说集《二十个关于上苍的故事》（*20 Cerita Tentang Tuhan*，2018）同时获得书展主办方颁发的国家图书奖（Buku Negara）。

与《伊卡洛斯》中直接鲜明地对马来西亚政治局势展开预测相比，《港城故事》这本短篇小说集则是选取与现实生活密切相关的各类社会问题，从多角度展开叙述。小说集内含 23 则短篇小说，除了对日常生活中家庭、亲情、牺牲、忠诚等的描写，作者还运用讽刺手法，对国家政治、经济乃至社会中的滥权、贪腐等现象进行批评。马来西亚本土文学中这类针砭时政的小说并不多，即便有也往往流于枯燥无味，或说教意味浓厚。但在这部作品中，作者用丰富的经验对文章进行了处理，使得文章在批评的同时充满趣味性和喜剧色彩，营造了良好的叙述环境，吸引读者阅读。每则短篇小说作者都运用了不同的写作手法，独到新颖。其中一篇名为《虚假》（"Fiksi"）的短篇小说很好地体现了作者的创新性和其中暗含的对当下时政的讽刺。小说主人公贾米尔向港湾国总统拉帕致函，表达自己希望获得国家文学奖的意愿，并随信附上了自己的参赛作品。参赛作品的内容主要为两个人物之间的对话，读者通过阅读能够发现，对话实则为一名普通人与总统之间的问答。在被问及国家农业、工业发展乃至国家发展平衡是否被破坏和相关保护政策等问题时，总统往往避重就轻，表示正在计划或努力，实际却没有任何效果。虽然作者在《虚假》的故事最后重提文学奖一事，但核心内容实为嵌套故事的中间部分，构思新颖，环环相扣，对话之间言语温和，落点却尖锐犀利。总体来看，这部作品对本土短篇小说集创作和讽刺社会类文章创作都有一定借鉴意义，值得青年作家品读和学习，其创新性也是本土作家在摆脱固有文学创作主题及思维道路上的一次尝试，具有积极意义。

在马来西亚文坛，卢海妮属于年轻一代中的佼佼者。她喜爱马尔克斯、米兰·昆德拉等文坛巨匠的作品，其写作手法往往有所创新并别具一格，却不脱离根本、不拘泥于形式，为文坛带来新风。代表作如《布夹的使命》（*Misi Penyepit Kain*，2013）、《咖啡馆》（*Kafe*，2018）等，在沙巴文学奖和《使者报》集团文学奖等多个奖项中摘得桂冠。其中，2018年的新作《咖啡馆》内容趣意盎然，讲述年轻人在咖啡馆失去和寻觅的过程，表现当代都市青年内心的复杂与对未来的迷茫。卢海妮近些年的高产和立足于不同角度的文学创作将在未来形成独特的、成熟的创作风格，为文坛带来新的创作风潮。

除了在作品中直接预测政局或以暗讽揭露社会问题，部分作家还通过文学创作表达自身对于社会未来的展望和思考。如作家穆罕默德·萨勒赫·赛义德（Mohamed Salleh Said，1944—　）的《一个梦想》即从另一新颖角度展开对梦想和未来的追逐。这部小说主要围绕一位动植物学家的梦想展开，介绍了他为巩固基础研究所展开的种种努力和遇到的险阻，抨击了当下社会为追求经济效益而过度重视应用科学的现象。小说主人公苏莱曼教授目光长远，意识到基础研究的重要性，希望动植物学界内部能够互帮互助。作者在小说中还借主人公之口，论述了保护国家文献、建立属于自己的知识储备系统的重要性。他问道："你是否意识到，我们国家所出版的每一本书，在美国华盛顿国会图书馆中都收有原本？"作者希望更多学者和知识分子能够意识到这一问题并做出努力。虽然故事以科学领域为背景，但也暗含了对此前国家过度追逐经济利益，而忽视基本经济发展需求的批评。整部作品充满了科学色彩，强调动植物、昆虫学的重要性，但语言简单易懂，文风简洁清晰。读者能够从中学习到动植物知识，对学生来说亦是有价值的阅读材料，能够引领、启发其科学探索精神和以整体性思维及长远目光计划未来的能力。

此外，文学作品的跨文体改编也是近几年大马文坛的新现象。这类文艺改编往往在于将当年热门电影剧本改编为小说并出版。2018年马来西亚本土电影票房表现强劲，多部电影题材贴合国家政治形势，反映对相关政治与社会问题的思考，在国内获得不少好评，同时也走出国门参加了国际电影展。如电影《十字路口》（*One Two Jaga*，2018）围绕几名底层社会中的普通人物各自独立又交织的故事展开，通过表现核心人物青年警员想要坚持本心却迫于生活压力而挣扎的内心矛盾，进一步揭露了警界中腐败丛生的现象和社会的黑暗。故事中影射的非法移民和偷渡，以及国家公务员不作为等现象亦是近年马来西亚社会中较为突出的问题。该电影在第 30 届马来西亚电影节中获得最佳电影、最佳编剧、最佳原创故事等 6 个奖项，在东盟国际电影节中获最佳导演等 2 个奖项，同时还参加了第 17 届纽约亚洲电影节。电影中所表达的对社会问题的思考同样引起了文学家的注意，作家沙希赞（Sahidzan Salleh，1983—   ）依据电影剧本改编的同名小说《十字路口》于同年 9 月份出版。除此之外，另一部本土十佳票房之一的热门电影《回归》(*Pulang*，2018）也由青年作家莉莉·哈莉纳（Lily Haslina Nasir，1971——　）改编为小说。这类将热门电影改编为小说的例子在其他国家较为少见，这一尝试为文坛注入了新鲜活力，并激发作家在多个领域进行创新。

二、重要文学奖：新旧文学交融之光

2018 年，由于国家文学奖（Anugerah Sasterawan Negara Malaysia）、国家重大文学奖等奖项的"缺席"，马来西亚文坛最重要的奖项落在《使者报》集团文学奖上。

《使者报》集团文学奖自 1986 年第一次举办以来，已经度过了三十三载。每届集团文学奖的获奖作品都独具特色、代表性强，广受读者和评论家的欢迎。本届集团文学奖同样受到大马各界人士的关注和重视，2019 年 2 月 27 日在吉隆坡举行的颁奖典礼被喻为"文学界的盛宴"。相比往届，评委们表示，从此次获奖作品中可以看出作者更注重对国际问题的思考和对过去发生的一些历史事件的反思，同时在创作手法和语言表达上都有新的尝试和创新。大众短篇文学、青少年短篇文学及诗歌类各有 8 部获奖作品，新媒体短篇小说一类有 6 部获奖作品，文学散文及青少年小说类别分别有 2 部和 6 部获奖作品。

与 2017 年相比，2018 年《使者报》集团文学奖的参赛作品和获奖作品数量都有所增加。其中，短篇小说延续以往的创新色彩，故事精彩而别有风趣，如《鬼足》(*Kaki Hantu*，2018）、《死亡纪念日》(*Hari yang Bergelar Kematian*，2018）、《若开邦林中之雨》(*Titis-titis Hujan di Rakhine*,2018）等；青少年短篇小说获奖作品有《二月故事》(*Cerita Februari*，2018）、《离开爱与美好的传说》(*Perginya yang Tercinta dan Indahnya Legenda*，2018）等，既有一贯恐怖惊悚或表达人性美与价值的作品，也有与社会问题息息相关的主题呈现。

主题选择上的变化和对政治、社会生活的关注，也突出反映在青少年小说奖获奖作品中。获得一等奖的《巴鲁卡里飘扬的红色头巾》(*Selendang Merah Balukhali*，2019)，其作者斯里·蕾荷玉 (Sri Rahayu Mohd Yusop，1976—)为当代马来文坛影响力较大、作品颇丰的女作家。她长期关注青少年成长及其他社会问题，作品多反映现实，同时不乏对青少年树立价值观的引导。小说《巴鲁卡里飘扬的红色头巾》的主人公奥马尔为罗兴亚难民，从缅甸若开邦非法移民至马来西亚，在工作三年后，前往孟加拉国科克斯巴扎尔市巴鲁卡里难民营 (Kem Pelarian Balukhali Cox's Bazar) 寻找自己的妹妹。历经千难万险到达后的奥马尔却不幸得知自己的父母已在缅甸军队的迫害下丧生，妹妹谢若查德 (Sherezad) 也在火灾中双目失明，由一位来自马来西亚的联合国难民署官员罗育亭 (Lo Yu Ting) 照顾。此后，带着对缅甸军队暴行的绝望和为妹妹治疗眼疾的希望，他四处奔波，被恐怖组织利用并成为其中一员。小说创作的背景是在缅甸若开邦内部冲突升级的情况下，超过 35 万罗兴亚难民逃离缅甸，前往包括孟加拉国、马来西亚在内的周边国家寻求庇护。政府应采取何种立场和措施接纳这些外逃的穆斯林兄弟，一直以来为马来西亚国内各界所关注。《巴鲁卡里飘扬的红色头巾》即是对于这一社会问题的呈现和思考，在故事内容上亦是一次新颖而成功的尝试。小说中难民生活的困境和选择的无奈，也敲击着全世界穆斯林的内心。

同组的获奖作品胡斯娜·纳兹里 (Husna Nazri，1966—) 的小说《纺织爱情》(*Si Penenun Cinta*，2018)，讲述了传统马来织锦 (songket) 的制作艺术，呼唤读者对马来传统文化的保护和传承意识；此外，获奖作品还有沙巴女作家达扬 (Dayangku / Mastura

Pengiran Ismail，1971— ）的《父亲》（*Ayah*，2018）等。

　　诗歌类作品也同样受到关注和欢迎，共计 286 部作品参与选拔，最后评选出 8 部作为获奖作品，包括《丢了舌头的男子》（*Lelaki yang Keciciran Lidah*，2017）、《男子与鳐鱼》（*Lelaki dan Pari-pari*，2018）、《病中日记》（*Sejumlah Catatan Tentang Kesakitan*，2018）、《绳》（*Tali*，2018）、《驯蛇者》（*Pemain Ular*，2018）、《神奇手稿》（*Sakti Naskhah*，2018）等，这些作品围绕日常生活中常见的物与人展开叙述，以富有张力和想象力的诗句为读者呈现出不同的画面，如《病中日记》以一名植物人的口吻表达其对于自身患病的痛苦和对生的渴望。除了为获奖作品颁奖，颁奖嘉宾及这一文学奖的主要负责人也表达了对《使者报》集团文学奖未来发展的预期，他们指出推动这一文学奖走向世界、获得更大知名度的重要性，并提出向马来西亚音乐界流行音乐奖 AJL（Anugerah Juara Lagu）学习，强调了在大马"工业 4.0"[2] 的背景下，依托互联网技术的飞速发展将作品数字化的必要性，即及时将作品通过网络媒介进行更快、更大范围的传播。

　　在《使者报》集团文学奖作为 2018 年文坛奖项风向标的基础上，其他奖项也对有突出贡献的作家做出了表彰。经第 24 届东南亚文学会正式会议的讨论和决议，将 2018 年东南亚文学会奖（Anugerah Sastera Mastera）授予分别来自文莱、印度尼西亚、马来西亚和新加坡的四名作家。这一奖项设立的目的在于鼓励用马来语进行文学创作，表彰在东南亚文学发展中做出杰出贡献的作家。

　　来自马来西亚的获奖作家达图·艾哈迈德·卡玛尔（Datuk Dr

2　马来西亚总理马哈蒂尔于 2018 年 10 月 31 日启动了"马来西亚国家工业 4.0 政策"，简称"工业 4.0"（Industry 4WRD）。该计划是马来西亚政府对制造业及其相关服务业企业的数字化转型的号召，旨在促进企业在人力、流程、技术等各个领域取得更系统全面的发展，并在工业 4.0 的推动下变得更智慧、更强大。

Ahmad Khamal bin Abdullah，1941—　　；笔名"柯马拉"，即 Kemala）的诗歌在讨论神性和人类创造方面具有较大影响力。柯马拉作品颇丰，截至目前有 15 部诗集、20 部选集和 10 部文学著作，此外其撰写的一些短篇小说集、戏剧类书籍、儿童故事书和文学评论文章也广受传阅。柯马拉的作品多次被翻译成汉语、荷兰语、英语、德语、西班牙语等，在海外广为传播。

　　2018 年电视文学奖的获奖作品也值得关注。其中最佳电视片获奖作品为小说改编剧《叱咤》（*Srengenge*，1973），同时该片也收获了最佳影响力及最佳剧本编剧奖。《叱咤》由马来西亚第二位国家文学奖获得者沙赫侬·艾哈迈德（Shahnon Ahmad，1933—2017）于 1973 年创作完成，讲述一个偏远部落中村民的生活，涉及超自然、宗教信仰、习俗禁忌等内容，是传统信仰与现代心理学的碰撞和交流。故事中村民们生活在一座被认为有魔力的山前，其中一位村民提议移除山前的森林并改为耕地，以破除这一魔力，围绕这一事件村民与村长展开了讨论，期间交织着各种其他矛盾冲突。这部经典作品语言平实自然，叙事简洁生动，蕴含对万物有灵论的讨论，反映了对宗教与自然之间关系的哲学思考，也描述了当时村民的农作和日常生活。将经典文学作品进行影视化改编的创作也是目前马来西亚文坛的新尝试和潮流，对推广马来西亚原创文学作品、加深经典文学的社会影响力和文化价值具有积极意义。

　　此外，2018 年 8 月，马来西亚首都吉隆坡被联合国教科文组织正式命名为 2020 年"世界图书之都"。这也意味着吉隆坡将在 2020 年 4 月 23 日至 2021 年 4 月 22 日期间，举办各种与文学、阅读及艺术有关的活动，以提升马来西亚人民阅读的兴趣。教科文组织表示，之所以选择吉隆坡，是因为这座城市非常重视包容性教育、发展知识型社会以及为城市所有人口提供无障碍阅读。吉隆坡针对"世界图书之都"项目所提出的口号是"通过阅读来关爱"，重点关注四个主题：各种形式的阅读，发展图书行业的基础设施、包容性，数字无障碍阅读，以及通过阅读来增强儿童的能力。未来的规划还包括建设设名为"图书之城"的大型综合设施、发起火车通勤阅读活动、加强马来西亚国家残疾人图书馆的数字服务和无障碍环境，以及为吉隆坡贫困住宅区的 12 个图书馆提供新的数字服务。

三、重要文学活动：改组变革与新兴力量

首先，2018 年马来西亚大选后，政府对于未来的教育规划有所调整，对过去的回顾及对未来的思考同样出现在许多与文学相关的部门和社团中。作为多元族群社会，马来西亚"国家文学"即以马来语为创作语言的文学的核心地位，仍是多方关注的焦点。

对以弘扬国家语言、推广本土文学为创立初衷的国家语文局而言，2018 年是改组变革之年。经过机构改革，语文局更加重视对"国语"即马来语的推广，通过举办一系列相关论坛、辩论、演讲等语言文学活动，更好地推广了马来西亚的语言、文学和文化。如 11 月举办的"创新日"活动，意在鼓励语文局各部门锐意创新，尝试将科学技术的运用与语言的推广相结合，包括网上词典、儿童读物数字化等。

其次，2018 年也是马来西亚举办"母语月"(Bulan Bahasa Melayu) 活动的第 30 个年头。这一活动自 1988 年起每年 9 月或 10 月举办，意在巩固和宣传马来语的使用。2018 年的母语月主题为"文化与语言"，全国各州文化部门及学校共开展 94 项相关活动，包括各类诗歌朗诵、青少年创作大赛、图书展等。同时，国家语文局还

希望推动马来语走向国际化，促进国外大学马来语语言文学专业的设立和升级，如荷兰莱顿大学、中国北京外国语大学等。

值得注意的是，除了推动更多马来人开展文学创作，马来社会也逐渐接受更多非马来族作家参与马来文学的创作和推广。如著名文学评论家、语言学家和作家林天英（Lim Swee Tin，1952—　）有望获得马来西亚文学最高奖项国家文学奖。据当地媒体报道，马来西亚翻译与创作协会及马来西亚汉文化中心作为推荐单位，目前已将林天英推荐为国家文学奖候选人。林天英出生于吉兰丹州，祖籍中国福建，一直以来致力于马来语文学的创作，曾于 2000 年获得由泰国政府主办的东南亚文学奖。马来西亚翻译与创作协会会长兼汉文化中心主席吴恒灿也表示，当今社会中有许多非马来族作家用马来语进行文学创作，这些作家的马来语造诣很高，应当成为马来文学界的一分子，为国家文学的推广做出贡献。

此外，文坛新兴力量如青少年和女性作家群体依然受到关注和重视，一些活动重点围绕这些群体展开，推动他们走进读者视野，同时也促进新兴力量与文坛传统风潮之间的交流融合。在近几年的文学奖项中，越来越多的女性作家受到关注，她们往往跳出传统的女性文学概念，立足于现实社会，基于马来西亚社会所特有的族群问题、移民劳动问题、教育问题等方面展开书写。笔触细腻，既不乏温情又宣扬人性价值，同时能引发更多的讨论和思考。11 月在吉隆坡举行的"2018 年马来西亚作家集会"即是一个将文学家汇聚一堂，通过作家与作家之间、作家与出版社乃至文学机构之间的对话，更好地把握马来西亚文坛新形势的活动。集会中包括两个论坛环节，分别就女性作家群体如何更好发声及新一代作家如何处理世界文学、马来西亚文学和族群文学之间的关系等问题展开讨论，多名国外文学家参加并抒发己见。

2018 年东马文学界也获得较大发展，总体创作活跃，文学活动丰富多彩。一直以来与马来半岛隔南海相望、人口密度和发展程度较低的东马，因华人族群数量较大，在很长一段时间内以华文文学著名。近几年为提升马来语文学地位，东马沙巴、砂拉越两州也采取了一些举措，如开展文学活动及设置文学奖项等，以推动当地马来语文学创作。2018 年 9 月举办的"沙巴文学奖"即以此为目的，获奖作品有诗歌、短中长篇小说等。2015 年曾获得东南亚作家奖的贾斯尼·马特拉尼（Jasni Matlani，1962— ）亦凭借新作《风向的变化：推进沙巴马来文学》（*Angin Perubahan: Memperkasakan Sastera Melayu Sabah*，2018》获得通识类书籍奖。

其他活动还有：2018 年 3 月在文莱举行的历时四天的东南亚文学集会暨第三届群岛班顿文化项目，对马来班顿（马来西亚及东南亚群岛地区流传的传统四行诗）的文化内涵和现实意义展开讨论；12 月在吉兰丹举行的"与编辑共话"活动，让作家和各文学杂志编辑展开对话，更好地了解目前大众文学需求和偏好等。

结语

纵观 2018 年马来西亚文学主要作品及重要奖项，可以发现，长短篇小说、诗歌等依然是创作主流；就内容而言，创作主题贴近现实，以政治故事为主题或反映现实社会问题等题材的文学作品层出不穷，同时对于传统主题也有所保留。作家们将目光投向个人、家庭，乃至社会某方面的问题，以小见大，描绘时代的变化和个人体验，折射当下的生活现状和内心世界的迷惘。作家群体中，新兴力量的出现也使文坛不再沉寂，使马来西亚文学更趋于多样化。

参考文献：

Abidin, Zairul Fakhri Zaina. "Kafe Himupunan Beberapa Kehilangan." *Dewan Sastera*, Bil. 4 (2018): 63—64.

Ahmad, S. "Wajah dan Harapan Baharu DBP." *Dewan Sastera*, Bil. 9 (2018): 30—31.

Hassan, Nik Hariff. "DBP perlu kreatif, inovatif kembang bahasa Melayu." *Berita Harian*, 15 Nov. 2018. Web. 29 Jun. 2019.
<https://www.bharian.com.my/rencana/sastera/2018/11/498436/dbp-perlu-kreatif-inovatif-kembang-bahasa-melayu>.

Kamarudin, Zaharahanum. "Pelancaran Anak Jati dan Kegemilangan Ismma." *Dewan Sastera*, Bil. 6 (2018): 32—33.

Latif, Razak. "Selendang Merah Balukhali' juara kategori Novel Remaja HSKU 2018." Utusan, 27 Feb. 2019. Web. 21 Jun. 2019.
<http://www.utusan.com.my/pendidikan/sastera/selendang-merah-balukhali-juara-kategori-novel-remaja-hsku-2018-1.850107>.

Salleh, Muhammad Haji. "Mimpi Sastera Di Atas Bumbung Kilang yang Berkarat." Sastera Teras Negara Bangsa. 2014: 204—210.

Shah, Abdul Rahman. "Keajaiban Dermaga Ruhaini Matdarin." *Dewan Sastera*, Bil. 6 (2018): 94—95.

Sia, Wendi. "CROSSROADS: ONE TWO JAGA (REVIEW)." *Dailyseni*, 7 May 2018. Web. 20 Jun. 2019.
<http://www.dailyseni.com/v4/one-two-jaga-crossroads-review/>.

作者：沈子楷，北京外国语大学亚非学院；
傅聪聪，北京外国语大学亚非学院

2018 年美国文学概览

谢登攀

内容提要：回望 2018 年美国文坛，可以看到如下概貌：虽然未获国际大奖，但是新老作家创作势头依然强劲。其中，女性和少数族裔作家继续星光闪耀，包揽了国家图书奖的全部奖项。从创作主题看，族裔问题、阶级问题、女性问题、同性恋身份问题和生态环境问题主导着本年度美国文学创作，显示出当代美国社会和文化思潮的多元主义倾向。本文以 2018 年美国文坛最具标志性的文学奖项评选结果以及重要事件来概括该年度美国文学的发展状况。

在前两年连续获得诺贝尔奖和曼布克奖后，2018 年的美国文坛可谓是波澜不惊，国际领奖台上少了美国作家的身影。5 月，菲利普·罗斯（Philip Roth，1933—2018）辞世。这位美国文坛泰斗、近年来的诺贝尔奖热门人选最终没有圆梦诺奖。在美国作家保罗·贝蒂（Paul Beaty，1962—　）和乔治·桑德斯（George Saunders，1958—　）连续两年斩获曼布克奖后，2018 年的曼布克奖没有花落美国作家。不过，女性和少数族裔作家继续闪耀美国文坛，他们佳作频出，连获大奖。2018 年国家图书奖的获奖作家全部是少数族裔作家，其中有三位是女性作家，显示出当代美国文化中明显的多元主义倾向。

一、国家图书奖

国家图书奖是美国出版界公认的最高荣誉，也是历年美国文坛的风向标。国家图书奖分为小说类、非小说类、诗歌类和青少年文学类四大奖项，2018 年又特别增加了新的奖项——文学翻译奖。2018 年 11 月 14 日，美国第 69 届国家图书奖获奖名单在纽约揭晓。根据国家图书奖评审委员会的数据，本届国家图书奖共收到 1637 部推荐作品，最终在这五类奖项中拔得头筹的作品分别为：《朋友》(*The Friend*)、《新黑人运动：阿兰·洛克的一生》(*The New Negro: The Life of Alain Locke*)、《下流》(*Indecency*)、《诗人 X》(*The Poet X*) 和《使者》(*The Emissary*)。

2018 年度小说类获奖作品是长篇小说《朋友》，作者是女作家西格里德·努涅斯 (Sigrid Nunez, 1951—   )。努涅斯是文坛老将，但由于她处事低调，不愿意接受媒体采访，在此次获奖之前，她的名字无论是对于评论界还是普通读者来说都是比较陌生的。自 1995 年出版第一部半自传小说《上帝吹飘的羽毛》(*A Feather on the Breath of God*) 以来，她已有八部作品（其中包括七部小说和一部传记）问世。她也是《纽约时报》(*The New York Times*) 和《巴黎评论》(*The Paris Review*) 等媒体的撰稿人。她曾于 1993 年获得专为新锐作家而设的怀丁作家奖 (The Whiting Award)，还曾两度荣获美国艺术与文学院 (The American Academy of Arts and Letters) 颁发的文学奖励，并当选该院院士。

努涅斯生于纽约市郊区的一个移民家庭，有四分之一的华裔血统，她的父亲是中国与巴拿马混血，母亲是德国裔。她于 1975 年在哥伦比亚大学获得硕士学位，进入《纽约书评》（*The New York Review of Books*）杂志社担任助理编辑。她因工作之便结识了当时的文坛明星苏珊·桑塔格（Susan Sontag，1933—2004），并与桑塔格的儿子大卫·里夫（David Rieff）恋爱，在桑塔格家短暂居住过。这段经历使努涅斯有机会近距离观察职业作家生活的方方面面，并成就了她 2011 年出版的传记《永远的苏珊：忆苏珊·桑塔格》（*Sempre Susan: A Memoir of Susan Sontag*）。

本次努涅斯的获奖之作《朋友》以第一人称视角展开。叙述者是一位年轻的女作家，她的挚友突然离世，留下爱犬无人照顾。女作家悲痛之余收养了朋友的爱犬，与之相依为命。然而，她居住的公寓却发出公告，禁止饲养宠物。叙述者和爱犬都面临着无家可归的窘境。这个人狗情未了的故事乍一看似乎平淡无奇，甚至如同鸡汤之作，但随着情节的深入，故事阴暗的一面逐渐显现出来。原来叙述者的"挚友"是自杀身亡，他是一位成名作家，却利用自己的名誉和地位不断侵犯身边的年轻女性，而叙述者就曾是他的性侵对象之一，后来却反而与施暴者成为了好友。这样一来，故事的张力凸显，笔锋直指死亡、精神创伤、性与权力等严肃主题。此外，努涅斯在作品中还深入探讨了作家身份、文学奖与文学创作的关系等问题。小说引用了大量文学典故，但语言浅白，可读性很强，且耐人寻味。获得此项大奖后，努涅斯迅速成为美国家喻户晓的作家，但她依然非常低调，至今只接受过几次媒体采访。在国家图书奖颁奖典礼上，努涅斯仅用寥寥数语就说明了自己的写作立场："我认为写作是独自在房间里完成的事，在写作的时候，我被世界抛弃，同时也成为世界的一部分，这是个奇迹，而我有幸能够参与其中。"

2018 年美国国家图书奖非小说类的获奖作品是传记《新黑人

运动：阿兰·洛克的一生》，由牛津大学出版社出版，作者是杰弗里·C. 斯图尔特（Jeffrey C. Stewart，出生年份不详）。阿兰·勒罗伊·洛克（Alain Leroy Locke, 1885—1954）是著名非裔美国作家、教育家和哲学家，1918 年获得哈佛大学哲学博士学位。他在 20 世纪 20 年代编撰了系列文集，提出了"新黑人"（New Negro）的哲学思想，在当时的黑人文坛引起很大反响，对"哈莱姆文艺复兴"（Harlem Renaissance，亦称"新黑人文艺复兴"，New Negro Renaissance）做出了极其重要的贡献，被誉为"哈莱姆文艺复兴之父"。

在这部传记作品中，作者记录了阿兰·洛克的成长和教育历程，叙述了他在哈佛大学和牛津大学的求学经历。1907 年洛克成为首位非裔美国"罗德学者"（Rhodes Scholar），前往牛津大学求学。初到牛津大学，数个学院拒绝了他的入学申请，多位来自美国南方的白人罗德学者拒绝与他同吃同住。几经波折后，洛克被赫特福德学院（Hertford College）接受，其后三年，他在牛津学习了文学、哲学、拉丁语和希腊语。回到美国后，他继续在哈佛大学学习，并最终获得哲学博士学位。其后，他长期在霍华德大学（Howard University）执教，以笔和教鞭为剑，为黑人同胞争取权利。这本传记不但记录了洛克的教育和工作经历，而且记录了他的私人生活，包括他与母亲和亲友的关系，以及他作为一名同性恋者的情感纠葛。该书长达 900 多页，资料翔实、考证严密、文笔畅达，受到评论界和普通读者的广泛好评。

本书作者杰弗里·斯图尔特是加州大学圣巴巴拉分校历史系教授、著名的美国黑人研究（Black Studies）学者。除获得 2018 年度国家图书奖非小说类奖外，该书还在次年捧得了普利策传记文学奖。

2018 年度国家图书奖诗歌类的获奖作品是贾斯汀·菲利普·里

德（Justin Phillip Reed，出生年份不详）的诗集《下流》。里德是美国诗坛的新锐，出生于南卡罗来纳州，年少时非常叛逆，上中学期间曾三度被学校开除。他在塔斯库勒姆学院（Tusculum College）获得文学学士学位，后于华盛顿大学获得艺术硕士学位（MFA），并曾任该校青年住校作家（Junior Writer-in-Residence）。除了诗歌创作，他也撰写文学评论，文章多见于《非裔美国人评论》(*African American Review*) 和《凯尼恩评论》(*The Kenyon Review*) 等刊物，他的散文作品曾被收录至《最佳美国散文集》(*Best American Essays*)。

2018 年出版的《下流》是里德的第一本成书诗集，此前他只出版过一本四十页的诗歌小册子。该诗集收录了诗人近年来创作的几十首诗歌。这些诗歌涉及种族、性别、暴力和社会正义等主题。里德的语言以直白和大胆著称，他对措辞从不避讳，一如诗集的题名"下流"。在这些诗作中，他强力批判了美国社会中的白人至上主义及其主流文化的虚伪，揭露了美国司法体系的阴暗面。性别和同性恋问题是诗集中很多诗作的主题，里德以诗歌的形式表达了对当代美国社会的性别歧视问题和所谓的大男子主义问题的独特见解。该诗集被《图书馆杂志》(*Library Journal*) 评为"2018 年度好书"（Best Books 2018）。

2018 年度的国家图书奖青少年文学奖颁给了伊丽莎白·阿塞韦多（Elizabeth Acevedo，出生年份不详）的小说《诗人 X》。阿塞韦多生于纽约的一个多米尼加移民家庭，是拉丁美洲非裔。她先后在乔治·华盛顿大学和马里兰大学求学，获得创意写作硕士学位（MFA in Creative Writing）。2018 年出版的《诗人 X》是她的首部小说，讲述了一个少女成长的烦恼。生活在纽约哈莱姆区的少女希玛拉·巴蒂斯塔喜欢读书写诗，她想要参加诗歌创作大赛，但她的家人并不欣赏她的作品。她母亲偏爱希玛拉的双胞胎弟弟，只想让女儿成为一个循规蹈矩的天主教女孩。面对周遭人的冷漠对待，X 选择不再沉默。

《诗人 X》获得评论界和读者的广泛好评，连续数月登上《纽约时报》畅销书榜（*The New York Times* Best Seller List）。

2018 年美国国家图书奖新增了翻译文学奖（National Book Award for Translated Literature）这个新类别。1967 年至 1983 年期间，国家图书奖曾短暂地设立过这个奖项，但主要奖励翻译工作而不是文学创作，获奖作家可以是在世的，也可以是已经离世的。例如，古罗马诗人维吉尔的诗作《埃涅阿斯纪》（*The Aeneid*）就曾在 1973 年获得此项奖励。此次重新启动文学翻译奖，评奖条件改为面向在世作家和译者，这就为非英语创作的文学作品获奖打开了大门。这也是美国国家图书奖全球化战略的重要举措，希望通过设立此项奖励引起美国读者对翻译作品的关注。

获得 2018 年度翻译文学奖的是日裔作家多和田叶子（Yoko Tawada，1960— ）的《使者》。这是一部反乌托邦小说，故事场景设立在经历了一场大灾难后的日本，这个虚构的日本与世隔绝，这里的老年人都十分健康，能活到一百岁，但是儿童却虚弱不堪，甚至不能站立行走。一位少年被选为使者，背负起了前往海外、联络外面世界的重任。

多和田叶子出生于东京都，毕业于早稻田大学文学系。她 22 岁旅居德国，后获苏黎世大学博士学位，能够用日语和德语创作诗歌和小说，曾获得过芥川龙之介奖等多项文学大奖。本书的译者是玛格丽特·米特苏塔尼（Margaret Mitsutani），她出生于 1953 年，曾翻译过诺贝尔文学奖获得者大江健三郎的多部作品。

2018 年度的国家图书奖终身成就奖颁给了久负盛名的女作家伊莎

贝尔·阿连德（Isabel Allende，1942—　）。她在秘鲁出生，拥有智利和美国双国籍，用西班牙语写作。这是该奖首次颁发给用西班牙语写作的作家。伊莎贝尔·阿连德系出智利名门，她的叔叔萨尔瓦多·阿连德在 1970 年当选智利总统，1973 年被皮诺切特发动的军事政变推翻。

阿连德 1982 年出版的作品《幽灵之家》（*The House of the Spirits*）大获成功。时值哥伦比亚作家、《百年孤独》的作者加西亚·马尔克斯（García Márquez）获得诺贝尔文学奖，魔幻现实主义之风刮遍全球，因其小说中的魔幻现实主义色彩，阿连德被一些出版商和评论家称为"穿裙子的加西亚"，在短短几年间，她迅速成为享誉全球的小说家。阿连德是个多产作家，至今已有 20 余部小说出版，被翻译成 30 多种语言，总销量超过七千万册，是当今依然在世的西语作家中读者数量最多的作家。对于阿连德的成功，一些评论家也颇有微词。智利作家冈萨罗·孔特雷亚斯（Gonzalo Contreras）认为她的作品虽然拥趸甚众，但质量不高；著名评论家哈罗德·布鲁姆（Harold Bloom）也曾断言阿连德很快就会被读者遗忘。

然而，事实胜于雄辩，此番获国家图书奖终身成就奖或许就是对阿连德的批评者最好的回应。事实上，自阿连德 1989 年移居美国加州，并于 1993 年加入美国国籍以来，现已年过七旬的她在全球获得无数奖项，其中比较重要的包括智利国家文学奖（Chilean National Prize for Literature，2010）、丹麦安徒生小说奖（Hans Christian Andersen Literature Award for Fiction，2012）、美国安斯菲尔德－沃尔夫图书终身成就奖（Anisfield-Wolf Book Award: Lifetime Achievement，2017）等。2004 年，阿连德当选美国艺术与文学院院士。奥巴马总统于 2014 年向她颁发了"总统自由勋章"（Presidential Medal of Freedom）。在此次国家图书奖获奖致辞中，阿连德说到她要把这个奖"献给千千万万和她一样来到这个国家追寻新生活的人"。

二、普利策奖

除国家图书奖外，美国文坛的另一项权威大奖当属普利策奖。普利策奖历史悠久，其新闻奖设立于 1917 年，从 1918 年开始面向文学艺术界评奖。目前，普利策文学奖主要分为小说类、戏剧类、历史类、传记类、诗歌类和非小说类六个奖项。2018 年 4 月 16 日，第 102 届普利策奖在哥伦比亚大学揭晓。

普利策小说奖是普利策文学奖中最重要也是最受评论界和读者关注的奖项，本年度普利策小说奖的获奖作品为《莱斯》（*Less*），作者是安德鲁·肖恩·格里尔（Andrew Sean Greer，1970—　）。格里尔生于华盛顿特区，毕业于乔治城走读大学（Georgetown Day School），后求学于布朗大学（Brown University），师从小说家罗伯特·库弗（Robert Coover）。他曾在著名的艾奥瓦作家工作坊（Iowa Writers' Workshop）执教，并担任过美国国家图书奖的评委。

格里尔的创作以小说见长，其短篇小说多发表在《纽约客》和《巴黎评论》等著名文学杂志上，曾荣获欧·亨利奖（The O. Henry Award）和美国国家艺术基金会奖（National Endowment for the Arts Fellowship）等。2004 年，他的小说《爱情谜底》（*The Confessions of Max Tivoli*）获《旧金山纪事报》（*San Francisco Chronicle*）和《芝加哥论坛报》（*Chicago Tribune*）最佳小说提名。目前，他已出版五部长篇小说和一部短篇小说集。

小说《莱斯》的主人公亚瑟·莱斯是一位同性恋作家，他即将步入知天命之年，但事业平平，写好的书稿频频遭拒。与此同时，他那年轻帅气的前男友突然发来结婚请柬，要与别人步入婚姻殿堂。多重压力之下，他选择了逃离，匆忙接受了自己受邀的所有文学讲座和授课活动，开始了一场环球之旅，在游历了墨西哥、西班牙、意大利、德国、摩洛哥、越南、印度和日本之后，最后回到美国。在这漫长的旅程中，莱斯经历了诸多幸与不幸，并在回归故乡的途中渐渐找到了自我，最终与生活达成了妥协。

格里尔的文字通俗，笔触诙谐幽默，各种变形夸张和插科打诨令读者忍俊不禁。普利策小说奖素来以评奖条件苛刻、只关注严肃小说佳作而著称，《莱斯》此番获奖颇让许多人感到意外。对此，美国书评家罗恩·查尔斯（Ron Charles）在《华盛顿邮报》（*The Washington Post*）上撰文称该小说获奖堪称实至名归。他认为当代美国文坛已经有太多严肃的作品、太多辛辣讽刺的作品，在这个人人皆能嘲笑戏谑的时代，或许更多读者在阅读时只想会心一笑，温暖自己的内心。

逃遁是美国文学中一个常见的主题，且常常与成长小说相结合。很多经典美国小说，如马克·吐温的《哈克贝利·费恩历险记》和塞林格的《麦田里的守望者》都是以青少年主人公的逃遁历程为主线来叙事的。19 世纪的哈克贝利与 20 世纪的霍尔顿在面临各自生活的困境时毅然启程，在旅程中获得心灵的成长，并最终回归自我。与这些经典叙事不同的是，格里尔笔下的莱斯是一个年近五旬的同性恋作家，他所面临的是 21 世纪的同性恋和老龄化的问题。不同于哈克贝利的密西西比河之行和霍尔顿的纽约之旅，莱斯的旅程踏出了美国国门，具有域外风情，是一场真正的全球之旅。或许正是这种旧瓶装新酒的叙事策略使该小说广受评论界和读者大众好评。

除获得 2018 年普利策小说奖外，《莱斯》还获得了北加利福尼亚洲最佳图书奖（Northern California Book Award），并连续数周登顶《纽约时报》畅销书榜。

    本年度普利策戏剧奖获奖作品是马蒂纳·马约克（Martyna Majok，1985—　）的剧本《活着的代价》（*Cost of Living*）。马约克生于波兰比托姆，5 岁时随母亲移居美国。她随母亲在一个以移民劳工为主的社区中长大。她 2007 年从芝加哥大学（University of Chicago）取得英语文学学士学位，2012 年从耶鲁大学戏剧学院（Yale School of Drama）取得戏剧写作硕士学位（MFA in Playwriting）。马约克的创作多关注移民、女性以及残障人士在美国的生活经历，曾获得纽约剧作家奖（Playwrights of New York Award）等多项大奖。

    《活着的代价》主要讲述了两名残障人士与其照顾者的生活经历，检视了健康人士与残障人士的关系问题。艾迪是一个失业的货车司机，他的前妻安妮在一场事故中四肢瘫痪。研究生约翰患有脑性麻痹症，生活不能自理，雇佣女孩杰丝照顾他。艾迪是个黑人，杰丝是来美国不久的移民。身体的残疾与出身的"残疾"，以及生活在当代美国社会的沉重负担是该剧着力探讨的问题。

    《活着的代价》2017 年在外百老汇上演，两位主角由真正的残障演员饰演，在观众中引起强烈反响。除获得 2018 年普利策戏剧奖外，该剧还获得露西尔·洛特尔最佳剧本奖（Lucille Lortel Awards for Outstanding Play）。

    本年度普利策传记文学奖获奖作品是《草原之火：劳拉·英格尔斯·怀德的美国梦》（*Prairie Fires: The American Dreams of Laura Ingalls Wilder*），该书出版于 2017 年，作者是卡罗琳·弗雷泽（Caroline Fraser，出生年份不详）。劳拉·英格尔斯·怀德（1867—1957）是美国儿童文学作家，在 20 世纪 30 到 50 年代著有脍炙人口的"草原小屋"（The "Little House" Books）系列小说，后被改编成影视剧，广受观众欢迎。该传记是怀德的首部综合传记，也是迄今为止最翔实、最全面、最有深度的怀德传记，叙述了怀德的童年、成长和婚姻等经历，讲述了她如何克服家庭贫困，成为著名作家的故事。传记的作者卡罗琳·弗雷泽曾是《纽约客》的编辑，也为《大西洋月刊》（*The Atlantic Monthly*）和《纽约书评》等杂志撰稿。她于1987年在哈佛大学获得文学博士学位，至今已有多部著作出版。《草原之火》文笔优美、内容翔实、感情真挚，不仅获得普利策传记文学奖，还获得2017年美国国家书评家协会奖（National Book Critics Circle Award）。

本年度的普利策历史奖由《墨西哥湾往事》（*The Gulf: The Making of an American Sea*）获得，作者杰克·E. 戴维斯（Jack E. Davis，1956— ）是佛罗里达大学（University of Florida）环境史学教授。

2010年的墨西哥湾漏油事件是21世纪最重大的环境史事件之一，作为世界十大海湾之一和第十大水体，墨西哥湾的生态环境问题一直是北美环境学领域的研究热点。该书语言优美、视角独特，有严谨翔实的历史考据资料，将墨西哥湾地区从水产天堂、鸟类家园到石油王国的1亿5000万年历史娓娓道来。在谈到物种分布时，该书写到，墨西哥湾地区曾经是野生鸟类的家园。19世纪中期，羽毛帽子在欧洲成为时尚风潮，商业羽毛贸易在墨西哥湾地区十分繁盛，每年都有超过500万只野生鸟类遭到猎杀。至20世纪初，墨西哥湾地区的野生鸟类只剩下以前的十分之一，与北美大陆的野牛一样成为濒危物种。20世纪下半叶，面临着全球生态环境问题的日益恶化，人文社科研究领域的环境转向成为一种可能和必然。环境哲学、环境经济学、环境史学、文学的生态批评等都发展迅速。该书堪称是一部绿色环境史的最新力作。除获得2018年普利策奖外，该书还入围多项大奖，并被《纽约时报》和《华盛顿邮报》评为年度最佳图书。

本年度的普利策诗歌奖由弗兰克·比达特（Frank Bidart，1939— ）的《半缕微光：1965—2016 诗集》（*Half-Light: Collected Poems 1965-2016*）获得。比达特是美国当代著名诗人、卫斯理学院（Wellesley College）英语系教授。他的诗歌以视角怪异、形式多样、主题新颖深刻、语言微妙而著称美国诗坛。他曾经用精神病患者的视角去反映他们的内心世界，也曾经以忏悔诗的形式书写自己的家史。2003 年，他的诗集《星尘》（*Star Dust*）曾获普利策奖提名。2013 年，他的另一部诗集《形而上学的狗》（*Metaphysical Dog*）获得美国国家书评家协会奖，并入围当年国家图书奖。

《半缕微光》这部诗集精选了比达特从 1965 年到 2016 年半个世纪以来的作品，其中大部分诗作都曾被作者以前出版的诗集收录过。诗集的最后一部分是作者 2016 年以来的新作，辑录为《渴望》（"Thirst"），其中就包括本书的题名诗《半缕微光》。即将进入耄耋之年的比达特通过这部诗集回顾了自己一生的创作，以诗化的语言探索了人性和人生的意义。这部集比达特一生创作之大成的作品成为名副其实的双料冠军，获得了 2017 年的国家图书奖和 2018 年的普利策奖。

本年度的普利策非小说类作品奖由《监禁自己人：美国黑人的罪与罚》（*Locking Up Our Own: Crime and Punishment in Black America*）获得，作者是詹姆斯·小福尔曼（James Forman Jr.，1967— ）。种族歧视一直是美国社会的顽疾。自特朗普当政以来，美国社会的各个领域，尤其是司法领域的种族歧视问题愈演愈烈。在美国许多黑人社区中，黑人执法者在面对黑人同胞时执法异常严格，将大量仅犯轻微罪行的黑人投入监牢并加以严判，这种现象引起了许多人的关注，本书就是针对这一现象的观察与理性思考。

本书作者小福尔曼是耶鲁大学法学教授。他的外祖母杰西卡·米特福德（Jessica Mitford）出身英国名门，是著名左派作家，他的父亲老福尔曼（James Forman）是美国黑人民权运动领袖。小福尔曼曾当过六年的公设辩护人（public defender），对黑人因贫困和缺乏教育机会而犯罪的问题以及美国司法领域的种族歧视问题都有深入的了解。《纽约时报》认为该书尖锐地指出了当代美国的种族歧视问题，内容精彩而且令人震撼。除获得普利策奖外，该书还入围了国家图书奖，并被《纽约时报书评》评选为年度十佳好书（*The New York Times Book Review*'s 10 Best Books of 2017）。

三、其他重要文学奖项

除国家图书奖和普利策奖这两项大奖外，美国文坛还有几个奖项值得关注。

获得本年度美国国家书评家协会奖小说类奖的是安娜·伯恩斯（Anna Burns，1962— ）的《送奶工》（*Milkman*）。伯恩斯是英国女作家，生于北爱尔兰贝尔法斯特。该小说从一个年轻女子的视角讲述了发生在北爱尔兰绵延 30 多年的政治暴力冲突。此次美国国家书评家协会可谓是慧眼识珠，继三月份获奖后，《送奶工》在十月份终于斩获著名的曼布克奖，伯恩斯也成为第一个获得此项大奖的北爱尔兰作家。

获得本年度笔会 / 福克纳奖（The PEN/Faulkner Award for Fiction）的是琼·西尔伯（Joan Silber，1945— ）2017 年出版的长篇小说《改进》（*Improvement*），该小说也赢得了 2017 年的国家书评家协会奖。西尔伯是美国女性小说家，出版过六部小说，其作品曾获得过欧·亨利奖。

年轻的华裔美国女作家王苇柯（Weike Wang）获得了 2018 年笔会 / 海明威奖（The PEN/Hemingway Award）。王苇柯 1989 年出生于南京，五岁时随家人移居澳大利亚，十一岁时定居美国，后就读于哈佛大学，主修化学专业。她此次的获奖小说的题名就是《化学》（*Chemistry*），是一部讲述她大学生活的自传体小说。

四、重要文学事件：菲利普·罗斯逝世

2018 年 5 月 22 日，美国小说大师菲利普·罗斯在纽约曼哈顿与世长辞，享年 85 岁。罗斯 1933 年出生于新泽西州纽瓦克市，1955 年获芝加哥大学文学硕士学位后留校任教，同时攻读文学博士学位，于 1957 年中途放弃，专事写作。1960 年，他的首部著作、小说集《再见，哥伦布》（*Goodbye, Columbus*，1959）即为他赢得了美国国家图书奖。在长达半个世纪的创作生涯中，他笔耕不辍，杰作频出，几乎获得过美国所有重要的文学奖项，其中包括两次国家图书奖、两次国家书评家协会奖、三次笔会 / 福克纳奖和一次普利策小说奖等，并多次获得诺贝尔文学奖提名。他的《美国牧歌》（*American Pastoral*，1997）和《人性的污秽》（*The Human Stain*，2000）等小说成为美国脍炙人口的佳作，并被译成多种文字，广受世界读者喜爱。《纽约时报书评》在 2006 年 5 月公布了一份"近 25 年最优秀的美国小说"问卷调查结果，在上榜的 22 部小说当中，菲利普·罗斯的作品就占了 6 部，足见其在当代美国小说界的泰山北斗地位。

作为当代美国享有盛誉的犹太作家，罗斯的作品多关注个体，尤其是犹太人在当代美国社会多元文化背景下的生存境遇。他的小说蕴含着深刻的哲学思想，通过对人性异化的书写与反思，不断突破种族和环境的边界，探寻生命的意义和人类存在的价值。

结语

纵观 2018 年的美国文坛，女性和少数族裔作家继续星光闪耀，新老作家佳作频出，连获大奖。少数族裔作家包揽了国家图书奖的全部奖项，而且其中有三位是女性作家，美国两大笔会奖的获奖者也都是女性作家，这显示出当代美国文化中明显的多元主义倾向。同时，文学创作的主题也反映着当代美国社会和文化思潮的多元性，族裔问题、阶级问题、女性问题、同性恋身份问题和生态环境问题主导着本年度美国文学创作。作为敏锐的观察者，美国作家们走在时代的最前列，记录并反思着美国社会的变迁。

参考文献：

Alter, Alexandra. "With 'The Friend,' Sigrid Nunez Becomes an Overnight Literary Sensation, 23 Years and Eight Books Later." The New York Times. 13 Dec. 2018. Web. 29 Jun. 2019.
<https://www.nytimes.com/2018/12/13/books/the-friend-sigrid-nunez.html>.

Bloom, Harold, ed. Bloom's Modern Critical Views: Isabel Allende. Chelsea House Pub, 2002.

Charles, Ron. "Finally, a Comic Novel Gets a Pulitzer Prize. It's about Time." The Washington Post. 17 Apr. 2018. Web. 28 Jun. 2019.
<https://www.washingtonpost.com/entertainment/books/comic-novels-never-win-the-pulitzer-prize-except-this-year/2018/04/17/cbde8e52-41c6-11e8-8569-26fda6b404c7_story.htm.>

Connors, Philip. "The Gulf of Mexico in the Age of Petrochemicals." The New York Times. 26 May 2017. Web. 28 Jun. 2019.
<https://www.nytimes.com/2017/05/26/books/review/gulf-making-of-an-american-sea-jack-davis.html>.

Garner, Dwight. "Mourning With the Help of a Great Dane." The New York Times. 5 Feb. 2018. Web. 29 Jun. 2019.
<https://www.nytimes.com/2018/02/05/books/review-friend-sigrid-nunez.html>.

—. "The Globalization of the National Book Awards." The New York Times. 31 Jan. 2018. Web. 28 Jun. 2019.

<https://www.nytimes.com/2018/01/31/books/the-globalization-of-the-national-book-awards.html>.

Green, Jesse. "Review: In '*Cost of Living*,' a Familiar Alienation." *The New York Times.* 7 Jun. 2017. Web. 29 Jun. 2019. <https://www.nytimes.com/2017/06/07/theater/cost-of-living-review.html>.

"Isabel Allende Named to Council of Cervantes Institute." *Latin American Herald Tribune.* Web. 29 Jun. 2019. <http://www.laht.com/article.asp?ArticleId=346023&CategoryId=13003>.

"Justin Phillip Reed, a Most Indecent Black Queer Poet: A Conversation About Race, Debt and Sex." *Literary Hub.* 6 Aug. 2018. Web. 29 Jun. 2019. <https://lithub.com/justin-phillip-reed-a-most-indecent-black-queer-poet/>.

Senior, Jennifer. "'Locking Up Our Own,' What Led to Mass Incarceration of Black Men." *The New York Times.* 11 Apr. 2017. Web. 28 Jun. 2019. <https://www.nytimes.com/2017/04/11/books/review-locking-up-our-own-james-forman-jr.html>.

作者：谢登攀，北京外国语大学英语学院

2018 年蒙古文学概览

刘娟娟

内容提要：总体来说，2018 年的蒙古文坛延续了 2017 年的好势头，一大批高质量的本土原创文学得到了广大母语读者的青睐和喜爱，多部享誉世界的文学作品被译介到蒙古，促使蒙古图书市场在 2018 年呈现出了一片欣欣向荣的丰收景象。

对蒙古书市和书迷来说，2018 年都是一个不乏优秀作品的好年头。一方面，国内出版机构和出版活动的增加，加速了向世界译介蒙语作品的速度；另一方面，现代科技高速发展和网络媒体广泛覆盖，拓展了蒙古民众接触外国文学的渠道。2018 年 12 月 31 日，蒙古国家通讯社（蒙通社）转载了权威图书译介杂志《陶伊姆》（Тойм）评选出的 2018 年本土文学作品和外国文学译著前五名榜单。该榜单是根据蒙古国内各大书店的畅销书排行榜和脸书（Facebook）上读者民意调查得出的，在一定程度上反映了 2018 年的蒙古文学态势。据此，我们将 2018 年度在蒙古国内出版问世的文学作品梳理如下。

一、本土文学

2018 年在《陶伊姆》杂志位居本土文学榜单前五名的依次是：П. 巴图呼亚格（П. Батхуяг）的长篇小说《冷漠城市的浪漫史》（Хүйтэн хотын романс）、Ц. 宝音扎雅（Ц. Буянзаяа）的长篇小说《黑牛与花尾巴》（Хар үхэр, Алаг сүүдэр）、Ц. 阿里乌图雅（Ц. Ариунтуяа）的短篇小说集《天之女的梦》（Тэнгэрийн охины зүүд）、Т. 满迪尔（Т. Мандир）的历史短篇小说集《披着袍子的男人》（Нөмгөн эр）和 Б. 巴亚斯格愣（Б. Баясгалан）的诗歌选集《重生》（Эдгэрэл）。这五部作品既包括长短篇小说，也涵盖了诗歌，基本呈现了 2018 年蒙古文坛概貌。

1. 小说

对蒙古作家群体来说，历史和爱情历来是创作的重点题材，而将目光聚焦社会变迁时期城市和城市中人们的生活，这在当下的蒙古文坛其实并不常见。巴图呼亚格的《冷漠城市的浪漫史》以城市中极具代表性的工人、职员等普通人物的命运为主线，刻画了不同人物在社会变迁的大环境下面临的挑战与压力，反映了个人命运在时代变迁大局中的渺小，引起了读者的共鸣与思考。该作品将文学特有的虚构手法与社会生活的真实状况巧妙地联系在一起，反映了社会变迁时期城市中的人们在内心挣扎和外在呈现两个域界的变化，为整部作品打上了深深的现代烙印。

蒙古作家协会奖、那楚克道尔吉奖、"金羽毛"（Алтан өд）年度优秀作品奖得主宝音扎雅的长篇小说《黑牛与花尾巴》于 2018 年 4 月出版发行。该作品以农村放牛娃策伦道尔吉、视艺术为生命的画家乔伊、奉命执行任务的特警陶格彤三个主要人物在乡下的经历为线索展开叙事，通过三人之间以及在各自人生轨迹上发生的一件件小事全面刻画了由于社会局势不稳定和贫富差异过大而陷入生活深潭中的人们，通过描写人物内心世界揭示了普通人在意识和智慧层面跨越不了的社会固有模式，被评论家们誉为现代社会的活字典。

年轻作家阿里乌图雅 1990 年出生于后杭爱省，2013 年毕业于蒙古国立大学文学创作专业。短篇小说集《天之女的梦》一经推出即得到了读者和评论界的高度评价，获得 2018 年度"和平鸽"短篇小说类优秀作品奖。整部小说集共包括 6 篇故事，以天之女梦境游历的形式串联在一起，内容上互有交叉但又各自独立。在创作手法上，作家特别注重从细节处展现人物对灵魂的拷问和对理性的思考。同样的写作技巧还体现在作家的另外两部作品——《驼背》（Бөгтөр，2016）与《隔壁房间》（Хажуу өрөө，2017）之中。

《披着袍子的男人》是一部历史短篇小说集，由《好男儿的竞赛》（Сайн эрсийн наадам）、《问候》（Мэндлэхүй）和《永生》（Мөнхжихүй）等 11 个历史故事组成。作品在历史事件的选取上以 13 世纪蒙古民族的真实史实为主，主人公大多为以民族、社会发展为己任的男性，通过一个个血泪纵横的故事巧妙地呈现出他们的内心独白。例如，《永生》以成吉思汗弥留之际的梦境为线索，叙述了这位天之骄子奉天命而来、携天命而归的心理活动。作家将视角聚焦于由不寻常的新奇事件或突发的惊奇场面而引起的尖锐冲突与矛盾之中，丰富了蒙古文坛短篇史实类小说，并以此展现了作者娴熟的创作手法和技巧。

2. 诗歌

与 2017 年相比，2018 年的诗歌作品尽管在数量上变化不大，但是受读者的关注程度却大不如前。一方面由于现代读者对于诗歌作品的喜爱程度总体呈下滑趋势，导致作家们对于诗歌的创作热情日趋冷淡；另一方面则是因为在其他类型文学作品的冲击下，图书市场对于诗歌创作的认可度也不断下降。2018 年最受欢迎的诗歌作品要属现代著名诗人巴亚斯格愣创作的诗歌选集《重生》。该诗集以治愈悲伤为主题，用艺术手法传递了内心深处的感受，进而引导人们懂得珍惜当下、远离悲伤。巴亚斯格愣是蒙古现代文坛较为活跃的年轻作家之一，以诗歌创作和小说翻译见长。作家曾于 2009 年创作出版了首本诗集《十三月的雨》（Арван гуравдугаар сарын бороо），《重生》是他的第二本诗集。在文学翻译方面，他翻译过诺贝尔文学奖得主奥尔罕·帕慕克（Орхан Памук）的长篇小说《雪》（Цас）和东西方精选小说集《黑市街上的斯宾诺莎》（Хар захын гудамжны Спиноза）等十几部名著。

　　本年度另外一部影响较大的诗集当属青年诗人 3. 巴图呼亚格（3. Батхуяг）的《在马背上》（Морин Мөрт）。作家从事传媒行业多年，从 2004 年开始利用业余时间创作诗歌，2018 年首次将 10 余年创作积累的诗作结集出版。作家以自己出生地的名字命名其处女作，并以此献给自己天堂里的父亲，寄托哀思，表达了对祖国、民族和家人无限的爱。该诗集于 2018 年 7 月 10 日举办发行会，为诗集作序的著名诗人 P. 乔伊诺姆（Р. Чойном）、蒙古作家协会成员艾·图木尔奥其尔（Ай. Төмөр-Очир）以及诗人 Ч. 勒哈姆苏伦（Ч. Лхамсүрэн）、《日报》（Өдрийн сонин）编辑 Л. 巴图辰格勒（Л. Батцэнгэл）等文学界和传媒界多位知名人士亲自到场，充分体现了作品和作家的受重视程度。

二、国外译著

　　蒙古的作家、学者们历来十分重视外国著名文学作品的翻译和介绍工作，蒙苏达尔公司（Монсудар）从 2016 年起开始出版发行的"蒙苏达尔文学"（Монсудар уран зохиол）系列作品就是该领域的佼佼者。2018 年该系列继续延续，并较 2017 年的 6 部有了大幅增长，2018 年出版总数达到 10 部之多，按照时间顺序依次为第 15 卷纳丁·戈迪默（Надин Гордимер）的作品《六英尺土地》（Зургаан тохой газар）、第 17 卷大江健三郎（Оэ Кензабүро）的作品《饲育》（Тэжээмэл）、第 18 卷杜鲁门·卡波特（Трумэн Капоти）的作品《蒂凡尼的早餐》（Тиффани дахь өглөөний цай）、第 19 卷斯蒂芬·茨威格（Стефан Цвейг）的作品《象棋的故事》（Шатрын тууж）、第 20 卷钦吉斯·艾特玛托夫（Чингиз Айтматов）的作品《查密莉雅》（Жамиль）、第 21 卷加夫列尔·加西亚·马尔克斯（Маркес Габриель Гарсиа）的作品《一件事先张扬的凶杀案》（Зарлагдсан үхлийн товчоон）、第 22 卷亚历山大·索尔仁尼琴（Александр Исаевич Солженицын）的作品《伊凡·杰尼索维奇的一天》（Иван Денисовичийн нэг өдөр）、第 23 卷凯瑟琳·曼斯菲尔德（Кэтрин Мэнсфилд）的作品《花园茶会及其他短篇小说》（Гадаа үдэшлэг ба бусад өгүүллэг）、第 24 卷奥尔罕·帕慕克的作品《白色城堡》（Цагаан цайз）、第 25 卷克努特·汉姆生（Кнут Хамсун）的作品《饥饿》（Өлсгөлөн）。

根据书店的销售量和网络的评论，2018 年受到读者欢迎的文学译著主要包括经典文学名著和现代文学作品，呈现形式主要有以单行本出版的长篇小说和以汇编本出版的中短篇小说集。除上述作品外，根据《陶伊姆》杂志的评选结果，2018 年还出版了如下受读者喜爱的文学译著。

1. 长篇小说

诺贝尔文学奖得主、土耳其著名作家奥尔罕·帕慕克的自传体小

说《伊斯坦布尔：一座城市的记忆》（ИСТАНБУЛ: Дурсамж ба хот）
首次出版于 2005 年，以"我"的视角回忆了伊斯坦布尔 2000 多年的
历史，以"我"的经历讲述了伊斯坦布尔的贫穷、破败与孤立，再
以"我"的体验描绘了伊斯坦布尔西化后舒适的现代化设施。该书以
伊斯坦布尔为主角，在作者追忆自己从童年到成年的经历的同时，处
处折射出现代文明与不断退却的传统文化之间的斗争，被视为一部关
于伊斯坦布尔的历史散文。作品出版当年就获得了德国书业和平奖和
美国《华盛顿邮报》年度最佳图书，该书可以说是作者反思灵魂的代
表作。

　　诺贝尔文学奖获得者、挪威作家克努特·汉姆生的成名作《饥
饿》出版于 1890 年。作者以极为细腻、真实和生动的笔触，以近似
意识流的手法描述了一位穷困潦倒、以写作谋生的青年在饥饿状态下
所产生的奇特幻想和表现出的种种狂态。作者通过逼真的直叙手法和
心理描写让读者体会到一个艺术家在饥饿状态的感受，以心理学为基
础出色地描写了下意识的冲动和模糊的、非理性的情感，首次对人的
本性提出了新的认识。无论就内容还是形式而言，《饥饿》都是一部
标志着新浪漫主义在挪威诞生的创新之作，也是奠定作家在挪威文学
界重要地位的成名之作。作品中的抒情文体对欧洲一些作家的影响很
大，被认为是心理文学的开篇之作，1966 年改编自作品的同名电影
被搬上大银幕。

　　2017 年诺贝尔文学奖得主、英籍日裔小说家石黑一雄（Казуо
Ишигүро）的作品《长日将尽》（又译为《长日留痕》，Өдрөөс
үлдсэн зүйл 首次出版于 1989 年，以英国典型的传统男管家史蒂文斯
的六天驾车旅行为线索，以第二次世界大战后的英国为现实背景，展
现了主人公对职业历程的回顾和对人生价值的思考。作品通过对史蒂

文斯的描写，表现出主人公在贵族绅士传统文化和大英帝国没落时对往昔辉煌的怀念与思考，更是揭示了二战后英国社会普遍存在的对贵族传统、绅士文化、精英政治以及曾经不可一世的日不落帝国霸主地位的怀念与追思。以这部作品为开端，蒙苏达尔公司已经获得石黑一雄所有作品在蒙古的出版发行权，今后该作家的其他作品也将陆续被译介到蒙古。

本年度出版发行的重要国外翻译类文学作品还有：哈珀·李（Харпер Лий）的作品《杀死一只知更鸟》（Гургалдайг хөнөөхүй），由 Г. 索吉尔拉格恰（Г. Сугиррагчаа）翻译；托马斯·梅勒（Томас Мелле）的作品《背向世界》（Нуруун дээрх ертөнц），由 Г. 阿里乌其其格（Г. Ариунцэцэг）翻译；村上春树（Мураками Харуки）的作品《海边的卡夫卡》（Эрэг дээрх Кафка），由 Ц. 奥嫩（Ц. Онон）翻译；费奥多尔·米哈伊洛维奇·陀思妥耶夫斯基（Фёдор Михайлович Достоевский）的作品《罪与罚》（Гэмт хэрэг ба ял шийтгэл），由 Ч. 巴特尔（Ч. Баатар）翻译；英国女作家 J. K. 罗琳（J. K. Rowling）创作的魔幻系列小说《哈利·波特》（Харри Поттер），由 Н. 恩赫那仁（Н. Энэнаран）翻译。此外，本年度引进到蒙古的一些自传体文学作品也得到了读者的广泛喜爱。例如：美国平民女孩塔拉·韦斯托弗（Тара Вестовер）的自传《受教》（*Educated*），南非著名喜剧演员、主持人特雷弗·诺亚（Тревор Ноаг）的成长传记《天生有罪》（*Born a Crime*），美加双国籍企业家、特斯拉创始人埃隆·马斯克（Элон Маск）的自传《特斯拉、X 空间和创造神奇的未来》（又译作《硅谷钢铁侠》，*Tesla, SpaceX and the Quest for a Fantastic Future*），美国前第一夫人马歇尔·奥巴马（Мишел Обама）的自传《成为》（*Becoming*），诺贝尔和平奖得主埃利·威塞尔（Эли Визел）

自传《夜》（*La Nuit*），美国华尔街著名投资家比尔·布劳德（Билл Браувдер）的自传《红色通告》（*Red Notice*）等。

2. 中短篇小说集

中国现代文学代表人物之一——余华（Юй Хуа）的作品《活着》（Амьдрахуй）在蒙古出版。命运可以给予我们幸福，也可以给予我们苦难。作者在作品中讲述了徐福贵个人及其家庭经受的苦难，表现了人生的艰难与苦楚。作品通过展现一个又一个人的死亡过程，掀起一波又一波无边无际的苦难波折，表达了对生命意义的思考。该作品于 1994 年被中国著名导演张艺谋翻拍成同名电影，并一举获得戛纳电影节三个奖项。小说于 1998 年获得意大利格林扎纳·卡佛（Грицане Кавур）文学奖最高奖，2018 年入选中国改革开放四十周年最有影响力小说，已被翻译成英、法、德、意、西、日、韩等 10 余种语言。余华因这部作品于 2004 年 3 月荣获法兰西文学和艺术骑士勋章，被西方媒体誉为"现代中国的巴尔扎克"。

日本知名作家村上春树（Мураками Харуки）2014 年出品的短篇小说集《没有女人的男人们》（Эмсгүй эрс）被认为是该作家近年来最具代表性的作品之一，也是作家继《东京奇谭集》之后再度回归短篇小说创作的重要标志。作品共收录了 7 篇小说，全部围绕同一个主题展开，即各类男人在女人离去后或即将离去时的处境。每一部作品都来源于现实又回归于现实，好像一面镜子，映照出男人们内心的失落与孤独。正如作家在书上所言："对于没有女人的男人们来说，世界是广阔而痛切的混合，一如月亮的背面。"

奥地利著名作家斯蒂芬·茨威格（Стефан Цвейг）的中篇小说《象棋的故事》（Шатрын тууж）创作于 1942 年，是作者生前发表的最后一部中篇小说，也是作者在西方影响力最大的一部作品。小说表面上讲述了在一艘从纽约开往南美的轮船上一位业余国际象棋手击败了国际象棋世界冠军的故事，实际上讲述了纳粹法西斯和希特勒专政对人们心灵的折磨与摧残，表达了作者对纳粹和法西斯的痛恨及加入世界反法西斯行列的决心。

1970 年诺贝尔文学奖得主、俄罗斯著名作家亚历山大·索尔仁尼琴（Александр Исаевич Солженицын）的中篇小说集《伊凡·杰尼索维奇的一天》（Иван Денисовичийн нэг өдөр）是作家的处女作，经赫鲁晓夫亲自批准发表于 1962 年 11 月刊的《新世界》杂志上。作品共收录了《伊凡·杰尼索维奇的一天》《玛特辽娜的家》《科切托夫卡车站上的一件事》《为了事业的利益》《一只右手》等 9 部作品，是苏联文学中第一部描写斯大林时代劳改营生活的作品。作品以正直善良的伊凡·杰尼索维奇被无辜投入劳动营并要被关 10 年为背景，以伊凡在劳动营里一天的经历为叙述主体，充分揭露了人权遭践踏的冷酷现实，显示出深刻的批判意义。

（三）文学研究

1. 口头文学研究

作为蒙古民族文学的重要表现形式之一，口头文学一直是蒙古文学评论家和文学爱好者们最为青睐的研究对象之一。2018 年 11 月，蒙苏达尔公司集中出版发行了 9 部以口头文学为主题的系列作品，系列名为"蒙古文化"（Монгол утга соёл）。该系列作品按编写顺序共分为史诗（Туула）、谜语（Оньсого）、神话（Домог）、传说（Домог үлгэр）、故事（Үлгэр）、世界之三（Ертөнцийн гурав）、口令游戏（Аман наадгай）、祝赞词（Ерөөл магтаал）和仪式（Зан үйл）等 9 个分册，每册除对这些口头文学作品进行收集、整理、加工外，还对其进行了广泛而深入的研究，力图探究口头文学的意义、用词特点以及其中反映出的传统文化，每本书后边都附有旧词和方言的解释。整套书致力于系统汇编蒙古口头文学、宣介传统文化、传递蒙古精神，对于蒙古古代口头文学的传承具有十分重要的意义和价值。

2. 文学理论研究

2018 年，在经过多年的积淀和准备后，蒙古国家科学院语言文学院正式启动了《蒙古口头与书面文学发展史及其艺术视角与应用》（Монгол аман болон бичгийн зохиолын түүх, уран сайхны төлөв, хэрэглээ）一书的撰写工作，该工作汇集了蒙古国内文学批评领域的多位顶尖学者。

在个人学术专著方面，文学批评家 У. 宾巴尼亚姆（У. Бямбаням）出版了《叙说时代》（Цаг хугацаа хэлнэ）一书。该书挑选了现当代世界和蒙古国内顶尖的 43 位代表作家的作品，以社会时代的发展为大背景详细阐述了作家们的创作动机、创作手法和创作特点，从内容和形式上都有让人耳目一新的感觉，一经推出便迅速成为文学爱好者的必读书之一。2018 年较为重要的文学理论研究类著作还有 Д. 巴图赛罕（Д. Батсайхан）的《超越剧场的边缘》（Театрын хил хязгаарыг давахуй）一书。该书以创新手法解读了戏剧文学创作目前存在的问题，独辟蹊径地分析了解决现存问题的方法，在"金羽毛"年度优秀作品评选中获得文学研究与评论类年度优秀作品奖。

三、文学奖项

蒙古国内文学奖项众多，既有以体裁或题材分类的专门性文学赛事与奖项，又有囊括全年所有文学作品的综合类评选。目前，蒙古国内较为权威的文学奖项和赛事有"金羽毛"年度优秀作品奖、"意义的修饰"（Утгын чимэг）短篇小说大赛和"水晶杯"（Болор цом）诗歌大赛等。上述奖项和赛事皆以年度为单位进行评选，所以每年的颁奖时间大都定于年底。但为了给 2019 年蒙古作家协会成立 90 周年献礼，作为庆祝活动的一部分，这三个奖项都不约而同地将 2018 年度的颁奖时间放在了 2019 年 1 月。此外，2018 年度还举行了"和平鸽"（тагтаа）奖和"祖国诗歌"（Эх орон яруу найраг）大赛的评选。

1."金羽毛"年度优秀作品奖

2019 年 1 月 7 日，"金羽毛"2018 年度优秀作品评选盛典在外交部索音布金色大厅隆重举行。Д. 达瓦尼亚姆（Д. Давааням）的《毛驴的比赛》（Илжигний уралдаан）获得儿童文学类年度优秀作品奖，Э. 阿里乌包勒德（Э. Ариунболд）翻译的《没有女人的男人们》获得文学翻译类年度优秀作品奖，Д. 巴图赛罕的《超越剧场的边缘》获得文学研究与评论类年度优秀作品奖，Б. 呼日勒巴特尔（Б. Хүрэлбаатар）的《翻越山脊的道路》（Уулс давсан харгуй）获得幽默和推理文学类年度优秀作品奖，Т. 巴彦桑（Т. Баянсан）的《黑刀》（Харанхуй хутга）获得叙事文学短篇类年度优秀作品奖，Н. 苏赫道尔吉（Н. Сүхдорж）的《高高的蓝巴驹》（Өндөр хөхийн унага）获得叙事文学长篇类年度优秀作品奖，Х. 尼亚姆赫希格（Х. Нямхишиг）的《鹊鸰鸟在鸣唱》（Хөх цэгцгий жиргэнэ）获得诗歌类年度优秀作品奖，Ж. 巴图其其格（Ж. Батцэцэг）的《独立秘史》（Тусгаар тогтнолын товчоон）获得戏剧电影文学类年度优秀作品奖。作为纪念蒙古作家协会成立 90 周年庆祝活动的其中一项内容，此次颁奖仪式上还为 Д. 扎尔格勒赛罕（Д. Жаргалсайхан）、Ц. 嘎勒巴德拉赫（Ц. Галбадрах）、Н. 巴达姆扎布（Н. Бадамжав）、С. 巴特图勒嘎（С. Баттулга）、Д. 巴图门德（Д. Батмэнд）、Б. 冈巴特尔（Б.

Ганбаатар)、达·扎尔格勒赛罕（Да. Жаргалсайхан）、Ц. 奥尤德力格尔（Ц. Оюундэлгэр）、Г. 图尔蒙克（Г. Төрмөнх）、Б. 乌兰高（Б. Урангоо）、Л. 索德那姆道尔吉（Л. Содномдорж）、Ч. 额尔德尼巴特尔（Ч. Эрдэнэбаатар）等人颁发了蒙古作家协会奖章。

2. "意义的修饰" 短篇小说大赛

该奖项设置于 1990 年，原名为 "灰青鸟"（Шувуун саарал），1993 年改为现名，是当前蒙古国内最权威的短篇小说赛事，除 2001、2004、2007 和 2008 年间断外，每年都举行。人民作家、国家奖获得者、功勋文化家 Б. 道格米德（Б. Догмид）曾多次参加该赛，并三次摘得桂冠，为这项赛事增添了许多人气。2018 年恰逢蒙古国现代文学奠基人之一、两次国家奖获得者策·达木丁苏伦（Ц. Дамдинсүрэн）诞辰 110 周年，举办方蒙古作家协会以 "向达木丁苏伦诞辰献礼" 为名邀请了许多当代知名作家参加。在经过第一轮筛选后，共有 10 篇作品进入第二轮评选，分别是 М. 乌扬苏赫（М. Уянсүх）的《金井》（Алтан худаг）、Ц. 冈包勒德（Ц. Ганболд）的《猛兽》（Араатан）、Г. 达瓦苏伦（Г. Даваасүрэн）的《在战马上》（Байлдааны морьд）、М. 额尔德巴图（М. Эрдэнэбат）的《不存在的痛苦》（Байхгүйн зовлон）、Б. 朝吉楚龙其其格（Б. Цоожчулуунцэцэг）的《转角车站》（Булангийн зогсоол）、С. 达木丁道尔吉（С. Дамдиндорж）的《三度》（Гурвын хэмжээс）、Т. 布姆额尔德尼（Т. Бум-Эрдэнэ）的《多多益善》（Олон болоорой）、П. 巴图呼亚格（П. Батхуяг）的《最后的分割》（Сүүлчийн зүсэлт）、С. 奥云（С. Оюун）的《上天的儿子》（Тэнгэрийн хүү）和 Л. 额尔德尼巴图（Л. Эрдэнэбат）的《没有祖国的人》（Эх оронгүй хүн）。作为蒙古作家协会成立 90 周年年度庆祝活动的一项，2019 年 1 月 7 日大赛颁奖活动在乌兰巴托举行。最后，

C. 达木丁道尔吉的《三度》、T. 布姆额尔德尼的《多多益善》和 Б. 朝吉楚龙其其格的《转角车站》分别摘得冠、亚、季军，为本届大赛画上了圆满的句号。

3. "水晶杯"诗歌大赛

2018 年 4 月，蒙古作家协会第 36 届"水晶杯"诗歌大赛在戈壁阿尔泰省拉开帷幕。曾获得"金羽毛"年度优秀作品奖的现代著名词作大师、诗人 Д. 冈奥其尔（Д. Ган-Очир），年轻诗人 А. 苏格勒格玛（А. Сүглэгмаа），作家协会奖章获得者、诗人 П. 巴图乃日姆德勒（П. Батнайрамдал）等人们耳熟能详的作家以及来自前杭爱和布里亚特等蒙古部族的代表，共 140 多位诗人纷纷参赛，并为本届赛事带来了许多精品。经过第一阶段的激烈评选，共有来自乌兰巴托的 X. 阿拉嘎（X. Алагаа）、М. 阿木尔呼（М. Амархүү）、П. 巴图乃日姆德勒（П. Батнайрамдал）、Б. 巴特图勒嘎（Б. Баттулга）、Т. 巴彦桑（Т. Баянсан）、毕·巴亚尔赛罕（Би. Баярсайхан）、Д. 冈奥其尔（Д. Ган-Очир）、Э. 冈图勒嘎（Э. Гантулга）、X. 杜格尔苏伦（X. Дугарсүрэн）、Н. 德维扎尔嘎勒（Н. Дэвээжаргал）、Б. 扎姆巴勒道尔吉（Б. Жамбалдорж）、А. 勒哈格瓦（А. Лхагва）、Г. 勒哈格瓦道尔吉（Г. Лхагвадорж）、Н. 蒙克巴亚尔（Н. Мөнхбаяр）、С. 那钦（С. Начин）、Д. 奥德格日勒（Д. Одгэрэл）、А. 苏格勒格玛（А. Сүглэгмаа）、Ч. 乌根巴亚尔（Ч. Ууганбаяр）、О. 辰德阿尤喜（О. Цэнд-Аюуш）、Б. 楚龙其其格（Б. Чулуун-Цэцэг）、О. 额勒贝格图格斯（О. Элбэгтөгс）、Д. 恩赫包勒德巴特尔（Д. Энхболдбаатар），以及来自鄂尔浑省的 Н. 巴图扎尔嘎勒（Н. Батжаргал）、戈壁阿尔泰省的 Б. 冈呼日勒（Б. Ганхүрэл）、肯特省的 Д. 冈苏伦（Д. Гансүрэн）、前杭爱省的那·普日布（На. Пүрэв）、达尔汗乌拉省的 М. 乌扬苏赫

（М. Уянсүх）等 27 位诗人的作品进入第二阶段的角逐。2019 年 1 月
5 日，第 36 届"水晶杯"诗歌大赛颁奖典礼在戈壁苏木贝尔省乔伊
尔市的包尔吉根（Боржигон）会议室举行，诗人 Б. 巴特图勒嘎获得
"冠军诗人"称号，曾获得那楚克道尔吉奖的诗人毕·巴亚尔赛罕位
列第二，曾获得作家协会奖的 О. 辰德阿尤喜排名第三。

4."和平鸽"奖

2018 年 5 月 23 日，为了支持文学领域的青年创作者、介绍国
内文学的传承、助推母语文学作品的发展、扩大国内读者对外国译
著的认知，"智慧鸟"（Гэгээншувуу）文学社举办了两年一度的第二
届"和平鸽"奖评选。2018 年的"和平鸽"奖在两个月内共吸引了
100 名诗人、75 位年轻作家和 40 位译者前来参赛，较两年前的第一
届有了很大提升。举办方将这些作品全部展示在"和平鸽"（tagtaa.
mn）的门户网站上，通过读者投票评选出获奖选手。最终，在小
说类别，Х. 布彦巴图（Х. Буянбат）的《下行街道的猫和平行街道
的尽头》（Уруудах гудамжны муур, ихэрлэх гудамжны төгсгөл）摘
得桂冠，С. 巴特尔朝格特（С. Баатарцогт）的《被遗忘的岁月旅
行》（Мартагдсан он жилүүдээс урсан ирэх аялгуу）、Ц. 阿尤尔图
雅（Ц. Ариунтуяа）的《妇产科》（Төрөх тасаг）、Д. 索色尔巴拉
姆（Д. Сосорбарам）的《懒汉》（Залгигч）获得入围奖；在诗歌类
别，青年诗人 М. 巴图巴亚尔（М. Батбаяр）的《恐怖时节》（Айсуй
цагийн баяр）获得冠军，Д. 额尔德尼祖赖（Д. Эрдэнэзулай）的
《就这样的寒冷》（Ийм л хүйтнийг үзэж гэж...）、Г. 哈希巴特尔（Г.
Хашбаатар）的《没有卓别林的微笑》（Чаплингүй инээд...）、Л. 勒
哈格瓦苏伦（Л. Лхагвасүрэн）的《盘坐在心灵的角落》（Өчүүхэн
сэтгэлийнхээ буланд завилж суу/гаад）、Т. 阿木尔阿木格楞（Т. Амар-

Амгалан）的《春》（Хавар）获得入围奖；在翻译类别，由 М. 苏格尔额尔德尼（М. Сугар-Эрдэнэ）翻译的日本作家冈本庆夫（Окамото Кэйзо）的作品《向着那布卡瓦》（Нэбүкава руу）拔得头筹，获得入围奖的有：Д. 蒙克赫希格（Д. Мөнххишиг）翻译的美国作家凯特·盖森（Кэт Гессен）的作品《怀念祖母》（Эмээгээ дурсахуй）、М. 巴图巴亚尔（М. Батбаяр）翻译的中国作家迟子建（Чи Жи Жиан）的作品《一坛猪油》（Бутан гахайн тос）、Г. 洪戈尔祖勒（Г. Хонгорзул）翻译的中国作家余华（Үй Хуа）的作品《黄昏里的男孩》（Бүрэнхийн хөвүүн）、П. 巴图陶格特赫（П. Баттогтох）翻译的英国作家萨拉·霍尔（Сара Халл）的作品《下一个灵魂》（Цааш түүний сүнс）、Э. 蒙克扎雅（Э. Мөнхзаяа）翻译的俄罗斯诗人瓦列里·雅科夫列维奇·勃留索夫（Валерий Яковлевич Брюсов）的作品《杰作》（Гантиг толгой）。

5. "祖国诗歌"大赛

2019 年 1 月 17 日，"祖国诗歌"大赛在乌兰巴托企业酒店的会议中心圆满举行。该赛事由蒙古国功勋文化家、国家奖得主、著名诗人作家 О. 达希巴勒巴尔（О. Дашбалбар）和 З. 道尔吉（З. Дорж）共同命名，每年由达希巴勒巴尔研究中心（Дашбалбар судлал төв）组织进行，致力于支持、促进青年作家参与学术研究工作，并借此进一步扩大研究中心的知名度和影响力。本年度的"祖国诗歌"大赛共有 200 多位诗人参加，参赛作品重点围绕主题"铭记爱国主义诗人、推广爱国主义精神"展开。经过评委们的评选，共有 21 位诗人进入第二轮。最后，蒙古作家协会奖获得者、诗人 О. 辰德阿尤喜凭借《仙女的叙事诗》（Эх Дагинын Дууль）和《故乡》（Нутаг）获得冠军；蒙古作家协会委员 Х. 阿拉嘎（Х. Алагаа）获亚军；蒙古作家协会奖获得者 A．勒哈格瓦（А. Лхагва）获季军。

四、重大文学活动

1. 首届"蒙古语言文学"国际学术会议圆满召开

2018 年 8 月 3 日至 5 日，由蒙古国立大学蒙古学研究院和中国中央民族大学蒙古语言文学系联合承办的首届"蒙古语言文学"国际学术会议（"Монгол хэл, утга зохиол судлал" олон улсын эрдэм шинжилгээний хурал）在乌兰巴托蒙古国立大学蒙古学研究院召开。会议围绕蒙古语言和文学两个主题举行了 7 场学术讨论，来自蒙古、中国、韩国、匈牙利、波兰等 9 个国家的 32 位学者宣读了他们的研究报告。与会的学者们从不同角度介绍了近年来各国在蒙古学研究方面取得的成果，并且进一步介绍了未来各自不同的研究方向和计划。关于蒙古本土的蒙古语言文学研究，国立大学蒙古学研究院院赞雅巴特尔（Д. Заяабаатар）在开幕式上指出："蒙古语言文学自 2015 年之后一改过去停滞的局面，得到了蓬勃的发展。近几年国家在大力扶持蒙古学研究方面采取了多项具体、有效的措施，我们正在为发展蒙古学而积极努力。"会议决定，"蒙古语言文学"国际学术会议今后将每年举行一次，举行地点不局限于蒙、中两国，欢迎全世界的蒙古学学者踊跃参加。

2. 纪念策·达木丁苏伦诞辰 110 周年

2018 年 9 月 7 日，纪念策·达木丁苏伦诞辰 110 周年国际研讨会在乌兰巴托饭兰阁会议大厅隆重举行。蒙古国家奖获得者、功勋科学家、蒙古科学院院士 Д. 策伦索德那姆（Д. Цэрэнсодном）、Д. 图木尔陶格陶（Д. Төмөртогтоо），功勋文化家 Д. 策德布（Д. Цэдэв），蒙古科学院语言文学研究所所长 Г. 毕勒古岱（Г. Билгүүдэй），东京外

国语大学博士冈田梶裕贵（Окада Казиюгки），俄罗斯科学院东方文
字研究院博士娜塔琳·色尔捷夫娜（Яхонтова Наталья Сергеевна），
达木丁苏伦的女儿、俄罗斯莫斯科教育大学博士安娜·达木丁诺娃
（Анна Цендина Дамдинова），以及来自蒙古、中国、俄罗斯、日本、
捷克等国家的专家学者近百人齐聚一堂，共同纪念蒙古现代文学的奠
基者策·达木丁苏伦。会议期间，与会专家与学者们高度评价了达木
丁苏伦在语言学、文学和翻译等众多领域的精深造诣，并从各个角度
剖析了大师为后人留下的宝贵遗产，蒙古科学院语言文学研究所所长
Г. 毕勒古岱以《达木丁苏伦——20 世纪天赐的蒙古教育家、科学家、
人民作家》为题做大会主题发言，蒙古科学院院士 Д. 策伦索德那姆、
中国北京大学蒙古学研究中心主任王浩教授分别以《院士达木丁苏伦
在〈蒙古秘史〉中的现代蒙古语翻译特点》《达木丁苏伦研究的当代
意义》为题在会上发表学术报告。学术会议当天，达木丁苏伦作品展
向公众开放。

　　策·达木丁苏伦 1908 年出生于喀尔喀蒙古车臣汗部卫征贝子旗
（现东方省玛塔达汗敖拉县）一个普通的牧民家庭，1924 年参加革命
后历任蒙古工会中央理事会主席、《真理报》编辑、蒙古科学委员会
主席、蒙古作家协会主席、蒙古科学院院士、蒙古科学院语言文学研
究所所长等职，是蒙古国著名的文学家、诗人、学者、翻译家、语言
学家和社会活动家，三次获得国家奖。达木丁苏伦的主要文学作品有
《故事四则》（Өчүүхэн дөрвөн үлгэр，1928）、中篇小说《被遗弃的
姑娘》（Гологдсон хүүхэн，1929）和长诗《我的白发母亲》（Буурал
ижий минь，1934）等，其中《被遗弃的姑娘》是蒙古现代文学第一
部中篇小说。在学术方面，达木丁苏伦主要研究方向为蒙古语语言
文学，曾发表多篇论文。1941 年他将《蒙古秘史》（Монголын нууц

товчоо）翻译为现代蒙古语，极大地促进了《蒙古秘史》在民众中的普及，有力推动了秘史学研究的深度。1942 年他与苏联学者沙·鲁布桑旺丹（Ш. Лувсанвандан）合作编写了《俄蒙词典》（Орос-Монгол толь）。1957 年主编了三卷本《蒙古文学概况》，着重探讨了蒙古文学与民间文学和外国文学的关系。1957 年出版《蒙古文学荟萃百篇》，编选了蒙古优秀的古代作品并作了注释。此外，达木丁苏伦还比较了《格萨尔王传》的 50 余种异文，并论证了该史诗与史实的关系。达木丁苏伦还是一位翻译家，他翻译出版了俄国作家普希金、列夫托尔斯泰以及乌克兰、捷克、中国西藏等国家和地区的多位知名作家的作品。在翻译中，他注重积累新时期文学翻译的经验，对翻译理论的发展做出了突出贡献，在蒙古翻译史上占有特殊地位。

结语

　　总体来看，2018 年是蒙古文学近十余年来的巅峰之年。国内经济形势的持续好转不仅让作家有更多的时间和精力专注于文学创作，而且让越来越多的读者重拾阅读文学作品的习惯。受制于受众数量整体较少的因素，蒙古本土文学依旧难改式微趋势，但是国内读者对本土文学依旧给予了热烈回应。另一方面，面对国际图书市场层出不穷的优秀作品，译著类文学作品已经对蒙古本土文学的整体发展形成了较大冲击。在全世界唯一一个以西里尔蒙文为官方语言的国家蒙古，本土文学的发展不仅是政府重要的文化发展项目，更关系到蒙古文化的未来传承与发展，应该得到所有蒙古语读者的重视和支持。

参考文献：

"2018 оны онцлох номууд." 31 Dec. 2018. Web. 27 Apr. 2019.

<http://www.unread.today/posts/post/1789>.

"2018оны онцлох номууд." 31 Dec. 2018. Web. 27 Apr. 2019.
<https://www.montsame.mn/mn/read/175821>.

"2018 оны онцлох 8 ном." 8 Jan. 2019. Web. 27 Apr. 2019.
<http://news.gogo.mn/advice/1481/51633>.

史习成：《蒙古国现代文学》。北京：昆仑出版社，2001。

作者：刘娟娟，信息工程大学洛阳外国语学院

2018 年缅甸文学概览 [1]

申展宇

内容提要：随着政治转型深入和社会持续发展，缅甸现政府对文学发展事业非常重视，政府积极呼吁并主导在缅甸各地举办读书会和书籍展销会，以此助推缅甸文学发展。主管缅甸文学发展事业的文学宫在 2018 年开启"缅甸经典 100 卷"计划，对缅甸文学 900 多年的发展历程中出现的良品佳作进行再次遴选，按计划分卷、分时出版，以飨读者。另外，文学宫还评出 2018 年度终身文学奖和其他优秀获奖作品，文坛名宿包揽重要奖项之外，一些新兴作家也脱颖而出。本文从缅甸重大文学计划、国家级文学奖及获奖佳作两个方面，对本年度缅甸文坛动态及文学创作情况进行概述。

一、"缅甸经典 100 卷"计划

缅甸现政府上台后，作家出身的宣传部部长佩敏博士一直致力于复兴缅甸文学，在仰光、曼德勒、勃固等全国各大城市积极开展各类"文学节"活动，鼓励人民尤其是青少年培养良好的阅读习惯。同时组织文坛大家和各界人士召开文学座谈会，号召专家学者挖掘、整

1　本文为国家社科基金重大项目"新世纪东方区域文学年谱整理与研究 2000—2020"（17ZDA280）的阶段性成果。

理包括小说、诗歌、散文、戏剧在内的缅甸近现代文学作品，计划在数年内出版 100 卷有代表性的作品。宣传部主导推行"缅甸经典 100卷"计划是对 900 多年来缅甸历代文学作品的一次规模宏大的择优遴选工作，堪称是"世纪工程"。该计划旨在通过结集出版一批优秀的文学作品再现历史上缅甸人的现实生活和精神世界，让后代更好地感知缅甸文学的魅力、保护好文学遗产，同时也让世界多角度地感知缅甸社会与文化。2018 年底，"缅甸经典 100 卷"第一、二、三卷已由"缅甸文学宫"出版，售价高达 4 万缅币。尽管价格昂贵，但仍吸引众多民众竞相购买、阅读。后续的第四、五、六卷按计划在 2019 年 1 月出版，宣传部力争每个月至少出版两卷"缅甸经典 100 卷"中的作品。

　　最先面世的"缅甸经典 100 卷"中的第一卷收录了缅甸文学史上最早出现的 3 篇现代白话小说，即詹姆斯·拉觉（ဂျိမ်းစ်လှကျော်，1866—1919）的小说《貌迎貌与玛梅玛》（မောင်ရင်မောင် မမယ်မ）、翁沙耶吴基（ဝန်စာရေးဦးကြီး，1858—1926）的小说《洋麻菜菜贩貌迈》（ချည်ပေါင်ရွက်သည့် မောင်မိုင်း）与玛埃钦（မအေးခင်，1866—1919）的小说《真实爱情》（ချစ်ရိုးအမှန်）。发行于 1904 年的小说《貌迎貌与玛梅玛》被公认为缅甸的第一部现代白话小说。詹姆斯·拉觉以法国著名作家大仲马的小说《基督山伯爵》为蓝本进行改编，但故事情节、人物、地点等全部实现了缅甸本土化，并且具有特定的时代背景。小说描写了青年貌迎貌的离奇生活经历以及他与妻子玛梅玛之间悲欢离合的爱情故事。小说的前 9 章内容近似《基督山伯爵》的前 20 章，叙述了貌迎貌成功越狱并找到宝藏逃往下缅甸。小说的后半部分则是由作者独立构思与创作，有别于《基督山伯爵》中所宣扬的"复仇"主旨，詹姆斯·拉觉在改写时将貌迎貌塑造成抛弃私仇、宽宥敌人的英雄人物，这样一来便符合了"宽恕""仁爱"的佛教教义，也更为缅甸民众所接受。这部小说一经发行便受到广大读者的青睐，之前已经重印了 7 次。这次被列为"缅甸经典 100 卷"中第一卷的首部文学作品，是对缅甸第一部现代小说《貌迎貌与玛梅玛》的再次肯定和褒扬。《洋麻菜菜贩貌迈》也于 1904 年出版，小说的主人公貌迈是卖洋麻菜的菜贩，也是一个情场高手，他凭借个人魅力四处留情，先后娶了多位女子。以今天的眼光来看，这部小说的艺术水平不高，但作为缅甸现代小说开端时期的作品，极具文学意义。小说《真实爱情》讲述了殖民地时代农民的儿子貌达莱和官员家庭出身的女青年玛登欣之间的曲折爱情故事。该小说创作于 1909 年，作者玛埃钦是缅甸首位创作现代小说的女作家。在这部小说中，玛埃钦展现了高超的写作技巧，故事情节合理、结构严谨、人物性格鲜明、语句优美，还巧妙地表露了作者自己的爱情观和家庭观。

二、2018 年度文学奖及重要获奖作品简介

（一）缅甸文学宫颁发 2018 年度文学奖

缅甸文学宫是宣传部下辖机构之一，总部设在仰光市，定期召集国内作家、学者举办文学报告会和座谈会，专门负责对缅甸文学发展现状的研究工作。为促进缅甸文学发展、维护传统文化与风俗、弘扬缅甸价值观，缅甸文学宫每年颁发国民文学终身成就奖、国民文学奖与文学宫文稿奖。国民文学奖对上个年度出版的书籍进行择优授奖，文学宫文稿奖对上个年度非知名作家的优秀文稿进行遴选并资助出版。经过 60 多年的发展，国民文学奖下设奖项已增至 18 个，每个奖项仅有一人获奖。文学宫文稿奖也有 13 个奖项，每个奖项包括若干等级。授奖情况每年都有变化，往往会出现某个奖项或某个奖项下的

分级奖项缺失。国民文学奖与文学宫文稿奖这两个奖项是当今缅甸文坛最高级别的文学奖，获奖作品具有文学创作风向标意义。另外，缅甸文学宫从 2001 年起专门设置国民文学终身成就奖，以表彰那些为缅甸文学发展做出卓越贡献的老作家，2001—2011 年间，国民文学终身成就奖每年奖励一位作家，从 2012 年开始，每年授奖对象增至 3 人。

2018 年，缅甸文学宫成立评奖委员会，委员不仅有知名作家，还包括资深出版人。评奖委员会本着公开透明的原则，有序开展工作。国民文学奖评奖委员会对 2018 年首次出版的 2847 本书籍进行遴选，最终选定长篇小说奖、短篇小说集奖、诗歌奖、儿童文学奖等 11 个奖项。2018 年国民文学奖增设 2 个奖项，即散文奖（ရာစာတမ်းစာပေဆု）与文献奖（ရင်းနှီးကျမ်းစာပေဆု）。缅甸的现代散文早在 20 世纪 30 年代缅甸实验文学运动初兴之前就已出现，发展至今已有近百年的历史，散文奖设置的目的是奖励那些在知识内容和文学情趣两方面俱佳的散文作品。文献奖旨在奖励那些能为学者、作家与文学研究人员提供丰富信息和翔实素材的参考文献。文学宫文稿奖评奖委员会从 316 本书稿中，选定长篇小说奖、短篇小说集奖、诗歌集奖、儿童文学奖、青年文学奖等 11 个奖项，其中某些奖项分一、二、三等奖，共有 25 部书稿获奖。

2018 年国民文学终身成就奖获得者是坡觉（ဖိုးကျော့，1940— ），坡觉是以惊悚、冒险类小说见长的缅甸当代文坛著名作家。1956 年，坡觉初入文坛便在缅甸著名文学杂志《妙瓦底》（မြဝတီ）上发表长篇小说《傲慢的大象与聪慧的小鸟》（ဆင်မာန်နှင့်ငှက်ဉာဏ်）。1966 年，小说《追象》（ဆင်လိုက်ခြင်း）被选入初中语文教材——《缅甸白话文精选集》之中。坡觉的一些短篇小说还被翻译成日语和越南语在海外出版。在此之前，坡觉的小说还曾获得过四次缅甸文学宫的奖项，即：《挣脱束缚》（အင်တွဲ့.လျက်အရာထွက်）于 1990 获得文学宫文稿奖长篇小说二等奖，《海上逃生之旅》（သေရွာပြန်တို့၏အတ္ထုပ္ပါ ခရီး）于 1991 获文学宫文稿奖长篇小说二等奖，《缅甸猎人》（မြန်မာ့မုဆိုး）于 1993 获文学宫文稿奖长篇小说二等奖，《神足通及其他短篇小说》（ကမ္မဋ္ဌန်နှင့်အခြားဝတ္ထုတိုများ）于 1996 年获文学宫文稿奖短篇小说集奖。冒险小说《海上逃生之旅》是坡觉的代表作，该小说叙述了一伙缅甸渔民出海捕鱼时不幸遭遇海上风暴，在经历种种艰险磨难之后成功地逃出生天的惊险故事。另外，他的畅销小说如《黑土与红血》（မြေညိုမည်းမည်းသွေးရဲရဲ，2003，第二版）、《森林迷失》（အလွမ်းကန္တာရတော်ကန္တာ，2004，第二版）、《挣脱束缚》（အင်တွဲ့.လျက်အရာထွက်，2005，第二版）等都曾多次再版，深受读者喜爱。到 2018 年为止，颇觉出版了共计 20 多部惊悚、冒险、恐怖题材的长篇小说和短篇小说集，作品数量多、影响也大，颇觉获得 2018 国民文学终身成就奖确属实至名归。

（二）重要获奖文学作品简介

1. 鲁卡与《异国他乡》

鲁卡（လူခါး，1976—　）的小说《异国他乡》（မြန်မာပြည်အပြင်ဘက်）获 2018 年度国民文学奖长篇小说奖。国民文学奖评奖委员会认为，通过《异国他乡》这部小说，读者会发现缅甸的人民在异域他乡会遭遇雇主和职场同事的恶意欺凌，甚至是他国法律的歧视。作者为缅甸大众呈现了海外同胞们的未知世界，读此小说令人动容和深思。鲁卡曾在日本、马来西亚工作过，他以在马来西亚的缅甸籍劳工的生活为题材，创作了这部长篇小说。近十年来，越来越多的缅甸籍劳工前往邻近国家或地区谋生，他们在异国他乡深陷语言不通、文化差异等种种困境。究其原因，一方面作为外来者，这些海外劳工是无力争取权利的弱势群体；另一方面国别差异、城乡差异也触发了他们的情感错位。在小说《异国他乡》中，作者用鲜活、形象的文字记录了当代缅甸人从闭塞到开放的过程，以及从家园故土到异国他乡的艰辛经历。以真实性的笔触、原生态的信息，再现了在异国他乡的缅甸籍劳工们的鲜为人知的生活，多角度反映了海外打工族的生存状态、情感世界和权利诉求。

2. 丁佐与《亚洲短篇小说集》

2018 年度国民文学奖翻译奖（ဘာသာပြန်(ရာ)ဆု）的获奖作品是《亚洲短篇小说集》（အာရှဝတ္တုတိုများ），作者是丁佐（တင်ဇော်，1942—   ）。丁佐原名吴敏登（ဦးမြင့်သိန်း），此前他只在《白茉莉》（စပယ်ဖြူ）、《皇后》（မဟေသီ）、《贝叶册》（ပေရွှေလွှာ）等杂志上发表作品，缅甸国内主流文学杂志上还未刊发过他的作品。值得一提的是，丁佐的小说集《味道不同的苹果》（အရသာမတူသောပန်းသီးများ）还获得了本年度国民文学奖短篇小说集奖。同一位作家斩获同年度的两个国家级文学奖，这在国民文学奖的历史上尚属首次。《亚洲短篇小说集》共收录来自印度、印度尼西亚、越南、柬埔寨、马来西亚、泰国、孟加拉国、中国、斯里兰卡、菲律宾、巴基斯坦、新加坡、老挝、克什米尔等国家和地区的 35 篇短篇小说。通过这些短篇小说，读者不仅能了解亚洲多个国家的政治制度、社会民生、宗教信仰与经济发展情况，还可研究相关国家短篇小说的创作风格与写作技巧。收录于《亚洲短篇小说集》中的多篇小说记录了某个国家或地区的发展轨迹和时代映像，如印度短篇小说《一百万嫩茶芽》（လက်ဖက်ညွှန့်တစ်သန်း）讲述了茶农在身体遭受各种职业病侵蚀和毒害的情况下因生活所迫仍坚持辛苦劳作的故事。作者以平白、客观的语言描写凄惨、艰辛的民生，同时也把大众在面对茶农的不幸遭遇时所表现出来的冷漠态度刻画得入木三分，令人陷入无限沉思。中国短篇小说《互联网引发的问题》（အင်တာနက်ပေးတဲ့ပြဿနာ）的故事梗概是，姐姐为了一家生计远赴国外打工，在辛苦工作之余不忘通过互联网督促留在国内的妹妹励学向善。不幸的是，高额的家庭开支迫使姐姐走上了借助互联网出卖肉体换取金钱的道路。克什米尔地区短篇小说《敌人》（ရန်သူ）讲述了两兄弟间的情谊变化的故事。因民族和宗教的原因，原本亲密无间的两兄弟变成水火不容的仇敌。后来，仇恨伴随两人天各一方而逐渐消融，在弟弟不幸离世时，国家对峙、民族敌对等原因导致哥哥看望弟弟最后一眼的愿望变成了奢望。

3. 哥伦波与《如果没有爱》

哥伦波（ကိုလွင်ဘို，1987— ），原名波基伦波波昂（ဗိုလ်ကြီးဘိုဘိုအောင်）。哥伦波在读初中时就开始发表小说、诗歌等文学作品，2004 年考入缅甸国防军医科大学，毕业后成为一名军医。他的长篇小说《如果没有爱》（မချစ်ခဲ့လျှင်）荣获文学宫文稿奖长篇小说二等奖，小说主人公医学院男生敏奈和医学院女生瑞努梭在下乡医疗见习的汽车上相遇，一段从青涩到成熟的爱情故事由此展开。最终，两人完成见习任务成为医生，曲折的下乡经历也成为他们爱情的见证。文学宫文稿奖评奖委员会认为这部小说写作手法高超、情节引人入胜。哥伦波作为年轻的非职业作家，凭借非凡的个人能力完成这部小说，实属不易。

4. 玛尼达与《心情澎湃的阿瓦之行》

玛尼达（မနီတာ，1959— ）的长诗《心情澎湃的阿瓦之行》（အင်းဝသို့ရင်ခုန်ခြင်း ကဗျာရှည်）获国民文学奖诗歌奖。《心情澎湃的阿瓦之行》是一部韵律自由的现代长诗，诗歌时间跨度较大，从玛尼达的高祖、曾祖、祖父、父亲，一直到子辈。诗人以缅甸近代以来各个时代的重大历史事件为题进行创作，《心情澎湃的阿瓦之行》的第 10 部分第 7 章以上世纪八十年代末著名的"8888 民主运动"为历史背景，讴歌了仰光的大学生敢于引领时代潮流、为信念献身的勇气。缅甸现代著名女作家卢督·杜阿玛有句名言——"没有历史背景的文学作品不值得骄傲"，玛尼达在《心情澎湃的阿瓦之行》长诗序言中说谨以此长诗向卢督·杜阿玛这句名言致敬。

5. 山伦与《人间窗户的光明礼物》

文学宫文稿奖评奖委员将 2018 年度入评的 65 部诗歌集划分成三个等级。诗歌集奖评奖委员会的 3 名委员召开了 4 次会议，经讨论后确定了一、二、三等奖。山伦（ဆန်းလွင်（မြန်မာစာ）,1964—   ）的诗歌集《人间窗户的光明礼物》（လောကပြတင်းအလင်းလက်ဆောင် ကဗျာများ）获得文学宫文稿奖诗歌集奖一等奖。该诗歌集共包括 72 首诗，分为 10 章，每章都有独立主题，按章分组，铺开主题，长短诗相间，数量比例均衡。山伦的这部诗集中既有像《入迷》（ရူးသွပ်）这样当前流行的无韵诗，也有像《曼德勒王宫之无限思念》（မန္တလာနန်းလွမ်းမပြေ）之类的韵律工整的传统诗歌。诗歌集《人间窗户的光明礼物》行文隽秀、遣词雅致、情随笔淌，反映了作者广博的学科知识和精湛的写作水平。

6. 山敏摩与《蓝色水路与花海》

山敏摩（စံမြေ့ရိုရ်，1962—   ）原名吴山敏（ဦးစံမြေ့），他的诗歌作品《蓝色水路与花海》（ရေပြာလမ်းနဲ့ ပန်းစုံလင်ကဗျာများ）获得文学宫文稿奖诗歌集奖二等奖。在诗中，山敏摩用平实质朴的语言描写了海滨居民面对恶劣自然条件和清苦生活时的豁达品性，用"诚善""好客"等字眼白描海滨居民的纯美心灵，显得真切深刻。山敏摩长期生活在缅甸最南部省份德林达依省的海滨小城勃劳市彬布基村，文学氛围历来不好，此次获奖对于勃劳地区和山敏摩个人而言，无疑是莫大的荣誉和褒奖。

7. 貌垒诶与《牛贩子的讲话之道》

貌垒诶（မောင်လွယ်အိပ်，1976—　）的话剧《牛贩子的讲话之道》（နွားပွဲစား၏ စကားအလင်္ကာ）获得文学宫文稿奖戏剧文学奖三等奖。剧本内容充满了缅甸的乡土气息，如实记录了缅甸农村的生活方式和农业生产场景。剧作的时代背景是工业时代之前的缅甸农村，为了满足农业生产和日常生活需求，农民们要去牛市进行活牛交易。该剧既展示了牛贩子高超的相牛之术，又生动地再现了牛贩子向买卖双方卖弄口舌的情景。在促成交易的过程中，牛贩子把不了解牛的好坏优劣的外行人哄得心悦诚服，还故作姿态，嫌弃巧妙骗来的中介费。该剧人物对白蕴含智慧且妙趣横生，让人不仅对牛贩子的相牛技艺啧啧称奇，也对他们圆滑的表演忍俊不禁。

结语

回顾 2018 年的缅甸文坛大事和获奖作品，我们不难发现，本年度缅甸文坛蓬勃发展。政治转型深入和社会迅猛发展促使更多数量、更多题材的文学作品涌现出来。政府倡导文学创作需弘扬传统文化，并出资刊印经典文学作品。一些小说和诗歌打破了以往的政治禁忌，一度被禁锢的文学创作出现了生机。新兴作家脱颖而出，他们的作品多集中在对社会现实的解读上，体现出独到的视角和深刻的思想内涵。本年度的优秀获奖作品映射了缅甸当代文学的发展轨迹，我们有理由相信，缅甸文学发展将会持续向好，也必有更多新兴作家出现以及佳作问世。

参考文献：

တင့်ဇော်၊ အာရှဝတ္ထုတိုများ၊ စာနဒီစာအုပ်တိုက်၊ ရန်ကုန်၊ ၂၀၁၇။

ဖိုးကျော့၊ သေရွာပြန်တို့၏အဏ္ဏဝါခရီး၊ မိုးကျော်သူစာပေ၊ ရန်ကုန်၊ ၁၉၉၀။

မနီတာ၊ အင်းဝသို့ရင်ခုန်ခြင်း၊ ပန်းအိမြိုင်၊ ရန်ကုန်၊ ၂၀၁၇။

လူခါး၊ မြန်မာပြည်အပြင်ဘက်၊ အညာမြေစာပေ၊ ရန်ကုန်၊ ၂၀၁၇။

"၂၀၁၇ ခုနှစ်အတွက် အမျိုးသားစာပေ တစ်သက်သာဆု၊ အမျိုးသားစာပေဆုနှင့် စာပေဗိမာန်စာမူဆုချီးမြှင့်"၊ မြန်မာ့အလင်း၊ ဒီဇင်ဘာလ ၉၊ ၂၀၁၈။

"မြန်မာဋ္ဌဝင်အတွဲ (၁၀၀) စာစဉ်၏ ပထမတွဲထုတ်ဝေဖြန့်ချိ"၊ မြန်မာ့အလင်း၊ ဒီဇင်ဘာလ ၂၀၊ ၂၀၁၈။

"မြန်မာဋ္ဌဝင်အတွဲ ၁၀၀ စာစဉ်နှင့် မြန်မာ့စွယ်စုံကျမ်း ပြန်လည်ထုတ်ဝေရေးညှိနှိုင်းအစည်းအဝေး ကျင်းပ"၊ မြန်မာ့အလင်း၊ ဒီဇင်ဘာလ ၂၄၊ ၂၀၁၈။

作者：申展宇，信息工程大学洛阳校区

2018 年墨西哥文学概览

周 维

内容提要：2018 年的墨西哥文坛呈现出平稳发展的景象。皮托尔、德尔帕索
等文坛老将的离世让人扼腕叹息，但让人振奋的是，"50 后"作家已成为墨
西哥文坛的中坚力量，他们各具特色的作品屡获国内外大奖。社会历史题材
受到普遍关注，作家们通过文学书写揭露和探讨墨西哥社会面临的各种现实
问题，启迪读者思考墨西哥正在经历的变革以及变革中每个人的命运。2018
年适逢墨西哥作家胡安·何塞·阿雷奥拉百年诞辰，为了向这位文学大师致
敬人们开展了丰富多彩的纪念活动。

2018 年 4 月 12 日，墨西哥著名小说家、翻译家、外交家塞
尔希奥·皮托尔（Sergio Pitol，1933—2018）在哈拉帕的家中去
世，享年 85 岁。墨西哥文学文化界、政界人士纷纷通过媒体和社
交网络平台表达对皮托尔的怀念和敬意。作家瓦莱里娅·路易塞
利（Valeria Luiselli，1983—　）说："感谢您照亮了我们灵魂深处的
黑暗，让我们学会了自嘲，并提醒我们思想的自由是无可替代的。"
（Beauregard）皮托尔是 2005 年塞万提斯奖得主。他著作等身，作品

反映社会万象、人生百态，对墨西哥文学文化的发展做出了重要贡献，在西班牙语文学界享有很高的声誉。大师远去，经典永存。面对老一代作家留下的丰厚文学遗产，墨西哥中青年作家在继承前辈批判精神的基础上，不断探索新的题材和文学创作手法。2018 年度重要文学作品奖和终身成就奖的评选结果是墨西哥文学发展的风向标。从获奖作品来看，对历史和社会问题的反思是近年来墨西哥文坛的主旋律。获奖作家多生于 20 世纪 50 年代，大部分出身名校，接受过正规的学院派文学写作或文学评论教育。他们都勤奋而高产，在长短篇小说、诗歌、散文、戏剧等多个领域均有建树。这些作家重视社会历史题材，通过文学书写揭露墨西哥面临的各种现实问题，启迪读者思考墨西哥正在经历的变革以及变革中每个人的命运。他们讲述的故事和探讨的问题与错综复杂的国内外局势有着千丝万缕的联系。这引起了读者和批评界的共鸣，也在一定程度上反映出墨西哥人民对现状普遍的不满与担忧。

一、重要文学作品奖

从叙事文学的创作情况来看，以真实历史为基础的作品备受青睐，在 2018 年众多文学奖项的角逐中表现不凡。2018 年 1 月，墨西哥小说家豪尔赫·博尔皮（Jorge Volpi，1968—   ）凭借《一部犯罪小说》（*Una novela criminal*，2018）获得丰泉长篇小说奖（Premio Alfaguara de Novela）。该奖由西班牙丰泉出版社创办于 1965 年，是当今西语文坛最有影响力的小说奖项之一。丰泉奖的特殊之处在于参选作品都是尚未发表过的手稿。获奖者不仅可以得到丰厚的奖金，获奖作品也将由丰泉出版社在西班牙、美国和拉丁美洲多国同步出版发售，因此每年都会吸引大批作家参赛。墨西哥作家埃莱娜·波尼亚托夫斯卡（Elena Poniatowska，1932— ）的《天空的皮肤》（*La piel del cielo*，2001）、阿根廷作家托马斯·埃洛伊·马丁内斯（Tomás Eloy Martínez，1934— ）的《蜂王飞翔》（*El vuelo de la reina*，2002）、墨西哥作家哈维尔·贝拉斯科（Xavier Velasco，1964— ）的《魔鬼守护神》（*Diablo guardián*，2003）、秘鲁作家圣地亚哥·龙卡略洛（Santiago Roncagliolo，1975— ）的《红色四月》（*Abril rojo*，2006）、哥伦比亚作家胡安·加夫列尔·巴斯克斯（Juan Gabriel Vásquez，1973— ）的《坠物之声》（*El ruido de las cosas al caer*，2011）都曾荣获该奖。

博尔皮是继波尼亚托夫斯卡和贝拉斯科之后的第三位墨西哥籍获奖者。他出生于墨西哥城，曾在墨西哥国立自治大学学习法律，硕士时转入文学专业，2003 年获西班牙萨拉曼卡大学文学博士学位。他是"爆裂"一代作家中的佼佼者，1999 年曾凭借长篇小说《追寻克林索尔》（*En busca de Klingsor*）夺得享有盛誉的简明丛书奖（Premio Biblioteca Breve de Novela），引起西班牙语文学界的广泛关注。在这部小说中，作家围绕"科学与罪恶"的主题，通过数学家林克斯教授的叙述，将二战历史、推理调查和科学思辨巧妙地融为一体。《追寻克林索尔》也开启了博尔皮反思历史、人性和人类命运的"二十世纪三部曲"，后两部作品分别是《疯狂的终结》（*El fin de la locura*，2003）和《不再是地球》（*No será la Tierra*，2006）。博尔皮还著有短篇小说集《愤怒的日子》（*Días de ira*，1994）、长篇小说《欺骗回忆录》（*Memorial del engaño*，2014）、散文集《想象与政权：1968 年知识分子的故事》（*La imaginación y el poder: una historia intelectual de 1968*，1998）等 20 余部作品，几乎每年都有新作问世。此外，他长期为《演变》（*Proceso*）、《回归》（*Vuelta*）、《自由文学》（*Letras*

Libres）等多家著名报刊撰稿，并经常在社交媒体上发表时评，是当代西语文坛最活跃的作家之一。

《一部犯罪小说》聚焦真实与虚构之间的关系，揭露墨西哥人民生活中充斥着的种种谎言，使人们意识到司法体系改革的必要性。（EFE，"Desconfianza en el sistema judicial mexicano impulsó novela de Volpi."）在前言中，博尔皮强调这是一部纪实小说或称非虚构小说。尽管小说为混乱的现实赋予了文学的外貌，但书中包括人物对白的所有叙述，都来源于真实的法庭档案和采访记录。（11）《一部犯罪小说》完整再现了卡塞－巴利亚塔案（Cassez-Vallarta）的全过程。2005 年 12 月 9 日早晨，墨西哥特莱维萨电视台和阿兹特克电视台在全国直播了警方在墨西哥城郊外一个农场解救人质的行动，法国女子卡塞和她的墨西哥男友巴利亚塔因涉嫌多起绑架案被捕。然而几个月后人们发现卡塞等人早在 8 日已经被抓，警方的解救行动是事先导演出来的，目的是提振士气，重塑社会对警方打击黑帮绑架团伙的信心。面对质疑，负责抓捕的墨西哥联邦调查局不得不承认行动涉嫌摆拍，但坚称卡塞等人有罪。此案在墨西哥国内外引起巨大争议，对墨西哥与法国的关系也产生了很大影响。在多方斡旋下，2013 年 1 月 22 日，墨西哥最高法院最终裁定卡塞无罪，予以释放。卡塞随后回到法国，而巴利亚塔至今仍被关押在狱中，等待着判决。

丰泉奖评委会主席，西班牙著名作家、哲学家费尔南多·萨瓦特尔（Fernando Savater，1947—　）认为，博尔皮的小说是一个迷人的非虚构故事："在这部作品中，叙事者好似一只眼睛，它在事实中穿梭并将它们整理起来。它充满疑惑，却找不到答案，看到的只有现实世界的扑朔迷离。"（Ordaz）《一部犯罪小说》通过梳理卡塞－巴利亚塔案中种种鲜为人知的细节，批判政治势力对司法的干预，深刻反思了司法系统的腐败问题。博尔皮在接受采访时表示，无论在故事中还是在现实中，信任危机是墨西哥社会面临的一个重要问题。由于司法不公，寻找真相变得格外困难，人们不再相信政府文件上的内容，不再信任法官的判决。因此他用三年时间对卡塞－巴利亚塔案展开了深入的调查，阅读了与之相关的所有文件和出版物，并以此为基础创作了《一部犯罪小说》，探讨在纷繁的证词与充满争议、自相矛盾的判决背后，文学能否帮助人们认清真相。（Aguilar Sosa）

2018 年年初另一部引人瞩目的小说是阿尔贝托·鲁伊·桑切斯（Alberto Ruy Sánchez，1951— ）的《蛇之梦》（*Los sueños de la serpiente*，2017）。2 月 2 日，在安赫拉·佩拉尔塔剧院举行的马萨特兰国际狂欢节颁奖晚会上，2018 马萨特兰文学奖颁发给了这部以"欲望与罪恶"为主题的小说。该奖项设立于 1964 年，旨在表彰墨西哥最优秀的文学作品。本届评委会主席由作家胡安·何塞·罗德里格斯（Juan José Rodríguez，1970— ）担任。在谈及鲁伊·桑切斯的作品时，他认为作家跨越了散文和小说的界限，用复调的手法展现了人性恶的多面性，这部小说仿佛是一场穿梭于 20 世纪人类最可怕梦境的旅行。（Redacción Crónica）

《蛇之梦》围绕 1940 年 8 月 21 日托洛茨基在墨西哥城遇害一案展开。主人公是一个墨西哥人，先后移民美国和苏联，曾在福特汽车工厂工作，还当过苏联内卫军首领儿子的家庭教师，最终成为一名秘密警察。而他爱上了西尔维娅·阿杰洛夫——托洛茨基的女秘书。她被苏联特务拉蒙·麦卡德尔诱骗和利用，使麦卡德尔得以接近托洛茨基并将其杀害。在小说中，蛇象征着谎言和幻象，主人公反复做着与蛇有关的梦，最终发现不是蛇在自己的梦里，而是自己身在蛇的梦中。作家指出，小说的主人公是一个悲剧性的人物。他经历了 20 世纪一系列乌托邦式的幻想及其破灭后的可怕后果，比如墨西哥移民在美国寻找更好生活的梦想，工会组织和工业化未来给人们带来的希望，以及通过集权和独裁走向更好世界的谎言。（Instituto de Cultura, Turismo y Arte de Mazatlán）尽管小说犀利地剖析了人性恶的一面，对鲁伊·桑切斯而言，最重要的是《蛇之梦》能提醒读者文学可以为人类提供救赎之法。它可以给混乱的生活以秩序，让人们获得片刻的安宁。鲁伊·桑切斯在接受采访时说："我们生活在蒙昧之中。作家的一个根本任务就是寻找光明，即启蒙。一个知识分子不该忽视理性，他应该对那些蒙蔽人们的事物保持清醒，例如政党和时代潮流。"（Tola）

鲁伊·桑切斯生于墨西哥城。学生时代曾在巴黎生活多年，师从罗兰·巴尔特、吉尔·德勒兹、雅克·朗西埃、阿芒·马特拉等人，获巴黎第七大学传播学博士学位。1987 年他凭借处女作《空气的名字》（*Los nombres del aire*，1987）获哈维尔·比利亚乌鲁蒂亚奖。该奖项创立于 1955 年，由阿方索国际协会与墨西哥文化部下属的国家文化艺术协会联合颁发。小说讲述了一个名叫法特玛的年轻女孩在摩洛哥摩加多尔的经历，用诗意的语言细腻地描绘了女性隐秘的欲望和敏感的内心世界。鲁伊·桑切斯的作品还有小说《摩加多尔的秘密花园》（*Los jardines secretos de Mogador*，2001）、文集《真相的悲哀：安德烈·纪德从俄国归来》（*Tristeza de la verdad: André Gide regresa de Rusia*，1991）、《奥克塔维奥·帕斯：无花果树的言说与歌唱》（*Octavio Paz: cuenta y canta la higuera*，2014）以及诗集《应许之地》（*Lugares prometidos*，2006）、《蜂鸟之光》（*Luz del colibrí*，2016）等。鲁伊·桑切斯曾于 1984 至 1986 年担任著名文学杂志《回归》的编辑部主任，1988 年至今担任《墨西哥艺术》（*Artes de México*）的总编。

2017 年 12 月，他因在小说、诗歌、散文领域的卓越创作以及为推动墨西哥文化走向世界而做出的杰出编辑工作，获墨西哥国家艺术文学奖（Premio Nacional de Artes y Literatura）。该奖项由墨西哥政府颁发，是墨西哥国内最有影响力的终身成就奖之一。

2018 年 3 月，大卫·托斯卡纳（David Toscana，1961— ）的《奥列加罗伊》（*Olegaroy*，2017）获哈维尔·比利亚乌鲁蒂亚奖。大卫·托斯卡纳生于墨西哥北部城市蒙特雷，著有长篇小说《自行车》（*Las bicicletas*，1992）、《图拉站》（*Estación Tula*，1995）、《马戏团的圣母玛利亚》（*Santa María del Circo*，1998）、《向米盖尔·普鲁内达致哀》（*Duelo por Miguel Pruneda*，2002）等，著作《最后一位读者》（*El último lector*，2004）曾获科利马叙事文学奖（Premio Bellas Artes de Narrativa Colima para Obra Publicada），《光明的军队》（*El ejército iluminado*，2006）曾获美洲之家何塞·玛利亚·阿尔盖达斯叙事文学奖（Premio Casa de las Américas de Narrativa José María Arguedas）。他还出版了短篇小说集《远方酒馆的故事》（*Historias del Lontananza*，1997）和儿童文学作品《哥尼斯堡的桥》（*Los puentes de Königsberg*，2009）等。

本届哈维尔·比利亚乌鲁蒂亚奖的评委们一致认为，《奥列加罗伊》是一部机敏睿智、风格独特的小说。众多人物的命运以一种意料之外、情理之中的方式交织在一起。托斯卡纳的叙述既有很强的幽默感，又不失深刻的哲学思辨。(EFE, "David Toscana gana Premio Xavier Villaurrutia.") 托斯卡纳撰写这部小说的灵感来自 1949 年震惊世界足坛的"苏佩加空难"。5 月 4 日，当意大利都灵足球队在葡萄牙打完一场友谊赛回国时，他们乘坐的飞机受雷雨和云雾的影响，径直撞向了机场附近苏佩加山上的一座教堂。事故导致机上 31 人全部遇难，使当时意大利最优秀的都灵队全军覆没，也使意大利的足球事业元气大伤。这场空难让托斯卡纳久久不能忘怀，他一直想找到一个适合的形式来讲述这个故事。最初他准备创作一部《人类灾难百科全书》（*La enciclopedia de la desgracia humana*），随着写作的深入，他决定用戏谑的口吻来探讨无常的命运与永恒的死亡，故事发生地也从苏佩加转到了蒙特雷。（Redacción AN）小说主人公奥列加罗伊是一个 53 岁的失眠症患者，对空难和车祸情有独钟，热衷于思考死亡，靠冒充死者亲属在葬礼和守灵仪式上蹭吃蹭喝过活。小说以奥列加罗伊女邻居被杀一案为切入点，展开主人公对死亡的诘问。有评论认为，作家在这部小说中反思了人们是否能通过语言认清真相的问题。谁也不知道奥列加罗伊究竟是一个超前于时代的智者还是一个胡言乱语的骗子和疯子。他对世间万物不停地提出各种质疑，却不在乎是否能得到满意的答案。（Pliego, "Los muchos David Doscana."）托斯卡纳在接受采访时表示，从某种意义上来看，小说家也有责任成为哲学家。"一个人合上书，继续思考着书中所讲，内心真切地感受到震撼，书里的一切让你反思人生、存在和自由，这样的作品才是真正给我们带来愉悦的小说。"（Mendoza）

二、终身成就奖

2018 年，有两项终身成就奖的颁发值得特别关注。8 月，墨西哥作家胡安·维略罗（Juan Villoro, 1956— ）获首届豪尔赫·伊瓦古恩戈伊蒂亚奖（Premio Jorge Ibargüengoitia）。设立该奖既是为了表彰用自己的作品对墨西哥文学的发展做出卓越贡献的作家，也是为了向豪尔赫·伊瓦古恩戈伊蒂亚（Jorge Ibargüengoitia, 1928—1983）这位出生于瓜纳华托的杰出作家致敬。2018 年恰逢伊瓦古恩戈伊蒂亚诞辰 90 周年，这为奖项的颁发增添了历史意义。豪尔赫·伊瓦古恩戈伊蒂亚是墨西哥著名剧作家、小说家和戏剧评论家。他曾在墨西哥国立自治大学学习戏剧艺术和文学，1955 年获洛克菲勒基金会奖学金，后赴纽约学习戏剧创作。1963 年伊瓦古恩戈伊蒂亚凭借剧作《袭击》（*El atentado*，1963）获美洲之家戏剧文学奖（Premio Casa de las Américas），次年又以《八月的闪电》（*Los relámpagos de agosto*，1964）参加长篇小说单元的竞赛，并再次获奖。他的作品还有戏剧《与天使交战》（*La lucha con el Ángel*，1955）、《被出卖的阴谋》（*La conspiración vendida*，1975），长篇小说《死去的女人们》（*Las muertas*，1977）、《两起犯罪》（*Dos crímenes*，1979），文集《现代墨西哥戏剧》（*Teatro mexicano contemporáneo*，1954）、《在未知的美洲旅行》（*Viajes en la América ignota*，1972）等。伊瓦古恩戈伊蒂亚的作品以幽默著称，常以讽刺调侃的笔调书写拉丁美洲的历史。他喜欢在模糊的时空背景下，用富有代表性的人物隐喻和批判现实，对墨西哥当代文学产生了深远影响。

　　本届获奖者胡安·维略罗生于墨西哥城。和伊瓦古恩戈伊蒂亚一样，维略罗也是文学创作领域的多面手。20 世纪 80 年代，他以一部短篇小说集《可以航行的夜晚》（*La noche navegable*，1980）初涉文坛。1988 年因翻译德国学者、作家格奥尔格·克里斯托夫·利希滕贝格的作品获夸乌特莫克翻译奖（Premio Cuauhtémoc de Traducción）。1999 年维略罗凭借短篇小说集《主场失利》（*La casa pierde*，1999）获哈维尔·比利亚乌鲁蒂亚奖。次年他的文学评论集《个人印象》（*Efectos personales*，2000）又摘得了马萨特兰文学奖。2004 年他的长篇小说《证人》（*El testigo*，2004）获埃拉尔德奖（Premio Herralde）。他常年与《自由文学》（*Letras Libres*）、《改革报》(*Reforma*)、《国家报》(*El País*) 等多家报刊杂志合作，撰写关于体育、摇滚乐、电影、文学的文章。他的作品还有小说《氩光束》(*El disparo de argón*，1991)、《阿姆斯特丹的来电》(*Llamadas de Ámsterdam*，2007)，游记《清风游弋的棕榈林：尤卡坦纪行》(*Palmeras de la brisa rápida: un viaje a Yucatán*，1989)，关于足球的散文集《上帝是圆的》(*Dios es redondo*，2006) 以及剧本《部分死亡》(*Muerte parcial*，2008) 等。此外，他也是一位成功的儿童文学作家，著有《齐博尔教授和神奇的电吉他》(*El profesor Zíper y la fabulosa guitarra eléctrica*，1992)、《吸血鬼高速路》(*Autopista sanguijuela*，1998)、《可乐饼猎人》(*Cazadores de croquetas*，2007) 等。

2018 年获得终身成就奖的还有墨西哥诗人、文学评论家阿道弗·卡斯塔农 (Adolfo Castañón，1952—)。11 月 5 日，阿方索·雷耶斯国际文学奖 (Premio Internacional Alfonso Reyes) 获奖结果揭晓，卡斯塔农成功折桂。评委会对他的文学成就给予高度评价，并一致决定将这一享有盛誉的终身成就奖颁发给他。评委们认为卡斯塔农既是藏书家、诗人、短篇小说家，也是散文家、历史学家、文学批评家，对文学全身心地投入，在多个领域都有很高的造诣。卡斯塔农获奖的另一个原因在于，近三十年来，他一直从事对墨西哥作家、外交家、思想家阿方索·雷耶斯作品及形象的研究，并取得了丰硕的成果。(Ramos)

卡斯塔农生于墨西哥城，毕业于墨西哥国立自治大学文哲系。他曾任墨西哥经济文化基金会出版社编辑部主任，先后主持了阿方索·雷耶斯、奥克塔维奥·帕斯、胡安·何塞·阿雷奥拉等重要作家的全集或选集的编纂出版工作。他还是墨西哥国立自治大学文学研究院的研究员，2003 年当选为墨西哥语言学院院士。在文学创作领域，1995 年他凭借文学评论集《岩洞有两个入口》（*La gruta tiene dos entradas*，1994）获马萨特兰文学奖。2008 年他的文集《墨西哥之旅》（*Viaje a México*，2008）获哈维尔·比利亚乌鲁蒂亚奖。2009 年，卡斯塔农因主持墨西哥国立自治大学电视台播出的《思想背后的大师》（*Los maestros detrás de las ideas*）系列访谈节目获何塞·帕戈斯·耶尔格国家新闻奖（Premio Nacional de Periodismo José Pagés Llergo）。他的代表作有《阿方索·雷耶斯：流浪的声音骑士》（*Alfonso Reyes: caballero de la voz errante*，1988）、《墨西哥文学漫游》（*Arbitrario de literatura mexicana*，1993）、《堂吉诃德与令人着迷的机器》（*Don Quijote y la máquina encantadora*，2013），小说《永久的战争》（*La batalla perdurable*，1994），诗集《科约阿坎的回忆》（*Recuerdos de Coyoacán*，1998）、《钟与时间》（*La campana y el tiempo*，2003）等。卡斯塔农还译有法国思想家让-雅克·卢梭的《论语言的起源》和法裔美国文学批评家与翻译理论家乔治·斯坦纳的《巴别塔之后》。

三、阿雷奥拉百年诞辰

2018 年墨西哥文坛的重要事件之一是作家胡安·何塞·阿雷奥拉（Juan José Arreola，1918—2001）的百年诞辰。阿雷奥拉生于哈利斯科州的大萨波特兰（今古斯曼城）。童年时因家庭贫困，小学未毕业便已辍学。迫于生计，他曾做过印刷工、小贩、搬运工、面包师、喜剧演员等各式各样的工作，遍尝世情冷暖，为他后来的文学创作积累了丰富的素材。1937 年阿雷奥拉进入墨西哥国家戏剧美术学院学习，后在朋友的帮助下获得奖学金赴巴黎学习戏剧表演和创作。1943 年，阿雷奥拉的短篇小说《他活着的时候行了善事》（"Hizo el bien mientras vivió"）在他参与筹办的《回声》（*Eos*）杂志创刊号上发表，备受评论界赞誉。从此他开始在墨西哥文坛崭露头角，在多种文学杂志上发表作品。他的语言富有诗意，创作手法不拘一格。《寓言集》（*Confabulario*，1952）、《动物集》（*Bestiario*，1972）等短篇小说巧妙地将想象与现实结合起来，字里行间蕴含着丰富而深刻的哲理。他唯一的一部长篇小说《集市》（*La feria*，1963）曾获哈维尔·比利亚乌鲁蒂亚奖。该书由 288 个片段组成，通过传说、趣闻轶事和人物对话，勾勒出一幅生动的大萨波特兰居民群像。阿雷奥拉还曾获得墨西哥国家文学奖（Premio Nacional de Ciencias y Artes: Lingüística y Literatura）、胡安·鲁尔福文学奖（Premio Juan Rulfo）、阿方索·雷耶斯国际文学奖等举足轻重的文学奖项。2001 年，阿雷奥拉在瓜达拉哈拉病逝，享年 83 岁。

为了向这位文学大师致敬，联合国教科文组织将 2018 年命名为"胡安·何塞·阿雷奥拉年"。（Vázquez）墨西哥文化部、哈利斯科州政府、瓜达拉哈拉大学、墨西哥国立自治大学、特莱维萨基金会等多家组织和机构举办了上千场形式多样的纪念活动，包括讲座、圆桌会议、展览、写作坊、征文比赛、朗诵接力，甚至以阿雷奥拉命名国际象棋比赛。（Lindero）其中，值得特别关注的是第十七届胡安·何塞·阿雷奥拉全国短篇小说竞赛（Concurso Nacional de Cuento Juan José Arreola）。这项赛事由瓜达拉哈拉大学创办于 2002 年，既是为了纪念短篇小说大师阿雷奥拉，也是为了鼓励更多的青年作家投身短篇小说创作，推动墨西哥的文学艺术发展。2018 年获奖的作品是海梅·罗梅洛（Jaime Romero，1974—　）的短篇小说集《有去无回的黎明》（*Una madrugada sin retorno*，2018）。评委会认为，这部作品展现出罗梅洛在情节设计、营造张力和引起阅读兴趣方面的卓越才能。书中的 11 篇作品围绕一系列日常生活中的情景展开，爱情、背叛、暴力和欲望是作家探讨的核心内容。小说中的人物职业各异，而他们无不为欲望所困，深陷由暴力和背叛织就的现实之网中。(Sigala)

此外，阿雷奥拉的作品也被重新编辑出版。行星出版社于 9 月推出了新版《银尖》（*Punta de plata*）。该书最早出版于 1958 年，是阿雷奥拉代表作《动物集》的前身。书中收录了阿雷奥拉在参观完墨西哥城的查普尔特佩克动物园后创作的 18 篇短文和墨西哥画家埃克托尔·哈维尔（Héctor Xavier，1921—1994）绘制的 24 幅相关动物画像。此次的阿雷奥拉百年诞辰纪念版是这部图文并茂的作品时隔六十年后首次与读者见面。经济文化基金会出版社出版了阿雷奥拉之子奥尔索·阿雷奥拉（Orso Arreola，1948—　）等编著的《胡安·何塞·阿雷奥拉：肖像集》（*Juan José Arreola. Iconografía*）。该书用图像的形式回顾了阿雷奥拉一生中最重要的时刻：在萨波特兰度过的童年，青年时戏剧表演的经历，他与家人和朋友在一起的时光，他身为作家和编辑的生活，以及这位公众眼中的传奇人物的晚年岁月。书中还附有由奥尔索·阿雷奥拉和作家费利佩·巴斯克斯（Felipe Vázquez，1966—　）撰写的介绍文字。

11 月 26 日，在瓜达拉哈拉国际书展期间举行了名为"阿雷奥拉三重唱"（Arreola a tres voces）的对谈活动。著名作家、心理学家卡门·毕忧罗（Carmen Villoro，1958—　）担任主持，研究阿雷奥拉的专家萨拉·波特－埃雷拉（Sara Poot-Herrera，1949—　）与奥尔索·阿雷奥拉就作家的生平及作品等展开了精彩的讨论。这场对谈活动原计划邀请墨西哥著名作家、外交家费尔南多·德尔帕索（Fernando del Paso，1935—2018）参加，但令人悲伤的是，德尔帕索于 11 月 14 日溘然长逝，该活动变为对阿雷奥拉和德尔帕索两位作家的纪念。活动开始后，全体起立并默哀一分钟，以寄托对逝者的哀思。波特－埃雷拉指出，阿雷奥拉和德尔帕索都是在 83 岁时离开我们的，两人身上有很多共同点。他们都曾是墨西哥作家中心（Centro Mexicano de Escritores）的成员，都斩获过许多文学大奖。不同的是阿雷奥拉擅长短篇小说的创作，而德尔帕索在长篇小说领域更为出色。（Ntx-eitmedia）

德尔帕索生于墨西哥城，早年做过记者和播音员，业余时间从事诗歌和绘画创作。1965 年，他得到墨西哥作家中心资助，完成了首部长篇小说《何塞·特里戈》（*José Trigo*）。小说用丰富而巧妙的叙事手法，以寻找一个名叫何塞·特里戈的人为线索，讲述了 20 世纪 50 年代末铁路工人罢工期间发生的故事，获 1966 年哈维尔·比利亚乌鲁蒂亚奖。德尔帕索的另一部杰作是获得 1982 年罗慕洛·加列戈斯奖的《墨西哥的帕利努罗》（*Palinuro de México*，1977）。小说以 1968 年墨西哥城三文化广场惨案为背景，讲述了死于此案的帕里努罗及其家人的经历，犀利生动的语言和时空交错的结构为这部作品赋予了超现实主义的色彩。而真正奠定德尔帕索在墨西哥文学史上地位的是曾获得马萨特兰文学奖的《帝国轶闻》（*Noticias del imperio*，1987）。这是一部介于小说与历史之间的作品，偶数章按照真实历史叙述了墨西哥第二帝国时期，皇帝马克西米利亚诺和他的妻子卡洛塔与墨西哥总统华雷斯之间的斗争；奇数章则由作家虚构的卡洛塔发疯之后的幻觉、梦呓、谵语和回忆组成。德尔帕索用独特的视角审视历史，笔触涉及当时墨西哥与欧洲的政治制度、经济状况、伦理道德、社会现象等方方面面的内容。《帝国轶闻》篇幅宏大，思想深刻，是一部着眼于特定历史时期风貌的全景式小说，也是拉丁美洲新历史小说的代表。德尔帕索一生只创作了三部长篇小说，但每一部都有新颖独到之处，展现了作家对革新小说创作手法所做的不懈努力。他的作品还有戏剧《米拉玛尔的疯女人》（*La loca de Miramar*，1988）、文学评传《记忆与遗忘：胡安·何塞·阿雷奥拉的人生（1920—1947)》（*Memoria y olvido. Vida de Juan José Arreola：1920-1947*，1994）等。2014 年德尔帕索获得了阿方索·雷耶斯国际文学奖，次年又加冕塞万提斯奖。德尔帕索及其创作对后世作家产生了深远影响，他去世的消息让墨西哥文学界沉浸在哀伤之中。正如文学评论家克里斯托弗·多明戈斯·米克尔（Christopher Domínguez Michael，1962— ）在纪念德尔帕索的文章中指出的，《帝国轶闻》是公认的近三十年来墨西哥最好的小说之一，费尔南多·德尔帕索的离世宛若一曲拉美魔幻现实主义的天鹅之歌。

结语

2018 年的墨西哥文坛呈现出平稳发展的景象。皮托尔、德尔帕索等老作家的离世让人扼腕叹息，中青年作家的崛起又让人振奋。与前辈大师一样，他们往往是文学创作的多面手，同时也是颇具影响力的社会活动家和墨西哥文化的推广者。他们的作品或从历史中汲取素材，或从社会问题中引发思考，风格各异的书写方式体现出作家们对文学价值的不懈追求。此外，以阿雷奥拉的百年诞辰为契机，人们举行了上千场内容丰富的纪念活动，反映了近年来墨西哥文学界重视经典作家、强调墨西哥自身文学传统的趋势。

参考文献：

Aguilar Sosa, Yanet. "Calderón y Sarkozy estaban obsesionados con la justicia: Jorge Volpi." *El Universal*. 31 Jan. 2018. Web.14 May 2019.
<https://www.eluniversal.com.mx/cultura/letras/calderon-y-sarkozy-estaban-

obsesionados-con-la-justicia-jorge-volpi>.

Beauregard, Luis Pablo y Marcial, Pérez David. "Muere el escritor mexicano Sergio Pitol a los 85 años." *El País*. 13 Apr. 2018. Web. 27 Jun. 2019. <https://elpais.com/cultura/2018/04/12/actualidad/1523547276_981640.html>.

Domínguez Michael, Christopher. "Fernando Del Paso (1935–2018)." *Letras Libres*. 15 Nov. 2018. Web. 27 Jun. 2019. <https://www.letraslibres.com/mexico/literatura/fernando-del-paso-1935-2018>.

EFE. "Desconfianza en el sistema judicial mexicano impulsó novela de Volpi." *El Universal*. 31 Jan. 2018. Web.14 May 2019. <https://www.eluniversal.com.mx/cultura/letras/desconfianza-en-el-sistema-judicial-mexicano-impulso-novela-de-volpi>.

——. "David Toscana gana Premio Xavier Villaurrutia." *Excelsior*. 21 Mar. 2018. Web. 16 May 2019. <https://www.excelsior.com.mx/expresiones/2018/03/21/1227805>.

Instituto de Cultura, Turismo y Arte de Mazatlán. "Alberto Ruy Sánchez gana el Premio Mazatlán de Literatura 2018." *Cultura UNAM*. 30 Jan. 2018. Web.11 May 2019. <http://www.unamglobal.unam.mx/?p=32280>.

Lindero, Scarlett. "Celebra Arreola en la UNAM." *Heraldo de México*. 11 Apr. 2018. Web.26 Jun. 2019. <https://heraldodemexico.com.mx/artes/celebra-arreola-en-la-unam/>.

Mendoza, Ana. "David Toscana: 'Por más que quiero ser Dostoievski, no me sale'." *Zenda*. 29 Nov. 2018. Web.11 May 2019. <https://www.zendalibros.com/david-toscana-mas-quiero-dostoievski-no-me-sale/>.

Ntx-eitmedia. "Recuerdan en la FIL a Juan José Arreola y Fernando del Paso." *Eitmedia*. 26 Nov. 2018. Web. 27 Jun. 2019. <https://eitmedia.mx/index.php/entretenimiento/mamotreto/item/29163-recuerdan-en-la-fil-a-juan-jose-arreola-y-fernando-del-paso?tmpl=component&print=1>.

Ordaz, Pablo. "Literatura para liberar la verdad." *El País*. 26 Mar. 2018. Web. 12 Jun. 2019. <https://elpais.com/cultura/2018/03/23/babelia/1521803125_386534.html>.

Pliego, Roberto. "El sabio tonto de Monterrey." *Milenio*. 11 Nov. 2017. Web. 18 Jun. 2019. <http://origin-www.milenio.com/cultura/el-sabio-tonto-de-monterrey>.

——. "Los muchos David Toscana." *Nexos*. 3 Apr. 2018. Web. 11 May 2019. <https://cultura.nexos.com.mx/?p=15488>.

Ramos, Jacquelin. "Adolfo Castañón recibirá el premio Alfonso Reyes." *Siempre*. 6 Nov. 2018. Web. 23 Jun. 2019.

<http://www.siempre.mx/2018/11/adolfo-castanon-recibira-el-premio-alfonso-reyes/>.

Redacción AN. "'La lectura del Quijote marcó mi vocación de escritor': David Toscana." *Aristegui Noticias.* 27 Mar. 2018. Web. 21 Apr. 2018. <https://aristeguinoticias.com/2703/kiosko/la-lectura-del-quijote-marco-mi-vocacion-de-escritor-david-toscana/>.

Redacción AN/HG. "Adolfo Castañón gana el Premio Internacional Alfonso Reyes 2018." *Aristegui Noticias.* 5 Nov. 2018. Web. 13 May 2019. <https://aristeguinoticias.com/0511/kiosko/adolfo-castanon-gana-el-premio-internacional-alfonso-reyes-2018/>.

Sigala, Ricardo. "Una madrugada sin retornode Jaime Romero." *Gaceta de Cursur.* 135 (2018): 5. Web. 27 Jun. 2019. <http://www.cusur.udg.mx/es/sites/default/files/gaceta135diciembre2018.pdf>.

Tola, Raúl. "La desconcertante vida de un mexicano entre Stalin y Trotski." *El País.* 26 Mar. 2018. Web. 17 Jun. 2019. <https://elpais.com/cultura/2018/03/26/actualidad/1522081267_359159.html>.

UGTO. "Comienza 60 Feria del Libro de la UG con premio para el escritor Juan Villoro." *UGTO.* 30 Ago. 2018. Web. 19 Jun. 2019. <http://www.ugto.mx/campusgto/noticias-gto/2763-comienza-60-feria-del-libro-de-la-ug-con-premio-para-el-escritor-juan-villoro>.

Vázquez, Enrique. "2018 es el Año Juan José Arreola." *Milenio.* 23 Feb. 2018. Web. 24 Jun. 2019. <https://www.milenio.com/cultura/2018-es-el-ano-juan-jose-arreola>.

Volpi, Jorge. *Una novela criminal.* Barcelona: Penguin Random House Grupo Editorial (Alfaguara), 2018.

作者：周维，北京外国语大学中文学院，首都师范大学外国语学院

2018 年葡萄牙文学概览

金心艺　黄凌晨

内容提要：2018 年，葡萄牙文坛依然不乏精彩之作问世，不少作品获得国内外重要文学奖项。诗歌与小说在主题、视角、表达形式和创作方式上各有创新和侧重点；纪实文学与杂文代表作则集中体现出葡萄牙当代知识分子对历史、艺术、世界等方面的现实性思考。这些作品在为葡萄牙文坛注入新鲜活力的同时，也带来了不拘一格的文学表达和多维度的深刻哲思。本文将从年度诗歌作品、年度小说作品以及其他类型文学作品三个部分出发，选取 16 位代表性作家及其书籍，介绍 2018 年度葡萄牙文学总体情况。

一、年度诗歌作品：诗歌、精神与世界

（一）安东尼奥·卡洛斯·科尔特斯与《具象之痛》

　　2018 年 12 月 15 日，葡萄牙诗人安东尼奥·卡洛斯·科尔特斯（António Carlos Cortez, 1976— ）凭借诗集《具象之痛》（A Dor Concreta）获得葡萄牙作家协会大奖系列（Grandes Prémios da

APE)[1] 中的特谢拉·德·帕斯科艾斯诗歌大奖（Grande Prémio de Poesia Teixeira de Pascoaes APE）。这是葡萄牙国内最重要的诗歌奖项之一，旨在纪念葡萄牙追怀主义（Saudosismo）[2] 代表诗人帕斯科艾斯（1877—1952），每年嘉奖一位葡萄牙诗人及其最新作品，奖金 12 500 欧元。

科尔特斯出生于里斯本，是葡萄牙知名诗人、散文家，至今已有十余部作品。代表作有《边界暗影》（*A Sombra no Limite*，2004）、《十二月以降》（*Depois de Dezembro*，2010）、《黑色的名字》（*O Nome Negro*，2013）、《受伤的动物》（*Animais Feridos*，2016）、《乌鸦、蛇与豺狼》（*Corvos, Cobras e Chacais*，2017）等。其中，诗集《十二月以降》获得 2011 年葡萄牙作者协会文学奖（Prémio da Sociedade Portuguesa de Autores SPA）。其作品在欧洲被译为多种语言。

本次特谢拉·德·帕斯科艾斯诗歌大奖的获奖诗集《具象之痛》是科尔特斯根据 1999 年以来的作品所编的自选集，这在该奖项历年获奖作品中实属罕见。评审团认为作品展现了诗人"对诗性语言净化之路的坚守"（*Município de Amarante*）；在后记中，诗人路易斯·金泰斯（Luís Quinais）写道："诗是语言梦见自身并重获自我意识的地方……而科尔特斯在诗歌中将语言变成了一种回忆的艺术。"（Cortez：191—195）。诗集标题取自作者 2002 年出版的作品《河上舟楫》（*Um Barco no Rio*），与二十世纪伟大诗人费尔南多·佩索阿（Fernando Pessoa，1888—1935）的名句"诗人是一个伪装者／如此彻底／以至于伪装成痛／他所真实感受的痛"遥相呼应，意指诗歌

---

1 葡萄牙作家协会大奖系列自 1979 年设立以来，颁发诗歌、中长篇小说、短篇故事、纪实文学、杂文和旅行文学等系列年度文学奖项，具有相当高的权威性。详情可查阅《外国文学通览：2016》中的《2016 年葡萄牙文学概览》（张晓非：275—290）。

2 追怀主义：葡萄牙二十世纪初文学与哲学的思潮运动，以杂志《鹰》（*Águia*，1910—1932）为主要发声载体，主张通过颂扬"追怀"（Saudade）和具有弥赛亚精神的爱国主义，回归葡萄牙文化传统，实现国家复兴。

是语言与想象的结晶，也为诗人带来文学创造之痛。科尔特斯将华莱士·史蒂文斯（Wallace Stevens, 1879—1955）的代表作《弹蓝色吉它的人》（"The Man with the Blue Guitar"）中的诗句"诗是诗歌的主题／诗歌由此流淌／并复归于此"作为全书题记，向读者揭示自选集的题中之义，即挖掘诗歌本体内涵，提炼诗性语言艺术，深度思考诗歌、想象（虚构）和现实三者的关系。科尔特斯的诗歌语言充满形式感，富有节奏音韵，对词汇和修辞精心打磨；许多诗歌意象源自诗人的真实生活，又经由语言的艺术被虚构化。科尔特斯曾在2018年底就《具象之痛》接受媒体采访，指出2000年以来，葡萄牙的诗歌创作出现语言贫瘠化的趋势，他的自选集正是对这种现象的回应——"庸常的事物在诗歌中古已有之，重要的是诗人用什么样的语言去表达它们"，在他看来，诗人应始终探索"语言的潜能"，抵御"创造力的萎缩"（*Escritores Lusófonos*）。

《具象之痛》收录的最后十首作品出自诗集《乌鸦、蛇与豺狼》，集中展现了三个人物之间的世界观与思维冲突，三个声音相互质疑又相互补充。《乌鸦、蛇与豺狼》和未收录于本书的《受伤的动物》以及2019年新出版的《美洲豹》（*Jaguar*）共同构成散文诗三部曲，有科尔特斯一以贯之的诗学立场，也有与法国诗人兰波（Rimbaud, 1854—1891）、魏尔伦（Paul Verlaine, 1844—1986）等人的隔空碰撞，更是诗人对隐喻当下所作的最新尝试。

（二）路易斯·金泰斯与《静止的夜晚》

2019年2月，葡萄牙诗人、人类学家路易斯·金泰斯（Luís Quinais，1968— ）凭借诗集《静止的夜晚》（*A Noite Imóvel*）获得"文潮"文学节（Correntes d'Escritas）2018年度"波沃阿"文学奖

（Prémio Literário Casino da Póvoa）。这是葡萄牙规模最大、开办最早的国际文学节之一，每年二月都会聚集来自各大洲的西葡语知名作家。此前，诗人以同一部作品获得 2018 年海洋葡语文学奖第三名。

金泰斯出生于葡属殖民地安哥拉[3]一个冲突频发的地区，后随家人回到里斯本生活，1995 年至今任教于科英布拉大学人类学专业。作为人类学家，金泰斯致力于研究生物医学、艺术、人类认知与社会文化之间的交互关系（*Porto Editora*）；作为诗人，他以富有哲思和象征意味的抽象语言风格著称，对幽暗、崩坍的废墟意象情有独钟。《静止的夜晚》是金泰斯的第十二部作品，以碎片化的超短句、短诗及散文诗，带领读者穿行于"毁灭与空无的破败景象之中"，与"晦暗不明的回忆"相伴，诗人"质疑在当代精神与社会的瓦砾中是否还能找到前所未有的澄澈之美"（Ibid.）。全书共分七个诗章，前四章的标题分别是"静止的夜晚""瓦砾""珍奇屋"[4]和"伊利昂"[5]，从腐烂的城市到种族大屠杀之地，从陈列珍贵艺术品的屋子到遥远的古代城邦，诗人以空间为线索，见证逐渐消亡的人类文明。第五章"想象的王子"以"回忆"为主题，向幽暗的现实投进一缕微弱之光。第六章"一种生活"突显了人在自我与未知间探询的行路者形象，诗人指出，行路者终将踏上通往死亡和希望的斗争之路。最后一章以"一颗偶然的星球"为题，预示旧世界的瓦解和新世界的建立。诗集的后半部分有鲜明的"元诗歌"[6]特征，展现了金泰斯对诗歌语言本身的思考。读者可以看到，尽管语言有其局限性，但仍不断试图再现混乱、异质化

3　安哥拉于 1975 年独立。

4　原文为德语 Wunderkammer，是 15—18 世纪欧洲收藏家陈列珍藏品的场所，现代博物馆的前身。

5　"伊利昂"是特洛伊古城的别称，源自拉丁语 Ilium。

6　元诗歌（meta-poem）：关于诗歌本身的诗。

的内在与外在世界，它从记忆的废墟中升起，化为诗歌，成为行路者抵抗混沌现实的武器。

金泰斯从 1995 年起出版诗集，代表作有《含混的忧伤》（*A imprecisa melancolia*，1995）、《背阴处》（*Umbria*，1999）、《古老的诗句》（*Verso Antigo*，2001）、《决斗》（*Duelo*，2004）、《在黑板上划去~~疼痛~~》（*Riscava a palavra ~~dor~~ no quadro negro*，2010）、《玻璃》（*O vidro*，2014）以及《从一首天鹅之歌中拔下羽毛》（*Arrancar penas a um canto de cisne*，2015）等。作品曾获 2005 年度"路易斯·米格尔·纳瓦"诗歌奖（Prémio Luís Miguel Nava – Poesia）和葡萄牙笔会诗歌奖（Prémio de Poesia do PEN Clube português 2005）、2014 年伊内斯·德·卡斯特罗基金会文学奖（Prémio Literário Fundação Inês de Castro 2014）以及 2015 年度特谢拉·德·帕斯科艾斯诗歌大奖等多个重要奖项。2018 年，金泰斯出版最新诗集《竞技》（*Agon*）。该书包含诗人三十多年前的早期诗歌和最新作品，让过去与当下并峙，以考古学的视角，重新审视了"文字"与"书写"。

（三）其他重要诗人及新作

2018 年 11 月，葡萄牙著名诗人、文学评论家、里斯本大学文学院教授若阿金·曼努埃尔·马加良斯（Joaquim Manuel Magalhães，1945— ）出版诗集《于我而言》（*Para comigo*），受到媒体和评论界的广泛关注。和同辈诗人相比，马加良斯所著不多，却是葡萄牙当代诗歌中反叛与决裂的代表。新诗集对旧诗进行了大规模的重组、删减和增补（这是马加良斯典型的创作方法），尽可能消除诗句间的连贯性，如剔除连接词或连接性短语，以"点描"的手法突显词语的瞬间和突然性，例如"铜像的大衣／欢快，长矛／歌唱的风箱／浑厚有活力，誓言。"（Magalhães：12）诗人在接受《公众报》（*Público*）采访时表示，这部诗集受到了二十世纪奥地利作曲家安东·韦伯恩（Anton Webern，1883—1945）序列主义音乐的影响。孤立的单词和短小的诗句如同韦伯恩高度简洁而克制的音符，为作品留白。此外，诗人极力避免词汇的重复，探索诗歌韵律的非常规音效。相比诗人在八十年代提出的"让诗歌回归外部世界"的主张（Lage，1887），《于我而言》展现了马加良斯诗歌美学立场的另一面：让"意义的空缺"在诗词的声效与空间排列中有节奏地显现，让一切可以言说的事物"潜伏"在诗句的背后。（*Público*）这也对许多习惯阅读传统抒情诗的读者提出了挑战：需要通过独立自主的阅读来挖掘和构建诗人简洁文本中所蕴含的丰富内涵。马加良斯从 1974 年开始出版诗集，代表作品有《白日，小水塘》（*Os Dias, Pequenos Charcos*，1981）、《秘密，篱笆，冲积层》（*Segredos, Sebes, Aluviões*，1985）、《一束光和一顶红色帐篷》（*Uma Luz com Um Toldo Vermelho*，1990）、《尘埃随风而去》（*A Poeira Levada pelo Vento*，2001）等。作品曾多次获得国内重要文学奖项，如"唐·迪尼士"奖（Prémio D. Dinis，1993）、葡萄牙作家协会诗歌大奖（1993）以及葡萄牙笔会诗歌奖（1994 & 2000）。

2018 年 8 月，鲁伊·皮雷斯·卡布拉尔（Rui Pires Cabral，1967— ）出版新诗集《暗机器使用者手册》（*Manual do Condutor de Máquinas Sombrias*）。该作品主题涉及当代社会的不确定性、个人在时代洪流下的无所适从与孤寂感。诗人用拼贴诗的方式，将诗句嵌入黑白色为主的匿名者人脸相片中，打破了语言文字和视觉图像的壁垒。卡布拉尔出生于葡萄牙东北部农村，现为诗人和英语文学译者。他从 1994 年起出版诗集，代表作有《车站地理学》（*Geografia das estações*，1994）、《音乐选集 & 十一座城市》（*Música Antológica*

& *Onze Cidades*，1997)、《广场与后院》(*Praças e Quintais*，2003)、《男孩们的图书馆》(*Biblioteca dos Rapazes*，2012)、《破碎》(*Broken*，2013) 等。卡布拉尔的诗歌涉及大量乡村及城市生活中最普通的场景，其笔下的"诗人"始终孤独地游走于全球化背景下充满矛盾与冲突的现实社会，寻找精神的寄托；另一方面，从 2012 年开始，卡布拉尔的诗歌语言发生了巨大转变，他开始坚持用拼贴诗进行创作，读者可以看到诗句分散在各种图像碎块之中，这些图像来自旧明信片、杂志、旧书籍、日历、城市旅游宣传册等，《暗机器使用者手册》正是延续了这种创作方式，从而将高度个人化视角下的世界进一步具像化。

2018 年 5 月，葡萄牙诗坛老将阿尔贝托·皮门塔 (Alberto Pimenta，1937—) 出版了他的第四十部诗集《路途中稍后再想》(*Pensar depois no caminho*)。该书是一首长达两百多页的现代史诗，以酣畅激越的叙述性文字探讨了诸神、战争、历史、远游等传统主题，同时以不乏辛辣讽刺的语言直指现代社会的种种弊端。皮门塔一贯擅用诗歌视觉元素的特点也在这部诗集中展现得淋漓尽致：全书左页的诗句始终维持连贯的表达，而右页却逐渐出现诗句甚至单词内部空格分离的现象，诗句结构如同诗中骚动不安的社会，在不断的动摇中走向彻底的瓦解。皮门塔自上个世纪七十年代开始出版作品，著作颇丰，是葡萄牙文坛的多面手，在诗歌、小说、散文、评论、戏剧等领域均有成果，其作品以桀骜不驯、极富批判性著称。

二、年度小说作品：人性、真实与现实

（一）布鲁诺·维埃拉·阿马拉尔和《今天你将与我同在乐园》

2018 年 12 月 10 日，葡萄牙青年作家布鲁诺·维埃拉·阿马拉

尔（Bruno Vieira Amaral, 1978—   ）凭借其第二部长篇小说《今天你将与我同在乐园》（*Hoje Estarás Comigo no Paraíso*，下文简称《今天》）获得 2018 年度海洋葡语文学奖第二名。本届奖项共有 1364 部作品参选，入围决选名单的作品共有 60 部。小说标题源自《路加福音》中耶稣对同钉十字架的一位强盗所说的话，而这句话为正在等待死亡的后者带来了救赎。在阿马拉尔的这部作品中，救赎的方式不是像那名强盗一样信神与忏悔，而是通过"回忆"与"重构"。小说取材于作者的真实经历，叙述了"我"对三十年前一场凶杀案的调查：1985 年 2 月，"我"的表兄若昂·若热——一个安哥拉裔青年——在两个墓地之间的一条崎岖小路上惨遭杀害，年仅 21 岁。时年 7 岁的"我"对这位表兄的生前之事没有任何记忆。对"我"来说，若昂·若热"出生于被杀害的那个夜晚"（Amaral：13）。因此，"我"通过对案件的调查，不断重构那些已被自己和家人遗忘的记忆。这不仅是对死者生平的再造，更是对那个时期社会与个体生活的重现。时隔三十年，"我"借助当时的新闻报道、司法记录以及家人朋友的证词来修补过去，在现实和想象的边界寻找真相，以克制而简练的语言凸显真实。随着对表兄之死的调查逐渐展开，"我"发现这仅仅是一起意外，而非童年想象中的惊天谜团。若昂·若热只是一个被人们遗忘的名字、一则报纸上的逸闻，或是葡萄牙上世纪八十年代社会暴力事件的一个案例。他的死是沉默的。对凶杀案的调查过程正是对遗忘这一人性弱点的挑战和对道德问题的质询，也揭示了人对死亡的天然畏惧，以及探讨了如何实现对遗忘的救赎。该小说在叙事手法上十分引人注目：小说本身就是创作该小说的记录，向读者展示了叙事者"我"的创作历程，可见该作品不仅是对小说中若昂·若热生命空白的填补，也是对叙事者自己的身份意识以及世界观的呈现。2019 年

6月，阿马拉尔在北京参加第二届中国—葡萄牙文学论坛时谈及《今天》的创作，表示原本想通过案件调查和素材搜集写一部非虚构作品，但很快意识到一个好故事并不能单靠事实的堆砌来完成，而是要看这些事实如何相互关联；通过调查所得的事实是干瘪的，凭借想象与视野才能让故事更接近真相，因为它能彰显各自孤立的事实所无法表达的真实感。[7]

阿马拉尔是葡萄牙当代重要的作家、文学评论家与翻译家。他于2013 年出版第一部长篇小说《最初的事物》（*As Primeiras Coisas*），一举拿下五个重要文学奖项：萨拉马戈文学奖（Prémio Literário José Saramago，2015）、费尔南多·纳莫拉文学奖（Prémio Fernando Namora，2013）、葡萄牙笔会小说奖（Prémio de Ficção do PEN Clube português，2013）、*Time Out*（葡萄牙）杂志"年度书籍"（O Livro do Ano para a Revista *Time Out*，2013）以及葡萄牙文学新人奖（Prémio Novos，2013）。此外，他还出版了文学阅读札记《五十位葡萄牙小说人物指南》（*O Guia para 50 Personagens da Ficção Portuguesa*，2013）、关于葡萄牙宗教的非虚构作品《哈利路亚！》（*Aleluia!*，2015）、杂文集《游击战演习》（*Manobras de Guerrilha*，2018），以及关于家乡巴雷罗小城的散文集《游巴雷罗》（*Uma Viagem pelo Barreiro*，2018）。

（二）艾莉亚·科雷亚与《战役中的舞者》

2018 年 9 月，葡萄牙作家、翻译家艾莉亚·科雷亚（Hélia Correia，1949—　）发表最新长篇小说《战役中的舞者》（*Um Bailarino na*

7　该部分源自笔者根据阿马拉尔向论坛主办方提供的发言稿进行的综述，发言稿目前尚未发表。

Batalha），并凭借该作品获得 2018 年葡萄牙作家协会中长篇小说大奖（2019 年 6 月颁发）。

《战役中的舞者》是一部现代版《出埃及记》，讲述一群人为了逃离战乱，不得不横穿沙漠，前往象征希望与和平的欧洲，却在到达时发现欧洲也并非世外桃源，茫茫世界，竟无处可逃。不难看出，该书取材于当今西方媒体经常报道的难民逃亡问题，但作者用高度诗化的语言、超凡的想象力、神话元素、充满象征意义的人物群像、戏剧般的多声部叙述与对话，为小说注入了戏剧史诗的特性。科雷亚独具匠心地使用孟加拉裔英国著名编舞家阿克朗·汗（Akram Khan，1974—　）于 2018 年首演的独舞作品《外来者》（*Xenos*）中的一个场景作为书籍封面，也向读者直接展示了小说标题的视觉效果：一位舞者在巨大的石块和红色硝烟中满身泥泞地攀爬前行，扭曲的姿势同时呈现出人的美与挣扎。另一方面，作者曾在采访中提到"马"才是这名"舞者"最初的本体（*Postal*），它在战场上如同人在战争中受尽压迫，却也因其天性而有了超越现实的强大力量。这种人性与动物性的共生现象正是书中失去祖国、流亡他乡的逃难者的真实写照，他们像"石头一样沉重却又快速前行"（Correia：11），寻找避难所和民族身份认同，在苦难的路途中因智慧、勇敢和爱而像神话般变形为鹰与蛇，获得了创造光的能力。小说的另一个特点是将故事的时间和地点模糊化，连避难所"欧洲"都不过是某个乌托邦的代名词，而读者也只能通过人物的姓名或其他细节猜测他们可能来自非洲或中东。如此一来，作品便跳脱出具体新闻事件的框架，对人与战争、人性与自然、历史与民族的书写体现出更强的普适性。

科雷亚出生于里斯本，从上个世纪六十年代开始发表诗作，她的首部长篇小说《水中开路》（*O Separar das Águas*）于 1981 年问世，此后笔耕不辍，多次获得国内外重要奖项，如 2015 年葡语文坛最高奖卡蒙斯奖。科雷亚的上一部小说《病》（*Adoecer*）出版于 8 年前，这是一部传记小说，讲述了英国维多利亚时代知名诗人、模特、艺术家伊丽莎白·茜德（Elisabeth Siddal，1829—1862）和拉斐尔前派著名画家、诗人但丁·加百利·罗塞蒂（Dante Gabriel Rossetti，1828—1882）之间的爱情故事。

（三）杜尔塞·玛丽亚·卡多佐和《埃利艾特》

2018 年 11 月，葡萄牙知名作家杜尔塞·玛丽亚·卡多佐（Dulce Maria Cardoso，1964—　）出版最新长篇小说《埃利艾特》（*Eliete*），距离她发表上一部长篇小说《返乡者》（*O Retorno*，2011）已过去七年。《埃利艾特》甫一问世，就受到读者、媒体及评论界的高度关注。书名即为小说女主人公的名字，并带一个副标题——"寻常的生活"（*A vida normal*）。埃利艾特人到中年，家庭事业稳定，过着体面却极其平庸乏味的生活。她没有梦想，内心极度空虚，做任何事都没有动力。直到祖母突然住院并被诊断患阿尔茨海默病，埃利艾特沉闷的生活才被打破，她开始思考自己毫无快乐的问题所在，也尝试做一些改变（例如找一个情人、去健身房等），但已有的生活无法割舍，精神危机仍步步紧逼。作者用近三百页的篇幅深入刻画了一系列女性人物的众生相，同时，也频繁提及新国家和康乃馨革命[8]两段历史，回溯主人公家族四代人的生活。卡多佐极擅长描写特定时期下特定人群的生活状态，其小说具有强烈的现实感，例如书中人物也和读者一样生

8　"新国家"即葡萄牙第二共和国（1933—1974），是 20 世纪西欧为期最长的独裁政权。康乃馨革命即"四·二五革命"，指 1974 年 4 月 25 日由里斯本一群中下级军官组成的"武装部队运动"（MFA）发起的无流血政变。该革命推翻了"新国家"政权，直接促使葡萄牙放弃了海外殖民地。

活在社交网络无处不在的时代，试图通过网络寻求慰藉，却发现尽管社交平台可以缩短人与人沟通的距离，但仍使人们的内心越发疏离冷漠。(*Observador*) 此外，这本书只是以埃利艾特为主人公的系列小说的第一部，以女主人公前往医院的路上咒骂上世纪葡萄牙独裁者萨拉查开篇，以一封与萨拉查相关的信件戛然而止，为读者留下了悬念。

卡多佐出生于葡萄牙山后省（Trás os Montes），2001 年出版长篇处女作《血染之乡》(*Campo de Sangue*)，获阿孔特瑟大奖（Grande Prémio Acontece）；2005 年出版长篇小说《我的情感》(*Os Meus Sentimentos*)，获欧盟文学奖（Prémio da União Europeia para a Literatura）；长篇小说《麻雀地》(*O Chão dos Pardais*，2009）获葡萄牙笔会小说奖和西兰达奖（Prémio Ciranda）。2011 年，卡多佐发表长篇小说《返乡者》，在社会各界引发热潮。这是葡萄牙现当代文学中第一部聚焦"返乡者"[9]群体的作品，具有里程碑式的意义。小说讲述了青少年鲁伊带领家人逃离安哥拉回国，在迷茫与愤怒、爱与希望中艰难融入里斯本当地社会，等待与父亲团聚，并最终在葡萄牙落地生根的故事。该作品被葡萄牙《公众报》和《快报》选为年度最佳书籍，并获"评论界特别奖"（Prémio Especial da Crítica），多次再版并长期热销，其英译本获 2016 年英国笔会翻译奖（English PEN Translates Award）。

（四）其他重要作家及作品

2018 年 10 月，葡萄牙作家协会为作家、记者安娜·马加里

---

9 康乃馨革命之后，在葡属殖民地纷纷独立的背景下，大批居住在海外殖民地的葡萄牙人不得不离开生活多年的土地回到祖国，却面临葡萄牙当地社会的不信任和敌意。这群人被称为"返乡者"（os retornados）。卡多佐本人仅六个月大时便随家人移居安哥拉。1975 年安哥拉独立后陷入内战，她也成为千万名"返乡者"中的一员。

达·德·卡瓦略（Ana Margarida de Carvalho, 1969— ）颁发 2018 年度卡米洛·卡斯特洛·布兰科短篇小说大奖（Grande Prémio de Conto Camilo Castelo Branco），获奖作品为《胡言乱语话家常》（*Pequenos Delírios Domésticos*）。评审团称，该短篇小说集因其主题具有非同寻常的现实性和社会性而令读者震撼。（*Público*）该书标题取自葡萄牙诗人塞尔吉奥·戈迪尼奥（Sérgio Godinho，1945— ）的同名诗歌。与书名中的"家常"和"胡言乱语"恰恰相反，作者在书中关注的是一系列全球性问题，如移民、性别、暴力、战争等，以及当下国内的重大社会事件，如 2017 年烧毁全国大片山林的火灾、难民在葡萄牙或逃亡欧洲途中的生存状况、葡萄牙青年加入"伊斯兰国"极端组织等严峻问题。小说语言简洁流畅，描述细致，表达了作者对人类命运的深切关怀。卡瓦略出生于里斯本，长期从事记者工作。她的第一部长篇小说《大海的怒火会带来什么》（*Que Importa a Fúria do Mar*）曾获 2013 年葡萄牙作家协会中长篇小说大奖；2016 年，长篇小说《不能栖居于一只猫的眼睛》（*Não se Pode Morar nos Olhos de um Gato*）同样获此荣誉。此外，她还著有新闻报道、短篇小说、诗歌与儿童文学作品，散见于各类出版物。

2018 年 10 月，葡萄牙当代小说大师安东尼奥·洛博·安图内斯（António Lobo Antunes，1942— ）出版了他的第二十九部长篇小说《入夜前的最后一道门》（*A Última Porta Antes da Noite*）。书名灵感来源于匈牙利作曲家巴托克（Béla Bartók，1881—1945）的歌剧《蓝胡子公爵的城堡》（*O Castelo de Barba-Azul*，1911）[10]，预示读者也将在

---

10 《蓝胡子公爵的城堡》讲述公爵的第四任新婚妻子朱迪丝按耐不住好奇心，坚持要打开隐藏丈夫神秘生活的七扇门，在见识到公爵的权力、财富和光鲜亮丽的生活之后，她进入凄惨与恐惧的真相之门，并最终和前三位妻子一起被永远禁锢在最后一道门内。

这本书中逐步挖掘人性所隐藏的阴暗真相。安图内斯以现实生活中正在调查的凶杀案为蓝本（一名企业家离奇被杀，凶手用硫酸毁尸灭迹），进入五名罪犯嫌疑人的回忆、日常生活与内心世界，用高度贴合各个人物形象的语言，由人物自己向读者交替呈现五个不同版本的案件"真相"，并由此揭示人性的矛盾、胆怯、懦弱、幼稚与邪恶。

2018 年 6 月，葡萄牙作家 H. G. 坎塞拉（H. G. Cancela，1976— ）出版长篇小说《瑙蛮高地》（*A Terra de Naumãn*），讲述了 6500 万年前（白垩纪末期）地球上某个具有高等智慧的族群的故事。该族群共有六个部落，但每隔 7 年这些部落就会共同选派一队年轻人前往未知的领域探险，7 年后，生还者将从神殿的第七扇门光荣凯旋，成为族群的第七大部落。小说正是聚焦于族群的最后一支青年探险队，他们战胜外部世界庞大凶残的猎食者，最终得以存活，并建立起自己的农田、城市，有了自己的政治、财富和文明，却在即将衣锦还乡之时，灭绝于不可抗的自然之力。这是一部贯通人类过去、现在与未来的科幻启示录，与作者的上一部作品、拿下 2017 年葡萄牙作家协会中长篇小说大奖的《戏剧人物》（*As Pessoas do Drama*）形成鲜明对比。后者通过叙事者"我"的有限视角，展现出一个由失败者组成，充满罪与罚、摩擦与颠覆、暴力与脆弱的世界，对人物生活和心理极端境况的刻画细致入微，同时也"再现了西方古典神话与人物，并对欧洲文化传统进行了深刻的批判性解读"。（*Ípsilon*）

三、其他类型文学作品：当代知识分子的哲思

2019 年 5 月，葡萄牙专栏作家、诗人、文学评论家、翻译家及知名编辑佩德罗·梅希亚（Pedro Mexia，1972— ）被授予 2018 年度葡萄牙作家协会纪实文学大奖，获奖作品为《外面的世界》（*Lá*

Fora，2018）。根据本书序言所述，《外面的世界》并非单纯关于异乡旅行的实景游记，而是一场精神漫游。书中既有德国电影大师维姆·文德斯（Wim Wenders，1945— ）作品中的得克萨斯州和巴黎、19 世纪葡萄牙浪漫主义作家卡米洛·卡斯特洛·布兰科（Camilo Castelo Branco, 1825—1890）笔下的马车之行、加拿大诗人及歌手莱昂纳德·科恩（Leonard Cohen，1934—2016）生活过的希腊小岛，也有作者眼中的伦敦剧院与书店、里斯本的大街与商业区、童年在海滩城市度过的夏天等。梅希亚思考这些地点在精神层面的内涵，表达其关于电影、音乐、文学、哲学、政治与宗教的独特观点。评审委员会在颁奖词中指出，这是一部当今世界知识分子的纪实作品，将艺术视为幽居于人自身的内在部分，并通过其观察世界。（Público）

2018 年 11 月，葡萄牙笔会杂文奖（Prémio de Ensaio do PEN Club Português）由里斯本新大学人文学院哲学教授玛丽亚·菲洛梅娜·莫尔德（Maria Filomena Molder，1950— ）获得，她的得奖作品是文集《快乐的日子，沉思的日子，死亡的日子》（Dia alegre, dia pensante, dias fatais），里面收录了作者于 2013—2016 年间写的一系列杂文作品，主题涉及哲学、艺术、语言和旅行等。莫尔德长期为哲学、文学、艺术和建筑类期刊撰写有关美学方面的评论，已出版的代表著作有《化学家与炼金术士：本雅明，波德莱尔的读者》（O Químico e o Alquimista: Benjamin, Leitor de Baudelaire，2011，获 2011 年度葡萄牙笔会杂文奖）、《云与神圣的花瓶》（As Nuvens e o Vaso Sagrado，2014）、《蒙面的威尼斯人》（Rebuçados Venezianos，2016）等。

从此前媒体（Vida Extra）公布的 2018 年葡萄牙笔会杂文奖决选名单中，我们还可以看到其他本年度颇受关注的几位作家及其杂文集作品。如女性主义作家安娜·路易莎·阿马拉尔（Ana Luísa Amaral，1956—　）的《燃烧词语及其他几场大火》（*Arder a Palavra e Outros Incêndios*），该书主要探讨女性身份与诗歌文本之间的关系；马尔塞洛·杜阿尔特·马蒂亚斯（Marcello Duarte Mathias，1938—　）的《道路与终点：关于他人的回忆 II》（*Caminhos e Destinos: A memória dos outros II*）；塞尔吉奥·坎普斯·马托斯（Sérgio Campos Matos，1957—　）的《伊比利亚主义：民族与超民族，葡萄牙与西班牙（1807—1931）》（*Iberismos: Nação e Transnação, Portugal e Espanha c. 1807 – c. 1931*），等等。

结语

　　综上所述，2018 年葡萄牙较受关注的诗歌作品呈现出向自身内部探索的特点：诗人们专注于"诗艺"，借由想象和对"诗歌"本体内涵的挖掘，将丰富、抽象而混乱的情感精神与现实世界相联结，短诗、散文诗、视觉诗、现代史诗等多种形式并存。小说作品则体现出视角多元化的特点，既有对人性脆弱与阴暗面的深度观察与揭示，也有对西方文明的批判性审视和对当今全球性问题的多层次探讨；另有纪实性文学和杂文代表作等，展现出葡萄牙当代知识分子对艺术、人类、历史、生活与世界的独特思考。2018 年的葡萄牙文学，诗歌与叙事并重，哲思更胜于抒情，文学表达不拘一格。2019 年的葡萄牙文坛是否依旧精彩，让我们拭目以待。

参考文献：

Amaral, Bruno Vieira. *Hoje Estarás Comigo no Paraíso*. Lisboa: Quetzal, 2017.

Cortez, António Carlos. *A Dor Concreta – Antologia pessoal (1999-2013)*. Lisboa: Tinta da China, 2016.

Correia, Hélia. *Um Bailarino na Batalha*. Lisboa: Relógio D'Água, 2018.

Escritores Lusófonos. Entrevista de Luís Ricardo Duarte. "António Carlos Cortez: uma poética da linguagem." 28 Feb. 2019. Web. 28 Jun. 2019. <http://escritoreslusofonos.net/2019/02/28/antonio-carlos-cortez-uma-poetica-da-linguagem/>.

Ípsilon. Notícia. "As Pessoas do Drama, de H. G. Cancela, vence Grande Prémio de Romance e Novela." *Público*. 24 Jul. 2018. Web. 3 Jul. 2019. <https://www.publico.pt/2018/07/24/culturaipsilon/noticia/as-pessoas-do-drama-de-hg-cancela-vence-grande-premio-de-romance-e-novela-1838980>.

Lage, Rui, and Jorge Reis-Sá (eds.) *Poemas Portugueses: Antologia da Poesia Portuguesa do Séc. XIII ao Séc. XXI*. Porto:Porto Editora, 2010.

Lucas, Isabel. "O mundo violento e frágil de H. G. Cancela." *Público*. 29 Jul. 2017. Web. 3 Jul. 2019. <https://www.publico.pt/2017/07/29/culturaipsilon/noticia/cancela-1780241>.

Magalhães, Joaquim Manuel. *Para Comigo*. Lisboa: Relógio D'Água, 2018.

Município de Amarante. Notícia. "António Carlos Cortez recebe Grande Prémio de Poesia Teixeira de Pascoaes." 13 Dez. 2018. Web. 23 Jun. 2019. <https://www.cm-amarante.pt/pt/noticias/antonio-carlos-cortez-recebe-grande-premio-de-poesia-teixeira-de-pascoaes>.

Observador. Notícia. "Dulce Maria Cardoso criou Eliete, mas o mundo dela também é o nosso." 25 Nov. 2018. Web. 5 Jul. 2019. <https://observador.pt/2018/11/25/dulce-maria-cardoso-criou-eliete-mas-o-mundo-dela-tambem-e-o-nosso/>.

Porto Editora. Notícia. "*A Noite Imóvel*, de Luís Quintais, vence Prémio Literário Casino da Póvoa." 19 Feb. 2019. Web. 28 Jun. 2019. <https://www.portoeditora.pt/noticias/a-noite-imovel-de-luis-quintais-vence-premio-literario-casino-da-povoa/147746>.

Postal. "Entrevista a Hélia Correia: A Escrita como Abrigo." 17 Jan. 2019. Web. 23 Oct. 2019. <http://www.postal.pt/2019/01/entrevista-a-helia-correia-a-escrita-como-abrigo/>.

Público. Notícia. "Ana Margarida de Carvalho vence Grande Prémio de Conto Camilo Castelo Branco." 29 Oct. 2018. Web. 30 Jun. 2019. <https://www.publico.pt/2018/10/29/culturaipsilon/noticia/ana-margarida-carvalho-vence-premio-conto-camilo-castelo-branco-1849305>.

Público. Notícia. "Pedro Mexia recebe Grande Prémio de Crónica e Dispersos Literários da APE." 9 May 2019. Web. 03 Jul. 2019. <https://www.publico.pt/2019/05/09/culturaipsilon/noticia/pedro-mexia-vence-

premio-cronica-dispersos-literarios-ape-1872036>.

Quintais, Luís. *A Noite Imóvel.* Lisboa: Assírio & Alvim, 2017.

Santos, Hugo Pinto. "A lava da síntese." *Público.* 26 Oct. 2018. Web. 16 Jun. 2019.
    <https://www.publico.pt/2018/10/26/culturaipsilon/critica/lava-sintese-1848454>.

—. "Odiaria ser um totalitário do gosto." *Público.* 26 Oct. 2018. Web. 17 Jun. 2019.
    <https://www.publico.pt/2018/10/26/culturaipsilon/noticia/magalhaes-1848390>.

Tinta da China. "Lá Fora, Grande Prémio de Crónica APE 2018." Web. 8 Jun. 2019.
    <http://www.tintadachina.pt/book.php?code=a5cf6ee00148b7f1109beb06545a741f
    &tcsid=1rf20b0nsdmkece521prb9gfs6>.

Vida Extra. "Estes são os finalistas do Prémio PEN Clube." 17 Oct. 2018. Web. 6 Jun
    2019.
    <https://vidaextra.expresso.pt/artes/2018-10-17-Estes-sao-os-finalistas-do-Premio-
    PEN-Club>.

张晓非：《2016 年葡萄牙文学概览》，载《外国文学通览：2016》第 275—290 页。
    外语教学与研究出版社，2017 年。

作者：金心艺，北京外国语大学西葡语学院；
        黄凌晨，北京外国语大学西葡语学院

2018 年日本文学概览

杨炳菁

内容提要：概观 2018 年的日本文坛可以发现，女性作家活跃，"越境"依然可以作为关键词概括其整体特点。此外，由于日本将在 2019 年完成现任天皇的生前退位以及新天皇的继位典礼，因此，2018 年成为"平成"的最后一年。如何在这一特殊的时间节点上以"历史"为镜、表现"历史"，成为该年度创作的一个热点。本文在概观日本文坛的上述三个特点的基础上，对以芥川奖、直木奖、书店大奖为代表的获奖情况以及值得关注的主要作品进行了介绍。

一、总体情况

回顾 2018 年，日本文坛呈现以下三个方面的特点：

1. 女性作家活跃

女性作家活跃于日本文坛并非始自 2018 年。如果回顾自 1989 年，即日本"平成"元年以来的文学创作就会发现，较之男性作家，越来越多的女性作家登上日本文坛，且保持旺盛而持久的创作。在 2017 年年底召开的一次文艺记者座谈会上，不少人认为 2018 年仍

将是女性作家继续活跃的一年。而究其原因，评论者认为，较之男性作家，以川上弘美（かわかみ　ひろみ，1958—　）、桐野夏生（きりの　なつお，1951—　）、松浦理英子（まつうら　りえこ，1958—　）、川上未映子（かわかみ　みえこ，1976—　）、朝吹真理子（あさぶき　まりこ，1984—　）、村田沙耶香（むらた　さやか，1979—　）等为代表的女性作家有着更为鲜明的文体特点。

的确，近年来，女性作家不但在创作题材、创作风格以及文体特点上显示出与男性作家的不同，而且以更为自信的创作姿态活跃在日本文坛。尽管 2018 年没有出现女性作家包揽象征纯文学最高荣誉的芥川奖以及代表大众文学桂冠的直木奖等引发话题的情况，但是，新生代女作家以及在文坛获得一定声誉的中坚女作家均有新作问世。例如吉本芭娜娜（よしもと　ばなな，1964—　）的《星星与小鼠》（「SINSIN AND THE MOUSE」、『新潮』，2018 年 2 月号）、木村红美（きむら　くみ，1976—　）的《羽衣子》（「羽衣子」、『すばる』，2018 年 3 月号）、小山内惠美子（おさない　えみこ，1975—　）的《你的声音我的声音》（「あなたの声わたしの声」、『すばる』，2018 年 4 月号）、村田纱耶香的《地球星人》（『地球星人』、新潮社，2018 年 8 月）、本谷有希子（もとや　ゆきこ 1979—　）的《安静、安静些》（『静かに、ねえ、静かに』、講談社，2018 年 8 月）等。这些作品在发表后都引起读者和评论界的关注。

值得注意的是，女性不仅在创作上非常活跃，在文学评论领域也比以往更加有力。以文艺杂志《群像》为例，该杂志的《创作合评》（「創作合評」）专栏是对每个月发表在各文艺杂志上的新作进行评论的老牌栏目。2018 年，《群像》编辑部共邀请 15 位评论家担任《创作合评》的评论者。15 位评论者中，女性作家和评论家达到 9 人之多，几乎占到三分之二。除《群像》杂志的《创作合评》栏目，《新潮》、《文学界》、《昴》等文艺杂志的书评栏目中女性作家和评论家所撰写的书评也不在少数。女性作家和评论家参与到创作评论环节无疑从另一方面显示出日本文坛中女性创作的活跃。与此同时，从女性视角审视创作也带给当今日本文坛某种新的可能性。而所有这些，都可以看出当代日本文学创作中女性占重要地位。

2."越境"再成关键词

与女性作家活跃相似，"越境"同样是近年来概观日本文坛时出现频率较高的一个关键词。2018 年 1 月 16 日，日本文学振兴会公布了第 158 届芥川文学奖获奖者。此次获得该奖项的共两位作家，分别是石井游佳（いしい　ゆうか，1963—　）和若竹千佐子（わかたけ　ちさこ，1955—　）。其中，54 岁的石井游佳生于日本大阪府枚方市，现居住于印度金奈。获奖作品《百年泥》（『百年泥』、新潮社，2018 年 1 月）的主人公是与作家经历十分相似——在印度金奈当日语老师的"我"。在小说中，印度金奈遭遇百年一遇的大洪水，当洪水退却后，现实与记忆、生者与亡灵、现实与幻想等都似乎融汇到洪水带来的堆积如山的泥中。作为旅居海外的日本作家，石井游佳以印度作为故事舞台，编织了一个似幻似真的"越境"故事。

如果说石井游佳作为文坛新人，其创作因故事舞台以及叙述者的身份而带有"越境"色彩的话，那么常年往来于日德之间、以日语和德国进行双语创作的多和田叶子（たわだ　ようこ，1960—　）则是有意识地思考"越境"之可能性的重要作家。2018 年，多和田叶子共有两部作品在日本出版。其中《被镶嵌在地球上》（『地球にちりばめられて』、講談社，2018 年 4 月）是自 2016 年 12 月便开始在《群像》上连载的小说。尽管曾是连载小说，但《被镶嵌在地球上》于

2018 年出版单行本时，还是引起日本读书界的关注。《被镶嵌在地球上》讲述名为昼子的留学生在北欧留学期间突然遭遇祖国消失的故事。为了找到与自己讲同样语言的人，昼子开始旅行。在旅行中，昼子开发出自己的语言，同时也结识了其他伙伴。《被镶嵌在地球上》可以说是一部以语言作为关键词的小说。语言既是交流的工具，同时也是一种身份认同的限定性标志。而当人突破母语等禁锢时，所面对的便不再是语言本身。可以说多和田叶子在这部小说中正是以语言去思考了人的存在与身份认同的问题。

与石井游佳、多和田叶子走出日本的"越境"不同，在日本，活跃着一批日语非母语的作家。2018 年，此前已在日本文坛崭露头角的东山良彰（ひがしやま　よしあき，本名王震绪）凭借《我杀的人与杀我的人》（『僕が殺した人と僕を殺した人』，文藝春秋，2017 年 5 月）获得第 4 届渡边纯一奖。除东山良彰以外，李琴峰（1989—　）出版了小说《独舞》（『独り舞』，講談社，2018 年 3 月）。东山良彰和李琴峰同为中国台湾作家，且都是近年来开始活跃于日本文坛的新生代作家。相比利比英雄（リービ・英雄，1950—　）为代表的老一代"越境"作家，虽然他们缺少某种与日语对峙的紧张感，但同时也呈现出新时期各国文化相融合的特点。

（3）以"历史"作为创作主题和反思工具

2019 年 5 月 1 日，日本皇太子即位，改年号为"令和"。2019 年在成为"令和"元年的同时，也使 2018 年成为"平成"的最后一年。与此同时，2018 年也是日本"全共斗"[1] 运动后的第五十年。也许正是由于在这一特殊的时间节点上，2018 年所出版的文学作品不仅以"历

1　"全学共斗会议"（全学共闘会議ぜんがくきょうとうかいぎ）的简称，是日本各大学在 1968 年、1969 年学生运动时成立的跨学院、跨党派组织的大学内部联合体。

史"为创作主题，同时还将"历史"作为反思自身创作的一个工具。以诗歌为例，可以看出 2018 年的第一个问题是如何面对"历史"、直面自身"来历"。"无论是以直接的方式还是以迂回的方式，诗人都不能完全忽视（历史）。如果仅以无自觉的状态创作，势必造成某种欠缺。"（『文藝年鑑 2019』：18）2018 年，以《现代诗手贴》（『現代詩手帖』）10 月号中的《特集 现代诗 1968》（『特集 現代詩 1968』）为代表，一些创作于 1968 年的现代诗重回读者视野。这些诗的再版并不单纯是诗歌界对 1968 年或 20 世纪 60 年代的回忆，更是诗歌创作以历史为镜，观照现实的创作特点的体现。

与诗坛以"历史"为镜的方式有所不同，在小说创作领域，"历史"成为更直接的主题或书写对象。円城塔（えんじょう とう，1972— ）的《文字涡》（『文字渦』、新潮社，2018 年 7 月）、古市宪寿（ふるいち のりとし，1985— ）的《再见，平成君》（『平成くん、さよなら』，文藝春秋，2018 年 11 月）、上田岳弘（うえだ たかひろ，1979— ）的《猎人号 Nimrod》（『ニムロッド』、講談社，2019 年 1 月）虽然分别以文字、自我以及虚拟货币作为表现内容，但在某种意义上也是一种"历史"书写。而对此进行更直接表现的则是奥泉光（おくいずみ ひかる，1956— ）的长篇小说《雪阶》（『雪の階』、中央公論新社，2018 年 2 月）。《雪阶》以发生在 1936 年的"二二六事件"为背景，通过伯爵之女笹宫惟佐子追寻好友寿子之死为线索展开。究竟是谁杀害了寿子？阴谋的核心在哪里？小说透过两位女主人公的目光将日本战前的广阔舞台呈现在读者面前。值得注意的是，尽管小说采用了推理手法，但却花费大量笔墨对历史事件进行了刻画。对此，评论家安藤礼二认为，奥泉光有意书写日本近代史，而这种对日本近现代史的书写是无法回避对"天皇制"的思考

的。奥泉光小说所刻画出的"二二六事件"背后，其实是如何表现作为现实制度中的"昭和之王"的问题。(『文藝年鑑 2019』: 8—9)

二、主要奖项

文学奖项繁多可以视为日本文坛的一大特点。在此介绍较为知名的芥川奖、直木奖以及近年逐渐被关注的书店大奖在 2018 年的评奖情况。

1. 芥川奖、直木奖

2019 年 1 月 16 日晚，"平成"最后一届的芥川奖、直木奖在东京筑地新喜乐揭晓。此次评奖以发表于 2018 年 6 月 1 日—11 月 30 日的作品为对象。上田岳弘和町屋良平（まちや　りょうへい，1983—　　）同时获得芥川奖，真藤顺丈（しんどう　じゅんじょう，1977—　　）捧得直木奖。

上田岳弘曾于 2013 年凭借《太阳》(「太陽」、『新潮』，2013 年 11 月号) 获第 45 届新潮新人奖，2015 年则以《我的恋人》(「私の恋人」、『新潮』，2015 年 4 月号) 摘得第 28 届三岛由纪夫奖。2018 年，他的另一部小说《塔与重力》(「塔と重力」、『新潮』，2017 年 1 月号) 荣获第 68 届艺术选奖文部科学大臣新人奖。上田岳弘的作品带有强烈的奇幻色彩，得到著名书评家丰崎由美的高度赞赏。此次的获奖作品《猎人号 Nimrod》以在网络空间"采掘"虚拟货币的中本哲史为主人公，揭示人类在高度信息化社会中的无尽欲望与忧愁。另一位获奖者町屋良平曾在 2016 年凭借《破青》(『青が破れる』、河出书房新社，2016 年 11 月) 获第 53 届文艺奖。2018 年 7 月，他发表了青春小说《四季》(『しき』、河出书房新社，2018 年 7 月)，从而入围第 159 届芥川奖。此次获奖作品《一回合一分三十四秒》(『1R1 分 34 秒』、新潮社，2019 年 1 月) 也可以说是一部青春小说。主人公是 21

岁的职业拳击手，在经历了屡战屡败的低潮之后发现自身弱点，把自己逼上绝路，严格完成了训练任务，最终迎来人生的转机。芥川奖评委奥泉光认为，《猎人号 Nimrod》获奖缘于上田岳弘运用高超的写作手法，将大的世界观与日常事件融合在一起；而町屋良平则详细描绘了拳击训练的艰苦过程，其笔端所显现的动人力量得到了评委会的一致好评。(『文藝春秋』2019 年 2 月号：330—339)

获得第 160 届直木奖的真藤顺丈在 2008 年曾凭借处女作《地图男》(『地図男』、メディアファクトリー、2008 年 9 月）获第 3 届达·芬奇文学奖大奖，其后他的《庵堂三兄弟的圣职》(『庵堂三兄弟の聖職』、角川書店，2008 年 10 月）获第 15 届日本惊悚小说大奖，《等级》(『Rank』、ポプラ社，2009 年 5 月）获第 3 届白杨社小说大奖特别奖，《东京吸血鬼金融》(『東京ヴァンパイア・ファイナンス』、電撃文庫，2009 年 2 月）获第 15 届电击小说大奖银奖。此次获得直木奖的长篇小说《宝岛》(『宝島』、講談社，2018 年 6 月）曾于 2018 年 10 月赢得第 9 届山田风太郎奖。该作品以二战之后的冲绳为舞台，以冲绳方言描绘了动荡时期岛上年轻人的青春群像。直木奖评委林真理子称赞《宝岛》具有"非常的热量"，完美地描绘了冲绳人坚强和爽朗的性格。[2]

2. 书店大奖

书店大奖（本屋大賞，ほんやたいしょう）创立于 2004 年，是由 NPO 法人、书店大奖运用委员会主办的文学奖。与日本其他文学奖项多由出版社主办，由作家、文学家构成评委的情况有所不同，书店大奖由销售新书的书店（含网上书店）店员投票选出。从以往 15 届的提名情况看，获得提名作品最多的作家是伊坂幸太郎（いさか

2 <http://prizesworld.com/naoki/sengun/sengun123HM.htm>.

こうたろう，1971— ），共 11 部。紧随其后的森见登美彦（もりみ
ともひこ，1979— ）有 5 部作品获得提名，有川浩（ありかわ　ひ
ろ，1972— ）、小川洋子（おがわ　ようこ，1962— ）、辻村深月
（つじむら　みづき，1980— ）、西加奈子（にし　かなこ，1977—
　）、百田尚树（ひゃくた　なおき，1956— ）、万城目学（まきめ
まなぶ，1976— ）、三浦紫苑（みうら　しをん，1976— ）各有
4 部作品获得提名，原田滨（はらた　ハマ，1962— ）、东野圭吾
（ひがしの　けいご，1958— ）、吉田修一（よしだ　しゅういち，
1968— ）各有 3 部作品获得提名。

　　2018 年书店大奖最终由辻村深月获得，获奖作品为《镜之孤城》
（『かがみの孤城』、ポプラ社，2017 年 5 月）。辻村深月生于 1980 年，
毕业于日本千叶大学教育学院。她从小喜爱推理小说，尤其喜欢绫辻
行人的作品。在绫辻风格的影响下，辻村开始创作推理小说，并用 4
年时间完成其第一部作品《时间停止的校舍》（『冷たい校舎の時は止
まる』、講談社，2004 年 6—8 月）。由于《时间停止的校舍》获得讲
谈社为鼓励新人作家而设立的梅菲斯特奖，辻村深月也正式出道并开
始活跃于日本文坛。

　　《镜之孤城》聚焦日本十分严重的校园欺凌现象。所谓"孤城"
是指"孤立无援的城堡"。这一城堡并不存在于现实世界，而是在小
说主人公家的镜子里，也就是说只有通过这面镜子才能进入城堡。而
能够进入这座城堡的人也如"孤城"一样，是那些出于各种原因不愿
去上学的孤立无援的孩子。小说前半部分着重刻画遭受欺凌、不愿前
往学校的主人公的心理，后半部分则是七个登场人物为实现自己愿望
而在镜之孤城中寻找钥匙的故事。作者将幻想世界与现实世界相结
合，细腻而准确地描绘出遭受校园欺凌的孩子们所面对的现实以及他

们的内心世界。评论家泷井朝世（たきい　あさよ，1970—　）认为，这是一部跨越年龄鸿沟、写给所有寻求救赎之人的小说[3]。

三、重要作品

在出版于 2018 年的各类文学作品中以下几部尤其值得关注。

1. 诗集《名井岛》

诗集《名井岛》（『名井島』、思潮社，2018 年 10 月）的作者为时里二郎（ときざ　じろう，1952—　）。时里出生于兵库县加西市，高中时因阅读谷川俊太郎而对现代诗产生兴趣。大学毕业后，时里曾在自己家乡教书，后在朋友劝说下开始诗歌创作。1991 年他的《环绕星痕的七篇异文》（『星痕を巡る七つの異文』、書肆山田，1991 年）获富田碎碎花奖，此后在 1996 年和 2004 年又分别获得晚翠奖和现代诗人奖。

所谓"名井岛"是一个专门修复拥有人类语言的机器人的岛屿。在那里，已经完成使命的机器人可以获得疗养，并度过残生。该诗集共由四章构成，分别是"岛山""夏庭""歌窖""名井岛"。时里二郎以科幻的手法，通过各章的相互配合构建起人类语言消失后，探寻人类语言之谜的虚构世界。日本评论界认为，时里的这一诗集联结起了折口信夫的言灵世界与失语的现代社会。在过去与现在的往来交错中，令人思考语言危机并感受到作者不断追逐语言的努力。

2. 短篇小说《星星与小鼠》

《星星与小鼠》是著名女作家吉本芭娜娜发表在《新潮》杂志上的短篇小说。其主要内容是："我"失去了母亲，在此之前"我"一

3　<https://www.amazon.co.jp/ かがみの孤城 - 辻村 - 深月 /dp/4591153320/ref=sr_1_1?__mk_ja_JP= カタカナ &keywords= 鏡の孤城 &qid=1562650486&s=gateway&sr=8-1>.

直照顾母亲的生活。母亲去世后，"我"不论去往何地都会想起与母亲的过往。于是，"我"接受好友的建议，与之一起去了中国台湾。那里的氛围犹如儿时的日本，"我"不由回想起和母亲共度的儿时时光。不过，这种回忆并不带有感伤，而是有着某种幸福。就这样，"我"在台北开始慢慢恢复因母亲去世而带来的创伤。一天，好友邀"我"共进午餐。席间，除好友夫妇外还一位名叫"星星"（SINSIN）的混血儿。星星体格强健，同时有着强大的包容力。在与星星的交往中，"我"受到他无微不至的关怀。于是，"我"终于下定决心，踏出新生活的第一步。

《星星与小鼠》被认为是一部读后尚存余温的小说。作品细腻地描写了失去亲人后的丧失感。评论者普遍认为，这种贴合登场人物视角的创作或许正是因为吉本芭娜娜自己亲身经历了护理双亲的过程。吉本出道三十年，在某种意义上一直是以丧失和救赎为创作主题的，而作为其救赎的手段无疑就是创作本身。

3. 长篇小说《未来未来》

古川日出男（ふるかわ　ひでお，1966—　）的长篇小说《未来未来》（『ミライミライ』、新潮社，2018 年 2 月）以科幻方式对北海道历史进行了另一种书写。在《未来未来》这本书的腰封上有这样一张特殊的年表：

1945 年苏联占领北海道

1950 年抗苏武装组织袭击网走拘留所

1952 年印（度）日（本）联邦诞生

200X 年流行乐队"最新"成立

2016 年向日本州要求核武装——

小说中的故事以这张特殊的年表展开，但同时又并非沿着时间轴推进。以"很久很久以前……"和"很久很久以后……"开头的叙述交替出现在小说中，构成一个看似相互矛盾，实则和谐统一的故事。

近年来，古川日出男的创作受到日本国内外读者及文学评论界的关注。安藤礼二认为，作为作者出道 20 周年的一部重要作品，该小说具有"用虚构抨击、颠覆现实的作用"（『文藝年鑑 2019』：14）。与星野智幸（1965—   ）的《火焰》（『焰』、新潮社，2018 年 1 月）、笙野赖子（1956—   ）的《女人国奴隶选举》（『ウラミズモ奴隷選挙』、河出書房新社，2018 年 10 月）一样，这也是"在发挥科幻想象力的基础上完成的杰作"（『文藝年鑑 2019』：14）。

4. 文艺评论类书籍《现代日本批评 2001—2016》

由东浩纪（あずま　ひろき，1971—   ）主编的《现代日本批评 2001—2016》（『現代日本批評 2001-2016』、講談社，2018 年 2 月）是 2017 年出版的《现代日本批评 1975—2001》（『現代日本批評 1975-2001』、講談社，2017 年 11 月）的续篇。两部评论构成一个整体，对 1975 年至 2016 年的日本评论史进行了回顾和总结。

《现代日本批评 2001—2016》是以东浩纪主编的杂志《言论》（『ゲンロン』）为基础，由基调报告篇"日本文化左翼——是否继续故事？"、共同讨论篇"平成批评的问题 2001—2016"、补遗篇"令人惊诧的日志时代——批评与网络的交叉点"以及"现代日本批评年表""现代日本批评大事记"这五部分组成。显然，该评论有意承袭柄谷行人、浅田彰、莲实重彦、三浦雅士在《批评空间》中有关"近代日本批评"的讨论。某种意义上，"是东浩纪提示其'"言论"史观'的一个尝试"（『文藝年鑑 2019』：52 页）。三浦雅士认为，《现代日本批评 2001—2016》的确刺激了人们的思考，但不可否认的是，在互联网普及的今天，所有媒介无可避免地带有亚文化色彩，这使

得批评亦难逃"亚文化化"的命运,"批评本身亦成为亚文化的一部分"。(『群像』2018 年 2 月号: 326)

结语

    概观 2018 年的日本文坛可以发现,女性作家活跃以及"越境"依然可以作为关键词概括其整体特点。此外,由于日本在 2019 年现任天皇生前退位、皇太子继位并开启"令和"时代,因此,如何在这一特殊的时间节点上以"历史"为镜,表现"历史"成为该年度创作的一个焦点。展望未来,日本评论界或以"平成文学"为关键词,对过去三十年的文学创作及文化活动进行梳理及总结;而在创作领域,探究未来科技发展带给人们生活的变化以及反映老龄化社会等现实问题的作品有可能成为热点。当然在此过程中,目前活跃在文坛的老中青三代女性作家或许依然是创作的主力,与此同时,一批 80 后,甚至 90 后的新生力量将会成为日本文坛的新鲜血液。

参考文献:

日本文芸家協会:文藝年鑑 2019(文艺年鉴 2019)。日本:新潮社,2019 年 6 月。

群像(群像、文艺杂志)。日本:講談社,2018 年 1 月号—12 月号。

文学界(文学界、文艺杂志)。日本:文藝春秋,2018 年 1 月号—12 月号。

すばる(昂、文艺杂志)。日本:集英社,2018 年 1 月号—12 月号。

文藝春秋(文艺春秋、杂志)。日本:文藝春秋,2018 年 1 月号—12 月号。2019 年 1 月号—2 月号。

<https://www.amazon.co.jp>. 日本亚马逊网站

作者:杨炳菁,北京外国语大学日语学院

2018 年塞尔维亚语文学概览

洪羽青

内容提要：2018 年是第一次世界大战停战一百年，这一年对成为一战导火索的塞尔维亚、波斯尼亚和黑塞哥维那来说意义重大。因此，几乎整个塞尔维亚语文坛都聚焦"战争""牺牲""民族""身份认同""传统"这几个主题，这象征着塞尔维亚文学传统的回归。本文将以塞尔维亚语文坛主要文学奖项、主流媒体与文学评论家的评价与推介，概述 2018 年塞尔维亚语文学在塞尔维亚、波斯尼亚和黑塞哥维那的发展情况。

12 世纪以来，塞尔维亚族人继承了拜占庭的文化传统和东正教的原始基督教教义，而由于 1389 年科索沃战役的失败和随后奥斯曼土耳其的长达 500 年的统治，他们的思想中渗透着关于生命的悲剧观念，同时又闪烁着对"牺牲""民族""英雄主义"的渴望。这种精神反映在文学上，形成了以爱国主义、英雄主义、历史题材为主的文学传统。20 世纪 90 年代以来，南斯拉夫的内战、分裂、解体、民族矛盾等导致塞尔维亚社会上出现程度不轻的混乱，文学也因此而受到影响，这种以往的文学传统在近现代塞尔维亚语文学中的影响力渐渐弱化。一部分文人由于对社会现状的不满和失望，对原有的文学传统主动背弃。这一现象持续到近年。通过对 2018 年塞尔维亚语文坛重要文学奖项和国际交流大事件的梳理，我们可以发现，塞尔维亚文学界、评论界和读书界，纷纷流露出对本民族文学传统的全面回溯和追寻的态势，在第一次世界大战停战百年之际，"战争""牺牲""民族""身份认同""传统"等几个主题再次成为了塞尔维亚语文坛的关键词，这象征着塞尔维亚文学传统的强势回归。

一、塞尔维亚语文坛的重要奖项及获奖作品

1.《通讯周报》奖（NIN-ova nagrada）

《通讯周报》奖在塞尔维亚、波斯尼亚和黑塞哥维那（以下简称"波黑"）、黑山等国文学界与出版界有巨大的影响力，在巴尔干地区的反响也很大。第 65 届《通讯周报》奖桂冠由弗拉迪米尔·塔巴舍维奇（Vladimir Tabašević，1986— ）摘得，获奖作品为《圣塞巴斯蒂安的谬误》（*Zabluda Svetog Sebastijana*，2018），颁奖典礼于 2019 年 1 月在贝尔格莱德举行。

弗拉迪米尔·塔巴舍维奇是新生代塞尔维亚语作家中的领军人物。他 1986 年出生于波黑境内的古城莫斯塔尔（Mostar）的一个克、塞族混合家庭，全名为弗拉迪米尔·波什尼亚克－塔巴舍维奇（Vladimir Bošnjak-Tabašević）。他的姓氏就在某种程度上反映了当时政治、社会与家庭环境的复杂性和戏剧性。在家庭生活、成长之中受到民族主义霸凌的经历以及当时的社会环境决定了塔巴舍维奇文学实践的灰色基调，使塔巴舍维奇不断地寻找自己的身份认同，而这种追寻又成为他后来文学实践的主题。文学作品中充斥着战争、语言、身份认同与死亡的元素。他的第一本诗集《科阿古鲁姆》（*Koagulum*，2010）作为"扎耶查尔青年诗人节最佳诗集"被发表。他的第一本小

说《密西西比河静静流淌》（*Tiho teče Misisipi*，2015）问世后即入围当年的《通讯周报》奖，并获得了当年的地区性奖项米尔科·科瓦驰奖（Nagrada Mirko Kovač）；《那么，就像》（*Pa, kao*，2016）入围了当年《通讯周报》奖的最后一轮，但最终与其失之交臂；《圣塞巴斯蒂安的谬误》则最终摘得第65届《通讯周报》奖的桂冠。同时塔巴舍维奇也是互联网周刊《普莱兹普弛》（*Prezupč*）的创始人与主编，该周刊关注阶级关系等社会问题。塞尔维亚作家莫姆契洛·纳斯塔西耶维奇（Momčilo Nastasijević，1894—1938）、米洛什·茨尔年斯基[1]（Miloš Crnjanski，1893—1977），德国哲学家本雅明等都是他的文学创作与思考的启蒙人。

此次的获奖作品《圣塞巴斯蒂安的谬误》以主人公卡尔洛·萨维奇（Karlo Savić）为主要叙述者，讲述了主人公在波黑老城莫斯塔尔的童年、一家为逃避战乱迁至贝尔格莱德后的生活，以及主人公在校园中遭受民族主义霸凌的故事，而这一切都源于作者塔巴舍维奇真实的人生经历。在小说的后三分之一，作者将南斯拉夫内战后社会中弥漫的战争情感创伤注入一个具体的场景：话剧导演艾玛准备以主人公卡尔洛·萨维奇的人生故事和圣塞巴斯蒂安的传奇作为剧本基础导演一部新的话剧，而这部话剧受到了内战战犯迪诺、极左倾分子查娜、国防部官员的注意，由此发生了种种冲突。塔巴舍维奇在本书中质疑了内战期间民族主义者以"殉难"精神煽动无知群众、激化南斯拉夫民族矛盾的这一行为，以及人们对这一行为在认识上的谬误。塔巴舍维奇通过既是主人公又是叙述者的卡尔洛·萨维奇的喃喃呓语，刻画

---

1 塞尔维亚著名的文学家、诗人、出版家、美术评论家。塞尔维亚文学界认为他是塞尔维亚文学先锋派、表现主义的代表人物，他将塞尔维亚文学引入现代主义文学。在塞尔维亚乃至整个东南欧地区，茨尔年斯基同诺贝尔文学奖得主伊沃·安德里奇齐名。

了一个个自我正义化的民族主义者形象，抨击了上世纪 90 年代发生在南斯拉夫的战争，同时也影射了当代人们记忆不断被重塑的这一认识上的谬误。文学评论家萨沙·契里奇（Saša Ćirić）认为这本书是"如今的塞尔维亚语文学尚未向商业化屈服的有力证明"。[2]

2."梅沙·塞利莫维奇"年度图书奖（Nagrada "Meša Selimović" za knjigu）

2018 年评审团聚集了 60 位文学批评家、理论家和文学史家，对 109 本入围图书进行评审。其中有两本书因得到 20 位评审员的支持而并列第一，由此被授予第 31 届"梅沙·塞利莫维奇"年度图书奖。这两本书分别是：阿莱克·武卡丁诺维奇（Alek Vukadinović，1938—　）的诗集《上帝在火焰中休憩》（*U vatri se bog odmara*，2018）和米洛·罗姆帕尔（Milo Lompar，1962—　）教授所著的专著《茨尔年斯基——某种感性的传记》（*Crnjanski-biografija jednog osećanja*，2018）。

阿莱克·武卡丁诺维奇于 1938 年在小城米洛瓦纳茨（Milovanac）出生，后移居至贝尔格莱德。他先后发表了《房屋与客人》（*Kuća i gost*，1969）、《语言的玫瑰》（*Ruža jezika*，1992）、《诗人工作室》（*Pesnički atelje*，2005）、《诗人工作室 2》（*Pesnički atelje 2*，2017）等诗集。诗歌之中贯穿着"文字""书籍""语言""诗歌"等"神圣的词语"。在他的获奖作品《上帝在火焰中休憩》中，武卡丁诺维奇把上帝看作是伟大的诗人，把诗歌看作是神圣的僧侣。上帝在自然界中藏下了许多诗歌，传递着喜悦和善良。

米洛·罗姆帕尔 1962 年出生于贝尔格莱德，是一位文学历史

2　摘自文学评论家萨沙·契里奇发布在新闻网（Novosti）上的文学评论。<https://www.portalnovosti.com/knjizevna-kritika-strela-koja-ne-poleti>.

学家，也是研究 18 世纪和 19 世纪塞尔维亚文学的教授，在诺维萨德大学语言学院教授塞族文化史，在东正教神学院教授塞尔维亚文化史。同时他也是米洛什·茨尔年斯基基金会（Zadužbina Miloša Crnjanskog）主席，著有 4 本关于茨尔年斯基的专著。2018 年"梅沙·塞利莫维奇"年度图书奖、第 63 届贝尔格莱德国际书展出版奖获奖作品《茨尔年斯基——某种感性的传记》即为其中一本。本书呈现的是不同层面的关于米洛什·茨尔年斯基生活、作品的综合性研究，聚焦茨尔年斯基在塞尔维亚文化中的地位与影响。这本著作分析了茨尔年斯基公开的与尚未公开的书信、他政治行为的社会背景、与同时代的伊沃·安德里奇（Ivo Andrić，1892—1975）及米洛斯拉夫·克尔莱扎（Miroslav Krleža，1893—1981）的横向比较，以及茨尔年斯基发表的政治文章的性质。此外，这本专著的重点在于阐明茨尔年斯基文学创作生涯之中的主导精神和他个人存在的精神内核。对于这部学术专著的成就，社会学家、贝尔格莱德国际书展主席佐兰·阿夫拉莫维奇（Zoran Avramović，1949—　）认为，本书引领读者走向茨尔年斯基所处的时代，感受当时南斯拉夫其他共和国以及茨尔年斯基所游历的各欧洲国家的路径。罗姆帕尔在书中表示，茨尔年斯基在南斯拉夫各个时期都无法与社会相融，但相对于其他欧洲国家，他又是一个"异乡人"。因此，这种无时无刻的"异乡人"感受填满了米洛什·茨尔年斯基的精神内核，而这种特质又使茨尔年斯基有能力"理解时间的矢量"、有能力"理解当下"[3]，最终写出两种风格迥异的作品：塞尔维亚文学中最伟大的历史小说《迁徙》（*Seobe*，1929）和最具世界主义精神的作品《关于伦敦的小说》（*Roman o*

3　摘自阿夫拉莫维奇在《茨尔年斯基——某种感性的传记》新书发布会上的发言。
<http://www.politika.rs/sr/clanak/417545/Biografija-jednog-osecanja>.

Londonu，1971）。

3."安德里奇"奖（Andrićeva nagrada）

南斯拉夫著名文学家、诺贝尔文学奖得主伊沃·安德里奇于 1975 年逝世。伊沃·安德里奇基金会根据安德里奇遗愿，为纪念安德里奇伟大的文学实践与成就、鼓励创作优秀的塞尔维亚语文学作品，于 1975 年设立了该奖项。2018 年 10 月 10 日，第 42 届"安德里奇"奖的桂冠由弗拉迪米尔·科茨马诺维奇（Vladimir Kecmanović，1972—　）摘得。他的获奖作品是《像在有镜子的房间里》（*Kao u sobi sa ogledalima*，2017）一书中的短篇小说《战争游戏》（"Ratne igre"）。

弗拉迪米尔·科茨马诺维奇 1972 年出生于萨拉热窝，是著名小说家、编剧、撰稿人，著有《最后的机会》（*Poslednja Šansa*，1999）、《费力克斯》（*Feliks*，2007）、《炽热炮筒》（*Top je bio vreo*，2008）等人气小说，也是电影《敌人》（*Neprijatelj*，2009）、《炽热炮筒》的编剧，曾获"梅沙·塞利莫维奇"年度图书奖、"布兰科·乔皮奇"奖（Nagrada Branko Ćopić）、"安德里奇大奖"（Velikanagrada Ivo Andrić）、"塞尔维亚文学骑士"奖（Vitez srpske književnosti）等诸多文学奖项，是一位非常活跃、有人气的塞尔维亚语作家。

安德里奇极大地启发、影响了科茨马诺维奇的文学实践，尤其是《炽热炮筒》的创作。在《炽热炮筒》之后，他进一步受到安德里奇风格的影响，逐渐形成《战争游戏》的写作灵感。《战争游戏》中的主人公斯洛博丹（Slobodan）是一位战争英雄——退休了的南斯拉夫人民军军官，在经历长期的战争之后，逐渐落入富人之间的战争游戏，为读者展示了当代悲剧如何演变为令人哭笑不得的喜剧。本届"安德里奇"奖评审团认为本书延续了科茨马诺维奇一贯的写作风格，在这只有 6 页之长的短篇小说之中以极为凌厉的笔锋呈现出巴尔干地区不同国家身份认同之间的不和谐与冲突。除了《战争游戏》，短篇小说集《像在有镜子的房间里》还收录了科茨马诺维奇的 13 篇小说，如《土耳其花瓶》（"Turskavaza"）、《童话》（"Bajka"）、《最后的表演》（"Poslednji performans"）等。科茨马诺维奇用简洁有力的语言，书写关于波黑内战、战后南斯拉夫大地上各种小人物的浮沉人生，真实与谎言、叙述与想象、过去与现在交织在一起，让读者感受到丽贝卡·韦斯特所指的"这片土地上，过去与它所创造的现实并肩而行"（1089）。

4. "迪斯" 奖（Disova nagrada）

为鼓励更广泛的诗歌创作，查查克市（Čačak）"弗拉迪斯拉夫·佩特科维奇·迪斯" 市立图书馆（Gradska biblioteka „Vladislav Petković Dis"）于 1964 年设立 "迪斯" 奖，并于每年 "迪斯之春" 诗歌节颁发此奖项。这一奖项是塞尔维亚语、克罗地亚语诗坛相当有分量的奖项，瓦斯科·波帕（Vasko Popa，1922—1991）、戴珊卡·马克西莫维奇（Desanka Maksimović，1898—1993）、米洛什·茨尔年斯基、古斯塔夫·克尔克莱茨（Gustav Krklec，1899—1977）、斯特万·拉伊弛科维奇（Stevan Raičković，1928—2007）、米奥德拉格·帕夫洛维奇（Miodrag Pavlović，1928—2014）等知名的诗人均获过此奖。2018 年，焦尔杰·奈希奇（Đorđe Nešić，1957— ）凭借自己 30 多年的诗歌创作成就，获得 "迪斯" 奖。

奈希奇 1957 年出生于奥西耶克（Osijek，克罗地亚境内）附近的小镇白山（Bijelo brdo），毕业于贝尔格莱德语言学院南斯拉夫文学和塞尔维亚 – 克罗地亚语系。奈希奇 1985 年刚一进入文坛就以诗集《冲突之中的怀疑蠕虫》（*Crv sumnje u jabuci razdora*，1985）获得了当年的布兰科文学奖（Brankova nagrada）。

奈希奇的第一本作品《冲突之中的怀疑蠕虫》带有显著的新先锋派风格，但 1995 年之后，奈希奇实现了个人诗歌创作与实践的风格转变，他开始转向传统的塞尔维亚诗歌形式与主题，陆续完成《等待着造物主》（*Čekajući Stvoritelja*，1995）、《哈罗诺夫的小船》（*Haronov čamac*，1998）、《多瑙河流经的那扇窗》（*Prozor kroz koji Dunav teče*，2000）、《无稽之谈，故乡的词典》（*Luk i voda, zavičajni rečnik*，2004）、《边境》（*Granica*，2006）等诗歌作品。"迪斯"奖评审团认为，奈希奇是唯一一位身处异乡，但依赖于巴洛克时期塞尔维亚诗歌传统并成功将其转化为自己诗歌风格的诗人，有强烈的乡土情怀，是当代塞尔维亚诗坛中独一无二的存在。诗歌评论家德拉甘·哈莫维奇（Dragan Hamović，1970—　）认为奈希奇是塞尔维亚语诗坛之中唯一一位能与斯特万·拉伊驰科维奇比肩的当代诗人。

5. "焦尔杰·约万诺维奇"奖（Nagrada "Đorđe Jovanović"）

"焦尔杰·约万诺维奇"图书馆为纪念文学家、文学评论家、革命家焦尔杰·约万诺维奇于 1967 年设立"焦尔杰·约万诺维奇"奖，表彰杰出的文学理论和文学批评著作。2018 年获"焦尔杰·约万诺维奇"奖的学者有两名，分别是：斯洛博丹·弗拉杜什奇（Slobodan Vladušić，1973—　）和佐兰·米卢蒂诺维奇（Zoran Milutinović，出生年份不详）。

斯洛博丹·弗拉杜什奇是塞尔维亚著名中生代作家、诺维萨德大学文学系副教授，曾任塞尔维亚文学杂志《词》（*Reč*）与《塞尔维亚文化协会年鉴》（*Letopis Matice Srpske*）主编，《政治报》和《通讯周报》的撰稿人，并于 2007—2010 年间担任《通讯周报》奖的评审委员。他的专著《茨尔年斯基，特大都市》（*Crnjanski, Megalopolis*，

2011）曾斩获 2011 年度"伊西多拉·赛库里奇"奖[4]（Nagrada Isidora Sekulić），而第二本小说《我们，被抹去的》（*Mi, izbrisani*，2013）则获得 2013 年的"梅沙·塞利莫维奇"奖。此次他的获奖作品《文学与评论》（*Književnost i komentari*，2017）一书中包含游记、传记、散文、文学批评、文化批评等不同体裁的作品，但本书内容都围绕着一个主题思想——以文学呼唤人的智性，来抗衡特大都市（Megalopolis）主义与物质至上主义。弗拉杜什奇将这本《文学与评论》看作是他 2011 年所著的《茨尔年斯基，特大都市》的续集。本书共分为 5 大章："特大都市的状态""经验""人物""文学与特大都市""未来城市"。在"人物"这一章节中，弗拉杜什奇以大篇幅分析了茨尔年斯基的人生经历、作品与伊沃·安德里奇的中篇小说《万恶的庭院》（*Prokleta avlija*）

　　佐兰·米卢蒂诺维奇是伦敦大学学院南部斯拉夫文学与当代文学理论教授，也是多本重要国际学术期刊，如《斯拉夫和东欧评论》（*Slavonic and East European Review*）、《欧洲政治、社会与文化》（*East European Politics & Societies and Cultures*）的编委会成员，著有《克服欧洲——塞尔维亚文学中的欧洲形象建构》（*Getting Over Europe. The Construction of Europe in Serbian Culture*，2011）、《民族主义与世界主义》（*Nationalism, Cosmopolitanism*，2010）、《20 世纪塞尔维亚文化中的西方性》（*The "West" in Early 20th-Century Serbian Culture*，2010）等重量级学术著作。本年度米卢蒂诺维奇教授的获奖作品为《为过往而战：伊沃·安德里奇与波什尼亚克人民族主义》（*Bitka za prošlost: Ivo Andrić i bošnjački nacionalizam*，2018）。《为过往而战：

4　贝尔格莱德市为纪念塞尔维亚伟大女性文学家、评论家伊西多拉·赛库里奇，于 1968 年设立"伊西多拉·赛库里奇奖"。

伊沃·安德里奇与波什尼亚克人民族主义》是首部围绕伊沃·安德里奇作品中意识形态与宗教迫害问题进行研究的学术著作。几十年来，南斯拉夫地区一些有极端民族主义倾向的学者曲解了安德里奇的文学作品，试图激起社会对伊斯兰教的仇恨、对穆斯林的不容忍，甚至力图实现纳粹式的意识形态矩阵。在 20 世纪 90 年代南斯拉夫境内的内战中，这种趋势波澜起伏；南斯拉夫解体后，这种趋势更是甚嚣尘上，在"一个国家、两个实体、三个民族、四个宗教"的波黑，这个趋势尤为明显。基于对波黑与巴尔干身份认同及历史文化遗产的深刻而广泛的理解，米卢蒂诺维奇在这部著作中对来自激进主义的诋毁进行了系统的、不带任何意识形态偏见的批判。塞尔维亚地缘诗学（Geopoetika）出版社社长、作家、文学评论家、曾获"第八届中华图书特殊贡献奖"的弗拉蒂斯拉夫·巴亚茨（Vladislav Bajac，1954— ）对这本研究著作进行了高度的评价，在本书的卷后语写道："这本书有足够的理由成为关于安德里奇研究的真正衡量标准，甚至是到目前为止所有安德里奇研究著作之中的桂冠，也是所有未来学术研究的标杆。"[5]

二、国际交流

（一）塞尔维亚创意产业委员会成立

塞尔维亚总理安娜·布尔纳比奇（Ana Brnabić）带头成立了创意产业委员会（Savet za kreativne industrije）。该委员会于 2018 年 3 月 23 日在贝尔格莱德成立并举行第一次大会。该委员会涉及的领域包

---

5 摘自《为过往而战：伊沃·安德里奇与波什尼亚克人民族主义》卷后语。

括：文学、书籍、报纸、杂志、出版、音乐、电影、摄影、广播、电视、设计、视觉艺术等，旨在汇集具有丰富创意产业经验的个人和组织，协助政府在以上领域决策并开展国际交流与合作。

（二）国际奖项

塞尔维亚地缘诗学出版社从 2008 到 2018 年十年间陆续甄选了30 位塞尔维亚当代作家的散文集，翻译成英文并出版，组成"塞尔维亚散文译丛"（Serbian Prose in Translation）。这套"塞尔维亚散文译丛"在 2018 年伦敦国际书展获得"伦敦国际书展国际图书行业卓越奖"下的"文学翻译倡议奖"（Literary Translation Initiative Award）。

（三）贝尔格莱德国际书展

贝尔格莱德国际书展是东南欧地区规模较大、较有影响力的书展。第 63 届贝尔格莱德国际书展于 2018 年 10 月 21 日至 28 日在贝尔格莱德举行，主宾国为摩洛哥。

此次书展围绕"一战百年"（100 godina Velikog rata）、"亚塞诺瓦茨——巴尔干的奥斯维辛"（Jasenovac – Aušvic Balkana）、"北约轰炸的后果"（Posledice NATO bombardovanja）、"我写故我在"（Pišem, dakle potojim）、"关于书的思考"（Misliti o knjizi）、"记忆的时间名人诞辰纪念活动"（Vreme pamćenja）等主题组织了文学沙龙、圆桌会议等多种形式的活动。

塞尔维亚博尔特藏书（Portlibris）出版社出版的四部中国作家的塞译新书也在此次书展上首发。这四本作品分别是杜文娟的《阿里阿里》、赵瑜的《寻找巴金的黛莉》、张雅文的《生命的呐喊》、叶尔克西的《远离严寒》。四部新书被摆在最显眼位置，展场外悬挂有大幅图书广告，多国多家媒体进行了采访报道。

（四）中塞文学交流

1. 北京塞尔维亚文化中心落成

北京塞尔维亚文化中心于 2018 年 12 月初落成，这是塞尔维亚重新成为独立国家后开设的第一个文化中心。长期以来，中塞友谊也体现在文化和艺术领域的相互欣赏与交流合作上，塞尔维亚文化中心的成立将进一步促进两国文化的交流和两国人民之间的了解。具体来说，文化中心将通过举办音乐会、展览、电影、工作坊、圆桌会议等活动，宣传塞尔维亚传统和当代的艺术文化，尤其注重介绍塞尔维亚语言和文学。

12 月 12 日，作为北京塞尔维亚文化中心落成后的第一个活动，北京外国语大学欧洲语言文化学院、巴尔干研究中心和北京塞尔维亚文化中心共同举办了一场主题为"一战百年与当代文学"的文学沙龙活动。文学沙龙以读书会的形式进行，塞尔维亚著名作家、2018 年"焦尔杰·约万诺维奇"奖获得者、诺维萨德大学教授斯洛博丹·弗拉杜什奇为读者和听众带来了他的新作《大冲锋》（*Veliki Juriš*，2018）。《大冲锋》是弗拉杜什奇的第三本小说，讲述的是塞尔维亚士兵在第一次世界大战中的故事。此书出版后，在文学评论界、史学界与读者间引起极大的反响，"安德里奇"奖得主科茨马诺维奇评论："弗拉杜什奇的这本书为塞尔维亚文学带回了失落已久的传统——一战间塞族的牺牲精神与英雄主义精神。弗拉杜什奇还证明了'民族性'与'都市性'，就如同'传统性'与'现代性'一样，只有两者结合才有意义。"在文学沙龙上，作家弗拉杜什奇朗读了《大冲锋》

中的五个精彩选段，为现场的读者们带来了身临其境的文学体验，同时也让读者对塞尔维亚在一战期间的历史、塞尔维亚民族对一战的集体记忆与感情有了进一步的认知。

2. 汉译

两次荣获戛纳金棕榈奖的天才导演埃米尔·库斯图里察（Emir Kusturica, 1954—　）的小说集《婚姻中的陌生人》由法语译为中文，并于 2018 年 10 月出版。此书收录了库斯图里察迄今为止创作的 6 篇短篇小说，主人公的设定与他本人的经历息息相关，多为巴尔干青少年，他们生活在上世纪九十年代前后的巴尔干地区，在社会的动荡和战争的波折中体味着成长的艰难和岁月带来的悲喜交集。从每一篇小说中，读者都能看到他的电影艺术：蒙太奇式的场景转换，充满灵性、会说话的动物，疯狂的冒险经历，随时被战争打断的生活，浪漫热烈的爱情等。作家余华在此书的序中写道："库斯图里察恶作剧般的描写里又时常闪耀出正义的光芒。库斯图里察的小说如他的思维一样跳跃，像他的电影一样自由。是否合理对他来说不重要，重要的是他是否感受到了讲故事的自由。"

3. 塞译

"一带一路"倡议与中国－中东欧国家合作开展以来，中国与塞尔维亚、波黑、黑山等国的文化、文学交流日益增多。2017 年，"中国经典"译丛开始由波黑文学俱乐部（Književni klub）出版社陆续推出；2018 年，《红楼梦》《水浒传》作为文学俱乐部出版社"中国经典"译丛的重磅作品在波黑面世。此外，中国作家鲁敏的小说《此情无法投递》和周尔鎏所著的《我的七爸周恩来》的塞译本也在去年推出。

结语

通过对 2018 年塞尔维亚语文坛重要文学奖项和国际交流大事件的梳理，我们可以看出，第一次世界大战停战百年之际，塞尔维亚语文坛的关键词为"战争""牺牲""民族""身份认同""传统"等，象征着塞尔维亚文学传统的强势回归。历史题材、战争题材、歌颂塞尔维亚民族英雄主义精神的文学作品层出不穷；在国际交流与合作方面，贝尔格莱德国际书展依然保持着东南欧地区书展的中心地位，国际交流成果丰硕。遗憾的是，2018 年中塞文学交流与合作并没有保持过去几年的增长势头，从整体来看，文学交流、作品互译成果偏少。

参考文献：

"Biografija jednog osećanja." Web. 07. Dec. 2018.
  <http://www.politika.rs/sr/clanak/417545/Biografija-jednog-osecanja>.

"Disova nagrada Đorđu Nešiću." Web. 14. Mar. 2018.
  <http://www.politika.rs/scc/clanak/400076/Disova-nagrada-za-2018-Dordu-Nesicu>.

"Događaji u kulturi koji su obeležili 2018.: Književnost." Web. 02. Jan. 2019.
  <https://www.danas.rs/kultura/dogadjaji-u-kulturi-koji-su-obelezili-2018-knjizevnost/>.

"NIN-ova nagrada Vladimiru Tabaševiću za knjigu Zabluda Svetog Sebastijana'." Web. 14. Jan. 2019.
  <http://www.rts.rs/page/stories/ci/story/8/kultura/3386326/nin-ova-nagrada-vladimiru-tabasevicu-za-knjigu-zabluda-svetog-sebastijana.html>.

Milutinović, Zoran. Bitka za prošlost:Ivo Andrić i bošnjački nacionalizam. Beograd: Geopoetika. 2018.

Saša, Ćirić. "Književna kritika: Strela koja ne poleti." Web. 19. Feb. 2019.
  <https://www.portalnovosti.com/knjizevna-kritika-strela-koja-ne-poleti>.
  "Vladimiru Kecmanoviću nagrada 'Ivo Andrić'." Web. 14. Sep. 2018.

  <http://www.politika.rs/scc/clanak/411158/Vladimiru-Kecmanovicu-nagrada-Ivo-Andric>.

"Vladimiru Tabaševiću uručena NIN-ova nagrada." Web. 21. Jan. 2019.
  <http://www.politika.rs/sr/clanak/420847/Vladimiru-Tabasevicu-urucena-NIN-

ova-nagrada>.

Vladušić, Slobodan. *Književnost i komentari*. Beograd: Službeni glasnik, 2017.

库斯图里察，埃米尔:《婚姻中的陌生人》，刘成富等译。杭州：浙江文艺出版社，2018。

韦斯特，丽贝卡:《黑羊与灰鹰》，向洪全等译。北京：中信出版社，2019。

《文学陕军走出国门——杜文娟塞尔维亚文〈阿里阿里〉》。搜狐网，2018 年 12 月 25 日。<http://www.sohu.com/a/284521170_818396>.

作者：洪羽青，北京外国语大学欧洲语言文化学院

2018 年土耳其文学概览 [1]

彭 俊 丁慧君

内容提要：2018 年，复杂动荡的政治局势给土耳其的文学创作笼罩上了阴云，但这并未能阻止作家们的思考和创作。这一年中，土耳其仍有不少思想性、艺术性俱佳的作品问世。脱颖而出的年轻一代作家也为 2018 年的土耳其文坛增添了一抹亮色。此外，土耳其在文学和出版领域的国际合作不断加深，中土两国在文学作品互译和出版等方面的合作有了实质性的进展。本文以土耳其重要的文学奖项和文学事件为切入点，概述了 2018 年土耳其文学创作的总体情况。

  2018 年，土耳其国内政治局势依旧严峻复杂。6 月，土耳其举行了总统大选，这是土耳其政治体制改革后的第一次总统选举。为了争夺选票，各党派合纵连横，不同阶层和利益集团之间的矛盾愈发尖锐。此外，政府以打击政变分子为由，对军、警、司法机关甚至教育和出版传媒机构进行了大规模、持续性的清洗，包括知名记者、作家和教师在内的一大批持不同政见者被捕入狱。动荡的局势给文学创作

---

1 本文为国家社科基金重大项目"新世纪东方区域文学年谱整理与研究 2000—2020"（17ZDA280）的阶段性成果。

笼罩上了阴云，但作家们并未退缩，他们将手中的笔化为武器，用精彩的作品对社会的不公和压迫做出了回应。本文将从土耳其重要的文学奖项及获奖作家和作品、重要文学事件等方面，梳理介绍 2018 年度土耳其文学创作的基本情况。

一、重要文学奖项及获奖作家、作品[2]

（一）奥尔罕·凯马尔长篇小说奖（Orhan Kemal Roman Armağanı）

奥尔罕·凯马尔长篇小说奖是土耳其文坛含金量最高的奖项之一，素有"土耳其诺贝尔文学奖"之称。2018 年，荣获该奖项的是女作家赛娜伊·莎欣奈尔（Seray Şahiner，1984—　）的长篇小说《奴仆》（Kul，2017）。

赛娜伊·莎欣奈尔 1984 年出生于布尔萨，2007 年毕业于伊斯坦布尔大学传媒学院新闻系，2011 年获马尔马拉大学电影专业硕士学位。2006 年，赛娜伊在"亚沙尔·纳比·纳耶尔青年奖"的评选中崭露头角，她的短篇小说集《新娘的发妆》（Gelin Başı）虽未获奖，但评委们一致认为这是一部"值得关注"的作品。2011 年，赛娜伊出版短篇小说集《女士们请注意》（Hanımların Dikkatine），该小说集于 2012 年荣获"尤努斯·纳迪短篇小说奖"。在这之后，赛娜伊又出版了长篇小说《双硫仑》（Antabus，2014）、随笔集《跳过广告》（Reklamı Atla，2016）等。

此次的获奖作品《奴仆》是一部反映土耳其底层社会女性生存状态的长篇小说。小说的主人公是一个女清洁工，名叫梅尔江。她的丈

2　对于在《外国文学通览：2017》中已经介绍过具体发展历史的文学奖项，本文中将不再重复介绍。

夫是一个酒鬼，终日游手好闲、无所事事。一次争执过后，梅尔江将丈夫赶出了家门。可没过多久，她便心生悔意，期盼丈夫能够重新回到自己的身边。为了寻回丈夫，梅尔江想尽了办法，她去清真寺献祭、请人占卜算卦，甚至还偷偷跑去教堂做祷告……在日复一日的等待中，梅尔江只有靠幻想来麻痹自己。她幻想着丈夫回到自己身边，幻想着和丈夫重归于好，甚至还幻想两人有了孩子。在小说的最后，丈夫依旧杳无音信，而公寓面临拆迁，梅尔江将被迫搬离住所，这也意味着梅尔江将永远失去和丈夫重逢的可能。作者以梅尔江期盼丈夫回归为主线展开叙述，同时也透过梅尔江的视角对不同阶层人群之间的差异、城市化过程中社会底层人群面临的困境等社会现象进行了解读和分析。整部作品对人物精神世界的刻画入木三分，语言虽风趣但处处透着辛酸，让读者也不禁为梅尔江这个不放弃希望、与命运抗争的底层女性扼腕叹息。

（二）萨伊特·法伊克短篇小说奖（Sait Faik Hikaye Armağanı）

2018 年，萨伊特·法伊克短篇小说奖授予了作家凯末尔·瓦罗尔（Kemal Varol，1977—　），获奖作品是他的短篇小说集《真故事》（*Sahiden Hikaye*，2017）。

凯末尔·瓦罗尔 1977 年出生于迪亚巴克尔的一个库尔德家庭，大学就读于底格里斯大学教育学院。凯末尔先后出版过三部诗集，分别是《殇之戒指》（*Yas Yüzükleri*，2001）、《仇恨》（*Kin Divanı*，2005）和《七月十八日》（*Temmuzun On Sekizi*，2007）。2014 年，凯末尔出版长篇小说《吠》，并凭借该小说荣获 2014 年度"杰夫代特·库德莱特文学奖"（Cevdet Kudret Edebiyat Ödülü）。在这之后，凯末尔又先后出版了长篇小说《尽头之处是死亡》（*Ucunda Ölüm*

Var，2016）和《情人节》（*Aşıklar Bayramı*，2018）。此次获奖的作品
《真故事》是凯末尔的第一部短篇小说集，一共收录了十五篇小故事。
这些故事虽然独立成篇，但其中的地点、人物以及情节之间又存在着
一定的关联。作者以一个名为阿尔坎亚的小镇为背景，通过讲述小镇
上的人和事，为读者真实地再现了土耳其东部地区的生存状态以及紧
急状态的议案[3]对人们生活造成的消极影响。阿尔坎亚这个小镇虽然
是作者虚构的，但作品中描写的人物和生活却是真实的。和凯末尔以
往的作品一样，《真故事》的主基调是悲伤的。跟随凯末尔的笔触，
读者可以深刻地体会到充斥于他内心深处的痛苦、孤独，以及对归属
感的渴望和探求。

（三）尤努斯·纳迪奖（Yunus Nadi Ödülleri）

2018 年，评委会经过层层筛选，将尤努斯·纳迪奖颁发给长篇
小说、短篇小说和诗歌三个类别的四部作品。

1. 长篇小说类获奖作品：《湖滨之夏》（*Göl Yazı*），作者埃尼
斯·巴图尔（Enis Batur，1952—　）

埃尼斯·巴图尔 1952 年出生于埃斯基谢希尔，大学就读于中东
技术大学和法国索邦大学。埃尼斯是一位多产的作家，以诗歌和随
笔创作见长。其作品不仅获得过土耳其语言协会奖（TDK Ödülü）、
杰玛尔·苏莱亚诗歌奖（Cemal Süreya Şiir Ödülü）、安塔利亚金橙
诗歌奖（Altın Portakal Şiir Ödülü）、贝赫切特·内贾提吉尔诗歌奖
（Behçet Necatigil Şiir Ödülü）等诸多奖项，还被译成英语、法语、意

3　2016 年 7 月 15 日，土耳其发生未遂军事政变。其后，土耳其大国民议会通过了为期 3 个月的
　　紧急状态的议案，对公民的自由和权利进行了一定的限制，并授予政府更大的权力以应对未遂
　　军事政变带来的影响。

大利语、西班牙语和波斯语等语言，在多个国家和地区广为流传。

此次荣获尤努斯·纳迪奖的长篇小说《湖滨之夏》是埃尼斯为数不多的小说类作品之一，出版于 2017 年 11 月。小说以湖滨小镇戈尔亚泽为背景，讲述了一个热爱文学的作家被小镇的生活和美景所吸引，决定在那里修建一个小屋潜心进行文学创作的故事。小说的情节虽然简单，但构思却颇有新意。小说中，主人公时常幻想着邀请皮埃尔·洛蒂、安德烈·纪德、卢梭、杰玛尔·苏莱亚、哈希姆、唐珀纳尔等文学名人到小屋做客，并与他们展开跨越时空的精神交流。通过这些虚幻的交流，主人公的人生观、价值观以及他对文学的热爱跃然纸上。《湖滨之夏》的获奖在土耳其文学界引起了一定的争议，一些评论家认为它不应获得小说类奖项，因为它更像是一部随笔，而非小说。也有评论家指出，尽管篇章结构、叙事风格与传统小说迥异，但作品中流露出的对文学的炽爱深深地打动了读者。

2．短篇小说类获奖作品：《别样的梦幻》（*Öteki Düşler*），作者伊义特·贝奈尔（Yiğit Bener，1958— ）

伊义特·贝奈尔 1958 年出生于布鲁塞尔，大学就读于安卡拉大学医学院。1980 年 9 月 12 日，土耳其爆发军事政变，贝奈尔被迫放弃学业，只身前往国外。1991 年，贝奈尔在《现代土耳其语》（*Çağdaş Türk Dili*）杂志上发表了他的第一部短篇小说《外国人》（"Yabancılar"）。在这之后，贝奈尔又陆续出版了十余部作品。2012 年，其长篇小说《赫尤拉的归来》（*Heyulanın Dönüşü*，2011）荣获第 41 届奥尔罕·凯马尔长篇小说奖。

《别样的梦幻》是贝奈尔的第二部短篇小说集，出版于 2017 年 4 月。小说集一共收录了 11 篇故事，这些故事虽然形式上是独立的，但人物和情节之间存在着一定的关联，尤其是其中引用的诗歌片段，均取自同一部诗歌作品，将这些看似独立的故事串成了一个有机的整体。从形式和叙事手法来看，《别样的梦幻》不同于传统小说，它集书信、诗歌、评论、回忆，甚至幻想于一体；从内容来看，作家在讲述一个年轻人如何与死亡进行抗争、如何从诗歌中寻求慰藉的同时，将自己对于人生、友谊、爱情和死亡的理解融入其中，发人深省。

3. 诗歌类获奖作品：《已故恋人的诗集》（*Ölen Sevgilimin Şiir Defteri*），作者小伊斯坎德尔（Küçük İskender，1964— ）；《埃夫素斯之旅》（*Efsus'a Yolculuk*），作者于杰尔·卡耶兰（Yücel Kayıran，1964— ）

小伊斯坎德尔原名为戴尔曼·伊斯坎德尔·厄维尔（Derman İskender Över），1964 年出生于伊斯坦布尔。自 1980 年发表第一篇诗作以来，小伊斯坎德尔先后出版了诗集 20 余部、小说和随笔集 10 余部。小伊斯坎德尔是土耳其"垮掉派"诗人的代表人物，曾荣获穆拉特·阿勒布尔鲁诗歌奖（Orhon Murat Arıburnu Şiir Ödülü）、麦利赫·杰夫代特·安达伊诗歌奖（Melih Cevdet Anday Şiir Ödülü）、埃尔达尔·厄兹文学奖（Erdal Öz Edebiyat Ödülü）以及贝赫切特·内贾提吉尔诗歌奖等诸多奖项，其作品主题以绝望、反叛和抨击社会为主。此次获奖的诗集《已故恋人的诗集》是小伊斯坎德尔的最新作品，出版于 2017 年。诗集文笔优美，意象新颖。作者以生命和诗歌为主题，将自己的感情生活、创作经历以及对生活的感悟融入作品之中，对爱情、死亡和诗歌创作进行了全新的诠释。有评论认为"这部诗集融入了作者的生活经历，让土耳其的诗歌更为多元"[4]；也有评

4　<https://1000kitap.com/olen-sevgilimin-siir-defteri--59969>. 访问时间 2019 年 4 月 10 日。

论认为"这部诗集丰富了土耳其的诗歌语言，让它达到了一个新的阶段"[5]。

于杰尔·卡耶兰 1964 年出生于阿达纳，大学就读于哈杰泰佩大学哲学系。自 1984 年发表第一篇作品以来，于杰尔先后在各类文学杂志上发表诗歌数十篇，并出版诗集三部。2005 年，于杰尔凭借诗集《你永远看不见我》荣获第九届安塔利亚金橙诗歌奖。此次获奖的作品《埃夫素斯之旅》是于杰尔最新创作的一首长诗，出版于 2017 年。埃夫素斯是于杰尔幼年生活过的地方，也是他诗歌生涯的起点。诗人采用了长篇叙事诗的结构模式，将个人与社会、历史与现实、生活与哲学巧妙地融为一体，在追忆童年生活、探求"本我"和"内心"的过程中，对"民主与独裁"、"伊斯兰教与伊斯兰主义"等敏感的社会问题提出了自己的见解和反思。

（四）土耳其作家协会年度作家、思想家和艺术家奖（TYB Yılın Yazar, Fikir Adamı ve Sanatçıları Ödülleri）

土耳其作家协会年度作家、思想家和艺术家奖每年评选一次，主要颁发给上一年度在文化和艺术事业等方面做出突出贡献的人士，涵盖领域包括文学、文化、出版和传媒等。2018 年，在文学领域获得该奖项的作家和作品有：

1．玛赫穆特·卓什昆（Mahmut Coşkun，1989—　）和他的长篇小说《我要烧掉卖花人的园子》（*Yakarım Gül Satanlar Bahçesini*）

玛赫穆特·卓什昆是一位非常年轻的作家，1989 年出生于约兹加特，现为一所中学的文学课老师。教书之余，热爱文学的玛赫穆

5　<https://www.sanatatak.com/view/2018-yunus-nadi-odulleri-aciklandi>. 访问时间 2019 年 4 月 10 日。

特还积极从事文学创作，在《明天》（*Yarın*）、《土耳其文学》（*Türk Edebiyatı*）和《想象》（*Muhayyel*）等文学杂志上发表过不少短篇小说。

此次获奖的作品《我要烧掉卖花人的园子》是玛赫穆特创作的第一部长篇小说，出版于 2018 年。小说的主人公是一个名叫内谢特的孩子，他是当下土耳其青年一代的缩影。作者通过讲述内谢特在生活中遇到的种种不顺、挫折以及他的思想转变和成长历程，对青年一代应当如何面对困难、社会教育的模式和作用、人们如何打破传统和偏见等社会共性问题进行了深入的探讨。小说的主题十分鲜明，语言虽朴实但生动有趣，情节虽简单却立意深远。

2. 艾丽芙·甘奇（Elif Genç, 1986—　）和她的短篇小说集《你想想，我就是伊勒雅斯》（*Düşünsene Hızır Bendim*）

艾丽芙·甘奇是土耳其的一位新生代女作家，出生于 1986 年。本科就读于安卡拉大学的艾丽芙在毕业之后走上讲台，成了一名语文老师。艾丽芙自幼喜爱文学，高中时便开始写小说，《想象》、《寺院》（*Dergah*）、《威望》（*İtibar*）等不少文学杂志都曾刊登过她创作的短篇小说。

此次获奖的作品《你想想，我就是伊勒雅斯》是艾丽芙的第一部短篇小说集，出版于 2018 年。小说集一共收录了 16 篇小故事，这些故事大多是围绕着家庭关系尤其是和父亲的关系展开叙述的。作者通过内心独白、意识流等创作手法将一个个真实、鲜活的人物形象展现在读者面前，让读者从人物形象中看到了自己的影子，从而引发共鸣。小说中，作者还巧妙地融入了先知摩西和伊勒雅斯的传说，给读者以教益和启示。

3. 阿里·阿伊齐尔（Ali Ayçil, 1969—　）和他的诗集《一个日

本人之死》(*Bir Japon Nasıl Ölür*)

阿里·阿伊齐尔 1969 年出生于埃尔津詹,大学就读于埃尔祖鲁姆阿塔图尔克大学历史系。阿里以写韵律诗见长,在《寺院》、《音节》(*Hece*) 和《阶梯》(*Merdiven*) 等文学杂志上发表过不少诗歌作品,著有诗集《最后的学徒》(*Arasta'nın Son Çırağı*, 2000)、《不再任性》(*Naz Bitti*, 2001),随笔集《胡桃木的箱子和钱柜》(*Ceviz Sandıklar Ve Para Kasaları*, 2002) 和短篇小说集《城墙之城》(*Sur Kenti Hikayeleri*, 2003)。

此次获奖的诗集《一个日本人之死》出版于 2018 年,收录了阿里近年来创作的 24 首诗歌作品。这些作品中既有阿里对现实生活的观察和思考,也有他对历史的感悟以及对前辈诗人的致敬。整部诗集语言优美舒缓,意境超脱空灵。诗集中多次出现"荒原"这一意象,反映出作者厌恶令人窒息的城市生活,希望能够拥抱自然、回归本真。至于诗集的名字,作者在接受媒体采访时曾表示:诗集的名字和主题并无太多联系,《一个日本人之死》是诗集中唯一一首自由体诗,用这首诗的名字给诗集命名主要是为了表明自己支持在诗歌创作中进行创新的立场。

二、重要文学活动

1. 第九届突厥世界文学杂志大会 (Türk Dünyası Edebiyat Dergileri Kongresi)

2018 年 4 月 17—19 日,由欧亚作家联合会和国际突厥文化组织联合举办的第九届突厥世界文学杂志大会在 "2018 年度突厥世界文化之都"卡斯塔莫努召开,来自哈萨克斯坦、吉尔吉斯斯坦、阿塞拜疆、北马其顿、达吉斯坦、鞑靼斯坦和科索沃等 16 个国家和地区的

28家文学杂志的代表参加了此次大会。

会议由欧亚作家联合会主席雅库普·欧麦尔奥鲁（Yakup Ömeroğlu）主持，卡斯塔莫努省省长、国际突厥文化组织秘书长、阿塞拜疆作协主席、吉尔吉斯斯坦作协主席等政府和组织负责人纷纷在大会发言致辞。与会代表一致认为，文学是沟通心灵、增进了解的重要手段，突厥语国家和地区的文学杂志应当加强协作，为突厥世界人民了解彼此的文学和文化提供更多的机会和便利。会议还评选鞑靼斯坦诗人金努尔·曼苏尔（Zinnur Mansur）为2018年突厥世界年度文学人物。

2．第十届伊斯坦布尔国际文学节（İstanbul Uluslararası Edebiyat Festivali）

2018年5月4—12日，第十届伊斯坦布尔国际文学节在伊斯坦布尔举行，来自法国、芬兰、丹麦、挪威、罗马尼亚等22个国家的74名作家、21名出版界人士以及9名行为艺术家参加了此次文学盛筵。

本届文学节的主题是"我们关注文学"，围绕这一主题组委会举办了研讨会、专题展、签售会、音乐会和行为艺术表演等众多精彩纷呈的活动。活动过程中，文化背景不同、写作风格各异的作家们不仅带来了自己的最新作品，还分享了自己对于文学的理解以及创作过程中的感悟和趣事，让土耳其的文学爱好者们近距离感受到了世界文化的多元和文学作品的魅力。

伊斯坦布尔国际文学节是由土耳其写作版权机构（Kalem Telif Hakları Ajansı）发起、写作文化协会（Kalem Kültür Derneği）承办的一项国际性文学交流活动，其目的在于提升民众对于文学的兴趣，推动文学创作的发展，并为世界各国的作家以及出版界人士提供交流切磋的平台。自 2009 年创办以来，伊斯坦布尔国际文学节已经成功举办了 10 届，共有来自 48 个国家的 467 名作家和来自 32 个国家的 124 名出版界人士参与了该项活动。

3．中国译林出版社与土耳其红猫出版集团签署战略合作协议

2018 年 9 月 18—24 日，凤凰传媒集团总经理孙真福率团对土耳其进行工作访问。访问期间，孙真福对土耳其图书市场进行了深入的调研，并实地考察了红猫出版集团的物流中心和连锁书店。

在出席译林出版社和红猫出版集团战略合作协议签字仪式时，孙真福表示凤凰传媒集团将采取三个方面的举措以促进中土文化交流：一是建立中土出版中心，为中土文学作品互译架起文化交流的桥梁；二是促进中土作家的互访，为两国民众提供体验异域文化的机会和平台，普及中土文化；三是确立高层定期互访机制，共拓合作新领域，共建合作新平台。[6] 红猫出版集团董事长哈鲁克·海普康（Haluk Hepkon）则表示，红猫出版集团十分重视中国市场，希望借助"一带一路"倡议的东风，将中国现当代优秀的文学作品引入土耳其，让土耳其读者能够全方位地了解中国，同时也希望能以此为契机将土耳其的优秀作家和文学作品介绍给中国读者，促进两国间的文化交流。[7]

访问土耳其期间，孙真福还会见了土耳其出版协会主席、文献出版社社长凯南·科加图尔克（Kenan Kocatürk）和沟通出版社社长图鲁尔·帕夏奥鲁（Tuğrul Paşaoğlu），并同他们就中国图书进入土耳其市场的途径与合作方式进行了探讨。此外，孙真福还签发聘书，聘请土耳其加齐大学教授、汉学家、2016 年中华图书特殊贡献奖得主吉

6　<http://www.ppmg.cn/index.php/Article/index?nav_id=29&id=3157>. 访问时间 2019 年 6 月 3 日。

7　<https://www.haberler.com/cin-ile-turkiye-arasinda-kulturel-kopru-kuruluyor-11256371-haberi/>. 访问时间 2019 年 6 月 3 日。

来·菲丹（Giray Fidan）为凤凰国际出版翻译专家。

4.第37届伊斯坦布尔国际书展（Uluslararası İstanbul Kitap Fuarı）

2018年11月10—18日，第37届伊斯坦布尔国际书展在伊斯坦布尔图亚普会展中心举行，来自23个国家的800多家出版社和专业机构参加了此次书展。此次书展的主题是"用文学包围生活"，主嘉宾则是曾被土耳其文化和旅游部授予"国家艺术家"荣誉称号的土耳其著名作家赛利姆·伊莱利（Selim İleri）。书展期间，主嘉宾赛利姆主持了多场研讨会，和来自不同国家的数十位作家畅谈创作心得，分享人生感悟。除了研讨会，书展期间组委会还组织了读者见面会、签售会、读诗会和儿童创作工坊等各类活动300余场，总参与人数超过60万。

伊斯坦布尔国际书展始创于上世纪80年代，是土耳其乃至中东地区规模最大、影响力最强的专业书展之一，迄今为止已经举办了37届。中国出版业代表团参加了本届书展，这是继2013年作为主宾国参展以来中国第六次派团参加伊斯坦布尔国际书展。除了给土耳其读者带去7大类别、800余册中文精品图书外，中国出版业代表团还以此次书展为契机，和土耳其多家出版社洽谈了版权贸易等合作事宜。中国高等教育出版社还就《中国特色社会主义政治经济学》一书与土耳其出版社签订了版权合作协议。

结语

通过对2018年土耳其文坛主要文学奖项和文学活动的梳理，我们可以看出：2018年土耳其文学创作的主题更加贴近当代现实，作家们通过记录普通民众的生活以及他们面临的困境和不安，引导读者对社会问题进行深层次的反思；同时，不少年轻作家获得土耳其国内重量级文学奖项，表明了新生代作家的快速成长；此外，文学和出版领域的国际合作与交流得到大力推进，中国和土耳其在图书互译以及出版发行等方面的合作有了实质性的进展。总的来说，2018 年土耳其的文学创作于困境中艰难前行，但众多年轻作家的脱颖而出让我们有理由对土耳其文学的未来充满信心。

参考文献：

Arkan, Zeynep. "Ali Ayçil şiiri hem yaralı hem yakını bir yaralının." 20 Jul. 2018. Web. 27 May 2019.
<http://www.okurdergisi.com/ali-aycil-siiri-hem-yarali-hem-yakini-bir-yaralinin/>.

Bozdaş, Hasan. "Bir Japon ölürken konuşmalar." 01 Jun. 2018. Web. 27 May 2019.
<https://hasanbozdas.com/2018/06/01/bir-japon-olurken-konusmalar/>.

Bozdemir, Özkan Ali. "Zamanın uzğında." 13 Jul. 2017. Web. 20 Mar. 2019.
<https://ozkanalibozdemir.com/2017/07/13/zamanin-uzaginda/>.

Çelik, Gülhan Tuba. "Dikkat Çeken Bir Genç Öykücü:Elif Genç." 15 Feb. 2017. Web.15 May 2019.
<https://www.dunyabizim.com/mercek-alti/dikkat-ceken-bir-genc-oykucu-elif-genc-h25926.html>.

"Çin ile Türkiye Arasında Kültürel Köprü Kuruluyor." 21 Sep. 2018. Web. 03 Jun. 2019.
<https://www.haberler.com/cin-ile-turkiye-arasinda-kulturel-kopru-kuruluyor-11256371-haberi/>.

"Enis batur – göl yazı." 03 Dec. 2017. Web. 22 Mar. 2019.
<https://etilen.net/enis-batur-gol-yazi/>.

Fok, Aşçı, and Nurdan Çakır Tezgin. "Enis Batur'un Göl Yazı'sı." 18 Oct. 2018. Web. 28 Mar. 2019.
<http://www.ascifok.com/default.asp?sayfa=10&id=1218>.

Kocabaş, Şadi. "Bir güzün güzelliği çiğlere düşmüş gibi ölür bir Japon." 31 Jan. 2019. Web. 27 May 2019.
<https://www.dunyabizim.com/kitap/bir-guzun-guzelligi-ciglere-dusmus-gibi-olur-bir-japon-h33058.html>.

"Küçük İskender'den Yeni Şiirler." 05 Jun. 2017. Web.12 Apr. 2019.
<http://arsizsanat.com/kucuk-iskenderden-yeni-siirler/>.

"Mahmut Coşkun İlk Kitabıyla TYB İstanbul'da." 02 Oct. 2018. Web. 6 May 2019.
<http://www.tyb.org.tr/mahmut-coskun-ilk-kitabiyla-tyb-istanbulda-35619h.htm>.

"Önce ilham sonra bin bir emek." Yeni Şafak. 03 Jan. 2019. Web.10 May 2019. <http://www.marmaragazetesi.com/once-ilham-sonra-bin-bir-emek-351920h.htm>

"Orhan Kemal Armağanı Yiğit Bener'in | 41. Orhan Kemal Roman Armağanı'na Yiğit Bener'in 'Heyulanın Dönüşü' Romanı Layık Görüldü." 13 Nov. 2013. Web. 02 Apr. 2019. <http://www.egitimkutuphanesi.com/orhan-kemal-armagani-yigit-bener39in-41-orhan-kemal-roman-armagani39na-yigit-bener39in-39heyulanin-donusu39-romani-layik-goruldu/>.

Topaloğlu, Enver. "Yücel Kayıran ve şairin yolculuğu… ." 23 Mar. 2019. Web. 22 Apr. 2019. <https://www.gazeteduvar.com.tr/kitap/2019/03/23/yucel-kayiran-ve-sairin-yolculugu/>.

"Türk Dünyası Edebiyat Dergileri Kongresi." 18 Apr. 2018. Web. 03 Jun. 2019. <https://www.mynet.com/turk-dunyasi-edebiyat-dergileri-kongresi-1101040397 22>.

Yavuz, Atakan. "Ali Ayçil'in bir Japon nasıl ölür kitabı çıktı." Yeni Şafak. 7 May 2018. Web. 27 May 2019. <https://www.izdiham.com/ali-aycilin-bir-japon-nasil-olur-kitabi-cikti/>.

"Yiğit Bener'den Öteki Düşler." Cumhuriyet. 9 Mar. 2017. Web. 02 Apr. 2019. <http://www.cumhuriyet.com.tr/haber/kitap/694610/Yigit_Bener_den__Oteki_Dusler_.html>.

"Yiğit Bener Kimdir? Hayatı ve Eserleri." 06 Aug. 2018. Web. 28 Mar. 2019. <http://www.turkedebiyatcilar.net/yigit-bener-kimdir-hayati-ve-eserleri>.

"Yunus Nadi Ödülleri sahiplerini buldu." Cumhuriyet. 30 Aug. 2018. Web. 22 Apr. 2019. <http://www.cumhuriyet.com.tr/haber/kultur-sanat/1040575/Yunus_Nadi_Odulleri_sahiplerini_buldu.html>.

"10. İstanbul Uluslararası Edebiyat Festivali hakkında her şey." 28 Apr. 2018. Web. 03 Jun. 2019. <https://www.murekkephaber.com/10-istanbul-uluslararasi-edebiyat-festivali-hakkinda-her-sey/7114/>.

"2018 Yılının 'Yazar, Fikir Adamı ve Sanatçıları' Ödülleri." 03 Jan. 2019. Web. 06 May 2019. <http://www.tyb.org.tr/2018-yilinin-yazar-fikir-adami-ve-sanatcilari-odulleri-36686h.htm>.

"2018 Yunus Nadi Ödülleri Açıklandı." 01 Aug. 2018. Web.10 Apr. 2019. <https://www.sanatatak.com/view/2018-yunus-nadi-odulleri-aciklandi>.

"2018 Yunus Nadi Ödülleri sahiplerini buldu." Cumhuriyet. 31 Jul. 2018. Web. 22 Mar. 2019. <http://www.neokuyorum.org/2018-yunus-nadi-odulleri-sahiplerini-buldu/>.

"9. Türk Dünyası Edebiyat Dergileri Kongresi başladı." 17 Apr. 2018. Web. 03 Jun. 2019.
<https://www.dunyabulteni.net/kultur-sanat/9-turk-dunyasi-edebiyat-dergileri-kongresi-basladi-h420507.html>.

《凤凰传媒领导率团赴土耳其、格鲁吉亚工作访问》，2018 年 10 月 12 日，访问时间 2019 年 6 月 3 日。
<http://www.ppmg.cn/index.php/Article/index?nav_id=29&id=3157>.

丁慧君，彭俊：《土耳其现当代文学作品选读》。广州：世界图书出版广东有限公司，2018。

作者：彭俊，信息工程大学洛阳外国语学院；
　　　丁慧君，信息工程大学洛阳外国语学院

2018 年乌兹别克斯坦文学概览

原 伟

内容提要：2018 年，在乌兹别克斯坦政府进一步推进科教文化领域改革的大背景下，该国文学创作与相关领域研究稳步发展，继续呈现出积极向上的发展态势。首先，2018 年是乌兹别克斯坦独立 27 周年纪念，国家设立了文学奖评选和授勋活动，奖励和激励文学工作者长久以来为社会文明和精神文化发展做出的突出贡献，鼓励他们在各自的创作与研究领域产出高水平著作。其次，本年度一些重量级文学作品的出版问世，更加凸显了该国尊重民族文化遗产，提倡人文精神传承的一贯传统。除此之外，国内举办了很多纪念文学巨匠、杰出文学家和诗人的活动，也体现了弘扬优秀的文化传统和民族特色的精神。本文将从文学奖、文学作品和文学事件三个方面来概述 2018 年乌兹别克斯坦文学的发展状况。

一、文学奖

（一）"为祖国而生"文学奖评选

　　为了庆祝乌兹别克斯坦成立 27 周年，在乌兹别克斯坦作家协会的组织下，第七届"为祖国而生"（Vatan uchun yashaylik）文学奖的评选活动于 2018 年 9 月 14 日举行。这次文学奖评选共有 54 位作者的 107 部作品入围，体裁包括诗歌、散文、小说、社论和辞书等，设一等奖、二等奖、三等奖和特别鼓励奖四个奖项，展现了在乌兹别克斯坦全面推进改革时期文学创作的最优秀作品。

一等奖授予了作家安瓦尔·奥比德琼（Anvar Obidjon, 1947— ），获奖作品为散文集《费尔干纳人》（*Farg'onaliklar*）。奥比德琼是乌兹别克斯坦著名诗人、记者和科幻作家，"荣耀"（Shuhrat）奖章获得者（1997），曾获得"乌兹别克斯坦人民诗人"称号（1998 年）。担任过完美出版社（Kamolot）副主编、小星星出版社（Yulduzcha）主编、《拳头》（*Mushtum*）杂志主编、《金星》（*Cho'lpon*）杂志主编等职，代表作品包括《故土》（*Ona yer*，1974）、《戴着面具的男孩》（*Masxaraboz bola*，1980）和儿童科幻小说《奥洛夫琼和他的伙伴们》（*Olovjon va uning do'stlari*，1983）等，其中《奥洛夫琼和他的伙伴们》深受读者喜爱，多年来已被翻译成多种语言出版发行。作者本人出生于费尔干纳地区，本次获奖作品《费尔干纳人》汇集了作者多年来的散文随笔，体现了作者对费尔干纳地区的人文底蕴、历史传承和民族精神的深入思考，也透露出作者对家乡浓厚的感情和深深的眷恋。

二等奖设两项，分别颁发给了诗人、作家和著名记者纳比·贾洛里德丁（Nabi Jaloliddin, 1962— ）的小说《磨坊》（*Tegirmon*）及著名翻译家、诗人和作家梅赫蒙库尔·伊斯拉姆库洛夫（Mehmonqul Islomqulov, 1964— ）的作品集《人为震惊世界而来》（*Odam dunyoga hayratlanish uchun keladi*）。贾洛里德丁是乌兹别克斯坦独立后文坛的新生力量，1993 年至 2006 年曾在《祖国》（*Vatan*）、《霍里斯》（*Holis*）和《守护》（*Himoya*）报社工作，目前在《安集延

记录》（*Andijonnoma*）报社担任编辑，代表作包括诗集《薄荷之夜》
（*Yalpizli kecha*，1993）、短篇小说《死者的颜色》（*O'limning rangi*，
1996）和《心灵的自由》（*Ko'ngil ozod*，1999）等。贾洛里德丁本次
获奖的两卷本传记体小说《磨坊》，讲述了乌兹别克民族诗人阿卜杜
拉哈米德·苏拉依蒙·丘尔蓬（Abdulhamid Sulaymon Cho'lpon）传
奇的一生，描绘了他在长期遭受迫害与压迫的情况下，为祖国独立
而奋斗的艰难历程。梅赫蒙库尔·伊斯拉姆库洛夫的代表译作包括
《王的女人》（*Hokimning ayoli*，2012）[1]、《丘尔蓬》（*Cho'lpon*，2009）[2]
等。伊斯拉姆库洛夫本次获奖作品《人为震惊世界而来》是作家近年
来创作的文艺及政论文集。

　　三等奖设三项，分别颁发给了曼扎尔·阿布尔哈依德（Manzar-
Abulxayr，1964—　）的《纳沃伊作品详解词典》（*Navoiy asarlarining
izohli lug'ati*，2018）、诺蒙·拉西姆琼诺夫（No'mon Rahimjonov，
1945—　）的《艺术词汇的美学》（*Badiiy so'z estetikasi*，2013）、祖
赫里德丁·伊索米德丁诺夫（Zuhriddin Isomiddinov，1954—　）的
《玛纳斯》（*Manas*，2014）史诗新译本。特别奖设四项，分别颁发
给了萨伊德·乌米洛夫（Saydi Umirov，1953—　）的诗集《迷人
而亲切的话语》（*Sehrli va mehrli so'z*，2012）、约尔多什·索里若诺
夫（Yo'ldosh Solijonov，1940—　）的文学评论集《抒情诗之美，散
文之甜美》（*Lirika latofati, nasrning nazokati*，2015）、穆希丁·奥
莫（Muhiddin Omo，1963—　）的诗集《我们之间的浪漫爱情》
（*O'rtamizda ishqning gulxani*，2017）等。

1　哈萨克语，原著作者为玛尔哈巴特·波伊古特（Marhabat Boyg'ut）。
2　哈萨克语，原著作者为艾松加里·拉夫沙诺夫（Esong'ali Ravshanov）。

（二）文学工作者授勋

2018 年 8 月 28 日乌兹别克斯坦总统沙夫卡特·米尔济约耶夫签署了"乌兹别克斯坦共和国国家独立 27 周年对科学、教育、健康、文学、文化、教育和社会领域的优秀工作者进行表彰"的总统令，奖励在人文、科学领域做出杰出贡献的知识分子。获得殊荣的有："乌兹别克斯坦共和国人民作家"（O'zbekiston Respublikasi xalq yozuvchisi）称号获得者为作家奥拉兹巴依·阿卜杜拉赫曼诺夫（Orazbay Abduraxmanov，1953— ），乌兹别克斯坦作家协会成员；"劳动荣誉勋章"（Mehnat shuhrati ordeni）获得者为作家祖菲娅·穆弥诺娃（Zulfiya Mo'minova，1959— ），乌兹别克斯坦作家协会成员、诗人；"友谊勋章（Do'stlik ordeni）"获得者为作家艾别克·多利莫夫（Ulug'bek Dolimov，1963— ），乌兹别克斯坦作家协会成员、文学学者；"荣誉奖章"（Shuhrat medali）获得者为作家泽波·弥尔扎耶娃（Zebo Mirzayeva，1964— ），乌兹别克斯坦作家协会成员、诗人。

二、文学作品

（一）阿卜杜拉·库德林作品全集出版发行

2018 年 6 月在塔什干国立纳沃伊乌兹别克语言文学大学举行了阿卜杜拉·库德林（Abdulla Qodiriy，1894—1938）五卷本作品全集出版发行会，作品集主编霍恩达米尔·库德林（Xondamir Qodiriy）在新书发布会上表示，阿卜杜拉·库德林的作品从未以这种完整的形式出版问世，并且在本作品集编写过程中，对以往作品单行本中的遗漏进行了详尽补充，对错误之处进行了全面修正。在新的库德林作品全集中，不少作品都是首次与读者见面。

库德林是 20 世纪新乌兹别克斯坦文学的代表人物，是乌兹别克斯坦浪漫主义和现实主义文学的奠基人之一，著名的作家、诗人、剧作家、翻译家和社会活动家。库德林是乌兹别克斯坦著名杂志《拳头》（*Mustum*）的创始人之一，于 1910 年开始自己的文学创作生涯，1914 至 1915 年间相继发表了《婚礼》（*To'y*）、《我们的处境》（*Ahvolimiz*）、《为了我的祖国》（*Millatimga*）、《思想飞旋》（*Fikr aylagil*）等诗作和戏剧《不幸的新郎》（*Baxtsiz kuyov*）等作品。随后在 1919 至 1925 年间，库德林撰写了近 300 篇文章，包括诗歌、小说、戏剧等多种体裁，1919 至 1920 年间创作了第一部长篇小说《逝去的日子》（*O'tkan kunlar*，1922—1925）。1926 年库德林由于在《拳头》杂志上的发表了文章《汇聚的谣言》（"Yig'indi gaplar"）而短暂入狱，1937 年又因被冠以"人民的敌人"的政治罪行而被羁押，一年后在塔什干被处死。1957 年库德林得到平反，乌兹别克斯坦独立后，他被追授"阿里舍尔·纳沃依乌兹别克斯坦共和国国家奖"（1991）、"独立"勋章（1994）等荣誉，国家也设立了"阿卜杜拉·库德林乌兹别克斯坦共和国国家奖"，用于表彰在文学领域做出突出贡献的作家与学者。库德林的作品《逝去的日子》、《圣坛来的蝎子》（*Mehrobdan chayon*，1929）等作品被多次改编成电影和电视剧，并被翻译成俄语、哈萨克语、吉尔吉斯语、塔吉克语等多种语言广泛传播。

本作品集的第一卷收录了库德林本人最喜欢的，也是他最著名的小说《逝去的日子》。故事讲述了两位主人公奥塔别克和尤苏夫别克为了国家走向独立、繁荣和和平的道路而倾其所有、艰难奋斗的过程，描绘了奥塔别克与爱人库姆什的悲剧浪漫爱情，作品主题涉及人类命运、社会政治、精神伦理及家庭生活，透析了乌兹别克人民在沙皇俄国入侵中亚的历史条件下的生活、习俗、传统以及精神世界。作品集第二卷收录了库德林反映 19 世纪中亚汗国时期社会现状和人民生活的历史小说《圣坛来的蝎子》，作品中以诗意的语言描绘了安瓦尔和拉诺的浪漫爱情，并成功塑造了青年学生索里赫的幽默形象，表现了主人公身上仁爱、忠诚、热爱自由和正义的高贵品质，以此尖锐讽刺了那些出身显赫、受过良好教育的伪善者、欺诈者、嫉妒者、丧失信仰的人和罪犯们，即那些从"圣坛来的蝎子"。文集第三卷《巴克尔之地》（*Diyori bakr*，1931）较为完整地收录了库德林创作的诗歌、散文、短篇小说等各种体裁的作品。第四卷收录了小说《虔诚的坎土曼》（*Obid ketmon*，1935），这部作品创作于库德林 20 世纪 30 年代遭受政治迫害、在乡村度过的最艰难时期。作品中的主人公奥比德是乌兹别克斯坦文学中的独特形象，原原本本地反映了乌兹别克斯坦劳动人民在农业生产中的勤劳朴实和任劳任怨的传统美德，通过这一形象展现了在集体农庄体制下劳动分配、资产所有权和生产关系的突出矛盾，客观而真实地体现了这些矛盾对劳动人民主动性、归属感和自我价值实现造成的伤害。作品集的最后一卷被命名为《追忆作者》（*Adibni xotirlab*，2018），汇聚了关于库德林的生平事迹以及其同时代人、追随者、子女们的回忆录，从另一个侧面反映了库德林跌宕起伏的文学创作生涯，展现了他诸多作品创作的真实背景，使得读者能够更加深入地理解和感悟其作品的真正内涵。

（二）乌特吉尔·霍什莫夫代表作再版发行

2018 年 10 月乌特吉尔·霍什莫夫（O'tkir Hoshimov，1941—2013）的多部深受读者喜爱的畅销代表作品再版发行，其中包括

《春天不回来》（*Bahor qaytmaydi*，1970）、《有光就有阴》（*Nur borki soya bor*，1967）、《两道门之间》（*Ikki eshik orasi*，1985）、《世间之事》（*Dunyoning ishlari*，1982）、《梦中度过的人生》（*Tushda kechgan umrlar*，1993）和《二二得五》（*Ikki karra ikki — besh*，1987）。

霍什莫夫是乌兹别克斯坦著名作家和社会活动家，曾经在多家杂志社、报社和出版社任职，1991年被授予"乌兹别克斯坦人民作家"称号，曾担任乌兹别克斯坦最高议会委员长（1995—2005）。他的首部随笔集《坚韧的骑手》（*Po'lat chavandoz*）于1962年问世，1970年出版了成名作《春天不回来》。其中《落叶的春天》（*Xazon bo'lgan bahor*，1975）、《人的奉献》（*Inson sadoqati*，1975）、《良知之药》（*Vijdon dorisi*，1979）、《新婚吉祥》（*To'ylar muborak*，1979）等被改编成戏剧、电影、电视剧，搬上了舞台与银幕。

本次再版发行的小说《春天不回来》是霍什莫夫的成名之作，是20世纪70年代的乌兹别克斯坦文学的最杰出作品之一。故事讲述了怀才不遇的青年人安瓦尔为实现人生目标努力奋斗的历程，以细腻的笔法描绘了人物对爱情的向往和对美好未来的寻求，也刻画了在经历悲剧命运时主人公面对的人性弱点，如无耻、仇恨、冷漠、欺骗与对背叛的愤懑。作品《有光就有阴》揭示了在20世纪中期禁锢的社会体制下，社会痼疾蔓延滋生和发展停滞不前的现实问题，反映出那个时代人们价值观的变迁、人之间的爱情与欺骗、社会精神与道德伦理的问题，展示了人类社会"光明"与"阴暗"的永恒斗争。小说《两道门之间》，通过对奥瑞夫·奥克索科尔、胡桑·杜马和科米尔三位主人公、九个相互交织的人生场景和经历的描写，展现了普通人的勇敢、坚毅、忍耐以及爱国等高贵品质，以娴熟的技巧描述了人类命运和生活的复杂性，展现了20世纪40年代乌兹别克斯坦人民所经

历的战争和历史的命运，谴责了战争对和平生活的摧残。小说获得
了 1986 年共和国哈姆扎（Hamza）国家奖的殊荣。《世间之事》描述
了一位无私、博爱、伟大的母亲甘愿为了自己的孩子奉献生命的故
事，她的优秀品质在每一位乌兹别克斯坦母亲的身上都有体现，是作
者对社会精神与人类道德问题的再次讨论，1982 年作者凭借该作品
获得了作家协会艾别克（Oybek）年度文学奖殊荣。《梦中度过的人
生》通过主人公鲁斯塔姆悲剧的命运，揭示了在政策驱使下，成千上
万诚实的生命被作为盾牌和刀剑无端消耗在了血腥的战场上，深刻而
富有表现力地反映了 20 世纪 70 年代末阿富汗战争的残酷麻木和毫无
意义。与以往的作品不同，作者在《二二得五》这部作品中汇集了幽
默、诙谐和戏剧化的故事，叙述情节简单、文风风趣而富有感染力。
该作品幽默的叙事风格并非是对世事和主人公命运的讥讽与嘲笑，而
是展现了热情洋溢、积极向上的精神内涵，其中库绍克沃依这位勤奋
努力的年轻人的形象给读者留下了深刻印象。

（三）涅马特·阿尔斯隆的纪实文学新作《优美的旋律》出版发行

　　2018 年 12 月由乌兹别克斯坦作家协会主办的著名作家涅马
特·阿尔斯隆（Ne'mat Arslon，1941—　）的纪实文学作品《优美的
旋律》（*Savti sarvinoz*，2018）出版发行会在作协会议大厅召开。作
家在这部作品中描述了沙赫里萨布兹市民族音乐创作者和艺术家们创
作乌兹别克斯坦民族音乐的历程，反映了他们传承民族艺术精神和哲
学内涵的使命感和责任心。作品的主旨十分符合新时期乌兹别克斯坦
政府弘扬民族文化、传承和展现优秀文艺成果的改革精神，备受社会
各界关注。本书作者涅马特·阿尔斯隆是乌兹别克斯坦作家协会成
员，70 年代起开始在《文学与艺术》报社、《青年和东方之星》杂志

社发表散文、随笔及小说，代表作品包括短篇作品集《前方仍有黑夜》(*Oldinda yana tun bor*，1973)、小说《亚当谷底》(*Adam vodiysi*，1984) 和《幻想》(*Mavhumot*，1987) 等。

三、文学事件

（一）纪念活动

2018 年 4 月 2 日，乌兹别克斯坦总统沙夫卡特·米尔济约耶夫签署了"广泛庆祝伟大学者和社会活动家钦吉斯·艾特玛托夫 (Chingiz Aytmatov) 诞辰 90 周年"的总统令，使纪念活动成为该国社会文化生活中的一件大事。艾特玛托夫 1928 年出生，他父亲是吉尔吉斯人，母亲是鞑靼人，虽然是吉尔吉斯斯坦作家，但他在乌兹别克斯坦也享有较高声誉，在苏联时期就拥有着广泛的读者群。艾特玛托夫 1952 年开始发表作品，代表作品包括中篇小说《查密莉雅》(*Jamila*，1958)、中短篇小说集《草原和群山的故事》(*Tog' va cho'l qissalari*，1962，获 1963 年列宁奖)、中篇小说《永别了，古利萨雷》(*Alvi-do, ey Gulsari*，1966，获 1968 年苏联国家奖)、中篇小说《白轮船》(*Oqkema*，1970 年，小说获 1977 年苏联国家奖)、长篇小说《一日长于百年》(*Asrga tatigulik kun*，1980，获 1983 年苏联国家奖)、长篇小说《断头台》(*Qiyomat*，1986 年) 等，他的作品被翻译成 100 多种语言在世界各地出版。

（二）作家辞世

2018 年 1 月，著名作家、翻译家、文学编辑诺希尔·佛兹洛夫 (Nosir Fozilov，1929—2018) 逝世。佛兹洛夫出生于奇姆肯特州，曾两次获得"祖国人民的尊重"勋章和国家奖。他 20 世纪 50 年代开始自己的创作生涯，代表作包括《支流》（*Irmoq*，1959）、《溪流》（*Oqim*，1962）、《带着鸟的翅膀》（*Qush qanoti bilan*，1965）、《美丽的故事》（*Ko'klam qissalari*，1970）、《容貌》（*Diydor*，1979）、《我的童年——我的王国》（*Bolaligim — poshsholigim*，1989）、《一发子弹的手枪》（*Bir otar to'pponcha*，1995）、《坏孩子的子孙》（*Shum bolaning nabiralari*，1995）、《光明的瞬间》（*Munavvar lahzalar*，1997）、《如果想起，你的心将闪耀》（*Eslasang, ko'ngling yorishur*，2004）等。作为一名翻译家，佛兹洛夫将众多哈萨克斯坦著名文学作品翻译成了乌兹别克语出版，鉴于他在乌哈两国文化交流中做出的突出贡献，获得了由哈萨克斯坦政府颁发的"和平与文化共融"国际奖。

2018 年 2 月，著名诗人、作家和翻译家米尔普拉特·米尔佐（Mirpo'lat Mirzo，1949—2018）逝世。米尔佐出生于奇姆肯特州，曾担任青年近卫军出版社、作家（Yozuvchi）出版社和世界文学出版社的主编，70 年代开始文学创作生涯，代表作包括《黎明的光辉》（*Tong jilvasi*，1976）、《炎热的季节》（*Ishq fasli*，1978）、《好日子》（*Yaxshi kunlar*，1981）、《处女座》（*Sunbula*，1985）、《天蓝色的河流》（*Moviy daryo*，1988）、《玫瑰花与星星》（*Atirgul va yulduzlar*，1990）、《妈妈》（*Onajon*，1995）、《精选集》（*Saylanma*，2005）等十几部诗集。除此之外，他还将诸多世界著名诗人的作品翻译成了乌兹别克语，深受读者的喜爱，其中包括《碎稻草路上的鲜花》（*Somon yo'li chechaklari*，2004）、《歌唱吧，我的冬不拉》（*Sayra, do'mbiram*，2005）、《天青石色的天空》（*Lojuvard osmon*，2006）和《20 世纪俄罗斯诗歌》（*XX-asr rus she'riyati*，2008）等诗集，还将德国作家戈特霍尔德·埃夫莱姆·莱辛（G. Lessing）的作品《智者纳旦》

（*Donishmand Natan*）、英国作家威廉·莎士比亚（U. Shekspir）的作品《仲夏夜之梦》（*Yoz tuni g'aroyibotlari*）翻译成乌兹别克语。由于在翻译与文化交流方面所做的突出贡献，米尔佐获得了俄罗斯政府颁发的鲍里斯·帕斯捷尔纳克（Boris Pasternak）国际奖（1999 年）和哈萨克斯坦政府颁发的阿拉什（Alash）国际奖（2001 年）。

2018 年 8 月，"乌兹别克斯坦人民诗人"、乌兹别克斯坦著名女诗人、作家及社会活动家哈利玛·胡多伊别尔基耶娃（Halima Xudoyberdiyeva，1947—2018）在塔什干逝世。胡多伊别尔基耶娃出生于苏尔汉河州，曾在《幸福》（*Saodat*）杂志社、青年人出版社、作家出版社担任主编及领导职务，1992 年获得"乌兹别克斯坦人民诗人"称号和国家荣誉勋章，2018 年获得"祖国人民的尊重"勋章，除了从事文学创作与研究外，她还从事乌兹别克斯坦国家与历史研究，并投身自由及女权运动中，曾任乌兹别克斯坦妇女委员会第一届主席（1991—1994 年）。她的代表作包括《初恋》（*Ilk muhabbat*，1968）、《白苹果》（*Oq olmalar*，1973）、《花圃》（*Chaman*，1974）、《痛是我的支点》（*Suyanch Tog'larim*，1976）、《太阳公公》（*Bobo quyosh*，1977）、《热雪》（*Issiqqor*，1979）、《幸福》（*Sadoqat*，1983）、《光荣的妇女》（*Muqaddas ayol*，1987）、《托米丽司如是说》（*To'marisning aytgani*，1996）等，还包括其他 20 余部诗集、史诗故事集、文集等。

结语

通过对 2018 年乌兹别克斯坦文学发展情况的梳理与总结，可以发现如下特点：第一，乌兹别克斯坦政府继续鼓励和支持文学领域的发展，尊重人文社科领域的学者为社会进步所做的特殊贡献，设立了很多高级别奖项用于鼓励和激励文学工作者传承优秀的文化传统和民族特色。第二，乌兹别克文学历史底蕴深厚，注重传统文学与现代文学的发展交相呼应，主张从传统文学瑰宝中汲取养分，这就使得库德林、霍什莫夫等文学巨匠的代表作品重新回到读者们的视野中，也突显出这些作品在新时期的独特现实意义和研究价值。第三，通过文学纪念活动与新闻媒体的相关报道可以看出，该国领导人与政府对文化及文学领域的发展予以了特别关注与重视，社会各界对文学工作者及其作品的认同感较高，这为文学研究的进一步发展提供了良好的社会基础，为孕育优秀文学作品提供了优良土壤。可以说，2018 年乌兹别克斯坦文学延续了欣欣向荣、成果丰硕的良好发展势头，相信未来一年依然会产生很多优秀的文学作品。

参考文献：

"Abdulla Qodiriy (1894—1938)." Web. 13 May 2012.
<http://n.ziyouz.com/portal-haqida/xarita/uzbek-nasri/abdulla-qodiriy-1894-1938>.

"Atoqli yozuvchi Nosir Fozilov vafot etdi." Web.13 Jan. 2018.
<http://kh-davron.uz/kutubxona/uzbek/memuarlar/nosir-fozilov-yaxshilik-ajrsiz-qolmaydi.html>.

"Halima Xudoyberdiyeva vafot etdi." Web.18 Aug. 2018.
<https://www.xabar.uz/uz/jamiyat/halima-xudoyberdieva-vafot-etdi>.

"O'zbekistonda ilk bor Abdulla Qodiriyning To'la asarlar to'plami chop etildi." Web. 07 Jun. 2018.
<https://darakchi.uz/oz/51796>.

"O'tkir Hoshimovning eng sara asarlari qayta chop etildi." Web.12 Oct 2018.
<https://www.xabar.uz/uz/madaniyat/otkir-hoshimovning-eng-sara-asarlari-qayta-chop-etildi>.

"O'tkir Hoshimov." Web.10 Aug. 2014.
<http://kutubxona.com/Turkum:O%CA%BBtkir_Hoshimov>.

"Shavkat Mirziyoyev fan, madaniyat, san'at va sport sohasi fidoyilarini mukofotladi."
Web. 28 Aug. 2018.
<https://www.xabar.uz/uz/jamiyat/shavkat-mirziyoyev-fan-madaniyat-sanat-va-sport-sohasi>.

"«Vatan uchun yashaylik!» tanlovi g'oliblari taqdirlandi." Web. 14 Sep. 2018.
    <https://www.xabar.uz/uz/madaniyat/vatan-uchun-yashaylik-tanlovi-goliblari-
    taqdirlandi>.

"Zebo Mirzo (1964)." Web. 26 Sep. 2013.
    <https://ziyouz.uz/ozbek-sheriyati/ozbek-zamonaviy-sheriyati/zebo-mirzo>.

作者：原伟，信息工程大学洛阳外国语学院

2018 年西班牙文学概览

杨　玲

内容提要： 2018 年西班牙文学佳作迭出，既有对历史的重塑，又有对当下社会问题的思考。以寻找为主题的"南方"情结成为亮点；对历史的重新审视，以及对当下社会问题的反思依旧是传统主题；女性作家有的选择书写女性个体的故事，关注当代社会生活中女性自我意识的觉醒，有的着眼于宏大叙事，通过几代女性的故事，从更具普遍性的角度书写女性的史诗。继 2017 年女作家罗莎·蒙特罗获得西班牙国家文学奖后，2018 年乌拉圭 95 岁女诗人伊达·维塔莱荣获塞万提斯奖，女诗人弗朗西斯卡·阿吉雷获得西班牙国家文学奖，西班牙国家文学小说奖则颁给了阿尔穆德娜·格兰德斯，女性作家再次成为西语文学世界的焦点。此外，戏剧和杂文方面也有优秀的作品呈现，尤其是戏剧，虽然一直面临危机，但在出版社等方面的推动下，展现出蓬勃生机。

2018 年西班牙文学可谓平静中见新意。以寻找为主题的"南方"情结反映在几部作品中，"到南方去"意味着寻找宿命、寻找自我、寻找人生的真谛，无论是始终在路上，还是已到终点都无关紧要，重要的是寻找的过程。诙谐反讽的寓言体小说成为一道亮丽的风景，透过动物的视角，反观人类世界的残暴与不公，引人发笑的同时发人深思，与对当下社会问题的反思相映成辉。对历史的重新审视和演绎依旧是很多作家的着眼点。女性作家的作品硕果累累。她们中有的致力于深入探究女性自我意识，有的着眼于史诗式的宏大叙事，从更具普遍性的角度，讲述几代女性的故事。此外，戏剧和杂文方面也有优秀的作品呈现出来，并且越来越受到出版界和读者的关注。

一、重要文学奖项

2018 年获得塞万提斯奖的 95 岁女诗人伊达·维塔莱（Ida Vitale，1923— ）是乌拉圭文艺运动"45 一代"（Generación del 45）[1]的重要诗人，同时也是"本质主义诗歌"的代表人物。批评家何塞·拉蒙·里波尔认为："伊达·维塔莱的诗作洋溢着三种本质的元素：生命、伦理和言语。"（Imaginario）塞万提斯奖评奖委员会对其诗歌的评价是中肯的："其语言是当今西班牙语诗歌的佼佼者，具有代表性，不仅知性，而且通俗易懂，既有普遍性，又富于个性，清澈而深沉。"（"La poeta uruguaya Ida Vitale, premio Cervantes 2018."）她的作品以抒情诗为主，承袭了拉丁美洲先锋派诗歌的魅力，同时也受到西班牙诗人胡安·拉蒙·希梅内斯（Juan Ramón Jiménez）的影响，诗句质朴却不乏精致，运用象征主义手法表达情感与概念，情理交融。代表作品有《记忆之光》（*La luz de estamemoria*，1949）、《秋天的挽歌》（*Elegíasenotoño*，1982）、《想象花园》（*Jardinesimaginarios*，

"45 一代"（Generación del 45）指的是 1945—1950 年间登上文坛并且在社会、政治、文化等方面有着时代认同的乌拉圭作家群，代表作家有卡洛斯·马吉（Carlos Maggi，1922—2015）、安赫尔·拉玛（Ángel Rama，1926—1983）、埃米尔·罗德里格斯·莫内加尔（Emir Rodríguez Monegal，1921—1985）等，拉美"文学爆炸"的代表作家胡安·卡洛斯·奥内蒂（Juan Carlos Onetti，1909—1994）被认为是"45 一代"的中坚力量。

1996)、《缺口与筛子》(*Mella y criba*，2010) 等。不同于同时代诗人偏爱的空灵的超验想象，维塔莱的诗歌更多立足于现实和尘世，因为她认为文学即使披上魔幻的外衣，也是由人类的行动做支撑，这样的行动或许是邪恶的，又或是引人发笑的，却是可以被理解的，是属于尘世的，而非借助于神力的。她在诗作《这个世界》("Este mundo")中这样写道："我只接受这个被光照的世界 / 确定的，无常的，属于我的世界。/ 我只颂扬它永恒的迷宫 / 和它那确凿的光亮，尽管时常隐匿。/ 醒来或在梦中，/ 我踏在它厚重的大地上 / 是它的忍耐在我的身体里 / 开出花朵。"(Vitale)

继 2017 年罗莎·蒙特罗 (Rosa Montero，1951—) 获得西班牙国家文学奖后，2018 年该项大奖颁给了女诗人弗朗西斯卡·阿吉雷 (Francisca Aguirre，1930—2019)。阿吉雷属于西班牙"50 一代"诗人，这一代作家又被称为内战的孩子，经历过西班牙最为艰难的岁月。阿吉雷的诗歌也确实不愧为西班牙历史的见证，正如诗人自己所说："倘若一位艺术家不能接受以现实为开端，那么他便会迷失自我。"("Poesía de Gonzalo de Berceo, Bernardo Reyes, Francisca Aguirre en las III jornadas nacionales de 'Dinastía Vivanco'.") 除了反映现实，阿吉雷的诗歌中还有对存在的思考，意识与回忆是其作品的两大主题，她曾经在接受采访时称自己更像是"98 一代"，因为她更推崇那种"从容不迫、不紧不慢"的艺术思想和风格，毕竟"艺术是漫长的，无关紧要，唯一重要的是生命"(Aguirre)。阿吉雷自青年时代起就开始写作，22 岁时发表第一部诗集《伊塔卡》(*Ítaca*，1972)，获得莱奥波多·帕内罗诗歌奖，从此走上诗歌创作之路。她一生创作了十余部诗集，其中具有代表性的有《三百级台阶》(*Los trescientos escalones*，1977)、《别样的音乐》(*La otra música*，1978)、

《焦虑者的孔雀舞》（*Pavana del desasosiego*，1999）、《荒谬的伤疤》（*La herida absurda*，2006）、《一次解剖的故事》（*Historia de una anatomía*，2010）、《与我的动物伴侣的对话》（*Conversaciones con mi animal de compañía*，2012）等。

阿尔穆德娜·格兰德斯（Almudena Grandes，1960—   ）凭借作品《加西亚医生的病人们》（*Los pacientes del doctor García*，2017）获得了 2018 年的西班牙国家文学小说奖。这部小说堪称鸿篇巨制，以二战后的西班牙为背景，混合了悬疑和谍战等元素，讲述了一个关于正义与邪恶、觉醒与忏悔的故事。主人公加西亚是一位借助假身份生活在佛朗哥统治下的自由党医生，他通过自己的医术挽救了许多人的性命，其中一位是昔日的共和国外交官。后者因为要潜入一个秘密运送德国战犯的地下组织，再次向加西亚医生寻求帮助，故事由此展开。借助新历史主义的手法，格兰德斯通过二战中人物的个人体验挖掘人性，试图道出更为深层的真实，为那些未曾在官方历史中留下痕迹的英雄书写一部史诗。西班牙国家文学小说奖评奖委员会评价这部小说时称其"在想象与再现历史真实之间找到了一种艰难而又精准的平衡"（"Almudena Grandes se lleva el Premio español de Narrativa con una novela de nazis en Buenos Aires"）。从 2010 年发表的《伊内斯和她的快乐》（*Inés y la alegría*）开始，格兰德斯制定了一个宏伟的写作计划，即以西班牙战后为背景创作六部系列小说，通过平凡人物的冒险和坎坷，细致入微地再现西班牙内战的全貌，并且颇有致敬西班牙现实主义大师加尔多斯的《民族轶事》之意，为此系列作品取名为"一场永无止境的战争之轶事"（"Episodios de una Guerra Interminable"）。这部《加西亚医生的病人们》正是这一系列的第四部，除上述两部作品外，已出版的另外两部是《凡尔纳的读者》

(*El lector de Julio Verne*，2012）和《马诺丽塔的三次婚礼》（*Las tres bodas de Manolita*，2014）。

二、"南方"情结与"寻找"主题

安东尼奥·索莱尔（Antonio Soler，1956—　）的小说《南方》（*Sur*，2018）一举获得了三项文学大奖：2018 年小说批评奖、阿尔科本达－胡安·戈伊蒂索洛小说奖及 2019 年的弗朗西斯科·翁布拉尔奖。小说描写了发生在西班牙南部小城马拉加的一个故事：炽热八月的一个清晨，一个身上爬满蚂蚁的垂死男人打破了小城的平静；警察、罪犯、神父、医生、作家、记者纷纷登场，卷入一段匪夷所思的故事之中。小说的叙事手法类似于詹姆斯·乔伊斯的《尤利西斯》，又或弗吉尼亚·伍尔夫的《达洛维夫人》，描述了一天内发生的故事，通过在短暂一日中人们喜怒哀乐的变化，展现了整个人类社会的缩影。小说同时还致敬了西班牙小说家卡米洛·何塞·塞拉，群像式的描写、精准的语言、触目惊心的场景等颇有"恐怖主义"小说的风格，作家此前就曾说过自己要创作一部"马拉加的《蜂房》"（Griñán）。小说命名为"南方"，也让人联想到很多作品，例如博尔赫斯的《南方》（"El sur"，1944），科塔萨尔的《南方高速》（"La autopista del sur"，1966），巴斯克斯·蒙塔尔万（Manuel Vazquez Montalban）的《南方的海》（*Los mares del Sur*，1979），恩里克·比拉－马塔斯（Enrique Vila-Matas）的《垂直之旅》（*El viaje vertical*，2000）（指垂直向下的南方之旅）。这些作品或用寓言的方式，或借助悬疑的元素，讲述了南方的"冒险"之旅。或许很多作家都有一个"南方"情结，即在他们眼里炎热躁动却充满生命力和神秘感的"南方"象征着未知的世界，象征着人生的彼岸，到南方去自然就意味着寻找人生的宿命和真谛。

古斯塔沃·马尔丁·加尔索（Gustavo Martín Garzo，1948— ）的《献祭》（*La ofrenda*，2018）讲述了一个寻找自我的故事，继2017年的小说《死亡中没有爱》（*No hay amoren la muerte*）演绎了《圣经》中亚伯拉罕和以撒的故事之后，作家再次演绎经典，将《美女与野兽》的情节融入到新作中。故事开篇，一位年轻的女孩因身体患有疾病，以及想逃避不幸童年的阴影，遂决定接受一份前往马达加斯加附近岛屿照顾一位老夫人的工作。女孩慢慢熟悉着这座岛屿上种种怪诞的人和事，包括这位性格古怪的神秘老夫人，最后发现了居住在城堡池塘中的孤独的"怪兽"。将神话传说、《圣经》故事、民间故事嵌入小说情节之中是马尔丁·加尔索的一贯风格，熟悉的故事与离奇的情节彼此呼应，深受读者喜爱。

胡安·何塞·米利亚斯（Juan José Millás，1946— ）的新作《今夜无人入睡》（*Que nadie duerma*，2018）的主题也是寻找，而且女主人公颇有堂吉诃德的风骨：原为女程序员的她突然失业了，于是毅然决定当一名出租车司机，穿上图兰朵公主般的服饰，跑遍马德里的大街小巷，看尽人生百态，同时寻找自我，寻找自己那柏拉图式的爱情。小说的名字出自普契尼歌剧《图兰朵》的同名咏叹调，情节也与鞑靼王子和元朝公主图兰朵的爱情故事遥相呼应。整部小说像一个装满奇闻逸事的盒子，我们从小说中读出的是生活的平凡与神奇的交织，以及每个人身上存在着的矛盾自我等充满张力的元素，在被作品逗笑的同时又感到一种现实带来的恐惧。作品延续了米利亚斯一贯的风格，语言简练、诙谐幽默、情节新奇、叙述策略新颖、富含哲理。作家、批评家安东尼奥·依杜尔维评价米利亚斯的作品时，称其作品中的"每一页的每一平方厘米都能够最大限度地道出现实"（"Que nadie duerma")。作家、著名媒体人胡安·克鲁斯则认为米利亚斯的最近几部小说，包括这部《今夜无人入睡》，都能从中读出某种"超现实的、震撼人心的"自传韵味（"Que nadie duerma"）。

三、诙谐反讽与针砭时弊

阿图罗·佩雷斯－雷韦德（Arturo Pérez-Reverte，1951—　）的《硬汉狗不跳舞》（*Los perros duros no bailan*，2018）再次将笔触伸入狗的世界，讲述了一只名叫大黑的混血猎狗寻找失踪的朋友的冒险之旅。借用狗的视角，作品反观人类世界的残暴与不公。小说中，大黑的祖先曾经征战在罗马斗兽场上，也曾用尖牙利爪撕碎过蛮夷的敌人，猎杀过印第安人，还追踪过逃跑的奴隶。它的一句话发人深思："我们狗是主人造就的，是他们决定了我们成为英雄还是罪犯。"（Navarro）可见，人类是一切罪恶的始作俑者。关注佩雷斯－雷韦德的读者一定会记得他曾在 2014 年发表过杂文集《狗与狗娘养的》（*Perros e hijos de perra*），文中的主人公不是道貌岸然的人类，而是一条条忍受艰辛却保持初衷的忠狗，通过狗的忠诚和高尚反衬出人类的卑劣和不堪。读者们一定也还记得佩雷斯－雷韦德的著名论断："任何一个人都比不上一条好狗。"（Mínguez）与《格列佛游记》和《动物农场》等经典作品中的直接反讽不同，佩雷斯－雷韦德通过现实主义风格，展现狗的世界中的忠诚、善良、公正，从侧面观察人类世界的种种善与恶、美与丑。

反讽的寓言故事映射的自然是现实，与直接描绘当下的社会问题相比，不过是关注、反思现实的一体两面，却往往有着相似的嬉笑怒骂、诙谐幽默。2018 年的现实题材新作中也不乏可圈可点之处。

阿莱汉德罗·帕洛马斯（Alejandro Palomas，1967—　）的《一

种爱》（*Un amor*，2018）是继《一位母亲》（*Una madre*，2014）、《一个儿子》（*Un hijo*，2015）、《一条狗》（*Un perro*，2016）系列作品之后的又一部小说，作家凭借这部小说获得了纳达尔奖。小说的主人公仍是《一位母亲》中的母亲，她已年近70，却仍旧为儿女的幸福操着心。这位老母亲有三个儿女：儿子是特立独行的同性恋艺术家，两个女儿则性格迥异，一个懦弱，一个强势，已人到中年却过得并不如意。单从这样几个人物就能窥见作品中折射出的当代社会和家庭问题。作品富含喜剧成分，以幽默诙谐的方式对当下进行讽刺，探讨了家庭关系的失衡、信仰和心理危机等社会问题。帕洛马斯的作品被称为"用第三人称讲述作家自己的故事"（"Alejandro Palomas: 'El humor es un arma mucho más poderosa que el drama'."），其中爱情和情感是重要主题，常被拿来与法国当红作家安娜·卡瓦尔达（Anna Gavalda）的作品进行比较。

阿古斯丁·费尔南德斯·马约（Agustín Fernández Mallo，1967— ）的新作《战争三部曲》（*Trilogía de la guerra*，2018）讲述了三位主人公的故事：一位是在圣西蒙岛过着与世隔绝的隐居生活的作家，一个是肩负着登月计划的宇航员，还有一个是独自走在诺曼底登陆的海滩上的女人。书中涉及了三次战争：西班牙内战、第二次世界大战和越南战争，但作家并未直接书写战争，而是着眼于战争对于当代社会的影响。费尔南德斯·马约被批评界称为"诺西利亚一代"（Generación Nocilla）[2] 的代表作家，其小说风格具有明显的实验性，也被称作"流行音乐后一代"。由于他的叙事风格独具一格，被认为

---

2 "诺西利亚一代"（Generación Nocilla）指的是出生在1960至1976年之间的作家群，"诺西利亚"一词来自费尔南德斯·马约的系列小说《诺西利亚三部曲》，其灵感来自西班牙摇滚乐队"彻底黑暗"的一首歌曲。

引领了新世纪的西班牙文学革命。"诺西利亚一代"与拉丁美洲文学新生代"麦贡多一代"（McOndo）[3] 有着某种姻亲关系，共同之处在于两者都力求抛开传统文学流派的影响，树立自己的风格，聚焦当下。《战争三部曲》因其"标新立异的叙事，通过虚构改变了新世纪的现实"（"Fernández Mallogana el premio Biblioteca Breve con 'Trilogía de la guerra'."），获得了简明丛书奖，并且被《纽约时报》称为 2018 年最好的虚构作品之一。

爱德华多·门多萨（Eduardo Mendoza，1943—　）的新作《国王迎接》（*El rey recibe*，2018）是作家计划撰写的小说三部曲"运动三定律"中的第一部，三部曲以上世纪六七十年代至世纪之交的西班牙为背景，分为"佛朗哥时期"、"后佛朗哥时期"和"佛朗哥的遗产"三部分。故事讲的是初当记者的主人公接到第一项任务——去报道某国流亡的王子和上层社会名媛的婚礼，却阴差阳错地和王子成为至交。接着，又得到了前往纽约的机会，见证了 20 世纪 70 年代人们在种族平等、女性主义、同性恋等方面的观念上的巨大转变。《国王迎接》可以说极具门多萨风格，在书中我们看到的是作家一本正经地描述着现实的荒诞，例如嬉皮士生活方式的兴起、传统文化的瓦解等，诙谐幽默的调侃背后是对上世纪下半叶以来社会变迁的思考。

四、演绎历史与非虚构小说

一向以史诗式的鸿篇巨制见长的哈维尔·莫罗（Javier Moro，

3　"麦贡多一代"指的是 20 世纪 90 年代拉丁美洲文坛出现的一个文学潮流，可以视为与 1960 年开始的拉丁美洲文学爆炸，尤其是其中最具代表性的魔幻现实主义的一种反向而动，这一代的拉丁美洲作家认为，影响了两代拉美作家的马贡多时代（Macondo）已经过去，他们自称是"麦贡多一代"，意指麦当劳（McDonald's）、苹果电脑（Macintosh）和小型公寓（Condo）的混合。其创作特点是摒弃传统意义的拉丁美洲色彩，转而描述粗糙、琐碎的现实，背景多为 20 世纪的城市生活。这一潮流的作家大部分出生在 1960 年前后，代表作家有智利作家艾伯特·弗盖特（Alberto Fuguet，1964—　）、哥伦比亚作家马里奥·门多萨（Mario Mendoza，1964—　）等。

1955— ）凭借新作《我的罪愆》（*Mi pecado*，2018）获得长篇小说之春奖。小说主人公是西班牙电影史上的著名女星孔奇塔·蒙特内格罗，她不但拥有轰轰烈烈的爱情故事，更间接影响了西班牙高层统治者对于第二次世界大战的态度，在一定程度上扭转了国家的命运。小说打破了真实与虚构的界限，路易斯·布努埃尔、埃德加·内维列等真实人物相继出现，增添了小说的非虚构色彩。作者认为，女主人公的遭遇代表着 20 世纪 30 年代整个人类的遭遇，即渺小的个体被迫卷入到历史的洪流中。

阿图罗·佩雷斯－雷韦德除了前述的《硬汉狗不跳舞》外，还发表了其"法尔科系列"的第三部《破坏》（*Sabotaje*，2018），将黑色侦探元素与新历史主义色彩融合在一起。小说主人公法尔科性格独特，出身名门却放荡不羁，曾是军火走私犯，后又成为一名玩世不恭的间谍，既出现在奢华大酒店、贵族浴场、疗养院等各种豪华场所，又潜行在各国的灰暗地带，伊斯坦布尔、巴尔干地区、非洲等，都有他的身影和足迹。此次新作的背景是 1937 年的法国，法尔科此番的雇主是长枪党，任务竟然是毁掉毕加索的名作《格尔尼卡》，令它无法出现在巴黎世界博览会上。法尔科亦正亦邪的形象寓意明显，正如作家本人所言："真实世界永远不是非黑即白，也不是蓝色或红色，而是灰色系的。"佩雷斯－雷韦德在叙事手法方面可谓登峰造极，受到批评界和读者的一致认可：文学评论家何塞·玛丽亚·波苏埃洛（J. M. Pozuelo）认为他正处于创作的巅峰，其小说之间形成一种关联，一条经线，即传统意义上所说的风格；《国家报》称他笔下的法尔科是一位"昔日的英雄，却有着今天的气息"；《纽约时报书评》称其小说的"每一页都能留住读者"；《新西班牙报》称"法尔科系列"是"震撼的，有道德内涵的，充满激情的"。

　　圣地亚哥·波斯蒂吉略（Santiago Posteguillo，1967—　　）的《我，朱莉娅》（*Yo, Julia*，2018）则聚焦于古罗马时期，演绎了罗马皇后朱莉娅·多姆娜的传奇人生。公元 192 年，康茂德统治残暴，就在男人们为争夺权力而战时，朱莉娅却有着重建一个王朝的远大志向。哲学的思辨、丰富的想象力、坚定的意志和明智的判断使这位伟大的女性最终实现了自己的志向，协助丈夫建立了塞维鲁王朝。书名显然致敬了英国作家格雷夫斯（Robert Graves）的小说《我，克劳狄》，情节和叙事方式也和后者有着互文关系。作家让女性发声，以第一人称的写法，对那段波澜壮阔的历史进行了另一种解读。小说获得了行星文学奖，并且连续几周名列畅销书榜首，受到了评论界和读者的一致认可。

五、女性创作

　　罗莎·蒙特罗的短篇小说集《我们：女性故事及其他》（*Nosotras: Historias de mujeres y algomás*，2018）通过几个不同类型女性的故事，颠覆了传统意义上的完美女性的标准。书中的女性或温柔可人，或令人生畏，或胆怯羞涩，或胆识过人，或人生失意，或功成名就，她们貌似截然不同，却在骨子里有着某种共性，正是她们汇集在一起形成了一曲完整的女性颂歌。"我们总能从她们身上照见自己"（Montero），作者如是说。事实上，在 1995 年发表的《女性小传》（*Historias de mujeres*，1995）中，蒙特罗就曾书写过阿加莎·克里斯蒂、玛丽·沃斯通克拉夫特、西蒙娜·德·波伏娃、勃朗特姐妹等女性名人的故事。作为西班牙战后第二代女作家，蒙特罗尤其关注当代社会生活中女性自我意识的觉醒。但就关于自己的作品是否属于女性主义小说这一问题上，蒙特罗给出的却是否定回答，认为这种分类不过是性别主义社会下的片面概念罢了。可见，蒙特罗并不认为自己属于所谓的女性主义作家，因为她并非试图强调两性的二元对立，而不过是以女性的视角和笔触书写女性的故事罢了。

阿扬塔·巴里利（Ayanta Barilli，1969—   ）的小说处女作《一片深紫色的海》（*Un mar violetaoscuro*，2018）受到批评界认可，得到行星文学奖提名。小说堪称一部女性的史诗，讲述了一个家族四代女性的故事，时间跨度长达一个多世纪。仿佛受到诅咒一般，家中的几代女性在爱情和婚姻方面都命运凄惨：第一代嫁给了一个暴虐成性的丈夫；第二代的丈夫是缺席者，永远都在其他女人的怀抱中；第三代的丈夫同样是个魔鬼；唯有第四代女性敢于挑战宿命，为幸福和自由而战。小说叙事者也正是由第四代女性承担，在她的叙述中回忆与现实时常交织，让人感受到四代女性的悲剧存在着某种共性。在某种意义上，这四代女性实为一体，对真爱的渴望、对幸福和自由的追求是她们骨子里的共性，而她们的遭遇则是所有女性的遭遇的缩影。

六、戏剧、诗歌和杂文作品

路易斯·莱安特（Luis Leante，1963—   ）发表了戏剧作品集《〈次女高音家政服务〉及其他两部短剧》（*Se ofrece mezzosoprano para labores del hogar y otras piezas breves*，2018）。《次女高音家政服务》创作于 2017 年，此次是首次发表，以风趣幽默的语言讲述了一个关于失败的故事。另外两部《时间之外》（*Fuera del tiempo*）和《门》（*La puerta*）创作于 2017 年前后，并且已经进行过首演。《时间之外》是一幕时长四十分钟的短剧，主题是时间与遗忘。《门》更是短小精悍，堪称微型戏剧，正如题目所包含的隐喻，讲的是人与人之间的隔阂以及内心的孤独，因为每一扇门背后都关着一个人，每个人内心中都关着一段自己的故事。莱安特不仅堪称多产作家，更是涉足多种文体，长篇小说、短篇故事、戏剧等都有杰出的代表作品。在被记者问到当前西班牙戏剧的发展趋势时，莱安特回答说，戏剧自产生之初就经历着危机，不过应该说，近几年戏剧还是呈现出了雨后春笋的态势，并且逐渐受到出版界的关注。

费利佩·贝尼特斯·雷耶斯（Felipe Benítez Reyes，1960—　）发表了诗集《已成幻影》（*Ya la sombra*，2018）。这部诗集被认为是其最为成熟的作品，反映了诗人对时间所带来的空虚和不确定性的思考。在西方文学传统中一直有着"人生如梦"又或"人生如戏"的主题，而贝尼特斯·雷耶斯更进一步，认为人生如同一部"幻影的戏剧"，正是时间使得一切不可理解，最终让我们原本确信的东西化作幻影。

哈维尔·马里亚斯（Javier Marías，1951—　）发表了杂文集《永恒之间及其他文字》（*Entre Eternidades: Y otros escritos*，2018），囊括了其 20 余年作家生涯中的经典文章，内容涉及文学、哲学、文化、自传等方面。这位被《波士顿环球报》称为"西班牙当代最敏锐、最具天赋的作家"（"Entre Eternidades: Y otros escritos."）始终是世界的观察者，能够发现我们未曾注意到或是无法用语言表达的事物的本质，例如书中对足球、电影等方面的评论以及对死亡、回忆等主题的探讨，犀利而透彻，发人深思。

胡安·博尼利亚（Juan Bonilla，1966—　）的杂文集《寻书人的小说》（*La novela del buscador de libros*，2018）是一本很有意思的小书。作家用其精妙的语言，回顾了自己漫长而又激动人心的"猎书"经历。他时而为寻求一本书的首版费尽周折，时而又为了一本没有几个人感兴趣的书而孜孜不倦、锲而不舍，可以说，博尼利亚诠释了对书的一种近乎"病态"式的痴迷。

结语

总之，2018 年西班牙文学佳作纷呈，既有对历史的重塑与反思，又有对当下社会问题的剖析。"寻找"的主题、寓言式的反讽、对历史的演绎等方面堪称亮点；女性创作硕果累累，囊括几项文学大奖，可谓实至名归；戏剧和杂文方面也有精彩的作品呈现，尤其是戏剧，展现出蓬勃生机，可喜可贺。

参考文献：

Aguirre, Francisca. "lo importante es la vida." *Los portadores de sueños.* Web. 14 Jul. 2019.
<https://www.losportadoresdesuenos.com/bloc-de-notas/francisca-aguirre-lo-importante-es-la-vida>.

"Alejandro Palomas: 'El humor es un arma mucho más poderosa que el drama'." Web. 14 Jul. 2019.
<https://www.heraldo.es/noticias/ocio-cultura/2018/01/08/alejandro-palomas-humor-arma-mucho-mas-poderosa-que-drama-1217768-1361024.html>.

"Almudena Grandes se lleva el Premio español de Narrativa con una novela de nazis en Buenos Aires." *Clarín.* Web. 10 May 2019.
<https://www.clarin.com/cultura/almudena-grandes-lleva-premio-nacional-narrativa_0_3-qMDOwlF.html>.

Ayuso, Silvia. "Pérez-Reverte: Picasso no pintó el 'Guernica' por patriotismo, sino por muchísimo dinero." *Perezreverte.com.* 3 de Oct. 2018. Web. 26 May 2019.
<http://www.perezreverte.com/articulo/noticias-entrevistas/1099/perez-reverte-picasso-no-pinto-el-guernica-por-patriotismo-sino-por-muchisimo-dinero/>.

"Entre Eternidades: Y otros escritos." Amazon. Web. 14 Jul. 2019.
<https://www.amazon.com/Entre-Eternidades-otros-escritos-Spanish-ebook/dp/B07DH8FBK7>.

"Eva (Serie Falcó)." *Perezreverte.* Web. 26 May 2019.
<http://www.perezreverte.com/libro/703/eva-serie-falco/>.

"Fernández Mallogana el premio Biblioteca Breve con 'Trilogía de la guerra'." *La Vanguardia*, Web. 14 Jul. 2019.

<https://www.lavanguardia.com/cultura/20180205/44566131132/fernandez-mallo-gana-el-premio-biblioteca-breve-con-trilogia-de-la-guerra.html>.

Griñán, Francisco. "Antonio Soler: «Me ronda en la cabeza 'La colmena' malagueña»." Web. 2 Jul. 2019. <https://www.diariosur.es/culturas/201502/23/antonio-soler-hecho-balance-2015 0223205710.html>.

Imaginario, Andrea. "Ida Vitale: 10 poemas esenciales." *Cultura genial.* Web. 2 Jun. 2019. <https://www.culturagenial.com/es/ida-vitale-poemas/>.

"La poeta uruguaya Ida Vitale, premio Cervantes 2018." *Biblioteca Nacional de España.* Web. 2 Jun. 2019. <http://www.bne.es/es/AreaPrensa/noticias2018/1115-poeta-uruguaya-Ida-Vitale-premio-Cervantes2018.html>.

Mínguez, Carlos. "'Perros e hijos de perra' según Arturo Pérez Reverte." *La Vanguardia.* Web. 2 Jun. 2019. <https://www.lavanguardia.com/cultura/20141121/54420098652/perros-e-hijos-de-perra-segun-arturo-perez-reverte.html>.

Montero, Rosa. "NOSOTRAS. Historias de mujeres y algo más." *Rosa Montero Página Oficial.* Web. 26 May 2019. <http://www.rosamontero.es/periodismo-nosotras.html>.

Navarro, Justo. "Héroes de vida perra." *El País.* 26 Apr. 2018. Web. 5 Apr. 2019. <https://elpais.com/cultura/2018/04/26/babelia/1524754218_943570.html>.

"Poesía de Gonzalo de Berceo, Bernardo Reyes, Francisca Aguirre en las III jornadas nacionales de 'Dinastía Vivanco'." *20 Minutos.* Web. 2 Jun. 2019. <https://www.20minutos.es/noticia/1534846/0/>.

"Que nadie duerma." *Librotea.* Web. 6 May 2019. <https://librotea.elpais.com/libros/que-nadie-duerma/>.

"Sabotaje (Serie Falcó)." *Perezreverte.* Web. 26 May 2019. <http://www.perezreverte.com/libro/709/sabotaje-serie-falco/>.

"Una historia de España." *Perezreverte.* Web. 26 May 2019. <http://www.perezreverte.com/libro/724/una-historia-de-espana/>.

Vitale, Ida. "Poesía moderno: Este mundo." *Biblioteca Nacional de España.* Web. 20 May 2019. <http://www.materialdelectura.unam.mx/index.php/poesia-moderna/16-poesia-moderna-cat/344-196-ida-vitale?showall=&start=3>.

作者：杨玲，首都师范大学外国语学院

2018 年匈牙利文学概览

郭晓晶

内容提要： 2018 年的匈牙利文坛比较活跃，小说和诗歌佳作颇多，题材倾向于关注社会、民生与人际关系，代表了对历史发展和制度变革的深刻反思。年轻作家创作力旺盛，作品屡次登上好书榜。与此同时，4 月大选后"文化斗争"的加剧和各机构文化领导层的改革，使政治在匈牙利文学界发挥着越来越重要的作用，对作家、文学创作产生影响。本文聚焦于匈牙利重要文学奖项与获奖作品，概述 2018 年匈牙利文学特点，探析匈牙利文学发展的态势。

一、利布里文学奖之年度十佳好书榜

利布里文学奖（Libri irodalmi díj）由利布里图书出版贸易公司创立于 2016 年。该奖项的设立最初是公司普及阅读项目的一部分，目的是提高人们对阅读重要性的认识，关注当代匈牙利文学的最优秀成果。在创立四年的时间里，利布里文学奖逐渐成为最重要的文学奖之一。该奖项分为利布里年度十佳好书、利布里文学奖、利布里文学大众奖，这三个奖项分别由读者、专业评审团在不同时期进行评选。利布里文学奖是由独立的五人专业评审委员会在年度十佳好书榜单中选出最佳年度好书。利布里文学大众奖则由读者投票选出。利布里文学奖经过多轮选拔，在第一轮中，利布里图书出版贸易公司从上一年度首次出版发行的用匈牙利语撰写的书籍中，挑选出作者健在、文学形式新颖、社会影响深远的书籍名单，之后邀请文化领域的专业人士对书籍进行投票，根据他们的投票结果汇总出"利布里年度十佳好书"，最后由独立的五人专业评审委员会选出最佳年度好书，该书获得年度利布里文学奖。利布里文学奖的评选过程同样致力于选出受到读者广泛认同的获奖作品。读者可在入围名单公开后的一个多月内在利布里官网上投票，也可在每年 4 月举行的布达佩斯国际图书节上投票。根据读者的投票选出最受读者欢迎的书籍，该书籍的作者获得利布里文学大众奖。[1]

2019 年的"年度十佳好书"由利布里图书出版贸易公司邀请文化领域的专业人士，从 2018 年出版的符合奖项标准的 154 部匈牙利作品中投票选出。十部佳作如下[2]：

1. 鲍拉巴希·阿尔伯特·拉斯洛（Barabási Albert-László，1967— ）的《公式》（*A képlet*）

2. 德拉戈曼·久尔吉（Dragomán György，1973— ）的《体制重现》（*Rendszerújra*）

3. 凯梅尼·伊什特万（Kemény István，1961— ）的《尼罗河》（*Nílus*）

4. 克鲁索夫斯基·德奈什（Krusovszky Dénes，1982— ）的《我

1　<https://www.libri.hu/cikk/rolunk>. 访问时间 2019 年 5 月 20 日

2　<https://konyves.blog.hu/2019/03/25/libri_irodalmi_dijak_2019_megvan_a_tiz_dontos>. 访 问 时 间 2019 年 3 月 30 日

们永远不会成为的那些人》(*Akik már nem leszünk sosem*)

5. 曼 – 瓦尔海基·蕾卡（Mán-Várhegyi Réka, 1979—　）的《磁山》(*Mágneshegy*)

6. 平特尔·贝拉（Pintér Béla, 1970—　）的《新戏》(*Újabb drámák*)

7. 西蒙·马尔顿（Simon Márton, 1984—　）的《狐狸的婚礼》("Rókák esküvője")

8. 希劳什·拉斯洛（Szilasi László, 1964—　）的《路德的狗》(*Luther kutyái*)

9. 斯沃兰·艾迪娜（Szvoren Edina, 1974—　）的《我的诗》(*Verseim*)

10. 陶卡奇·茹若（Takács Zsuzsa, 1938—　）的《盲目的希望》(*A Vak Remény*)

2019 年 5 月，评委会公布了 2018 年最佳年度好书为斯沃兰的短篇小说集《我的诗》。文学大众奖的获奖作品为克鲁索夫斯基的长篇小说《我们永远不会成为的那些人》。

《公式》的作者鲍拉巴希是匈牙利裔美国物理学家、网络理论研究者、匈牙利科学研究院的外籍院士。《公式》是获奖作品中唯一一部非虚构类作品。该书通过每天生活中的例子来阐明成功的法则，并指出使这些法则发挥决定性作用的因素，借此来分析成功的秘诀，以及我们如何获得成功。

《体制重现》的作者德拉戈曼是匈牙利作家、文学翻译家，曾获 2007 年尤若夫·阿提拉文学奖（József Attila-díj）。1992 年至 1998 年就读于罗兰大学文学院。在就读博士期间写下了小说《毁灭之书》(*A pusztítás könyve*, 2002)。2005 年创作了《白色国王》(*A fehér király*,

2005)，该书出版后引起极大反响，目前已被翻译为三十多种语言。《体制重现》汇集了德拉戈曼 15 年来创作的短篇小说，主题是自由以及制度更迭，解构了建设制度以及打破制度的因素，反思人处于其中所发挥的作用。

《尼罗河》的作者凯梅尼为匈牙利作家、诗人。曾获尤若夫·阿提拉文学奖。代表作品为 1980—1981 年间创作的《你知道是我的错》（"Tudod, hogy tévedek"），该诗是 1998 年精选诗歌集中的卷首诗。从 1984 年开始到 2006 年，他一共出版了 7 部诗集。许多评论家认为他是当代最重要的诗人之一。1989 年出版了第一部中篇小说《敌人的艺术》（*Az ellenség művészete*），2009 年出版了第一篇长篇小说《亲爱的陌生人》（*Kedves Ismeretlen*）。凯梅尼连续两年入围利布里文学奖。去年入围的是他名为《鹅皮》（*Lúdbőr*，2017）的随笔集，而 2018 年则是这本名为《尼罗河》的新诗集。这本书以一首关于多瑙河的诗开始，以另一首关于尼罗河的诗结束。从第一首诗到最后一首诗，诗集讲述了一段从多瑙河岸边到烈日炎炎下的尼罗河河畔之旅。尼罗河既象征顶峰，也代表着继续前进，整本诗集的核心元素是不时出现在文字间的水：有时是镜子般的水洼，有时则是敲打着窗户的细雨。

《我们永远不会成为的那些人》的作者克鲁索夫斯基是匈牙利诗人、评论家、编辑、文学翻译家。2004 年他凭借《亲爱的母语》（*Édes anyanyelvünk*）在匈牙利文化部举办的文学比赛诗歌分类中获得了三等奖，2006 年出版了第一部诗集《我的全名》（*Az összes nevem*），2008 年获莫里兹·日格蒙德奖，2009 年出版了第二部诗集《何为崩坏》（*Elromlani milyen*），2011 年出版了第三部诗集《多余的岸》（*A felesleges part*）。2012 年获尤若夫·阿提拉文学奖，成为该奖项最年轻的获得者，同年获奥尔凯尼·伊什特万戏剧文学奖。2013 年获霍尔瓦特·彼得文学奖。2014 年出版了短篇小说集《男孩们的国度》（*A fiúk országa*）。《我们永远不会成为的那些人》聚焦上世纪八九十年代觉醒的一代人，小说由五部分构成，这本书不仅仅讲述着个体和社会的记忆，而且也探讨如何继续活下来。历史已然变得陌生，但是仍然影响我们的现在，我们应该如何成为负责任、自由的成年人呢？

《磁山》的作者曼–瓦尔海基为匈牙利作家、编辑。2013 年凭借《曙光女神统治下的不幸》（*Boldogtalanság az Auróra-telepen*）获得了尤若夫·阿提拉文学会领巾奖（JAKkendő-díj）。同年，她还获得了霍尔瓦特·彼得文学奖和莫里兹·日格蒙德奖。2015 年，入围了玛尔格奖。《磁山》描绘了千禧年之际匈牙利青年学者埃妮可的生活画面。埃妮可是一位三十多岁的女权主义社会学家，她从纽约回到布达佩斯，为了写一本名为《匈牙利人的苦难》的"真正的自救书"，她离开了她身为美国表演艺术家的丈夫，然而，她却发现自己患上了写作障碍。陶马什·博格丹是大学的明星讲师，同时与埃妮可以及二人的学生雷卡交往。正在撰写小说的雷卡在一个反乌托邦式的住宅区长大，那里是新纳粹意识形态的温床，而这恰好是博格丹的研究领域。故事产生于三人之间的碰撞。《磁山》不仅仅是一部校园小说，读者可从其中瞥见当代匈牙利社会的几个层面，从左翼自由派知识分子到贵族家庭，再到边缘化群体，每个社会阶层都面临不同的偏见和挑战。这部小说涉及匈牙利当今女性的身份地位和知识分子肩负的责任等一系列问题，语言风趣幽默、观点犀利、通俗易懂。

《新戏》的作者平特尔是演员、音乐家、剧作家和导演。曾获亚萨伊·玛丽奖，是匈牙利另类戏剧发展中的重要人物。从传统的卡巴莱到歌达·加博尔（Goda Gábor）的舞剧，他尝试过多种另类的表演方法。在过去 20 年间，平特尔成为匈牙利戏剧独立创作人的标志。他用作品证明了与人们息息相关的社会问题、人际交往、命运悲剧等都能够以一种更亲近的方式在剧院中呈现。平特尔的戏剧十分擅长提出难题以及给出独特的解答。《新戏》是平特尔在其剧社成立 20 周年之际推出的新作，包含了平特尔在第一部戏剧出版后的五年中撰写的所有作品，按写作顺序分别为：《我们的秘密》（*Titkaink*）、《任何人任何事》（*Bárkibármikor*）、《雉鸡之舞》（*Fácántánc*）、《直至心碎》（*Szívszakadtig*）和《哈罗姆斯克的陶马什·奥齐尔》（*Ascher Tamás Háromszéken*）。平特尔的写作风格独树一帜，同时又具有多样性。他所秉承的宗旨和创办剧社的目的是用批判性的眼光对社会及人类自身进行观察，创作现代化的原创作品，使其作品能够触及匈牙利当代社会，撼动人心，同时又达到讽刺的效果，娱乐大众。如今平特尔·贝拉戏剧社已被公认为匈牙利国内外最具影响力和最具创造性的戏剧工作室之一。

　　《狐狸的婚礼》的作者西蒙是匈牙利诗人、作家、翻译、编辑、音乐策划人。2004 年开始出版诗歌，同年与伊亚什·托马斯（Ijjas Tamás）一起获得了"移动的世界"水平大奖。第一部诗集《高地平线的歌》（*Dalok a magasföldszintről*）于 2010 年出版，并于次年成为第一部获得马可伊奖章的诗集，同时还获得了莫里兹·日格蒙德奖。第二部诗集《拍立得》（*Polaroidok*）于 2013 年出版；同年被提名霍尔瓦特·彼得文学奖。《狐狸的婚礼》收录在西蒙·马尔顿所著诗选的第三册中，该诗是对内心独白的记录。诗歌运用迂回婉转的形式直抒胸臆。由于陷入不合理性的困扰之中，那些鉴别人们是否还清醒着的审查者有时很难区分生者和死者：有些人离开，有些人又回到我们当中。自然与科技撕扯着人类的言论，使之崩裂。不经意间悄然走进诗歌中的狐狸是大多数传统文化中永远不可信任的动物，但西蒙的诗歌却描绘了一个我们只能信任狐狸的世界。

《路德的狗》的作者希劳什·拉斯洛是匈牙利文学史家，曾获尤若夫·阿提拉文学奖。研究领域为古匈牙利文学、约卡伊·莫尔的作品，以及当代匈牙利散文。代表作有《圣者的竖琴》（*Szentek hárfája*，2010）、《直到我们与他人为伍》（*Amíg másokkal voltunk*，2016）等。《路德的狗》以失去的意识、无法被察觉的时间、不可治愈的疾病和最终降临的奇迹为主题，讲述了一个五十多岁的男人与病魔抗争，最终获得胜利的动人故事。主人公希劳什在知天命的年纪里突患脑部肿瘤，他的手术很成功，而在恢复期间，他开始回顾自己的一生。跟随小说主人公的回忆，读者可以了解到 20 世纪的战争与和平、贫困与重建，以及主人公的家族发展史。该小说的体裁特殊，作者以自白的形式将自己的故事呈现在读者面前，对自白文学进行了创新。很少有作者能像希劳什那样以透彻、直白而又极其微妙的方式把个人生平中的私密讲述出来。最重要的是这篇小说的故事情节能够引起读者的共鸣、发人深省，并且给予陷入绝境的、正处于人生转折点的人们以继续生活下去的力量。

《我的诗》的作者斯沃兰曾获尤若夫·阿提拉文学奖、欧盟文学奖。2005 年开始出版作品。斯沃兰曾这样评价自己："创作对我来说不是一种自我的永存，也不是一种疗法，更不是一种思维方式，而是一种有原因、有目的的功能性实验。"[3] 代表作有《佩尔图》（*Pertu*，2010）、《没有，也别有》（*Nincs, és ne is legyen*，2012）、《一个国家最好的刽子手》（*Az ország legjobb hóhéra*，2015）等。《我的诗》短篇

3　<https://revizoronline.com/hu/cikk/7832/szvoren-edina-verseim/>. 访问时间 2019 年 6 月 10 日

小说选中分别讲述了 13 个寓意深刻的短篇故事。其形式新颖，且作者的写作风格独特。她的凝视仿佛能够穿透一切，渗透到人与人之间的关系深处。作者以冰冷无情的语言残忍地揭露人性的真实。每篇故事都具有直击灵魂深处的力量，引人深思。

《盲目的希望》的作者陶卡奇是匈牙利女作家、诗人、文学翻译家、教师。曾获科苏特奖（Kossuth-díj）。翻译了许多意大利语、西班牙语、加泰罗尼亚语、法语和英语的诗歌。1992 年在欧洲出版社翻译出版了圣十字若望的诗集和散文集。2007 年成为匈牙利数字文学院（Digitális Irodalmi Akadémia）的院士。代表作有《无声游戏》（*Némajáték*，1970）、《离别的细节》（*A búcsúzás részletei*，1977）、《被遮盖的钟表》（*A letakart óra*，2001）、《禁语》（*Tiltott nyelv*，2013）等。诗集《盲目的希望》汇集了陶卡奇半个世纪的作品，获得 2018 年荷兰全球保险集团 AEGON[4] 艺术奖（AEGON Művészeti Díj）和阿尔蒂斯尤斯奖（Artisjus-díj）。《盲目的希望》完整地收录了陶卡奇迄今为止的全部诗歌作品。该诗集以《盲目的希望》一诗开篇，以新旧印度诗歌结束。诗人陶卡奇也凭借其优秀的作品获得了科苏特奖，成为当代诗歌界的领军人物。而该诗集中的《如果我们有灵魂》（*Ha van lelkünk ugyan*）是 2017 年阅读量最大的在线诗歌。20 世纪最伟大的匈牙利诗人皮林斯基·亚诺什（Pilinszky János，1921—1981）对其的评价是"所有真正的诗歌从旁观的角度来说都是一场独一无二的国际象棋比赛，我们只能在博弈结束后观赏。确定无疑的是比赛开场后，我们只能说比赛是真实的。陶卡奇的开场是真正比赛的开始：它包含了广泛而丰富的组合和真实的诗歌故事。"

4　荷兰全球保险集团（AEGON）是由荷兰两家著名的保险公司 AGO 与 Ennia 合并而成，这两家公司名称的字首合并，便成为 AEGON 全球人寿名字的由来。

·

二、2018 年的其他匈牙利文学奖项以及获奖作家

匈牙利共有大大小小 23 个文学奖，其中最重要的奖项包括科苏特奖、尤若夫·阿提拉文学奖、马洛伊·山多尔文学奖（Márai Sándor-díj）、阿尔蒂斯尤斯奖、弗什特·米兰文学奖（Füst Milán-díj）、贝凯什·帕尔文学奖（Békés Pál-díj）和荷兰全球保险集团 AEGON 艺术奖。

1. 科苏特奖

科苏特奖是匈牙利文学类最高级别的奖项。该奖由匈牙利国民议会设立于 1948 年，以纪念匈牙利 1848 年革命一百周年，并以匈牙利政治家、革命家科苏特·拉约什命名。该奖授予在科学、艺术、文学以及在社会主义建设中取得杰出成就的人士。从 1963 年起，该奖只颁发给文学家和艺术家。2018 年，该奖项文学领域的获得者是费伦采什·伊什特万（Ferences István，1945—　）、穆勒·彼得（Müller Péter，1936—　）以及托马斯·迈尼海尔特（Tamás Menyhért，1940—　）。

费伦采什，罗马尼亚籍匈牙利裔作家、诗人和记者，匈牙利艺术研究院院士，尤若夫·阿提拉文学奖和桂冠奖的获得者。他将埃尔代伊地区 [5] 抒情诗习惯和后现代生活感受结合在一起，创作出独特的诗性作品，在匈牙利文坛上发挥着重要作用。为表彰他作为编辑和文学创作者的突出成就，特向其颁发科苏特奖。费伦采什的代表作有诗集《一半时间，一半地狱》（*Félidő, félpokol*，1994）和小说《醉酒的清醒者们》（*Részeg józanok*，2017）。他 2018 年出版的作品《我的危险

5　即今罗马尼亚特兰西瓦尼亚地区，但匈牙利称该地区为"埃尔代伊"（Erdély）。

梦境》(*Veszedelmekről álmodom*)追溯了几个世纪前的家族和乡村故事，呈现了几个世纪以来当地的风雨历史。该作品具有非凡的深度，语言和创作都十分有力量。

穆勒是匈牙利"性灵文学"(spirituális irodalom)[6]中最知名的人物之一。这源于他 1956 年的一次生死经历，从那之后他的所有创作内核和艺术目标都随之改变，他的每一部戏剧、每一部小说、每一部诗集都因那场经历而产生。他的书售出了数十万本，毫无疑问是近年来最成功的晦涩深奥类作品。除了创作性灵文学作品，他还是一位成功的剧作家，他的许多戏剧作品在匈牙利及世界各地演出。穆勒创作了多部优秀小说，以及许多在国内外都获得成功的舞台戏剧作品。此次颁奖是为了表彰他 60 多年的戏剧创作工作和在性灵文学方面的成就，以及他所倡导的追求身心和谐的作品。

托马斯为匈牙利裔作家、诗人、文学翻译家、匈牙利艺术研究院院士，尤若夫·阿提拉文学奖和桂冠奖获得者。他的诗歌和小说描述了生活在埃尔代伊的塞凯伊人[7]的悲惨经历，以及生活在喀尔巴阡盆地的少数民族人的共同命运，他的创作使这些人的故事永恒不灭。他的多部作品被改编成戏剧。托马斯在散文创作中将传统的民间诗歌特点与埃尔代伊人的方言相结合。此次获奖是为表彰他的作品中真实而感性地展现了 20 世纪匈牙利的历史和现代的人类悲剧。

2. 尤若夫·阿提拉文学奖

尤若夫·阿提拉文学奖创立于 1950 年，是为奖励杰出的文学创作活动所设的文学奖。2019 年 3 月 15 日在匈牙利国庆日之际共有 16

---

6 这类文学专注对灵魂、自然以及心灵的解读，寻找和发现超自然和灵魂的力量。

7 塞凯伊人是匈牙利人的一个分支，现有人口约 85 万，其中绝大多数分布在罗马尼亚塞凯伊地，为构成匈裔罗马尼亚人的一个重要部分。

位文学创作者获得了尤若夫·阿提拉文学奖。他们分别是：本采·劳约什（Bence Lajos，1956— ）、本吉·拉斯洛（Bengi László，1976— ）、比洛·尤若夫（Bíró József，1951— ）、波考·拉斯洛（Boka László，1974— ）、戴维切瑞·拉斯洛（Devecsery László，1949— ）、艾勒什·金高（Erős Kinga，1977— ）、芬道·爱娃（Finda Éva，1954— ）、菲泽西·玛格达（Füzesi Magda，1952— ）、哈斯·罗伯特（Hász Róbert，1964— ）、凯乐曼·伊丽莎白（Kelemen Erzsébet，1964— ）、基拉伊·佐尔坦（Király Zoltán，1983— ）、里斯多斯基·拉斯洛（Lisztóczky László，1944— ）、山特豪·阿提拉·鲍尔纳（Sántha Attila Barna，1968— ）、肖博特尼克·佐尔坦（Sopotnik Zoltán，1974— ）、舒塔尔斯基·孔拉德（Sutarski Konrad，1934— ）、陶考罗·米哈伊（Takaró Mihály，1954— ）。[8]

　　本采，斯洛文尼亚籍匈牙利裔诗人和教育家，曾在国内外出版多部诗集和专著，对斯洛文尼亚和匈牙利文学都有积极的影响，代表作为《归国之诗》（*Hazatérítő versek*，2006）。本吉，文学史学家，罗兰大学人文学院副教授，研究领域为 20 世纪匈牙利文学史和比较文学史，代表作为《玛尔通·拉斯洛》（*Márton László*，2015）。比洛，作家，1975 年起开始公开发表作品，代表作为诗集《从 A 到 Z》（*From A to Z*，2018）。波考，文学史学家、评论家和大学副教授，研究领域是 19 至 20 世纪之交和 20 世纪的匈牙利文学，以及埃尔代伊地区的匈牙利文学，代表作为关于 20 世纪上半叶匈牙利文学研究的《边缘和中心》（*Peremek és középpontok*，2018）。戴维切瑞，作家、诗

8　<http://kulter.hu/2019/03/a-jozsef-attila-dijakat-is-atadtak/>. 访问时间 2019 年 5 月 22 日

人、导演和教师，2009 年以来在沃洛什·山道尔剧院工作，代表作品为《月影》（*Holdárnyék*，2018）。艾勒什，文学史学家、评论家，匈牙利作家协会理事会成员和秘书，代表作为《通往里面的房间》（*A belső szobához*，2013）。芬道，诗人、剧作家和文学史学家，匈牙利作家协会成员，代表作为诗集《回到水瓶座》（*Vissza a vízöntőbe*，2007）。菲泽西，诗人和作家，第一首诗发表于 1967 年，之后不断进行创作，作品刊登在匈牙利和埃尔代伊地区多份报纸上，人们还把她的作品翻译为俄语和乌克兰语，代表作为诗集《每时每刻的祈祷》（*Ima mindenkor*，2018）。哈斯，作家和《蒂萨景致》（*Tiszatáj*）杂志主编，第一本小说《第欧根尼花园》（*Diogenész kertje*，1997）出版于 1997 年，他的作品被翻译为德语、法语、意大利语和英语，代表作为《法比安·马尔采侦探的 13 天》（*Fábián Marcell pandúrdetektív tizenhárom napja*，2018）。凯乐曼，作家、诗人、剧作家和文学史学家，代表作为《文章主体以外》（*A szöveg testén túl*，2017）。基拉伊，作家和经济学家，代表作为《地狱还是天堂？》（*Földi pokol vagy mennyei paradicsom?*，2016）。里斯多斯基，文学史学家、评论家和编辑，代表作为诗集《万物的气味》（*A mindenség illata*，2016）。山特豪，罗马尼亚籍匈牙利裔作家、诗人和漫步广场（Sétatér）文化协会主席，出版了《塞凯伊字典》（*Székely Szótár*，2015）。肖博特尼克，作家、诗人和评论家，1998 年起开始在报刊上发表作品，是匈牙利作家协会的成员，代表作为诗集《波斯人本身》（*Saját perzsa*，2012）。舒塔尔斯基，匈牙利作家，代表作为《波兰与匈牙利相关的历史》（*Lengyelország történelme magyar vonatkozásokkal*，2018）。陶考罗，作家、诗人和文学史学家，是匈牙利作家协会及管理层的成员，2010 年后在多个电视和媒体节目中出现。

3. 马洛伊·山多尔文学奖

马洛伊·山多尔文学奖设立于 1996 年，主要奖励创作了杰出作品，或者在上一年度发表了具有崇高价值的小说，或者因其作品而在其他国家获得高度认可的匈牙利作家。每一年有 2—3 人获得该奖项，其中必须有一人居住在境外。有的年份，该奖项会轮空不颁发。2018 年获得马洛伊·山多尔文学奖的是费黑尔·贝拉（Fehér Béla，1949— ）和福卢迪·亚当（Faludi Ádám，1951— ）。

费黑尔，匈牙利散文家、作者。他曾长期担任记者，目前是《匈牙利民族报》（*Magyar Nemzet*）的出版商。曾获 1991 年杰出写作奖（Irat-nívódíj）、2002 年厄特沃什奖（Eötvös-díj）、2005 年普莉玛奖（Prima-díj）、2006 年普利策纪念奖（Pulitzer-emlékdíj）。1990 年犯罪小说《蓝色汽车》（*A kék autó*，1990）的出版标志着他作家职业生涯的真正开始。他随后的三部小说《绿色餐厅》（*Zöldvendéglő*）、《土耳其蜂蜜》（*Törökméz*）和《废墟温泉》（*Romfürdő*）于 1999 年以单册的形式出版。正是该小说三部曲让他闻名于世。费黑尔的小说《菲尔科》（*Filkó*）于 2000 年由播种出版社首次出版。费黑尔是保持着最原始的匈牙利写作风格的作家之一，语言风格自由、古朴又十分具有文学性。他所撰写的《科苏特羊角面包》（*Kossuthkifli*，2012）是 2017 年最受读者欢迎的小说，目前已被改编成电影。

福卢迪，诗人、散文家、艺术家。他曾从事过很多职业，包括通讯技术员、机械师、教师、记者等。但其从事教师工作的时间最长（1974 年至 1997 年）。福卢迪目前是一名自由职业者，主要从事脑力工作。主要作品有：《方形花朵》（*Szögletes virág*，1988）、《地下室里的操作》（*Alagsori műveletek*，1992）、《邪恶的故事》（*Elvetemült történetek*，1993）、《大麦科》（*Big Mek*，1996）、《摘自考劳弗的日记》

（*Szemelvények Karafo naplójából*，1996）、《被绞死的天使》（*Akasztott angyal*，1972—1996）、《自得其所的鸟儿》（*A madarak helyében*，1988）、《回放》（*Visszajátszás*，2000）、《向日葵》（*Napraforgó*，2002）、《寻找溪流的天使租客》（*Angyalbérlő patakot keres*，2003）、《公路涂鸦者》（*Országúti firkáló*，2004）、《我是如何创造世界的》（*Hogyan teremtettem a világot*，2010）。

4. 阿尔蒂斯尤斯奖

该奖项由阿尔蒂斯尤斯匈牙利版权保护协会创立于 2001 年，2006 年协会增设了阿尔蒂斯尤斯文学奖，目的是鼓励当代匈牙利音乐和文学创作活动的发展。阿尔蒂斯尤斯奖分为阿尔蒂斯尤斯文学大奖和阿尔蒂斯尤斯文学奖，前者颁发给上一年杰出的、具有突出价值作品的创作者，后者颁发给有创作天赋的人士并激励他们继续创作。获奖者由协会管理层指定的专业评审团推荐选出，阿尔蒂斯尤斯文学奖是匈牙利最重要的文学奖之一。

2018 年度获得该奖项的是：诗集《盲目的希望》的作者陶卡奇，诗集《请原谅，金斯伯格》（*Bocsáss meg, Ginsberg*，2018）的作者蒂毛尔科·贝拉（Markó Béla，1951— ），散文集《草在田野上发芽》（*Fűje sarjad mezőknek*，2018）的作者萨兹·帕尔（Száz Pál，1987— ），学术专著《小说经验》（*Regénytapasztalat*，2018）的作者托姆考·拜阿陶（Thomka Beáta，1949— ），评论文集《字母面条》（*Betűtészta*，2018）的作者巴恩·佐尔坦·安德拉什（Bán Zoltán András，1954— ）。

5. 弗什特·米兰文学奖

弗什特·米兰文学奖由匈牙利作家、诗人和剧作家弗什特·米兰的遗孀——海尔菲尔·伊丽莎白（Helfer Erzsébet）创立于 1975

年。奖项的评定标准是本着弗什特·米兰文学作品中的精神，评选出具有人类普遍进步价值的高艺术水平作品，为创作者提供精神上的认可和物质上的支持。2018 年获得弗什特·米兰文学奖的是乌力·奥绍夫（Uri Asaf，1942——　）与安道尔·鲍拉日（Antal Balázs，1977——　）。[9]

乌力出版过多部诗集。近年来翻译了《光辉之书》（*Zohár a Teremtés könyvéről*，2014）[10]，这是第一次从原文翻译并且带有匈牙利语注释的匈牙利语版本。乌力的作品在当代匈牙利文学中独树一帜，不属于任何流派，他的诗歌严肃、简短，具有大胆的想象。诗歌主题是神秘而开放的，读者只有通过自己的个人经历才能理解。代表作品有《唯一闪耀的一天》（*Egyetlen ragyogó nap*，2015）、《玫瑰的耐心》（*A rózsa türelme*，2018）。

安道尔·鲍拉日是尼尔教会大学（Nyíregyházi Egyetem）的助理教授，文学、艺术和评论杂志《高速路》（*Műút*）的编辑，代表作品有诗集《野》（*Vad*，2017）和《向下》（*Le*，2017）。

6. 贝凯什·帕尔文学奖

为纪念 2010 年逝世的匈牙利作家贝凯什·帕尔，贝凯什·帕尔民间团体于 2013 年 1 月成立，随后遵循贝凯什·帕尔的遗志，设立贝凯什·帕尔文学奖。该奖项颁发给创作了具有特别价值、引起广泛关注的小说家。

2018 年，获得该奖项的是匈牙利作家、编辑和评论家盖乐奇·彼得（Gerőcs Péter，1985——　），获奖作品为小说《胜利者的共

9　<https://litera.hu/hirek/uri-asaf-es-antal-balazs-kapta-a-fust-milan-dijat.html>. 访问时间 2019 年 5 月 22 日

10　《光辉之书》是卡巴拉对《希伯来圣经》的注解。书中探讨了上帝的本质、宇宙的起源和结构、灵魂的本质、赎罪等。

和国》（*Győztesek köztársasága*，2015）。[11]

　　盖乐奇·彼得出生于教师之家，先后在佩奇大学和罗兰大学学习哲学和美学，2006 年起开始定期在杂志中发表作品。代表作品有短篇小说集《松博尔与世界》（*Zombor és a világ*，2010）、《作出审判！》（*Itélet legyen!*，2017），以及小说《胜利者的共和国》、《孤儿图片》（*Árvaképek*，2018）。《胜利者的共和国》从 30 多岁的知识分子、做事徒有三分热度的 20 岁青年、50 多岁的大学教授以及雄心勃勃的摄影师这些人物的故事切入，揭示建立和管理一个地区的根本目的是将其作为未来实验场所。作者的目的不是描绘一个负面的乌托邦，而是借由这些主人公所经历的错误、徘徊、偏执来写下一份关于历史的检验报告。

　　7. 荷兰全球保险 AEGON 艺术奖

　　AEGON 艺术奖由荷兰全球保险集团（AEGON）匈牙利有限公司创立于 2006 年，目的是表彰和普及有价值的文学作品，来吸引公众对创作者的关注和支持，推广阅读习惯。该奖项授予在世的匈牙利作家和诗人，表彰其在上一年创作出的杰出的纯文学作品。2019 年陶卡奇凭借诗集《盲目的希望》从 10 个候选人中脱颖而出，获得第 14 届 AEGON 艺术奖，[12] 该书也是利布里文学奖之年度十佳好书之一[13]。

三、2018 年匈牙利文学界的重要事件

　　2018 年匈牙利文化以及匈牙利文学界发生了一系列重要事件，

11　<https://litera.hu/hirek/gerocs-peter-nyerte-el-az-idei-bekes-pal-dijat.html>. 访问时间 2019 年 5 月 30 日

12　<http://kulter.hu/2019/03/takacs-zsuzsae-az-aegon-muveszeti-dij/>. 访问时间 2019 年 6 月 10 日

13　详见前文十大好书榜对该作品的介绍。

这些事件被称为"文化斗争"或"文化精英化"，在此过程中，匈牙利文学重要机构的领导者从温和的、保守的右派更迭为激进的右派，某些重要文化机构领导层的变革（如巴拉什学院、裴多菲文学博物馆）都对作家、对文学创作产生了深远的影响[14]。由于政府批评人士支持自由左派作家，许多出色的保守派作家都在为生活问题而苦恼。

2018 年 2 月 18 日，约卡伊·莫尔（Jókai Mór，1825—1904）诞辰之际，人们首次在喀尔巴阡盆地范围内庆祝了匈牙利散文节。2018 年年初，前线驻军文学学院的第一批文学出版物面世，在这一年中，由诗人、作家欧尔班·亚诺什·迪涅斯（Orbán János Dénes，1973— ）领导的人才管理组织出版了 30 多册书刊。[15]

2018 年是匈牙利国歌词作者、诗人克尔契·费伦茨（Kölcsey Ferenc，1790—1838）逝世 180 周年。他于 1823 年 1 月 22 日完成了匈牙利国歌的手稿。为了纪念这一天，自 1989 年起，每年 1 月 22 日为匈牙利文化节。在国歌诞生 195 周年之际，国内外都举行了纪念活动（如展览、音乐会、书展、文学和戏剧活动等）。

2017 年为奥洛尼·亚诺什（Arany János，1817—1882）诞辰 200 周年，匈牙利举办了奥洛尼纪念年（2017 年 3 月 2 日至 2018 年 3 月 2 日）活动，在此期间，裴多菲文学博物馆（PIM）于 2018 年初组织了一次展览，主题为"奥洛尼·亚诺什与唯灵论"。展览试图通过欧尔萨格·安托（Országh Antal）的照片，还原被称作"诗人之王"的奥洛尼眼中的现代化布达佩斯。裴多菲文学博物馆还在诗人埃尔代伊·亚诺什（Erdélyi János，1814—1868）逝世 150 周年之际，将其

14 <https://www.magyaridok.hu/velemeny/eselyek-a-kulturkampf-tulelesere-3086047/>. 访问时间 2019 年 5 月 12 日

15 <https://www.magyaridok.hu/kultura/a-kultura-eve-volt-2018-3805799/>. 访问时间 2019 年 5 月 5 日

收集的民歌作品单独展出。[16]

结语

利布里文学奖的年度十佳好书具有很强的代表性,通过入围书籍数量、获奖作品题材以及作者写作特点可以看出,2018 年的匈牙利文学仍然延续了近年来的繁荣局面,尤其在小说和诗歌创作方面,原创作品丰富,青年作家佳作频出,主题体现出对现实问题的极大关注以及对于历史的反思。其他重要文学奖项如尤若夫·阿提拉文学奖、马洛伊·山多尔文学奖、阿尔蒂斯尤斯奖、弗什特·米兰文学奖、贝凯什·帕尔文学奖和荷兰保险集团 AEGON 艺术奖,也体现了 2018 年度文学创作的特点,很多知名作家同时荣获不同的荣誉。另一方面,"文化斗争"加剧,对文学创作、作家生态产生影响的文化机构领导层发生更迭,政治的触角慢慢伸向文学,这些均对作家以及文学创作产生了深远影响。在喜忧参半情境下生存的匈牙利文学,仍然坚持和传承传统,文学活动丰富,异彩纷呈。

参考文献:

"ATV: Orbán Kötcsén arról is beszélt, hogy gazdasági világválság jön." 2018. június. 04. Web. 04 Jun. 2019.
   <https://24.hu/belfold/2018/06/04/atv-orban-kotcsen-arrol-is-beszelt-hogy-europai-gazdasagi-vilag-jon/>.

Fábián, Tamás. "Látványossá vált a Fidesz-holdudvar harca a pénzekért." 2018. július. 10. Web. 10 Jul. 2018.
   <https://index.hu/belfold/2018/07/10/fidesz_kulturpolitika_ner_vita_neofita/>.

Földi, Gábor. "Hivatalos: Távozik Prőhle Gergely." 2018. október. 04. Web. 04 Oct. 2018.
   <https://index.hu/kultur/2018/10/04/prohle_gergely_menesztes_hivatalos_petofi_

---

16   <https://pim.hu/hu/hirek/irodalmi-evfordulok-2018-ban>. 访问时间 2018 年 6 月 10 日

irodalmi_muzeum_foigazgato/>.

Krusovszky, Dénes. "Átadták a Libri irodalmi díjakat május 15-én a Budapest Music Centerben." 2019. május. 16. Web. 20 May 2019. <http://kulter.hu/2019/05/atadtak-a-libri-irodalmi-dijakat/>.

Klajkó, Dániel. "Incselkedő önreflexivitás." 2019. május.17. Web. 10 Jun. 2019. <https://revizoronline.com/hu/cikk/7832/szvoren-edina-verseim/>.

László, Péter. *Új magyar irodalmi lexikon II. (H–Ö)*. Budapest: Akadémiai.1994.

—. *Új magyar irodalmi lexikon III. (P–Zs)*. Budapest: Akadémiai. 2000.

Margit, Ács. "Esélyek a kulturkampf túlélésére." 2018. május.12. Web. 12 May 2019. <https://www.magyaridok.hu/velemeny/eselyek-a-kulturkampf-tulelesere-3086047/>.

Pataki, Tamás. "A kultúra éve volt." 2018. december 31. Web. 05 May 2019. <https://www.magyaridok.hu/kultura/a-kultura-eve-volt-2018-3805799/>.

Péter, Hermann. *MTI: ki Kicsoda 2009*. Budapest: Magyar Távirati Iroda. 2008.

Pilhál, Tamás. "Orbán Viktor menesztette a Balassi Intézet vezetőjét – Miniszteri biztos lesz Hammerstein Judit." 2018. július. 09. Web. 09 Jul. 2018. <https://pestisracok.hu/orban-viktor-menesztette-a-balassi-intezet-vezetojet/>.

Sajó, Dávid-Kovács, Bálint. "Magyar írók: A Kádár-rendszert idézi Pröhle kirúgása." 2018. október. 05. Web. 05 Oct. 2018. <https://index.hu/kultur/2018/10/05/prohle_gergely_pim/>.

Windisch, Judit. "Uniós hatalomátvételre készül Orbán Viktor, és egy fenyegetést alevegőben hagyott." 2018. július. 28. Web. 20 May 2019. <https://hvg.hu/itthon/20180728_orban_viktor_tusnadfurdoi_beszed_2018_osszefoglalo>.

作者：郭晓晶，北京外国语大学欧洲语言文化学院

| 2018 年伊朗文学概览 [1]

时 光

内容提要：北京时间 2018 年 5 月 9 日美国总统特朗普宣布退出伊朗核问题全面协议，并恢复了多项对伊朗的经济制裁，使得之前已有复苏趋势的伊朗国内经济形势遭受严重打击，再度面临严重困难。伊朗政府对文学领域提供财政支持的计划也因此深受影响，一批已停办多年的文学奖项在 2018 年仍未能恢复举办。尽管遭遇内忧外患，伊朗文坛在 2018 年依然涌现了不少优秀的作品，其中反映社会发展、民众生活、妇女权益的优秀小说与诗歌尤其受到读者好评与喜爱。

一、2018 年 [2] 伊朗社会与文学界状况

2015 年 7 月伊朗核问题全面协议签署之后，伊朗政府利用对外关系的好转及部分经济制裁获解除的有利形势，致力于发展国内经济，重点扶植民族工业力量。经过两年多的努力，伊朗国内经济 GDP 增长率已由 2015 年的负 1.8% 跳转为 2016 年的 6% 与 2017 年的 4%。

1　本文为国家社科基金重大项目"新世纪东方区域文学年谱整理与研究 2000—2020"（17ZDA280）的阶段性成果。

2　本文中出现的年份若无特别说明或注释，均为公元纪年法年份。

经济状况的好转也使得政府有能力加大对文化领域的投入。此前由于伊朗长期遭受西方部分国家制裁而导致财政收入下降，亚尔达文学奖（جایزه ادبی یلدا）、胡尚格·古勒希里文学奖（جایزه هوشنگ گلشیری）等一些伊朗知名的文学奖项因资金短缺等问题一度停办，针对这些情况，2017 年末伊朗文化与伊斯兰指导部宣布已向伊朗伊斯兰议会递交提案，为文学领域的相关活动申请政府的直接预算，用于伊朗历 1396 年 3 举办各类文学活动及文学奖评选。

然而，美国总统特朗普在北京时间 2018 年 5 月 9 日宣布美国单方面退出伊朗核问题全面协议，并在此后恢复甚至加大了对伊朗的经济制裁，使伊朗的国内经济遭受了重大打击。官方货币里亚尔对美元的汇率在仅四个月的时间里便由 42 000 里亚尔兑换 1 美元暴跌至 148 000 里亚尔兑换 1 美元。经济的动荡使得伊朗国内各类商品的价格大幅上涨，之前文化与伊斯兰指导部申请下拨的文学领域直接预算的实际价值也因此大幅缩水，一些多年停办的文学奖项依然未能恢复举办。此外，由于纸张涨价，伊朗大多数图书在 2018 年年末的价格较年初几乎上涨一倍，在一定程度上限制了大众的图书购买能力。

二、2018 年伊朗的重要文学奖项

1. 伊朗伊斯兰共和国年度图书奖（جایزه کتاب سال جمهوری اسلامی ایران）

伊朗伊斯兰共和国年度图书奖是伊朗图书出版界的国家最高奖项，每年评选一届，通常于伊朗每年"曙光旬" 4 期间揭晓评选结果。评选奖项由伊朗伊斯兰共和国年度图书奖与伊朗伊斯兰共和国年度世界图

3　相当于公历 2018 年 3 月 21 日至 2019 年 3 月 20 日。

4　1979 年初伊朗爆发伊斯兰革命，之前流亡海外的革命领袖霍梅尼于当年 2 月 1 日返回伊朗，2 月 11 日伊斯兰革命在伊朗全国获得全面胜利，之后伊朗新政府将每年的 2 月 1 日至 11 日称为"曙光旬"，每年在这一期间都会举办文学、电影、戏剧、音乐等方面的一系列文化艺术活动。

书奖（جایزه جهانی کتاب سال جمهوری اسلامی ایران）两部分组成，前者评选在伊朗新近出版的优秀图书，内容涉及文学、历史、哲学、宗教、语言学、科学、社会学等多学科领域，后者评选世界范围内新近出版的伊朗学外文杰出著作。

2018 年 2 月 7 日在伊朗首都德黑兰隆重举行了"第三十五届伊朗伊斯兰共和国年度图书奖暨第二十五届伊朗伊斯兰共和国年度世界图书奖"颁奖典礼，伊朗国家总统哈桑·鲁哈尼出席并亲自为获奖者颁奖。女作家玛丽娅姆·贾汉尼（مریم جهانی，出生年份不详）的小说《这条街道没有减速带》（این خیابان سرعتگیر ندارد）荣膺大奖。作品由中央出版社（نشر مرکز）于 2016 年出版，之前还获得了第十届贾拉勒·阿勒阿赫玛德文学奖的最佳短篇小说奖。小说的主人公舒赫蕾是一位希望融入社会的女性，她选择做一名出租车司机。然而在随后的工作中，她遇到了各种各样的问题，如男性同行的歧视、守旧者的指责等。尽管如此，她没有放弃自己的理想，毅然坚守在自己热爱的岗位上。

2. 贾拉勒·阿勒阿赫玛德文学奖（جایزه ادبی جلال آل احمد）

贾拉勒·阿勒阿赫玛德文学奖以伊朗现代著名文学家、小说家贾拉勒·阿勒阿赫玛德（جلال آل احمد，1923—1969）命名，是伊朗最有影响力的文学奖项之一。

2018 年第十一届贾拉勒·阿勒阿赫玛德文学奖的各项评选结果于 2018 年 12 月 9 日揭晓，萨马德·塔希里（صمد طاهری，1957—   ）创作的《狮子的伤疤》（زخم شیر）获得了最佳短篇小说奖。塔希里于 2016 年完成了这部短篇小说集，全书共包含《狮子的伤疤》、《公鸡》（خروس）、《做客》（مهمانی）等 11 个故事，由尼玛日出版社（نشر نیماژ）出版。短篇小说集中的大部分故事发生在两伊战争（1980—1988）初期的伊朗南部城市与农村地区，故事中的人物形象与语言也充满了浓郁的伊朗南方人文风俗气息。作品中的主人公大多为普通人士或动物，每个故事的结局均出人意料。在伊朗传统文化中，狮子被伊朗人民视为国家的象征，战争、贫困与旧俗给民众带来的"伤疤"通过人与人、人与动物、动物与动物之间的关系与对话，被塔希里巧妙地折射在这部名为《狮子的伤疤》的短篇小说集之中。

礼萨·阿米尔汉尼（رضا امیرخانی，1973—　）创作的《解脱》（رهش）获得了最佳长篇小说奖。该书讲述了居住在德黑兰的女建筑师莉娅因自己年仅五岁的孩子伊利亚患上肺病，而与同行的丈夫阿拉对城市污染与不平衡发展产生了不同看法，并由此引发了夫妻间一系列的争执与摩擦。作者阿米尔汉尼如此评论自己这部小说："这部作品是一部'城市建筑类'小说，我将进一步探索当今城市中所发生的故事。我认为世界大城市有着各自不同的发展模式，大城市的发展往往会成为一个反面教材，例如美国洛杉矶这样的城市规模巨大，但大家都知道已经不能将其称之为'城市'。在美国，所有的市长也都明白自己的城市不应该变成洛杉矶……我本人对解决德黑兰所面临的（空气污染）问题无能为力，但认为马什哈德、设拉子、伊斯法罕本不应该成为'德黑兰'，像卡尚 5 这样正在'变化'的城市决不能成为新的'德黑兰'。"6城市发展与配套系统发展脱节、市区各类环境污染、大量农村人口涌入城市造成就业与社会治安问题是近年来阻碍伊朗大中型城市健康发展的几大桎梏。城内交通拥挤不堪、机动车尾气排放污染严重、房价高及大量无业者的出现使得伊朗首都愈加不堪重负，之前的迁都、疏导人口、控制机动车、控制能源消耗等提议与举

5　德黑兰、马什哈德、设拉子、伊斯法罕、卡尚均为伊朗大中型城市。

6　« روزنامه وطن امروز »، شماره بازبینی‌شده در ۸۱۰۲.۲۰ـ۴۱.

措或是难以实施，或是未见明显成效。阿米尔汉尼在这部新作《解脱》中适时地反映了伊朗大中型城市居民的心声，即希望尽快从这些困扰中得到"解脱"，打造出宜居的城市环境，保障后代的健康成长。值得一提的是，在波斯语中如果将本书书名"解脱"（رهش）一词倒过来拼写，恰好为"城市"（شهر）一词。《解脱》问世后因其新颖的风格与内容颇受读者的青睐，至 2018 年 3 月，在出版发行仅短短两个多月的时间里便加印了 11 次之多，成为 2018 年伊朗国内最畅销的小说之一。

3. 七境域文学奖（جایزه ادبی هفت اقلیم）

七境域文学奖于 2010 年设立，是伊朗民间创立的非官方小说文学奖项。第七届七境域文学奖共有 80 部长篇小说、170 部短篇小说集入围，颁奖典礼于 2018 年 3 月 9 日举行。帕亚姆·亚兹丹朱（پیام یزدانجو, —1975）执笔完成的《孟买的雨》（باران بومبئی）获得最佳短篇小说集奖。这部作品由泉水出版社（نشر چشمه）出版，是作者亚兹丹朱对自己在印度数年学习与生活经历的再现，共包含《曼特拉》（مانترا）、《特蕾莎修女之死》（مرگهای مادر ترزا）、《奇人哈维尔》（خاویر مرد معجزات）、《孟买的雨》等九个故事，透过这些以印度社会、历史为背景的故事，读者可以逐渐理解作者内心的丰富变化与感情的起伏。此外，小说的语言颇具新意，配合故事内容给了读者全新的视觉组合，被很多文学评论家认为是伊朗小说的新体验。

最佳长篇小说奖则授予了女作家扎赫拉·埃卜迪（زهرا عبدی, —1984）创作的长篇小说《未了》（ناتمامی）。这部长篇小说于 2016 年夏由泉水出版社发行，因深受读者欢迎而多次再版。《未了》讲述了两名德黑兰女大学生的故事，莉扬是一位坚强、自主的南方女孩，有一天她突然离奇失踪，与她性格迥异的室友苏勒玛兹为了找到莉扬，从宿舍翻出了莉扬的日记，试图从中发现线索，却发现了更多之前不为人知的秘密。埃卜迪在书中创造了一个充满悬疑的空间，通过苏勒玛兹的叙述与内心活动，让读者仿佛可以从中感受到莉扬本人的存在，但是莉扬究竟是被绑架了，还是故意消失，抑或是已经离世，始终让读者捉摸不清，最终只能留下一个"未了"的结局。

4. 曙光旬国际诗歌节（جشنواره بین المللی شعر فجر）

曙光旬国际诗歌节为伊朗官方举办的大型诗歌文学活动，一般在每年二月伊朗伊斯兰革命胜利周年纪念日前后举办。2018 年 2 月 25 日第十二届曙光旬国际诗歌节在东阿塞拜疆省省会大不里士落下帷幕，本届诗歌节除评选优秀波斯语及外语诗歌作品外，还对近十年来伊朗突厥语族诗歌的发展与成果进行了研究与评价。在 25 日的闭幕式上，米尔扎侯赛因·卡里米·马拉盖伊（میرزا حسین کریمی مراغه ای، 1927— ）、马哈茂德·达斯特皮什（محمود دست پیش، 1934— ）、海达里·阿巴西（یدالله امینی، 1943— ）、亚杜拉·阿米尼（حیدر عباسی، 1926— ）、阿斯加尔·法尔迪（اصغر فردی، 1963—2018）、瓦利安拉·卡拉米·赞詹尼（ولی الله کلامی زنجانی، 出生年份不详）及侯赛因·蒙扎维（حسین منزوی، 1946—2004）被评委会授予杰出突厥语族诗人、文学家与评论家荣誉称号。

共有 150 位来自伊朗国内以及土耳其、阿塞拜疆、阿富汗、塔吉克斯坦、波斯尼亚和黑塞哥维那等国的诗人的诗歌作品参评本届国际诗歌节，其中艾哈迈德礼萨·艾哈迈迪（احمدرضا احمدی، 1940— ）、阿卜杜勒阿济姆·萨埃迪（عبدالعظیم صاعدی، 1945— ）荣获五十年奋斗奖。哈通·哈桑尼（خاتون حسنی، 出生年份不详）凭借《两个甜苹果》（دو تا سیب شیرین）、阿克拉姆·凯沙伊（اکرم کشایی، 1979— ）凭借《钥匙，钥匙，钥匙串》（کلید، کلید، دسته کلید）共同获得了少儿与青少年诗歌奖。《百年虚拟爱情》（صد سال عشق مجازی）的作者马哈茂德·富图希（محمود فتوحی, 1964—　　）与《沿着那位熟人的脚步》（درپی محمد راستگو）的作者赛义德·穆罕默德·拉斯特古（سیّدمحمد راستگو，1946—　　）则分享了"关于诗歌"奖。《铃声响起》（صدای زنگ درآمد）的作者鲁娅·沙赫侯赛因扎德（رویا شاه حسین زاده，出生年份不详）则独揽了成年人诗歌作品大奖。此外，本届曙光旬国际诗歌节还首次对致力于出版诗歌作品的优秀图书出版社进行了表彰，伊朗珍珠出版社（نشر مروارید）获此殊荣。

5. 凯撒·阿明普尔诗歌奖（جایزه قیصر امین پور）

2007 年，伊朗著名诗人、德黑兰大学波斯语言文学系教授凯撒·阿明普尔（قیصر امین پور, 1959—2007）因病去世，为了纪念这位伊朗新诗大师，伊朗青年诗歌办事处（دفتر شعر جوان）在 2009 年举办了首届凯撒·阿明普尔诗歌奖，专门评选 30 岁以下诗人的作品，意在鼓励青年诗人创作诗歌，并向公众推介其优秀作品。该奖项作为一个民间诗歌奖，由于资金来源等问题停办数年，直至 2018 年才恢复举办。共有 86 部在伊朗历 1396 年出版的诗歌作品参加了第二届凯撒·阿明普尔诗歌奖评选。在古典诗歌组中，侯赛因·德赫拉维（حسین دهلوی，出生年份不详）的《动荡》（آشفتگی, 2018）与米拉德·埃尔凡普尔（میلاد عرفان پور, 1988—　　）的《引人入胜》（تماشایی, 2018）分享了年度古典诗歌最佳作品大奖。评委会认为前者"使用旧模式展示了新视野"；对后者的评价则是"赋予日常生活中点滴琐事以崭新的内容与意义"。在新诗组中，阿尔明·尤塞菲（آرمین یوسفی，出生年份不详）的《无序》（بی نظمی, 2018）与哈米德礼萨·阿卜杜拉扎德（حمیدرضا عبدالله زاده，出生年份不详）的《走出心灵窗口的人》（مردی که از ذهن پنجره رفت, 2018）共同包揽了年度新诗最佳作品大奖。

评委会认为《无序》的"结构、形式与内容设计精美"，而《走出心灵窗口的人》得到了"语言别具一格，巧妙捕捉瞬间"的评语。[7]

6. 中国学者获得伊朗伊斯兰共和国年度世界图书奖

值得一提的是，在 2018 年第二十五届伊朗伊斯兰共和国年度世界图书奖评选中，由中国北京大学外国语学院时光（1978—   ）整理、翻译、校注，北京大学出版社 2016 年 10 月出版的专著《〈伊利汗中国科技珍宝书〉校注》有幸与法国、德国、意大利等国伊朗学专家的八部作品共同获此殊荣。《伊利汗中国科技珍宝书》（تنکسوقنامه ایلخان در فنون علوم خطای）是一部成书于公元 14 世纪伊朗伊利汗王朝时期的关于中国医学的波斯文古籍，记录了当时伊朗地区与中国在医学等科技文化方面密切的往来与交流，具有较高的学术研究价值。

三、2018 年去世的伊朗文坛名人

2018 年间，有多位深受人民喜爱的伊朗文学大师在伊朗国内或海外与世长辞，他们的离世无疑是伊朗文坛的一大损失。8 月 5 日，刚刚在 2018 年度曙光旬国际诗歌节获奖的著名诗人阿斯加尔·法尔迪（اصغر فردی，1963—2018）不幸去世，终年 55 岁。法尔迪是伊朗 20 世纪著名诗歌大师赛义德·穆罕默德侯赛因·沙赫里亚尔（سیّد محمدحسن شهریار，1907—1988）的弟子，诗歌集《告别》（وداع）是他最为著名的代表作，此外法尔迪还整理与注释了沙赫里亚尔的多部作品，并编写了《沙赫里亚尔与革命》（شهریار و انقلاب）、《大不里士人》（تبریزیات）等关于沙赫里亚尔生平的书籍。

9 月 2 日，前《伊朗大百科全书》（IRANICA）主编、世界伊

---

7 <https://www.irna.ir/news/83081900/برندگان-جایزه-قیصر-امین-پور-معرفی-شدند>.

朗学研究中心奠基人、美国哥伦比亚大学教授埃赫桑·亚尔沙泰尔（احسان يارشاطر, 1920—2018）在美国加利福尼亚州去世，享年 98 岁。亚尔沙泰尔教授早年在伊朗德黑兰大学取得波斯语言文学博士学位，在英国伦敦大学亚非学院取得语言学博士学位，曾完成了三卷《剑桥伊朗史》（*The Cambridge History of Iran*）的编辑工作并撰写了共计十六册的《波斯文学史》（*Persian Literature*）的巨著。

10 月 24 日，伊朗著名作家、翻译家、剧作家纳赛尔·伊朗尼（1937—2018）因病去世，终年 81 岁。伊朗尼生前撰写了《萨赫通》（سختون, 1979）、《未写完的故事》（داستانى كه نوشته نشد, 1979）、《死亡万岁》（زنده باد مرگ, 1983）、《我的村庄努尔阿巴德》（دهكده من، نورآباد, 1996）等小说，为《厌烦》（كسالت آور, 1968）等戏剧创作了剧本，伊朗伊斯兰革命前他曾担任环保局出版社社长及《狩猎与自然》杂志社主编，革命之后就职于伊朗青年与青少年思想发展中心及伊斯兰文化出版处，并在两伊战争期间为创作小说而奔赴前线。伊朗尼在 2007 年曾撰写过一部关于自己本人的回忆录，但是至今尚未出版。

12 月 1 日伊朗讽刺文学大师阿布法兹勒·扎鲁伊·纳斯尔阿巴德（ابوالفضل زرويى نصرآباد, 1969—2018）因病去世，年仅 49 岁。扎鲁伊被誉为伊朗伊斯兰革命之后最杰出的讽刺诗人，生前曾担任《古勒阿加》杂志社（مجله گل آقا）的撰稿人，发表了大量的讽刺诗歌、宗教散文等文学作品，代表作有《伊朗讽刺记事》（وقايع‌نامه طنز ايران）、《失败》（ها）、《方糖传说》（حديث قند）等。伊朗著名现代诗人阿里·穆萨维·盖尔马鲁迪（على موسوى گرمارودى, 1941— ）曾将扎鲁伊誉为当代的"欧贝德·扎康尼"（عبيد زاكانى, 1300—1371）[8]。

---

8 伊朗古代著名波斯语诗人与散文家，以创作讽刺类文学作品见长。

结语与展望

虽然由于经济原因，2018 年伊朗国内文学作品的出版与销售数量有所下降，但是值得欣喜的是一批青年学者贡献了多部优秀文学作品，在重要的文学奖项评选中，青年作家的小说与诗歌作品的获奖比例也有显著提高。这些青年作家大都受过良好的教育，毕业于伊朗知名大学，其中不少人拥有海外留学的经历。与近年来伊朗电影频频获奖、深受海外观众关注与喜爱类似，伊朗中青年小说家的作品也多以民众生活状况、社会问题为故事主题，一般选取社会普通阶层人士作为故事主人公，以生活中的平常小事为故事开端，真实反映生活万象，直接展示能令生活中的普通读者切实体会到的苦涩与矛盾，大多数作品拥有一个令读者意想不到或开放式的结尾，能给读者带来意外或留下充分的想象空间。在诗歌创作领域，伊朗青年诗人的创作也十分活跃，他们将宗教氛围与现实生活完美结合，呈现略带理想化，却又能触动读者心灵的画面，拥有此类题材与创作手法的作品也较以往受到了伊朗官方与文学团体的更多肯定、支持与鼓励。此外，进入 21 世纪以来，伊朗 30 岁以下的人口比例不断增长、青年读者群体不断扩大是伊朗青年文人作品愈来愈受到关注与好评的重要原因之一。

伊朗历 1396 年的国家年度口号为"支持国货"（حمایت از کالاهای ایرانی），作为伊朗国民长久以来不可缺少的"精神食粮"，伊朗的小说、诗歌、戏剧等文学创作成果毫无疑问亦属于"国货"。在国家对外面临巨大压力，对内遭遇经济困难的局面下，伊朗的文人学者通过自己的作品反映社会现实问题，引导政府处理好自身不足，解决最为迫切的民生问题，也是在特殊时期稳定国民情绪、提高国家凝聚力的一种有效途径。

　　过去的几十年来，伊朗与其他国家、其他地区的文学间的交流从来没有因为制裁或其他原因而间断过，作为继续与友好国家保持良好关系的重要渠道，相信伊朗文化机构在未来也会继续以波斯语言文学为媒介加大自己对外宣传的力度。近年来在波斯语言文学的教学科研方面获得飞速发展的中国，也应该充分利用这一机遇，与伊方展开务实合作，配合国家更好地落实"一带一路"倡议。

参考文献：

"جایزه کتاب سال جمهوری اسلامی ایران" این خیابان سرعتگیر ندارد" Web. 22 Oct. 2019.
<http://ketabsal.ir/Forms/CourseChosenBookDetails.aspx?ID=2041519&Course=>.

"جایزه جهانی کتاب سال" گزارش اجمالی بیست وپنجمین دورۀ جایزه جهانی کتاب سال" Web. 22 Oct. 2019.
<http://bookaward.ir/NewsDetails-Fa/1036/ گزارش-اجمالی-بیست-وپنجمین--دورۀ-جایزۀ-جهانی-
-کتاب-سال->.

"کارگاههای ادبی موسسه هفت اقلیم" مراسم اختتامیه جایزه ادبی هفت اقلیم با حضور جمعی از نویسندگان برگزار شد" Web. 22 Oct. 2019.
<http://www.7eghlimehonar.com/Events/Detail/f74d4d9e-ffc2-467f-994d-ca5af2f4f0b9>.

"خبرگزاری جمهوری اسلامی" برندگان جایزه قیصر امین پور معرفی شدند" Web. 22 Oct. 2019.
<https://www.irna.ir/news/83081900/ برندگان-جایزه-قیصر-امین-پور-معرفی-شدند>.

"خبرگزاری تسنیم" رضا امیرخانی برگزیده یازدهمین جایزه جلال آل احمد" Web. 22 Oct. 2019.
<https://www.tasnimnews.com/fa/news/1397/09/17/1894294/ رضا-امیرخانی-برگزیده-یاز-
دهمین-جایزه-جلال-آل-احمد>.

作者：时光，北京大学外国语学院

2018 年以色列文学概览

范　晓

内容提要：以色列文学是指 1948 年以色列建国之后创作的文学作品，创作语言以现代希伯来语为主。作为一个移民国家，以色列拥有多元的社会文化，在文学艺术领域也体现出极强的生命力和丰富的创造力。以色列政府和民间鼓励和资助文学创作，促进了以色列文学的发展。本文以 2018 年获得文学奖项的以色列作家和作品为例，介绍该年度的新作佳作、以色列文坛的年度大事记，从而展现以色列文学创作领域的发展状况。

根据以色列国家图书馆发布的 2018 年以色列图书出版报告，2018 年全年在以色列共出版图书 8571 部，其中虚构类文学作品 1280 部，比 2017 年略有增长。在这些文学作品中，有 66% 是散文和长篇小说，27% 是诗歌，7% 是短篇小说。在 840 部原创虚构类文学作品中，用希伯来语写作的作品占 92%，其他写作语言包括俄语、阿拉伯语、英语等。虚构类文学作品的写作主题涉及两性关系、谍战、金融、历史事件、大屠杀、战争与战后生活等。[1]接下来，笔者将从

1　\<http://beta.nli.org.il/he/content/2019-book-week-report>.

重要文学奖项及获奖作品、年度新作、文坛大事记这几个方面，对
2018 年以色列文学创作领域的发展状况进行介绍。

一、重要文学奖项及获奖作品

（一）以色列奖希伯来文学与诗歌奖（פרס ישראל לספרות ושירה עברית）

  以色列奖（פרס ישראל）是以色列知名的国家级年度奖项，授予在
各个领域取得突出贡献的以色列公民。该奖项于 1953 年首次颁发，
由时任以色列教育部部长的本－齐荣·迪努尔（בן-ציון דינור，1884—
1973）发起。奖项涉及的领域涵盖广泛，包括犹太研究和人文社会科
学领域，生命科学和精确科学领域，文化、艺术、传媒和体育领域，
科技和计算机领域这四大领域，此外 1972 年增设了终身成就奖。这
四个领域都包含不同学科类别，例如犹太研究和人文社会科学领域
就包括了以色列思想、教育学、心理学、经济学、历史学、文学等
近 20 个类别。以色列奖的评选和颁奖以具体学科类别的单项奖为单
位，采取周期循环的方式，每年对四大领域里的一部分学科类别进行
评奖。该奖项的评选首先由民众推荐候选人，再由大众评审委员会选
出获奖者，最后提交教育部部长。每个单项奖都设有独立的评审委员
会，任期一年。以色列奖的颁奖仪式于每年的以色列国独立日在耶路
撒冷举行，以色列国家领导人亲自出席。

  在文学创作领域，历届以色列奖先后设置并颁发过"美文
学奖"（ספרות יפה）、"托拉文学奖"（ספרות תורנית）、"儿童文学奖"
（ספרות ילדים）、"希伯来诗歌奖"（שירה עברית）、"东方犹太文学奖"
（ספרות יהדות המזרח）、"意第绪文学奖"（ספרות יידיש）、"希伯来文学奖"
（ספרות עברית）、"阿拉伯文学奖"（ספרות ערבית）等单项奖。2000 年以

来，文学类奖项设置逐渐合并为两个：通俗类文学创作奖项"希伯来文学与诗歌奖"（ספרות ושירה עברית）和宗教类文学创作奖项"托拉文学奖"。

2018 年获得希伯来文学与诗歌奖的大卫·格罗斯曼（דויד גרוסמן，1954— ）是当代以色列最杰出的希伯来语作家、诗人之一。他善于运用意识流等现代手法，通过不同视角的呈现，将想象与现实巧妙融合，形成独具特色的文学风格。格罗斯曼的重要作品包括小说《证之于：爱》（עין ערך: אהבה，1986)、《亲密文法》（ספר הדקדוק הפנימי，1991)、《锯齿形的孩子》（יש ילדים זיגזג，1994)，纪实作品《黄风》（הזמן הצהוב，1987）等。他还创作了十余首题材丰富的诗歌，如讽刺以色列政治口号的《标语之歌》（שירת הסטיקר，2004)，为悼念他死去的儿子奥里所创作的《这里的春天如此短暂》（קצר פה כל כך האביב，2011)，讨论两性关系的《外来客》（אורחת זרים，2011）等。很多诗歌被改编成歌曲，广为传唱。他的文学作品先后被翻译成 42 种语言，屡获国内和国际大奖。他的小说《一起奔跑的人》（מישהו לרוץ איתו，2000）曾获得以色列总理奖希伯来语作家创作奖、以色列艺术科学文化奖以及以色列萨皮尔文学奖。小说《到大地尽头》（אשה בורחת מבשורה，2008）获得法国重要文学奖项美第奇奖。他的作品还被改编成电影，登上大银幕。2017 年，格罗斯曼凭借其小说《一匹马走进酒吧》（סוס אחד נכנס לבר，2014）获得曼布克国际奖（Man Booker International Prize）。小说讲述了一名脱口秀喜剧演员通过现场表演的方式向观众展现自己最痛苦、最隐秘的故事。这部小说荣膺"最佳英译小说"，格罗斯曼也因此成为第一位获此殊荣的以色列作家。该书还被列入《纽约时报》100 部推荐书籍名单之中。

评审委员会给格罗斯曼的评价是："自上世纪 80 年代起，格罗斯曼就在以色列文化的中心占据了一席之地。他是以色列文学中最深刻、最动人、最有影响力的声音之一。他创作的一系列优秀作品——包括小说、故事、散文、纪实文学以及多部儿童文学作品——充满了丰富的想象力和深刻的心灵智慧，他用敏感细腻的笔触，体现出深切的道德关怀，其独特的语言表达总能让人产生共鸣。他的文学作品被翻译成数十种语言，使他成为世界上最知名、最受欢迎和喜爱的以色列作家之一。"[2]

以色列作家协会主席茨维卡·尼尔（צביקה ניר，1946-- ）也表示，在以色列建国 70 周年这样一个特殊时刻，格罗斯曼获得以色列奖希伯来文学与诗歌奖是实至名归，因为"他的重要作品表达了以色列的本质属性"。[3]

（二）萨皮尔奖（פרס ספיר לספרות של מפעל הפיס ）

萨皮尔奖是以色列最负盛名的年度文学奖项，也是以色列奖金最高的文学奖项，旨在鼓励希伯来语优质文学作品和以色列阅读文化。2018 年，以色列作家埃特加·凯雷特（אתגר קרת，1967— ）以短篇小说集《星系末端的故障》（תקלה בקצה הגלקסיה，2018）荣获萨皮尔奖。这本书还将被翻译成阿拉伯语和由他任选的另一种语言。

这部作品是凯雷特的第六部短篇小说集，由 24 个不同长度的故事组成，故事的背景是一个灰暗又荒谬的世界，每个故事里都有不寻常的事发生，时而令人捧腹大笑，时而又让人如鲠在喉，比如关于一个名为《星系末端的障碍》的密室逃脱故事。一个叫迈克尔·瓦沙夫

2　שחר חי, "דויד גרוסמן יקבל את פרס ישראל לספרות ושירה עברית", Ynet, Web. 12 Feb. 2018, <https://www.ynet.co.il/articles/0,7340,L-5108928,00.html>.

3　ירדן צור, יהונתן ליס, אור קשתי, גילי איזיקוביץ, "דויד גרוסמן זכה בפרס ישראל לספרות", הארץ, Web. 12 Feb. 2018, <https://www.haaretz.co.il/gallery/1.5809712>.

斯基的人想要和母亲一起在大屠杀纪念日那天去密室，密室管理者却写信告诉他大屠杀纪念日当天不开放密室。瓦沙夫斯基并没有放弃，他写信给管理者说，其实自己的初衷是"为这个悲痛的日子寻找适合的活动"，并且补充说："逃脱密室是与天体相关的，据我所知，当六百万犹太人被迫走向死亡时，这些天体并没有改变它们的运行轨道。"另外一些故事则相对轻松，比如描写一条夜里跳出水族馆、想去操纵电视遥控器的金鱼的故事。

这部小说集语言简单通俗，故事主题涉及犹太人大屠杀、死亡、孤独、智力障碍等以色列社会文化中的真实话题。作者描绘了一个个梦幻般的现实场景，故事中的人物尽管拥有超现实的能力，却总会遇上各种小灾难，但他们常用平淡的态度面对各种意想不到的事件。阅读这些故事，读者仿佛进入作者笔下的世界，真切感受到人物的悲惨、渺小和痛苦，这样的存在真相也带来难以排解的不安与无奈。

凯雷特是以色列知名的青年畅销书作家，以短篇小说创作见长，同时也创作诗歌、戏剧和漫画。凯雷特的写作风格偏向后现代，荒诞且充满幽默感。他的代表作有《我对基辛格的思念》（געגועי לקיסינג'ר，1994）、《坎勒的夏令营》（הקייטנה של קנלר，1998）、《阿尼胡》（אניהו，2002）、《突然敲门》（פתאום דפיקה בדלת，2010）等短篇小说集以及多部儿童文学作品。

此次斩获萨皮尔奖可以说是凯雷特写作生涯中一个重要的里程碑。尽管他在以色列享有很高的知名度，但却很少获得国内重大文学奖项。对于此次获奖，凯雷特表示，在以色列国内获奖比在国外获奖更加重要，因为"在这里有我写作的语言，这里是我生活的地方"。[4]

4　יובל פלוטקין, "הזוכה בפרס ספיר לשנת 2018: אתגר קרת", Ynet, 21 Jan. 2019, Web. <https://www.ynet.co.il/articles/0,7340,L-5449910,00.html>.

本届评委会对这部作品的评价是："《星系末端的故障》这部作品触及了全球混乱的进程，从埃特加·凯雷特看似轻松愉快的语言和描述之中，一种巨大而深刻的悲伤喷涌而出。不同人物之间通过疏离感、孤独感以及强烈的被世界所遗弃的感觉相互关联，凯雷特将短篇小说这一体裁变成了这一时期一种精妙且必要的文学表达方式。"[5]

与埃特加·凯雷特一同角逐本届萨皮尔奖的另外四部作品分别是：尼尔·巴拉姆（ניר ברעם，1976— ）的畅销小说《唤醒》（יקיצה，2018）、阿拉伯裔作家阿拉·赫勒赫尔（עלא חליחל，1974— ）的《再见，阿卡》（להתראות עכו，2018）、雅艾尔·内曼（יעל נאמן，1960— ）的《曾经有一个女人》（היה היתה，2018），以及梅拉芙·纳卡尔－萨迪（מירב נקר-סדי，1970— ）的《斯玛达尔》（סמאדר，2017）。其中，梅拉芙·纳卡尔－萨迪曾以《奥克萨娜》（אוקסנה，2014）获得 2014 年萨皮尔奖"处女作奖"（פרס לספר ביכורים），这是萨皮尔奖评委会除主奖项萨皮尔奖之外单设的一个奖项，授予作家初次公开发表的优秀文学作品。

2018 年获得萨皮尔奖"处女作奖"的作品是女作家阿雅·卡纽克（איה קניוק，1960— ）的小说《不情愿王国》（ממלכת האי-רצון，2018）。该书讲述了一位名叫亚当·布鲁克的心理医生，在法院的一起案件调查中承担了鉴定被告人法律能力的工作，而被告人是一位名叫安娜的 17 岁女孩，她涉嫌用石头击打并谋杀自己的母亲。这部作品的特点体现在对心理和意识活动的细致入微的描述。

（三）布伦纳奖（פרס ברנר）

布伦纳奖是以色列文学界最重要的年度文学奖项之一，也是以色

---

5 <https://culture.pais.co.il/Sapir/Pages/A-fault-at-the-end-of-the-galaxy.aspx>.

列历史最悠久的文学奖项。该奖项设立于 1945 年，以已故作家优素福·哈依姆·布伦纳（יוסף חיים ברנר，1881—1921）的名字命名，每年的奖金金额约为 50 000 新谢克尔（约 14 000 美元），由已故作家雅各布·哈夫特（יעקב האפט，1884—1966）家族创立的基金会提供。布伦纳奖由以色列希伯来语作家协会颁发，评审委员会成员包括以色列知名作家、由作家协会选出的学术界代表，以及哈夫特家族代表。

2018 年，以色列女作家诺加·阿尔巴拉赫（נגה אלבלך，1971— ）以作品《老人，告别》（האיש הזקן，פרידה，2018）获得布伦纳奖。《老人，告别》是一部带有自传色彩的小说，作者以第一人称的方式讲述了"我"和父亲之间感人至深的亲情故事。女儿陪伴病重的父亲度过了生命中最后的时光，小说通过描写两人相处的悲欢日常和父亲的人生记忆，刻画出一个勇敢、谦逊、高尚、乐观的父亲形象，以及女儿在父亲的影响之下对父女关系、家庭关系、社会关系以及人生意义的重新审视。这部小说题材新颖，从一个女儿的角度描写父亲临终前最后几个月的生活，这是一段特殊的经历，鲜少有作品涉及。女儿对父亲的爱与她所经历的痛苦和无助交错在一起，这样复杂的体验是很难表达的，但作者"以克制、简洁、准确的笔触将其呈现出来，让人欣赏和尊重"[6]。

阿尔巴拉赫的《老人，告别》之所以能够在 60 多部参评作品中脱颖而出，是因为评委会一致认为这部原创作品"在主题和写作技巧上都体现出与众不同，它（这本书）用温和而智慧的方式处理这一主题，写作上细致而谨慎，没有累赘的语言和泛滥的情感，让读者能够

---

6 "הזוכה בפרס ברנר לספרות 2018: נגה אלבלך," Ynet, Web. 13 Nov. 2018, <https://www.ynet.co.il/articles/0,7340,L-5400268,00.html>.

去接近、去体会，进而去认同、去参与"[7]。

二、年度新作

除了重要文学奖项中提到的获奖作品之外，许多新作同样值得一提，其中不少作品出自中青年一代以色列作家之手。不论是在创作题材、写作手法方面，还是在技巧方面，都不乏可圈可点之处，也体现了以色列文学创作不断创新的特点。以下选取了三部具有代表性的作品进行介绍。

（一）阿拉·赫勒赫尔（עלא חליחל，1974—　）的《再见，阿卡》（להתראות עכו）

阿拉·赫勒赫尔是一位阿拉伯裔作家，精通阿拉伯语和希伯来语。他用阿拉伯语写作并发表了多部作品，其中一部分被译为其他语言。其代表作包括 2012 年出版的《与卡拉·布鲁尼的秘密关系》（יחסי הסודיים עם קרלה ברוני）以及 2018 年出版的这部《再见，阿卡》。

《再见，阿卡》是一部历史小说，原著是阿拉伯语，其希伯来语版于 2018 年 3 月由以色列劳动人民出版社（עם עובד）出版，译者是约尼·门德尔（יוני מנדל）。故事背景是 1799 年春天的阿卡城，法国将军拿破仑·波拿巴出征埃及和叙利亚，并成功征服了阿里什、雅法、海法等地中海东岸城市，进而围困了阿卡城，而负责守卫阿卡的是时任奥斯曼帝国西顿省和大马士革省省长的杰扎尔·帕夏（אחמד פאשה אל-ג'זאר，1720—1804）。他是一位英勇强大并且经验丰富的领导人，还得到了英国海军上将和一名法国工程官的协助。

7　גילי איזיקוביץ, "ספר מקורי, יוצא דופן: הסופרת נגה אלבלך היא זוכת פרס ברנר לשנת 2018", הארץ, Web. 13 Nov. 2018, <https://www.haaretz.co.il/1.6652352>.

在这部历史题材的小说中，作者并未将笔触仅停留在宏观的战争过程上，而是将杰扎尔·帕夏这位城市统治者的幕后行为以详细而激烈的方式展现出来，让读者看到了他残忍的本性和疯狂的疑心。作者笔下的杰扎尔在与拿破仑交战的过程中，其身份不仅是一位军事指挥官、一个交战对手、一位外来世界观的代表人，同时也是一个普通人。通过对一个个鲜活的人物进行微观的细节描写，一座被围困的城市的生活画卷在作者笔下缓缓展开，我们看到犹太顾问哈依姆·法尔希的犹豫不决，看到瘟疫的假象，看到那些被处以极刑的敌人，以及法国派来招待士兵的慰安妇们。

出版社对这部作品的评价是："《再见，阿卡》将读者带回到 18 世纪的小城阿卡，但它所展现的不仅仅是已经发生的历史事件和众所周知的史实，还是试图超越历史记载、去探寻史书中的真相与内心的真相之间的空间。"[8] 作品曾参评 2018 年萨皮尔奖并入围"候选作品短名单"，进入该奖项的最终一轮角逐，这也是翻译作品第一次进入该名单，[9] 展示了这部作品的不凡实力。萨皮尔奖评委会对这部作品给出了这样的评价："对拿破仑围困期间的阿卡城的文学建构为读者提供了一幅需要互译的多文化、多语言共存的复杂图景。《再见，阿卡》这部作品对于人类在低潮期应该如何生存提出了一系列尖锐的疑问。这部小说既是关于历史的，也是关于现今的，作者成功地将不同的观点交叉在一起，并唤起角色的反思，将善意呈现给读者。"[10]

---

8 <https://www.am-oved.co.il/עכו_להתראות>.

9 2006 年，萨皮尔奖主办方发布新规，规定近五年内由以色列作家用外语创作并翻译成希伯来语出版的文学作品也可参与评奖，以鼓励用俄语、阿拉伯语、英语等语言进行创作的以色列作家。

10 <https://culture.pais.co.il/Sapir/Pages/Goodbye-Aco.aspx>.

（二）嘉利特·达昂－卡里巴赫（גלית דהן-קרליבך，1981——　　）的《是我，艾奥瓦》（זאת אני, אייווה）

嘉利特·达昂－卡里巴赫是一位以色列青年女作家，曾在斯德罗特、阿什杜德、耶路撒冷等地生活。她出版了三部长篇小说、两部中短篇小说，以及两部基于摩洛哥传说创作的奇幻作品，并在《国土报》（הארץ）、《晚报》（מעריב）等以色列各大媒体发表短篇小说、诗歌和文学类文章。她曾在 2014 年获得列维·埃什科总理希伯来语作家奖和以色列国家图书馆帕德思奖（פרדס）。她的上一部长篇小说《爱丽丝的风暴》（סופה של אליס，2017）曾入选 2017 年萨皮尔奖"候选作品长名单"。

中篇小说《是我，艾奥瓦》以作者自己参加过的一场写作研讨会为写作背景，以第一人称的方式讲述了作为作家的女主人公的一段婚外情故事。"我"与来自不同国家的作家们共赴美国艾奥瓦州参加一场知名的写作研讨会，已婚的"我"竟然疯狂地爱上了研讨会上的一个年轻男人，并陷入一场意料之外的，充满迷恋、激情与威胁的爱情风波，"我"在这种破坏性的关系中被重新掀开旧伤，直至完全沦陷，迎来致命的结局。这部作品的特点在于情节设置上的反转和出乎意料，故事的开头是对写作经历的回忆、著名的艾奥瓦写作研讨会之旅，以及与众多来自不同国家的作家们的相遇。但通过一种充满幽默感和自我意识的方式，作者逐渐偏离了原本意料之中的普通故事，将读者带入一个意想不到的痴迷之爱的领域。

出版社评价说："这是一部充满激情的小说，来自当今以色列最有趣的作家之一。达昂－卡里巴赫的写作充满力量和线条感，有极强的画面感，选择让女主角陷入迷途也是一次大胆的尝试。"[11] 这部作品也成为 2018 年布伦纳奖优秀参评作品。

（三）雅艾尔·内曼（יעל נאמן，1960—　　）的《曾经有一个女人》（היה היתה）

雅艾尔·内曼出生于以色列耶希阿姆基布兹（קיבוץ יחיעם），获得特拉维夫大学文学和哲学硕士学位。她的代表作有《我们曾是未来》（היינו העתיד，2011）、《火的地址》（כתובת אש，2013）、《着迷》（מרותקת，2015）等。其中《我们曾是未来》曾经获得称赞，并成为当年的畅销书，被翻译成法语、波兰语和英语。她的最新作品《曾经有一个女人》再度成为 2018 年畅销文学作品，并被希伯来文学翻译学院列入推荐外译的作品名单。

这部小说是一个关于特殊女人的特殊故事。在过去十年里，作者雅艾尔·内曼一直在研究一个神秘的女人，她没有任何直系亲属，离世后也没有留下财产和任何作品。作者找到与她有关的人，包括幸存的亲属、恋人、邻居、治疗过她的医生、同事、童年的伙伴——其中大部分人都和她一样，是波兰大屠杀幸存者的子女。从人们的讲述中，作者还原了这个女人的生活故事，以及她身边人的故事。

这是一部以大屠杀为背景的作品，讲述了女主角在外部和内部力量的推动之下去消除自身及其存在痕迹的故事，这一神秘又离奇的举动与她作为大屠杀幸存者子女这一特殊身份密切相关。故事的写作主要依据女主角的朋友、熟人和亲人提供的信息，他们大都是大屠杀幸存者第二代。对这一代人来说，女主角做出的隐瞒和逃避行为其实是

11　<http://www.ithl.org.il>.

摧毁与屠杀的一种隐喻[12]，也是来自灵魂的真实控诉和呐喊，作者将其变成一个"故事"，展现了大屠杀幸存者第二代的生存状况，引人深思。

《曾经有一个女人》进入了 2018 年萨皮尔奖候选作品名单，这部作品情感强烈而又质朴，作者运用独特的写作技巧与读者之间构建起一种亲密关系，并给读者带来巨大的情感冲击。

三、阿摩司·奥兹逝世

2018 年 12 月 28 日，以色列著名作家阿摩司·奥兹（עמוס עוז，1939—2018）于家中逝世，享年 79 岁。消息一出，立即引发以色列各界关注，使得这一事件成为 2018 年以色列文学界最重要的事件。以色列总统鲁温·瑞夫林在悼词中称赞奥兹是"文学巨匠、以色列文坛的荣耀、精神的巨人"，以色列总理本雅明·内塔尼亚胡则称奥兹是"以色列历史上最伟大的作家之一"。[13]

奥兹逝世之后，按照遗愿被安葬在位于以色列中部的胡尔达基布兹（קיבוץ חולדה）。他 14 岁加入这个基布兹，并在那里度过了多年的成长岁月。葬礼上没有任何悼词，但人们演唱了很多希伯来语经典歌曲。奥兹的遗孀丽妮（נילי）用长笛演奏了奥兹生前喜爱的歌曲《加利利之夜》（ליל גליל）。在特拉维夫举行的纪念活动中，奥兹的女儿表示："父亲，你留给了我们文字，它们将永远不会去世。"奥兹的亲人、朋友，文化界及政界人士参加了这场活动。

阿摩司·奥兹是当代以色列文坛最杰出的作家之一，也是国际上

---

12 <https://culture.pais.co.il/Sapir/Pages/There-was.aspx>.

13 איתמר זהר, "הסופר עמוס עוז, חתן פרס ישראל לספרות, מת בגיל 79", הארץ, 2018 .28 Dec. Web. <https://www.haaretz.co.il/1.6413879>.

最有影响力的希伯来语作家，诺贝尔文学奖呼声最高者。在近 60 年的创作生涯中，奥兹共出版了 35 部作品，包括长篇小说、儿童书籍、短篇小说集以及数百篇文学评论和政论文章。他的作品被翻译成 45 种语言，是外译作品最多的以色列作家。奥兹的代表作包括《我的米海尔》（מיכאל שלי，1968）、《直至死亡》（עד מוות，1971）、《黑匣子》（קופסה שחורה，1987）、《第三种状态》（המצב השלישי，1991）、《爱与黑暗的故事》（סיפור על אהבה וחושך，2002）、《犹大》（הבשורה על-פי יהודה，2014）等。其中，小说《我的米海尔》曾被列入贝塔斯曼出版社（הוצאת ברטלסמן）20 世纪最重要的 100 本书籍名单。自传体长篇小说《爱与黑暗的故事》是以色列历史上最畅销的文学作品之一。2015 年，以色列裔美国演员娜塔莉·波特曼将这部作品搬上大银幕，并在片中饰演了奥兹的母亲。在奥兹的作品中，家庭是最常出现的主题，他认为家庭既是社会的缩影，又与民族和国家紧紧相连，所以他的作品常常从日常琐事写起，却展示了广袤的文学世界，广袤的以色列社会，广袤的人的世界。[14]

　　因在希伯来语文学创作上的非凡成就，奥兹几乎包揽了以色列国内所有重要的文学奖项，包括以色列奖、比亚利克奖（פרס ביאליק）、伯恩斯坦奖（פרס ברנשטיין）、布伦纳奖，并获得了多个国际文学奖项，包括海因里希·海涅奖（פרס היינריך היינה）、歌德奖（פרס גתה）、阿斯图里亚斯亲王奖（פרס הנסיך אסטוריאס）、卡夫卡奖（פרס פרנץ קפקא）、托尔斯泰纪念奖（הפרס להנצחת טולסטוי）等。他还是以色列希伯来语言学院成员和以色列本·古里安大学希伯来文学系终身教授。

　　自 1998 年起，奥兹的作品开始被译介到中国，从《何去何

14　罗昕：《译者钟志清谈奥兹：他的作品，展示了广袤世界》，澎湃新闻，2018 年 12 月 29 日。
<https://www.thepaper.cn/newsDetail_forward_2791375>.

从》（מקום אחר，1966）、《我的米海尔》，到《黑匣子》、《了解女人》
（לדעת אישה，1989），中国读者开始逐渐认识并喜爱这位以色列作
家。2007 年，《爱与黑暗的故事》中译本问世，引起强烈反响。此
后的十年间，奥兹的多部作品陆续被翻译成中文，包括《咏叹生死》
（חרוזי החיים והמוות，2007）、《故事开始了》（מתחילים סיפור，1996）、《沙
海无澜》（מנוחה נכונה，1982）、《地下室的黑豹》（פנתר במרתף，1995）、
《忽至森林深处》（פתאום בעומק היער，2005）、《一样的海》（אותו הים，
1999）、《乡村生活图景》（תמונות מחיי הכפר，2009）、《恶意之山》
（הר העצה הרעה，1976）。

结语

　　2018 年以色列文学创作继续保持欣欣向荣的发展态势，创作题
材广泛新颖，写作风格变化多样，中青年作家挑起文学创作的大梁，
贡献出一批质量上乘的作品。同时我们也看到老一辈以色列作家对以
色列文学界的引领和影响。相信在一代又一代以色列作家的努力之
下，以色列将会在文学创作领域持续绽放光彩。

参考文献：

以色列希伯来语作家协会网站 אגודת הסופרים העברים במדינת ישראל
<http://www.hebrew-writers.org/>.

איתמר זהר, ''הסופר עמוס עוז, חתן פרס ישראל לספרות, מת בגיל 79'', הארץ, Web. 28 Dec. 2018,
<https://www.haaretz.co.il/1.6413879>.

גילי איזיקוביץ, ''ספר מקורי, יוצא דופן: הסופרת נגה אלבלך היא זוכת פרס ברנר לשנת 2018'', הארץ
Web. 13 Nov. 2018,
<https://www.haaretz.co.il/1.6652352>.

以色列劳动人民出版社网站 הוצאת עם עובד
< https://www.am-oved.co.il>.

"הזוכה בפרס ברנר לספרות 2018: נגה אלבלך" ,*Ynet*, Web. 13 Nov. 2018,
<https://www.ynet.co.il/articles/0,7340,L-5400268,00.html>.

"יובל פלוטקין, "הזוכה בפרס ספיר לשנת 2018: אתגר קרת, Ynet, Web. 21 Jan. 2019,
<https://www.ynet.co.il/articles/0,7340,L-5449910,00.html>.

ירדן צור, יהונתן ליס, אור קשתי, גילי איזיקוביץ, "דויד גרוסמן זכה בפרס ישראל לספרות", הארץ
Web. 12 Feb. 2018,
<https://www.haaretz.co.il/gallery/1.5809712>.

נתוני הוצאת הספרים לשנת 2018, הספרייה הלאומית.
以色列国家图书馆《2018 年以色列图书出版报告》
<http://beta.nli.org.il/he/content/2019-book-week-report>.

萨皮尔文学奖官方网站 פרס ספיר לספרות
<https://culture.pais.co.il/Sapir/Pages/default.aspx>.

"שחר חי, "דויד גרוסמן יקבל את פרס ישראל לספרות ושירה עברית, *Ynet*, Web. 12 Feb. 2018,
<https://www.ynet.co.il/articles/0,7340,L-5108928,00.html>.

<http://www.ithl.org.il>. The Institute for the Translation of Hebrew Literature. 希伯来语文学翻译学院网站

罗昕:《译者钟志清谈奥兹：他的作品，展示了广袤世界》，澎湃新闻，2018 年 12 月 29 日。
<https://www.thepaper.cn/newsDetail_forward_2791375>.

作者：范晓，北京外国语大学亚非学院

2018 年意大利文学概览

文漪羲

内容提要：2018 年意大利文学界延续了前几年现实主义的潮流，叙事文学作品大多基于真实故事，题材包括从微观的个体成长到宏观的历史回顾，从意大利民族历史到世界层面的战争与移民等，涌现了很多有深度、有思想，也有可读性的佳作。2018 年，意大利最具代表性的斯特雷加文学奖 15 年来第一次由女作家获奖；进入奖项提名的 12 部作品中有 4 部属于传记类，有 5 部是历史题材，其中还有 3 部着重塑造了意大利在世界舞台上的角色。本文以斯特雷加文学奖提名及获奖作品为参照，将不同作品根据主题进行分类，对意大利 2018 年代表性的文学作品进行一个系统的梳理和挖掘。

2018 年的意大利文学界依然佳作频出，除了一贯的个人成长、伤痛治愈、战争与和平等主题以外，2018 年的很多优秀作品带有更多历史与反思色彩；一些作品的思想角度超越了民族和历史，上升到世界层面，有较强的思想深度和可读性。以下将以作品题材为类别，以斯特雷加文学奖获奖作品为重点，对 2018 年度重要作品进行整理和介绍。

一、真实性叙事的力量

2018 年斯特雷加文学奖（Premio Strega）经过两轮的角逐，最终花落关达出版社（Guanda）的《拿莱卡相机的女孩》（*La ragazza con la Leica*，2018）。作者埃莱娜·雅内克泽科（Helena Janeczek，1964—　）属德国国籍，是意大利斯特雷加文学奖设立以来少有的外国获奖作家。获奖作品是一部传记，讲述了德国战地女记者格尔达·塔罗（Gerda Taro，1910—1937）的故事。

故事的背景是 20 世纪 30 年代的巴黎，几个主要人物都是德国富裕的犹太资产阶级，由于战争的爆发他们不得不远走他乡。在巴黎漂泊的几年，他们目睹了来自东欧的犹太人在当地被歧视、被剥夺合法劳动权等惨况，在对美好未来的憧憬与现实生活的残酷之间摇摆徘徊。西班牙战争爆发的时候，格尔达追随同伴上了飞机前往前线，最后在西班牙内战中丧命，终年 27 岁，故事便以其葬礼作为画面定格结束。与普通传记不同的是，作者并未将主人公的故事从头到尾直叙出来，而是从与主人公最亲近的三个人入手，将三个生命的曲调谱写成一个动听的和弦，弹奏出了主人公的故事主旋律。

推介这本书参选的是新闻工作者贝妮代塔·托巴吉（Benedetta Tobagi，1977—　），她认为："这本书反映了在反法西斯主义潮流影响下年轻人所做的抉择。通过描写格尔达和她的朋友，作者在这一片荒漠之上作出了很多思考。"[1] 都灵大学文学系教授贝娅特丽切·马内蒂（Beatrice Manetti）在评价这本书的时候曾说道："雅内克泽科在自己的作品里，将个人记忆与社会历史完美地编织在了一起。"

1　<https://premiostrega.it/PS/helena-janeczek-2/>. 斯特雷加文学奖官方网站

《领航者：娜塔利娅·金兹伯格的肖像》（*La corsara. Ritratto di Natalia Ginzburg*，2018）是 2018 年另一本传记题材佳作，传主是意大利知名女作家娜塔利娅·金兹伯格（Natalia Ginzburg，1916—1991）。她是一位多产的剧作家，同时也是散文家、小说家，作品主要探讨法西斯时代和二战前后意大利的政治、哲学和家庭关系，重要作品有《昔日我们种种》（*Tutti i nostri ieri*，1952）、《城市与家》（*La città e la casa*，1984）、《夜晚的声音》（*Le voci della sera*，1951）以及《曼佐尼家族》（*La Famiglia Manzoni*，1983）——19 世纪意大利文学家曼佐尼的传记等。金兹伯格在 1963 年曾因自传体小说《家庭絮语》（*Lessico Famigliare*，1963）斩获斯特雷加奖。在《领航者》这本传记中，作者桑德拉·彼特里尼亚尼（Sandra Petrignani，1952— ）追溯了这位伟大的意大利文学家的一生，她重读了金兹伯格的所有著作，亲自前往其故居，走访了一些甚至已年过期颐的见证人，完美重现了金兹伯格的政治、文学生涯和个人生活，展示了她不被熟知的一面。在该作品的推介词中，意大利著名女权主义作家比安卡玛利亚·弗拉博塔（Biancamaria Frabotta，1946— ）说："金兹伯格幼时经历过反法西斯斗争，成年后加入埃诺迪出版社进行写作，她的一生其实是意大利历史的一部分。桑德拉在这篇传记里重新定位了金兹伯格，审视了她做过的选择，展现了她在 20 世纪后期意大利文学界的中心地位。作品并不矫饰，作者只是用女性的直觉、流畅的笔法和诗意的表达，简简单单地在光影之中塑造出了一个层次丰富的人物形象。"[2]

另一本提名作品《告别的房间》（*Le stanze dell'addio*，2018）也

---

2 <https://premiostrega.it/PS/sandra-petrignani/>. 斯特雷加文学奖官方网站

展现了真实性叙事的力量。这部小说讲述了作家乔瓦娜·德·安洁莉丝（Giovanna de Angelis，1969—2013）去世后，其伴侣亚里·塞尔韦泰拉（Yari Selvetella，1976— ）向亡者倾诉哀思的凄美故事。作品开篇，主人公在罗马一家医院附近徘徊，声称自己的妻子在做化疗的时候走失，而事实是自己的妻子早在三年前就已逝世。作者没有选择描述分离这一瞬间的撕心裂肺，而是描写了生者如何在痛失爱人后与过去告别。推介人纳迪娅·特兰诺瓦（Nadia Terranova，1978— ）在推介这本书的时候曾说："痛苦，就像一个封闭的空间困住人们，但生命和语言的力量可以编织出线索，指引我们走出迷宫。作者知道痛苦是无法被驯服的，他并没有放弃，而是继续寻找一种形式，寻找分享痛苦的可能性，最后他在一个个房间里找到了答案。"[3]

2018 年，同一题材的还有另外一本佳作——亚历山德罗·米兰（Alessandro Milan，1970— ）的《你活在我心里》（*Mi vivi dentro*，2018）。同样是提笔悼念亡妻弗朗切斯卡，但亚历山德罗所用的是一种更温暖的笔触。作者回忆了与妻子在一起的点点滴滴，回忆两人是如何经过了所有情感、如何共同面对困难。即使在妻子去世以后，生活中依然存留着很多二人共有的事物：两个孩子、一只猫、一株绿植等，妻子仿佛还在身边。意大利《24 小时太阳报》将两部小说进行了比较："当男人们讲述离别和伤痛的时候，所用的方式是不一样的，如果说亚历山德罗·米兰所用的方法是更加偏向纪实性的怀念和回忆，那亚里·塞尔韦泰拉的作品则更具文学性，以生写死，以生者的境况来反衬痛失爱人的悲伤。"[4]

---

3 <https://premiostrega.it/PS/yari-selvetella/>.斯特雷加文学奖官网

4 Tedesco, Alessandra. "Quando gli uomini raccontano il dolore della perdita." 08 Giugno 2018, Il sole 24 ore.

二、成长所经历的风霜

在叙事文学中，青少年身上的成长故事也是作家们广为青睐的话题。卡尔洛·卡拉巴（Carlo Carabba，1980—　）的《如同一个年轻的大人》（*Come un giovane uomo*，2018）是一本以内心成长为题材的小说，得到了斯特雷加文学奖的提名。这本小说描写了在罗马的一场大雪中，主人公的一位朋友不幸车祸离世，在经历剧变后，主人公既要抚平自己的情绪，又要面对各种问题，在回忆无忧的过去与处理现在的困难中内心快速成长。故事情节虽简要，但内心描写十分丰富。书名"如同一个年轻的大人"重点在于"年轻"和"大人"两层含义，"年轻"是指主人公的内心刚刚迈入成人世界，尚显年轻，而"大人"是指经过眼泪、告别和伤痛每个人都要走向成熟，斯特雷加文学奖对其的推介词中有这样的评价："卡拉巴在温柔亲切中充分而清晰地描述了人物的成长——既为自己的青春感到心如刀割的怀念，又要在朋友离世的不安中努力好好生活下去。"[5]

成长不仅关乎一个个体，很多时候是关乎一代人。安德烈·博梅拉（Andrea Pomella，1973—　）的小说《光年》（*Anni luce*，2018）便是这样一部作品。故事发生在 90 年代，整个故事围绕的中心对象是垃圾摇滚乐队珍珠果酱（Pearl Jam），主人公是作者本人和一位叫 Q 的朋友。Q 是一位吉他手、旅行者和梦想家，有着和珍珠果酱乐队主唱艾迪·维德（Eddie Vedder，1964—　）相似的歌喉。伴随着珍珠果酱专辑《Ten》的歌声，他们举杯同饮，度过了一个又一个年轻的夜晚。纳迪娅·泰拉诺瓦（Nadia Terranova，1978—　）在推介词

5　<https://premiostrega.it/PS/carlo-carabba/>. 斯特雷加文学奖官网

中这么评价了这本书："这篇漫长的故事，聚焦于现实的本质，但同时也讲述了在追求刺激和毁灭的青春年代里那些隐晦和微妙的细节。巡演、聚会、音乐会以及所有错过的东西——都是少年到成年之间这段漫长历程的惯例，人们不得不在音乐中寻找慰藉。珍珠果酱的垃圾摇滚和青春期存在的所有物品一样，是二人成长的见证。他们在艾迪·维德和珍珠果酱的音乐里面找寻成年的出路，《光年》所记录的正是这种成年之前的插曲。"[6]

除了普通人的成长以外，还有一些人的成长注定不普通。这类题材近些年也颇受作家的偏爱和读者的欢迎，例如 2008 年斯特雷加文学奖作品《质数的孤独》（*La solitudine dei numeri primi*，2008）便是将目光聚焦在同性恋、自闭症、残疾人等这些"少数个体"的身上。[7] 2018 年有两本角逐斯特雷加文学奖的作品也是落笔于此。

《钟爱之子》（*Il Figlio prediletto*，2018）是安杰拉·纳内提（Angela Nanetti，1942—　）写作才华的有力代言。主人公农西奥是一位同性恋男子，他被哥哥发现了自己的性取向，而同性爱人又死于非命，他在自己的家族、社交圈里无法再继续生活，于是一无所有地踏上了开往伦敦的列车。在这里他融入了移民的阵营，作为城市的边缘群体，共同承担着各种不稳定因素。而受到整个家族阻碍的不仅仅是农西奥，多年后，他的侄女安妮娜也走上了叛逆之路，与家庭斗争、决裂，像农西奥一样在痛苦中唤醒这个世界，反抗偏见，追求自由。这本小说从农西奥和安妮娜浓郁的忧伤情绪中表现出他们对世界的恐惧、绝望、希望，以及救赎他人的愿望。在斯特雷加文学奖的推介词中，意大利文学评论家卡尔拉·依达·萨尔维亚蒂（Carla Ida

---

6　<https://premiostrega.it/PS/andrea-pomella/>. 斯特雷加文学奖官网
7　《质数的孤独》的两位主人公分别患有严重的自闭症和小儿麻痹后遗症。

Salviati，1951— ）称赞了该小说的风格："小说构架中第三人称叙述与第一人称叙述相互穿插，能让读者以不同的视角来审视这个故事。所有人物形象都被勾勒得十分精巧，主人公难以释怀的痛苦从头到尾贯穿其中，有时会增添些许沉重的色彩。"[8]

西尔维娅·费雷里（Silvia Ferreri）的《夏娃之母》（*La madre di Eva*，2017）聚焦的话题是变性人。这部小说的主人公是一位变性的女儿，小说叙述者是她的母亲。女儿夏娃在年满十八岁的这天终于如愿接受了变性手术，在手术室的门外，妈妈将女儿的成长一点一滴娓娓道来。在这段没有回应的对话中，妈妈从与爱人相爱一直讲到女儿手术的这一刻，像重新历经了一次情感之路。母亲的讲述真实具体、催人泪下，真情实感因其纯粹显得更加强烈。奥塔维亚·皮科洛（Ottavia Piccolo，1949— ）在推介词里说道："整个故事中充斥着痛苦、愤怒以及疲惫等情绪，但是最重要的是非同一般的爱。作者西尔维娅是记者出身，这是她的第一部小说，但她做到了扣人心弦、引人入胜。她的笔触优雅又敏锐，将一本尖锐又有力的作品呈现给我们，阅读这本书让人不可能无动于衷。"[9]

三、铭刻在心的历史

《留不下的故乡》（*Resto qui*，2018）是 2018 年度文学界的一大热点。2 月 20 日一经面世，两个月之内便在各大销售网站上名列前茅，流传度非常之广，而且有口皆碑，目前被翻译成多种语言在英美以及中国等世界各地销售。作者马可·巴尔扎诺（Marco Balzano，1978— ）凭借这本书获得了 2018 年厄尔巴岛国际文学奖（Premio

8　<https://premiostrega.it/PS/angela-nanetti/>. 斯特雷加文学奖官网

9　<https://premiostrega.it/PS/silvia-ferreri/>. 斯特雷加文学奖官网

Letterario Internazionale Isolad'Elba)[10] 以及联合国教科文组织多洛米蒂地区文化特别奖（Premio speciale Dolomiti Unesco)[11]。这本书同样也是2018 年斯特雷加文学奖的夺冠热门，最后以第二名的成绩惜败。

故事发生在意大利博尔扎诺自治省（又称南蒂罗尔）的一个小城，临近奥地利和瑞士，居民原先主要讲德语。1923 年墨索里尼上台以后颁布了意大利化的法令，禁绝德语，连墓碑上的文字都要改成意大利语。于是，一夜之间，这里的居民连说母语都变成了奢望。主人公特里纳是一名小学教师，只能冒着被迫害的风险在神父组织的地下学校里教小孩子说德语。战争爆发后，她跟随丈夫藏于深山，躲避强制兵役，忍耐着冰雪、饥饿与死亡。最后战争终于结束，两人重返家园，但故乡又面临着水坝工程的威胁。施工中的水坝一日日变高，一旦建成，田地与山谷、记忆与命运都将尽数淹没。特里纳最后选择了坚守，一点一点看着自己的故乡被淹没。她认为，如果你认为一个地方对你而言有意义，如果这里的山和路都是你生命的一部分，那就"别害怕留下来"。

评奖推介词中皮耶路易吉·巴蒂斯塔（Pierluigi Battista, 1955—　）提到："封面是一张钟楼屹立水中的照片，这幢钟楼是小城曾经存在的唯一证明。大坝落成，洪水淹没了土地、房屋、马厩、农场，将一个地方的文明摧毁殆尽。这本书披露了一个真实但被遗忘的事实——将一个几百年来都讲德语的山谷强行意大利化是一场灾难，是一场荼毒文化、民族、语言和道德的迫害。"[12] 作者本人也说："如今淹没的钟

10　该奖从 1962 年开始，每年为优秀的欧洲文学作品的作者颁奖，埃乌杰尼奥·蒙塔莱〔Eugenio Montale〕、海因里希·伯尔〔Heinrich Böll〕在获诺贝尔文学奖之前都曾获得过该奖项。

11　联合国教科文组织多洛米蒂基金会于 2017 年设立的一个特别奖，专门用于教科文组织多洛米蒂山脉在该地区的重要文化活动。

12　<https://premiostrega.it/PS/marco-balzano/>. 斯特雷加文学奖官网

楼屹立在南蒂罗尔的湖中。与看过这栋钟楼的游客不同的是，我沉了进去，在被淹没的废墟中将这一段历史重建了起来。"[13]

另一本回顾历史的优秀作品是《今夜已天明》(*Questa sera è già domani*，2018)，其获得了斯特雷加文学奖提名并入围前五。该小说讲述的是在意大利推行法西斯种族法律的时候一个犹太家庭的故事。家庭中包括主人公聪明的亚历山德罗、脾气古怪的爷爷、没出息的爸爸、势利的叔叔。这一家犹太人本来幸福地生活在热那亚，而 1937 年意大利种族法律颁布，他们不得不选择坚守或者流亡，而流亡又要面临流亡何处等问题。故事是作者莉娅·莱维 (Lia Levi，1931—) 根据丈夫幼年的经历改编的，它向读者抛出了一个重要的问题——"在内心种种压力下，一个人该对历史给予他的打击做出何反应？"

意大利著名文学家达契亚·玛拉依妮 (Dacia Maraini，1936—)在文学奖评选之际推介了这本书，称赞这一本书为"浓烈又闪耀"，"浓烈"是指 80 年前笼罩意大利犹太人的种族歧视阴影，"闪耀"是指每个人物身上的情感、矛盾以及劣性与冲动，促使着我们反思人类灵魂的一千种面目。这部作品从多个维度触动了我们的生活，与今日发生的种种事情存在着重要的共鸣。[14] 作者莉娅·莱维本人也认为，这本书是对意大利历史的一种清算："德国已经为二战的错误道了歉，而意大利从来没有直面过这些该清算的账本，我只是翻了翻旧账而已。"[15]

纳粹政权和第二次世界大战这段历史是意大利历史难以愈合的伤

13　<https://www.illibraio.it/marco-balzano-resto-qui-735610/>.

14　<https://premiostrega.it/PS/lia-levi/>. 斯特雷加文学奖官网

15　<https://www.raiplay.it/video/2018/06/Premio-Strega-2018-2519aa0f-9b9d-48e2-a4da-a5a2fb48454e.html#>.

口，但同时也是意大利文学挖掘不尽的宝藏，费尔特里内利出版社（La Feltrinelli）的《试毒人》（*Le assaggiatrici*，2018）是以这段历史为背景的另一部优秀小说，获得了 2018 年意大利的坎皮耶罗文学奖（Premio Campiello）等其他各种大小文学奖的奖项和提名[16]。故事背景是 1943 年的秋天，主人公罗莎刚刚逃难到柏林，丈夫就被派去俄罗斯的前线打仗。有一天她在自己的家中被党卫队逮走，拘禁在一个窝点，与其他九位"同事"一起，负责品尝各种食物。刚开始，在面对丰盛的食物的时候，这些人还能为饱腹而感到开心，但慢慢的，恐惧开始袭来。品尝者在吃过饭菜之后必须观察一小时，以便警卫确保向元首供应的食物是无毒的。因此，每一顿都可能是生命中的最后一餐，每一天对他们而言都可能是生命中的最后一天。罗莎作为这个"强制食堂"的一分子，既不得不为生存苟且，又为自己与恶势力为伍感到痛恨与羞愧。作者罗塞拉·波斯托里诺（Rosella Postorino，1978— ）在接受采访的时候曾说，虽然故事为虚构，但确实是受希特勒曾经的试毒员——百岁老人玛格特·沃尔克（Margot Wölk，1917— ）的亲身经历所启发而写出来的。[17]整个故事控诉了纳粹时期对人性的摧残，在这种体制下最终的幸存者不一定是最正义的。普利莫·莱维在《被淹没与被拯救的》（*I sommersi e i salvati*，1986）[18] 的故事中也曾经说过："我们无法在极端环境下评价一个人的本性好与坏。"

16　《试毒人》一书在意大利获得过众多的奖项以及提名，包括 2018 年拉帕罗文学奖（Premio Rapallo）、路易基·鲁索文学奖（Pozzale Lugi Russo），以及莱科曼佐尼文学奖（Premio Letterario Manzoni Lecco）、密涅瓦文学奖（Premio Minerva）、阿拉西奥欧洲作家文学奖（Premio Alassio Un autore per l'Europa）的提名，在文中不一一赘述。

17　<https://www.illibraio.it/intervista-rosella-postorino-722020/>.

18　《被淹没与被拯救的》是普利莫·莱维的散文集，"奥斯维辛三部曲"之一，记录了作者对集中营生活的回忆和思考。

四、意大利的世界角色

文学创作的世界性是 2018 年意大利文学很大的一个亮点，写作的主题越来越关注意大利的开放性、包容性，一些作家把目光投向了外国人眼中的意大利以及意大利在世界舞台上的角色。除了《拿莱卡相机的女孩》和《试毒人》以外，还有以下几部值得关注的作品。

以两票之差而最终没有进入五强的弗兰切斯卡·梅兰德里（Francesca Melandri，1964—   ）的《正宗血统》（*Sangue giusto*，2017）以一个家庭的旧事为线索勾勒出意大利与非洲之间的历史关系。主人公伊拉里娅是一个普普通通的意大利居民，某一天突然被一个瘦瘦高高的黑人小伙敲开了房门，声称自己是她的侄子。对于这送上门来的侄子，伊拉里娅有心一探究竟，但是背后牵扯到关于自己祖父埋藏的秘密、自己父亲的经历，牵扯到数不清的令人惊讶的事情。同 2017 年意大利文学界的一些作品一样，小说以家庭历史的这种形式展开，既拉近了故事与读者之间的距离，又避免了宏观讲述的乏味和沉重。主人公伊拉里娅努力寻找的家族渊源其实是整个民族和国家的过去，作者通过一个完美的家族传说和一个人物，带领读者穿越了意大利最重要的三个历史阶段：殖民主义、后殖民主义和贝卢斯科尼时期，整个国家的机制都被赤裸裸地披露了出来。

在斯特雷加文学奖的推介语里，詹皮耶罗·加马莱里（Gianpiero Gamaleri，1940—   ）说："这本小说的情节从头到尾都很扣人心弦。作者利用当编剧多年的成熟经验，将不同时空的远近场景用流畅的叙述完美地组合在了一起。作者所讲述的其实是一大敏感话题，但她并未沉溺于繁琐的社会政治分析，而是利用人物的经历来概述整个核心主题。读者可以在各种角色的陪伴下看到更多深层的东西。"作者的智慧在于不批判，却能引起更多的思考。整个故事的构架有极大的广度和深度，将历史片段和虚构的故事交织在一起，描绘出了残酷的现实场景和人物之间温暖的关系。《正宗血统》是一本具有很大格局的小说，这在意大利当代文学界中弥足珍贵。

埃尔维斯·马拉伊（Elvis Malaj，1990—　）的短篇故事集《从你的露台可以看到我家》（*Dal tuo terrazzo si vede casa mia*，2017）也是一本跨越国界的作品，记录了作者在意大利生活的所见所闻。马拉伊1990年出生于阿尔巴尼亚，15岁起移居意大利，作品关注的是外国移民在意大利的融入情况。埃尔维斯通过自己的身份和故事，将两个世界、两种语言联系在了一起，超越了民族和国籍的界限。同时，马拉伊也是近些年来获得斯特雷加文学奖提名的年纪最小的作家，其推荐人著名出版人卢卡·福尔门通（Luca Formenton，1953—　）对其评价颇高："在如今这个自说自话和堆砌辞藻的时代，马拉伊的纯真叙述深入浅出，更显清澈。看似是在露台上看看邻居，其实看的是意大利的外国移民的生活、梦想与现实之间的距离。"[19]

五、其他题材优秀作品

2018年斯特雷加文学奖提名作品卡尔洛·达米契斯（Carlo D'Amicis，1964—　）的小说《游戏》（*Il gioco*，2018）无疑是当年文学界最"大胆"的作品，其主题是一场性爱游戏。故事中，一名记者对性爱游戏的三种角色进行了采访——"狼先生"是在性爱游戏中占统治地位的男性角色，"第一夫人"是男性欲望的奴隶，而"总统"是被戴绿帽子的男性，他们构成了有史以来性爱三角中最原始也最经

19　<https://premiostrega.it/PS/elvis-malaj/>. 斯特雷加文学奖官方网站

典的三角关系。通过这场性爱游戏，作者展示了三个主角在游戏之外的本性：衣冠楚楚、浓妆艳抹依然遮不住裸露的灵魂，他们既追求自由又渴望得到忠诚。在主人公性格的明暗面里，作者描写了人们内心最隐秘的想法，每个读者都能找到自己的影子。虽是场游戏，却挖掘出了不同的人在面对亲密关系、处理社会角色时内心深处的波澜与深渊。而这部小说的现实意义也正如作者提到的那样："关于性的最有趣的事情不是性，而是围绕它的一切——生活。"

在对其作品的推介中，尼古拉·拉焦亚（Nicola Lagioia，1973— ）称赞了作者的文笔："他的语言在表达力与叙事力之间找到了一个珍贵的平衡点。如今在我们的时代，性和很多事物都息息相关（包括政治斗争、奢望、报复），达米契斯的可贵之处便是敢于剑走偏锋，投身于这个迷人又危险的道路。欲望是难填之壑，文学是道出自己真实渴望的唯一出路。"[20]

结语

2018 年是斯特雷加文学奖以及意大利文学界非常有突破性的一年，第一次出现了外国国籍的获奖作家。除此之外，这也是女性作家硕果累累的一年：斯特雷加文学奖 15 年来又重新出现女性获奖者；提名的 12 本作品中也有 6 本出自女性作家的手笔，占据提名人数的一半。在重要作品中，传记文学的成就尤为瞩目，现实题材的叙事文学依然占据主流。作品的选题体现出一些重要变化——从个人上升到民族，从民族上升到世界。总而言之，意大利开放包容的传统和当今世界命运共同体的趋势已经慢慢渗入到文学创作中，这是对战争和历

20　<https://premiostrega.it/PS/carlo-damicis-2/>.斯特雷加文学奖官方网站

史的反思，也是对和平与发展的呼唤。

参考文献：

Balzano, Marco. "'Un campanile sullo specchio del Lago': Marco Balzano racconta il suo nuovo romanzo." Il libraio. 02 marzo 2018. <https://www.illibraio.it/marco-balzano-resto-qui-735610/>.

Battista, Pierluigi. "Petrignani racconta Natalia Ginzburg La corsara che raccontò la vita." Il corriere della sera. 13 febbraio 2018. <https://www.corriere.it/cultura/18_febbraio_13/corsare-natalia-ginzburg-sandra-petrigani-neri-pozza-5f6fb8b6-10ea-11e8-ae74-6fc70a32f18b.shtml>.

Cignoni, Luigi. "Premio letterario internazionale Isola d'Elba, Raffaello Brignetti 2018 a Marco Balzano." Italynews. 22 settembre 2018. <http://www.italynews.it/notizie-regionali/2018/09/22/premio-letterario-internazionale-isola- delba-raffaello-brignetti-2018-a-marco-balzano-65882.html>.

Manetti, Beatrice. "La biografia della gioia di vivere." l'Indice. 1 Gennaio 2018. <https://www.lindiceonline.com/letture/narrativa-italiana/helena-janeczek-la-ragazza-con-la-leica/>.

Milani, Noemi. "Rosella Postorino ci racconta 'Le assaggiatrici', romanzo che indaga a fondo l'animo umano." Il librario. 20 gennaio 2018. <https://www.illibraio.it/intervista-rosella-postorino-722020/>.

Montieri, Gianni. "Quando ascoltavamo i pearl jam. Anni luce di Andrea Pomella." Minima & Moralia. 8 febbraio 2018. <http://www.minimaetmoralia.it/wp/ascoltavamo-pearl-jam-anni-luce-andrea-pomella/>.

Moscè, Alessandro. "Le stanze dell'addio." Il Foglio. 22 febbraio 2018. <https://www.ilfoglio.it/una-fogliata-di-libri/2018/02/22/news/le-stanze-dell-addio-yari-selvetella-una-fogliata-di-libri-179949/>.

Romano, Luca. "Dallo spirito del tempo alla biografia: Gerda Taro raccontata da Helena Janeczek." Minima & Moralia. 12 giugno 2018. <http://www.minimaetmoralia.it/wp/dallo-spirito-del-tempo-alla-biografia-gerda-taro-raccontata-helena-janeczek/>.

Stoppini, Alessandra, "'Questa sera è già domani' di Lia Levi." Sololibri. 27 gennaio 2018. <https://www.sololibri.net/Questa-sera-e-gia-domani-Lia-Levi.html>.

Tedesco, Alessandra. "Quando gli uomini raccontano il dolore della perdita." Il sole 24 ore. 08 giugno 2018. <https://www.ilsole24ore.com/art/servizio/2018-06-08/quando-uomini-raccontano-dolore-perdita-182435.shtml?uuid=AEKWLy2E&refresh_ce=1>.

陶慧慧译:《意大利作家马可·巴尔扎诺访谈：作者不评判才是真正尊重读者》，
《文汇》，2018 年 11 月 19 日。

作者：文𣿀羲，北京外国语大学欧洲语言文化学院

2018 年印度文学概览

曾　琼

内容提要：2018 年印度文坛的主题可以概括为两个方面：其一是对传统社会问题的持续关注，如印度社会的穆斯林生存状况、社会边缘人状况；其二是表现出与世界接轨的愿望和对社会问题与环境问题的关注。同时，对于传统经典的重视以及对人性的探究，也是作家们的共同话题。不过，总体来说，2018 的印度文坛略显平淡，这或许可以从文学院青年奖出现 3 个语种的空缺中得到证明。

印度文学所涵盖的文学语种繁杂，其中英语、印地语、乌尔都语、孟加拉语和泰米尔语文学是主要的 5 种。印度文学奖项丰富，涵盖语种丰富，除印度本土文学最高奖项格杨比特奖，文学院奖、萨拉斯瓦蒂奖、毗耶娑奖、阿南德奖都是历史悠久的重要奖项，塔塔文学节奖迄今也有 10 年历史，是一个比较重要、具有一定风向标意义的文学奖项。本文针对主要语种、主要奖项展开论述，同时兼顾 2018 年印度文坛其余重要动态。

一、主要文学奖项

（一）格杨比特奖（Jnanpith Award）

著名作家阿米塔夫·高希（Amitav Ghosh，অমিতাভ ঘোষ，1956—　）于 2018 年 12 月 14 日荣获印度本土最重要文学奖项第 54 届格杨比特奖，成为历史上第一个获得该奖项的英语作家。

高希早在 1990 年就凭借《理性之环》（*The Circle of Reason*，1986）获得了法国美第奇文学奖（Prix Médicisétranger），同年因小说《阴影线》（*The Shadow Lines*，1988）获得该年度阿南德文学奖和印度文学院奖。2007 年高希获得印度政府授予的莲花士勋章（Padma Shri），其作品"朱鹭号三部曲"中的《罂粟海》（*Sea of Poppies*，2008）入围 2008 年曼布克奖短名单，《烟河》（*River of Smoke*，2011）入围 2012 年英仕曼亚洲文学奖（Man Asian Literary Prize）短名单。

高希出生于印度西孟加拉邦加尔各答的一个印度教家庭，先后在印度、孟加拉国和斯里兰卡度过童年时光，拥有社会人类学博士学位，现居纽约。本次授奖委员会认为，高希"善于在小说中勾连起历史背景与当下的时代，并用恰当的方式将两者编织在一个沟通过去与现在的空间中"[1]。高希小说创作的主题涵盖不同地区、文化和种族之间的迁移与相互关系，他尤其关注由于历史动荡导致的人类痛苦与苦难，其中印度契约劳工（girmitiyas）、苦力和水手是他重点描写的阶层。《阴影线》中揭示了群体暴力（communal violence）现象及其已经在印度次大陆集体心理中扎根的、影响广泛的传播方式。著名

1　Anand, Madhusudan. "54th Jnanpith Award for 2018 to AMITAV GHOSH Eminent Indian Novelist writing in English." 14 Dec. 2018. Web 10 May 2019. <http://www.jnanpith.net/media_image/announcement/54th%20Jnanpith%20Award%20goes%20to%20Amitav%20Ghosh.pdf>.

的"朱鹭号三部曲"则以虚实交织的方式记录了由东印度公司主导的中印鸦片贸易。除了小说，高希的创作还包括不少出色的非虚构性作品。其中著名的有《在古老的土地上》（*In an Antique Land*，1992）、《在柬埔寨和缅甸舞蹈》（*Dancing in Cambodia and at Large in Burma*，1998）。在 2016 年出版的《大紊乱：气候变迁与不可思议》（*The Great Derangement: Climate Change and the Unthinkable*）中，高希关注了全球变暖等气候问题。他认为以往的文学作品对气候的表现都是表面而浅显的，而当下极端化的气候问题又使得它往往容易成为科幻文学的题材，气候和环境问题也因此往往与传统的当代严肃文学作品和文学想象之间出现一种"不兼容"，即当代文学不会将其作为主要主题纳入创作范围。但高希仍然提出，气候危机已经要求人类去想象未来可能出现的另一种生存方式，文学则是展现这一想象的最恰当的文化形式。

高希在最新小说《枪岛》（*Gun Island*，2019）中延续了他对环境问题和人类命运的思考。小说的主人公迪恩是一位生活在布鲁克林的珍本书商，他出生于现印度西孟加拉地区，但在美国长大。在访问自己的出生地加尔各答时，迪恩意外地发现他的生活与蛇神玛纳斯·德维（Manasa Devi）的古老传说纠缠在一起。在随后参观孟加拉红树林深处的一座寺庙时，他遇到了印度最可怕、最令人敬畏的眼镜蛇，同行导游被蛇咬伤，迪恩不得不承担起拯救导游生命的任务。在随后的一系列情节里，他从印度来到威尼斯，故事跨越了空间也打破了时空，甚至打破了人类和非人类的界限。迪恩以往对世界、对自我的认知都被一一打破，移民、气候变化、科技发展、对个体英雄的呼唤等各种主题，都被魔幻现实主义的方式糅杂在小说中，其中还夹杂着对历史、文化身份的思考。

（二）文学院奖（Sahitya Akademi Award）

2018 年 12 月 5 日，当年的印度文学院奖公布，24 位不同语种获奖者中，有 7 位凭借诗集获誉、6 位凭长篇小说、6 位凭短篇故事集、3 位因文学批评、2 位因散文创作而获奖。本届文学院奖的评选范围为 2012 年 1 月 1 日到 2016 年 12 月 31 日之间出版的文学作品。[2] 笔者从中挑选出英语、印地语、乌尔都语、孟加拉语和泰米尔语作品作具体介绍。

1. 阿尼斯·萨利姆（Anees Salim，അനീസ് സലീം，1970— ）

萨利姆是一位小说家，同时也是跨国广告公司 FCB Ulka 的创意总监，他出生于喀拉拉邦，目前居住在科钦，是历史上第四位凭借英语作品获奖的马拉雅里人（Malayalee）。萨利姆 2012 年以第一部小说《维克斯芒果树》（*The Vicks Mango Tree*）步入文坛，曾获得 2013 年印度教文学奖（The Hindu Literary Prize）、2015 年纵横字母图书奖（Crossword Book Prize），其他作品包括《瓦尼蒂小镇》（*Vanity Bagh*，2013）、《自动贩卖机的故事》（*Tales From A Vending Machine*，2013）、《盲女的后裔》（*The Blind Lady's Descendants*，2014）和《小镇之海》（*The Small-Town Sea*，2017）等。

《盲女的后裔》获得 2018 年文学院奖。小说的主人公阿玛尔·哈桑出生在一座名为布格罗的破旧平房中，他在 26 岁时决定向自己想象中的观众讲述他的故事。伴随着他的叙述，一件件家族秘闻、丑事都被逐渐揭露出来。小说是哈桑的一封遗书，同时也是一部复杂的家族史，展示了一个印度穆斯林家庭的日常争吵、恐惧、希望和衰败。萨利姆在小说中，以自己出生的小镇瓦卡拉为原型设定了布格罗平房的环境，并在其中混合了大量的黑色幽默和想象。故事在一个虚拟的空间中展现了诸如教派冲突、政治变动对印度普通人生活的影响，同时思考了生死、爱憎等人类命运的话题。萨利姆擅长以实际存在的城镇为基础，通过糅合创造出一个虚拟的故事空间，尽管萨利姆经常在小说中涉及印度社会的种种矛盾，而更关注的却是整个人类所面临的危机。

2. 齐德拉·穆德格尔（Chitra Mudgal，चित्रा मुद्गल，1944— ）

穆德格尔是一位印地语小说家、剧作家、儿童文学家、社会活动家。出生于今印度泰米尔纳德邦金奈，自幼热爱文学，获印地语文学专业硕士学位。自 1955 年发表第一篇短篇小说以来，穆德格尔先后发表了 7 部长篇小说、20 部短篇小说集、3 部戏剧，尤以关注底层民众生活的小说和儿童故事创作见长。她先后有多部作品获印度国内外重要文学奖项。其长篇小说《窑》（*Aavaan*，आवां，1999）获多项奖，包括印地语学院文学作品奖（2000）、中央邦文学院维尔·辛格·德瓦（Vir Singh Dev）奖（2001）、毗耶娑奖（2003）、因杜·夏尔马国际小说奖（Indu Sharma International Katha Samman，2003）、喜马偕尔邦最高荣誉奖（Shikhar Samman，2007）。长篇小说《纳拉索帕拉第 203 号信箱》（*Post Box No. 203-Nala Sopara*，पोस्टबॉक्सनं. 203，नालासोपारा，2016）获 2018 年印度文学院奖。

《纳拉索帕拉第 203 号信箱》关注生活在社会边缘的两性人群体。纳拉索帕拉是距离孟买市约 50 多公里的卫星城，那里的居民多是在孟买谋生却无法负担在孟买生活费用的人。小说的主人公维诺德也被称作"比妮"，他因为生理构造与常人不同，被其他两性人抓走。其家人也因为害怕因此被别人非议而卖掉了旧居全家搬到了纳拉索帕拉，并谎称维诺德因意外过世。但是，维诺德依然渴望家人的关爱，他一直给母亲写信，寄往纳拉索帕拉第 203 号信箱。他在信中讲述着自己的苦难和疑惑。尽管他知道这个社会对天生畸形者并不宽容，但却依然希望推动变革，让他们能和其他公民一样享有接受教育等权利。当地的议员利用维诺德的这种期待为自己拉拢选票，而一旦这颗棋子不再听话，便毫不留情地将他从这个世界上抹去。小说以书信体裁从身处社会底层的两性人的视角出发，既深度刻画出了边缘群体的生存困境，控诉了社会对他们的歧视和剥削，也以细腻的笔法呈现了这些被视为异于常人者与常人无异的人性与情感。小说取材于作家结识的一位名为纳罗塔姆（Narottam）的两性人的真实故事。当作家得知获奖后，他表示这份荣誉属于纳罗塔姆，并认为只有当人们改变对两性人和跨性别者的态度之后，这部小说才能说真正取得了成功。

3. 拉赫曼·阿巴斯（Rahman Abbas, رحمان عباس , 1972—　　）

阿巴斯是一位小说家，从孟买大学获得了乌尔都语和英语硕士学位，同时用乌尔都语和英语写作，迄今已经出版了 7 部作品，其中包括 4 部长篇小说。在阿巴斯的小说中，社会政治、性与爱情都是经常出现的主题。他曾凭借作品《隐藏在神的阴影中》（*Khuda Ke Saaye Mein Ankh Micholi*, خدا کے سائے میں آنکھ مچولی , 2011）和《灵魂的忧郁》（*Rohzin*, روحزن , 2016）于 2011 年和 2017 年两次获得马哈拉斯特拉邦文学院乌尔都文学奖。2018 年《灵魂的忧郁》获得文学院奖。

《灵魂的忧郁》的书名 روحزن 是阿巴斯创造的一个词汇，在乌尔都语中意为"灵魂的破碎"，阿巴斯用这个词来指代那些因目睹父母和伴侣的背叛而受到伤害的人的灵魂。故事发生在孟买，男女主人公分别是阿斯拉尔和希娜。小说的开始，城市因为暴雨将被淹没，那一天是阿斯拉尔和希娜生命中的最后一天。作者用闪回的方式、魔幻现实主义的风格讲述了一个关于宗教信仰、性、肉欲、爱情和忠诚的故事，神话、民间传说在他的作品中重叠，其间还夹杂着梦境和幻觉。阿斯拉尔是一个敏感的年轻人，他从康坎（Konkan）到孟买的经历，是一趟引领读者体验孤独、性发现、自我追问并最后发现爱情的旅程。希娜在一开始代表了穆斯林妇女安静和端庄的特质，最后变成了一个不断自我反省、被爱冲击的年轻人。阿巴斯巧妙地将哲学与神学、历史与当今政治相结合，作者对孟买以及狂暴季风的鲜明描述也向读者展示了一幅广阔的画景，而人类的情感如同暴雨一般凄凉地倾泻在城市之上。小说拥有浪漫的笔触，文本风格在散文与诗歌之间找到了一种微妙的平衡，阿巴斯将不同来源的诗歌、经文巧妙地镶嵌于文本之中。他选用了拉金德尔·曼昌德·巴尼（Rajinder Manchanda Bani）的加萨尔（Ghazal）诗行作为该书的每章标题，这为作品增添了抒情性。《灵魂的忧郁》被誉为乌尔都语近 20 年来最优秀的小说，自出版开始就获得评论界的广泛关注，在印度、巴基斯坦、中东、加拿大、德国引起了诸多讨论，它被翻译成德语并于 2018 年 2 月在瑞士出版，阿巴斯也成为唯一一位获得了德国联邦外交部和瑞士南部文化基金（German Federal Foreign Office and the Swiss-South Cultural Fund）赞助的印度小说家。

4. 桑吉布·乔多巴塔耶（Sanjib Chattopadhyay，সঞ্জীব চট্টোপাধ্যায়，1936— ）

乔多巴塔耶出生于加尔各答，是 20 世纪七八十年代孟加拉语最受欢迎的作家之一。从 20 世纪 50 年代开始在电影杂志上发表文章，目前已经出版了 40 余部作品，包括小说、文论、儿童文学等。他以其诙谐幽默的小说而闻名，擅用简短的讽刺句，语言极为形象生动。乔多巴塔耶的大部分小说以加尔各答家庭为背景，通过讲述发生在家庭中的故事来展现加尔各答中产阶级的道德价值观。他的作品往往以老人为主人公，如《毯子和被子》（*Lotakambal*，লোটাকম্বল，1992）、《分叉》（*Shakha Prasakha*，শাখা প্রশাখা，1981）。出版于 1977 年的著名中篇小说《象牙桌》（*Svetapatharera Tebia*，শ্বেতপাথরের টেবিল）就是他独特的叙事风格的一个例子，其中融合了怜悯、幽默和讽刺。近年来，乔多巴塔耶创作了一系列与罗摩克里希纳（Ramkrishna Paramhansa）以及斯瓦米·维韦卡南达（Swami Vivekananda）有关的作品。早在 1981 年，乔多巴塔耶就获得过阿南德奖（Anand Purskar），还曾获得萨拉特奖（Sarat Chandra Chattopadhyay Award）、般吉姆奖（Bankim Purskar），以及孟加拉珍宝奖（Banga Bibhushan）。2018 年，《克里希纳最后的日子》（*Srikrishner Sesh Kata Din*，শ্রীকৃষ্ণের শেষ কটা দিন，2016）获得文学院奖。

《克里希纳最后的日子》篇幅不大，只有 110 页。它与乔多巴塔耶以往的作品大不相同，作品主人公是印度史诗《摩诃婆罗多》中的重要人物、印度最重要的神祇之一克里希纳，乔多巴塔耶以自己的语言和风格改写了史诗故事，唯一较大的改动是在这部作品中，克里希纳要像世界上普通人一样度过自己的一生，甚至也要像普通人一样死去。小说的创新或许可以体现在作品的最后 10 页，乔多巴塔耶似乎想通过克里希纳的去世来阐述他对生命和人生的认识。因此，或许将这一次的文学院奖看作是对乔多巴塔耶以往创作的一次肯定更为恰当。

5. S. 罗摩克里希南（S. Ramakrishnan，எஸ். ராமகிருஷ்ணன்，1966— ）

罗摩克里希南出生于泰米尔邦中部维鲁杜安格尔地区（Virudhunagar district），是现代泰米尔文学领域具有重要影响的作家。作为一名全职作家，他在过去的 27 年中活跃在泰米尔文学的各个领域，创作文类包括短篇故事、小说、戏剧、儿童文学和翻译。罗摩克里希南的小说以现代的故事叙述风格而闻名。他曾在采访中说："作为一个讲故事的人，我观察人们，观察他们的言谈举止，让自己了解当前的趋势，……我和年轻人在一起，并从他们身上学到了很多东西。"[3] 罗摩克里希南认为自己的小说主题主要是人类的堕落与救赎。罗摩克里希南曾于 1993 年获得印度文学院歌曲戏剧奖（Sangeetha Nataka Academy Award）最佳青年剧作者奖，2010 年凭借小说《阎摩》（Yaamam，யாமம்，2007）获得泰戈尔文学奖（Tagore Literary Award）等诸多印度国内外文学奖项。2018 年文学院奖获奖作品为长篇小说《桑乔兰姆》（Sancharam，சஞ்சாரம்，2014）。

《桑乔兰姆》描绘了纳达斯瓦拉姆（Nadaswaram 或 Nathaswaram，நாதசுவரம்）[4] 艺术家在泰米尔邦的困境。故事发生在泰米尔邦一个名为卡里萨尔·普米的干旱地区，人们由于农业的衰败而生活困苦。小说主人公巴克里是一位纳达斯瓦拉姆演奏者，他从父亲那里获得了关于伟大的音乐家以及传统古典音乐的知识，并希望能继续提高自己演奏音乐的水平。但生活的现实迫使他不得不和同伴一起在婚礼和庙会中演奏，昔日关于音乐的高远梦想也终于破灭了，纳达斯瓦拉姆沦为了一种获得生存的工具。罗摩克里希南在小说中不但呈现了泰米尔古典和传统音乐的不同风格，同时也关注了音乐演奏中的种姓、性别、宗教以及农业衰败的问题。

（三）文学院青年奖（Sahitya Akademi Yuva Purskar）

2018 年 6 月 22 日，印度文学院宣布了该年度的文学院青年奖

3　"S. Ramakrishnan." Web. 20 Jul. 2019.
　　<https://everipedia.org/wiki/lang_en/S._Ramakrishnan/>.
4　印度南部泰米尔邦传统乐器之一，被称为"南印度的唢呐"，是南印度一种在几乎所有印度教婚礼和寺庙传统活动中使用的重要乐器。

获奖名单，共有 21 位 35 岁以下的青年作家获此荣誉，其中博多语（Bodo）、多格利语（Dgori）和英语空缺。21 部获奖作品中，包括 10 部诗集、7 部短篇小说、3 部长篇小说和 1 部戏剧[5]。笔者将介绍印地语、乌尔都语、孟加拉语和泰米尔语的获奖作家、作品。

阿斯迪克·瓦杰帕伊（Aasteek Vajpeyi, आस्तीक वाजपेयी, 1986— ），印地语诗人，出生于中央邦博帕尔地区，诗歌《毁灭的世纪》（*Vidhvansaki Shataabdi*, विध्वंसकी शताब्दी）曾获 2014 年 B. 普山·阿加瓦尔奖（Bharat Bhushan Agarwal Purskar）。2018 年获奖作品为诗集《颤抖》（*Thartharahat*, थरथराहट, 2017）。人类的命运、失败、痛苦、死亡，是瓦杰帕伊诗歌中经常出现的主题。

莎赫纳兹·拉赫曼（Shahnaz Rahman, شہناز رحمٰن, 1991— ），乌尔都语年轻女性短篇小说家、文学批评者，出生于印度北方邦东部的一个山村，在阿里格尔穆斯林大学（Aligarh Muslim University）完成了当代乌尔都语小说批判性研究后获得了博士学位，是第一位获得比哈尔邦乌尔都语文学奖的女性作家。拉赫曼的小说主题涉及面广，涵盖了男性失业、人际关系批判、爱的缺乏、政治宗教、妇女权益，以及公共媒体对当代社会的不良影响等。2018 年的获奖作品为小说集《疯狂的魔法》（*Nairang-E-Junoon*, نیرنگِ جنوں, 2016）。

莎姆兰吉·邦多巴塔耶（Samragni Bandyopadhyay, সম্রাজ্ঞী বন্দ্যোপাধ্যায়, 1989— ）孟加拉语女诗人，出生于加尔各答，在贾达普尔大学（Jadavpur University）比较文学专业完成了本科和硕士学习，现为孟加拉语著名诗歌杂志《创作》（*Krittibash*, কৃত্তিবাস）的撰稿人之一。邦多巴塔耶从小就表现出诗歌才能，2010 年出版第一部诗集《暴雨

之女》（*Brishtirashir Meye*，বৃষ্টিরাশির মেয়ে），曾获得创作奖（Krittibash Purskar）和 S. 孟杜尔纪念奖（Subir MondulSmriti Purskar），并曾参加 2012 年印度文学院青年作家节。其诗歌主题之一是当代社会女性的地位与她们的痛苦，其中包括社会政治问题、女性生活，以及最重要的内容——爱。她的作品中往往包含了许多自身的个体经验。2018 年获奖作品为诗集《玩具的末日》（*Khelnabatir Din Sesh*，খেলনাবাটির দিন শেষ，2015）。

苏尼尔·克里希那（Suneel Krishnan，சுனில் கிருஷ்ணன்，1986— ）是泰米尔语作家，同时也是一位传统的阿育吠陀医生（ayurvedic doctor），还是一位甘地追随者。他从 2012 年开始写短篇小说，2017 年出版了第一本短篇小说集《箭床》（*Ambu Padukkai*，அம்புப் படுக்கை），并因这部作品于 2018 年获奖。《箭床》提出了本土知识体系与现代科学方法之间的摩擦的问题，其中充满传统体系实践者的自我怀疑和对信念的探索，作品体现了作者对人性的希望和对人类充满同情的热爱。

（四）萨拉斯瓦蒂奖（Saraswati Samman）

泰卢固语诗人 K. 希瓦·雷迪（K. Siva Reddy，క.శివారెడ్డి，1943— ）凭借诗集《平躺时，侧身》（*Pakkaki Ottigilite*，పక్కకి.ఒత్తిగిలితే…，2016）获得 2018 年度萨拉斯瓦蒂奖。

雷迪生于安得拉邦贡图尔（Guntur），1973 年出版第一部诗集，迄今已经出版了 23 部诗作，被认为是泰卢固当代最著名的诗人。他同时还是泰卢固语知名季刊《黎明》（*Wekua*，'వేకువ'）的编辑。雷迪认为诗歌是对抗不公正的武器，称自己是一个永远在寻求平等和人性的流浪者。雷迪诗歌的一个特征是篇幅较长，其中经常出现重复的诗行，诗歌主题关注社会现实。他凭借诗集《莫汉那！啊，莫汉那！》（*Mohana! O Mohana!*，మోహనా !. ఓ.మోహనా !.，1988）获得1990 年文学院奖，2017 年成为第一位获得格比尔奖（Kabir Samman）的泰卢固语诗人。《平躺时，侧身》是一部包含了 104 首无韵诗的诗集，它捕捉了诗人多年来对社会变化的反应，包含了他自身的变化发展以及与世界的互动关系。

（五）毗耶娑奖（Vyasa Samman）

　　印地语作家里拉塔尔·杰古蒂（Leeladhar Jagudi，लीलाधर जगूड़ी，1940— ）凭借诗集《众人皆爱》（*Jitne Log Utne Prem*，जितने लोग उतने प्रेम，2013）获得 2018 年毗耶娑奖。

　　杰古蒂是一名资深印地语诗人、记者和教师，迄今已经出版 15 部诗集。他出生于今北阿坎德邦特赫里·加瓦尔区（Tehri Garhwal）的一个加瓦里家庭[6]，1964 年出版第一部诗集，1997 年凭借诗集《经验之空的月亮》（*Anubhav Ke Aakash Mein Chand*，अनुभव के आकाश में चांद，1994）获文学院奖。2004 年因其对印地语文学的贡献获得印度政府颁发的莲花士勋章（Padma Shri），此外他还获得过不少其他印度政府及邦级奖项。"人类本性之爱"是杰古蒂诗歌的重要主题之一，他也被誉为是当代用印地语写"爱"的最好的诗人之一。他同时也注重诗歌类型和韵律的创新，希望能用带有韵律的语言去讲述生活，为 21 世纪印地语诗歌发展提供了新的参考和方向。《众人皆爱》延续了杰古蒂"爱"的主题，内容涉及儿童、女性、自然、爱情、死亡，通过对普通词汇有意识地重新排列和"乱用"，揭示隐藏在日常

6　加瓦里人（Garhwali people，गढ़वळि मन्खि），主要生活在印度北方，是北阿坎德邦的一个少　数族群，属印度 - 雅利安人种。

生活场景下的深意，诗集因为描绘在诗歌、现实、语言中的生活而获奖。

二、其他重要文学奖项

（一）阿南德奖

孟加拉革命家桑托什·拉那（Santosh Rana，সন্তোষ রাণা，1942—2019）凭借自传《政治的一生》（Rajniti EkJibon，রাজনীতির এক জীবন，2018）获得阿南德奖。拉那是孟加拉著名革命家，青年时期放弃了博士学业投身革命，曾是纳萨尔派领袖之一，还曾亲身领导孟加拉地区的乡村革命。他的传记《政治的一生》讲述了他从偏远山区来到大学求学，放弃学业投入革命，最后又拒绝极端左翼政治的经历，其中对20世纪孟加拉地区的农村革命有详细描绘和分析。阿南德奖表彰了他为人民争取权利的斗争，并认为虽然方式不同，但为人民的权益而奋斗这一点在当今仍具有指导意义。

（二）塔塔文学节年度图书奖（Tata Literature Live! Book Of The Year Award）

阿努拉达·罗易（Arunadha Roy，1967—　）的小说《我们从未经历过的所有生活》（*All The Lives We Never Lived*，2018）获得第九届塔塔文学节年度图书奖。

罗易是近年来出现，并在印度国内外广受关注的英语小说家、记者和编辑。她出生于加尔各答，曾先后求学于位于金奈的总统学院（Presidency College）、加尔各答大学（University of Calcutta）和剑桥大学，现居北阿坎德邦兰尼克特（Ranikhet），与丈夫共同经营独立出版社"永恒的黑色"（Permanent Black），出版了 4 部小说。第一部小说《无望的地图集》（*An Atlas of Impossible Longing*，2008）被翻译成 15 种语言，并被《今日世界文学》（*World Literature Today*）评为"印度当代最重要的 60 部英文作品"之一。第二部作品《折叠的地球》（*The Folded Earth*，2011）获得纵横字谜奖（2011），第三部小说《睡在木星上》（*Sleeping on Jupiter*，2015）获得多项提名，并最终荣获 2016 年 DSC 南亚文学奖（DSC Prize for South Asian Literature）。《我们从未经历过的所有生活》是她最新的作品，问世之后在印度国内外引发好评，并已在加拿大、美国、法国等地出版。

故事的主人公是一个名叫米什金的小男孩，其母亲伽亚特里是一位艺术家，为了追求自由，伽亚特里放弃了孩子和婚姻，跟一个德国人私奔了。故事从这里沿着两条相互交织的线索展开，年老的米什金试图寻找和拼凑母亲的生活，由此他展开了一段旅程，穿越了印度和荷兰控制下的巴厘岛。在挖掘他被抛弃的根源时，他开始了解他失散已久的母亲，以及家庭冲突和被战争蹂躏的世界之间的联系。一方面，米什金重现了 20 世纪 30 年代初他在被英国统治下的印度度过的童年时光，其中充满了孩子的天真和易受伤的情感，但在表面之下还有另一种张力；另一方面，这同时也是一个当代故事，讲述一位老人学着控制自己的愤怒，并承认自己的理解具有局限性。罗易在这部小说中，讲述了关于家庭、身份、性别与爱情的故事，并将个人生活与社会、政治、历史融合在一起，这部作品带有她一贯的"精确而富有诗意"的风格。

三、其他重要文学动态与作品

1. 印度文学院增选 4 位院士：杰扬特·莫哈巴德拉（Sri Jayant

Mahapatra，जयंत महापात्र，1928—　）、珀德玛·桑吉德维（Padma Sachdev，पद्मा सचदेव，1940—　）、维什瓦纳特·普拉萨德·蒂瓦里（Dr. Vishwanath Prasad Tiwari，विश्वना थप्रसाद तिवारी，1940—　）和诺根·萨基耶（Nagen Saikia，নগেন শইকীয়া，1939—　）。

　　莫哈巴德拉是一位用英语写作的诗人，20世纪60年代末期开始写作，诗歌最先在国际上获得发表和承认，随后引起了印度国内的关注。他已经出版了27部诗集，诗集《关系》（*Relationship*，1980）获得1981年文学院奖，他是印度第一位获得文学院英语诗歌奖的诗人，也被认为是当代印度英语诗歌的三大建构者之一。他于2009年获得印度政府授予的莲花士勋章，2018年当选为文学院院士，同年获得第九届塔塔文学节诗人奖（Tata Literature Live! Poet Laureate）。

　　珀德玛·桑吉德维是诗人、小说家，出生于今查谟的一个梵语学者家庭，用印地语和多格利语写作，是多格利语的第一位现代女诗人。诗集《我的诗，我的歌》（*Meri Kavita Mere Geet*，मेरी कविता मेरे गीत，出版日期不详）获得1971年文学院奖。2001年桑吉德维被授予莲花士勋章，2015年凭借自传《记忆》（*Chitt-Chete*，चित्त चेते，出版日期不详）获萨拉斯瓦蒂奖。

　　维什瓦纳特·普拉萨德·蒂瓦里出生于今北方邦的靠近印尼边境的一个村庄，是著名印地语评论家、散文家和诗人，于2013—2018年任印度文学院院长，2010年凭借诗集《终有留痕》（*Phir Bhi Kuch Rah Jayega*，फिर भी कुछ रह जायेंगे，2008）获得毗耶娑奖，还曾获得多项邦级和政府级奖项。

　　诺根·萨基耶出生于今阿萨姆邦高拉卡特（Golaghat），拥有阿萨姆语博士学位，是阿萨姆语作家、退休教授，1997年凭借短篇小说集《自己黑色的脸庞》（*Andharat Nijar Mukh*，আন্ধাৰত নিজৰ মুখ，

1995）获文学院奖。萨基耶长期从事阿萨姆语教学以及阿萨姆文学研究工作，致力于推动现代阿萨姆语文学的发展。

2. 2018 年印度文坛对"底层文学"的关注和讨论仍在继续。"达利特文学"（Dalit Literature）是 20 世纪 60 年代兴起的印度马拉提语文学，并迅速在印地语、泰米尔语、泰卢固语、孟加拉语等语种文学中获得响应，达利特文学已成为当代印度文学的一个重要思潮，批评家、学者和严肃作家开始对达利特文学理论进行探讨。2018 年在德里大学召开的研讨会上，有批评家认为由非达利特作家"出于同情"而创作的以利特为对象的文学，不属于真正的达利特文学。还有学者指出，喀拉拉邦的一些所谓"达利特"作家或者诗人，不过是以"达利特"为幌子来为自己谋取权益。[7] 2018 年 10 月的法兰克福书展上，印度出版人阿尔比塔·达斯（Arpita Das）向公众介绍了印度达利特文学团体的现状，同时《无国界文学》（*Words Without Borders*）十月刊作为达利特文学专辑集中讨论了达利特文学在翻译中如何保留特质并实现其传播的问题。除达利特文学之外，印度文学院 2018 年年报还指出，近年来部落文学和口头文学（Triable & Oral Literature）逐渐兴起，文学院同时还推行了"文学入村计划"（Village Outreach Programme）。

3. 2018 年新德里国际书展的主题为"环境与气候变化"（Environment and Climate Change），NBT 相应地在 2018 年推出了一系列与自然和环境相关的书籍，其中《丛林神的战马：惊心动魄的野外经历》（*Steed of the Jungle God: Thrilling Experiences in the Wild*，2018）获得了评论界和读者的一致好评。该书作者特赫辛父女（Raza

---

7 "The Great Indian Divide". *NBT Newsletter* Vol 36 No. 3. Mar. 2018. Web. 20 Jul. 2019.
   <https://www.nbtindia.gov.in/writereaddata/attachment/friday-may-25-20183-29-19-pmmarch-2018.pdf>.

H. Tehsin & Arefa Tehsin）均长期从事野生动物保护和研究工作，父亲阿雷法·特赫辛博士（Arefa Tehsin）有近70年与野生动物、部落生活、相处的经验。书中真实再现了他们在丛林中的生活，包括许多惊险、神秘的经历，同时也传达了人们应该与自然和谐相处并保护自然的理念。

结语

2018年的印度文坛显现出关注传统与人民，同时也力求创新和与世界接轨的倾向。文学院获奖作品以及其他奖项作品的所关注的主题大多是传统与现实的矛盾，其中既有传统文化在当代社会的衰退与危机，也有印度本土文化如何面对世界文化的思考与忧虑。格杨比特奖第一次授予了一位英语作者，也从侧面体现了印度本土文学尝试融入世界文坛的决心。此外，2018年的印度文坛，多语种之间的相互交流也仍是主要议题。印地语、乌尔都语、旁遮普语的作家和学者仍建议促进和实现语种文学之间的相互翻译和交流。对弱势群体的关注也仍是文坛重点主题，除前述"底层文学"之外，"女性"也仍然是焦点之一，除多数获奖作品都探讨了女性的生存、情感、命运等话题，"牛津词典年度词汇"牛津词典（印度）也将"女性力量"（Nari Shakti）定为2018年印度年度词汇。不过总体来说，2018年的印度文坛与2017年相比略显平淡，这或许从文学院青年奖出现3个语种的空缺中得到证明。

参考文献：

"Advisory Panel Meeting." *NBT Newsletter* Vol 36 No. 4. 31 Apr. 2018. Web. 10 May 2019.
    <https://www.nbtindia.gov.in/writereaddata/attachment/friday-may-25-20183-29-

54-pmapril-2018.pdf>.

"ANNUAL REPORT 2017–2018." 9 Jan. 2019. Web. 3 Mar. 2019.
<http://www.nbtindia.gov.in/aboutus__37__annual-report.nbt>.

"NDWBF 2018 Opens with a Message to Conserve the Environment." 6 Jan. 2018.
Web. 3 Mar. 2019.
<https://www.nbtindia.gov.in/writereaddata/attachment/wednesday-january-10-
201812-21-38-pmpress-release-on-06-01-2018-english.pdf>.

"'Nari Shakti' or women power is the Oxford Dictionaries Hindi Word of the Year 2018:
Here's why this phrase ruled the year." 27 Jan. 2019. Web. 3 Mar. 2019.
<https://www.indiatoday.in/education-today/grammar-vocabulary/story/-nari-
shakti-or-women-power-is-the-oxford-dictionaries-hindi-word-of-the-year-2018-
1440206-2019-01-27>.

Publications Division. *India 2018: A Reference Annual.* New delhi, India: Ministry of
Information & Broadcasting, 2018.

"Raza H Tehsin's 'Steed of the Jungle God': A crusader's memoir on experiences in the
wild." 30 Jul. 2018. Web. 10 May 2019.
<http://www.newindianexpress.com/lifestyle/books/2018/jul/30/raza-h-tehsins-
steed-of-the-jungle-god-a-crusaders-memoir-on-experiences-in-the-wild-1850749.
html>.

"Tata Literature Live! Book of the Year Award." 18 Nov. 2018. Web. 10 May 2019.
<http://www.tatalitlive.in/exhibitors/book-of-the-year/>.

"Words Without Borders' October: India's Dalit Literature in Hindi. " 18 Oct. 2018.
Web. 10 May. 2019. <https://publishingperspectives.com/2018/10/words-without-
borders-october-indias-dalit-literature-in-hindi/>.

Web. 20 May 2019. 6 Jul. 2018 ماحول اور ادب کے مطالعہ سے مجھے لکھنے کی تحریک ملی: شہناز رحمٰن
<http://azadmail.com/environment-literature-study-motivated-writing-shahnaz-
rahman/>.

季羡林主编:《印度古代文学史》。北京：北京大学出版社，1991。

林承节:《印度史》。北京：人民出版社，2014。

作者：曾琼，北京外国语大学亚非学院

2018 年英国文学概览

张　峰

内容提要：2018 年的英国文坛取得了骄人的成就，诞生了一大批佳作。这些作品聚焦于女性（尤其是性暴力）、战争、创伤、历史、"脱欧"等题材，在创作风格上也有不少推陈出新的成功尝试。从作家群体的构成来看，中老年作家依然保持了旺盛的创作活力，而新生代作家和少数族裔作家则逐渐成为文坛主力。2018 年正值艾米莉·勃朗特诞辰 200 周年、曼布克奖设立 50 周年、"帝国疾风号"抵达英国 70 周年，英国文学界因此举办了一系列纪念活动。此外，2018 年还送别了一位文学大师——奈保尔。

　　2018 年对英国来说是很不平凡的一年。英国和欧盟之间旷日持久的"脱欧"谈判让英国前景的不确定性陡然增加，社会分裂加剧。在席卷全球的"# MeToo 运动"（Me Too Movement 或 #MeToo Movement）[1] 的推动下，越来越多的英国女性选择打破沉默，揭露

1　"# MeToo 运动"指的是 2017 年 10 月美国女演员艾丽莎·米兰诺（Alyssa Milano）等人针对好莱坞金牌制作人哈维·韦恩斯坦（Harvey Weinstein）性侵多名女星的丑闻发起的运动，呼吁所有曾遭受性侵犯的女性挺身而出说出惨痛经历，并在社交媒体贴文附上"# 我也是"（#MeToo）的标签，借此唤起社会关注。此后，"#MeToo 运动"席卷全球，引发了人们对性骚扰这一社会问题的持续关注。

性骚扰和性虐待。此外，"一战"结束 100 周年、"帝国疾风号"（Empire Windrush）[2] 抵达英国 70 周年等重要事件对英国社会和文化均产生了深远影响。2018 年的英国文坛反思历史、触碰现实，取得了骄人的成就，诞生了一大批佳作，在创作题材与写作风格上均有不少推陈出新的成功尝试。本文主要以获得 2018 年重要奖项的文学作品为线索，按小说、诗歌、戏剧、传记、散文等文类的顺序概述本年度的文学创作，同时梳理重要文学活动和事件，以期呈现该年度英国文学的全景。

一、小说

由于 2018 年度诺贝尔文学奖的缺席，曼布克奖（Man Booker Prize）显得更加引人注目。最终，安娜·伯恩斯（Anna Burns, 1962— ）凭借其第三部长篇小说《送奶工》（*Milkman*）折桂，成为第一位获此奖项的北爱尔兰作家。作品讲述了"北爱尔兰问题时代"（the Troubles）[3] 一个 18 岁少女和一个握有军事权力的已婚男子之间的故事。少女迫于权力卷入了不正当关系，身为受害者却陷入了一系列流言蜚语之中。故事中分裂的社会、趁乱得利的威权人士、无辜的受害少女，充满各种政治隐喻，是一部反乌托邦式的作品。作品运用了大胆的实验风格，人物都没有名字，全部使用代称，如"送奶工""二姐""大姐夫"等，同时到处是伯恩斯的内省式描写，其中还混杂了意识流镜头与人称转换。《卫报》文学编辑克莱尔·阿米斯泰

2　1948 年 6 月 22 日，"帝国疾风号"载着约 500 名加勒比移民抵达埃塞克斯郡的蒂尔伯里码头（Tilbury Docks, Essex），揭开了英国战后移民的序幕。1948 年及之后的移民浪潮对英国社会产生了广泛而深远的影响，是 20 世纪英国历史的分水岭，标志着民族多元化的开端。

3　"北爱尔兰问题时代"指的是 1968—1998 年期间北爱尔兰的长期暴力冲突，后由英国和爱尔兰政府于 1998 年 4 月 10 日签订《北爱和平协议》后中止。

德（Claire Armitstead）称伯恩斯"将细碎的日常描述和国家强权结合在一起，描述了一个既具有哥特色彩，又带有卡夫卡式幽默的失调社会"（Para. 5）。她称赞《送奶工》"直指这个时代的反性骚扰运动、爱尔兰边境争议和其他世界问题"（Para. 6）。本届曼布克奖评审会主席、哲学家夸梅·安东尼·阿皮亚（Kwame Anthony Appiah）评价说："伯恩斯完全自成一派的风格挑战了传统思维，营造了出人意料又令人身临其境的文句。这是一个关于野蛮的故事，在性侵犯与抵抗之间却又交织着富于感染力的幽默感。《送奶工》设置在一个自我分裂的社会当中，探索了压抑如何以阴险的形式潜入人们的日常生活。"（Para. 4）。除曼布克奖外，《送奶工》还获得了全美书评人协会小说奖（National Book Critics Circle Award for Fiction）。

苏格兰诗人罗宾·罗伯逊（Robin Robertson，1955—　）凭借小说处女作《长镜头》（*The Long Take*）入围 2018 年曼布克奖短名单并获得金匠奖（Goldsmiths Prize）[4]。作品讲述了老兵沃克的故事：他曾经历过诺曼底登陆，患有创伤后应激障碍（PTSD），因战后无法回到加拿大新斯科舍的家乡，于是在纽约、洛杉矶和旧金山寻找新的生活方式。《长镜头》被认为是本年度最具创新精神的小说。它不仅将自由诗句与笔记本、期刊上的文字混合拼贴，而且以闪回、老式单色照片和多种字体探讨战争的恐怖及给人物心灵留下的创伤。金匠奖评委会主席亚当·玛斯-琼斯（Adam Mars-Jones）称《长镜头》是"一部充满炫目的阳光和挥之不去的阴影、仿若黑色电影的诗体小说，技术精湛，形式机智，情感上毫不留情"（qtd. in Flood, "Robin Robertson", Para. 5）。

4　金匠奖设立于 2013 年，评奖只面向英国和爱尔兰小说，旨在发现那些"打破常规或扩展小说形式的可能性"的作品。

"90 后"新锐作家黛西·约翰逊（Daisy Johnson，1990—　）的《暗涌》（*Everything Under*）讲述了一位词典编纂者幼时被母亲遗弃，成年后寻母却难逃悲剧宿命的故事，情节扑朔迷离，引人入胜。作品入围 2018 年度曼布克奖短名单，约翰逊也由此成为曼布克奖历史上最年轻的入围作家。作者在书中大量运用充满宿命感的魔幻元素，将童话与传奇融于一体，使整本小说读起来像是以现代英格兰为背景的希腊神话。无论是在题材还是创作风格的选择上，《暗涌》都是一次推陈出新的成功尝试。

威尔士青年作家索菲·麦金托什（Sophie Mackintosh，1988—　）的小说处女作《水疗》（*The Water Cure*）入围了 2018 年曼布克奖的长名单。作品中的三姐妹被"国王"父亲隔绝在一个荒岛的庄园里，从小被灌输一套关于世界和生活的歪理邪说，被迫接受一系列近乎变态的"水疗"来净化身体。这是一部揭露男权暴力的女性反乌托邦小说，被评论家称为"直捣父权制核心"的力作（Cosslett，Para. 2）。

文坛新秀、剑桥大学教师、印度裔作家普雷蒂·坦尼耶（Preti Taneja，出生年份不详）的小说处女作《那时年少》（*We That Are Young*）荣膺 2018 年度的德斯蒙德·艾略特文学奖（Desmond Elliott Prize）[5]。作品以当代印度为背景，重述了莎剧《李尔王》的故事，描写了一个家族王朝的衰落。故事发生在印度德里，一个叫德福拉什的印度大企业创始人刚刚辞职，他的大女儿拉达和二女儿加姬接手公司运营，小女儿为了躲避婚姻而远走高飞。评委们表示，《那时年少》一书在"格局、雄心、技巧与智慧"等方面均"令人惊叹"（awe-

---

5　设立于 2007 年，是英国面向新兴作家的最负盛名的文学奖项，以知名文学经纪人、出版商德斯蒙德·艾略特（Desmond Elliott，1930—2003）的名字命名，旨在奖励"笔法生动且行文充满自信"的小说处女作。

inspiring），其"散文感十足，芳香四溢，色彩斑斓"。(Flood, "Preti Taneja"，Para. 2)

斯图亚特·特尔顿（Stuart Turton，出生年份不详）的处女作、侦探推理小说《伊芙琳·哈凯索的七次死亡》（*The Seven Deaths of Evelyn Hardcastle*）荣获 2018 年度科斯塔图书奖（Costa Book Award）[6]。作品讲述了发生在 20 世纪 20 年代的一个引入入胜的故事：第一人称叙事者兼主人公艾登·毕肖普患有失忆症，他醒来后发现自己穿着别人的衣服去布莱克希思庄园参加晚会，期间庄园主的女儿伊芙琳·哈凯索被谋杀。奇怪的是，这一天在不停地重复，艾登需要做的就是解开这个谜团。他一共有八天的时间，而每天一醒来，艾登就会发现自己身处一个新的身体里。想要打破这种致命循环，他必须找出杀害伊芙琳的凶手。评论界认为特尔顿的这部作品表现出其杰出的创作天赋，颇有推理小说女王阿加莎·克里斯蒂（Agatha Christie，1890—1976）的风范。(O'Grady，Para. 1)

2018 年的卡内基文学奖（The Carnegie Medal）[7] 授予了儿童文学作家杰拉尔丁·麦考林（Geraldine McCaughrean，1951—   ）。获奖作品《世界的尽头》（*Where the World Ends*）受到一个真实故事的启发，讲述了 1727 年夏季一群苏格兰人为求生计到海岛上捕鸟，却被困海中，无人营救，由此展开了一次野外生存的自我救援。

文坛老将朱利安·巴恩斯（Julian Barnes, 1946—   ）的新作《唯一的故事》（*The Only Story*）讲述了 19 岁的保罗和大他 20 多岁的有

---

6 科斯塔图书奖是英国最重要的文学奖之一，其前身为创立于 1971 年的惠特布雷德（Whitbread）图书奖，2006 年起由英国科斯塔连锁咖啡赞助，改名为"科斯塔图书奖"。该奖评奖范围仅限于英国、爱尔兰两地的英语作品。

7 1936 年，英国图书馆协会为纪念苏格兰慈善家安德鲁·卡内基（Andrew Carnegie，1835—1919）而设置卡内基文学奖，现由英国图书馆协会（CILIP）颁发，主要授予英国儿童小说或是青少年小说家，为世界儿童文学界的最高奖项之一。

夫之妇苏珊·麦克劳德之间的爱恋。故事分为三个部分，分别用第一人称"我"、第二人称"你"和第三人称"他"来讲述，基本对应了保罗的爱情故事和人生的三个阶段。第一部分"我"说话的时候，保罗是沉浸在爱情的喜悦中的；第二部分"你"说话的时候，好像是"我"在审视另一个"我"的言行举止；第三部分变成"他"说话的时候，完全像是保罗对一个他者做客观的观察和描述。这种叙事形式反映了保罗对这段感情的认知变化和心理距离，使得小说具有了相当高的文学性。保罗喜欢把有关爱情的描写和定义抄录在一个笔记本上，不过，随着岁月变迁，他对爱情的理解也发生改变，于是把他认为错误的定义划掉。作品延续了巴恩斯的怀疑主义及对记忆和过往的着迷。

乔纳森·科（Jonathan Coe，1961—　）的新作《英格兰中部》（*Middle England*）续写了《无赖俱乐部》（*The Rotters' Club*，2001）和《封闭的圈子》（*The Closed Circle*，2004），把之前两部作品中的人物带入了动荡不安的当下，记录了从 2010 年至今的故事，情节与英国"脱欧"前后的历史背景紧密相关，是 2016 年以来兴起的"脱欧文学"（Brex-Lit）中的重要作品。故事的主人公本杰明功成名就，他的侄女苏菲虽然事业成功，但在英国"脱欧"的问题上与丈夫伊恩发生了争执。本杰明的朋友道格是一位左倾记者但与保守党议员建立了联系，这让他离经叛道的女儿珂丽安达非常不满。与此同时，伊恩的母亲海伦娜支持伊诺克·鲍威尔[8]的言论，蔑视政治正确性，怀念没有外国人的英国。科还巧妙地将虚构与现实融为一体：珂丽安达参与了 2011 年伦敦的暴动；小说中的几个角色对 2012 年伦敦奥运会开幕式发表了评论，还有很多人就英国"脱欧"发表了看法。苏菲的母

8　1968 年 4 月 20 日，英国保守党议员伊诺克·鲍威尔（Enoch Powell，1912—1998）发表"血河"演说（Rivers of Blood），指出移民浪潮会导致冲突，警告英国多种文化并存可能带来的危险。后来，其思想被称为"鲍威尔主义"。

亲因一名在公投活动中遇害的工党议员乔·考克斯（Jo Cox）而悲痛欲绝。"脱欧"公投结束后，苏菲和伊恩参加了"脱欧后咨询"。当代英国支离破碎，缺乏宽容，与本杰明儿时记忆中充满凝聚力的英国相去甚远。《英格兰中部》是一部引人入胜的国情小说，深刻反映了个人和政治的焦虑。

无独有偶，苏格兰作家欧文·威尔士（Irvine Welsh，1958— ）的新作《死人的裤子》（*Dead Men's Trousers*）是其"猜火车"（Trainspotting）系列的第三部[9]。在这部充满了黑色幽默的作品中，威尔士将这个虚构的世界带到了尽头。"猜火车"四人组[10]子女已经成年，但他们的危机接连不断。以2016年"脱欧"公投前夕的英国为背景，作品试图探讨交织在一起的两个问题："人们能在多大程度上发生改变，以及人们愿意在多大程度上允许他人改变？"（Carroll，Para. 2）。

在新作《女孩的沉默》（*The Silence of the Girls*）中，曼布克奖得主、《重生三部曲》（*The Regeneration Trilogy*）的作者帕特·巴克（Pat Barker，1943— ）以被奴役的特洛伊王后布里塞伊丝（Briseis）的视角重述了《伊利亚特》（*The Iliad*）的故事。布里塞伊丝原本是《伊利亚特》里一个次要人物，但在巴克的笔下，她成为叙事者，让人们从女性的视角重新审视这场战争带来的灾难与伤痛。评论界对这部作品赞誉有加，认为这是巴克从世界大战向其他文学题材的成功转型。

悬疑小说家凯特·阿特金森（Kate Atkinson，1951— ）的新作《如实记录》（*Transcription*）延续了她得心应手的间谍题材。故事发生在波谲云诡的上世纪四五十年代。孑然一身的主人公朱丽叶·阿姆斯特朗在

9　前两部分别是《猜火车》（*Trainspotting*，1993）和《情色》（*Porno*，2002）。

10　马克·伦顿（Mark "Rent Boy" Renton）、暴力狂贝格比（Francis "Franco" Begbie）、"病孩"西蒙（Simon "Sick Boy" Williamson）和弱智人"土豆"丹尼尔（Daniel "Spud" Murphy）。

18 岁那年被军情五处招募入伙，负责窃听英国纳粹同情者的会议内容并抄录存档。很快，她在谍影重重的世界中越陷越深，即使在她离开情报机关转而为 BBC 制作广播节目以后，她依旧无法摆脱谍报机关的阴影。作品叙事独特，故事在朱丽叶 18 岁的战时与 28 岁的战后之间左右穿梭，朱丽叶的真实面貌也在时间的穿越中缓缓浮现在读者面前。

卡里尔·菲利普斯（Caryl Phillips，1958—　）的新作《帝国斜阳》(*A View of the Empire at Sunset*) 是一部向《藻海无边》(*Wide Sargasso Sea*，1966) 的作者、加勒比裔英国作家简·里斯（Jean Rhys，1890—1979）致敬的传记小说。作品以 1901 年维多利亚女王去世后大英帝国逐渐衰落的岁月为背景，以第三人称讲述了克里奥尔白人女性艾拉·格温德琳·里斯·威廉姆斯（Ella Gwendolen Rees Williams）[11] 在加勒比、英国和法国的经历。里斯和菲利普斯同为加勒比裔作家，他们的小说——《藻海无边》和《迷失的孩子》(*The Lost Child*，2015) 通过"反写"（write back）勃朗特姐妹的小说——《简·爱》与《呼啸山庄》，重塑了英国文学史上两个经典的人物形象——"阁楼上的疯女人"伯莎·梅森（Bertha Mason）和希斯克利夫（Heathcliff），探索了被社会抛弃的人在社会中所扮演的角色，映射帝国主义和父权压迫的表现形式（Boyd, "Two Writers", Para. 11）。《帝国斜阳》用里斯艰难、孤独的生活来探索异化和流放的主题。可以说，里斯的一生为菲利普斯的创作主题——流离失所、疏离和混乱的身份——提供了"一块合适的画布"（McAlpin, Para. 1）。

莎拉·佩里（Sarah Perry，1979—　）是近年来在英国小说界崭露头角的一名新人作家，她对哥特小说的深入研究使她的作品多带有浓重的复古气质。第三部小说《梅莫斯》(*Melmoth*) 同样延续了佩

11　简·里斯的原名。

里的哥特风格。主人公海伦·富兰克林在风雪交加的布拉格遭遇了一连串的离奇事件。朋友交给她一份写满了神奇传说的神秘手稿，而每一个故事中都出现了一个名叫"梅莫斯"的神秘人，正是她目击了这些传说中主人公最不可饶恕的恶行。据说她曾被施以诅咒，在"基督再临"之前只能永无休止地在世间游荡。海伦本对这些奇谈怪论嗤之以鼻，但她终于感到，自己拼命掩饰的黑暗历史已经吸引了"梅莫斯"冷峻的目光。目击者"梅莫斯"的形象源自哥特小说家查尔斯·马图林（Charles Maturin，1782—1824）的作品《流浪者梅莫斯》（*Melmoth the Wanderer*，1820）。佩里从这部哥特经典作品出发，将历史与神话以及人性的脆弱与怜悯编织成了一部引人入胜的道德寓言。

除以上作品外，2018 年出版的主要小说还包括吉姆·克雷斯（Jim Crace，1946—　）的《旋律》（*The Melody*）、威廉·博伊德（William Boyd，1952—　）的《盲目的爱》（*Love Is Blind*）、塞巴斯蒂安·福克斯（Sebastian Faulks，1953—　）的《巴黎回声》（*Paris Echo*）、奥利维亚·莱恩（Olivia Laing，1977—　）的《克鲁多》（*Crudo*）、艾玛·希利（Emma Healey，1985—　）的《黑暗中的哨声》（*Whistle in the Dark*）、穆罕默德·哈尼夫（Mohammed Hanif，1964—　）的《红雀》（*Red Birds*）等。

二、诗歌和戏剧

苏格兰诗人 J. O. 摩根（J. O. Morgan，1978—　）的新作《确信》（*Assurances*）入围 2018 年度英国最大的诗歌奖——前进诗歌奖（Forward Prizes for Poetry）[12] 并斩获科斯塔诗歌奖（Costa Poetry

---

12　该奖项设立于 1992 年，旨在奖励当年在英国及爱尔兰出版了诗集的杰出诗人以及增加公众对诗歌的阅读量。奖项分为最佳诗集奖、最佳诗集处女作奖以及最佳诗篇奖。

Award)。这是一部具有历史意义的战争诗，从 20 世纪 50 年代的冷战讲起，思考核力量带来的永恒威胁，展现平民面对未知危险的心声。在前言中，摩根解释说这部作品的灵感来源其父在冷战期间于英国皇家核威慑计划空军当兵的往事。诗作细腻地捕捉了空军视角下的独特体验——只有空军才能听到的声音：不知危险将至的平民百姓的叫喊，敌军的怒吼，甚至炸弹引爆的声响等。由此，摩根以其敏锐的观察力和微妙的叙事结构谱写了一部宏篇诗章。近年来，对于"冷战复兴"（resurgence of Cold War）的焦虑在持续上升，无疑，在这一大背景下，这部诗集所呈现的对于冷战历史的审视与观望是非常具有前瞻性的。

牛津大学教师、诗人汉娜·沙利文（Hannah Sullivan，1979— ）的首部诗集《诗三首》（*Three Poems*）荣膺 2018 年度的艾略特诗歌奖（T. S. Eliot Prize for Poetry）。诗集收入长诗三首。第一首《你在纽约很年轻》（"You, Very Young in New York"）讲述了一个年轻女子在纽约的独自生活，爱上并体验了这座城市的风景、声音和气味。第二首《无休止的重复》（"Repeat Until Time"）讲述了她在加州发现的主要以重复为标志的环境和文化。第三首《雨后的沙坑》（"The Sandpit after Rain"）融合了父亲的死亡和儿子的出生、结局和开始，以及它们是多么的相似。沙利文使用的语言清晰、锐利。无论是描述纽约的一家面包店，还是加州的一家购物中心，抑或是分娩的开始，沙利文都展示出了敏锐而老练的眼光。

"90 后"诗人菲比·鲍尔（Phoebe Power，1993— ）的处女作诗集《奥地利北部的神龛》（*Shrines of Upper Austria*）荣获 2018 年的前进诗歌奖之最佳诗集处女作奖（Best First Collection）。作品记录了菲比在中欧各地旅行的见闻、文化风情和对历史的追溯。她从祖母的亲身经历下笔，回溯她于二战时期在家乡奥地利与英国军人相遇，并嫁到英国的故事。无数的故事碎片聚拢起来，移民、学童、祖母的声音交错起伏，诗中飘摇着静止而蠢蠢欲动的意象：一座为两只死去的山羊立下的坟墓，在基督教显现节亮起的灯笼，一个手工制作的青蛙玩偶。这部诗集在英语中夹杂了德语，糅合了诗与散文，有着丰富的地方风俗和细节，引起人们关于家园和旅途的遐想。

莉兹·贝里（Liz Berry，1980— ）的诗歌鲜明地运用了英格兰中部的黑郡（Black Country）方言及濒临灭绝的当地词汇，这在与她同辈的英国年轻诗人中是非同寻常的。她从地方风俗神话中获取了诗歌的灵感，大胆地用带有魔幻现实主义色彩的手法来描述人类对超自然力量的探寻。她的诗歌《母亲共和国》（"The Republic of Motherhood"）获得 2018 年度前进诗歌奖之最佳诗篇奖（Best Single Poem）。该诗写的是她生下儿子之后的经历。在此期间，她曾停笔没有写诗，而母亲一直陪伴她的身旁，给予支持："我们的故事是美丽的、鲜活的、快乐的，同时也是令人心碎、难以言喻的，每当我回看这首诗，都会觉得很受安慰，这样的经历是难得的。"（Saunders, Para. 2）

英国桂冠诗人（Poet Laureate）卡罗尔·安·达菲（Carol Ann Duffy, 1955— ）发表了任期内的最后一部诗集《诚意》（Sincerity）。在这部新作中，她的愤怒转化为挽歌般的哀思。我们能在这部诗集中看到时间在暮年诗人身上留下的痕迹，诗人在这里缅怀逝去的生命、褪色的恋情以及自己的青春年华，并在纷乱的生活中撷取了那些慰人心灵的美丽瞬间。她不仅探索了自己的内心，也将这个动荡时代中个人与现实的复杂性以及政治的虚伪狡诈剖露无遗，诗集的同名作《诚意》正是这部集子的主音。

著名诗人西蒙·阿米塔奇[13]（Simon Armitage, 1963— ）获得 2018 年度女王诗歌金质奖章（Queen's Gold Medal for Poetry）。新出版的诗集《掠过》（*Flit*）是阿米塔奇为庆祝约克郡雕塑公园（Yorkshire Sculpture Park）成立 40 周年而作。诗集收录了 40 首配有完整插图的诗歌，这些诗歌将约克郡雕塑公园重新定义为一个国家，通过一个自我放逐的局外人的视角，讲述了这里的风景、雕塑和建筑。

巴基斯坦裔诗人蒙妮莎·阿尔维（Moniza Alvi, 1954— ）的《黑鸟，再见》（*Blackbird, Bye Bye*）是她 2013 年出版《分治时代》（*At the Time of Partition*）之后的第一本新诗集。作品以鸟类为隐喻，探讨家庭、移民、死亡等主题。其中的许多诗歌采用视觉形式，在布局上采取缩进式排列，让诗行在页面上移动，巧妙地模仿了鸟翼及其飞翔。诗歌集中塑造了"母鸟"（Motherbird）和"父鸟"（Fatherbird）两个形象，以此来比喻家庭关系。

肖恩·奥布莱恩（Sean O'Brien, 1952— ）的第九本诗集《欧罗巴》（*Europa*）入围了 2018 年度艾略特诗歌奖短名单。这部诗集审视了英国和欧洲大陆的关系，在题材上可以归入"脱欧文学"。作品表达了这样的思想：欧洲不是一个可以选择离开的地方，它是一种共同的遗产和古老的存在状态。奥布莱恩将英国人当前的危机置于一个富有想象力的过去的背景下，展示了未来如何将由人们理解其欧洲身份的方式以及对历史的记忆和遗忘所决定。

此外，牙买加裔听力障碍诗人雷蒙德·安楚巴斯（Raymond Antrobus, 1986— ）获得 2018 年度泰德·休斯诗歌奖（Ted Hughes Award），他的诗集《毅力》（*The Perseverance*）被《卫报》评为 2018

13　据《卫报》报道，2019 年 5 月 9 日，阿米塔奇接到了来自英国首相特雷莎·梅的电话，通知他接替卡罗尔·安·达菲，成为英国第 21 位桂冠诗人。

年度诗集。赞比亚裔诗人卡约·钦贡伊（Kayo Chingonyi，1987— ）的诗集《成人礼》（*Kumukanda*）获得 2018 年度狄兰·托马斯诗歌奖（Dylan Thomas Prize）。

2018 年是《麦克白》（*Macbeth*）登上英国国家剧院（The National Theatre）的第 25 年，也是导演鲁弗斯·诺里斯（Rufus Norris，1965— ）导演莎剧的第 25 年。除《麦克白》外，2018 年的主要复排剧目还包括《哈姆雷特》（*Hamlet*）、《理查三世》（*Richard III*）、《裘力斯·恺撒》（*Julius Caesar*）、《悲惨世界》（*Les Misérables*）、《歌剧魅影》（*The Phantom of the Opera*）、《富丽秀》（*Follies*）、《音乐之声》（*The Sound of Music*）等。2018 年 12 月，《卫报》评出了 2018 年度 10 大戏剧（Top 10 Theatre Shows of 2018），包括：《风暴之巅》（*The Height of the Storm*）、《沃森一家》（*The Watsons*）、《雷曼三部曲》（*The Lehman Trilogy*）、《继承》（*The Inheritance*）、《伙伴们》（*Company*）、《约翰》（*John*）、《九夜》（*Nine Night*）、《帖木耳大帝》（*Tamburlaine*）、《制作人》（*The Producers*）、《黑暗故事》（*A Very Very Very Dark Matter*）。此外，霍华德·约翰·布伦顿（Howard John Brenton，1942— ）讲述二战历史的新剧《影子工厂》（*The Shadow Factory*）于 2018 年 2 月在纳菲尔德南安普敦剧院（Nuffield Southampton Theatre）首演。下文重点介绍两部 2018 年度的获奖剧作。

杰斯·巴特沃斯（Jez Butterworth，1969— ）的剧作《摆渡人》（*The Ferryman*，2017）2017 年在伦敦首演，2018 年在纽约百老汇开演，先后荣获 2017 年度《旗帜晚报》戏剧奖（*Evening Standard Theatre Awards*）[14]，2018 年度的"戏迷之选奖"（WhatsOnStage

---

14 英国伦敦《旗帜晚报》戏剧奖是从 1955 年开始的每年一届的奖项。它与奥利弗奖并称为英国戏剧界的两大重要奖项。该奖由 Evening Standard 集团赞助，在每年 11 月底 12 月初举办，表彰一年里为伦敦戏剧做出杰出贡献的艺人。

Awards)[15]，奥利弗奖（Laurence Olivier Awards）[16] 中的最佳新剧、最佳女主角和最佳导演奖三项大奖。《摆渡人》将故事场景设在 1981 年的北爱尔兰，讲述了一名前爱尔兰共和军（IRA）成员和家人在北爱尔兰乡村度过的一天。作品在宏大叙事与个体命运之间找到了一个巧妙的切入点，融思想性、艺术性和娱乐性于一体。

牙买加裔演员、剧作家娜塔莎·戈登（Natasha Gordon，1976—　）的戏剧处女作《九夜》于 2018 年 4 月 21 日至 5 月 26 日在英国国家剧院首演，2018 年 12 月 1 日至 2019 年 2 月 9 日在伦敦西区的特拉法加工作室（Trafalgar Studios）公映，广受好评，戈登由此成为首位作品在伦敦西区演出的英国黑人女剧作家。凭借《九夜》，戈登荣膺《旗帜晚报》戏剧奖之最佳剧作家奖。《九夜》描绘了一次牙买加式的漫长守灵。保持九天九夜不睡觉本身就是一种展示怀念的方式，是一段经过严格编排的时间，如此安排的目的，在于让故去的人能够安然离开这个家。在一次采访中，戈登解释说，聚集吃饭、喝酒和交换故事的"九夜"仪式帮助她与家人的过去联系起来，并启发了她的第一部戏剧。(Bowie-Sell，Para. 6)

三、传记、散文及其他

牛津大学英语文学教授巴特·范·埃斯（Bart van Es，1972—　）的传记文学作品《被裁剪的女孩》(*The Cut Out Girl*) 斩获 2018 年科

15　WhatsOnStage.com 是英国著名的戏剧新闻与资讯网站，它所设立的 WhatsOnStage Awards 之前名为 Theatregoers' Choice Awards，性质和票选方式都和"舞台奖"（The Stage Awards）有相似之处，也是一个真正属于戏迷的奖。

16　被誉为英国戏剧界的奥斯卡，于 1976 年设立，原名为"西区剧场协会奖"〔Society of West End Theatre Awards〕，1984 年更名为"奥利弗奖"，以致敬著名演员劳伦斯·奥利弗的退休。该奖由伦敦剧院协会〔Society of London Theatre〕提供奖金，是国际公认的舞台剧艺术大奖，相当于美国百老汇的托尼奖。

斯塔传记文学奖及科斯塔年度图书奖。该书讲述了二战期间一个犹太小女孩被送到荷兰避难成长的故事。主人公莉恩·德·容被一个陌生人带到一个远离纳粹的寄养家庭生活。而传记作者埃斯的祖父母正是当初收养了莉恩的家庭，他们当年参加了荷兰反法西斯抵抗运动，但在 20 世纪 50 年代莉恩和他们发生争执并最终失散。埃斯对莉恩之后的境遇感到好奇，经过一番寻找，2014 年终于在阿姆斯特丹找到了这位老人。莉恩保存了大量关于自己的文件，包括她母亲写给寄养家庭的信件，这为埃斯的创作提供了重要的文献资料。巴特循着莉恩的足迹，追踪了两个家庭的故事，写出了这个有关误解与爱的故事，展现了人类最痛苦的经历和回忆。BBC 主持人索菲·拉沃斯（Sophie Raworth）表示：“这是一本非常重要的书。如果范·埃斯不去寻找，这个故事就永远不会被讲述。当今也有无数流离失所的人和数不清的故事，我们都认为这个故事与今天产生了巨大的共鸣。这本书写得低调而优美，我们都对此感到惊讶。它就像一块隐藏起来的宝石，我们想把聚光灯打在上面。”

著名新生代小说家扎迪·史密斯（Zadie Smith，1975—　）出版了文集《感受自由》（*Feel Free: Essays*）。作品收入了史密斯近年来的多篇随笔，分为五个部分——“世界”（In the World）、“观众”（In the Audience）、“艺廊”（In the Gallery）、“书架”（On the Bookshelf）和“感受自由”（Feel Free），主题涉及许多现实问题，如全球变暖、糟糕的政坛等。除之前发表的《欢愉》（“Joy”）和《找到你的沙滩》（“Find Your Beach”）外，文集收录了不少新作及几篇受奖词。这部文集对当代文化、政治、环境和史密斯本人的生活作了一次全面的总结。史密斯娴熟地从文学与哲学信步到艺术、流行音乐和电影，为社会与审美自由做出了扎实的论辩。文集出版后获得评论界的一致好评，并荣膺 2019 年全美书评人协会奖批评奖（The National Book Critics Circle Award for Criticism）。

继三年前出版自传第一卷《生逢其时：回忆录 1935—1975》（*Quite a Good Time To Be Born: A Memoir*, 1935—75，2015）之后，著名小说家、评论家戴维·洛奇（David Lodge，1935— ）本年度出版了自传的第二卷《作家的运气：回忆录 1976—1991》（*Writer's Luck: A Memoir 1976—1991*），内容涵盖了这期间洛奇在文学创作和学术研究方面的诸多成就。

著名剧作家、小说家、诗人黛博拉·利维（Deborah Levy，1959— ）的自传《生活成本》（*The Cost of Living*）同样值得关注。她在书中写到了自己 50 岁离婚后照顾两个女儿的经历，让读者了解到家庭生活对女性创造性思维的影响。此外，著名加勒比裔诗人本杰明·泽凡尼（Benjamin Zephaniah，1958— ）出版了自传《本杰明·泽凡尼的生平和诗篇》（*The Life and Rhymes of Benjamin Zephaniah: The Autobiography*）。

詹姆斯·布斯（James Booth）编写的《菲利普·拉金：家书 1936—1977》（*Philip Larkin: Letters Home 1936—1977*）出版，这是著名诗人菲利普·拉金（Philip Larkin，1922—1985）最后一份未公开的重要档案，收入了拉金的家书，主要写给他"保守的无政府主义者"父亲和深爱的母亲。拉金写信的习惯从 14 岁时就开始了，一直到他成为享誉世界的诗人后，他也还会寄信给他的母亲。这本书从拉金寄出的 4000 多封信件中选出了 607 封编辑成书。这些书信再现了二战时期拉金在求学、情感、艺术追求等方面的经历，以及对一些重要作家的评论。其中最为动人的内容是拉金在人生落入低谷时保持的乐观精神。

四、主要文学奖项

奖项	获奖作品	作者
曼布克奖	《送奶工》	安娜·伯恩斯
国际曼布克奖（The Man Booker International Prize）	《航班》（*Flights*）	波兰作家奥尔加·托卡尔丘克（Olga Tokarczuk）英文译者詹妮弗·克洛夫特（Jennifer Croft）
科斯塔图书奖： 1. 小说奖	《普通人》（*Normal People*）	爱尔兰作家莎莉·鲁尼（Sally Rooney）[17]
2. 小说处女作奖	《伊芙琳·哈凯索的七次死亡》	斯图亚特·特尔顿
3. 传记文学奖及年度图书奖	《被裁剪的女孩》	巴特·范·埃斯
4. 诗歌奖	《确信》	J. O. 摩根
5. 童书奖	《云雀战争》（*The Skylarks' War*）	希拉里·麦凯（Hilary McKay）
6. 短篇小说奖	《水中呼吸》（"Breathing Water"）	卡洛琳·沃德·瓦因（Caroline Ward Vine）
女性小说奖（Women's Prize for Fiction）	《战火家园》（Home Fire，2017）	卡米拉·夏姆斯（Kamila Shamsie）
沃尔特·司各特历史小说奖（Walter Scott Prize for Historical Fiction）	《绞刑柱》（*The Gallows Pole*，2017）	本杰明·梅尔斯（Benjamin Myers）

17　27岁的莎莉·鲁尼是科斯塔图书奖有史以来最年轻的获奖者。其获奖作品《普通人》曾入选2018年度曼布克奖长名单，但与短名单无缘。

续表

奖项	获奖作品	作者
詹姆斯·泰特·布莱克纪念奖（James Tait Black Memorial Prize for Fiction）	《属性及其他故事》（*Attrib. and Other Stories*，2017）	艾莉·威廉姆斯（Eley Williams）
金匠奖 [16]	《长镜头》	罗宾·罗伯逊
霍桑登奖（The Hawthornden Prize）	《李尔先生》（*Mr Lear*）	詹妮·厄格洛（Jenny Uglow）
奥威尔奖（The Orwell Prize）	《冬》（*Winter*，2017）	阿里·史密斯（Ali Smith）
毛姆文学奖（The Somerset Maugham Award）	《爱尔迈特》（*Elmet*，2017）	菲奥娜·莫兹利（Fiona Mozley）
德斯蒙德·艾略特文学奖	《那时年少》	普雷蒂·坦尼耶
英联邦短篇小说奖（Commonwealth Short Story Prize）	《吉利的妈妈》（"Ghillie's Mum"）	琳达·克拉克（Lynda Clark）
卡内基文学奖	《世界的尽头》	杰拉尔丁·麦考林
艾略特诗歌奖	《诗三首》	汉娜·沙利文
前进诗歌奖： 1. 最佳诗集奖（Best Collection） 2. 最佳诗集处女作奖 3. 最佳诗篇奖	《不要说我们已然死亡》（*Don't Call Us Dead*） 《奥地利北部的神龛》 《母亲共和国》	达内兹·史密斯（Danez Smith） 菲比·鲍尔 莉兹·贝里
泰德·休斯诗歌奖	《毅力》	雷蒙德·安楚巴斯
狄兰·托马斯诗歌奖	《成人礼》	卡约·钦贡伊
奥利弗奖最佳新剧	《摆渡人》	杰斯·巴特沃斯

续表

奖项	获奖作品	作者
《旗帜晚报》戏剧奖之最佳剧作家奖 （Charles Wintour Award for Most Promising Playwright）	《九夜》	娜塔莎·戈登
英国戏剧奖[18]之最佳新剧奖 （UK Theatre Awards for Best New Play）	《全能者》 （*The Almighty Sometimes*）	澳大利亚青年剧作家肯德尔·菲弗 （Kendall Feaver）
"戏迷之选奖"	《摆渡人》	杰斯·巴特沃斯

五、重要文学活动和事件

2018 年恰逢曼布克奖创立 50 周年，特设金曼布克奖（Golden Man Booker Prize），旨在评选出半个世纪以来该奖项历史上最优秀的作品。经过评委们严格细致的品读和推选，5 部作品入围该奖的短名单——维·苏·奈保尔（V. S. Naipaul）的《自由国度》（*In a Free State*，1971）、佩内洛普·莱夫利（Penelope Lively）的《月亮虎》（*Moon Tiger*，1987）、迈克尔·翁达杰（Michael Ondaatje）的《英国病人》（*The English Patient*，1992）、希拉里·曼特尔（Hilary Mantel）的《狼厅》（*Wolf Hall*，2009）和乔治·桑德斯（George Saunders）的《林肯在中阴界》（*Lincoln in the Bardo*，2017）。最后，出生在斯里兰卡的加拿大作家翁达杰的《英国病人》高票当选，摘得"半个世纪以来曼布克小说奖之最佳作品"的桂冠。

18　英国剧院集团（UK Theatre）旗下的英国戏剧奖（UK Theatre Awards）是涵盖英格兰、苏格兰、威尔士和北爱尔兰等地区剧院杰出成就的戏剧大奖。该奖设立于 1991 年，因为此前 UK Theatre 被称为剧场管理协会（Theatrical Management Association），所以它也被称为 The TMA Awards。除了表演类奖项、常规制作类奖项外，英国戏剧奖还兼顾到了管理类奖项。

《泰晤士报文学增刊》（*The Times Literary Supplement*）举行了一场"当今最优秀的英国和爱尔兰小说家"（The Best British and Irish Novelist Today）的评选活动，邀请 200 位评论家、学者和作家参与问卷调查。阿里·史密斯（Ali Smith）高票胜出，第二至第九名作家依次是：希拉里·曼特尔、扎迪·史密斯、石黑一雄（Kazuo Ishiguro）、埃米尔·麦克布莱德（Eimear McBride）、科尔姆·托宾（Colm Tóibín）、尼古拉·巴克（Nicola Barker）、艾伦·霍林赫斯特（Alan Hollinghurst）、安妮·恩莱特（Anne Enright），塞巴斯蒂安·巴里（Sebastian Barry）和乔恩·麦克格雷格（Jon McGregor）并列第十名。

英国广播公司（BBC）发起了一项名为"影响世界的 100 部故事"（The 100 Stories That Shaped the World）的评选活动，来自全球 35 个国家的 108 位文学界专业人士，包括小说家、文学批评家、翻译家、编辑等参与评选。最后，荷马创作于公元前 8 世纪的史诗《奥德赛》（*The Odyssey*）高居榜首。位列第二到第十位的作品分别是：《汤姆叔叔的小屋》（*Uncle Tom's Cabin*，1852）、《弗兰肯斯坦》（*Frankenstein*，1818）、《一九八四》（*Nineteen Eighty-Four*，1949）、《瓦解》（*Things Fall Apart*，1958）、《一千零一夜》（*One Thousand and One Nights*，8th—18th Centuries）、《唐吉诃德》（*Don Quixote*，1605 & 1615）、《哈姆雷特》（*Hamlet*，1603）、《百年孤独》（*One Hundred Years of Solitude*，1967）、《伊利亚特》（*The Iliad*，8th Century BC）。

2018 年 6 月 1 日—10 月 21 日，为纪念"帝国疾风号"抵达英国 70 周年，大英图书馆举办了题为"帝国疾风号：在他乡高歌"（Windrush: Songs in a Strange Land）的展览活动。本次展览探讨"疾风一代"的背景及其在二战前后如何对英国社会产生重大影响。它将移民群体在 20 世纪中叶的经历与奋斗置于加勒比历史及去殖民化运动的宏大叙事中，并从更为广阔的移民语境和当时英国社会的文化转变中探究"帝国疾风号"的旅程。70 年过去了，"帝国疾风号"的故事让人们不断思考英国和加勒比之间长久、复杂、持续的关系。大英图书馆通过展出独家馆藏中的文献、录音、个人信函及官方报告，深入剖析"帝国疾风号"抵英对英国社会的深刻影响，探究这一事件为何象征着英国多元文化主义的发端。策划人伊丽莎白·库珀（Elizabeth Cooper）指出："此次展览讲述了一个充满生机的故事，将加勒比移民在 20 世纪中叶的经历与奋斗，置入了更为宏大的去殖民化的历史叙事之中。'帝国疾风号：在他乡高歌'意在开启一场对话，探讨奴役、殖民、种族如何在历史进程中构建了英国社会及其身份认同——而在近期有关'疾风一代'的头条舆论背景下，这一语境的现实意义有着前所未有的重要性。本展览将探究文化是如何成为了争取自由与归属的基石。"（"Windrush", Para. 9）。展品中包括尤娜·马森（Una Marson）、C. L. R. 詹姆斯（C. L. R. James）、E. R. 布拉斯维特（E. R. Braithwaite）、萨缪尔·塞尔文（Samuel Selvon）、安德鲁·萨尔基（Andrew Salkey）、乔治·拉明（George Lamming）、安德里娅·利维（Andrea Levy）、本杰明·泽凡尼等一大批加勒比裔英国作家的作品、手稿、书信、照片等。

2018 年 7 月 30 日是 19 世纪英国作家和诗人艾米莉·勃朗特（Emily Jane Brontë，1818—1848）诞辰 200 周年纪念日，为此，英国文学界举行了系列纪念活动，英国皇家邮政还在艾米莉的出生地——约克郡的索顿（Thornton）设置了一个特别纪念版邮筒，亮红色的邮筒外部装点有艾米莉生前所著的小说与诗歌中的名句，十分显眼。艾米莉的一生短暂，只为这个世界留下了一部小说——《呼啸山庄》（*Wuthering Heights*，1847）。在她生前，几乎无人谈论起这部小说，直至她去世数年后，当弗吉尼亚·伍尔夫、毛姆等作家纷纷推崇《呼啸山庄》字里行间显示出来的杰出的文学天分之后，人们才开始重新审视艾米莉及其《呼啸山庄》带给人类的价值。在英国拉夫堡大学（Loughborough University）从事英语文学研究的知名学者克莱尔·奥卡拉汉（Claire O'Callaghan）认为，作为世界上最伟大小说之一的作者，艾米莉应该被视为一名走在时代前列的伟大女性。

2018 年 8 月 11 日，英国文坛"移民三雄"之首、2001 年度诺贝尔文学奖得主维·苏·奈保尔在伦敦病逝，享年 85 岁。奈保尔在五十年间创作了 30 多本著作，包括小说、回忆录、游记等，其中许多涉及殖民主义及其遗产，代表作包括《河湾》（*A Bend in the River*）和《毕斯沃斯先生的房子》（*A House for Mr Biswas*）。《纽约时报》称其为"后殖民世界矛盾的化身"，诺贝尔文学奖评委评价称："（其）作品中具有统一的叙事感和未受世俗侵蚀的洞察力，使我们看到了被扭曲的历史的存在，并激发了我们探寻真实状况的动力。"

结语

回眸 2018 年的英国文坛，我们深深感受到英国作家在直面历史黑暗和现实危机时表现出来的勇气，以及他们在探索文学表现形式多样化方面展示出的非凡创造力。他们对女性（尤其是性暴力）、战争、创伤、历史、"脱欧"等题材的触碰反映了文学与现实的紧密关系以及作家强烈的社会责任感。在文学表现形式上，他们在继承传统的同时，锐意革新，大胆实验，开拓出很多令人耳目一新的写作技法，不断挑战和丰富读者的审美情趣。从作家群体的构成来看，中老年作家依然保持了旺盛的创作活力，而新生代作家和少数族裔作家则逐渐成为文坛主力，为英国文学的可持续发展提供了动力。传统意义上的英国文学在悄然发生变化，表现出日益多元化的趋势。展望 2019 年的英国文坛，我们充满了期许，希望看到更多佳作的诞生和更多青年作家的成长。

参考文献：

"2018 in Books: A Literary Calendar." 6 Jan. 2018. Web. 1 Mar. 2019.
    <https://www.theguardian.com/books/2018/jan/06/2018-year-in-books>.

Allardice, Lisa. "Carol Ann Duffy: 'With the Evil Twins of Trump and Brexit… There Was No Way of Not Writing about That, It Is Just in the Air'." 27 Oct. 2018. Web. 10 Apr. 2019.
    <https://www.theguardian.com/books/2018/oct/27/carol-ann-duffy-poet-laureate-books-interview>.

"Anna Burns Wins 50th Man Booker Prize with *Milkman*." 16 Oct. 2018. Web. 7 Apr. 2019.
    <https://thebookerprizes.com/news/anna-burns-wins-50th-man-booker-prize-milkman>.

Armitstead, Claire. "Milkman Is a Bold Choice but It's Unlikely to Please Booksellers." 16 Oct. 2018. Web. 10 Apr. 2019.
    <https://www.theguardian.com/books/2018/oct/16/milkman-is-a-bold-choice-but-its-unlikely-to-please-booksellers>.

Barnes, Julian. *The Only Story*. London: Jonathan Cape, 2018.

Billington, Michael. "Top 10 Theatre Shows of 2018." 17 Dec. 2018. Web. 22 May 2019.
    <https://www.theguardian.com/stage/2018/dec/17/top-10-theatre-shows-2018>.

Bowie-Sell, Daisy. "Natasha Gordon: 'We Should Celebrate When We Have Six Black British Female Playwrights in One Year in the West End'." 20 Nov. 2018. Web. 12 May 2019.
    <https://www.whatsonstage.com/london-theatre/news/natasha-gordon-nine-night-interview-jamaica_48039.html>.

Boyd, William. *Love Is Blind*. London: Viking, 2018.

—. "Two Writers Haunted by Their Caribbean Past." 22 June 2018. Web. 10 Mar. 2019.
    <https://www.nytimes.com/2018/06/22/books/review/view-of-the-empire-at-sunst-

caryl-phillips.html>.

Burns, Anna. *Milkman*. London: Faber & Faber, 2018.

Cain, Sian. "'A Star Is Born': T. S. Eliot Prize Goes to Hannah Sullivan's Debut." 14 Jan. 2019. Web. 10 May 2019.
<https://www.theguardian.com/books/2019/jan/14/a-star-is-born-ts-eliot-prize-goes-to-hannah-sullivans-debut>.

—. "Deaf Poet Raymond Antrobus Wins Ted Hughes Prize." 27 Mar. 2019. Web. 12 May 2019.
<https://www.theguardian.com/books/2019/mar/27/deaf-poet-raymond-antrobus-wins-ted-hughes-prize>.

Carroll, Tobias. "Irvine Welsh on Brexit, Existential Panic, and His Latest 'Trainspotting' Sequel." 22 Mar. 2019. Web. 12 Jun. 2019.
<https://longreads.com/2019/03/22/irvine-welsh-trainspotting-sequel-brexit/>.

Coe, Jonathan. *Middle England*. London: Viking，2018.

Cosslett, Rhiannon Lucy. "Sophie Mackintosh: 'Dystopian Feminism Might Be a Trend, but It's Also Our Lives'." 24 May 2018. Web. 2 Mar. 2019.
<https://www.theguardian.com/books/2018/may/24/sophie-mackintosh-the-water-cure-interview>.

Es, Bart van. *The Cut Out Girl: A Story of War and Family, Lost and Found*. New York: Penguin, 2018.

Flood, Alison. "Ali Smith, Kazuo Ishiguro and Hilary Mantel Top Poll of Best UK and Irish Authors." 5 Apr. 2018. Web. 2 Jun. 2019.
<https://www.theguardian.com/books/2018/apr/05/ali-smith-kazuo-ishiguro-and-hilary-mantel-top-poll-of-best-uk-and-irish-authors>.

—. "Preti Taneja's 'Awe-inspiring' Reimagining of *King Lear* Wins Desmond Elliott Prize." 20 Jun. 2018. Web. 28 May 2019.
<https://www.theguardian.com/books/2018/jun/20/preti-tanejas-awe-inspiring-reimagining-of-king-lear-wins-desmond-elliott-prize>.

—. "Robin Robertson Wins Goldsmiths Prize for Innovative Fiction with *The Long Take*." 14 Nov. 2018. Web. 8 May 2019.
<https://www.theguardian.com/books/2018/nov/14/robin-robertson-wins-goldsmiths-prize-innovative-fiction-long-take>.

Flood, Alison, and Claire Armitstead. "Anna Burns Wins Man Booker Prize for 'Incredibly Original' *Milkman*." Oct. 16, 2018. Web. 1 Mar. 2019.
<https://www.theguardian.com/books/2018/oct/16/anna-burns-wins-man-booker-prize-for-incredibly-original-milkman>.

Leith, Sam. "*Dead Men's Trousers* by Irvine Welsh Review—the Trainspotting Gang Party on." 23 Mar. 2018. Web. 16 Jun. 2019.

<https://www.theguardian.com/books/2018/mar/23/dead-mens-trousers-by-irvine-welsh>.

McAlpin, Heller. *"Empire At Sunset* Provides a Mesmerizing View of Jean Rhys." 15 May 2018. Web. 6 Jan. 2019.
<https://www.npr.org/2018/05/15/609363622/empire-at-sunset-provides-a-mesmerizing-view-of-jean-rhys>.

Millar, Sharon. "*A View of the Empire at Sunset* by Caryl Phillips Review—Jean Rhys's Conflicted Caribbean Soul." 27 July 2018. Web. 21 Mar. 2019.
<https://www.theguardian.com/books/2018/jul/27/view-empire-sunset-review-carl-phillips-jean-rhys>.

O'Grady, Carrie. "*The Seven Deaths of Evelyn Hardcastle* by Stuart Turton Review—Quantum Leap Meets Agatha Christie." 3 Mar. 2018. Web. 15 May 2019.
<https://www.theguardian.com/books/2018/mar/03/the-seven-deaths-of-evelyn-hardcastle-by-stuart-turton-review>.

Phillips, Caryl. *A View of the Empire at Sunset.* New York: Farrar, Straus and Giroux, 2018.

Preston, Alex. "*Middle England* by Jonathan Coe Review—Brexit Comedy." 25 Nov. 2018. Web. 8 May 2019.
<https://www.theguardian.com/books/2018/nov/25/middle-england-jonathan-coe-review>.

—. "*The Only Story* Review—Julian Barnes Goes back to *Metroland.*" 4 Feb. 2018. Web. 23 May 2019.
<https://www.theguardian.com/books/2018/feb/04/the-only-story-review-julian-barnes>.

Robertson, Robin. *The Long Take.* London: Picador, 2018.

Saunders, Tristram Fane. "The Year's Best Poems: *The Republic of Motherhood* by Liz Berry." 8 Sept. 2018. Web. 12 May 2019.
<https://www.telegraph.co.uk/books/what-to-read/years-best-poems-republic-motherhood-liz-berry/>.

"The 100 Stories That Shaped the World." 21 May 2018. Web. 20 Mar. 2019.
<http://www.bbc.com/culture/story/20180521-the-100-stories-that-shaped-the-world>.

Wilson, Emily. "*The Silence of the Girls* by Pat Barker Review—a Feminist *Iliad.*" 22 Aug. 2018. Web. 10 May 2019.
<https://www.theguardian.com/books/2018/aug/22/silence-of-the-girls-pat-barker-book-review-iliad>.

"Windrush: Songs in a Strange Land Opens at the British Library." 31 May 2018. Web. 18 Mar. 2019.
<https://www.bl.uk/press-releases/2018/may/windrush-songs-in-a-strange-land-opens-at-the-british-library>.

陈姝波，李瑶:《2018 年英国文学：直面暴力和创伤》,《文艺报》2019 年 1 月
16 日第 5 版。

作者：张峰，北京外国语大学英语学院

2018 年越南文学概览 [1]

卢锦缨

内容提要：2018 年，越南政治权力结构发生重要变化，越南经济以 7.8% 的增长率创下 10 年来新纪录，被视为越南经济成功的一年，这为越南文人提供了有利的创作环境和创作灵感。这一年越南作家协会、越南各地方作家协会评选出多部获奖文学作品，在国外也有好几部作品受到欢迎，并获得了国外颁发的文学奖项，同时一些优秀文学作品在越南成功再版，具有特别重要的意义。2018 年对越南文学来说是一个特殊的年份，它是越南文学经典作品再版和海外文学的"回归"年。

2018 年，越共中央总书记和国家主席首次由同一人担任，越南政治权力结构发生重要变化；同时，越南经济出现积极变化：通过了越南国会《跨太平洋伙伴关系全面及进步协定》(CPTPP)，成功举办 2018 年世界经济论坛东盟峰会，第一个国产汽车品牌的两款车型首次亮相世界规模最大的 2018 年巴黎车展。越南政治的稳定和经济的飞速发展给越南文人提供了良好的创作环境，激发了他们的创作灵

---

1 本文为国家社科基金重大项目"新世纪东方区域文学年谱整理与研究 2000—2020"（17ZDA280）的阶段性成果。

感。2018 年的越南文坛异常活跃，仅（越南）作家协会出版社，在这一年就有约 4000 本文学书籍出版。但另一方面，小说和诗歌已经连续两年（2017 和 2018）都没有在越南最有影响力的越南作家协会和最具权威的河内作家协会的文学评奖中获奖。不过，这并不意味着 2018 年越南文坛缺少小说和诗歌佳作：小说有《棋局》（*Cuộc cờ*，2018）、《我生活的时代》（*Thời tôi sống*，2018）、《不变的云朵》（*Cố định một đám mây*，2018）、《亲爱的 20 岁》（*Tuổi 20 yêu dấu*，2018）、《从记忆星球返回》（*Về từ hành tinh ký ức*，2018）、《黑天堂的维特根斯坦》（*Wittgenstein của Thiên Đường Đen*，2018）、《枯草地上漫游的愿望》（*Giấc mộng lang thang trên đồng cỏ úa*，2018）、《卧睡心声》（*Những vọng âm nằm ngủ*，2018）、《陌生人》（*Người Lạ*，2018）等；诗歌有《河口之夜》（*Những vàm sông đêm*，2018）、《闪烁的忧伤》（*Nỗi buồn lấp lánh*，2018）、《牛的眼睛》（*Mắt bò*，2018）、《把雨晒进午后》（*Phơi cơn mưa lên chiều*，2018）、《小句号》（*Chấm nhỏ*，2018）、《爱的话语》（*Trong những lời yêu thương*，2018）、《想象的记忆》（*Những kỉ niệm tưởng tượng*，2018）等。

一、重要文学奖项及获奖作品

2018 年参加越南作家协会评比的作品数量最多，据越南作家协会 2018 年报告显示，共收到 141 位作家的 228 部作品参评，其中小说 67 本，诗歌 122 部，理论批评 25 本和翻译译作 14 本。然而 2018 年像去年 2017 年一样诗歌和小说的文学奖获奖作品空缺。其中，陈氏芳芳（Trần Thị Phương Phương，1965—　）的《俄罗斯现代文学——若干理论与历史问题》（*Văn học Nga hiện đại, những vấn đề lý thuyết và lịch sử*，2018）获越南作家协会年度优秀理论批评文学奖；阮志术（Nguyễn Chí Thuật，1951—　）翻译的波兰作家雷沙德·卡普钦斯基（Ryszard Kapuscinski，1932—2007）的小说《皇帝》（*Hoàng đế*，2018）和范龙郡（Phạm Long Quận，1963—　）翻译的哥伦比亚作家费尔南多·伦东（Fernando Rendón，1951—　）的诗集《写在古代石头上的未来》（*Tương lai được viết trên đá cổ*，2018）获越南作家协会年度优秀翻译文学奖。

河内作家协会把 2018 年唯一文学奖颁发给了黄登岭（Hoàng Đăng Lãnh，1948—　）翻译的托马斯·伯恩哈德（Thomas Bernhard，1931—1989）的小说《灭亡》（*Diệt vong*，2018）。

胡志明作家协会把 2018 年文学奖颁给了黎江（Lê Giang，1929—　）的散文《错过可惜》（*Bỏ qua rất uổng*，2018）和阮氏映黄（Nguyễn Thị Ánh Huỳnh，1955）的诗集《河口之夜》。

老作家阮春抗（Nguyễn Xuân Khánh，1933—　）的文学作品《穷人巷的故事》（*Chuyện ngõ nghèo*，2016）获得越南教育发展研究学院颁发的 2018 年度优秀图书奖。同时他也获得了河内文学研究会授予的"终身文学成就奖"荣誉称号。阮春抗，越南河内市人，在越南著名文学家排名中居第 130 位。其作品深入书写了河内及越南的文化和历史，如：《虚幻的一面》（*Miền hoang tưởng*，1990）、《胡贵漓》（*Hồ Quý Ly*，2000—2002）、《乡雨》（*Mưa quê*，2003）、《母上千》（*Mẫu thượng ngàn*，2006）、《米队上寺庙》（*Đội gạo lên chùa*，2011）等。阮春抗获得的奖项有：2006 年小说《母上千》获得河内作家协会奖；小说《胡贵漓》获得三个奖项，分别是 1998—2000 年越南作家协会小说比赛奖，2001 年度河内作家协会奖，2001 年河内市人民委员会升龙奖。小说《穷人巷的故事》让许多越南人回忆起河内的那段艰苦岁月：为了生计，人们不得不养猪；在楼梯下，在厨房角落，在浴室里，在二十平方的居民楼二楼，到处都是猪哼哧哼哧的叫声……故事就发生在这样的背景之下：一名残疾的士兵将养猪提升到了"艺术"的水平，他给每头猪起了个威风的名字——火箭、突击、雷神等；一位高中老师怀抱创作一本家猪百科全书的梦想，提出了前所未有的概念——拜猪教、猪论、猪学；一位作家用出售书籍赚来的钱养猪，每天看着猪圈沉思、思考哲理……

除以上越南本土的文学奖外，2018 年越南作家还得到了来自世界各国颁发的文学奖，如：保宁（Bảo Ninh，1952— ）的《战争哀歌》（Nỗi buồn chiến tranh，1987）获得韩国亚洲文学奖（Giải thưởng Văn học châu Á - Asian Literature Award）。保宁原名黄幼方（Hoàng Ấu Phương），越南义安省人，主要作品有《战争哀歌》、《摩托车时代》（Thời của xe máy，2014）、《凌晨的河内》（Hà Nội lúc không giờ，2014）等。《战争哀歌》于 1987 年初次出版时名为《爱情的不幸》（Thân phận của tình yêu），曾在越南文坛引起轰动反响，并连续获得了许多重大的奖项和巨大的荣誉，如：获 1991 年越南作家协会文学奖（Giải thưởng Hội Nhà văn Việt Nam năm 1991）、日本第十六届"日经亚洲奖"（Giải thưởng châu Á lần thứ 16 - Nikkei Asia Prizes，2011）。2014 年《战争哀歌》被收入池泽夏树（Ikezawa Natsuki，1945— ）编辑出版的《现代世界十大小说》（东京：NHK 出版社）的第九章。同时小说也被译成了英、日、韩、波斯文等 18 种文字出版发行。《战争哀歌》超越了战争，战争是它的背景，它的内核是关于逝去的青春、美和伤痛。一场突如其来的战争打碎了阿坚和阿芳这对年轻情侣的生活。在血肉横飞的战争中，主人公阿坚成了幸存者，但战争带来的伤痛还远远没有平息；那些经历仍旧萦绕在阿坚的生活之中，随着时间的流逝，阿坚觉得自己被困在了这人世间。被战争毁灭的不仅仅是阿坚，阿芳也遭遇了难以想象的梦魇。

越南著名女作家阮玉思（Nguyễn Ngọc Tư，1976— ）的短篇小说集《无际的原野》（*Cánh đồng bất tận*，2005）获得德国法兰克福亚非拉丁美洲文学作品推广协会 2018 年度柏林文学奖（Berliner Literaturpreis 2018），此奖项在越南被认为是最有影响力的国外文学奖，阮玉思也是首个获得此奖项的越南女作家。阮玉思是越南当代作家，其拥有越南读者的数量最多。她的作品在国外也被译成多种文字出版发行。主要作品有：《不关的灯》（*Ngọn đèn không tắt*，2000）、《无际的原野》、《零星的风》（*Gió lẻ*，2008）、《江》（*Sông*，2017）、《岛》（*Đảo*，2014）、《无人过江》（*Không ai qua sông*，2016）等。《无际的原野》于 2005 年问世，受到了广泛关注。截至目前，该小说已被作为印刷书籍和有声读物出版，还被改编成了电影和戏剧。小说曾获得过 2006 年越南作家协会奖（Giải thưởng Hội Nhà văn Việt Nam 2006）、2008 年东盟文学奖（Giải thưởng Văn học ASEAN 2008）。小说中的故事、人物、背景、空间对许多越南人来说并不陌生，阮玉思的创作手法也并非新奇，却征服了很多人的心魂。阮玉思在接受记者采访时表示："我不是那种喜欢用新奇的外表包装自己的人，也不会用一本书没有句号或一篇文章没有一个字是大写的这样的形式，新奇不应是那件包裹灵魂的衣服而灵魂已经发霉了。"[2] 对此，诗人阮友贵认为："阮玉思的小说能与自己的家乡、国家和人民密不可分，新奇从这而来。这是作家创作的材料源泉；创作不可以脱离民族的命运。民族性越浓郁的作品越有机会走得远和易于融入人类社会。"[3]

2　Nguyễn Hữu Quý.　*"Văn học Việt Nam 2018, đôi điều muốn nói."*　QĐND 24/01/19.
　　<https://m.baomoi.com/van-hoc-viet-nam-2018-doi-dieu-muon-noi/c/29468165.epi>.

3　同上。

诗人阮光韶（Nguyễn Quang Thiều，1957— ）获得韩国昌原 KC 国际诗歌奖（Giải thưởng Changwon KC International Literary Prize）。阮光韶生于 1957 年，是越南现代诗人，除了在诗歌这片主要领域上名声大噪之外，他还在各类题材的小说、短篇小说、随笔和报纸等领域有所建树。目前他是越南作家协会副主席、亚非作家协会第一副秘书长。主要作品有：诗集《17 岁的房子》（Ngôi nhà tuổi 17，1990）、《火的失眠》（Sự mất ngủ của lửa，1992）、《挑河水的妇女们》（Những người đàn bà gánh nước sông，1995）；小说《江岸边的油菜花季节》（Mùa hoa cải bên sông，1989）、《白蚁之死》（Cái chết của bầy mối，1991）、《白发妇人》（Người đàn bà tóc trắng，1993）、《两个家族的孩子》（Đứa con của hai dòng họ，1997）。除 1993 年《火的失眠》获得越南作家协会一等奖外，阮光韶还获得了越南国内外 20 余个其他文学奖项。

二、其他重要小说作品

陈寅（Trần Dần，1926—1997）的小说《夜莲蓬》（Đêm núm sen，2017）于 1961 年完稿，但由于当时的动荡环境，它被小心地尘封了起来。近三十年后，陈寅坐下来再次编撰这本书稿时发现有一些章节已丢失，感慨不已。1997 年，陈寅离世，在他去世 20 年后，《夜莲蓬》这本小说首次在布满灰尘但饱含了作者心血的书库里被发现。陈寅创作的《夜莲蓬》，让人们感受到了越南语之美以及它的无穷尽的可能。迄今为止，陈寅在这一方面的成就在越南仍然无人能超越。

《霜之明日》（Ngày mai sương muối，2017）是张思秦琼（Trương Tư Tần Quỳnh，1937— ）的第二部小说。张思秦琼曾是一名在越南电视台工作的记者，现已退休。他从小就怀揣文学梦，古稀之年，出版了他人生的第一部小说《珊瑚藤花之遗嘱》（Di chúc hoa ti gôn，2007）。整整 10 年后，他的第二部小说《霜之明日》面世，由于这本小说触及了蓄势待发的农民土地这一焦点问题，隐藏着难以化解的潜在冲突，且小说的笔法苍劲有力，故事情节极富吸引力，因此引起了越南社会舆论的广泛关注。这可能是越南现如今最年长的作家，却在越南掀起了一股前所未有的文坛"热潮"。

在范光龙（Phạm Quang Long，1952 - ）发表的三篇小说中，小说《棋局》清晰地再现了越南现代社会生活激烈的矛盾：利益集团的光明正大实质是一些有职权的人所谓的"按规章"办事，违背了自己的良心与责任，没有了做人最起码的底线。

陈梅杏（Trần Mai Hạnh，1943— ）的《我生活的时代》有 300 多页，包括短篇小说、笔记、日记和战争记录，可以分为 16 个部分，每个部分都是一部作品，如同 16 个时间段，描述了作者对真人真事和对在国家生死攸关时并肩抗美卫国的同志的回忆。小说《我生活的时代》除了"叙述"自己所走过的道路以及在战争中一段难忘的人生经历之外，作者及他的战友希望当今的年轻读者超越"我生活的时代"，深入了解抗美救国战争时期的艰苦，更加珍惜当今的和平与生活。

阮玉思赢得了德国 2018 年度柏林文学奖后，出版了短篇小说集《不变的云朵》。在新书中，阮玉思再次为读者描述了疾苦百姓的命运，他们首先要面对的疾苦就是贫穷。阮玉思在书中描写了各种各样的贫困。书中所描绘的人物正如同在现实生活中鲜活真实存在的世代惨淡贫穷的人们一样。阮玉思一直深受越南读者的喜爱，因为她的笔触有着浓厚的南部文风。她主要使用方言娓娓地复述那些疾苦百姓的命运。但在这本小说里，阮玉思的叙述方式有所改变。《不变的云朵》

是阮玉思最新的一部短篇小说集,这部篇幅超过 180 页的小说集,把读者带到了崭新的旅途中,他们将会在那儿遇见有体面、有身份、有地位的人。

阮辉涉(Nguyễn Huy Thiệp,1950—)的小说《亲爱的 20 岁》讲述了一个 20 岁失足的青年小伙阿奎的故事,他的父亲是一位著名的作家,母亲善于操持家务,还有一个对做生意感兴趣的兄长。阮辉涉以现实生活中自己亲生儿子阿科为原型创作了这部作品,阿科是阮辉涉最疼爱的孩子,却沉迷于毒品,几次三番被送进戒毒所。主人公阿奎的经历与现实生活中的阿科十分相似。

武妙青(Võ Diệu Thanh,1975—)的报告文学《从记忆星球返回》(Về từ hành tinh ký ức,2018)是一部关于难民、目击者对巴祝大屠杀的回忆录。与士兵们的回忆不同,武妙青的《从记忆星球返回》再现了生活在柬埔寨边境地区的越南人在面对波尔布特军队时善良、渺小的形象。

阮芳英(Maik Cây,1989—)的小说《黑天堂的维特根斯坦》讲述的是环境问题和充满心酸的死亡,其在题材、表现形式和内容方面有新的尝试,得到了积极的评价。阮芳英是越南"第六届 20 岁文学比赛"(Cuộc thi Văn học tuổi 20 lần VI)中获得二等奖(比赛没有设一等奖)的两位作家之一。

贤庄(Hiền Trang,1993—)的小说《枯草地上漫游的愿望》讲述了城市内外的悲欢离合,每一个故事都是一篇气势磅礴的乐章,抑或是一幅画卷、一首诗歌。它可以是降调(《收购心、记忆和梦想的店铺》)、平调(《喜欢爬行的人》)、升调(《夏夜之梦》),甚至是一整首演奏曲(《六月奏曲》),也可以是一幅黄颜色的画(《文森特·凡·高割耳朵的真相》)、一幅灰颜色的画(《谁杀了电影院里的女孩》），或是一首哀而不伤的诗（《通往地府的车》《永远的草莓田》）……但都给读者带来了深深的触动。

黄重康（Huỳnh Trọng Khang，1994— ）的小说《卧睡心声》。黄重康描写战争，不是为了记恨，也不是为了提醒世人要铭记，他做了掘墓人的工作，把所有的废石挖出，在阳光下洗涤它们。战争总是残酷的，而人类也必须生活下去，且勿忘哺育人类的源泉。

梅草安（Mai Thảo Yên，1991— ）的《陌生人》是青年出版社二十岁文学系列中的长篇小说。梅草安现为瑞典乌普萨拉大学社会学系的研究生，在越南"第六届20岁文学比赛"中获得二等奖。《陌生人》是那些身处异国他乡有抱负、有理想、雄心勃勃的青年知识分子生活的真实片段写照。主人公安黎是瑞典的一名青年研究生。她离开家乡西贡已经很久了，在来到瑞典之前她曾去过许多国家和地区留学。她带着信仰和理想来到这片土地，想让自己融入北欧的生活，认识来自世界各地像自己一样满怀理想与信念的青年。但在这一切的背后，安黎的生活却充满了冷漠孤独、无形的隔阂、不稳定的骚动，她挣扎，但最后不得不接受现实。

三、再版作品及越南海外作家作品

文学作品的再版具有特别重要的意义。2018年越南"涌现"出一系列经典并值得关注的再版作品：黎弘谋（Lê Hoằng Mưu，1879—1941）的小说《夏乡风月》（*Hà Hương phong nguyệt*，1915）、范琼（Phạm Quỳnh，1892—1945）的文学理论《尚枝文集》（*Thượng Chi văn tập*，1943—1945）、丁雄（Đinh Hùng，1920—1967）的诗歌集《焚烧旧香炉》（*Đốt lò hương cũ*，1971）、武黄章（Vũ Hoàng Chương，1916—1976）的随笔《咱们这辈子做了什么》（*Ta đã làm chi đời ta*，

1974)、元鸿（*Nguyên Hồng*，1918—1982）的日记遗稿《元鸿日记》
（*Nhật ký Nguyên Hồng*，2018）、俞梓黎（*Du Tử Lê*，1942—　　）的诗歌
《睡眠曲》（*Khúc thụy du*，1968）、杨俨戊（*Dương Nghiễm Mậu*，1936—
2016）的长篇小说《毒水年华》（*Tuổi nước độc*，1966）和短篇《发
现的发丝》（*Sợi tóc tìm thấy*，1966）、杜龙云（*Đỗ Long Vân*，1934—
1997）的文学理论《胡春香的隐水之源》（*Nguồn nước ẩn của Hồ Xuân
Hương*，1964）和《我们间的无忌抑或是金庸现象》（*Vô Kỵ giữa chúng
ta hay là hiện tượng Kim Dung*，1967）、山南（*Sơn Nam*，1926—2008）
的多体裁丛书（从短篇小说，长篇小说到学术研究）中的《南方老
人》（*Ông già Nam Bộ*，2018）、刘光宇（*Lưu Quang Vũ*，1948—1988）
的日记和诗歌集《刘光宇遗稿》（*Di cảo Lưu Quang Vũ*，2008）。

　　这一年，越南海外作家作品也异常丰富。2017 年末，当听闻方
南图书出版社准备出版首位荣获普利策小说奖的越南裔美国作家阮清
越（*Nguyễn Thanh Việt*，1971—　　）的英文短篇小说《逃难者》（*The
Refugees*，2017）时，越南国内的读者既惊又喜。这份惊喜一方面来
自为国内出版氛围日益开放、紧跟世界图书的步伐而高兴，小说在美国
才发行几个月其越南语译本就出现了；而另一方面越南国内读者的幸福
感也来自于可以拜读到这部已经得到世界文坛高度评价和认可，并带
有越南本民族血统的作家的作品。尤其是，阮清越名字的出现，给越
南人注入强烈的信心，相信在不久的将来，遍布世界的越南人将会相
互阅览、相互对话，而不只是永远围绕一两个熟知的越南海外作家。

　　这一信心，在 2018 年已经用许多闯荡在海外的声音的回归来回
答和证明。其中大部分作品仍然是越南读者所熟知的海外越南裔作家
创作的，如：黎琳达（*Linda Lê*，1963—　　）（法）创作的两本令人印
象深刻的小说《越过大浪》（*Vượt sóng*，2014）和《浪的暗涌》（*Sóng*

ngầm，2012），黎明霞（Lê Minh Hà，1962—　）（德）的《旧时谁曾走过的坡》（*Những triền xưa ai đi*，2018），杜黄曜（Đỗ Hoàng Diệu，1976—　）（美）的《龙背》（*Lưng rồng*，2018），如琼（Như Quỳnh de Prelle，1981—　）（比利时）的《早晨否定》（*Buổi sáng phủ định*，2018）。俞梓黎（Du Tử Lê，1942—　）（美）的一系列作品得到再版，如：《一起，某一天》（*Với nhau*，*Một ngày nào*，2018）、《忧愁之端》（*Trên ngọn tình sầu*，2016）、《彼此珍重》（*Giữ đời cho nhau*，2015）。

2018 年在越南出版的海外文学作品中出现了许多新兴越南裔海外作家的作品，与 2017 年阮清越现象类似。其中两位越南裔海外作家分别是段表（Đoàn Bùi，1974—　）和王国荣（Ocean Vương，Vương Quốc Vinh，1988—　）。

段表现今是法国一位有名气的女记者，她通过一部带有许多自传体要素的小说《沉默的父亲》（*Người cha im lặng*，2016），突然就出现在越南国内文坛上。这本小说文风简练、紧凑、冷酷，与新闻的写作风格相近，充满了怀念之情，美得简单，有深刻的隐喻。段表曾获得法国阿梅里戈·维斯普奇（Amerigo Vespucci）和法国金门（Porte Dorée）文学奖两个文学奖项。

王国荣是一位出生于二十世纪八十年代末的年轻作家，曾获得 2017 年托马斯·斯特尔那斯·艾略特（Giải thưởng văn chương T. S. Eliot）著名文学奖项。当他还是一个 7 岁男孩时，就可以读英文书籍，数十年后，王国荣用他的第一本诗集《带伤的夜空》（*Night Sky with Exit Wounds*，2016）震动了美国文坛。他长短不一的诗句，既有着崇高梦想，又带有他的不拘一格，使诸如孤独、战争、暴力、非人性的人类悲剧等主题被描绘得淋漓尽致，这也正是许多人喜欢王国荣诗歌的原因，在他残酷尖锐的诗歌背后还隐藏着对创伤能够治愈的信念和对同理心力量的强烈渴求。2018 年 10 月，黄兴（Hoàng Hưng, 1942— ）把王国荣的诗集译成越南语版本的《夜空》（*Trời đêm*, 2018）。

加拿大籍越南裔女作家金翠（Kim Thúy, 1968— ）也是一位不得不提及的作家。2018 年末，一个此前并不为越南读者所熟悉的名字——金翠成为了瑞士"新学院奖"（被视为诺贝尔文学奖在 2018 年的"替代奖项"）提名四人中的一位，与其他三位著名作家齐名，其中包括日本著名文学作家村上春树（Murakami Haruki, 1949— ）。金翠主要用法语创作，创作出版的许多小说的书名充满着浓厚的越南文化，内容主要讲述船夫和背井离乡的越南人的故事。目前，金翠的作品尚未在越南正式出版。但通过她的访谈，越南读者感受到她的真诚和谦让，并期待金翠出现在未来的越南文坛上。

四、文坛重要事件

2018 年，从年初到年末，从越南北部至南部约举办了七场重要的学术座谈、研讨会。至今为止，很少有哪一个文学年像 2018 年这样能见证如此多值得纪念的时刻——纪念了无比特殊的文学人物和文学事件。

例如，8 月在越南岘港市维宾大学（Đại học Duy Tân Đà Nẵng）举行了为纪念著名诗人、剧作家刘光宇诞辰 70 周年和逝世 30 周年研讨会。刘光宇对文学敏感，为文学增添了许多新的和独特的视角，他的剧作和诗歌为 20 世纪越南文学的发展做出了积极的贡献。其中有两篇研讨会论得到了很高的评价：胡志明市人文社科大学陶黎娜（Đào Lê Na）博士的《刘光宇戏剧中语言表达的缺陷》（*Diễn ngôn về sự khuyết tật trong kịch Lưu Quang Vũ*）和河内师范大学陈玉孝博士所著的《刘光宇诗歌中城市的美感》（*Mỹ cảm về thành phố trong thơ Lưu Quang Vũ*）。

2018 年 3 月 5 日，在西贡举行了阮丙（Nguyễn Bính，1918—1966）诞辰 100 周年纪念活动，诗人的家人及喜爱阮丙诗歌的人们参加了此次活动。八个月后，这位本土诗人再次成为文学研究院（Viện Văn học）和文郎大学（trường Đại học Văn Lang）共同组织的研讨会讨论的中心人物。

与此同时，2018 年 11 月，作家元鸿诞辰 100 周年纪念活动在越南海防市举行，海防市虽然不是元鸿的籍贯所在地，但此地对他笔下的关于贫苦人民的描写有着十分特别的意义。

2018 年还举办了两场纪念杜德育（Đỗ Đức Dục，1915—1993）和黎智远（Lê Trí Viễn，1919——2012）两位文学研究学者的研讨会。两位学者给后人留下了数千篇关于越南中代文学的论文文献和研究 19 世纪法国文学的文章，同时这两位知识分子的学习态度、工作态度值得后人铭记。

2018 年 7 月在顺化举行了纪念《民报》中圻地区第一期发行 80 周年研讨会，这是比较少有的为纪念一份报纸在民族文艺进程中的历史和地位而举办的研讨会。

大量高质量的学术碰撞构成了这个文学年独有的特点。文学年代的回归，文学记忆的回归，要引出新的思考，也为越南文学的进步增添了动力。

2018 年年初几个月以来，几乎整个文坛都为 2017 年 12 月刊登在《文艺报》（*Văn nghệ*）上的陈琼娥（Trần Quỳnh Nga，1981—　）的一部短篇小说而沸腾。这篇以陈朝第二次抗击元军战争为背景的小说《开始与结束》（*Bắt đầu và kết thú*，2017）引起了广泛关注。有些读者认为陈琼娥是在以一种违背史实的用语为陈益则（Trần Ích Tắc）这个认贼作父的人"洗白"。也有人认为《开始与结束》有部分细节违背了民族精神，甚至是用一种"文奴"的方式写成的。2018 年年初轰轰烈烈上演的这场关于历史故事的文学创作问题的讨论是这一文学年特别推崇的文学本色：探索，回归到过去和民族记忆宝库。

2018 年历史题材传播广泛。值得注意的几本小说都与这个题材相关。如：黄重康的《卧睡心声》、月珠（Nguyệt Chu，1986— ）的《守护芙蓉的人》（*Người canh giữ phù dung*，2018）、邓玉兴（Đặng Ngọc Hưng，出生年份不详）的《雄兵》（*Hùng binh*，2018）、武妙青的《从记忆星球返回》。包括分散刊登在各大从中央到地方的报纸、杂志上的短篇小说，都十分关注这些已深入人心的历史故事和历史人物。除越南《军队文艺》（*Văn nghệ quân đội*）杂志外，几乎 2018 年的所有杂志都至少刊登了一篇关于历史题材的小说，这些文章大多都出自如霜月明（Sương Nguyệt Minh，1958— ）、摩文抗（Ma Văn Kháng，1936— ）、胡静心（Hồ Tĩnh Tâm，1952— ）、黎武长江（Lê Vũ Trường Giang，1988— ）、范友黄（Phạm Hữu Hoàng，1962— ）、赵罗伟（Triều La Vỹ，1972— ）、陈氏秀玉（Trần Thị Tú Ngọc，1984— ）、保商（Bảo Thương，1976— ）等越南文学名家之手。

五、展望

预计，2019 年的越南经济将继续保持积极稳定的增长态势，政治的长治久安也将为越南文学的日新月异奠定坚实的基础。日渐开放的文学创作环境，使越南涌现出了比任何时期都多的作家和作品。文学创作异常活跃，文学中出现了审视的新角度，唯一缺失和使人遗憾的是顶级高水平的作品，因此，越南文人及读者对2019年越南文学寄予了期待和厚望。越南老中青三代作家使整个2018年越南文学界活跃起来：以苏怀（Tô Hoài，1920—2014）、摩文抗、杜周（Đỗ Chu，1944— ）等为代表的老一代抗战作家；以阮光韶、胡英太（Hồ Anh Thái，1960— ）、阮光立（Nguyễn Quang Lập，1956— ）等1975年后出现的作家，以及以阮玉思、潘氏黄英（Phan Thị Vàng Anh，1968— ）、韦垂玲（Vi Thùy Linh，1980— ）等为代表且越来越为越南读者熟知的革新时期的青年一代作家。历史和回忆的追索是2018年文学年的特点，在越南全国热爱文学人士心中占有一席之地的"第六届20岁文学比赛"最后进入评选的二十份作品中，有超过四分之一的作品是写关于历史和民族文化题材的。能够相信的是，现代越南青年作家们有着无穷的创作活力，他们从来没能停止对越南历史和越南民族文化宝藏的挖掘，未来他们也将用行动承诺在以后的日子里继续为越南读者带去更多更好的作品。

结语

2018年的越南文坛与2017年相似，出版数量多但缺乏突破性的创作。翻译文学势头强劲，多部作品获得奖项，但越南本土创作的作品"惨败"于翻译文学，因为没有找到值得颁奖的作品，其中几位被看好的作家又没能创作出好的作品。2018年颁发的文学奖用一句农民在即将收获的时候说的话来形容："失收。""第六届20岁文学比赛"涌现出了一批新的写手，但他们的作品也没能给人留下深刻的印象。越南读者可以欣赏到许多外国优秀的作品，但与此同时越南国内的创作却暗淡失色。2018年是越南文学经典的再版文学作品和海外文学的"回归"年，越南文学界对当代作家充满了许多希望和期许，并相信走出这段文学的昏暗时期，一定会迎来它的进步和发展。

参考文献：

Nguyên Khôi. "*Văn học năm 2018 nhìn từ giải thưởng*." Nhân Dân, 01/02/19.
　　<https://m.baomoi.com/van-hoc-nam-2018-nhin-tu-giai-thuong/c/29541643.epi>.

Nguyễn Đình Minh Khuê. "*Văn đàn Việt 2018 và những cuộc trở lại*." Tapchisonghuong,
　　28/01/2019.
　　<http://www.tapchisonghuong.com.vn/tin-tuc/p0/c7/n27505/Van-dan-Viet-2018-
　　va-nhung-cuoc-tro-lai.html>.

Nguyễn Hữu Quý. "*Văn học Việt Nam 2018, đôi điều muốn nói*." QĐND, 24/01/19.
　　<https://m.baomoi.com/van-hoc-viet-nam-2018-doi-dieu-muon-noi/c/29468165.
　　epi>.

Tần Tần. "*2018: Văn học dịch lớn mạnh, văn học Việt thảm bại*." Zing. vn, 23/01/2019.
　　<http://tramdoc.vn/tin-tuc/2018-van-hoc-dich-lon-manh-van-hoc-viet-tham-bai-
　　n0yalW.html>.

作者：卢锦缨，广西大学外国语学院